MW01632170

APRIL

Yayın No: 006

77. Baskı: Ağustos 2015

ISBN: 978-975-6006-05-4

Yayın Yönetmeni
K. Egemen İPEK

Türkçesi
Şirin OKYAYUZ YENER

Katkıda Bulunanlar
Burçin ALTAY
Öykü ÇAĞLAYAN

Son Okuma
Seçil EPİK

Dizgi
Meriç KÖSTEM

Kapak Tasarım
Mineral Tasarım

Baskı
Ayrıntı Basımevi

Yayın
A.P.R.I.L Yayıncılık
Tarık Zafer Tunaya Sokak
21/3 Gümüşsuyu-Beyoğlu-İSTANBUL
Tel: (00 90) 212 252 94 38
Faks: (00 90) 212 252 94 39
www.aprilyayincilik.com
bilgi@aprilyayincilik.com

OLASILIKSIZ © 2006 A.P.R.I.L Yayıncılık
IMPROBABLE © 2006 Adam FAWERr

Bu kitabın yayın hakları AKCALI Telif Hakları aracılığı ile alınmıştır.

Her türlü yayım hakkı A.P.R.I.L Yayıncılık'a aittir. Bu kitabın baskısından 5846 ve 2936 sayılı Fikir ve Sanat Eserleri Yasası Hükümleri gereğince alıntı yapılamaz, fotokopi yöntemiyle çoğaltılamaz, resim, şekil, şema, grafik vb.ler yayınevinin izni olmadan kopya edilemez.

OLASILIKSIZ

Adam Fawer

Babam Philip R. Fawer'in anısına,

onu hâlâ her gün düşünüyorum.

Gelin, olasılıktan söz edelim. İlk önce, olasılık dediğimizde en sık akla gelen şey olan çekilişlerden, piyangolardan söz edelim.

Amerika'daki en büyük piyango olan Powerball'ı kazanabilme olasılığı 120 milyonda 1'dir. Powerball'ın ilk oynanmaya başlandığı 1997'den beri elliden fazla insan bu olasılığı alt üst ederek büyük ikramiyeyi kazanmıştır. Onlar bu gezegendeki en şanslı, en zengin insanlar arasındadır. Onlardan nefret ederim. Ama konumuz bu değil.

Şimdi de düşük olasılıklı bir olaydan söz edelim: Dünyaya dev bir gök taşı çarpacak ve uygarlık yok olacak. Jeofizikçilere göre, her yıl bunun olma olasılığı milyonda bir.

İnsanoğlunun atalarını da hesaba katarsak, yedi milyon yılı aşkın bir süredir bu gezegende varlığımızı sürdürdüğümüze göre, bir gök taşının bugüne kadar bizi yok etmiş olma olasılığı yüzde yedi yüz. Yani anlayacağınız, bir kere değil, yedi kere ölmüş olmalıydık şimdiye kadar.

Ama çoğunuzun bildiği gibi, insanoğlunun yazılı tarihinden bu yana yok olmadık.

Ne demeye çalışıyorum sizce? Bir gök taşı bizi yok edecek demeye çalışmıyorum. Düşük olasılıklı olaylar hakkında bir yorumda bulunmaya çalışıyorum, kıssadan hisse şudur: Her an her şey olabilir!

– David T. Caine'nin istatistik dersinden alıntı.

Tıbbi Gerçek

Beyindeki sinir hücreleri aşırı hareketlendiğinde, kontrolsüz, gelişigüzel gibi görünen sinyaller verir. Bu sinyallerin sonucunda garip duygular hissedilebilir, farklı hareketlerde bulunulabilir; hatta psişik anomaliler ortaya çıkabilir. Bu gibi olaylara genelde nöbet denir.

Yetişkinlerin yüzde ikisi, ölmeden önce hayatlarında en az bir kere nöbet geçirir. Genelde, bu tek nöbetten sonra başka bir nöbet de olmaz zaten. Ancak, bazı insanlar ömür boyu sürekli nöbet geçirip yaşamaya devam eder. Bu rahatsızlık tarih boyunca bir sürü farklı isimle anılmıştır: Akıl hastalığı, dile getirilemez bir acı, iblisin işkencesi, hatta Tanrı'nın gazabı. Günümüzde biz buna epilepsi diyoruz.

Bazen doktorlar epileptik nöbetlerin nedenlerini bulabilirler. Genelde bunların nedeni beyindeki mikroskobik yaralar veya tümörlerdir ya da genetik nedenleri vardır. Ancak, dünyadaki epilepsi hastalarının yüzde yetmiş beşine (Amerika'da 1,9 milyon kişide epilepsi vardır mesela) durumlarının idiopatik olduğu söylenir.

İdiopatik sözcüğünün kökeni eski Yunancadır. *İdio* 'garip, bir kişiye ya da şeye özgü, ayrı, farklı' anlamına gelir, *path* ise 'duygu' veya 'acı' demektir. Yani idiopatik 'garip bir acı' anlamına gelir ki, bunun çağdaş tıptaki geniş tanımı 'nedeni bilinmeyen bir hastalıkla ilgili veya bunun bir sonucu olarak ortaya çıkan'dır.

Yani başka bir deyişle, tıp her ne kadar son birkaç yüzyıldır çok ilerlediyse de, doktorlar hâlâ insanların neden epileptik nöbetler geçirdiklerini bilemiyor.

Bu konuda tek bir fikirleri dahi yok.

I. BÖLÜM

Koşulların Kurbanları

At yarışlarına, maçlara, kumarhanelere para yatıran veya bir boruda kaç yağmur damlası olduğu üzerine iddiaya giren bir kumarbaz, pek de lehinde olmayan bir olasılığa para yatırmıştır. Poker oynayan profesyonel bir kumarbaz ise, lehinde olan olasılıklara para yatırır. Biri romantik bir hayalperesttir, diğeri ise gerçekçidir.

-Anthony Holden
Profesyonel poker oyuncusu

İnsanın şans faktörünü ve bunun sonuçlarını anlayabilmesinin yolu kumarı anlayabilmesinden geçer. Olasılık kalkülüsünün doğuşu kumara bağlıdır... İnsanın kumarı anlamaya çalışması gerekir; ama bunu felsefi bir şekilde algılamalı, yüzeyselliğinden arındırarak kavramalıdır.

-Louis Bachelier
Matematikçi

1

"Bu yirmi sana, Caine. Var mısın, yok musun?"

David Caine kendisine söyleneni duyuyor, ama cevap veremiyordu; daha doğrusu koku cevap vermesine izin vermiyordu. Daha önce hiç böyle bir koku almamıştı. Sanki çürümüş et ve yumurta, idrarla karışmıştı. İnternette okuduklarına bakılırsa bazıları kokulara dayanamayıp kendilerini öldürüyormuş. İlk başta bunun abartılı olduğunu düşünmüştü, ama şimdi... Bunu neden yapmış olabileceklerini anlıyor gibiydi.

Aslında bu kokuyu sinir hücrelerindeki sinyaller bir şekilde karıştığından aldığının farkındaydı. Ama bunu bilmesi hiçbir şeyi değiştirmiyordu. David'in beyni bu kokuyu *gerçekten* algılıyordu. Hatta masanın etrafını sarmış olan sigara dumanından bile daha ağırdı koku. Walter'in gece yarısı yediği yağlı McDonald's hamburgerinden bile daha gerçekti. Tüm odayı saran çaresizlik ve ter kokusundan daha baskındı.

Koku o kadar kötüydü ki gözleri sulanmaya başladı, ama koku ne kadar kötü olursa olsun, habercisi olduğu şeyden daha kötü olamazdı. Caine bu durumdan daha fazla nefret ediyordu. Kokuya bakılırsa vakit yaklaşıyordu; insanın midesini bulandıran, zihnini karıncalandıran kokunun ağırlığına bakılırsa bu nöbet hiç de hafif olmayacaktı. Daha da kötüsü, her şey çok hızlı gelişiyordu. Tam zamanını bulmuştu, daha kötü bir zamanlama olamazdı.

Caine bir an için gözlerini kapayıp iyice sıktı. Çaresizce, kaderine engel olmaya çalışıyordu. Gözlerini açıp Walter'in önünde duran buruşturulmuş kırmızı-sarı patates kutusuna baktı. Kutu birden gözünün önünde gitti geldi. Başını çevirdi; kusacağından korkmuştu.

"David, iyi misin?"

Caine, kadının sıcak elini hissetti omzunda. Rahibe Mary Straight, eskiden gerçekten bir rahibeydi. Takma dişlerini David doğmadan önce yaptırmış olan kadın onun değil annesi, anneannesi yaşındaydı. O masadaki tek kadındı. Hatta Nikolaev'in oyuncuların önünde her an içki olması ve yerlerinden kalkmalarına bir neden kalmaması için tuttuğu, bir ayağı çukurda Romen garson dışında, kulüpteki tek kadındı rahibe. Herkes ona 'Rahibe' diye hitap ediyordu, ama o bu mahzende ya da Rusların deyimiyle *podvaal*'da yaşayan erkeklerin manevi annesi gibiydi daha çok.

Aslında, *podvaal*'da yaşamıyordu bu insanlar ama masaların etrafına üşüşmüş yirmi kadar adama sorulsa, Caine onların çoğunun East Village'deki bu kalabalık, penceresiz bodrumda kendilerini evlerinde hissettiklerini söyleyeceklerine iddiaya girebilirdi. Kumarbazlar. Bağımlılar. Bazılarının finans dünyasının nabzını tutan Wall Street'te veya şehir merkezindeki önemli binalarda ofisleri vardı, hatta kartvizitleri kabartmalı gümüşi yazılarla süslüydü, ama herkes bunun hiçbir anlamı olmadığını biliyordu. Hayattaki en önemli şey, hatta tek önemli şey, dağıtılan kartlar ve oyunda olup olmamaktı.

Her gece D Bulvarı'ndaki Chernobyl Rus lokantasının kalabalık mahzenine gelirlerdi. Bar kirliydi, ama Vitaly Nikolaev'in oyunları temizdi; işe hile karıştırmazdı. Pudralanmışçasına beyaz tenini ve ince, kız gibi kollarını ilk gördüğünde Caine, Vitaly'nin Rus mafyasının bir üyesi olduğuna ihtimal vermemişti.

Ama Vitaly Nikolaev'in, aslında yaşlı ve zararsız bir adam olan Melvin Schuster'i kulüpte oynarken hile yaptığı için ölümüne dövdüğü gece işin doğrusunu gayet iyi anladı. Caine daha ne olup bittiğini anlayamadan Nikolaev hafif sarkık yüzlü ihtiyarın ağzını burnunu dağıtmış, adamı kan revan içinde bırakmıştı. O zamandan sonra da *podvaal*'da kimse hile yapmaya cesaret edemedi.

Caine yine de orayı evi gibi görüyordu. Batı yakasındaki küçük stüdyo daire uyuduğu, yıkandığı ve arada bir tıraş olduğu bir yerdi onun için yalnızca. Bazen de kız atardı daireye, ama uzun zamandır bunu da yapmamıştı. Caine'nin bu aralar görüştüğü tek kadının Rahibe Mary olduğu düşünülürse, buna şaşmamak gerekirdi.

Rahibe, "David iyi misin?" diye sorduğunda Caine birden kendine gelir gibi oldu. Gözlerini kırpıştırdı ve Rahibe'ye dönüp başını sallayarak iyiyim dercesine bir işaret yaptı. Ama başını sallaması iyi bir fikir değildi, çünkü yine midesi bulanmaya başladı.

"İyiyim Rahibe. Sağ ol."

"Emin misin iyi olduğuna? Sanki bir anda betin benzin attı, suratın yemyeşil oldu."

"Yeşil dolarlar kazanmaya çalışınca oldu herhalde," dedi Caine bu espriye kendi bile gülmekte zorluk çekerek.

"Hal hatır sorma faslını geçelim mi?" diyerek sırıttı dişleri sararmış Walter. "Yoksa siz ikiniz baş başa bir odaya çekilip birbirinizi daha yakından tanımak mı istersiniz?" O kadar yakınına sokuldu ki, Caine bir anda adamın ağzının soğan koktuğunu hissetti. "Yirmi artırdık. Var mısın? Yok musun?"

Caine eline sonra da masadaki diğer kartlara baktı; gerinerek, birbirine karışmış saçlarının hizasına kaldırdı kollarını. Yutkunarak kusmamaya ve kokuyu unutmaya çalıştı. Ne yapacağına karar vermek istiyordu.

"Kafandan olasılıkları hesaplamayı kes de ne yapacaksan yap," dedi Walter şeytan tırnağını ısırarak.

Masadakiler Caine'nin her elde olasılıkları hesapladığını gayet iyi biliyordu. Caine'nin bir veri olarak denklemine ekleyemediği tek şey, oyun arkadaşlarının blöf yapma olasılıklarıydı, ama onu bile hesaba katmaya çalışıyordu. Walter'in kendisini biraz zorladığını hissetti ve yaşlı adama bıkkın gözlerle bakıp, masaya doğru döndü.

Oyun basitti. Bir tür poker oynuyorlardı. Her oyuncuya iki kart dağıtılıyordu, sonra da ortaya aynı anda üç kart açılıyordu, ilk üç kartın adı 'düşüş'tü. Sonra dördüncü bir kart açılırdı, 'dönüş'. Sonra da beşinci ve son kart, 'nehir'. Yere yeni bir kart açıldığında bahis artırılabilirdi. Sonra da, oyuncular ellerindeki kartları açardı. En iyi beş kart kimdeyse, kurallar uyarınca o kazanırdı. Bu beş kart, oyuncunun elindeki iki ve yerden seçeceği üç karttan oluşurdu.

Oyunun en muhteşem yanı, akıllı bir oyuncunun masaya bakıp, o an için en iyi elin ne olabileceğini hesaplayabilmesiydi. Caine açılan kartlara baktığında üç kart değil, yüzlerce olasılık görüyordu. Onu en çok ilgilendiren olasılık ise kendi kazanma şansının ne olduğuydu. Şimdiki eliyle bu yüksek bir olasılıktı. Elinde bir çift as vardı. Kupa ası ve karo ası. Açılan kartlar da sinek ası ve iki tane maçaydı. Maça altılısı ve valesi. Caine aslında en sağlam kartları elinde tutuyordu. Yani masadaki en yüksek olasılık onun elindeydi, ama yine de başka birçok olasılık vardı.

Her birini aklından hesaplayarak, gerçekleşme olasılıklarını kestirmeye çalıştı. Aklında rakamlar uçuşurken kokunun var olduğunu dayatan beyin dalgalarını birkaç saniyeliğine bastırabildi.

Elinde iki maçası olan biri varsa toplamda dört maça ederdi. İki elinde, iki de yerde. O kişinin elindekilerle renk yapabilmesi için ortaya bir maça daha açılması gerekirdi. Caine aklından bu olasılığı hesapladı; bu onun için bir çocuğun alfabeyi söylemesi kadar kolay bir şeydi.

Bir destede toplam on üç maça vardır; eğer birinin elinde iki maça daha varsa, bu da görülmemiş dokuz maça daha var demekti. Birinin elinde iki maça varsa, bir sonraki iki karttan birinin maça olma olasılığı yüzde 36'ydı. Bu yüksek bir olasılıktı; ama birine iki maça verilmiş olma olasılığı yüzde 6'ydı zaten.

Caine son bir gayretle verileri birleştirdi: Birine iki maça verilmişti ve bir sonraki kart da bir maça olacaktı. Bunun olasılığı yüzde 2,1'di. Bu riski göze almaya hazırdı.

Bu hesabı bir kere daha yaptı; bu sefer de birinin elinde tek maça bulundurduğunu düşündü ve yine de elini maçayla renge tamamladı: Bunun da olasılığı yüzde 2'ydi. Birinin maçayla değil de sinekle renk yapma olasılığı daha da düşüktü; oyuncu başına yüzde 0,3. Bundan çekinecek değildi.

Bir yandan da oyuncuların elinde kent olabileceğini hesapladı. Yerde bir as bir de vale vardı ve başka bir papaz, kız veya onlu yoktu. Demek ki, kenti tamamlayabilecek on iki kart daha vardı destede. (Her bir türden papaz, dam veya onlar). Ama birinin elinde bunu yapmak için gerekli olan iki kartı tutuyor olmasının olasılığı da yüzde 3,6'ydı. Teorik olarak floş da yapılabilirdi ama bu o kadar düşük bir olasılıktı ki bunu hesaplamadı bile.

Şu anda üç ası olduğundan, Caine'nin bir asa, bir valeye ya da bir altılıya ihtiyacı vardı. Eğer bir as daha açılırsa, kare ası olacaktı. Eğer vale ya da bir altılı açılırsa, elinde ful as olacaktı. Yedi kart çıkmamıştı (bir as, üç vale ve üç altılı) bu kartlardan herhangi birinin gelme olasılığı -Caine bir an için gözlerini kırpıştırdı- yüzde 28'di. Hiç de fena bir olasılık değildi.

Walter'e baktı ve yaşlı bunağın ifadesinden bir şeyler anlamaya çalıştı, ama adam sadece bıkkın bakıyordu. Aynaya baktığında kendi yüzünde de aynı ifadeyi görüyordu. Bıkkın ve asabi olan Caine, oyun oynamak, kâğıt oynamak istiyordu hep. Sonra birden yine midesi bulandı. Sıcak kusmuk ağzına kadar gelmişti bu sefer, yutkundu.

Caine tuvalete gitmesi gerektiğini biliyordu ama bunu yapamazdı. Elinde asları tutarken oyundan kalkamazdı. Kalkmayacaktı. Gözlerinden kanlar fışkırsa bile, kartlar açılana kadar hiçbir yere gitmeyecekti. Görmeyen gözlerle önündeki paraya uzandı ve ortaya dört fiş attı.

"Yirmi artırıyorum."

"Görüyorum." Rahibe de oyuna girmişti. Caine onun vale döper yaptığını umdu, çünkü kadın genelde kente gitmeye çalışırdı.

"Görüyorum." *Kahretsin,* Stone de girmişti. Her zamanki gibi, hiç hareket etmeden duruyordu; adam bir heykel gibiydi. Zaten ona Stone -Taş- demelerinin bir nedeni de buydu. Bu takma isim ona çok uyuyordu. Stone kuralları gayet iyi bilen, olasılıkları çok iyi hesaplayan bir oyuncuydu. Eline güvenmezse oyunda kalmazdı.

Caine düşüşten önce, kente gidenlerin oyundan çekilmesini sağlamak için daha fazla artırmadığına kızıyordu. Eğer ortaya daha fazla para atsaydı, oyunda kalmazlardı. Ama koku yüzünden doğru dürüst düşünemiyor, bok gibi oynuyordu. Potu düşük tutarak ötekileri oyunda kalmaya yemlediğine inandırmaya çalıştı kendini; ama bunun doğru olmadığını biliyordu. Sorun kokuydu. Koku, koku, koku. Gözlerini kapadığında, kıpırdayan beyaz kurtçukların çürümüş bir et yığınının üzerinde gezindiğini görebiliyordu.

Walter fişlerine dokundu, el alışkanlığı ile çevirdi. Bir an için Caine, Walter'in potu artıracağını düşündü; ama Walter sadece oyuna girdi. Herkes dönüşü bekliyordu; nelerin gelebileceğini hesaplarken kendi kâğıtlarıyla kazanma olasılıklarını düşünüyorlardı.

Bir sonraki kart enfesti. Caine için Playboy'un orta sayfa güzelinden ya da Büyük Kanyon'u günbatımında görmekten bile hoştu, çünkü yere maça ası açılmıştı. Yerdeki iki as ve elinde iki asla birlikte Caine'nin kare ası vardı. Bu el bir tek floşla yenilebilirdi; ama birinde floş olma olasılığı çok düşüktü. Bir sonraki kartın maça papaz, kız veya onlusu olması gerekiyordu ve oyuncunun elinde de diğer iki maçanın olması gerekiyordu. Olmayacak bir şeydi bu.

Ama... Caine hemen aklından hızlıca bir hesap yaparken, gözlerini kapar gibi oldu -üç masa kombinasyonunun (papaz-kız, papaz-onlu veya kız-onlu gelmesi) gelme olasılığı 442'de birdi. Bir oyuncunun bu kartlardan ikisini elinde tutuyor olması ve en son kartın da gereken maça olma olasılığı 19,448'de 1'di. Pek de olası değildi.

Para onundu. Artık, bu el bitmeden ne kadar para toplayabileceğine bakacaktı. Eğer ortaya çok yüklü bir para atarsa, herkes korkup kaçabilirdi. Ama yavaş yavaş artırmaya kalkarsa da, oyunun sonu geldiğinde ortada bu ele layık miktarda para olmayabilirdi. Yeteri kadar artıracaktı; ortaya ne fazlasını, ne de daha azını koyacaktı.

"Yirmi." Walter ortaya dört fiş attı ve geriye doğru yaslandı. Sanki uzun bir süre beklemeye hazırlanıyordu.

Caine fişlerine baktı ve bir çift yeşil fiş aldı. "Haydi, şunu elli yapalım."

"Yokum." Rahibe bir eliyle kartlarını masaya attı, diğer eliyle de boynundaki haçı tuttu.

"Ben de yokum," dedi Stone. Hareket etmedi bile çünkü kartları zaten önünde duruyordu. İkisi de kent bulma ümidiyle oyuna girmişlerdi herhalde ve şimdi de bir başkasının renk tutturmuş olabileceğini düşünüyorlardı.

"Seninle baş başa kaldık," dedi Walter soğuk bir patates kızartmasını yerken. "Gel, daha da ilginç hale getirelim oyunu. Elli daha, ne dersin?" Sesi de cildi gibi yağlıydı sanki. Fişlerini ortadaki paraya ekledi.

Caine kokuyu unutmaya, oyuna odaklanmaya çalıştı. Walter ne yapıyordu böyle? Blöf yapıyor da olabilirdi ama Caine'ye hiç de öyle gelmiyordu; hele yerde iki as varken. Ayrıca, adam kendini beğenmiş bir tavırla gülümsüyordu, bu yüzden de Caine onun elinin iyi olabileceğini düşündü. Sonra, birden anladı; Walter'in elinde ya bir çift altılı, ya da bir çift vale vardı. Elinde ful vardı, en iyi ihtimalle üç valeye iki as; ama Caine'nin kare asını yenmeye yetmezdi.

Caine'nin midesi bu kadar bulanmasaydı gülümserdi. Bu el bitince, arkadaki tuvalette kusarken, elinde bir dolu para da olacaktı en azından. Sesinin normal çıkmasına özen gösterdi. Gerçi her sözü söylerken sanki ekşimiş süt tadı geliyordu ağzına.

"Elli daha." Caine bir yüzlük attı ortaya. Mat siyah fişi gören Nikolaev acele etmeden masaya doğru gelip neler olup bittiğini anlamaya çalıştı. Walter de bir yüzlük attı ve iki yirmi beşlik aldı ortadan. Krupiye son kartı açtı –maça papazı– Caine'nin midesi bulandı.

Yerdeki maça as, papaz ve valeyle floş royal olma olasılığı yüksekti. Bir eline baktı, bir de yere; bu sırada bir yandan da kokuyu bastırmaya çalışıyordu. Kolasından bir yudum içti midesini bastırmak için ama bu bir işe yaramadı. *Düşünsene kahrolası, düşün, düşün. Kokuyu unut, kartlara odaklan, sayılara.*

İşte çözüm buydu. Sayılar ona yardım edecekti. Sayılar bu kararı vermesini kolaylaştıracaktı. Tüm olasılık hesaplarını aklından geçirdi, olasılıkları hesaplamaya verdi kendini. Elinde kare as tutuyordu. Yani?

O koku, o iğrenç koku, her yeri sarmıştı.

Hayır, odaklan. Sayılara odaklan.

Yedi karttan oluşturulabilecek yaklaşık 134 milyon el vardı. Bu 134 milyon elden sadece 224,848'inde aynı karttan dört tane olabilirdi. Yani kare tutturma ihtimali yüzde 0.168'di; 595'de 1.

Peki, floş royal yapılma olasılığı neydi?

Beş kartla floş ihtimali olan 38.916 kart kombinasyonu vardı sadece. Bu da sadece yüzde 0.029'luk bir olasılık demekti. Yani, her 3.438 elde 1.

Ya iki elin aynı oyunda gelme olasılığı ne olabilirdi? Kaç kombinasyon ederdi? Aklının çarkları hızla dönmeye başladı, ama istediği gibi düşünemiyordu. Kaç kombinasyon vardı? Çok yoktu. Az vardı. Çok az. Önemsenmeyecek kadar az. Şu anda bunu hesaplayabilecek durumda değildi. 38.916 elin alt kümesi olacak ve dörtlü olasılığını da göz önünde bulunduracak bir hesap yapması gerekiyordu. Bu yaklaşık 5.000 el ederdi. 134 milyon olasılıktan 5.000 tane yedi kart kombinasyonu; yani 26.757'de 1'di bunun olma olasılığı.

Bu olamazdı. Kesinlikle olamazdı... Ama yine de olması mümkündü. Kokudan gebermek üzereydi. Gözlerini kapadı ve tekrar açtığında her şeyin normale döneceğini umdu. Ama gözlerini açtığında her şeyi yamuk yumuk, lunaparktaki aynalardaki gibi görmeye başladı. Walter'in yorgun siması yerden tavana kadar uzanıyordu. Gözlerinin altındaki torbalar ise birer frizbi büyüklüğündeydi. Koca bir televizyonu yutabilecek kadar büyük bir ağzı vardı.

"Evladım, iyi olduğuna emin misin?"

Ses sanki milyonlarca kilometre öteden geliyordu. Caine başını çevirdi ve oda gözlerinin önünde aniden yerinden oynayınca neredeyse sandalyesinden düşüyordu.

"Hadi bakalım, dikkat et koca oğlan." Konuşan Stone'ydi, elini uzatıp Caine'yi kolundan tutmuştu. İlk başta Caine neden Stone'nin böyle bir şey yaptığını anlayamadı; ama sonra kırk beş derecelik bir açıyla sola doğru devrilmek üzere olduğunu gördü. İki eliyle masayı tuttu ve düz oturdu.

"İyiyim," dedi zar zor nefes alan Caine, "Bir an için başım döndü hepsi bu. Kusura bakmayın." Sesi sanki uzun bir tünelin dibinden geliyormuş gibiydi.

"Bence biraz uzansan iyi olacak tatlım," dedi Rahibe.

"İlk önce lanet eli bitirsin de sonra," diyen Walter, Caine'ye döndü. "Eğer istersen havlu at."

"Az puşt değilsin Walter. Görmüyor musun, adam hasta."

"Puşt mu? Bir de Tanrı'nın hizmetkârı olacaksın sözde, öyle mi Rahibe. Ne yani..."

"Walter kapa çeneni!" Rahibe öyle bir ses tonuyla konuşmuştu ki, Walter onun otoritesini sorgulamayıp hemen sustu. Rahibe, Caine'ye doğru döndü. "Gidip biraz kanepeye uzanmak ister misin?" Caine göz ucuyla Rahibe'nin arkasında ayakta duran Vitaly Nikolaev'e baktı. Vitaly hiç de endişeli görünmüyordu; aksine kızgındı.

"Yok, yok. İyiyim," dedi Caine tüm gücünü toplayıp sesinin düzgün çıkması için çabalayarak. "Şu eli bir bitirelim de." Rahibe başka bir şey söyleyemeden, Caine bir siyah fiş attı ortaya. "Yüz," dedi. Son kart da dağıtıldığına göre oyun yerdeki parayla kısıtlıydı. Yani ne kadar artırılabileceği yerdeki paraya bağlıydı.

Walter, Caine'ye baktı, onun ne halt ettiğini kestirmeye çalışıyordu. Eğer Caine normalde elini belli eden bir takım hareketler yapıyorsa bile, şu anda hastalıktan dolayı hiçbir şeyi ele verebilecek durumda değildi. Walter, Caine'ye baktığında bir tek şunu anlayabilirdi: Adam neredeyse ölmek üzereydi.

Bir saniye sonra Walter kendini toparladı ve omzunun üzerinden Vitaly'e seslendi. "Vitaly yerdeki parayı saysana." Nikolaev masaya doğru yaklaştı, ortadaki fişleri büyük bir ustalıkla hemencecik ayırdı ve saydı. Beş siyah, sekiz yeşil ve on beş kırmızı fiş vardı; yani toplamda 775 dolar.

"Yüzünü görüyorum ve ortadaki kadar artırıyorum," dedi Walter dirseğinin ucunda duran paralarına uzanıp on tane 100 dolarlık banknot alarak. "Yani, 875 dolar. Sıra sende."

Walter, Caine'yi kandırmaya çalışıyordu, elinde floş royal tuttuğuna inandırmak istiyordu; ama Caine buna kanmayacaktı. Olasılık hesaplarına göre bu pek mümkün değildi. Walter parayı artırıp, onu korkutup ortadaki paraya konmaya çalışıyordu, ama Caine böyle bir şey yapmasına izin vermeyecekti. Önündeki tek tük fişlere, sonra da altındaki kâğıda baktı. Caine borçlarını hep zamanında ve eksiksiz ödediği için ona 15.000 dolarlık bir kredi limiti verilmişti. Nikolaev bunu Caine'ye verdiğinde, Caine elinde kesinlikle yenilmez kartlar olmadığı sürece bunu kullanmayacağına yemin etmişti. İşte o an gelmişti; kare astan daha iyi ne olabilirdi ki?

Nikolaev'e başıyla işaret etti, ama bunu yapmasına bile gerek yoktu. Nikolaev daha o başını eğmeden yanındaki güvenlik görevlisine işaret etmişti bile, dev adam da Caine'nin önüne on beş tane mor fiş koymuştu. Eğer 875 doları görürse birkaç saniyede her şey bitecekti, kaybederse de Nikolaev'e bir binlik borcu olacaktı sadece. Bu pek istediği bir şey değildi, ama birkaç haftada bu parayı toplardı. Caine bu olasılığı da göz önünde bulundurduğuna inandırmaya çalıştı kendini, ama için için kendini kandırdığını biliyordu. Artık bu oyunu ortadaki parayla kabul edecek hali yoktu. Elinde kare as vardı. Hele Walter büyük oynayıp onu kaçırmaya çalıştıktan sonra böyle bir şey yapacak değildi. Yok yok, kesinlikle parayı artıracaktı. Artırmak zorundaydı.

Caine elindeki dört mor fişi ortaya koydu yavaşça. Sonra da yerden beş tane siyah fiş aldı. "3.500 dolar oldu. Sıra sende."

Rahibe Mary bir anda kendini tutamayıp şaşkınlıkla derin bir nefes aldı. Stone bile etkilenmişti bu oyundan; Caine adamın kaşlarını hafifçe kaldırdığını görebiliyordu. Sanki odada soluyacak hava kalmamıştı. Bir an için gözleri sulanmış olan Walter'le göz göze geldiğinde sanki koku bile azalır gibi oldu.

"Sıra sende. Ortaya 2.625 dolar daha atacaksın. Var mısın, yok musun?"

Walter sadece pis pis sırıttı. "Yarın, bu gece olanları hatırlayıp dövünecek, kafanı duvarlara vuracaksın." Nikolaev'e başıyla işaret edince onun da önüne on mor fiş konuldu. Walter tüm bunları ortaya sürdü, sonra da önünde kalan beş siyah fişi de teker teker ortaya attı.

"Bahis arttı, sıra sende," dedi Walter. "Görüyor musun?"

Caine'nin birden midesi bulandı. Elinde artıracak para kalmamıştı, hepsi buydu. 7.875 dolar koymuştu ortaya. Eğer kaybederse Nikolaev'e 11.000 dolar borcu olacaktı; bu da banka hesabındaki paradan 10.600 dolar daha fazlaydı. Bu ciddi bir borçtu, hem de böyle borçları çok ciddiye alan bir adama borçlu olacaktı. Caine, en azından kumar sorunu olup olmadığı konusunu açıklığa kavuşturmuştu. Kumar Bağımlıları Derneği'ndeki danışmanı şu anda Caine'nin bu gerçeği kabullendiğini görse gözleri yaşarırdı.

Ama önemli olan bu değildi. Eğer elindeki kare asın hakkını vermeden yerdeki 15.750 doları almak için bir çaba harcamazsa, o zaman gerçekten bileklerini kesmesi gerekecekti.

"Varım," dedi hafifçe iç geçirdikten sonra. Sanki mide sektesi geçiriyor, spazmlar hissediyordu. Ortaya sekiz tane mor fiş attı ve sonra Walter'e seslendi, "Görelim bakalım neyin var?"

Caine masadakilerin öne doğru eğildiklerini hissetti. Herkes Walter'in elinde gerçekten maça onlusunu ve kızını tutup tutmadığını merak ediyordu. Walter'in eli çok mu iyiydi? Yoksa blöf mü yapıyordu? Walter kartlarını teker teker açtı. Caine ilk olarak kızı gördü ve gördüğü anda da Walter'in elinde floş royal olduğunu anladı. Ama yine de yaşlı adam onluyu açarken onu dikkatle izlemekten alıkoyamadı kendini. Floş royal. İşte bu! Caine'nin elindeki kartları yenebilecek tek el. Her şeyini kaybetmişti. Sanki gerçek değildi bu olanlar. Olasılık o kadar düşüktü ki, sanki bu 'olasılıksız'dı.

Caine bir şeyler demeye çalıştı, ama ağzını açamadı. Ağzını araladıysa da ses çıkartamıyordu. Daha bir ses çıkartmaya çalıştığı anda bile koku birden her tarafı kapladı; birden dev bir dalganın içinde yutulmuş gibiydi. Derisine sindiğini, damarlarından aktığını, burnundan, ağzından, gözlerinden içeriye girmeye çalıştığını hissetti. Daha önce hiç bu kadar kötü olmamıştı. Bu, ölümün kokusuydu.

Caine yere düşerken dünya karardı. Şuurunu kaybetmeden bir salise önce hiç beklemediği bir şey hissetti: Rahatlamıştı.

2

Nava Vaner saat tam 2.15'te Yirminci ve Yedinci Cadde'nin kesiştiği yerde durdu ve bir sigara yaktı. Bu, tek kötü alışkanlığıydı. Ama, her şeyde olduğu gibi bunda da kontrol tamamen ondaydı. Her gün tek bir sigara içiyordu, ama eğer birini izliyorsa veya takipteyse o zaman içeceği sigara sayısına kısıtlama getirmiyordu. Ama bugün iş üzerinde değildi, o yüzden de bu ilk ve son sigarası olacaktı.

Başını geriye doğu eğdi ve sigaranın dumanını uzun uzun içine çekti. Sigaranın yanan ucu puslu gecede parlıyordu. Dumanı dışarı üflerken -yaya geçidini geçmeden- araba geliyor mu diye kontrol eder gibi yaptı. Ama aslında gelen arabaları görmek için değil, peşinde biri var mı onu anlamak için bakıyordu etrafına.

Gece yarısını geçmişti saat, ama kaldırımda hâlâ kulüplere giden çocuklar, sokakta yaşayan insanlar ve Cumartesi gecesini dışarıda geçirmek isteyen türlü türlü insan vardı. Nava takip edildiğini içgüdüsel olarak biliyordu sanki ama kendisini kimin takip ettiğinden emin olamadı. Birden döndü ve yolda yürüyenlerin arasına karışıverdi, peşine takılan adamı görmeye çalışıyordu.

Üstü başı dökülen evsiz bir zenci, Nava'nın gittiği yere doğru yöneldi ve birlikte yürüyen üç sokak serserisine çarptı. Oğlanlar adamı ittiler. Nava'nın kafasında tehlike çanları çalmaya başladı ve bunun nedenini anlaması birkaç saniye sürdü. Adamın görünüşüne bakılırsa o bir evsizdi, aksini düşündürecek bir şey yoktu; ama Nava gerçeği anlamıştı.

Adamın kokusu onu ele veriyordu. Daha doğrusu kokmaması. Elbiseleri yırtık pırtıktı ve yüzü leş gibiydi, ama sokakta yaşayanlar gibi kokmuyordu. Nava yürümeye devam ederken siyah sırt çantasından aynalı küçük bir pudralık çıkardı ve minik yuvarlak aynadan gördüğü adama dikkatle baktı. Adamı mimlediği için başka şeyler de gözüne batmaya başladı. Örneğin, adamın üstünde kocaman bir panço vardı ve sanki cüsseli olduğunu gizlemeye çalışırmış gibi eğilerek yürüyordu.

Nava, adamın giremeyeceği bir yere giderse olası ortağını tespit edebileceğini anladı. Nereye gideceğini kestirdiğinde hızlı yürümeye başladı, sonra da *Twin-Fly* barına varıp kalabalığın arasında beklemeye başladı. Sigarasından son bir nefes çekti ve yere atıp topuğuyla ezerken de sigara keyfini bugünlük kısa kesmek zorunda kaldığını düşünüp üzüldü.

Nava, uzun boylu, ince, atletik yapılı, kahverengi saçlı esmer bir kadındı. Bu yüzden de kulübün önünde duran saçları oksijenle sarartılmış görevliye yanaşmak için kalabalığın arasından geçmekte zorluk çekmedi. Adama gülümsedi, eline de bir yüzlük sıkıştırdı. Adam tek kelime etmeye gerek duymadan hemen kancalı kadife ipi açtı ve kadını ön kapıdan içeri aldı.

Nava karanlık, aynalı bir koridor boyunca yürüdü ve bir uçak hangarı büyüklüğündeki odaya girdi. Bangır bangır çalan müzik ve yanıp sönen ışıklar rahatsız ediciydi. Bu ortamda peşindeki ikinci kişiyi tespit etmek daha zor olacaktı, ama Nava'yı takip etmek de zorlaşacaktı.

Sırtını pisti aydınlatan ışıkların üstünde durduğu duvara verip gözlerini kapıya dikti. Koyu tenli, kızıl saçlı kadın on dakika sonra geldi. Kadın eğlenen bir grup genç kızın arasında girmişti mekâna, ama saçına ve makyajına bakınca o kızlardan biri olmadığı hemen anlaşılıyordu. Kızlar dans pistine gidince kızıl saçlı kadın geride kaldı. Etrafına göz atarken masaya yaslanıp, rahatmış gibi bir izlenim vermeye çalışıyordu.

Peşinde kızıl saçlı kadından başka biri olup olmadığını kestirmeye çalışan Nava beş dakika daha bekledi, ama kimse gelmedi. Peşinde iki kişiden fazlası da olabilirdi, ama içinden bir ses takipçilerinin iki kişilik bir ekip olduklarını söylüyordu. Sadece evsiz adam, bir de bu kız. Nava kadına bakarken bundan sonra ne yapacağını düşündü.

Adam ve kadının onu öldürmeye çalışacaklarını hiç sanmıyordu. Eğer öldürmek isteselerdi peşine adam takmazlardı, bir keskin nişancıyla bu işi hallederlerdi. Tabii eğer onu öldürüp de kaza süsü vermeye çalışmıyorlarsa. Nava da başkalarını bu şekilde öldürmüştü. Hızla ilerleyen bir otobüsün veya kamyonun altına birini itmeden önce son saniyeye kadar beklemişti. Ama bu da pek akla yatkın değildi. Herhalde peşindekiler Nava'nın birine bir şey vermesini, ya da birinden para almasını bekliyorlardı. Ya da kiminle konuşacağını, buluşacağını görmek istiyorlardı.

Nava dizginleri eline alma zamanının geldiğini anladı. Eğer bunlar gerçekten de kiralık katilse, o zaman onlara göre değil, kendi kurallarına göre oynayacaktı bu oyunu. Kendinden emin bir tavırla bara doğru yürüdü. Kızıl saçlı kadının kendisini gördüğüne emin olduğunda da hızla çıkış kapısına doğru gitti. Açık havaya çıktığında, soğuk gecenin karanlığında iri yarı zenci adama doğru yürüyerek yolu geçti.

Gerçi adam kadından daha güçlüydü, ama Nava onu hazırlıksız yakalamak niyetindeydi. Adam Nava'nın gücünü küçümseyecekti, ama kadın onun saldırısına hazırlıklı olacaktı. Nava adamın beş metre önünden geçti ve Yedinci Cadde boyunca yürümeye başladı, pusu kurmaya uygun bir yer arıyordu.

Adamla yüzleşirken ortağının bunu görmemesi gerekiyordu. Akla gelen ilk yer 23. metro durağıydı. Nava daha hızlı yürüdü; adamın onu yakından izleyeceğini, kadının ise biraz olsun geride kalacağını umuyordu. Hızla, şehrin altındaki ulaşım ağına giden merdivenlere gitti ve ikişer ikişer inmeye başladı.

Perona geldiğinde, köşeyi dönüp, hemen sırtını duvara yasladı. Çantasına elini atıp bir alet çıkardı. Kurşun bir ağırlığın üstüne demir, demire de deri kaplanmıştı. Basit, ama etkili bir silahtı bu. Dirseğini büktü ve kolunu biraz geriye doğru çekti, vururken biraz hız kazanmak istiyordu.

Birkaç saniye sonra adamın merdivenlerden indiğini duydu. Gözlerini yerden ayırmadığından adamın gölgesinin yaklaştığını gördü. Adama saldırmak için köşeyi dönmesini beklemedi Nava. Saklandığı köşeden fırladı ve sol eliyle adamın gırtlağına yapıştığı anda sağ elindeki ağırlıkla adamın kafasına vurdu. Adam acıyla inleyip, başını korumak için kolunu kaldırdı. Nava adamın bileğine yapışıp hızlıca çevirdi, kırmamıştı, ama kırmaya ramak kalmıştı.

Bir eliyle adamın bileğini tutmaya devam etti, diğer elindeki ağırlığı ise yere attı. Adamın pançosunun altındaki omuz askısından tabancasını çıkardı, tabancayı ateşlemeye hazır duruma getirdi ve adamın boğazına dayayıp onu duvara yapıştıracak şekilde geriye doğru itti.

“Kimin için çalışıyorsun?”

Adam ilk önce silaha, sonra da Nava’ya baktı. Sanki tüm bunların nasıl olup bittiğini anlamamış gibi boş gözlerle bakıyordu.

“Ortağın otuz saniye sonra burada olacak. İki kişiyle başa çıkamam, o yüzden de konuşmaya başlamazsan seni öldürür, bilgiyi ondan alırım.” Nava gözünü bile kırpmadı. “On saniyen var. Dokuz, sekiz, ye... ”

"Tamam," diye inledi adam. "Senin gibi ben de Teşkilat'tayım. Rutin takipteyiz. Cüzdanım ön cebimde, al bak inanmıyorsan!"

Adam kim olduğunu söylediği anda Nava gerçeği söylediğini anlamıştı, ama yine de bundan emin olması gerekiyordu. Adamın cebindeki cüzdanı almak için uzanırken tabancayı iyice bastırdı boynuna. Diğer birçok ajan gibi adamın da iki cüzdanı vardı. Sol cebindekinde bir ehliyet, sağdakinde ise CIA kimliği vardı. Ajan Leon Wright. Nava rahat bir nefes alıp geri çekildi.

Wright ise duvara yaslanarak incinmiş bileğini ovuşturdu. Tam o anda Nava adamın ortağının geldiğini duydu, kadının ayak sesleri merdivenlerin duvarlarında yankılanıyordu. Nava, Wright'a başıyla işaret edince, adam ortağına seslendi.

"Sarah deşifre oldum. Havlu atıyoruz."

Nava köşeden çıkarken ellerini havaya kaldırdı. Wright'ın tabancasını başparmağında asılı tutuyordu; elinde tutup da kadın ajanı korkutmak istememişti. Kızıl saçlı kadın bir anda şaşırdı, hayal kırıklığına uğrayıp kızdı. En sonunda kabullendi.

"Eğer yürüyüşüme devam etmeme izin verirseniz bu olanları unutmaya hazırım," dedi Nava.

Sarah tam buna itiraz etmek üzereydi ki Wright atıldı.

"Tamamdır," dedi, hissettiği acıdan dolayı yüzünü buruşturmamak için kendini zor tutuyordu. Nava, Wright'ın silahının güvenlik kilidini kapayıp, kimliğiyle birlikte Sarah'ya doğru attı.

"Size iyi akşamlar o zaman," dedi.

Arkasına bakmadan merdivenleri çıkarken elleri titriyordu. O adamı neredeyse öldürecekti. Tanrım, neler oluyordu ona? Bir zamanlar bir ajanın yürüyüşünden bile onun amacının ne olduğunu kestirebiliyordu, ama son zamanlarda kendini yorgun hissediyordu, aklı karışıktı. Birden arkasını döndü. Acaba bir tuzak mı hazırlamışlardı? Ama kimse yoktu, tek başınaydı.

Nava, ABD hükümeti ondan şüphelendiği için peşinde birileri olduğunu düşünmüyordu. Eğer onun vatan haini olduğunu düşünseler, ajanlar Nava'nın öylece yürüyüp gitmesine izin vermezlerdi. Paranoyak olmaya başlamıştı. Wright ne demişti? Rutin bir takip işte. Ara sıra her ajanın peşine birilerini takar, pis işlere bulaşmadıklarından emin olmak isterlerdi.

Nava yine de üç defa aynı bloğun etrafında dolandı. Bir önceki gece buluştuğu adamın hiçbir laf etmeden cebine koyduğu anahtarları kullanarak apartmanın ana giriş kapısını açtı. İçeri girdi, ikinci kat aralığına kadar çıktı, durdu ve silahını çıkardı. 9 milimetrelik bir Glock kullanıyordu. Yavaşça nefes verdi, eline silahı aldığı anda rahatlamaya başlamıştı bile. Ana giriş kapısına doğrulttu silahı. Kimsenin kendisini takip etmediğinden emin olmak istiyordu.

Kimse takip etmemişti.

Bundan emin olunca geri kalan üç katı da çıkıp boş daireye yöneldi, anahtarı kullandı ve kapı tokmağını çevirerek kapıyı açtı. Bir eliyle kapıyı geri itip açarken, diğer elinde tuttuğu tabancayla odayı kolaçan etti. Odadaki tek sandalyede oturan ufak tefek Koreli adam kılını bile kıpırdatmamıştı. Adamın pürüzsüz geniş çehresi ifadesizdi. Nava odanın içine doğru bir adım atarken yalnız olduklarından emin olmak için etrafına bakındı.

"Niye bu gece bu kadar tedirginiz?" İngilizcesi çok iyiydi adamın, ama hafif bir şivesi vardı, sanki sözleri nefes almadan art arda sıralıyordu.

"Tedirgin değilim, temkinliyim."

Adam başını eğerek anladığını ifade etti, sonra da dizüstü bilgisayarı işaret etti. Ekranından yayılan yeşilimsi ışıkla mutfak aydınlanmıştı. Nava işaret parmağını kaldırdı, sonra da sırt çantasından ufak bir aygıt çıkardı. Bu, boyu beş inç, eni iki inç olan ufak bir silindirdi. Altındaki siyah düğmeye basınca ucundan üç çelik ayak çıktı. Aygıtı, ayakları tavana bakar şekilde, yavaşça yere koydu. Birkaç saniye sonra aygıttan hafif bir ses yükseldi, üzerindeki kırmızı ışık yanıp sönmeye başladı.

"Tedbiri elden bırakmamak için bir aygıt daha, öyle mi?" diye sordu *Spetsnaz* ajanı.

"Eğer dışarıdan bize mikrofon doğrultarak dinlemeye çalışan olursa sinyallerini bozuyor," dedi Nava adamın kulağındaki minik kulaklığı ilk defa fark ederek. Sinyal kıran aletin adamın kulaklığını etkilemeyeceğini biliyordu, ama Nava Korelilerin dinlemesinden çekinmiyordu zaten. Dizüstü bilgisayara dokundu. "Güvenli mi?"

"Hücresel modemin 128 haneli bir kod anahtarı var. Bilgileri aldığım anda banka hesabına paranı yatıracağım. Sonra İsviçre'yi ararsın istersen."

Nava kemerinin tokasını açtı, minik yuvarlak diski çıkartıp bilgisayarın içine soktu. On beş haneli şifreyi girince ekran bir an için kararıp sonra yine aydınlandı.

Nava'nın, Yi Tae-Woo olarak bildiği adam bunu gördüğü anda bilgisayara doğru geldi. O kadar rahat bir şekilde hareket ediyordu ki, sanki yürümüyor da odanın bir köşesinden diğerine süzülüyordu. Bu kadar zarif hareket edebilen birinin göğüs göğüse dövüş ustası olduğu belli oluyordu. Ama tüm *Spetsnaz* ajanları ustaydı, özellikle de 695. birimdekiler. Bu birimdekilerin görevi Kuzey Kore hükümeti için bilgi toplamak amacıyla dünyanın binbir köşesinde hücreler kurmaktı. Dış İstihbarat Araştırma Dairesi: DİAD.

Nava daha bir genç kızken eğitim aldığı kampa gelen Koreli adamı hatırladı. Yıl 1984'tü, Kim Jong-Il en iyi savaşçılarını Pavlovsk'a gönderip Sovyet özel tim askerlerine eğittirmeye karar vermişti. Bu askerler, *Voiska Spesialnogo Naznacheniya* adlı, *Spetsnaz* olarak bilinen Sovyet biriminin askerleriydi. Eğitimleri boyunca silahlı, silahsız dövüş sanatları, terörizm, sabotaj... Her şeyi öğreniyorlardı.

Kuzey Koreliler Sovyet öğretmenlerini o kadar takdir etmişlerdi ki, kendi birimlerine de *Spetsnaz* adını vermişlerdi. Ama kendi sloganlarını ve ülkülerini geliştirmişlerdi: Yüze karşı bir. Ve bu konuda çok ciddilerdi. Nava bu adamlarla iş yapmakla bir hata ettiğini düşünmeye başladı. Genelde bilgi sattığı İsrail'in Mossad'ından ya da İngiliz MI6 ajanlarından daha tehlikeli değillerdi aslında, ama Kuzey Korelilere güvenmiyordu. Her neyse, iş bitmek üzereydi zaten. Bu son işi de yapıp bir daha onlarla çalışmayacaktı.

Yi Tae-Woo'nun bilgisayar başında yaptıklarını izledi. Bilgiyi gözden geçiriyordu, bir an için durup tüm bir sayfayı okuyordu, sonra da bir sürü sayfayı hızla geçiyordu. Nava adamın işini rahatça yapabilmesi için kenara çekildi. Adam istediği şeyin verildiğine emin olana kadar ve Nava'nın sözünü tuttuğuna kanaat getirene kadar sabırla bekledi. Beş dakika sonra adam geri çekildi.

"Her şey tamam gibi görünüyor. Para havale edildi. İstersen bilgisayardan bunu doğrulayabilirsin."

Nava gülümsedi. "Bu teklifinizi reddetsem herhalde beni anlayışla karşılarsınız."

"Tabii ki," dedi ifadesi değişmeyen Yi Tae-Woo.

Nava'nın havaleyi teyit etmek için Kuzey Korelilerin bilgisayarını kullanacak hali yoktu. Koreliler bilgisayardan ona yanlış bilgi verebilecekleri gibi, hangi tuşlara bastığını da izleyebilirlerdi. O zaman da şifresini öğrenip, hesabındaki tüm parayı çekebilirlerdi. Gerçi Kuzey Kore'nin dış istihbarat birimi kendini dolandırsa Nava buna kesinlikle şaşırırdı, ama ajanların dünyasında da üçkâğıtçılık olmuyor değildi. Ne de olsa ajanların da belirli bütçeleri vardı.

Nava cep telefonunu çıkardı ve 128 haneli kod anahtarı olan hattından bankayı aradı. Yabancı bankacıya şifresini verince, adam hesabına 750.000 doların yattığını teyit etti. Bankacıya başka bir şifre söyledi ve böylece parası hemen bir önceki gün verdiği talimat doğrultusunda başka hesaba aktarıldı. Yetkilinin bunu teyit etmesini bekledi, sonra da telefonu kapadı. Yi Tae-Woo'ya doğru döndüğünde, Nava'nın parası (yüzde 1,5 havale bedeli kesilmiş olarak) Kayman Adaları'nda bir hesaba yatmıştı bile.

"Her şey istediğin gibi mi?" diye sordu adam.

"Evet. Teşekkür ederim," dedi Nava. Sinyal bozucuyu alıp sırt çantasına koydu. Yi Tae-Woo, Nava ile kapı arasında duruyordu. Kenara çekilmek üzereyken Nava adamın kulaklığından bir ses geldiğini fark etti. Yi Tae-Woo bir adım geriye çekildi, tek bir hamlede tabancasını çekip Nava'nın göğsüne doğrulttu.

"Bir sorun var," dedi gayet sakin bir şekilde.

"Ne oldu?" diye sordu Nava. Sakin olmak için kendini zorluyordu.

"Dosyalardan biri okunmuyor. Diskte bir sorun var herhalde," dedi Yi Tae-Woo. Çenesini hafifçe kaldırarak başıyla bilgisayarı işaret etti. "Kontrol et."

Nava döndü ve diski çıkardı. Başparmağıyla işaret parmağının arasındaki diski ışığa doğru tuttu. Gerçekten de kirpik kalınlığında bir çizik vardı diskin üstünde. Herhalde Wright'la uğraşırken olmuştu.

"Disk çizilmiş," dedi Nava.

"O zaman parayı iade etmelisin," dedi adam.

Nava'nın bir anda başından aşağıya kaynar sular boşandı. "İade edemem," dedi arkasını dönmeden. "Hesaba yattığı andan itibaren yirmi dört saat boyunca paranın başka bir hesaba yollanmaması için talimat verdim." Bir gün önce bankacıya bu talimatı verirken çok akıllıca bir önlem aldığını düşünmüştü Nava, ama artık öyle düşünmüyordu.

"O zaman çok ciddi bir sorunumuz var."

Nava tek bir şansı olduğunu biliyordu. Hemen adama doğru dönerek kolunu yakaladı ve adam tetiği çekemeden kolunu tavana doğrulttu. Öteki elindeki diskle adamın yanağını kesip kanattı. Neye uğradığını anlamadan, daha bir tepki veremeden, avcunun içiyle adamın burnunu parçaladı. Tabancasını düşüren Koreli, geriye doğru sendeledi.

Siyah takım elbiseli, eli silahlı üç adam odaya girdiklerinde, Nava ceketinin içine doğru uzanıp Glock'unu almaya çalışıyordu. Hemen dizlerinin üstüne çöküp ellerini başının arkasında birleştirdi. Hiçbir kaçış yolu olmadığının farkındaydı. Adamlardan biri karnına bir tekme attı. Nava sancılar içinde yere yuvarlandı. Adam onu yerde tutmak için çizmesiyle başına bastırırken sırtına da bir Uzi makineli tüfek doğrultmuştu. Bir dakika boyunca adamlar hızlı bir şekilde Korece konuştular, sonra da kızı sandalyeye bağladılar.

Yi Tae-Woo ona doğru eğildi, gözleri aynı hizadaydı.

"Ne istiyorsun?" diye sordu Nava.

"Parayı iade etmeni istiyoruz," dedi Yi Tae-Woo. Burnu kırık olduğu için sesi garip çıkıyordu. "Hemen."

"Dedim ya, bunu yapamam."

Adam doğruldu ve SIG Sauer'ı Nava'nın başına doğrulttu.

"Dur! Yirmi dört saat içinde size bilgileri verebilirim. Daireye gidip yine indirmem gerekecek."

Yi Tae-Woo kulaklıktan onu dinleyen her kimse onunla Korece konuşup sonra Nava'ya döndü.

"Yirmi dört saat sonra bize bilginin geri kalanını vereceksin, ayrıca parayı da iade edeceksin."

"Ama bu hak..." Nava, Yi Tae-Woo'nun ciddi bakışlarını görünce cümlesini tamamlamamaya karar verdi. Başka bir cümle kurdu. "Bu kadar anlayışlı olduğunuz için teşekkür ederim."

"Rica ederiz." Yi Tae-Woo adamlarına işaret etti, onlar da Nava'nın iplerini çözüp kalkmasına yardım ettiler. "Unutma, yirmi dört saat."

"Unutmam," dedi Nava. Bileklerini ovuşturmak istiyordu, ama bunu yapmaktan kendini alıkoydu.

Tek kelime daha etmeden kapıdan çıktı ve merdivenlerden indi. Sekiz blok öteye yürüyene kadar dişlerini sıktığını fark etmedi, durdu ve kendi de bu yaptığına şaşırarak koyu yeşil çöp torbalarının üstüne kustu. Ağzını koluna sildiğinde ceketinin üstünde ufak sarı bir leke kalmıştı.

Nava farkında olmadan bir sigara yaktı. Tam söndürmek üzereydi ki fikrini değiştirdi, bugün istediği kadar sigara içmeye karar verdi.

Yarını olup olmayacağı belli değildi.

3

Dr. Tversky son deneyin verilerini gözden geçirirken Julia'yı düşündü. Son zamanlarda Julia sanki rüya âlemindeymiş gibi dolaşıyordu laboratuvarda. Sürekli kıkırdayıp gülümsüyordu. İki yıl önce üniversiteye gelen sakin ve çekingen kız o değildi sanki. Yakında insanlar şüphelenmeye başlayacaklardı, belki de şüphelenenler vardı zaten.

Bu, Tversky'yi çok endişelendirmiyordu; okullar var olduğundan beri profesörler doktora öğrencileriyle yatıp kalkardı, bu alışıldık bir şeydi. Yöneticiler, bu konu herkesin dilinde olmadığı sürece görmezden gelirlerdi durumu. Hatta böyle bir şeyin olmasını beklerlerdi; bu, profesör olmanın ayrıcalıklarından biriydi.

Tabii ki Julia'ya böyle dememişti. Julia, pek bu işlerden anlayan bir kız değildi, hatta saftı. İlişkilerinin gizli kapaklı sürdürülmesi kızı heyecanlandırdığı için Tversky de onun bu heyecanını körüklemeye çalışmıştı. Aslında cinsel açıdan da pek tatmin edici değildi bu ilişki Tversky için. Kız istekli ama beceriksizdi; adama zevk vermeye çalıştığında tırnaklarını, dişlerini hissedebiliyordu. Eğer Tversky üstte olursa, bu sefer de kız patates çuvalı gibi olduğu yerde yatıp, dalgın bir edayla gülümsüyordu. Ayrıca, baş başa kaldıklarında da Tversky'ye 'Petey' diye hitap ediyordu. Bu çocuksu takma adı değil duymak, düşünmek bile adamı sinir ediyordu.

İlişkiye girdikten bir ay sonra profesör bu işi bitirmeye karar vermişti, ancak kızın kendine âşık olması adama bir fırsat sağlıyordu. İlk başlarda kız deneyde kobay olmaktan çekinmişti; ancak doktor ona bunun kendisi için ne kadar önemli olduğunu anlattığında hemen kabul etmişti. Şu ana kadar sonuçlar tek kelimeyle olağanüstüydü. Deneyler sırasında Julia'dan edindiği bilgiler inanılmazdı. Tversky kızı biraz daha kullanabileceğini düşünüyordu, ama bunun doğuracağı yan etkilerden dolayı endişeliydi.

Genelde iyiydi kız, ama son zamanlarda kafiyeli konuşmaya başlamıştı ve bu tedirgin edici bir gelişmeydi. Bu tür dilsel özellikler şizofrenlerde görülüyordu daha çok. Beyin kimyasıyla uğraşınca akli dengesinin bozulacağının farkındaydı, ama bunun bu kadar çabuk olmasına şaşırmıştı. Yine de buna değerdi; Julia'nın ödeyeceği bedel ne olursa olsun.

Sonuç olarak, deneylerden istediği ve beklediği sonuçları elde ederse, Julia'nın güvenliği konusunda bir endişe duymayacaktı, kendi güvenliği konusunda kaygılanması gerekecekti.

Dr. James Forsythe, çok zeki olmadığını her zaman bilmişti.

Ancak kısa boylu, saçları dökülmeye yüz tutmuş, sakallı adam büyük bir bilim adamı olmak için aşırı zeki olmak gerekmediğini de biliyordu. Tabii ki zeki olmanın da getireceği artılar vardı, ancak bir noktaya kadar etkiliydi bu. Bunun ötesinde ancak zararı olabilirdi. Tipik bilim adamları içine kapanık insanlardı, gerçek dünyada başarılı olmak için gerekli olan iletişim becerilerinden yoksun olurlardı. Forsythe öyle biri olmadığı için şanslıydı.

Ne zaman araştırmacılarından birinin onun hakkında 'gerçek

anlamda bir bilim adamı' olmadığını söylediğini duysa, gülümserdi. Forsythe böyle diyenlerin kendisine hakaret etmeye çalıştıklarının farkındaydı; ama o bunu bir iltifat olarak kabul ediyordu. Sonuç olarak, sözde 'dahi' olan bilim adamları Bilim ve Teknoloji Araştırma Laboratuvarı'nın çalışanlarıydılar, Forsythe ise bu birimin müdürüydü.

BTAL aslında bir kamu kuruluşuydu, ama birçok sivil buranın varlığından bile haberdar değildi. Aslında böyle olması da iyiydi. Laboratuvar tesisleri yirmi yıl önce kurulmuştu, ama aslında 1952'de Başkan Truman, Ulusal Güvenlik Konseyi İstihbarat Yönergesi'ni imzalayıp da Ulusal Güvenlik Ajansı'nı (UGA) kurduğunda buranın temelleri atılmıştı.

Seksenlerin başında UGA, 130 ülkede, günde 250 milyon görüşmeyi dinleyebilecek kapasitedeydi. Gerçi görevleri ulusal güvenlikle ilgili konuşmaları dinlemekti, ama telefonu kaldırıp da ağabeyinin cinsellikten söz ettiğini duyan yaramaz küçük çocuklar gibi, UGA da bazen başka konularda insanları dinlemekten kendini alıkoyamıyordu.

Ellerinin altında özellikle de bilimsel konularla ilgili bu kadar bilgi olunca UGA bu bilgilerle ne yapacağını düşünmeye başladı. Şifreleme Bölümü şefi buna bir çözüm buldu. Bir vizyonu vardı. Dünyanın dört bir köşesinden gelen bilim adamlarını gizlice dinleyerek ve iletişimlerini takip ederek bilgiler toplanacak, bunlar bir araştırma laboratuvarında şifreleri kırılarak incelenip yorumlanacaktı. Böylece hiçbir ülke, hiçbir zaman, ABD'den daha fazla gelişemeyecekti.

Bu fikir Ronald Reagan, Beyaz Saray'dayken politikacılara sunulduğunda, komünist rejimi yakından takip etme fırsatı sağlayacağı için hemen kabul edildi ve dahası takdir edildi. Ve böylece, 13 Ekim 1983'de Bilim ve Teknoloji Araştırma Laboratuvarı, BTAL kuruldu.

İlk başta BTAL sadece yabancı bilim adamlarını takibe almıştı. Ama Soğuk Savaş sona erince ve internet sayesinde uluslararası iletişim artınca, BTAL birden istemeyerek de olsa, yerli bilim adamlarını da izlediğini fark etti. Ancak, Amerikan hükümeti BTAL'ın çalışmalarından o kadar çok çıkar sağlamıştı ki, bu pek de umurlarında olmadı.

BTAL'ın 'araştırma' süreci basitti. Çözücüler dünyanın dört bir tarafındaki ana bilgisayarlara kayıtlı binlerce sayfalık bilgileri ve araştırmaları okuyordu ve eğer ilginç yeni bir teknolojik gelişme gözlerine çarparsa kurum içindeki bilim adamlarına bildirip, bu konunun araştırılmasını sağlıyorlardı. Sonra, gerekli deneyleri yeniden yapıp, yeni geliştirilmiş teknolojinin geçerliliğini saptıyorlardı.

Yeni teknoloji onaylandığı anda da BTAL bu bilgileri ilgili devlet kurumuna iletiyordu. Ama bu teknoloji yabancı bir ülke tarafından geliştirilmişse ve ticari değeri varsa, BTAL Amerika'da merkezleri olan ve yönetimle araları o dönemde iyi olan birkaç çok uluslu şirkete sızdırıyordu bu bilgileri. Çok kısa bir süre içinde UGA dünyadaki en güçlü yeni teknoloji pazarı oluverdi.

Forsythe, 1997'de buranın müdürü olarak işi devraldığında, bir önceki müdürün bu kadar çok para kazanabilecekken ve politik sermaye yapabilecekken, bunların hiçbirinden faydalanmamış olmasına çok şaşırdı. BTAL altı ana istihbarat ajansına çalıntı bilgiler sağlıyordu (bunlar CIA, DoD, FBI, FDA, NASA ve NIH idi). Ayrıca, Silikon Vadisi'ndeki güçlü kuruluşlardan rakiplerine de bilgi veriliyordu. Forsythe ile 'yeni potansiyel müşteriler' arasındaki tek engel BTAL Denetim Kurulu'ydu. Bu Kurul konumları itibariyle ne kadar büyük bir gücü ellerinde tuttuklarının bilincinde olan üç senatörden oluşuyordu.

Forsythe, gerçekten güçlü olmak için kendi başına karar verebilecek konuma gelmesi gerektiğini biliyordu, ama bu konuma gelebilmek için de güce ihtiyacı vardı. Forsythe, bu güç arayışında kendisinden hiç de beklenmeyecek bir yandaş buldu. Bu, pek de sağlam bir kişiliği olduğu iddia edilemeyecek olan, UGA'daki Steven Grimes adlı bilgisayar korsanıydı. Grimes, iki haftadan kısa bir sürede, başında Utah senatörü Geoffrey Daniels'in bulunduğu kurulun Forsythe'nin önerilerini daha yakından dinlemelerini sağlayacak bilgiler toplamıştı.

Gerçi Grimes'in insanları sürekli izleme huyu çok rahatsız ediciydi, ama her şeyi görmek ve bilmek isteyen adam bu sayede çok da bilgi ediniyordu. Forsythe, Grimes'in, Daniels'in o genç oğlanla fotoğraflarını nereden bulduğunu hâlâ bilmiyordu, bilmek de istemiyordu. Önemli olan tek bir şey vardı zaten; Senatör Daniels o fotoğrafları görür görmez, Forsythe'nin önerilerini dinlemek konusunda daha ılımlı bir tavır sergileyivermişti.

Kuruldaki en kıdemsiz senatör olan John Simonson, Grimes onun Kayman Adaları'ndaki yasadışı vergi sığınağını bulduğu anda çok daha yakın ve ılımlı davranır oldu. O günden sonra da Forsythe'nin Kurul'a getirdiği hiçbir öneri reddedilmedi. Gerçi hep iki lehte bir aleyhte oy çıkıyordu, ama Forsythe'ye çoğunluğun oylarını almak yetiyordu. Bunun yeterli olması da iyiydi, çünkü Grimes, Louisianalı sağcı ve aşırı dinci bir senatör olan üçüncü Kurul üyesi aleyhinde kullanılabilecek herhangi bir bilgi bulamamıştı.

Neredeyse altı yıldır Forsythe, BTAL Kurulu'nu avcunun içine almıştı ve bunu saklamıyordu da. Hem şirketlerin en üst düzey yöneticilerinden, hem de devlet adamlarından para sızdırıp durdu. Hayat onun için çok güzeldi. Ama şimdi bu devir kapanmak üzereydi, çünkü Senatör Daniels uykusunda kalp krizi geçirip ölmüştü.

Forsythe, Daniels'in öldüğünü televizyondan öğrendiğinde içinden okkalı bir küfür etti. Daniels'in yerini John MacDougal'ın alacağını şimdiden biliyordu. MacDougal, Vermontlu, liberal bir senatördü. İki yıl önce Kurul'a girmek için başvurmuştu ama kabul edilmemişti, o gün bu gündür de bunun peşindeydi. Forsythe, adamın hemen Kurul'a girmek için gerekli girişimleri yapmaya başladığına emindi.

Forsythe, MacDougal'ın bir gün istediğini elde edeceğini düşünerek, Grimes'den bu adam aleyhinde kullanılabilecek bilgileri toplamasını istemişti. Ne yazık ki Grimes'in bulduğu tek bilgi

MacDougal'ın ilaç sanayiinde hükümet ihalelerini takip eden bir kuzeni olduğuydu.

O sabah Forsythe laboratuvara geldiğinde, MacDougal görüşme talep etmek için bir mesaj bırakmıştı bile. İşte o anda Forsythe ay sonunda yerine yeni birinin bulunacağını hemen anlayıverdi. Tabii ki bu görevde sonsuza dek kalamayacağını kendisi de önceden biliyordu, ama en azından bir sonraki Senato seçimlerine kadar kalabileceğini düşünmüştü.

İyi ki tamamen hazırlıksız yakalanmamıştı. Son birkaç ay içinde kendi araştırma laboratuvarını kurmak için 12 milyon dolarlık fon bulmuştu. Genelde yatırımcılar boş çekler vermezlerdi kimseye, ayrıca Forsythe gibi, parmaklarının ucunda işlenebilecek milyonlarca fikir olan bir adamı finanse etme fırsatını da pek sık yakalamazlardı.

Bir tek sorun vardı: Forsythe en muhteşem fikri bulmak için bir yılı olduğunu düşünmüştü, şimdiyse bir ayı vardı. Ama yine de bunu başarabilirdi. Gelecek iki hafta boyunca dünyadaki tüm araştırma projelerinin özetlerini inceleyerek en kârlı olanı, çalmak isteyeceği projeyi bulacaktı. Bu projeyi bulduğu anda da, BTAL evrakını yok edecekti ki hükümet ileride ona bu konuda rakip olamasın.

Şansı da yaver gidiyordu, çünkü birkaç gün önce okuduğu özetlerden biri gelecek vaat ediyordu. BTAL'ın bir süredir izlediği bir bioistatistikçinin yaptığı yasadışı bir takım deneyler anlatılıyordu özette. Sayın Doktor, bir süredir bir insan deneğe beyin dalgaları üzerinde çok ilginç etkileri olan bir bileşim enjekte ediyordu. Forsythe, bu deneğin ismini bilmiyordu (yazıda sadece Alfa deneği olarak geçiyordu), ama deneyi yapan profesörü tanıyordu.

Aslında profesör geçmişte bir görüşme talep etmişti ve buna daha cevap verilmemişti. Herhalde bağış bekliyordu. Bu mükemmel bir fırsattı. Forsythe sekreterini aradı.

"Bana en kısa sürede bir görüşme ayarlamanı istiyorum. Adı Tversky. Profesöre nasıl ulaşacağına dair bilgilerin sende olması lazım zaten... Evet, yarın gayet uygun..."

4

Caine, tedirgin bir şekilde havayı kokladı. Hava serin ve sterildi, yani hafif bir alkol kokusu vardı. Ellerinin altındaki kolalı çarşafı hissedince bir hastanede olduğunu anladı. Gözlerini yavaşça açtı, dünyayı çarpık çurpuk göreceğinden korkuyordu. Ama her şeyi olduğu gibi görüyordu. Gerçi lenslerini takmadığı için görüntü biraz bulanıktı. Elini kaldırıp şişmiş gözlerini ovuşturmak isteyince elinin üstünde bir katater olduğunu gördü. Elinin üstündeki iğneye bakarken sanki bu olayı daha önce yaşamış gibi hissetti kendini; sanki daha önce de bu yatakta uyanmış ve aynı şeyleri düşünmüştü.

Kaç saattir hastanede olduğunu merak etti.

"Sekiz saat oldu ufaklık. Arada bir kendine gelir gibi oldun, uykunda konuştun. Geçmiş olsun."

Birden irkilen Caine başını aniden sola çevirdi. Jasper ona el salladı. Caine bir an için nefesini tuttu. '*Demek deli olsam böyle görünecektim,*' diye düşündü.

Jasper çok kötü görünüyordu. Beti benzi atmıştı ve sanki derisi iri yarı bedenin üstüne gerilmişti. Jasper'in çevresi morarmış yeşil gözlerindeki ışıltıyı görünce, David Caine kardeşinin, bu halinde bile, o hastalıklı aklından olağanüstü zekilikte düşüncelerin geçtiğini anlayabiliyordu.

"Seni çıkar..." Caine ne diyeceğini bilemedi. "Yani burada olman çok iyi oldu. Çok iyi."

"Rahat konuş, söylemende bir sakınca yok," dedi Jasper olduğu yerde kıpırdanarak. "Beni akıl hastanesinden çıkardıklarını bilmiyordun."

Caine bir an için utandı, sonra da başını salladı. Kardeşi sanki onun aklından geçenleri okuyordu, bunu hep yapabilmişti.

"Ya," dedi Jasper, sesinden hem yorgun olduğu, hem de bu olayın onu güldürdüğü anlaşılıyordu. "Mercy'deki aklı başındaki vatandaşlar beni salıverdiler Ocak'ta. Bir aydır dışarıdaydım."

"Niye aramadın?"

Jasper omuz silkti. "Bilmem. İlk önce bazı şeyleri yoluna koymak istedim. Bu arada, beni ziyarete geldiğin için sağ ol."

Caine bir anda irkildi. "Jasper ben..."

Jasper kardeşini susturmak için elini kaldırdı. "Tamam." Yeniden konuşmaya başlamadan önce ona arkasını dönüp, pencereden dışarı baktı bir süre. "Özür dilerim. Aslında seni anlıyorum. Ben de kardeşimi öyle bir yerde ziyaret etmek istemezdim."

"Yine de seni görmeye gelmeliydim."

"Neyse," dedi Jasper dalga geçer gibi, "Gelecek sefere gelirsin."

Bir anda iki kardeş de sustu, sonra da aynı anda gülmeye başladılar; ikiz oldukları için bu çok sık olurdu. Gülmek onlara iyi geldi. Caine gülmeyeli; içten gülmeyeli uzun zaman olmuştu, hele kardeşi ile gülmeyeli çok uzun zaman olmuştu. Jasper David'den yalnızca on dakika önce doğmuştu, ama bunu ona hep hatırlatır ve 'ufaklık' diyerek ona kendisinin daha büyük olduğunu ima ederdi.

"Burada olduğumu nereden bildin?"

"Seni hastaneye yatırdıklarında pratisyenlerden biri bana cep telefonumdan ulaştı. Geldiğimde hemşire bana nöbet geçirdiğini söyledi."

Caine başını salladı.

"Ayrıca bir yıldır nöbet geçirip durduğunu da anlattı. Benim bunları bildiğimi sanıyordu. Bu konuda konuşalım, *balım, dalım, halım.*"

Caine korku dolu bir ifadeyle Jasper'e baktı, ama kardeşi sanki çok esaslı bir espri patlatmış gibi kıkırdıyordu sadece. Akıl hastanesinde onu tedavi etmeye çalışmış olabilirlerdi, ama edemedikleri belli oluyordu. Caine kardeşinin gözlerine bakınca başka bir şey daha gördü; kardeşinin gözleri delilikten parlıyordu.

"Hemşire başka ne anlattı?" diye sordu Caine, Jasper'in garip davranışını görmezden gelmeye çalışarak.

"Fazla bir şey söylemedi. Ağır bir nöbet geçirmişsin. Rus ahbaplarının söylediklerine bakılırsa cankurtaran seni gelip alana kadar yirmi dakika kadar baygın kalmışsın."

"Boku yedik," dedi Caine, bir yandan da bayıldığında Nikolaev'in nasıl bir tepki verdiğini düşünüyordu. "Acil servisi mi aramak zorunda kalmışlar?"

"Öyle olmuş" dedi Jasper. "Bu arada sormadan edemeyeceğim; sabahın ikisinde bir Rus yemek kulübünde ne işin vardı?"

Caine hiçbir şeyi açık etmemek için omuz silkti. "Votkaları çok iyi..."

"Bahse girerim ki öyledir. Yoksa sen bahse girersin mi demeliydim?" dedi Jasper kaşlarını kaldırarak.

"Diyebilirsin diyelim."

"Ne kadar içeridesin?"

"Pek önemli değil, her şey yolunda," dedi Caine hemen cevap vererek.

"Eğer borcun söylediğin gibi pek önemli olmasaydı Vitaly Nikolaev'in hastaneyi iki de bir arayıp durumunun nasıl olduğunu soracağını hiç sanmıyorum."

Caine'nin bir anda omuzları kasıldı. "Ciddi misin?"

"Ciddiyim, ufaklık. Eğer sana geçmiş olsun demek için votka yollamayı düşünmüyorsa, yatırımını kolluyor gibime geliyor. Bir daha sorayım, ne kadar içeridesin?"

Caine gözlerini yumup son eli hatırlamaya çalıştı. Zihnindeki bulutlar dağılmaya başlayıp da hatırlayınca inledi. "Bir bir sıfır sıfır vesaire," dedi gözlerini açmadan.

"Bir bir mi? Yani 1.100 dolar, eh fena değil. Belki benim CD çalıcıyı satsak..."

"Hayır."

"Yapma David. Yardım edebilirim."

"Edebilirsin de, borcum 1.100 dolar değil."

"Ne kadar?" Caine kardeşinin dertli yüzüne baktı sadece. "Oha," dedi Jasper gerçek miktarı anlayınca. "11.000 dolar mı borcun var?"

"Evet."

"Salak mısın David? Nasıl bu kadar para kaybedebildin?"

"Kaybetmemeliydim. Olasılıklar benden yanaydı, kesindi kazanacağım."

"O kadar da kesin değilmiş işte."

"Bana baksana Jasper, zaten derdim başımdan aşkın, bir de sen başlama. Tamam, bir halt ettik. İtiraf ediyorum, mutlu oldun mu? Yanlış hatırlamıyorsam sen de birkaç defa faka bastın bu hayatta."

Jasper iç geçirip fosforlu turuncu hastane koltuklarından birine oturdu. "Ne vardı elinde?" diye sordu Jasper, tavrından Caine'yi sakinleştirmeye çalıştığı belli oluyordu.

"Kare."

"Küçük mü?"

"Hayır. As."

Jasper hayrete düştü. "Elinde kare as varken kaybettin öyle mi? Oha," dedi Jasper kare asın üstüne el çıkaran adama saygı duyarmış gibi bir edayla. "Herifin elinde ne vardı?"

"Floş royal çıkarttı."

"Hadi be," dedi Jasper başını sallayarak. "Bu parayı ne kadar zamanda geri ödemek zorundasın?"

"Vitaly'i tanıyorsam ilk taksidi yarına isteyecektir. Ama ben eski bir dost sayılırım, belki hafta sonuna kadar bekler. Ondan sonra da gorillerinden birini yollayıp beni hastanelik eder, ama bu sefer birkaç saatte kendime gelemem."

"Hemşirenin dediklerine bakılırsa zaten Vitaly olmadan da hastaneyi mekân edinmişsin."

"Yaa. Durum kısaca şöyle, eğer Nikolaev beni öldürmezse, eninde sonunda bu nöbetlerden dolayı gebereceğim."

"Yapma ufaklık," dedi Jasper ne kadar üzgün olduğunu belli etmemeye çalışarak. "Son konuştuğumuzda sapasağlamdın ve ayrıca bir süredir... Bir yıldır hiç kumar oynamamıştın. Nasıl oldu da bu hale geldin?"

Caine buna nasıl cevap vereceğini bilemedi. Durumu tüm gerçekliğiyle kavramaya başlamıştı. Son bir yıldır başına gelmedik kalmamıştı. İlk nöbetini geçirdiğinden bu yana bir yıl geçmiş miydi cidden? Birden sınıfın önünde ilk nöbetini geçirdiğinden bu yana bir buçuk yıl geçtiğini hatırladı. Midesi bulandı. Aslında hayat garipti; sanki bir insanın hayatının içine etmesi için bundan daha uzun bir zaman geçmesi gerekirdi.

Bu konuda da yanılmıştı.

İstatistik Bölümü'ndeki diğer meslektaşlarının aksine Caine ders vermeyi çok seviyordu. Sınıfa ilk girdiğinde öğrencilerini meraklandıracak ve heyecanlandıracak şekilde ders verebildiğini, istatistiğe duyduğu tutkuyu onlara da yansıtabildiğini fark etmişti.

Aslında bu büyük bir oyunu kazanmak kadar heyecan verici değildi, ama yine de öğrencileri düşündürmek, olasılıklar dünyasının kapılarını onlara açmak onu çok heyecanlandırıyordu. İşin komik yanı şehirdeki birçok bodrumda parasını kaybedip de birikimleri suyunu çekince ders vermeye başlamıştı. Başka bir seçeneği yoktu, paraya ihtiyacı vardı. Columbia Üniversitesi'nde doktorasının dördüncü yılındaydı ve böyle biri ancak Olasılık Kuramına Giriş dersi vermek gibi bir iş bulabilirdi.

Parası bitmişti, borç alabileceği biri veya rehin bırakabileceği hiçbir şey de kalmamıştı; o yüzden de ilk maaşını almadan poker oynamaya devam edemezdi. Ama ilk maaşını aldığında Caine birden artık kumar oynamak istemediğini fark etti. O gece rüyasında kartları hayal edeceği yerde, ertesi günkü dersin hayalini kurdu.

İşte o zaman işler yoluna girmeye başladı. Gerçi hâlâ her sabah ancak gerçek bir kumar bağımlısının anlayabileceği bir açlık ve istekle uyanıyordu, ama bu duyguları bastırıyor ve bu tutkusunu akademik çalışmalarına yöneltmeye çalışıyordu. Ders vermek ona güç kazandırmıştı. Kumar alışkanlığından vazgeçmek için gittiği terapi gruplarından hiçbirinde hissetmediği bir şeyi hissediyordu ders verirken; kontrol kendisindeydi.

Sonraki birkaç ay çok iyi geçti, huzurluydu, bağımlılığıyla gerçekten başa çıkabildiğini görüyordu. Bir an için Caine bile işlerin yolunda gittiğine inanmaya başlamıştı; işte tam o anda her şey bir anda dağılıverdi. Hayatının tepetaklak olmaya başladığı o anı daha dün gibi hatırlayabiliyordu. Hayatını yola koyabileceğini düşündüğü, ona iyileşme gücünü veren yerde olmuştu bunlar: Sınıfta. Sırtını tahtaya yaslamıştı, elinde tebeşir vardı, diğer elinde de içinde kahve olan bir plastik bardak tutuyordu. Tarih anlatıyordu, önceden hazırlanmamıştı, doğaçlama konuşuyordu.

"Evet... Olasılık teorisinin nasıl doğduğunu bilen var mı?"

Sınıf sessizdi.

"Peki, size birkaç seçenek sunayım. Olasılık kuramı iki Fransız matematikçinin birbirlerine yazdıkları mektupların sonucunda ortaya kondu. Sizce hangi konuda yazışıyorlardı: a) fizik, b) felsefe, c) zarlar.

Cevap veren olmadı. "Eğer beş saniye içinde biri bir cevap vermezse bu soruyu sınavda da soracağım haberiniz olsun." Bir anda yirmi öğrenci el kaldırdı. "İşte bakın bu iyi oldu. Jerri, sen bir tahminde bulun bakalım."

"Fizik mi?"

"Hayır. Doğru cevap c'ydi, yani zarlar."

"Olasılık ilkelerini ortaya koyan Blaise Pascal 1623'te doğdu. O zamanlar zengin ailelerin çocukları evde eğitim görürlerdi, bu yüzden Pascal'ı da hem babası, hem de özel öğretmenleri eğitmişti. Ama Blaise'nin babası onu çok çalıştırmak niyetinde değildi, asil oğlunun yorulması işine gelmezdi; bu yüzden de ona dillere odaklanmasını ve matematiği fazla önemsememesini söyledi."

"Her normal çocuk gibi, matematik konusunda kendisine böyle bir kısıtlama getirilince, Pascal bu konuya ilgi duymaya başladı. Boş zamanlarında geometri çalıştı." Birkaç öğrenci gözlerini devirince Caine ekledi, "O zamanlar Xbox ve PS gibi aletler yoktu, çocukların eğlence anlayışları farklıydı." Öğrencilerden birkaçı güldü.

"Babası Blaise'nin matematik yeteneği olduğunu fark edince de, ona Öklid'in 'Elementler' başlıklı eserini hediye etti. Yine bir hatırlatma yapma ihtiyacı duyuyorum, unutmayın ki o zamanlar televizyon diye bir aygıt da yoktu, yani insanlar kitap denen şeyleri okumak zorundaydılar." Birkaç öğrenci kıkırdadı. "Neyse, Blaise'nin babası oğlunun Öklid'i tamamen kavrayıp hatmettiğini görünce en iyi matematik öğretmenlerini tuttu. Bu da hayatında yaptığı en akıllıca şeydi, çünkü Pascal 17. Yüzyıl'daki en önemli matematikçilerden biri oldu. Hatta bu odadaki herkesin hayatını etkileyen bir buluşu bile var. Bunun ne olduğunu bilen var mı?"

"Abaküs mü?" diye sordu saçı uzun aklı kısa güzellik abidelerinden biri.

"Galiba Fransızları eski Çin uygarlıklarıyla karıştırdınız genç hanım," dedi Caine. "Ama yine de doğru yoldasınız. İlk aritmetik makinesini icat etti. Bu da günümüzde hesap makinesi dediğimiz aygıtın ilk prototipidir. Pascal çok uzun yıllar boyunca matematik ve fizik okuduysa da ölümünden birkaç yıl önce sayılara karşı tutkusunu bir kenara bıraktı, çünkü matematiksel olarak, dine ve felsefeye odaklanarak zamanını daha verimli bir şekilde kullanabileceğini kanıtlamıştı."

"Bunu nasıl becerdi?" diye sordu arka sıralarda oturan sakallı bir öğrenci.

"İyi soru. Birazdan buna geleceğim. Şimdi, ne anlatıyordum? Tamam," Caine kahvesini yudumladı ve devam etti, "Pascal'ın hâlâ matematik ile ilgilendiği dönemde, 1654'de, Chevalier de Méré adında bir Fransız asilzade ona birkaç soru sordu. Bu sorulara ilişkin matematiksel veriler çok ilginçti ve Pascal babasının eski dostu olan bir devlet büyüğüyle, Pierre de Fermat ile yazışmaya başladı.

"De Méré aynı zamanda bir kumarbazdı ve o zamanlar popüler olan bir zar oyunu hakkında sorular soruyordu. Oyunda dört zar kullanılıyordu. Her seferinde oyuncu dört zar atıyordu. Dört zardan hiçbiri altı gelmezse oyuncu para kazanıyordu, zarlardan bir tanesi bile altı gelirse parayı kasa alıyordu. De Méré böyle bir oyunda kasanın avantajlı durumda olup olmadığını bilmek istiyordu. Yani olasılıklar kasadan yana mıydı?"

"Eğer bu sınıfta bir tek şey dahi öğrenseniz, bu bile size faydadır: O da şudur," Caine tahtaya gitti ve koca harflerle yazdı.

Olasılıklar HER ZAMAN kasadan yanadır.

Birkaç öğrenci bu espriye güldü. "Peki neden? Bunu bana anlatabilecek öğrencim var mı? Jim?"

Caine'nin en sevdiği öğrenci oturduğu yerde doğruldu. "Çünkü, eğer olasılıklar kasadan yana olmasa o zaman kasa para kaybederdi ve sonunda kasa kalmazdı."

"Aynen öyle," dedi Caine. "Bana kalırsa olasılık teorisi ortaya atılmadan bile, de Méré'nin bunu anlamış olması gerekiyordu, ama Fransız asilzadeler o kadar akıllı olsalardı kellelerinin vurulmasına da izin vermezlerdi. Her neyse, Pascal ve Fermat gerçekten de -'cidden öyle miymiş' gibi nidalarla- olasılıkların hep kasadan yana olduğunu kanıtladılar. Oyuncunun 100 oyun oynadığını varsaydılar; 100 atışın 48'inde 6 gelmeme olasılığı yüksekken, 52'sinde 6 gelme olasılığı daha yüksekti. Böylece olasılıklar kasadan yanaydı: 52'ye 48. İşte olasılık teorisi de böyle doğdu. Fransız bir asilzade dört zarla 6 atmamaya çalışmanın akıllıca bir kumar olup olmadığını bilmek istediği için."

Birkaç öğrenci başını salladı. Caine bunun öğrencilerin söylediklerini ilginç buldukları anlamına geldiğini biliyordu. Arka sırada oturan Afrika kökenli Amerikalı bir öğrenci elini kaldırdı. "Evet, Michael?" dedi Caine.

"Pascal hayatını dine adaması gerektiğini nasıl kanıtladı ki?"

"Az daha unutuyordum," dedi Caine. "Bunu yapmak için daha sonra 'beklenen değer' adıyla anılacak bir teori kullandı. Özünde işlem şu: Birkaç olay olasılığının ürünlerinin toplamını, her bir olay gerçekleşse elinize geçecekleri de ekleyerek topluyorsunuz."

Caine'ye boş gözlerle bakıyordu öğrenciler. "Peki, anlaşıldı, daha doğrusu anlaşılmadı. Neyse, gerçek hayattan bir şeyle örnekleyelim: Piyango. Bu haftaki piyangoda ne kadar para birikmiş? Bilen var mı bu hafta Powerball ne kadar veriyor?"

"10 milyon dolar," dedi arka sıralardaki atletik yapılı bir öğrenci.

"Peki, vergi diye bir şeyin olmadığı hayali bir ülkede yaşadığımızı varsayalım. Şunu da biliyoruz ki Powerball'ı kazanma olasılığı 120 milyonda 1. Çünkü sayısal kombinasyonların toplamı bu. Bir loto bileti alarak ne kazanmayı beklediğimi hesaplamak için yapacağım işlem kısaca şöyle oluyor: Kazanma olasılığını kazanacağım miktar ile çarpacağım, sonra da buna kaybetme olasılığımı sıfırla çarpıp ekleyeceğim; sıfırla çarpmamın nedeni de kaybedersek bir şey kazanamayacak olmamız."

Beklenen değer: (piyango bileti)

= (kazanma) olasılığı*toplam para +

(kaybetme) olasılığı*(0$)

(1/120,000,000,000)*($10,000,000)+

(119,999,999 / 120,000,000)*($0)

= (0.00000083%)*($10,000,0000) +

(99.99999917%)*($0)

=$0.083 + $0.000

=$0.083

"Yani bu hafta bir Powerball bileti alsanız ancak 8.3 sent kazanmayı bekleyebilirsiniz. Ama bilet 1 dolar ve görüldüğü gibi aslen değeri 8.3 sent. Olasılık kuramına göre piyango bileti almak mantıklı değil, çünkü ödenen bedel beklenen değerden daha düşük. Yani, siz 1 dolar ödeyip de 10 milyon dolar kazanma şansınız olduğunu düşünerek buna değeceğini düşünseniz de, bu doğru değil, çünkü aslında biletin değeri 10 sent bile değil."

Caine kahvesini yudumladı ve öğrencilerin bu bilgiyi sindirmesini bekledi. Herkesin bu açıklamayı anladığından emin olduğunda soru sordu. "O zaman ne zaman piyango bileti almak akıl kârı bir iş olurdu? Madison cevap verebilecek misin?"

Hoş sarışın oturduğu yerde doğruldu. "Herhalde toplam ikramiye 120 milyonu geçtiğinde."

"Doğru. Peki neden?"

"Çünkü büyük ikramiye diyelim ki 125 milyon dolar ve kazanma şansı 120 milyonda 1, o zaman her bir biletin beklenen değeri..." Madison durdu ve önündeki hesap makinesinde bir işlem yaptı, "1.04 dolar olurdu, o da biletin bedeli olan 1 dolardan fazla."

"Aynen öyle," dedi Caine. "Beklenen değer teorisiyle olayı incelediğimizde, ancak değer bedelden yüksekse o zaman bu risk göze alınmalıdır. Bu yüzden de ancak 120 milyon dolardan fazlasını kazanabileceğiniz bir durumda piyango bileti almak gerekir."

"Peki ama, bunun Pascal'ın hayatını dine adaması ile ne ilgisi var?" diye sordu yine Michael.

"Pascal beklenen değer teorisini kullanarak hayatını dine adaması gerektiğini kanıtladı. Her matematikçi gibi o da, bu soruyu bir formüle indirgedi."

Hangisi daha büyüktür?

a) Beklenen değer (hedonizm -yani fiziksel yaşamdan zevk alma)

b) Beklenen değer (dini hayat)

Varsayım...

a) Olasılık (ölümden sonra hayat yok)*(hedonizmden alınacak zevk) +

Olasılık (ölümden sonra hayat var)*(sonsuza dek lanetlenmek)

ve

b) Olasılık (ölümden sonra hayat yok)*(dinden alınacak zevk)

Olasılık (ölümden sonra hayat var)*(sonsuz mutluluk)

"Pascal'ın mantığı çok basitti: Eğer (a), (b)'den büyükse o zaman hedonizme devam edecekti, ama eğer (a), (b)'den küçükse o zaman dindar olmalıydı."

"Ama değişkenlerin değerlerini bilmeden bu denklemi nasıl çözdü?" diye sordu Michael.

"Birkaç varsayımda bulundu, örneğin, sonsuz mutluluğun değeri pozitif sonsuzdu ve sonsuza dek lanetlenmenin değeri negatif sonsuzdu."

Sonsuz mutluluk = $+\infty$

Sonsuza dek lanetlenmek = $-\infty$

"Eğer bir denklemde sonsuzu kullanırsanız bu diğer her şeyi etkiler, çünkü çok büyük bir sayıdır, böylece (a) hedonizmin beklenen değeri negatif sonsuz ve (b) dini hayatın beklenen değeri pozitif sonsuz."

(a) hedonizm = $-\infty$ ve (b) din = $+\infty$

o zaman

(a) < (b) böylece...

(b) bek. değer (hedonizm) < bek. değer (dini hayat)

"Anladınız mı? Ölümden sonra insanın ruhunun yaşamasının veya herhangi bir şekilde hayatta olmasının olasılığı ne kadar az olursa olsun, Pascal'ın dine bağlı bir hayat yaşamasından beklediği getiri, yine de dünyevi zevklerle hedonistik bir yaşam sürüp de sonsuza dek lanetlenmeyi göze alacağı bir durumun getirisinden daha büyüktür. Pascal bunu anladığı anda da hayatının geri kalanını dine adaması gerektiği açıktı."

"Peki, siz de dindar bir hayat tarzını mı benimsiyorsunuz?" diye sordu Michael sınıfı güldürerek.

"Aslında," dedi Caine gülümseyerek, "Hayır."

"Neden?"

"İki nedeni var: Birincisi bana kalırsa dünyevi zevkleri tadarak yaşanacak bir hayat insana pozitif sonsuzluk getirir, ama dini bir hayat negatif sonsuzluktur." Birkaç öğrenci bunu alkışladı. Caine elini kaldırdı. "İkincisi, piyangoyu neden oynuyorsam dünyevi zevkleri de aynı nedenle seviyorum: Bazen insan 'istatistiklerin canı cehenneme' demeli ve içinden geleni yapmalı."

Herkes güldü, hatta birkaç öğrenci ıslık bile çaldı. Caine tam sınıfı bırakmak üzereydi ki elindeki tebeşire baktı. O anda tebeşirin büyümeye başladığını fark etti.

Elinin içinde büyüdü, büyüdü ve tahta bir asa gibi uzadı. Ucuna dokunmak için parmaklarını uzatınca birden eli de büyüdü. Parmakları artık dört dolgun uzantıydı. Bir an için hareket edemedi. Tebeşirin kendisine doğru eğildiğini sandığı anda yere fırlattı ve binbir parçaya ayrılan tebeşirin parçaları canlı solucanlar gibi kıvranmaya başladı.

Nefes almakta zorluk çekiyordu. Kendine gelebilmek için tahtaya baktı ama bu, durumu daha da kötüleştirdi. Tahta, üstüne üstüne geliyordu. Yazdığı denklemler kurdeleler gibi uçuşuyordu. Öğrencilerine döndü ve canlı bir şeye bakarak kendine gelebileceğini düşündü. Çok yanılmıştı. Üç öğrencisi ellerini kaldırmıştı ve kolları dev palmiyeler gibi bedenlerinin üstünde rüzgârda savruluyordu.

O anda kokuyu aldı. Pis ve ekşi bir koku. Beynini sulandırdı; çürüyen, bozulmuş etler gibi bir koku. Neler olduğunu anlamaya çalıştı, ama artık çok geçti. Biri göğsüne yumruk atmış gibi hissediyordu kendini, ciğerlerinde hava kalmamıştı sanki. Çöp kutusuna zar zor yetişti ve kusup bayıldı. Düşerken de başını masaya çarpmıştı.

Öğrencilerinden biri, bir hastanenin nevroloji bölümünde çalışıyordu, o yüzden de, iki ay önce trende bayıldığında olduğu gibi, uyandığında kendini cüzdanı ağzına sıkıştırılmış bir şekilde bulmadı. En azından bu şekilde aşağılanmamıştı. Ama o zamanlar buna şükretmesi gerektiğinin farkına varmamıştı. Bir tek şeyden çok emindi: Yeni hayatı gözlerinin önünde yok olmuştu.

Ancak üç hafta sonra sınıfa dönebilecek cesareti toparlayabildi. Bu deneyim de felaketle sonuçlandı. Ona beklentiyle bakan öğrencilerini gördüğünde aklına ilk gelen şey rüzgârda savrulan dev ellerdi. Konuşmak için ağzını açtığında hiçbir ses çıkmadı. Caine derin bir nefes aldı ve burun delikleri büyüyünce o korkunç kokuyu anımsadı.

"İyi misiniz hocam?"

Caine ilk sırada oturan öğrencilerden birinin sorusunu duydu, ama cevap veremiyordu. Cevap vermek yerine sınıfın arkasına doğru koşarak merdivenleri çıktı ve ağır çelik kapılardan zar zor dışarı attı kendini. Sınıftan çıktığında kalbi yavaşladı. Serin havayı soluyunca artık kokuyu duymadığını anlayıp rahatladı.

Bundan sonra bir kere daha ders vermeyi denedi, ama yine başarılı olmadı. Bu sefer sınıfa adım atar atmaz panik atak yaşadı. Kürsüye vardığında nefes bile alamıyordu sanki. O kadar terlemişti ki oluk oluk terler gözlerine giriyordu. İlk nöbetinde olduğu gibi çöp tenekesine zar zor yetişti ve o sabah, daha bir saat önce yediği buritoyu kustu. Çöp tenekesinde yüzen yemek artıklarına, yumurta ve salsa karışımına baktığında bu işin bittiğini anladı. Bir daha asla ders vermeyecekti. Ayağa kalktı, ağzını sildi, sınıftan çıkarken bir daha buraya dönmeyeceğini biliyordu.

İlk başlarda bunun iyi bir şey olduğuna ikna etmeye çalıştı kendini. Haftada üç gün ders vermektense doktora tezine odaklanabilirdi. *Mantıksal Regresyon Analizinde İstatistikî Olarak Belirgin Etmenlerin Etkisi* hakkındaydı tezi.

İlk bir ay boyunca kendini haklı çıkardı. Her sabah kalktığında hissettiği o isteği (*Hadi ama gidip POKER oynamak istemez misin?*) ve sinirsel enerjisini doktora tezinde ilerlemek için kullandı. Columbia'daki kütüphaneye gidip, kitapların arasına gömülüp, dizüstü bilgisayarının başından ayrılmayıp, bir takım doğal olguların dağılım eğrilerini çiziyordu ve her akşam yorgunluktan baygın düşüyordu.

Sonra bir daha nöbet geçirdi, bu öncekinden de kötüydü. Bir gün bilgisayarına bakarken kokuyu duydu, bu koku onu sarmaladı. Sanki koku bilgisayardan geliyordu. Ekran gözlerinin önünde büyüdü; dev, dişsiz bir ağız gibiydi.

Caine geriye çekilmeye çalıştıysa da kıpırdayamadı. Sonra birden dünyası karardı. Buz gibi çimento zeminin üstündeydi ayıldığında. Yana dönüp ağzındaki kanı ve kırılmış dişinin bir parçasını tükürdü. Üzerinden kamyon geçmiş gibi görünen bilgisayar, ayaklarının dibinde, yerdeydi. Ekranı çatlamıştı, klavyeye klavye demek için bin şahit isterdi.

Zihni bulanıktı ama 2.500 dolarlık Sony Vaio'sunu görünce yumruğunu sıktı. Bilgisayar artık modern bir sanat eseri olabilir ya da kâğıtların uçuşmaması için ağırlık olarak kullanılabilirdi ancak. Bir parça plastik, elini kesince tuşlardan birinin elinde olduğunu fark etti. Yumruğunu açınca elinde B tuşunu gördü.

Sanki onunla dalga geçiliyordu. *B. Bitti... Sen de bittin oğlum. Artık yenilgiyi kabul et. Gözün karardı, bilgisayarını parçaladın. Bunu hatırlamıyorsun bile. Şimdi de yerde yatmış ağzındaki kanı ve dişleri tükürüyorsun. Artık anla. İşin bitti senin. B. Başarısız... Bitti demek, işin bitti.*

Ne zannettin? Kurtulabileceğini mi düşündün? Sende deli genler var evlat. İ*kizinde de var ve kaçınılamaz sürpriz!!! Sende de var. Hadi bakalım, buna ne diyorsun?*

Caine elindeki tuşu duvara fırlatınca, tuşun çarptığı yerde kan lekesi oluştu. İşte o anda bu küçük sorunun kendiliğinden yok olmayacağını kabul etmek zorunda kaldı. Ertesi sabah Columbia Nevroloji Enstitüsü'ndeki nörologlardan birinden randevu aldı. Üç gün taramalar yapıldı. Cat scan, PET scan ve MRI çekildikten sonra Hint asıllı, tabak suratlı bir doktor gelip kötü haberi verdi.

5

Caine'de Temporal Lob Epilepsisi -TLE- vardı. Doktor ona koku ve görsel duyuları ile ilgili anomalilerin nöbetin başlangıcına işaret ettiğini anlattı. Ayrıca, sesler de duyabilir ya da deja vu yaşayabilirdi; yani bazı olayları yaşarken, ona sanki bunları önceden de yaşamış veya görmüş gibi gelebilirdi. Tüm bu kokular, görüntüler, sesler ve duygular nöbet öncesi auranın bir parçasıydı. TLE hastalarının hepsinin bu auraları yaşadıklarını bilmesi Caine'yi rahatlatacaktı sözde, ama tam tersi oldu.

Bir sonraki yıl karabasan gibiydi, sürekli hastaneye yatırılıp duruyordu ve her nöbet bir öncekinden kötü oluyordu.

"David inan bana bunları bilmiyordum," dedi Jasper kardeşi anlatınca. "Özür dilerim."

Caine omuz silkti. "Bilsen ne olacaktı ki? Elinden bir şey gelmez."

"Biliyorum, ama keşke söyleseydin," dedi omzu seğiren Jasper. "Neden nöbet geçiriyorsun? Nedenini biliyorlar mı?"

"Doktor bunun idiopatik olduğunu söyledi. Yani anlayacağın, hiçbir fikirleri yok bu konuda."

"Tedavi edemiyorlar mı?"

Caine başını salladı. "Bu yıl içinde altı farklı anti-epilepsi ilacı denedim, AE ilaçları beni kusturmaktan başka işe yaramadı."

"Hadi ya," dedi Jasper, "Ben epilepsiyi tedavi edebildiklerini sanırdım."

"İlaçlar ve diğer tedaviler hastaların yüzde 60'ında işe yarıyor. Ben şanslı yüzde 40'ın içindeyim."

Jasper bir yorumda bulunamadan kapı çalındı. "Girebilir miyim?" diye sordu gereksiz bir nezaketle Dr. Kummar ve daha onlar cevap vermeden odaya girdi.

Caine "Tabii buyurun," dediğinde adam zaten odadaydı. Dr. Kummar, Caine'nin dosyasını aldı ve okumaya başladı; başını sallayıp duruyordu, sanki içinden kendi kendine konuşuyordu. Sonunda dosyayı bir kenara bıraktı, elindeki minik ışıkla Caine'nin gözlerine baktı ve bir adım geri çekilip durdu.

"Nasıl hissediyorsun kendini?"

"Yorgunum, ama iyiyim."

"Nöbet başlamadan önce aura ne kadar sürdü?"

"Birkaç dakika."

"Yaa. VSS tedavisinden beri yaşadığın en kısa aura yani."

"Evet." Caine ameliyettan kalan yara izini elledi. Üç ay önce Dr. Kummar boynundaki bir sinirin altına pilli bir cihaz yerleştirmişti. Vagus sinir stimülasyonu olarak bilinen yöntem, bu yolla tedavi edilmeye çalışılan hastaların ancak yüzde 25'inde işe yarıyordu. Tedavinin başarı oranı bu denli düşük olmasına rağmen, çaresiz olan Caine bunu bile denemişti. Ne yazık ki o şanslı yüzde 25'in arasında değildi.

Dr. Kummar iç geçirdi. "Sana ne diyeceğimi bilmiyorum David. Yapabileceğimiz pek bir şey kalmadı, piyasadaki tüm ilaçları da denedik ve hiçbirinin etkisi olmadı. Açıkçası senin için yapabileceğimiz başka bir şey kalmadı." Dr. Kummar duraksadı. "Eğer benim çalışmam konusunda fikrini değiştirmediysen tabii ki."

Dr. Kummar dokuz ay kadar önce Caine'ye ilaç denemesi yaptığı bir araştırmada kobay olmasını önermişti. Başta Caine bunu kabul etmişti. Hatta gerekli tüm kan testlerini yaptırmış ve tüm evrakı hazırlamıştı; ama son anda Dr. Kummar olası yan etkileri saymaya başlayınca Caine bu işten vazgeçmişti.

Ama bu son ameliyattan önceydi, o zamanlar umudunu yitirmemişti daha. Dr. Kummar'ın nazikçe ifade etmeye çalıştığı gibi başka seçenek kalmamıştı artık. Eğer nöbetler devam ederse birkaç yıla kalmadan bitkisel hayata girecekti. Bu yıllar boyunca da korku içinde yaşayacak ve sudan çıkmış bir balık gibi çaresizce kendini yerlere atıp tepineceği zamanı asla bilemeyecekti.

"Çalışmanızda hâlâ bana yer var mı?"

"Dün yoktu, ama bu sabah bir hastam ayrıldı, o yüzden..."

"Hasta neden ayrıldı?" diye araya girdi Caine.

"Neden mi? İlaç yüzünden karabasanlar gördüğünü iddia etti. Bence bu psikosomatikti."

Doktor durdu ve derin bir nefes aldı. "Neyse, yani bir kişiyi daha ekibe alabilirim. Ama hemen karar vermelisin."

"Tamam," dedi Caine hiç duraksamadan.

"Sana saydığım yan etkileri hatırlıyorsun değil mi?"

"Nasıl unutabilirim ki?"

"Ha... Tabii bir de ailende şizofreni vardı değil mi?"

Jasper elini kaldırdı. Dr. Kummar dönüp ona baktığında sanki Jasper'i ilk defa görüyormuş gibiydi.

"Siz ikizi olmalısınız. David son zamanlarda bir kriz geçirdiğinizi anlattı. Öyle mi?"

Jasper, Caine'ye baktı, Caine ise sadece başını salladı. Sanki kardeşine '*soruya cevap ver, sana sonra anlatırım,*' der gibiydi. Jasper doktora doğru döndü. "Evet."

"Ne zaman taburcu edildiniz?"

"Beş hafta oldu."

"Hangi ilaçları kullandınız?"

"Şu anda Zyprexa kullanıyorum, ama daha önce Seroquel kullandım. Bir ara da Risperdal verdiler."

"İlginç. Şimdi semptomlar kontrol altında, öyle mi?"

"Artık hükümetin beynimi çalacağını söyleyen küçük cücelerin seslerini duymuyorum, eğer bunu kastediyorsanız semptomlar derken, *ben, sen, ten,*" dedi Jasper sanki acı çekiyormuş gibi gülümseyerek.

Caine, Jasper'e bakan Dr. Kummar'ı süzdü ve kendini doktorun yerine koymaya çalıştı. Onun gözlerinden Jasper'i görmeye çalıştı. Jasper'in şizofrenisi görünüşünü de etkilemişti, artık yakışıklı değildi ve aklı başında bir insan bu adamla aynı kaldırımda bile yürümek istemezdi. Biraz sonra Dr. Kummar Caine'ye döndü.

"Ne yapmak istiyorsun?" diye sordu Dr. Kummar.

"Seçeneğim var mı ki?" diye iç geçirdi Caine. "Yapalım şu işi."

"İyi," dedi Dr. Kummar neredeyse gülümseyerek. "Asistanıma söylerim, işlemleri halleder. Yarın hastaneden taburcu olacaksın, ama her üç günde bir geri gelmen gerekecek kan testi için. Ayrıca, nöbetlerinin ve auraların zamanlarını ve sürelerini kaydetmeni istiyorum. Eğer şizofrenlere özgü semptomların olursa, örneğin yanılsamalar, konuşma bozuklukları, halüsinasyonlar ve eğer bunlar nöbetle ilgili değilse o zaman..."

"Bir dakika." Jasper ayağa kalkıp Dr. Kummar'ın monoton bir ses tonuyla anlattıklarını kesmek için elini kaldırdı. "Neden şizofren semptomları olsun ki?"

Dr. Kummar sanki haddini bilmez bir çocuk konuşuyormuş gibi dönüp baktı Caine'nin ikizine; ama Jasper'in gözlerindeki ateşli ifadeyi görünce soruya cevap vermeye karar verdi.

"Geliştirmeye çalıştığım antiepileptik ilacın bir yan etkisi de beynin dopamin salgısını artırması. Eminim siz de bunları biliyorsunuzdur; dopamin salgılarının şizofreni ile bağlantısı vardır. İlaç dopamin salgısını artırdığı için David'in şizofreni nöbeti geçirme olasılığı var."

Dr. Kummar, Caine'nin ve Jasper'in birbirlerine tedirgin bir şekilde baktıklarını görünce hemen sözlerine devam etti. "Kesin olacak diye bir şey yok. Ama ufak da olsa bir risk var."

"Ne kadar küçük bir riskten söz ediyoruz?" diye sordu Jasper.

"Yüzde 2'den az," dedi hemen Dr. Kummar.

"Eğer böyle bir şey olursa, o zaman ilacı hemen keseriz, değil mi?" diye sordu Caine.

Dr. Kummar başını salladı. "Yo, hayır. Bu çok tehlikeli olur. İlacın etkilerini göremesek bile yine de etkili olabilir. Eğer ilacı birden kesersen, o zaman çok ağır nöbetler geçirebilirsin."

"O zaman şöyle sorayım soruyu: Çıldırmaya başladığımda tam olarak ne yapmamı öneriyorsunuz?"

"İnsanın kendisinde bir akıl hastalığını teşhis etmesi çok zordur, bu yüzden de haftada bir asistanımla bir araya gelip psikolojik değerlendirme yapabilirsiniz."

Caine yastığına yaslandı. Jasper'in yüzüne bakınca kardeşinin bile kendisine acıdığını hissetti. Hapı yutmuştu. Caine gözlerini kapayıp dünyadan kopmaya çalıştı. Dr. Kummar'ın sözleri çınlıyordu kulaklarında: Şizofreni. Caine, bile bile böyle bir riski göze aldığına inanamıyordu. Ama eğer nöbetler şiddetlenerek devam ederse Jasper'den de kötü durumda olacaktı. Başka seçeneği yoktu.

"Tamam," derken Caine bir yandan rahatlamıştı, bir yandan da ödü patlıyordu.

"Anlaştık o zaman." Dr. Kummar kapıya doğru yönelmişti ki durdu ve Caine'ye döndü. "Ayrıca, eğer gerekli olursa seni bir akıl hastanesine yatırabileceğime dair bir izin belgesi de imzalaman gerekecek." Caine tek kelime edemeden doktor odadan çıkmıştı bile.

"Tatlı adam," dedi Jasper dalga geçerek.

"Tabii ne demezsin. Yeme de yanında yat."

Bir an için sessizlik oldu. Sonra Jasper, "Demek bu işi yapacaksın öyle mi?" diye sordu.

"Mecburum."

"Ağabeyin gibi olmaktan korkmuyor musun? Deli olup ağzından salyalar saçarak dolaşmak var, *dar, gar, sar.*"

Caine'nin birden nefesi kesildi. "Jasper iyi olduğuna emin misin? Kafiyeli konuşmak da semptomlardan biri..."

"Bir şeyim yok," dedi Jasper, Caine'nin sözünü keserek. Jasper gülümser gibi dudaklarını büktü. "Kafiyeli konuşmak hoşuma gidiyor, hepsi bu. Şiir gibi, seviyorum işte." Birkaç kere dilini şaklattı. Sanki söylediklerini vurguluyordu. "Gelelim senin durumuna. Emin misin bunu yapmak istediğine?"

“Başka şansım yok ki. Bu şekilde yaşamaya devam edemem. Nöbetler devam ederse o zaman zaten...” Caine lafını bitiremedi.

“Kalmamı ister misin? Birkaç gün kanepende yatarım istersen.”

Caine başını salladı. “Yok, sağ ol. Ben iyiyim. Bunu tek başıma yapmak istiyorum. Bilirsin işte.”

“Bilirim,” dedi Jasper kirli sakalını kaşırken, “Bilirim.”

“Sana bir soru sormak istiyorum.”

“Sor.”

“Şizofreni nasıl bir şey?” diye sordu Caine tedirgin bir şekilde. Kardeşine daha önce bunu hiç sormadığını düşündü bir yandan da. “Nasıl hissediyor insan kendini?”

Jasper omuz silkti. “Hiçbir şey oluyormuş gibi hissetmiyorsun. Yanılsamalar gerçek gibi. Doğal, hatta olması gerektiği gibi. Sanki hükümetin düşüncelerini okumaya çalışması dünyanın en mantıklı ve doğal şeyiymiş gibi geliyor ya da en yakın dostunun seni öldürmesi falan.” Bir an sustu kaldı. “Bu yüzden çok korkutucu...”

Jasper sözlerine devam etmeden yutkundu. “Önemli olan şu; her ne oluyorsa, ya da sen ne olduğunu sanıyorsan, yine de kontrol sende. Kim olduğunu ve hâlâ kendin olduğunu hatırlamaya çalış. Bununla başa çıkmaya çalış. Kendini güvenceye al, güvenli mekânlar seç, güvenebileceğin insanlarla birlikte ol. Yarattığın dünyada mantıklı kararlar vermeye çalış. Sonunda bir şekilde gerçeği buluyorsun, gerçekliğe dönüyorsun.”

Caine başını salladı, Jasper’in söylediklerini yapmak zorunda kalmayacağını umuyordu.

“Peki,” dedi normal bir şeylerden söz etmek için konuyu değiştirmeye çalışarak, “Nerede oturuyorsun bu aralar?”

“Aynı apartmandayım, kampüsten birkaç sokak ötede.”

"İyiymiş." İkisi de bir süre bir şey demediler. İki kardeş gelecekte başlarına gelebilecekleri düşünüp korkuyorlardı. Sonunda Jasper saatine bakıp ayağa kalktı. "Eğer kalmamı istemiyorsan ben kalkayım. Bir sonraki otobüse yetişeyim."

Caine kardeşi gitmek isteyince kendini bu kadar kötü hissedeceğini beklemiyordu ve kendi tepkisine şaşırdı. Herhalde bu ifadesine de yansımıştı, çünkü Jasper hemen sözünü geri aldı.

"Eğer istersen hasta olduğumu söyler, birkaç gün izin alırım."

"Hayır, ben iyiyim. İşte başın belaya girsin istemem. Eminim iş bulmak zordur, hele bir de insan... " Caine cümlesini tamamlamadı, ama ne diyeceği belliydi.

"İnsanın deli raporu varsa demek istiyorsun galiba. Doğru mu anlamışım?" diye sordu Jasper.

"Yapma lütfen," dedi Caine yorgunluktan bitkin bir halde. "Ne demek istediğimi anladın işte."

"Haklısın. Boş ver. Bu aralar tedirginim ve gereksiz alınganlık yapıyorum."

"Hiç dert etme, ben de aynı durumdayım." Caine kardeşine elini uzattı, artık neredeyse onunla iki yabancı gibiydiler, ilişkilerinin nasıl bu hale geldiğini o da bilmiyordu. "Geldiğin için teşekkür ederim. Gerçekten iyi geldi. Ben kalkıp seni görmeye gelmedim, ama sen geldin."

Jasper elini sallayarak bunun önemli olmadığını ima etti. "İnsanın niye ikizi olsun ki böyle günlerde yanında olmayacaksa?" Döndü ve kapıya doğru yöneldi, ama birden eşikte durdu. Bir ayağı odanın içinde öteki koridordaydı. "Eğer bir şeye ihtiyacın olursa beni cepten ara, *kara, tara, yara*."

"Sağ ol," dedi Caine tedirgin bir şekilde. "Yanımda olduğunu bilmek çok güzel..." Jasper gidince Caine birden gerçekten de öyle olduğunu anladı.

♣

Julia âşık olduğunu biliyordu.

Ondan ayrıyken kalbi sızladığı, birlikteyken elleri titrediği için biliyordu. Sevişirken nefes darlığı çektiği, gelince sıcacık bir uyuşukluk her yerini kapladığı ve kemikleri jöleymiş gibi hissettiği için biliyordu. Dahası hep kendini güvende hissediyordu. Petey'in kollarındayken hiç kimse ona bir şey yapamazdı.

Petey. Ona taktığı bu isme de bayılıyordu. Hayatını değiştirmişti bu adam. Julia buna inanamıyordu. Onunla tanıştığında genç bir kızdı, şimdiyse bir kadın olmuştu.

Julia iki yıl önce doktorasına başladığında, birini bulabileceğini düşünmüyordu artık. Yaşı çok gençti ve romantik bir şeyler yaşaması gerektiğini biliyordu, ama hiçbir erkekle çıkmamıştı, bu yüzden de aslında çok da bilmiyordu neler kaçırdığını. Lisedeyken, sonrasında da üniversitedeyken, hiçbir erkek ona ilgi göstermemişti. Julia garip olduğunu düşünmeye başlamıştı; onda garip bir şeyler vardı ve herkes bunu görebiliyordu herhalde. Umut etmekten bıktı, hayal kırıklıklarından sıkıldı. Bu yüzden de içine kapandı. Ta ki Petey'le tanışıncaya kadar.

İlk kiminle yatacağını sorsalardı, aklına gelecek son kişi Petey olurdu. Kendinden yirmi yaş büyük tez danışmanı, kıllı, ufak tefek bir adamdı. Kalın kaşları, kulaklarında bile ağarmış kılları vardı. Bölümdeki diğer kızlar adamı itici buluyorlardı, ama bu Julia'nın umurunda değildi. Petey'i hoş bulduğu için ona âşık olmamıştı, onun zekâsına hayran kalıp âşık olmuştu. Petey bugüne kadar tanıştığı en akıllı, en zeki insandı. İnanılmaz işler yapıyordu. Teorilerini kanıtlarsa, daha doğrusu kanıtladığı zaman, ismini herkes duyacaktı. Nobel ödülünü kazanacaktı. Tartışma programlarının aranan yıldızı olacaktı. Herkese, hayat dedikleri bu dokunun nasıl enerji, uzam ve zaman eksenlerinde değişen dev bir örgü olup da her şeyin birbiriyle bağlantılı ve ilgili olduğunu açıklayacaktı. Keşke üniversite fonlar konusunda bu kadar sorun çıkarmasaydı. Para sorunu olmasa şimdiye bitirmiş olurdu işini.

Bu konuda konuştuklarını hatırlayınca irkildi.

"Bu sefer sana fonu verecekler mi sence?" diye sordu Julia adamın ak düşmüş kalın telli saçlarını parmaklarıyla tararken.

Petey birden buz kesti, mükemmel anı bozmuştu sanki kız bu sözlerle.

"Özür dilerim," dedi Julia hemen, pişmanlık duyuyordu bu konuyu açtığına. "Ben asla..."

"Hayır, önemli değil. Gerçeklerle yüzleşmem lazım. Eğer, şu son yaptığım testlerden istediğim sonuçları elde edemezsem, o zaman örümcek kafalı üniversite bürokratlarının karşısında yenilgiyi kabul etmek zorunda kalacağım."

Petey haklıydı, aslında hepsi bürokrattı özünde. Eğer bilimi umursuyor olsalardı bürokrat olmak için bilimle ilgili işlerini bir kenara bırakmazlardı. Bunun yerine Petey'e engel olmaya çalışıyorlardı. Her bir bulgusunu engellemek istiyorlardı, çünkü onu kıskanıyorlardı. Ama onu durduramazlardı; Julia son deneylerin teoriyi kanıtlayacağına emindi. O zaman ona para vermek için birbirleriyle yarışacaklardı ve adamın dâhiyane fikirlerini kabul edeceklerdi.

Julia o anı iple çekiyordu. Petey, o an geldiğinde, ilişkilerini açıklayacağına ve deneyleri durduracağına söz vermişti. Kadın iç geçirdi, o zaman geldiğinde ne kadar rahatlayacağını düşündü. Bir daha, o... O yere asla gitmek zorunda kalmayacaktı. Birden bedeni soğudu sanki hem ödü patlıyordu, hem de garip bir şekilde şevkliydi, aşırı şevkliydi. Gözlerini kapayınca görebiliyordu, ama sonra bir anda yok oldu.

Uyanıkken orayı hatırlayamıyordu, ama uyuduğunda rüyalarına giriyordu. Son zamanlarda çok sık hayal görüyordu. Rüyalarında tüm garipliklerin mantıklı bir açıklaması vardı, ama uyanınca her şey birbirine giriyordu, karışıyordu. Birkaç hafta boyunca kırmızı-beyaz parlayan yuvarlakların içinde sayılar gördü, sayılar o kadar parlaktı ki gözleri zonkluyordu.

Dün akşam da poker hakkında bir rüya görmüştü; bu çok garipti çünkü pokerin kurallarını bile bilmiyordu. Ama rüyasında çok usta bir oyuncuydu; tüm olasılıkları göz açıp kapayıncaya kadar hesaplayabilen ve bunu beynini uyuşturan çürümüş balık kokusuna rağmen yapabilen biriydi.

Petey rüyalara bir anlam yüklememesi gerektiğini söylüyordu; ama Julia bunların deneyin yan etkisi olduğundan şüpheleniyordu. Petey'in çalışmalarının bir parçası olmak onun için müthiş bir şeydi, ama bunun yanlış olduğunu biliyordu ve bu deneyler sona erdiğinde ilişkileri başka bir boyuta taşınacaktı. Şehrin dışındaki salaş barlarda buluşmak, gecenin bir vakti laboratuvarda sevişmek zorunda kalmayacaklardı artık. Yatakta dönüp tavana baktı, bacaklarını açtı ve adamın yanında yattığını hayal etti.

Onun kollarında uyanmak nasıl olurdu acaba? Sabah kalkıp sevişirlerdi, sonra da yatakta kahvaltı ederlerdi. Adam sabah kahvesini içince (sütlü ve şekersiz içerdi kahveyi) yine sevişirlerdi. Kadın uzanıp baldırına dokundu ve birden bedenini ateş kapladı.

Hayatında ilk defa mutluydu Julia. Çıplak karnının üstünde ellerini gezdirirken saati çaldı. Bir an bile tereddüt etmeden yataktan fırlayıp banyoya koştu, çünkü ilaçları oradaydı. Şeffaf şişenin üstünde bir şey yazmıyordu. Petey ilaçların laboratuvardan alındığının bilinmesini istemiyordu.

"İlaç, *kaç, maç, taç,*" dedi, sonra da sürekli kafiyeli konuşmak istediği için kendine gülerek elli miligramlık iki tableti eline aldı. Son zamanlarda bunu çok sık yapmaya başlamıştı. Nedenini bilmiyordu, ama bunu çok komik buluyordu. Ne yazık ki Petey onunla aynı fikirde değildi. Sevişirlerken ilk kafiyeli konuştuğunda adam birden irkilmişti. Bu sevişmenin etkisiyle bir irkilme değildi. Eğer, bu Petey'in hoşuna gitmiyorsa kafiyeli konuşmayacaktı. Onu mutlu etmekten daha önemli bir şey yoktu.

Başını arkaya eğip, iki hapı yuttu ve hemen su alıp içti. Ağzında tebeşir yutmuş gibi acı bir tat kalıyordu hep. Ama bundan beteri de vardı: Koku. İlk başlarda koku Julia'yı korkutmuştu, ama Petey bunun önemsiz bir nörolojik yan etki olduğunu söylemişti, endişelenecek bir şey yoktu. Julia da bunu kafaya takmadı.

Petey'in ona yalan söyleyecek hali yoktu. Asla kendisine yalan söylemeyeceğini biliyordu.

Sabah olduğunda da hiçbir şey daha iyi değildi. Nava, avcunun içiyle saatinin alarmına vurup susturduğunda, bunun böyle devam edemeyeceğini düşündü. Altı yıldır herhangi bir aksilik olmaksızın ABD hükümetinin sırlarını başka devletlere satıyordu, ama dün akşam bu işi artık bırakması gerektiğini anlamıştı. Günün birinde, eninde sonunda onu yakalayacaklardı ya da bu işi yaparken ölecekti. Birinden biri mutlaka olacaktı.

Eğer, ajan meslektaşlarını satsaydı, ya da silah teknolojisiyle ilgili bilgi sızdırsaydı şimdiye tropikal bir adada gününü gün ediyor olurdu; ama bu iki işe hiç bulaşmamıştı. Nava insanların hayatını kurtarabilecek, ya da rekabeti artırabileceğini veya eşitleyebileceğini düşündüğü bilgileri satıyordu. İsrail'in Mossad'ına Filistinli teröristlerin yerlerini bildiriyor ya da Avusturya Karşı İstihbarat Birimi'ne Çek Cumhuriyeti'nin uydu fotoğraflarını satıyordu. Bunun gibi birçok iş çeviriyordu, çünkü hiç kimseye ve hiçbir ülkeye bağlılık hissetmiyordu. Onun ülkesi yoktu.

Dün akşam aldığı para bugüne kadar kazandığı en yüksek meblâğdı. Sekiz ay çalışmıştı bu para için. Şu anda Kayman Adaları'ndaki hesabında 1.5 milyon dolar vardı. Bu para onu krallar gibi yaşatmasa da, kaçmasına yeterdi. Şu anda kaçıp gidebilirdi. Altı ayrı kimliğinden birini tescil eden belgelerden birkaçını alıp, nereye gittiğinin bile bir önemi olmadan bir uçağa atlayıp yeni ufuklara yol alabilirdi. Kırk sekiz saat içinde kayıplara karışabilirdi.

Aslında bunu düşünmüyor da değildi, ama bunun pek de akıllıca olmayacağını biliyordu. CIA bir tetikçisini kaybedince pek de mutlu olmazdı, ama peşine düşecek halleri de yoktu. Ancak Spetsnaz farklı düşünecekti; Kuzey Koreliler kesinlikle peşini bırakmazlardı. Bu iş yıllar sürse bile, onu arar bulur ve öldürürlerdi.

Kaçmak bir seçenek değildi. Garip işler çeviren kökten dinci terörist örgütle ilgili bilgileri CIA'nın veri tabanından yine çalması gerekecekti. Sonra da bunları Korelilere iletecekti. Bu işi bitirince de kayıplara karışacaktı. Kuzey Korelilerle işi bitince de hemen New York'tan ayrılacak ve hayatına yeniden başlayacaktı. Bu kararı verdiği anda BlackBerry titremeye başladı.

Mesajlar hep aynı olurdu: Gece ona nerede ve ne zaman diski bırakacakları bildirilirdi. Bırakılan veri diskinden yeni görevine ilişkin bilgileri alırdı. Bu devirde, bir sonraki görevle ilgili bilgileri bu şekilde aktarmak biraz çağ dışıydı, ama teşkilat başka türlü güvenliği sağlayamıyordu.

Artık, değişen tek şey teknolojiyi kullanıyor olmalarıydı. Yirmi yıl önce dot-matris yazıcılarda basılmış bilgi notları verilirdi, bugünlerdeyse ışığa duyarlı DVD'ler veriyorlardı. Işıkla temas ettiği andan itibaren yirmi dakika içinde okunmuyordu bu DVD'ler. Ancak özel olarak tasarlanmış dizüstü bilgisayarlarda çalışıyordu. Nava'nın yan odada böyle bir aleti vardı. Buna da minik bir kamera bağlıydı. Ekrana bakan kişinin retinasını tarıyor ve bilginin ulaşması gereken kişi tarafından okunduğunu teyit ediyordu. Başkası bakmaya çalışınca program kilitleniyordu.

Nava banyoya girip yüzünü yıkadı. Sonra gidip BlackBerry'sindeki mesaja baktı. Mesajı gördüğü anda başından aşağıya kaynar sular boşandı. Bir yer ve zaman yerine iki kelimelik bir mesaj göndermişlerdi:

Merkeze gel.

Onu merkeze çağıracak tek kişi müdürüydü. Acaba biliyor muydu? Bir önceki gece apartmana gittiğinde peşinden kimsenin gelmediğine emindi. Ama neden müdürü onunla yüz yüze görüşmek istesin ki? Yok, yok, saçmalıyordu. Müdür devlet sırlarını sattığını bilse, ona merkeze gelmesini söylemezdi herhalde. Şimdiye kapısına birkaç izbandut dikmiş ve onu alıp, hapse götürmüş olurlardı.

Belki de Nava'nın böyle düşünmesini istiyorlardı. Eğer güç kullanarak onu alt etmeye çalışırlarsa kaçma ihtimali vardı, ama CIA'nın New York Bölge Ofisi'ne girerse kaçması imkânsızdı. Eğer kaçacaksa şimdi kaçması gerekiyordu. Yoksa artık bunun için de çok mu geçti? Eğer dairesini gözetim altında tutuyorlarsa onun şehri terk etmesine asla izin vermezlerdi.

Aklından bir anda binbir düşünce geçti, karar vermek için zamanı olmadığının farkındaydı. Mesaja baktığı anda elindeki aletten nerede olduğunu öğrenmişlerdi bile. Eğer yarım saat içinde teşkilatta olmazsa, bir şeylerin ters gittiğini anlayacaklardı. Gözlerini kapayan Nava derin bir nefes aldı, bir yandan da zamanın geçtiğinin farkındaydı.

Gidecek miydi, kalacak mıydı? Aslında çok basit bir seçimdi bu, ama bunun sonucunda başına gelebilecekler hiç de basit değildi. Bir dakika içinde gözlerini açtı. Kararını vermişti. Üç tane silah kuşandı; 9 milimetrelik bir SIG Sauer vardı omuz askısında, bacağına da 9 milimetrelik yarı otomatik bir Glock bağladı, bıçağını çizmesine sıkıştırdı. Dört sahte pasaportunu ve ellilik beş kutu mermi alıp kapıya doğru gitti.

Çıkmadan önce son bir kez omzunun üzerinden dairesine baktı. Bir daha buraya dönebileceğini hiç sanmıyordu. Sokağa çıktığında bir taksi buldu. Acele etmesi gerekiyordu.

Hava o kadar soğuktu ki Jasper'in ağzından dumanlar çıkıyordu, ama bu onun umurunda değildi. Soğuğu hissetmek bile güzeldi. Parmaklarının ucundaki acı ona hayatta olduğunu hatırlatıyordu adeta. Artık iş başındaydı. Birkaç haftadır antipsikotik ilaçlarını almıyordu ve bedenini ilaçların etkisinden arındırmak üzereydi. Sanki biri ağzına bir hortum sokmuştu ve beynini çevreleyen bulutlar dağılmış gibiydi. Eğer sokaklar insanlarla dolu olmasaydı, binaların önünden koşar, sırf bu duyguyu tadabilmek isterdi.

Kendini müthiş hissediyordu. "Çok iyiyim, *kim, sim, tim!*" diye bağırdı sokağın ortasında. Jasper'e garip garip bakanlar da vardı, ama bu onun umurunda değildi. Kafiyeli konuşmak çok hoşuna gidiyordu, kendini iyi hissediyordu. Kafiyeleri duyunca sanki zihninde bir sürü top zıplıyormuş gibi hissediyordu.

Philadelphia'ya geri dönmeyi iple çekiyordu. O...

Henüz geri dönemezsin.

Jasper birden bire olduğu yerde çakılıp kalınca biri ona çarptı. Çevresindeki her şeyi görmezden gelerek, sanki uzaktan gelen bir sesi duymaya çalışıyormuş gibi başını eğdi. *Ses*'i duymuştu. İlaçlar onu yok edinceye, bastırıncaya kadar, *Ses* bir yıl boyunca onunla hiç konuşmamıştı.

Ses'in yankısını zihninde duyunca birden onu ne kadar özlediğinin farkına vardı. *Ses*'i o kadar çok seviyordu ki ağlamak istiyordu. Kulakları çınlıyordu, *Ses* ona bir şey söylemek istediğini anlatmaya çalışıyordu. Jasper gözlerini sımsıkı kapadı. Gözlerini kapayınca *Ses*'i daha iyi duyabiliyordu.

Kalman gereekkiiyor.

- *Neden?*

Çünkü karrdeşş*iini koruman gerrekkiiyor.*

- *Ona ne olacak?*

Yakkında gelleccekkler. Yanında olup ona yarrdım etmen gerekkiiyor.

- *Kim gelecek?*

Hükümmett.

- *Neden onun peşindeler?*

Çünkü o özzzelll. *Şimdi dikkatle diinnnlee...*

Akan bir nehrin içinde çakılı kalmış bir kayaymış gibi kıpırdamadan kaldırımda duran Jasper'in yanından insanlar geçerken, o gözlerini kapayıp dikkatle dinledi. *Ses* sustuğunda gözlerini açıp gülümsedi. Dönüp hızla yürümeye başladı, artık hayatta yeni bir hedefi, yeni bir amacı vardı. Sanki bu onu canlandırmıştı, ona hayat vermişti.

David'e yardım edecekti. Kardeşi peşinde olduklarını bilmiyordu, ama Jasper biliyordu. *Ses*'in dediklerini yaparsa her şey yoluna girecekti. Yürürken yanlışlıkla omuz attığı yayaların kendisine ters ters baktıklarından habersiz olan Jasper koşmaya başladı. Acele etmesi gerekiyordu.

Daha silah alacaktı.

6

Nava, CIA'nın New York Merkezi'nin kurşuni gri kapılarından içeri girerken telaşlanmamaya çalıştı. Eğer onu tutuklayacaklarsa, burada, girişte yapacaklardı. Kapılar arkasından kilitlenirken silahlı iki görevliye baktı. Ne yapacaklarını kestirmeye çalışıyordu, ama yüzlerinden hiçbir şey okunmuyordu.

Yavaşça yürüyerek metal dedektörüne doğru gitti. Nava geçerken metal detektörünün kırmızı ışığı yandıysa da, onun binaya silah sokma izni olduğunu bildikleri için üstünü aramadılar. Kapının yanındaki parmak izi tarayıcısına elini koydu ve beyaz ışık tüm elini taradıktan sonra kapının açılmasını bekledi.

Elektronik kilit açılıp da kurşun geçirmez kapı yana doğru kayarken bir klik sesi duyuldu. Nava resepsiyona girerken rahatlamıştı. Duvarda CIA amblemi olmasa burası normal bir işyerinin resepsiyonu gibiydi. Hatta iki de sekreter vardı; biri neşeli, diğeri ciddi. Nava ismini söyleyince asık suratlı sekreter onu ofislerin arasından geçirerek müdürün odasına götürdü.

Nava penceresiz ufak odaya girince, Müdür Bryce onun elini sıkmak için ayağa kalktı.

Keskin bakışlı kahverengi gözleri, dolgun, gümüşi gri saçları olan ince adam insana güven verecek şekilde tokalaşırdı. Bir ajandan çok Amerika'nın en büyük beş yüz şirketinin üst düzey yöneticilerinden birine benziyordu. Lafı dolandırmadan hemen konuya girdi.

"Transfer ediliyorsun."

"Ne?" Nava tutuklanmaya hazırlıklıydı, ama buna kesinlikle hazırlamamıştı kendini.

"UGA'daki Bilim ve Teknoloji Araştırma Laboratuvarı'nda adama ihtiyaçları varmış ve masa başı işinden fazlasını yapabilecek bir ajan istediler."

Nava anlayamamıştı. UGA'nın CIA'dan beş misli fazla adamı vardı. Ayrıca, birimler arası transfer yapılması da görülmedik bir şeydi. Bu bir tuzaktı herhalde. Zamana karşı yarışmalı ve daha fazla bilgi edinmeliydi bu konuda.

"Ama efendim ben..."

"Beni, meni yok, işi hallet. Hemen şimdi naklediliyorsun birime," dedi yeni kimliğini Nava'ya doğru iterek. "Çıkışta Teşkilat kimliklerini bırakırsın."

"Efendim ama anlayamıyorum, UGA'nın neden bir CIA ajanına ihtiyacı olsun ki?"

"Hiçbir fikrim yok desem, ayrıca bize söylemeye niyetleri de yok. Eğer bizi dâhil edecek olsalar yardım isterlerdi, kalkıp da kadromuzu onlara aktarmamızı talep etmezlerdi." Müdür sinirli konuşuyordu. Nava her şeyi daha iyi anlamaya başladı. Transfer fikri müdürden çıkmamıştı. Yani bu bir tuzak değildi, müdürü bu işi yapmaya zorlamışlardı.

"Peki, neden ben?" diye sordu hâlâ bazı şeylerin cevabını alamamış olan Nava.

"Şu anda istedikleri niteliklere sahip, görevi olmayan tek ajan sensin de ondan." Nava bu sözleri duyunca her şeyi daha iyi anlamaya başladı. UGA bir tek nedenle Nava gibi bir CIA ajanının transferini isterdi: Ya birini sorguya çektireceklerdi, ya kaçırtacaklardı ya da öldürteceklerdi. Müdür lazer yazıcısından bir parça kâğıt alıp Nava'ya verdi.

"Bu BTAL'ın adresi. Öğle vakti orada olman gerekiyor, acele etsen iyi olacak." Önündeki bilgisayar ekranına döndü Nava'yla işinin bittiğini ima edercesine. "Şimdi izninle, işim var."

Müdürün ofisinin dışında silahlı bir nöbetçi Nava'yı bekliyordu. Ona sert bir ifadeyle bakıyordu.

"Size kapıya kadar eşlik edeceğim."

Nava'nın hemen bir plan yapması gerekiyordu, ağa bağlanıp bilgileri başka bir diske kopyalamalıydı. Nöbetçiye göz süzerek baktı.

"Bilgisayardan e-postamı kontrol etsem? Bir saniyelik işim var aslında."

"Özür dilerim ama güvenlik kodlarınız artık geçersiz. Benimle gelmeniz gerekecek."

Nava, sanki bu önemli bir şey değilmiş gibi omuz silkip, nöbetçinin ona kapıya kadar eşlik etmesine izin verdi. Kuzey Korelilere bilgilere artık ulaşamayacağını söylediğinde nasıl tepki vereceklerini merak ediyordu. Binadan çıktığı anda titreyen parmaklarının arasına aldığı sigarayı yaktı. Sokağın karşısında güneş gözlüklerini takmış cep telefonuyla konuşan uzun boylu bir Koreli gördü. Ayvayı yemişti. Şimdiden peşine düşmüşlerdi.

Sanki adamı hiç görmemiş gibi yapıp, on beş blok ötedeki BTAL'a doğru yürümeye başladı. Adam da peşine takıldı. Nava'yı izlediğini belli etmemeye çalışıyormuş gibi bir hali de yoktu. *Spetsnaz* ajanlarının çok marifetli olduklarını bilirdi. Eğer adamın peşinde olduğunu saptayabiliyorsa bunun tek bir nedeni vardı: Adam onun bilmesini istiyordu. Ona gözlerinin üzerinde olduğunu hatırlatmak için takmışlardı adamı peşine. Sanki bunu unutabilirmiş gibi...

Adamı aklından çıkarıp düşünmeye çalıştı. CIA'daki bilgisayardan bilgileri indirip yeni bir diske kaydetme planı suya düşmüştü. Kuzey Korelilere verecek başka bir şey bulmalıydı. On altı saat içinde bir çare bulamazsa onu öldüreceklerdi.

Nava'nın tek ümidi vardı; Korelileri yatıştırmak için BTAL'da ilgilenecekleri bir bilgi bulmak. Bu pek de olası bir şey değildi, ama bunu yapmak zorundaydı. Eğer böyle bir şey bulamazsa da, o zaman kaçacaktı.

Nava, UGA'nın Bilim ve Teknoloji Araştırma Laboratuvarı'na girerken hâlâ kaçış planları yapıyordu. Güvenliği geçtikten sonra asansöre binip yirmi birinci kata çıktı. Gülümseyen bir sekreter onu karşıladı.

"Hoş geldiniz Ajan Vaner," dedi kadın. "Lütfen benimle gelin. Dr. Forsythe sizi bekliyordu."

Dr. Tversky, Julia'yı alnından öptüğünde kadının bedeninin titrediğini hissetti.

"İyi misin birtanem?"

"Muhteşemim," diye mırıldandı gözleri kapalı olan Julia. "Seninle olduğumda hep muhteşemim Petey."

Yok artık. Kadının kendisine sırılsıklam âşık olduğunu biliyordu, ama artık iyice abartmıştı işi. Bu kandırmacaya daha ne kadar devam etmesi gerekeceğini düşündü. Deney eğer tamamen başarısız olursa en azından bu ilişkiden sıyrılmanın yolunu bulacaktı.

Kadının şefkatli bir davranış olarak algılayacağını düşündüğü bir şekilde kolunu sıktı ve bir adım geriye çekilerek sevgilisi olan deneğe baktı. Kadın masada çırılçıplak yatıyordu, bir tek belirli yerlerini kapatan ince bir pamuklu örtü vardı üstünde. Minik göğüsleri çırılçıplaktı ve buz gibi laboratuvarın soğuğunda göğüs uçları dikilmişti.

Elektriğe bağlı altı tane parlak uç hemen göğüslerinin altına iliştirilmişti. Kablolar göbeğinin üstünden geçip ameliyat masasının altındaki elektro-kardiyografa doğru uzanıyordu. Kafatasında sekiz tane daha elektro-kardiyograf vardı; oksipital, merkezi, frontal ve temporal lobların her biri için iki tane kullanılmıştı. Bu kablolar beyninden gelen elektrik akımını ölçmek için elektro-ensefalografa bağlanmıştı. Julia'ya değil de, yanında duran monitörlere baktı. Kadının beyin dalgalarını yansıtan değerlere bakıyordu.

Tversky bilime olduğu kadar tarihe de meraklıydı ve bu deneyi yapmasını sağlayan gelişimi düşündü. Deneyin başlangıcı ta 1875'e, Liverpool'lu bir fizikçi olan Richard Caton'un hayvanların beyinlerini incelerken nöral elektrik sinyalleri keşfetmesine dayanıyordu. Ondan elli yıl sonra, Avusturyalı bir psikiyatrist olan Hans Berger elektro-ensefalografiyi icat etti ve böylece insanların beyin dalgalarının hem gücü, hem de sıklığı ölçülmeye başlandı. Tversky gibi Berger de insan denekler kullanmaktan kaçınmıyordu. 1929'da, 73 EEG bulgusunu yayınladı; deneği oğlu Klaus'tu.

Ama, Berger'in 1930'larda epilepsi hastalarıyla yaptığı deneyler ilgilendiriyordu asıl Tversky'yi. Berger nöbetler sırasında epilepsi hastalarının beyinlerinden yayılan elektrik dalgalarının normal hastalarınkinden daha güçlü olduğunu keşfetmişti. İşin daha da ilginç yanı, nöbetlerden sonra bu insanların dalgaları anında düz bir çizgi halini alıyor, adeta duruyordu; sanki pilleri bitmiş gibi. Tversky'nin bir zamanlar İsa'nın Laneti olarak da bilinen bu hastalığın kurbanlarını incelemesine neden olan şey de bu çelişkiydi zaten.

Tversky aradığı şeyin anahtarının beyin dalgaları olduğunu biliyordu. Beta, Alfa, Delta, Teta; cevap bu dalgalarda gizliydi. Julia'nın Alfa dalgalarını gösteren, sekerek ekranda ilerlerken sanki ardında bir ışık huzmesi bırakan o top şeklindeki göstergeye bakarken hipnotize olmuş gibiydi.

Hertz biriminde ölçümle bir saniyede dalganın kendini ne kadar sık tekrarladığı görülüyordu. Dalganın boyu ve genişliği ise beynin elektrik dürtüsünün yoğunluğunu gösteriyordu. Dört beyin dalgası her zaman hareketli olurdu, ama belirli süreler zarfında bir dalga diğerine göre baskınlaşırdı.

Şu anda Julia'nın Alfa dalgaları baskındı, bu da şaşırtıcı değildi. Alfa dalgaları sakin yetişkinlerin en yoğun dalgalarıydı. Bu dalgalar en çok insan gün içinde hayallere daldığında yükselirdi ve o zaman bilinçsizliğe doğru bir kayış olduğu düşünülürdü. Bunun hafıza ve öngörüyle de ilgisi vardı. Julia'nın Alfa dalgaları 10Hz'ti, yani normalin tam ortasındaydı.

Tversky onu indirmeden bir de Beta dalgalarına bakmaya karar verdi. Beta dalgaları insanlar gözlerini açtıklarında veya aktif bir şekilde başkalarını dinlediklerinde, düşündüklerinde veya bilgileri algıladıklarında hareketlenirdi. Bu yüzden de Julia'ya bir anlamda 'beynini çalıştırmak' için bir iş verdi.

"Hayatım, 'başla' dediğimde asal sayıları saymaya başlamanı istiyorum. Ben söyleyinceye kadar da durma."

Julia hafifçe başını salladı ve sesli saymaya başladı, "İki, üç, beş, yedi, on bir, on üç..."

İlk başta beyin dalgaları pek de değişmedi. Bunun nedeni Julia'nın ilk on sayıyı ezbere biliyor olmasıydı. Ama Julia saymaya devam ettikçe ve şuurlu olarak bildiklerini kullanmak zorunda kaldıkça Beta dalgaları yükseldi; aynen beklendiği gibi, hızla 19 Hz'e kadar çıktı.

"Tamam, Julia. Gayet iyi. Şimdi durabilirsin."

Julia saymayı kesince Beta dalgalarının sıklığı ve genişliği hemen düştü. Yine Alfa dalgaları baskınlaştı. Tversky iki miligramlık sarı bir ilaç çekti şırıngasına. "Şimdi sana hafif bir sakinleştirici vereceğim. Biraz canın yanabilir."

Tversky iğneyi koluna sokunca Julia bir an için irkildi. Birkaç saniye içinde doktor onun rahatladığını hissetti, sanki bedenindeki her bir kas gevşemişti. Derin derin nefes almaya başlayan kızın başı yana düştü. Tversky kızın yüzünün önünde parmaklarını şıklattı. Julia birkaç kere gözlerini kırpıştırdıysa da sonra kapadı.

"Julia beni duyabiliyor musun?"

"Duymak," diye mırıldandı Julia.

Tamamen bilinçsiz değildi, ama buna yakındı, yani aynen istediği durumdaydı doktorun. Hayal dünyasına dalıp gitmişti. Göstergelere bakan Tversky kendi kendine başını salladı. Şimdi Julia'nın Teta dalgaları baskındı, yani kız uykuyla uyanıklık arasında bir yerdeydi. Teta dalgaları yaratıcılıkla, rüyalarla ve fantezilerle ilgiliydi.

Bilinçli yetişkinlerde Teta dalgalarının baskın olması pek doğal değildi, ancak çocuklarda on üç yaşına kadar baskın olurdu. Bilim adamları çocukların Teta dalgalarının baskın olmasının nedeninin engin hayal güçleri olup olmadığını bilmiyorlardı, ama biyokimyasal açıdan ortalama bir çocuğun birçok yetişkinden daha yaratıcı olduğunu biliyorlardı.

Julia'nın tırmanan Teta dalgalarını seyrederken Tversky'nin aklı başka yerdeydi. Kadının göz kapaklarının altında gözleri sanki bir o yana, bir bu yana bakıyordu. Bir miligram daha çekti şırıngaya ve Julia'ya bir doz daha verdi. İlacın istediği etkiyi yapması için birkaç dakika daha bekledi.

Bir süre sonra, Teta dalgalarının sıklığı ve genişliği azalınca, Delta dalgaları baskınlaşmaya başladı. Bu dalgaların oranı daha düşüktü diğerlerine kıyasla; yalnızca 2 Hz'ti. Ama yoğunlukları daha fazlaydı. Julia şimdi derin bir uykuya dalmıştı ama rüya görmüyordu; bilinçaltı sonunda devreye girmişti. Tversky en çok Delta dalgalarıyla ilgileniyordu, çünkü anlamaya çalıştığı olgu, yani sezinleme gücü ile ilgiliydi bunlar.

İşte tam o anda, Julia'nın Delta dalgaları en güçlü durumdayken, Tversky ona son dozu verdi; bu sefer boynundan, omurilikten zerk etmişti ilacı. Bu diğerleri gibi bir sakinleştirici değildi. Bu Tversky'nin yeni geliştirdiği bir serumdu. Dört yıl boyunca araştırma yapmıştı *rhesus* maymunlarında istediği etkiyi yaratabilecek baz maddeyi sentezlemek için. Sonra da iki yıl boyunca insan denekler üzerinde çalışmıştı.

İlk birkaç deneği, dünyanın orasında burasında son bir çare arayan epilepsi hastaları olmuştu. O kadar çaresiz durumdaydılar ki, her şeyi denemeye hazırdılar. Ancak, Tversky'nin ne yapmaya çalıştığını tam olarak anlasalardı veya bundan şüphelenselerdi, yaptıklarını bu kadar kolay kabul edeceklerini hiç mi hiç sanmıyordu. Ama onların başına gelenlerden dolayı kendisini suçladığını söylemek de yalan olurdu. Evet, sonuçta olanlardan dolayı bir pişmanlık duyuyordu, ama denekleri için değil, bilim için.

Aksaklıkları giderdikten ve başarıya ulaşabileceğine güvendikten sonra da Julia üzerinde deneyler yapmaya başlamıştı. Sonuç olarak istediğini elde ederse, kontrolü altında tutabileceği birini bulması gerekecekti; en iyi aday da aşktan gözü kör olmuş asistanıydı. Sevgilisine baktı ve elektrotlara dokunmamaya özen göstererek başını okşadı hafifçe. Ne kadar tatlı bir denekti.

Birden EKG'den sesler yükselmeye başladı. Kalp atışlarının hızı neredeyse iki misline çıkmıştı, dakikada 120. Tversky kendi kalp atışlarının da hızlandığını hissedebiliyordu, sanki kalbi kadınınkine ayak uydurmaya çalışıyordu. Julia'nın Beta, Alfa ve Teta dalgaları da Delta dalgaları kadar yoğun bir şekilde hareketlenmeye başladı. Tversky neredeyse nefes alamayacak kadar heyecanlanmıştı. Eğer düşündükleri doğruysa, Julia şu anda hem bilinçaltından kopmayacak, hem de bilgi verildiğinde anlayabilecek ve cevap verebilecek durumda olacaktı.

O kadar tedirgindi ki elleri titriyordu. Derin bir nefes almaya zorladı kendini, nefesini bir an için tuttu ve yavaşça bıraktı. Video kameraya göz attı ve her şeyin kaydedildiğini teyit etti. Birden içinden aynaya bakıp saçını düzeltmek geçti, sonuç olarak eğer haklıysa bu tarihi bir andı, ama bunu yapmadı. Şimdiyi düşün, geleceği kafana takma. Şimdiyi düşün. Başını salladı ve bu cümleyi tekrarlayıp durdu.

Şimdiyi düşün. Şimdiyi düşün.

Sesinin titremeyeceğinden veya çatlamayacağından emin olduğu anda öne doğru eğildi ve Julia'yla neredeyse burun buruna durarak yıllardır içini kemiren, sormak istediği o soruyu sordu.

"Julia," derken sesi bir garip çıkıyordu, "Ne görüyorsun?"

Julia gözlerini açmadan başını ona doğru çevirdi.

"Sonsuzluğu... Görüyorum."

Caine yuvarlak kapsüle baktı ve bunun kendisini delirtip delirtmeyeceğini merak etti.

"Siz ilacınızı yutmadan gidemem Bay Caine," dedi hemşire.

"Biliyorum," dedi Caine.

"Bir sorun mu var?"

"Henüz yok." Hemşire bu espriyi anlamamıştı. Caine kendisine düşünme fırsatı tanımadan ilacın içinde durduğu plastik kabı ağzına götürdü, ilacı ağzına aldı ve yuttu. Sonra da plastik bardağı aldı ve hemşireye 'şerefe' dercesine kaldırdıktan sonra suyu içti. "Umarım durumda bir değişiklik olmaz."

Hemşire, tedirgin bir şekilde gülümseyen Caine'ye bakarken şaşırmış gibiydi. Hapı yutup yutmadığından emin olmak için Caine'nin dilinin altına baktıktan sonra odadan çıktı. Caine korkularıyla baş başa kalmıştı artık. Dr. Kummar'ın yeni deneysel ilacının çevresini kaplayan plastik kapsül, midesinde yirmi dakikada eriyecekti. Sonra ne olacağını ancak yukarıdaki bilirdi.

Caine, belki de hayatının son aklı başında dakikaları olacak bu süre boyunca ne yapması gerektiğini düşündü. Bir vasiyet yazabilirdi, ama değerli hiçbir şeyi yoktu. Jasper'i bugün görmemiş olsaydı ona bir not yazardı, ama artık buna da gerek yoktu. Sonunda televizyonu açıp Riziko'yu izlemeye karar verdi.

Zeke adında iri yarı bir adam, diğer iki yarışmacıyı ezip geçiyordu. Çifte puan kazanılan turda ara açıldı, şişe dibi kalınlığındaki siyah çerçeveli gözlüklerini düzeltip durdu. Ama bir sonraki turda, Zeke'nin gözünü hırs bürüyünce kazandıklarının yarısını kaybetti ve böylece birkaç yüz dolar arkada kalıp ikinci bitirdi turu. Köpek maması, minivanlar ve borsa simsarları ile ilgili reklamlardan sonra Alex Trebek çıktı ve son soruyu da sordu.

"Napolyon 18. Yüzyıl'da yaşayan bir astronoma, güneş sistemi hakkındaki eserinde niye Tanrı'dan söz edilmediğini sorduğunda bilim adamı şöyle cevap verdi: "Efendim, bu hipoteze gerek yok," Alex kelimelerin üstüne basa basa konuştu ve programın fon müziği başladı.

"Cevap, Simon Pierre Laplace kimdir?" dedi Caine kendi kendine.

Cevabı bildiğine emindi ama bunu doğrulayamadan uykuya dalmıştı. Şizofren olduğunu görüyordu rüyasında.

Forsythe, Bilim ve Teknoloji Araştırma Laboratuvarları'nda neler yaptıklarını gayet diplomatik ve dikkatli bir dille anlattı, ama Nava bunu yutmadı. BTAL'dakilerin işini tek kelimeyle özetleyebilirdi: Çalıyorlardı. Nava bunun nasıl yapıldığını da çok iyi biliyordu. Forsythe her ne çalmasını istiyorsa, bunun Kuzey Korelilerin işine yarayacağını umdu.

Ona çalışabileceği bir yer gösterdikleri anda Nava, bilgisayar korsanlarının Tversky'nin bilgisayarından yürüttükleri dosyaların isimlerine bakmaya başladı hızlıca. Her belgenin yanında hangi tarihte yazıldığı, ne kadar bilgi içerdiği ve üzerinde son üç defa ne zaman çalışıldığı yazıyordu. Bu da kullanım sıklıklarını hesaplamasına yardımcı oluyordu. Nava dosyaları ayırdı ve üzerinde en fazla durulan veya en sık açılan dosyalara bakmaya başladı.

Aynen tahmin ettiği gibi, burada yazan birçok şey onu aşıyordu. Okula geri dönüp on yıl daha biyoloji, fizik ve istatistik okursa, belki o zaman Tversky'nin dosyalarında neler anlattığını anlayabilirdi. Yine de denemeye değer diye düşündü. Her zaman doğrudan kaynağı araştırmayı tercih etmiş, başkalarının yorumlarına güvenmemeyi seçmişti, ama bu durumda başka bir şansı yoktu.

Forsythe'nin laboratuvarında çalışan bilim adamlarının yazdığı birkaç özeti buldu. Okudukça gözleri fal taşı gibi açıldı. On iki saatte ikinci defa şans yüzüne gülmüştü. Tversky'nin bulduğunu iddia ettiği şey ancak bir bilim kurgu romanında bulunabilirdi. Gerçi daha veriler tamamen doğrulanmamıştı, ama sonuca çok yakındı. Nava bu kadar şanslı olabileceğine inanamadı. Kara borsada, bu kaba verilerin bile değeri paha biçilmezdi.

Kuzey Koreliler ilgilenmeseler bile, Nava başka bir alıcı bulana kadar onları oyalayabilirdi. Aslında o Tversky'nin projesine inanmamıştı. Teorilerinin temelini oluşturan biyokimyayı veya kuantum fiziğini anlayamıyordu, ama dünyada neyin gerçek olduğunu biliyordu ve adamın iddia ettikleri imkânsızdı. Öyle olmalıydı. Ama bu, yabancı bir hükümetin buna inanmayacağı anlamına gelmiyordu; Nava Tversky'nin çılgınca fikirlerini satabileceği birini bulabileceğinden emindi. Bu bilgileri sattıktan sonra da sonsuza dek elini eteğini çekebilirdi bu işlerden.

Nava sırt çantasını açtı ve okuma gözlüklerini alıp taktı. Özetleri okurken başını kıpırdatmamaya özen gösterdi, gözlüğün çerçevesindeki fiber optik kameranın özetleri ve orijinal dosyaları düzgün bir şekilde çekmesini istiyordu. Son sayfaya geldiğinde hızla başa dönüp bir şey atlamadığından emin olmak için ikinci bir kez baktı.

İşi bittiğinde, Tversky'nin bu projeye ne isim verdiğine baktı ve adamın neden bu kadar garip bir isim seçtiğini merak etti. Her neyse. Bunu umursamayarak saatine baktı. Saat birdi. Hayatını kurtaracak bir bilgi bulmak için on dört saati daha vardı.

Hızla evine geri dönerken yolda iki sigara daha içti. Dairesine vardığında bir plan yapmıştı bile. Gelecek bir saat boyunca şifreli e-posta kullanarak Kuzey Korelilerle, Mossad ve MI6 ile temasa geçti. Her birinin cevap vermesini beklerken de elinde sigara, odada volta attı. Saat beşte buluşma yerini ayarlamıştı, bir saat sonra da taksiye binip Bronx'a gitti. Sonra D treninin son vagonuna bindi ve Manhattan'a doğru yola çıktı.

Zar zor duyulan bir anons yapan kondüktör, Coney Island'daki tüm duraklarda duracaklarını söyledi. Trene güneybatıya doğru giderken daha da fazla insan bindi. 42. Cadde'ye geldiklerinde artık iğne atsan yere düşmezdi. Oradan itibaren insanlar inmeye başladı ve sonunda bir-iki yolcu kaldı trende. Bronx'ta Nava'yla birlikte trene binen on iki kişiden yalnızca iki kişi buraya kadar gelmişlerdi. İri yarı, gazete okuyan bir Koreli ve onun yanında da kara gözlükleri gözlerini gizleyen bir adam vardı.

Nava artık CIA'nın kendini trene kadar takip etmediğinden emindi, elindeki kitabı kapayıp sırt çantasına koydu. Kararlaştıkları sinyal buydu. İri yarı adam da gazetesini katlayıp kolunun altına aldı, geldi Nava'nın yanına oturdu.

"Yi Tae-Woo nerede?" diye sordu Nava.

"Yi Tae-Woo burnunu düzelttiriyor," dedi ciddi bir ifadeyle adam. "Adım Chang-Sun." Nava adamın kendi ismini kullanmadığının farkındaydı, ama bu umrunda değildi. Yi Tae-Woo'nun da gerçek ismi bu değildi herhalde; önemli olan kendisiyle pazarlık edecek yetkisi olmasıydı.

"Cevabınız nedir?" dedi adamla havadan sudan konuşarak nazik olmanın gereksiz olduğunu düşünen Nava.

"Bakanlıktaki bilim adamlarımız verileri incelediler ve çok ilginç buldular," dedi Chang-Sun ifadesiz bir şekilde.

"Yani?"

Adam, Nava'nın bu saygısız tavrından her ne kadar rahatsız olduysa da, konuşmaya devam etti.

"Bize eksiksiz olarak veri tabanını ve Alfa deneğini teslim ettiğin anda işimiz bitecek."

"Alfa deneğini veririm diye bir şey söylemedim."

"O olmazsa anlaşma yatar," derken sanki elinden bir şey gelmezmiş gibi yaparak ellerini açıp dizlerine koymuştu Chang-Sun.

Nava böyle bir şeyi bekliyordu zaten. İngilizlerle ve İsraillilerle de konuştuğunda aynı şeyi istemişlerdi. İki hükümet yetkilisi de hakkında veri toplanan Alfa deneği olmadan verilerle ilgilenmiyorlardı. Ancak, iki taraf da ona 2 milyon dolardan fazlasını önermişti. Bu, Nava'nın daha önce Kuzey Korelilere verdiği bilgilerden daha değerliydi. Nava, Kuzey Korelilerin Tversky'nin dosyalarını ele geçirmeyi kendisini öldürmekten daha fazla isteyeceklerini bildiği için, artık pazarlık edebilecek gücü olduğunun da farkındaydı.

"Fiyat 1 milyon arttı," dedi Nava.

"Bu söz konusu dahi değil."

"O zaman bu konuşmaya devam etmenin bir âlemi yok. Teklifiniz çok düşük." Nava trenden inmeye hazırlanır gibi ayağa kalktı. Dönüp ilk defa adamın yüzüne bakınca, ona tepeden bakabilmek hoşuna gitti.

"Bunun bir açık artırma olduğunun farkında değildik."

"Her ne kadar şu anda sıkıntılı bir durumda olsam da, elimde bu kadar değerli bir mal varken bir tek size önereceğimi düşünmüyordunuz herhalde?"

"Diğer alıcılar kim?"

"Bunun konumuzla bir alakası yok."

Chang-Sun başını salladı. "Belki de anavatanın olan Rusya'ya satmayı planlıyorsundur," dedi. Nava bunu duyunca şaşırdıysa da duygularını belli etmemeye çalıştı, ama adam onu kapana kıstırdığının farkındaydı. "Eminim Rusya'daki eski meslektaşların kapitalizmle içli dışlı olduğunu duyunca bununla çok ilgilenirler."

Nava nefes alıp verirken bir şey belli etmemeye çalıştı. Kendi ülkesi kimliğini tespit edememişken, Kuzey Korelilerin bunu nasıl başardığını merak etti. Chang Sun'a bir böcekmiş gibi baktı.

"Söylediklerinizden hiçbir şey anlamadım. Ama fiyat değişmez."

"Öyle mi?" Chang-Sun otuz iki dişini göstererek sırıttı. Porselen dişleri belli ki kapitalist bir ülkede yapılmıştı. Nava'yı alt ettiğinin farkındaydı. Kuzey Koreliler ne yaparlarsa yapsınlar -Nava'yı öldürmek de dâhil- Rusların Nava'yı ele geçirdiklerinde yapacaklarının yanında solda sıfır kalırdı.

"500.000. Eğer istemiyorsanız eminim Güney Koreliler iyi bir fiyat verirler."

Spetsnaz ajanı Güney Kore'yi duyunca kıpkırmızı kesildi. Nava aslında blöf yapıyordu, Güney Kore'de güvenebileceği bir bağlantısı yoktu. Ama yine de adam bu sözlerine kanıp kadının beklediği tepkiyi gösterdi. Chang-Sun hemen başını salladı.

"Fiyatı üstlerime onaylatmam gerekecek, ama prensipte anlaştık."

"Deneği ele geçirdiğimde sizinle irtibata geçerim."

"Yani ne zaman?"

"Bu hafta içinde..."

"İki gün."

"Mümkün değil..."

Chang-Sun kadının koluna sıkıca yapışıp, onu sertçe kendine doğru çekti, alçak sesle ve tehditkâr konuşuyordu. "Artık senin değil, bizim söylediğimiz olacak. İki gün içinde Alfa deneğini ve bilim adamının araştırmalarını bize getireceksin. Eğer geç kalırsan iki şey olacak: Birincisi, üstlerime senin bizi kazıkladığını, böyle bir araştırma olmadığını söyleyeceğim. İkincisi, ben şahsen Pavel Kuznetsoz'u arayacağım ve Ruslara son on yıldır ne haltlar yediğini anlatacağım. İkidir, istediğimiz sürede istediğimiz bilgiyi getiremiyorsun. Bir daha olmasın."

Chang-Sun kadının kolunu bıraktığı anda tren durdu ve kapılar bir tıslama sesiyle açıldı. Koreli adam kadının bir cevap vermesini beklemeden trenden indi. Geride Nava ve kara gözlüklü adam kalmışlardı bir tek. Tren duraktan ayrılırken, Nava, UGA'ya çaktırmadan Dr. Tversky'nin Alfa deneğini nasıl ele geçireceğini düşünüyordu. Aklından binbir olasılık geçiyordu, ama birini öldürmeden bu işi halletmenin bir yolunu bulamadı.

Bunu yapmak istemiyordu, ama eğer kendini kurtarmak için ne yapması gerekiyorsa yapacaktı. Başka seçeneği yoktu zaten.

7

Telefon çaldığında Tommy'nin ağzında dolu bir silahın namlusu vardı. Sesten bir anda öyle irkilmişti ki, neredeyse tetiği çekiyordu.

Gerçi kendini öldürmeyi planlamıştı, ama planlamak başkaydı, gerçekleştirmek bambaşka. Tetiği çektiği anda bir daha geri dönemeyeceğini biliyordu, bu yüzden de bunu yapmak istediğinden yüzde yüz emin olmak istiyordu. Telefonun sesinden aniden irkilince neredeyse bu kararı bilinçli bir şekilde veremeden öldürmüş olacaktı kendini. Namluyu ağzından çekip tabancayı masaya koydu.

Gelecek sefere telefonu açık bırakayım bari.

"Alo?"

"Tommy! Gördün mü?"

Arayan eski kız arkadaşı Gina'ydı. Bu gece aramasını beklediği son kişiydi. "Neyi gördüm mü?"

"Haberleri seyretmedin mi? Sayıları diyorum."

"Neden söz ettiğini anlayamıyorum. Şu anda meşgulüm Gina. Seni sonra arasam..."

"Gerçekten bilmiyorsun, değil mi?" Gina'nın sesinden çok heyecanlı olduğu anlaşılıyordu.

"Hayır dedim ya..."

"Tommy kazandın! Sayıları tutturdun. Duyuyor musun? Senin o boktan sayıların çıktı." Son cümleyi heceleyerek söylemişti, sanki aklı başında olmayan biriyle konuşuyormuş gibi vurgulamıştı. Tommy'nin kadının ne dediğini anlaması yine de zaman aldı.

"Sayılarım mı?" Tommy başladığı cümleyi bitirememişti bile.

"Evet."

"Emin misin?"

"Eminim! Sayıları çektiklerinde mutfaktaydım. Duyar duymaz hatırladım. Onca sene o sayıları sayıklayışını duyduktan sonra unutmak mümkün değil. Sonra başka bir kanala çevirdim ve orada bir daha dinledim sayıları, sonra da bir kâğıda yazdım. Emin olmak için bir daha baktım. Tommy ne kadar şanslı olduğunun farkında mısın? Paraya para demeyeceksin, milyonların var artık!"

Tommy öylece pencereden dışarı baktı, ne diyeceğini bilemiyordu. Neler olduğunu kavramaya çalışıyor gibiydi. Dolar milyoneriydi. Tommy DaSouza dolar milyoneriydi.

"Tommy? Tommy diyorum, orada mısın?"

"Haa..."

"Sana geleyim mi Tommy? Birlikte kutlarız. Eski günlerdeki gibi baş başa. Hayatımızda ilk defa kutlayacak bir şeyimiz olur."

Gina, Tommy'yi hazırlıksız yakalamıştı. Kadını o kadar özlemişti ki gerçekten ölmek istemişti. Ama kadının sesindeki o çaresizliği duyunca birden şu anda Gina'yla olursa kendini daha yalnız hissedeceğini düşündü. Daha az yalnız hissetmeyecekti.

"Bence... Başka zaman buluşsak... Ertelesek daha iyi olur, tamam mı?"

"Ben şimdi ayakkabılarımı giyer ve..." Gina Tommy'nin ne dediğini anladığı anda birden sustu. "Tamam, pekâlâ, anladım. Yalnız başına olmak istiyorsun. Anlıyorum tabii ki."

"Sağ ol," dedi Tommy birden kendini çok iyi hissederek. Daha önce hiç Gina'ya hayır dememişti. Hayır demek bir yana dursun, bunu demeyi hayal bile edememişti.

"Tommy... Bilirsin, seni hep sevdim. Seni seviyorum. Biliyorsun değil mi?"

'*Ya tabii. Üç hafta önce aramamam*ı söyleyip, *avazın çıkt*ığı *kadar bağırırken böyle demiyordun ama*' demek istedi Tommy. Ama ağzından çıkan tek laf, "Kapamalıyım," oldu. Kadın daha cevap veremeden telefonu kapatıverdi. Lafı uzatırsa, barışıp yine bir araya geleceklerinden korkuyordu. Gerçi birkaç dakika önce onunla tekrar birlikte olabilmek için sağ kolunu vermeye razıydı. Şimdiyse...

Kanepeye oturup tabancanın yanında duran televizyon kumandasına uzandı. Birkaç dakika kanalları gezindikten sonra da kazanan sayıların ilan edildiği kanalı buldu. 6-12-19-21-36-40 ve Şans Topu 18. Gina gibi sayıları yazmak zorunda değildi. Biletini çıkarıp bakmak zorunda da değildi. Bunlar onun sayılarıydı. Son yedi yıldır sürekli bu sayılara oynamıştı.

Neden 6-12-19-21-36-40+18 sayılarını seçtiğini bilmiyordu. Sayılar doğum günü falan değildi; aklına gelmiş, zihninden geçip durmuşlardı. Gözlerini kapadığı anda göz kapaklarının altında yanıp sönen neon ışıkları gibiydiler sanki. Hepsi bembeyaz parlıyordu; son sayı hariç, o da kamp ateşindeki bir kor gibi kıpkırmızıydı. Powerball Conneticut'ta oynanmaya başlayıncaya kadar bunların ne anlama geldiğini de anlamamıştı.

Sayıları ilk defa akşam on haberlerinde görmüştü -altı beyaz, bir kırmızı sayı, aynen rüyasındaki gibi- bunun bir rastlantı olmadığını anlamıştı. O Powerball'ı kazanacaktı. İlk başlarda şansını kaçırdığından korktu, belki de sayıları -o sayılar- çıkmıştı bile. Sonra da Eyaletlerarası Piyango Birliği'nden istettiği kitapçık gelmişti, tüm çıkan numaralar kitapçıkta yazıyordu. Tommy sayılarının henüz çıkmadığını görünce rahatladı.

Bir sonraki gün kendini bildi bileli aklından çıkmayan sayıları oynamak için Conneticut'a gitmişti. Sayıları oynamak için gideceği yere varması ve geri dönmesi iki saatini almıştı, ama buna değerdi. Büyük ikramiye 86 milyon dolar olduğuna göre, saat başına 43 milyon dolar kazanacaktı. Kazanan sayıları açıklayacakları gece kazanacağına o kadar emindi ki; kaderdi bu. O'Sullivan'daki herkese birer kadeh içki ısmarlamıştı o gece. Bu ona 109 dolar artı bahşişe mal olmuştu. Cebinde beş kuruş kalmamıştı, ama bunun bir önemi yoktu. Gecenin sonunda o kadar çok kazanacaktı ki, isterse barı satın alabilecekti.

Ama o gece haberlerde anons edilen onun sayıları değildi. Yedi sayıdan sadece ikisini tutturabilmişti. Tommy kazanacağından o kadar emindi ki televizyonda okunan sayıların yanlış bildirildiğini düşündü. Ama bir sonraki gün gazeteyi alınca, ak saçlı spikerin yanılmadığını anladı. Tommy kazanmamıştı.

Biraz şevki kırıldıysa da tamamen kaybolmadı. Azimle oynamaya devam edecekti, hepsi buydu. Bir sonraki hafta yine trene binip sayılarını oynamaya gitti. Ama aynen ilk seferinde olduğu gibi, sadece iki tutturdu. Birkaç ay sonra daha az şevkliydi bu konuda. Sayılar her akşam yatağa yattığında zihninde parıldayıp durmasaydı, çoktan bırakmıştı bu işin peşini. Tommy oynamaya devam etti, hiçbir hafta oynamamazlık etmedi. Oynamadığı hafta sayıları çıkar diye korkuyordu.

Birkaç yıl sonra kazanacağını düşünmüyordu artık, ama yine de oynamayı ihmal etmedi. Ne zaman sarhoş olsa, ki son zamanlarda sık sarhoş oluyordu, çevresindekilere günün birinde milyoner olacağını söylüyordu. Bekleyin de görün diyordu. Ne yazık ki o gün hiç gelmedi.

Günler geçtikçe işler daha da sarpa sarıyordu, daha doğrusu hiçbir şey kötüye gitmiyordu, ama daha iyiye gittiği de yoktu. Bu da işler kötü gidiyor demekti. Liseden mezun olalı on yıl olmuştu. Brooklyn'de aynı boktan dairede oturuyor, aynı boktan işe devam ediyordu. İlk başlarda böyle bir iş ve daire ona havalı gelmişti. Ama on sekizinde biri için havalı olan bir şeyin, yirmi sekizinde biri için pek de öyle olmadığını ve zavallı duruma düştüğünü gördü.

Daha da kötüsü, kadınlar da bunu biliyorlardı; Gina gibi piliçler mesela. Ara sıra onunla takılmak iyiydi hoştu, ama Gina'nın da ona ayrıntılı bir şekilde anlattığı gibi, Tommy 'uzun vadede bir kadına bir şeyler vaat edebilecek bir erkek' değildi. Gina'nın istediği erkek olmaya çalıştı; ama bu imkânsızdı. Tek iş deneyimi Tower Müzik'te tezgâhtarlık yapmak olan yirmi sekiz yaşındaki biri, bir gün içinde potansiyel sahibi olamıyordu.

Ama bugün her şey değişmişti. *Bugün artık ben gelecek vaat edebilecek biriyim. Değil mi?* Tommy masaya doğru yürüyüp, tabancayı eline aldı. Elinde silahı evirip çevirirken neden hâlâ namluyu ağzına sokup tetiği çekmek istediğini düşündü.

Artık kendini öldürmesi için bir neden kalmamıştı ki. Artık parası vardı ve her şey yoluna girecekti... Değil mi? Nedendir bilinmez bundan pek de emin değildi. Aslında, içinde bir yerde paranın hiçbir şeyi değiştirmediğini biliyordu. O hâlâ bir zavallıydı. Ama başka bir şeyi de düşündü: Birkaç dakika önce beynini dağıtmaya hazırlanan o zavallı adamdı hâlâ, ama değişebilirdi. Kendini tamamen değiştirebilirdi... Ama ne olacaktı ki?

Bir hedefi olmalıydı. İç geçirerek başını salladı. En azından denemeliyim. Evet. Bunu düşünmemeye çalışarak tabancayı dolabına, yıllardır gittiği konserlerden topladığı siyah tişörtlerin arkasına sakladı. Eskiden hep bunları giyerdi, ama son zamanlarda bir tek temiz çamaşırı kalmadığında giyiyordu bunları.

Dolabın kapağını kapatınca birasını bitirip, kanepeye uzandı. Uykuya dalmadan önce sayıları düşündü, ama on yıldır ilk defa rüyasında sayılar gözünün önünde parlamadı.

Caine kalktığında geceydi. Televizyondan yayılan ışık duvarlarda garip gölgelerin oluşmasına neden oluyordu. Ekranda ise aşırı neşeli bir genç kadın kazandıran Powerball sayılarını söylüyordu. Kumandayla televizyonu kapayınca oda karanlığa gömüldü. Caine hiçbir yere odaklanmadan baktı, gözlerinin karanlığa alışmasını bekliyordu.

Sanki bir şey unutmuş gibi hissediyordu, bir huzursuzluk vardı içinde. Rüyasını gördüğü bir şey miydi bu? Yok, yok öyle bir şey değildi. Rüya görecek kadar derin uyumamıştı zaten. Daha doğrusu rüya gördüyse bile bilinci artık bunu gölgelemiş, ona bunu unutturmuştu. Sonra birden hatırladı. İlacı içmişti. Başucunda duran cep telefonunu kaptı ve saate baktı. Saat neredeyse sabahın ikisiydi. Neredeyse on bir saattir ilaç bünyesine etki ediyordu.

Başını sağa sonra sola çevirirken gözlerini de kırpıştırıyordu. Kendini farklı veya garip hissetmiyordu. Şimdilik her şey yolunda gibiydi. Ama Jasper de aynen böyle dememiş miydi? Garip bir şeyler oluyormuş gibi hissetmeyeceğini söylememiş miydi? Ama Caine yine de, aklını kaçırmaya başlasa ya da bir tahtası gevşemeye başlasa, bunu anlayacağını düşünüyordu. Anlardı. Anlamalıydı.

Birden elindeki cep telefonu titremeye başladı. Caine'nin yüreği ağzına geldi, elindeki telefonu neredeyse düşürüyordu. Kimin aradığını anlayabilmek için ekrana baktı.

ÖZEL NUMARA

Bir an için telefona cevap vermemeyi düşündü, ama sonra fikrini değiştirdi. Hâlâ uyuşuk olan parmaklarıyla telefonunu açmaya çalıştı.

"N'aber Caine? Vitaly ben. Nasıl oldun?"

Caine'nin bir anda karnına sancılar saplandı. "İyiyim, gayet iyiyim. Sağ ol. Sen nasılsın?" 11.000 dolar borçlu olduğu adama söyleyecek başka bir laf bulamamıştı.

"Aslında pek iyi değilim Caine. Ama bu derdime deva olabileceğini düşünüyorum." Nikolaev duraksadı. Caine konuşmakta tereddüt etti, ama birkaç saniye sonra -sessizlik uzadıkça- konuşması gerektiğini anladı.

"Ya... Evet, herhalde şu para meselesi hakkında arıyorsun." Adam cevap bile vermedi. Caine'nin dili damağı kurudu. Kaloriferin üstünde unutulup kuruyunca kaskatı kesen bir çamaşır gibiydi dili. "Ben hazırlıklıyım Nikolaev. Hastaneden çıkar çıkmaz, hemen ödemeye hazırım."

"Faiziyle birlikte."

"Tabii, faiziyle birlikte. Tabii ki." Caine yutkunmaya çalıştı, ama boğazı da düğümlenmişti. "Faizi ne kadar bu arada?"

"Standart faiz. Haftalık yüzde beş ve her hafta faiz katlanıyor biliyorsun. Yani şunu açıklığa kavuşturalım; paran var, değil mi? Kulübün iyi bir müşterisisin, seni burada görmek isteriz. Severim seni bilirsin."

"Tabii ki param var," diye yalan söyledi. "Hiç sorun yok."

"Enfes," diyen Nikolaev'in sesi tehditkârdı. "Bankada mı para?"

"Evet." Caine'nin midesi bulanmaya başladı.

"İyi. Madem yataktan çıkamıyorsun Sergey'i yollayacağım sana. Ona banka kartını verirsin, o da gider parayı çeker. Böylece seni, kalkıp şehre inme derdinden kurtarmış oluruz," dedi Nikolaev. "Sen iyileşmeye bak."

"Sağ ol," dedi ne yapacağını şaşıran Caine. Zaman kazanmak istiyordu. Hayatta son isteyeceği şey, Nikolaev'in yüz kiloluk korumasının kendisini hastanede ziyaret etmesiydi. "Vitaly sorun şu ki belki fonlarımı nakite çevirmem gerekebilir. Bilirsin işte. Bankada iki bin kadar nakit var, gerisi kâğıt. Ayrıca, birkaç CD falan da satacağım. Bunun gibi şeyler."

"Hani tüm para bankadaydı?" Nikolaev bir an sustu. "Caine şu an bana yalan söylemeni tavsiye etmem."

"Öyle... Yani demek istediğim... Yalan değil. Param var, ama nakit değil. Ama her an nakde çevirebilirim... Emin ol çevirebilirim, Vitaly. Buradan çıkar çıkmaz."

"Peki, öyleyse şöyle yapacağız. Sergey lobide bekliyor. Onu yukarı yollayacağım banka kartını alması için. Bu gece 1.000 dolar çeker, sonra da sen hastanede kaldığın sürece her gün 500 dolar çeker. Çıkınca da CD'lerini falan satarsın. İyi mi?"

"Tabii Vitaly... Olur." Caine bunun gerçekleşebilmesi için bankadaki 400 dolardan fazlasına sahip olması gerektiğini biliyordu.

"Tamam o zaman. Sergey birkaç dakikaya yanında olur."

"Sağ ol Vitaly."

"Sorun değil," dedi Nikolaev sanki Caine'ye bir iyilik yapıyormuş gibi. "Caine bir de..."

"Evet?"

"Çabuk iyileş olur mu?" Telefonu kapadı.

Caine telefonu kapayınca, hastaneden taburcu olma zamanı geldiğini düşündü. Kolalı çarşafı bir kenara itip yavaşça ayaklarını yataktan aşağıya sallandırırken, bacaklarının ağırlığını taşıyamayacağından çekindiği için yavaş hareket ediyordu. Tabanlarının altındaki zemin soğuk ve pürüzsüzdü. Ayakta durabilmek hoşuna gitti. Dengesini sağlayabileceğine emin olduğu anda elbiselerini giydi aceleyle.

Saate baktı. Telefonu kapatalı üç dakika bile olmamıştı. Nikolaev telefonu kapar kapamaz Sergey'i aradıysa kaçmak için çok az zamanı vardı. Dev Rus'un, hastane güvenliğini atlatabileceğinden hiç şüphesi yoktu. Caine yalnızca atlatmasının ne kadar süreceğini kestiremiyordu. Bekleyip bu sorunun cevabını öğrenmeye niyeti de yoktu. Kozlov onu 'ziyaret' etmeden önce gitmek istiyordu.

Caine, cılız bir aydınlatmayla ışıklandırılmış koridora bakmak için kapıdan başını çıkarınca, Kozlov'un hantal bir ayı gibi yürüyerek koridorda ilerlediğini gördü. Dev koruma yürümüyordu, sanki ayağını sürüyerek ilerliyordu; bir ayağından diğerine cüssesinin ağırlığını aktararak ortalığı sarsan adımlar atıyordu. Yüreği ağzına geldi. Çok geç kalmıştı. Kozlov'a banka kartını teslim etmek zorunda kalacaktı. Nikolaev, para konusunda yalan söylediğini kestirdiği anda da, Caine'nin bu hayata elveda deme zamanı gelmiş olacaktı.

Birden, nöbetler veya şizofreni artık korkutucu gelmedi, şu andaki durumu daha korkutucuydu. Caine etrafına bakındı, saklanacak bir yer kestirmeye çalıştı gözüne. Ama bir tek, oda arkadaşının yatakta yattığını görebildi. O kadar zor nefes alıyordu ki, bir an için onun ölmüş olabileceğinden bile şüphelendi. Adamın hayatta olduğuna dair tek kanıt EKG monitöründen gelen bip sesiydi.

Caine monitörde zıplar gibi ilerleyen yeşil topa bakarken birden aklına bir fikir geldi.

"Kod Mavi-1012. 1012'de mavi kod uygulaması."

Hemşire Pratt mikrofona konuşurken senelerin verdiği sakinlik ve deneyim okunuyordu sesinden. 1012 numaralı odada birinin ölüm döşeğinde olduğunu diğer hastalara belli etmemek gerektiğini düşünüyordu. Acil durum arabasının koluna yapışıp koridordan aşağıya doğru hızla gitti. Dev cüsseli, sakallı adama çarpana kadar onun koridorda olduğunu fark etmemişti.

Adam kadına öldürecekmiş gibi bakıyordu, ama kadının onu azarlayacak zamanı yoktu. Arabayı adamın çevresinden itip yoluna devam etti. İlk önce odaya o girdi. Tanrım neden hep yaşlılar onun vardiyasında ölürlerdi ki? Bu hafta üç etmişti. Odaya girince ışıkları yakıp, Bay Morrison'un yanına koştu. Adamın kanı çekilmişti sanki bembeyazdı.

O anda kabloyu gördü, yerde duruyordu. Yeni yetme pratisyenlerden biri koşarak odaya girdi ve deneyimli hemşireye neredeyse çarparak durdu.

"Ne kadar zamandır..."

"Yanlış alarm. Kablosu çıkmış."

"Ne... Ya." Pratisyen, hemşirenin işaret ettiği yerde duran kablo ucuna baktı.

Hemşire eğilip ucu yerden aldı. Üzerindeki bant hâlâ yapışkanlıydı. Nasıl olmuştu da çıkmıştı? Kadın bu konuda kafa patlatmaya niyetli değildi, on altı yıllık meslek hayatında birçok şey öğrenmişti, garip şeyleri sorgulamanın bir anlamı yoktu.

Burası bir hastaneydi ve garip şeyler hep olurdu.

1013 numaralı odanın kapısının eşiğinde duran Caine yan odadan çıkan hemşireye ve pratisyene görünmemek için neredeyse kapıyla bütünleşecekti. Birkaç saniye sonra, Kozlov sessizce ve çaktırmadan 1012 numaralı odaya girince, koridora fırlayıp kırmızı neon ışıklı bir tabelayla aydınlatılmış olan çıkışa doğru hızlıca yürümeye başladı. Parlayan levhaya bakarken sanki birden gözünün önünde harfler büyüdü ve odayı yerden tavana kadar kapladı. Caine'nin boğazı düğümlendi.

Hayır, hayır, şimdi bunun sırası değildi.

Caine gözlerini sıkıca yumarak görsel halüsinasyonlarının geçmesi için kendine hâkim olmaya çalıştı. Bunu yaptığı anda da birden başının döndüğünü fark etti. Dengesini sağlayabilmek için yanında durduğu hastane arabasının koluna yapıştı. Yavaş yavaş kendine gelmeye başlayıp gözlerini açınca da arabanın içinde ameliyat kıyafetleri ve hastane önlükleri olduğunu gördü. Tıka basa doluydu. Hiç düşünmeden beyaz bir doktor önlüğü çekip aldı ve üstüne giydi.

O anda arkasında cüsseli birinin ayak seslerini duydu. Belli ki bu Kozlov'du. Caine üstüne atlayacağını düşündüğü dev Rus'un saldırısına kendini hazırlamak istercesine omuzlarını dikleştirdi. Kozlov'un dolgun elini omzunda hissettiği anda kaçacak bir yeri olmadığını anladı. Ama Caine'yi tutup duvardan duvara atmaya başlamaktansa, Kozlov yalnızca onu kabaca bir kenara itip, koridorda köşeyi dönerek yoluna devam etti.

Caine bir an için, şaşkın bir halde olduğu yerde kalakaldı. Sonra, beyaz önlüğü gören Rus'un aldanıp kendisini bir doktor sandığını anladı. Zorlanarak ilerleyip koridorun sonundaki ikili kapılardan dışarı attı kendini. Asansörleri bulduğunda tam gümüşi düğmelerden birine basmak için elini uzatmıştı ki baldırında bir titreşim hissetti ve telefonu çalmaya başladı.

"Lanet olası meret!" Caine cebine el atıp telefonu susturmaya çalıştı. Ama iş işten geçmişti, çünkü ikili kapılar açılınca elinde cep telefonuyla Kozlov göründü. Gülümsüyordu.

Caine çaresizce asansör kapılarına baktı, için için yalvarıyordu asansörün gelmesi ve kapıların açılması için. Kaçacak bir yer ararken asansörün kapısı önünde kapalı duruyordu. Kozlov sakince ona doğru geliyordu, sanki fırtınadan önceki sessizliğin tadını çıkarıyor gibiydi. Tam o anda asansörün kapısı açıldı. Asansörde, elinde paspas olan İspanyol görünümlü bir adam, yanında da tekerlekli bir kovanın içinde su vardı.

"Özür dilerim ama..." dedi Caine neye uğradığını şaşıran hademenin elinden paspası kapıp kovayı olduğu gibi koridordan aşağıya doğru fırlatırken. Planlasa, zamanlaması bu kadar iyi olamazdı. Kozlov kovadan kaçabildi, ama bunu yaparken paspas omzuna çarpınca kova devrildi. Sabunlu sular yere dökülünce de kaydı ve büyük bir gümbürtüyle yere yapıştı.

Caine koca asansörün içine attı kendini ve elinin altındaki ilk düğmeye bastı. Kozlov ayağa kalkamadan kapıların kapanması için de dua ediyordu bir yandan. Kapı kapanırken dev adamın yaklaştığını gördü. Kozlov asansörü durdurmak için kolunu uzatmıştı ama çok geç kalmıştı. Metal kapılar kapandı ve asansör yukarı çıkmaya başladı.

Caine asansör her bir katı çıkarken değişen sayılara bakıp birden kendini ne kadar aptalca bir duruma düşürdüğünü anladı. Ne yapmaya çalışıyordu? Hastanenin içinde bir Rus mafya üyesiyle kovalamaca mı oynuyordu? İşler nasıl böylesine çığrından çıkmıştı?

Sonra birden anladı: İlaç. Hapı yutmuştu, uyanmıştı ve sonra... Ne olmuştu?

Belki şizofren olmuştu, belki de bir nöbet geçiriyordu ve Rus mafyasının peşinde olduğunu sanıyordu. Ama bu imkânsızdı. Her şey gerçekti. Hapı almadan önce kaybetmişti parayı. Tamam, son birkaç dakikadır her şey garipleşmişti, ama bu Caine'nin kendisinin garipleştiği anlamına gelmiyordu. Öyle değil mi?

Belki de bu bir karabasandı, ilacı alınca görmeye başladığı kötü bir rüyaydı. Hayal görmediğinden emin olmak için kendini çimdikledi. Canı acıdı ama bu herhangi bir şeyi kanıtlıyor muydu? Belki de canının acıdığını hayal ediyordu. Bu, sonsuz bir mantık döngüsüydü ya da mantıksız bir döngü; hangi açıdan baktığına bağlıydı insanın. Halüsinasyon gören, olmayan şeyleri gören biri, böyle bir anı yaşadığından veya yaşamadığından nasıl emin olabilirdi ki?

Ya korktuğu başına geldiyse?

Ya tamamen keçileri kaçırdıysa, normalle anormal arasındaki çizgiyi geçtiyse?

Jasper'in sözleri çınlıyordu kulaklarında. Sanki dalga geçiyordu onunla. "*İnsana bir şey oluyormuş gibi gelmiyor, her şey normalmiş gibi geliyor... İşte bu yüzden bu kadar korkutucu...*"

Asansör birden sarsılarak durunca, kapıların açılacağını belli eden zil sesi duyuldu. Bu Caine'ye bir fırın saatini hatırlattı. Kapılar açılınca hiç düşünmeden on beşinci katta indi. Bu katta hangi hastaların yattığına dair bir levha falan yoktu. Kendi yattığı koridora benziyordu. Arkasında kalan asansörün kapısı kapandı.

Caine başka bir asansöre binmeyi düşündü, ama sanki içinden bir ses ona bunu yapmamasını söylüyordu. Sanki gerçekten kafasının içinde bir ses vardı. '*Daha değil... Daha işin bitmedi.*' Bu, gerçekten aklını kaçırdığını mı kanıtlıyordu acaba? Hayır. Bunu kabul edemiyordu. Bunun sadece içgüdülerinin sesi olduğunu tekrarladı kendine. Genelde içgüdülerini dinlerdi, dinlemekle de akıllılık ederdi. Güvenirdi içgüdülerine. Ancak, poker masasında kaybedecek bir ele 11.000 dolar yatırma kararını da içgüdülerini dinleyerek vermişti, pek de iyi olmamıştı.

Aklından geçen tüm bu düşünceleri bir kenara itmeye çalışan Caine, boş koridor boyunca yürüdü. Ayak sesleri sert ve soğuk zeminde çınlıyordu. İkili bir kapıya geldi. Kapının pürüzsüz kollarına el atınca birden sanki daha önce buraya gelmiş, bunları yaşamış gibi hissetti kendini.

Her şey o kadar tanıdıktı ki. Elinin altındaki soğuk metal kol, başının üstündeki pek de parlak olmayan floresan lamba, çevreyi sarmış olan antiseptik alkol ve ilaç kokusu. Birden, çok yoğun duygular hissetti ve kendini... Neydi bu duygu? Öngörü müydü? Psişik miydi?

Birden kendine çok güvendi. Sanki elinde bir floş royal varmış da, asla kaybedemezmiş gibi hissetti. İkili kapıdan içeri girdi ve diğer tarafta ne olduğunu görmek istedi. Sessiz odaların önünden geçerken sanki soğuk bir rüzgâr yalıyordu yüzünü. Yaşayacağını önceden bildiği her anın tadını çıkarmak istercesine soludu bu soğuk havayı.

Caine bu deneyimin sakinleştirici, huzurlu olduğunu düşündü. Uyuyan insanların kapılarının önünden yürümek ve bilinçsiz zihinlerinde ne gibi rüyalar, hülyalar, karabasanlar canlandırdıklarını düşünmek...

Tavana kadar yığılmış meyveli çörekler... Ağızlarından köpükler saçan kuduz köpekler... Eski sevgilisiyle çirkin bir yüzleşme...

Bunlar geçmişte yaşanmış, canlı tutulmuş hatıralar gibi birer birer geçti aklından. Birden huzurlu hissetti kendini, sanki empati kurmuş, bağlıymış gibi... Ama neye bağlıydı ki?

'*Onların zihinlerine*' dedi Ses (içgüdüsü) fısıldayarak. Caine bunun delilik olduğunu geçirdi aklından.

'*Tabii ki öyle. Ama bu gerçek olmadığı anlamına gelmez.*'

Korkarak başını salladı. İşte olan olmuştu. Tamamen aklını kaçırmıştı, halüsinasyon görüyordu. Ama tüm bunların gerçek olmaması söz konusu değildi, çünkü çok gerçekçiydi. Jasper'in sözleri çınladı kulaklarında.

'*Gördüklerin gerçek gibidir. Doğal, hatta olağan. Sanki hükümetin düşüncelerini çalmaya çalışması ya da en yakın arkadaşının seni öldürmeye çalışması en normal şeymiş gibi gelir.*'

Tüyleri diken diken olurken soğuk terler döktü. Odaklanmalıydı. Etrafına daha dikkatli bakmaya başladı. Önünden geçtiği her kapının üstünde bir numara, bir de beyaz kart vardı. Kartın üstünde odada yatan hastanın soyadı ve adı yazılmıştı büyük harflerle. HORAN, NINA. KARAFOTIS, MICHAEL. NAFTOLY, DEBRA. KAUFMAN, SCOTT.

Dördüncü odanın önünden geçene kadar bu isimleri okurken birini aradığının farkına varmadı. Her kapının önünden geçerken beynindeki Ses ona '*hayır, hayır, hayır*' demişti.

Beşinci kapıdaki ismi okuyunca durdu. Odada birinin ağladığını duyabiliyordu.

Evet, işte kızı buldun.

Hiç tereddüt etmeden içeri girdi.

Koca hastane yatağının örtüleri kırışıktı, ama sanki yatakta kimse yok gibiydi. Gözleri odanın karanlığına alışınca yastığın üstünde bir oyuncak bebeğin başını gördü. Sonra da bebek ona doğru dönüp kocaman, yaşlı gözlerini kırpıştırdı.

Caine bağırmamak için kendini zor tuttu. Dilini ısırıp korkusunu yenmeye çalıştı. O anda da gördüğünün bir bebek değil de küçük bir kız olduğunun farkına vardı. Koca yatağın içinde o kadar küçük kalmıştı ki, çok yalnız görünüyordu.

"İyi misin?" diye sordu ne diyeceğini bilemeyerek.

Kız konuşmadı, ama Caine kızın başını salladığını fark etti.

"Bir hemşire çağırayım mı?"

Kız başını hayır anlamında salladı.

"Peki, ben kalayım mı seninle biraz?"

Küçük kız başını salladı.

"Peki." Caine küçük kızın yatağının yanına yavaşça bir iskemle çekip oturdu. "Adım David, ama arkadaşlarım bana Caine der."

"Merhaba Caine." Küçük kızın sesinden halsiz olduğu anlaşılıyordu, ama sanki başka bir şey de duyuluyordu; umut muydu duyduğu? Kim bilir belki de umuttu. Ya da başka bir şey miydi? Caine emin değildi. Birden, birkaç saattir bu kadar korktuğu için kendinden çok utandı. Ne de olsa bir yetişkindi, yataktaki kız ise daha bir çocuktu. Onun yaşında, bir hastanede tek başına olmak çok korkutucu olmalıydı.

"Adın Elizabeth değil mi?"

"Ha ha," derken burnunu çekti kız.

"Çok güzel bir adın var. Benim de küçük bir kızım olsaydı adını Elizabeth koyardım herhalde."

"Öyle mi?" diye sordu küçük kız burnunu silerken.

"Öyle," dedi Caine gülümseyerek. Sonra ona bir sır verecekmiş gibi kıza doğru eğilip göz kırptı. "Şimdi de senin, benim de güzel bir adım olduğunu söylemen gerek; gerçi benimki Elizabeth kadar güzel değil ama."

Elizabeth kıkırdadı. "Senin adın da güzel."

"Öyle mi?" diye sordu Caine kızı taklit edip sesini incelterek.

Elizabeth yine güldü. "Öyle," derken gülümseyince birkaç dişinin eksik olduğu görülüyordu. Sonra da, "Sen diğerlerinden farklısın," dedi.

"Hangi diğerleri?"

"Diğer doktorlardan," dedi sanki bunu anlamamak için aptal olmak gerekiyormuş gibi. "Diğerleri benimle hiç konuşmazlar. Bir tek 'ağzını aç, aaa de' derler."

"Haklısın, doktorlar fazla konuşmazlar. Tüm gün boyunca hasta insanlarla uğraşıyorlar, onların da işi zor aslında. Anlayışla karşılamak gerekir bence."

"Herhalde," dedi kız kendinden yaşça çok olgun birine yakışabilecek bir kadercilikle. "Yoruluyorum da ondan."

"Evet," dedi Caine ve o da birden kendini çok yorgun hissetti. "Anlıyorum seni."

Kız daha dikkatli baktı Caine'ye. Karanlıkta yüzünü seçebilmek için gözlerini kıstı. "Sen gerçekten doktor musun Caine?"

Caine gülümsedi. "Eğer doktor değilsem beni daha az mı seveceksin?"

"Hayır. Daha çok seveceğim."

"O zaman," dedi Caine "Değilim."

"İyi. Çünkü ben doktorları çok sevmem de."

"Ben de," dedi Caine.

Kısa bir sessizlikten sonra, Elizabeth ağzını kocaman açarak esnedi.

"Herhalde bana git diyorsun artık. Uyku saatin de geçti." Caine ayağa kalktı, ama daha bir adım atamadan Elizabeth elini uzatıp adamın koluna yapıştı. Kızın ne kadar güçlü olduğunu fark edince şaşırdı.

"Lütfen hemen gitme. Biraz daha kal. Ben uyuyuncaya kadar kal."

"Peki," dedi Caine ve yerine oturdu yine. Kolunu tutan Elizabeth'in elini alıp diğer elinin yanına koydu. "Horladığını duyuncaya kadar hiçbir yere gitmeyeceğim. Söz."

"Ben horlamam."

"Görelim bakalım," dedi Caine kızın örtülerini düzeltirken. "Şimdi gözlerini kapa ve uykunu getirecek bir şeyler düşün."

Elizabeth ona söyleneni yaptı. Birkaç saniye sonra gözleri kapalıyken başını Caine'ye doğru çevirdi.

"Yarın akşam da beni görmeye gelecek misin?"

"O zamana kadar taburcu olmuş olurum Elizabeth."

"Belki rüyalarıma girersin. Olmaz mı?"

"Olur. Rüyalarda görüşmek üzere."

Birkaç dakika sonra Elizabeth'in nefes alıp verişi yavaşladı. Caine parmak uçlarına basarak odadan çıktı. Bu kızın her nesi varsa iyileşeceğinden çok emindi Caine. Her şey bir şekilde yoluna girecekti.

Jasper bloğun etrafında bir tur daha attı. 'Ses'in kendisine 'hadi' demesini bekliyordu. Daha önce hiç silah kullanmamıştı ama bu onu endişelendirmiyordu. Resim çekmek gibiydi bu iş; odakla ve bas. Aralarındaki tek fark bir Nikon kamera, 9 milimetrelik bir Lorcin L gibi geri tepmezdi.

Harlem'de, yasa dışı silahı aldığı yerde, birkaç tur antrenman atışı yapmayı düşünmüştü, ama yalnızca iki şarjör mermisi vardı ve boşuna mermi harcamak istemiyordu. Ne kadar mermiye ihtiyacı olacağını bilmiyordu, Ses bu konuda çok fazla ayrıntıya girmemişti. Ona 'git bir silah al, sonra da şehir merkezine dön' demişti. Jasper de aynen öyle yapmıştı. Neyse, artık olay yerinde alıştırma yapardı.

Jasper birini öldürmek zorunda kalıp kalmayacağını merak etti. Birini öldürmek istemiyordu, ama eğer Ses ona öldürmesini söylerse öldürürdü. Ses onu yanlış yola sürüklemezdi. Bu imkânsızdı zaten, çünkü Ses her şeyi, bilinebilecek her şeyi bilirdi.

Jasper bunun nedenini bilmese de emindi. Ses ona hiçbir zaman her şeyi bildiğini söylememişti, ama bazen Ses onunla konuşurken zihninin bir yerinde Jasper onun gördüklerini görebiliyordu. Böyle anlarda da Jasper, her şeyi görebiliyordu. David'e zarar vermek için komplo kuran, kafa kafaya vermiş herkesi görmüştü. Birileri onu para karşılığı satmaya hazırdı. Diğerleri onu denek olarak kullanmak istiyorlardı. Birkaç kişi de ölmesini istiyordu.

İşte Jasper bu yüzden silah almak zorunda kalmıştı; koruma için. David'e zarar vermeye çalışanlara karşı onu korumak için. Asla ikizine zarar vermelerine izin vermeyecekti. Asla...

Zamanı geldi.

Jasper boş kaldırımda, olduğu yerde dondu kaldı ve başını yana eğdi.

- *Aynen bana dediğin gibi silahı aldım.*

Hazır mısın?

- *Evet.*

İyi. Sana şimdi yapacaklarını tek tek anlatacağım...

Jasper dinlerken sonsuzluğun bir parçasını görebilmek için gözlerini kapadı. Bunu yaptığı anda da gülümsemeye başladı, çünkü gerçek amacını anlamıştı. Sonra Ses sustu. Gözlerini açtığında bu görüntüler bilincinde yalnızca birer gölge olarak iz bıraktı.

Gördüğü her şeyi hatırlamasa da kendini bulutların üzerindeymiş gibi hissediyordu, sanki içini tarif edilemez bir mutluluk kaplamıştı. Elindeki silaha daha da sıkıca sarılarak, sokak boyunca hızla ilerledi. Zamanında yetişebilmek için depar atması gerekecekti.

Caine, Elizabeth'in odasından çıkınca, o odaya girmesini teşvik eden şey her neyse, içgüdüleri (Ses?) sustuğu için memnundu. Artık orada olmak için bir nedeni kalmayınca asansöre binmek için koridor boyunca yürüdü. Zemin kata geldiğinde birden bir şey onu durdurmaya çalışıyormuş gibi hissetti. Sanki biri kulağına fısıldıyordu.

Ana çıkıştan çıkma. Orada seni bekliyor. Acil servisten çık.

İçgüdülerini dinlemekten (Ses'i dinlemek demek daha doğru olacaktı belki de) çekinen Caine koridorlarda dolanıp Acil Servis'i buldu. Bu televizyon dizilerindeki acil servisler gibi bir yer değildi. Yakışıklı doktorlar 'hastaya acil müdahale gerekiyor' ya da 'hemen ameliyata alın' diye bağrışarak koşuşturmuyorlardı koridorlarda. Mutsuz insanlar duvar diplerindeki oturma yerlerine dizilmişlerdi; öksürüp, tıksırıp duruyorlardı, yaralarından kan ve cerahat akıyordu.

Çıkışı gören Caine oturanların arasından oraya doğru yöneldi. Kocasıyla tartışan hamile bir kadının yanından geçti. Birden başı dönünce oda sanki gözünün önünde gitti geldi. Sanki bir şelalenin arkasından bakıyordu Acil Servis'e. Durdu ve yanındaki sandalyenin arkasına tutunup gözlerini sıkıca kapadı. Kapı eşiğinde tartışan çifti duymamaya çalıştıysa da beceremiyordu.

"Tek başıma kalamam. Sabahtan o salak trene binip gidiyorsun ve akşam dönüyorsun. Ben de burada kalıyorum, senden çok uzakta."

"Hayatım ama..."

"Bana 'hayatım ama' deme. Binbir türlü şey gelebilir başıma. Gel doktora soralım. Siz ne dersiniz?" Bir an için sessizlik oldu. "Doktor bey? Doktor bey?"

Caine gözlerini açtığında artık başının dönmediğini hissedince rahatladı. Hamile kadın ona bakıyordu.

"Pardon?" dedi Caine aklı karışmış bir şekilde.

"Üç defa erken doğum kasılmaları yaşamış ve ilk bebeğini kaybetmiş bir kadının, eşi sürekli doğu yakası boyunca gidip gelen bir trendeyken, evde tek başına kalması doğru mu sizce?"

Caine hamile kadının kocasına baktı sanki soruya cevap vermesine yardım edebilirmiş gibi. Adam sadece omuz silkti.

"Emin değilim," dedi Caine bir yandan akıllıca bir şeyler söyleyebilmek için aklını çalıştırmaya çalışarak. "Yakınlarda oturan akrabalarınız var mı?"

Kadın hayır anlamında başını salladı. "Philadelphia'da bir kız kardeşim var sadece."

"Benim kardeşim de orada oturuyor. Dünya ne kadar küçük, değil mi?" dedi sanki kendi kendine konuşuyormuş gibi. Birden düşünmeden konuştu, "Neden gidip kardeşinizle kalmıyorsunuz? Bebek gelene kadar demek istedim."

Bunu duyan kocanın yüzünde güller açtı sanki. "Evet, hayatım bence de bu harika bir fikir. İki ay Nora'nın yanında kalırsın. Bebek doğunca da eve gelirsin. Herkes mutlu olur böylece."

Kadın birbirine kenetlediği şişmiş ellerine baktı. Sanki yalnız kalmaktan korkuyormuş gibi kendi ellerini tutuyordu. Birden başını salladı. "Tamam, onu ararım."

Adam rahatlayarak iç geçirdi, eşini alnından öptü ve elini Caine'ye doğru uzattı. "Çok teşekkür ederiz doktor bey."

"Rica ederim," dedi Caine. Bu garip sohbet sona erdiği için çok memnundu. "İyi şanslar size."

"Sağ olun," derken adam hâlâ Caine'nin elini sıkıyordu.

Adam karısına kapıya kadar eşlik ederken, kadın hâlâ ona saat başı aramasını söylüyordu. Kadın adama sürekli yeni cep numarasını tekrarlatıyor; ezberlediğinden emin olmak istiyordu. Böylece adamın aramamak için bir bahanesi olmamasını istiyordu.

Caine çiftin dışarı çıkmasını bekledi. Arkalarından giderse yine kendini bir aile kavgasının ortasında bulacağından çekiniyordu. Genç çiftin gittiğine emin olunca da son yirmi adımı atarak hastaneden çıktı. Çıkıştan dışarı adımını attığı anda buz gibi hava iliklerine işledi.

Soğuktan nefret etmesine rağmen, Caine kulaklarını uyuşturan, beyaz önlüğün içine işleyen havanın tadını çıkardı. Kaçmıştı. Her şey yoluna girecekti. Birden kaba bir çift el yakasına yapıştı ve onu bir apartmanın duvarına sertçe yasladı.

Caine başını duvara çarpmıştı. Omuriliği bile ağrıdı. Daha elini bile kaldıramadan, adam bir kolunun altına kıstırdığı Caine'yi yarı taşıyarak, yarı sürükleyerek boş bir arsanın köşesine götürdü. Onu orada yere attı. Sonra da Caine'nin gırtlağına yapışıp yıkık dökük bir tuğla duvara doğru itti.

Caine karanlıkta adamın yüzünü göremese de aksanını duyunca kim olduğunu anladı.

"Bay Caine," diye gürledi Kozlov. "Ben de sizi arıyordum."

8

Silahın sesi insanın kulağında çınlıyordu. Jasper hiç bu kadar ses çıkacağını tahmin etmemişti. Bu sesi duyunca kardeşine saldıran adam donup kaldı. Yumruk atmak için geriye çektiği eli bir Actionman oyuncağınınki gibi havada kaldı.

"Onu bırak." Jasper'in sesi biraz titriyordu, ama bu umrunda değildi. Kardeşinin boğazını sıkan adam onu yavaşça bırakarak ellerini kaldırdı. David dizlerinin üzerine kapaklandı. Çok kötü öksürüyordu.

"İyi misin?" diye sordu Jasper.

"Sen nereden çıktın? Ne işin var burada?" diye sordu öksürmekten zar zor konuşan Caine.

"Boş ver, anlatsam inanmazsın. Herif kim?" Jasper elleri hâlâ havada olan Rus'u işaret etti.

"Sergey," dedi David ayağa kalkarken. Sesi çatlayan David Rus'un elinin kolunun yetişebileceği bir yerde durmamaya özen gösteriyordu. "Vitaly'ye söyle bu hafta sonuna kadar parasını getireceğim, Sergey."

"Bu Bay Nikolaev'in hiç hoşuna gitmeyecek," diye homurdandı Sergey.

"Eminim gitmeyecektir," dedi David. "Sen yine de ona söyle, tamam mı?"

Sergey sanki 'kendi mezarını kazmak istiyorsan sen bilirsin' der gibi omuz silkti.

David ondan uzaklaşarak Jasper'in arkasına geçti. Jasper de elindeki tabancayı çevirdi ve kabzasıyla Sergey'in başının arkasına vurdu. Dev adam kesilmiş bir ağaç gibi öne doğru yığıldı.

"Arkadaşın kendine gelmeden tabanları yağlasak iyi olacak," dedi derin derin nefes alan Jasper.

David ilk defa kardeşine dikkatle baktı. "Sen nasıl oldu da...?"

Jasper, ona anlatmak istiyordu, ama kardeşinin buna hazır olmadığını biliyordu. David'in karşısında normalmiş gibi davranmak çok önemliydi. Eğer deli gibi davranırsa, ona güvenmezdi. Ama Jasper için bu zor değildi; hayatının büyük bir kısmında normalmiş gibi davranmaya alışmıştı, bu rolü nasıl oynayacağını gayet iyi biliyordu.

"Şanlısın diyelim," diye yalan söyledi. "Hadi, gel gidelim."

Jasper kardeşinin koluna yapışıp onu uzaklaştırdı. Birkaç blok yürüdüklerinde David durdu.

"Dur biraz. Nereye gidiyoruz?"

"Evine."

"Oraya gidemeyiz," dedi David başını sallayarak. "Nikolaev orada beni bekliyordur."

"Hayır," dedi kendinden emin bir sesle Jasper.

"Bundan nasıl emin olabilirsin ki?"

Jasper buna cevap vermedi. David'in koluna yapıştı, koşarak ve kardeşini de yanı sıra koşturarak ilerledi.

Caine'nin dairesine vardıklarında güneşin ilk ışıkları odayı aydınlatmaya başlamıştı bile. Pencereden bakınca ufukta yeni doğan güneşi görebiliyordu. Duvar saati 06:28'i gösteriyordu. Evinde bir tek bu saat, bir de telesekreter kalmıştı; diğer tüm elektronik aletleri almışlardı. Her şeyini almışlardı. Nikolaev işini iyi yapmış, hiçbir şeyi atlamamıştı.

Satranç taşları yere dağılmıştı. Caine eğilip siyah bir atı aldı. Atın ağız kısmı çatlamıştı. Bir şey kaybetmiş gibi mutsuz hissetti kendini birden. Bu satranç takımı Caine'nin tek değerli eşyasıydı. Babası altıncı yaş gününde hediye etmişti ona bunu. Babası bu garip taşları siyah beyaz zemine yerleştirdiği ilk gün, Caine satrancın büyüsüne kapılmıştı.

"Satranç hayat gibidir David," demişti babası. "Her parçanın kendi işlevi vardır. Bazıları zayıftır, bazıları ise güçlü. Bazıları oyunun başında işine yarar, bazılarıysa sonunda. Ama kazanmak için hepsini kullanmak zorundasın. Aynen hayatta olduğu gibi, satrançta da skor tutulmaz. On parçanı kaybedip, yine de kazanabilirsin oyunu. Satrancın güzelliği budur işte. İşler her an tersine dönebilir. Kazanmak için yapman gereken tek şey tahtanın üzerindeki olası hamleleri ve anlamlarını iyi bilmek ve karşındakinin ne yapacağını kestirebilmek."

"Yani bu geleceği tahmin etmek gibi bir şey mi?" diye sormuştu Caine.

"Tahmin etmek imkânsızdır. Ama şimdiki zamanı çok iyi bilirsen geleceği kontrol edebilirsin."

Caine o zamanlar babasının ne demek istediğini anlayamamıştı; ama bu, oyundan büyük zevk almasını engellemedi. Her gece yemeklerini bitirip sofrayı topladıktan sonra, ikizler ödevlerinin başına oturmadan, babaları onlarla birer kez satranç oynardı. Jasper babasını hiç yenemedi, ama Caine sık sık yenerdi.

Caine beyaz şahı alıp tahtadaki yerine koydu. Babasını on küsur yıl önce kaybetmişti. Hâlâ onunla satranç oynamayı özlüyordu.

"Biliyor musun," dedi Jasper düşüncelere dalmış olan Caine'yi kendine getirerek, "Galiba daha iyi bir oyuncu olduğun için babam seni daha çok severdi."

"Babam beni daha çok sevmezdi," dedi Caine, Jasper'in söylediğinde bir gerçeklik payı olduğunu bilmesine rağmen. "Ayrıca, sen de aklını oyuna verdiğinde iyi oynuyordun. Senin sorunun yerinde duramamaktı. Dikkatsizce oynayıp hatalar yapıyordun, bu yüzden de açık veriyordun."

Jasper omuz silkti. "Aklını vermek sana göre bir şey, bana göre değil," dedi. "Yastık var mı?"

Kardeşinin geçmişi anmaya niyetli olmadığını ve konuşmaya bir nokta koyduklarını anlayarak Jasper'in kanepede rahat ettiğine emin olduktan sonra yatağına girdi. Başı yastığa değer değmez uyuyakaldı. Bilinçaltı yavaşça devreye girdi, kayıyordu. Sonra da...

...

Philadelphia'ya giden bir trendeydi.

Vagon bir sağa bir sola sallanıyor, Caine'nin uykusu geliyor. Trenin sesi monoton, pencereden baktığında gördüğü ağaçlar *aralıksız kahverengi bir şerit gibi. Kucağına bakınca biraz şaşırıyor. Sol eliyle başka birinin elini tutuyor. Küçücük bir el. Elizabeth de yanında. Caine'ye gülümsüyor ve parmaklarından birini sıkıyor.*

Caine sağ eline bakıyor. Parmakları kapalı, uzun kırmızı tırnaklı, büyük ama yumuş*ak bir el var elinin üstünde. Caine kadına bakıyor; ondan elini bu kadar sıkmamasını istemek üzere. Kadın ona dönünce sanki onu daha önce gördüğünü* hissediyor. *Tanıdık* *gibi. Kadının şişkin göbeğini görünceye kadar onun kim olduğunu anlayamıyor. Sonra hatırlıyor. Bu, hastanedeki hamile kadın.*

"Nereye gidiyorsunuz?" diye soruyor Caine ikisine.

"Seninle aynı yere," diye cevap veriyorlar tek bir ağızdan.

"Neden?" diye soruyor Caine, ama bu soruyu sorarak ne öğrenmeye çalıştığını o da bilmiyor.

"Çünkü," *diyor Elizabeth,* "İşler *böyle yürür."*

"Ya," diyor Caine sanki bu cevap çok mantıklıymış gibi.

Otomatik kapılar açılmadan önce Dr. Tversky kravatını düzeltti. Yeşil-siyah kamuflaj kıyafetleri giyen iki adam onu karşıladı. Askeri personelin, şehrin içinde bile, ormanda ortama uyum sağlamak ve gizlenmek için uygun olan bu kıyafetleri giymekte neden ısrar ettiklerini bir türlü anlamamıştı. Gri boyalı odada adamların bu kılıkta gizlenmeleri söz konusu dahi olmamalıydı. Hatta filmden fırlamış gerçeküstü kahramanlar gibiydiler.

"Kimliğinizi alabilir miyim efendim?" Adam konuşurken, sesi ifadesizdi. Bu aslında bir istek değil, bir emirdi.

Dr. Tversky ehliyetini verdi ve asker, geçici bir kimlik düzenlerken bekledi. Eline aldığı kimliğe baktı, sonra da yakasına iliştirdi. Büyük harflerle TVERSKY, P. diye yazılmıştı, altında da bir barkod vardı. Acaba ne zamandan beri insanları da sabun paketleri gibi barkodlamak gayet doğal bir şey olarak karşılanmaya başlamıştı?

Kimliğin sağ üst köşesinde kendi resmini görmek onu şaşırtmıştı. Herhalde birkaç saniye önce binadaki izleme kameralarından birine yakalanmıştı. Tversky kendine baktı. Daha önce haberi olmadan resmi çekilmemişti hiç. Birden irkildi, fotoğraftaki adam hiç de iyi görünmüyordu. Kızgın ve bir hayli korkmuş gibiydi. Yüzündeki bu ifadeyi Forsythe'nin de fark edip etmeyeceğini merak etti.

Bu halde toplantıya girmek hiç de hoş değildi; Forsythe korkusunu sezerse bundan faydalanacaktı. Ayrıca, Forsythe'nin ona inanacağı da yoktu herhalde. Tversky hiçbir zaman Forsythe'nin büyük bir bilim veya ilim adamı olduğunu düşünmemişti. O daha çok hak etmediği kadar yükselebilmiş bir bürokrattı, bir idareciydi sadece. Ama Tversky, bu tırnağı bile etmediğini düşündüğü adamdan para istemeye gelmişti.

Ayrıca, yardım da isteyecekti.

Forsythe, geniş masasının arkasında oturarak eski meslektaşına baktı. Tversky'nin anlattıkları inanılmazdı. İnanılmazdan da öte, imkânsızdı. Ama anlattıklarının tek bir kelimesi bile doğruysa, Forsythe, bunu araştırmamayı göze alamazdı. Hatta bu tam istediği fırsat olabilirdi. Tversky'yi zorlamaya karar verdi; adamın kendi teorisine ne kadar inandığını görmek istiyordu.

"Evet, anlattıkların çok ilginç," dedi Forsythe heyecanını gizleyerek. "Benden ne istiyorsun?"

"Desteğine ihtiyacım var. Bu fenomeni yetkin bir şekilde incelemek için yeterli kaynağım olmadığı ortada. Ama senin elinin altındaki kaynaklarla..."

"Çalışmanı yapabilirsin," diye arkadaşının başladığı cümleyi bitirdi ellerini kucağında birleştirerek.

"Evet, aynen öyle," dedi Tversky dişlerini sıkarak. Forsythe için için meslektaşını eleştirdi. Tversky kadar zeki bir adamın, kariyerinde bu kadar deneyim edindiği halde, sinirine hâkim olamaması özellikle de potansiyel bir yatırımcıyla konuşurken sinirlenmesi hiç hoş değildi. Ama tabii ki, Tversky ve onun gibilerin insani ilişkilerde beceriksizlikleri yüzünden Forsythe belli bir konuma gelebilmişti.

"Sana yardım etmek isterim," diye söze girdi Forsythe, "Ama

bu anlattıklarına bakılırsa son yetmiş yıldır kuantum fiziğinde geçerli olan her şeye karşı çıkıyorsun. Bildiğin gibi Heisenberg Be..."

"Heisenberg yanılmıştı," dedi Tversky.

"Öyle mi?" Forsythe, bilim adamlarının kendini beğenmişliklerine, çok gelişmiş egolarına aşinaydı, ama yine de Tversky'nin bu cesur yorumu onu şaşırttı. Heisenberg'in Belirsizlik İlkesi'nin yanlış olduğunu iddia eden birkaç asi olsa da, dünyanın ileri gelen bilim adamlarının hemen hepsi kuantum mekaniğinin esaslarının Werner Heisenberg tarafından ortaya konulduğuna inanıyordu.

Heisenberg, 1926'da yazdığı bir makalede, sonucunu etkilemeden bir fenomeni izlemenin imkânsız olduğunu matematiksel olarak ortaya koymuştu. Bunu kanıtlamak için bir bilim adamının bir subatomik partikülün konumunu ve hızını belirlemeye çalıştığını varsaymıştı.

Bunu yapmanın tek yolu o partikülü bir ışık dalgasıyla aydınlatmaktı. Sonra bilim adamı, ışık dalgasındaki bozulmayı takip ederek, ışıkla aydınlatıldığında partikülün konumunu belirleyebilirdi. Ama deneyin istenmedik bir sonucu da oluyordu: Işık ve partikül kesişinceye kadar partikülün hızı bilinemeyeceği için partikülün hızı belirsiz bir şekilde değiştirilmiş oluyordu.

Heisenberg bir partikülün hem konumunun hem de hızının aynı anda belirlenemeyeceğini ve böylece fiziksel dünyada her zaman bir belirsizlik olduğunu kanıtlamış oldu. Heisenberg, Newtoncu fizikçilerin her zaman savunduğu mutlak ilkelere karşı çıkmış ve dünyanın siyah-beyaz değil de, aslında gri olduğunu ileri sürmüştü. Onun savına göre, gerçek dünyada subatomik partiküllerin tam belirgin konumları olamazdı, ancak olası konumları olabilirdi. Yani, bir partikül, olasılık çerçevesinde belli bir yerde olsa bile aslında gözlemlenene kadar özellikle belli bir yerde de değildir.

Heisenberg şunu ortaya koyabildi: Gözlem sayesinde doğada gerçekte var olduğu haliyle bir partikülün konumunu değil de, doğada gözlemlenen bir partikülün konumu belirlenebilirdi. Birçok bilim adamı bunu pek hoş karşılamadıysa da, Heisenberg'in olasılıklar evreni daha önce kabul görmüş (ve açıklanmamış) fizik denklemleriyle de kanıtlanıyordu.

Sonunda, 1927'de, fizikçiler bir araya gelerek Kopenhag Yorumu olarak adlandırılacak bir yorumda anlaştılar. Bu yorumda Heisenberg'in teorileri destekleniyor ve gözlemlenen fenomenlerin, gözlemlenmeyen fenomenlerden farklı fizik kurallarına tabi olduğu kabul ediliyordu. Bu, bir takım çok ilginç felsefi sorulara ön ayak olduğu gibi, bilim adamları hemen hemen her şeyin olası olduğunu da kabul etmek zorunda kaldılar. Çünkü mutlaklarla değil de olasılıklarla yönetilen bir evrende bütün sonuçlar mümkündü.

Örneğin, bir partikül, olasılıklara göre bir bilim adamının laboratuvarında olabilir, ama başka bir olasılık da evrenin başka bir yerinde olduğudur. Böylece çağdaş kuantum fiziği doğdu. Gerçi çoğu kişi bunun nasıl olabileceğini anlayamıyordu, ama kimse Heisenberg'in ortaya koyduklarına karşıt bir tezi de savunamıyordu.

Yine de teoriyi herkes kabul etmemişti, özellikle de yürekten Newtoncu olan bilim adamları çünkü onlar determinizme inanıyordu. Onlara göre evren değişmez kurallarla yönetiliyordu ve hiçbir şey belirsiz değildi. Deterministler, her şeyin bir nedeni olduğuna inanır, insanlar eğer 'gerçek' kuralları anlayabilse ve evrenin şimdiki durumunu kavrayabilse, bunların tahmin edilebileceğini savunurdu.

Forsythe, tüm bunları aklından geçirirken, Tversky'nin ortaya koyduklarını sarsmanın en iyi yolunu arıyordu.

"Heisenberg'i kabul etmemek, determinizmi desteklemek demektir," dedi Forsythe kelimelerini özenle seçerek. "Bunu mu savunuyorsun?"

"Belki de öyle. Bana kalırsa determinizm hâlâ tamamen çürütülebilmiş değil."

"Peki ya Charles Darwin?"

Tversky determinizme ilk karşı çıkanlardan biri olan Charles Darwin'in ismini duyunca gözlerini devirdi. Heisenberg'in Belirsizlik İlkesi determinizme karşı geliştirilmiş hem en soyut, hem de son darbe veya teoriydi, ama Darwin'in evrim teorisi bu teoriye indirilen en büyük ve en kolay anlaşılabilir darbelerden biriydi.

Darwin 'Türlerin Kökeni'ni yazdığında, felsefecilere ve fizikçilere, yüce bir güç tarafından geliştirilmiş bir dünya değil de, sayısız belirsiz mutasyon sayesinde milyonlarca yıl boyunca evrim geçirmiş bir dünya olduğu görüşünü sundu. Bu eser 1859 yılında yayımlandığından beri, Yaradılışçılık'ı reddederek evrimi kabul eden herkes, ayrıca yazgı, kader gibi belirli değişmezler olduğunu da reddetmişti ve determinizmi de reddetmek durumundaydı.

"Yani şimdi evrime de mi karşı çıkıyorsun? Lütfen bana Yaradılışçı olduğunu söyleme."

Tversky bir kez daha dişlerini sıktı cevap vermeden, Forsythe ise sadece gülümsedi. Pembe dünyalarında yaşayan meslektaşlarını sinir etmek, entelektüel bir sohbetten bile daha zevkliydi Forsythe için. Tversky'ye Yaradılışçı damgası vurmanın ancak komik bir yorum olabileceğinin farkındaydı, ama o da bu yüzden eğleniyordu işte. Belli ki Tversky eğlenmiyordu, çünkü monoton bir ses tonuyla ders verir gibi konuşmaya başladı.

"Tabii ki evrime inanıyorum. Ama Darwin'in evrimin ve doğal seçilimin rastlantısal mutasyonun bir sonucu olarak ortaya çıktığı savı daha kanıtlanamadı. Çağdaş bilimle, mutasyonun daha neden gerçekleştiğini bulamadık diye, fenomenin rastgele veya rastlantısal olduğunu söyleyemeyiz. Şu anda anlaşılamayan bir fenomen bize rastlantısal gibi gelebilir."

"İnsan genetik yapısında 3.2 milyonu aşkın nükleotid baz vardır. Bunların arasında, belli bir ortam içinde bir insanın fiziksel özelliklerini amaçlı bir şekilde yeniden programlayan kimyasal yapılar olmadığı ne malum? Örneğin, tropik iklimlerde derinin koyulaşması veya rüzgârlı yörelerde elmacık kemiklerinin yükselmesi gibi."

Forsythe elini kaldırdı. "Tamam, ne demek istediğini anladım. Sözümü geri aldım, Yaradılışçı olduğunu düşünmüyorum. Ama ya determinizm? Peki ya Maxwell?"

James Clerk Maxwell, Heisenberg'in felsefesinin büyük büyük babası olan, 19. Yüzyıl'da yaşamış en önemli fizikçilerden biriydi. Elektromanyetik dalgalar ve termodinamik veya ısı hareketleri ile ilgili çalışmalarıyla adını duyurmuştu. En büyük bulgusu entropi veya eşyayılım adı verilen kanundu: Yani, ikisi de aynı ısıda olana dek, diğerine göre daha sıcak bir varlıktan ısının daha soğuk olana doğru akması.

Bu bilim adamı, sıcak bir bardak suya atılan bir buz küpünün soğukluğunu suya aktarmadığını, suyun sıcaklığının buza çekildiğini göstermişti. Su, buz eriyinceye kadar onu ısıtacak ve tüm sıvı termal bir dengeye ulaşacaktı. Heisenberg gibi Maxwell de mutlak kanunlara inanmıyordu. Gerçi kariyerinin ilk yıllarında bunları saptamaya çalıştı, ama son yıllarında da bunları yıkmaya çalışmıştı.

Bu alandaki en büyük başarısı, Termodinamiğin İkinci Kanunu'nun bir kanun olmadığını kanıtlamasıydı. Meşhur İkinci Kanun'a göre her sistemde, enerji bir alanda odaklanmadan, yayılarak dağılıyordu. Başlarda, ikinci kanun, kayaların neden dağlardan yukarı yuvarlanmadığından tut da, tükenmiş pillerin neden yeniden şarj olmadığına kadar her şeyi açıklamak için kullanılırdı. Çünkü her iki durumda da enerjinin spontane bir şekilde odaklanması gerekirdi; bu da ikinci kanunla çelişiyordu. Enerji her zaman yayılır, bir sistem her zaman en dağınık haline gelir. Böylece ikinci kanuna *Zaman Oku* adı da verildi, çünkü gerçekten de zamanın akışını yönetiyordu.

Ama Maxwell, İkinci Kanun'un aslında mutlak olmadığını kanıtlayabildi. Bunu yapmak için de bir test tüpünde gaz olduğunu varsaydı. İkinci Kanun'a göre bir sistemdeki tüm enerjinin dağıldığı varsayıldığı için, gaz moleküllerinin tüm olası yerleri kaplayacak şekilde yayılması beklenirdi. Buna göre de, ısı, moleküllerin durmaksızın gelişigüzel hareketi sonucu oluştuğundan, tüpün her yerinin aynı ısıda olması gerekirdi.

Maxwell sonra da moleküllerin hareket yönü ve hızının rastlantısal olduklarını söyleyerek, en hızlı hareket eden moleküllerin test tüpünün bir yerinde toplanabileceğine yönelik bir olasılık olduğunu ileri sürdü. Bu da ani bir ısı artışına yol açardı, çünkü moleküllerin toplandığı yerde spontane enerji konsantrasyonu olurdu. Bu da enerjinin her zaman dağıldığı yönünde bir savı vurgulayan İkinci Kanun'a aykırı bir buluştu.

Maxwell böylece İkinci Kanun'un ancak büyük bir olasılıkla doğru olabileceğini, yani 'çoğu zaman doğru olabileceğini' kanıtlamış oldu. Böylelikle de fizik yasalarının büyük bir çoğunluğunun, hiçbir zaman tamamen doğru olamayacağını kanıtlamış oldu.

"İnsanlar, Maxwell'in Termodinamiğin İkinci Kanunu'nun mutlak değil de olası olduğunu ortaya koyuşunun şans diye bir şeyin varlığını kanıtladığını düşünürler," diye cevap verdi Tversky. "Ama bana kalırsa, gelişigüzellik, rastgele olma durumu, rastlantısallık görünüşte öyle, gerçekte böyle bir şey yok."

Forsythe, Tversky'nin bu cesur yorumunu duyunca kaşlarını kaldırdı. Adamın söylediğini anlamak bile mümkün değildi neredeyse. Gerçi ikisi de ne demek istediğini anlıyorlardı, ama Forsythe, bunu söylemek, dile getirmek zorunda hissetti kendini.

"Yani sen elektronların hızlarının ve yönlerinin gelişigüzel olmadığına inanıyorsun, öyle mi?"

"Eğer Heisenberg'in teorisine gerçekten inanıyorsan, o zaman her şey mümkün," dedi Tversky. "O zaman da elektronların hareketlerinin rastgele olmama olasılığını da kabul etmeliyiz."

"Peki, elektron partiküllerinin hareketleri rastgele değilse, arkalarındaki güç ne?"

"Bunun bir önemi var mı?" diye sordu Tversky.

"Tabii ki var," dedi Forsythe elini sallayarak.

"Neden?"

Forsythe, eski meslektaşına bakakalıp, ne diyeceğini bilemedi. "Ne demek neden?"

"Şunu demek istiyorum," dedi Tversky sandalyenin ucuna oturarak, "Elektronların hareketinin ne tarafından yönetildiğinin, ne gibi bir önemi olabilir? Bu, atomun şimdiye kadar bilinen en küçük parçacığından bile daha küçük parçacıklarının bir sonucu ya da yerel olmayan bir gerçeklikten kaynaklanan bir enerji akımı olabilir, hatta elektronlar zeki varlıklar bile olabilir. Demek istediğim şu, hareketlerinin neden rastgele olmadığının bir önemi yok, rastgele değil... Önemli olan da bu."

"Ama elektron hareketlerini kontrol eden değişken..."

"Bu da ilginç bir konu olabilir, ama bu benim araştırmamın kapsamının dışında."

Forsythe, önündeki kahveyi içerken Tversky'nin söylediklerini düşündü. "Ama Heisenberg'in neden yanıldığını hâlâ açıklayamadın."

"Açıklamam gerekmiyor ki. Eğer elektronların hareketlerinde bir amaç olduğunu kabul edersen, o zaman bu amacı belirleyen veya öngören bir güç olduğunu da kabul etmek zorundasın. Anlamıyor musun? Eğer şimdiye kadar saptanmamış, daha ölçümü yapılamayan o güç varsa, o zaman ışık dalgası olmadan da bir elektronu gözlemlemenin bir yolu da vardır."

Forsythe, ağzı açık dinliyordu.

"Ama mantığın hem döngüsel, hem de kendi kendiyle çelişiyor. Yani diyorsun ki, olasılıklarla yönetilen bir evrende her şey olabileceği için, evren olasılıklarla değil de mutlaklarla yönetiliyor! Heisenberg'in Olasılık Teorisi'ni kullanarak teorinin kendisini çürütüyorsun."

Tversky sadece başını salladı. Adamın kendini beğenmişliği ve savundukları inanılmazdı; ama garip fikirleri çekiciydi, inandırıcıydı. Yine de, Forsythe, hâlâ Tversky'e kendisini ikna ettiğini belli etmek istemiyordu.

Boğazını temizledikten sonra konuştu Forsythe. "Bu aykırı hipotezi neden kabul edeceğim ben şimdi... Tam olarak neden?"

"Tüm söylediklerimi kabul et demiyorum, bunun olabileceğini kabul et."

"Neye dayanarak?"

Tversky'nin gözleri parladı. "İnanç, iman belki de."

"Bu pek ikna edici bir yaklaşım değil. Eminim sen de farkındasındır."

Tversky omuz silkti. "Bana bak James, ben satıcı değilim. Bilim adamıyım. Ama sana haklı olduğumu söylüyorum; bunu gördüm. Eğer orada olsaydın sen de anlardın."

"Ama ben orada değildim."

"Ben oradaydım."

Forsythe başını salladı. "Özür dilerim, ama bu yeterli değil. Kanıt olmadan fon aktaramam. Yapamam..."

Tversky masayı yumrukladı. "Neden olmasın? Hani bilim devrimciydi? Evlerinin bodrumlarında gece gündüz demeden çalışan fakir dâhilerin işiydi. Onlar, çevrelerindeki insanların aksine, evrenin başka bir şekilde işlediğine inananlardı. Vizyonları vardı. Ayrıca, vizyonlarına inanacak yürekleri de vardı." Tversky ayağa kalktı ve Forsythe'ye doğru eğildi. "Sana yalvarıyorum, hayatında bir defa bir bürokrat gibi değil de, bir bilim adamı gibi düşün."

Forsythe sırtını sandalyesine yasladı. "Ben zaten bir bilim adamıyım. Aramızdaki tek fark, ben gerçek dünyada yaşıyorum ve kısıtlamaları anlıyorum. Sistemin içinde çalışıyorum; dışında kalıp da sızlanmıyorum. Bana cesaretten söz ettin demin... Ben de sana sorayım o zaman: Cesur musun? Sen ne yaptın bilim için? Hangi riski göze aldın bugüne kadar?"

Tversky hiçbir şey diyemedi. Forsythe, sinirden mi, yoksa diyecek bir şey bulamadığından mı sustuğunu anlayamadı. Ama bu umrunda değildi. Önemli olan neden bir şey dememesi değil, bir şey diyememesiydi.

"Ben de öyle düşünmüştüm." Forsythe ayağa kalktı ve ofisinin kapısını açtı. "Eğer anlatacakların bittiyse, bugün çok işim var... Elinde kanıt olduğunda, lütfen geri gelip teorilerini bir daha sunmaktan çekinme."

"Kanıtlayacağım," dedi kendinden emin bir tavırla Tversky. "Gerçi kanıtladığımda buraya geleceğimi veya sana başvuracağımı hiç sanmıyorum." Tversky arkasını döndü ve koridor boyunca hızla ilerledi.

Forsythe, kapısında duran görevliye dönüp, "Dr. Tversky'ye kapıya kadar eşlik edin," derken kendinden çok memnun olduğu sesinden anlaşılıyordu.

"Baş üstüne efendim," diyen asker kendisine emanet edilen adamın peşine düştü. Forsythe, bir an için boş koridorda durdu, sonra odasına girdi. Kapıyı kapatınca gülümsemeye başladı. Soktuğu bunca lafla Tversky'i iyice sinir ettiğine ve şevklendirdiğine emindi. O, Tversky'nin Alfa deneği üzerinde yaptığı 'gizli' testleri zaten biliyordu. Sinirlenen ve kapılar suratına kapatılan Tversky, artık daha cesur davranıp, daha fazla riske girecekti.

Forsythe'nin yapması gereken tek şey, arkasına yaslanıp olanları izlemekti. Eğer Tversky'nin bir sonraki deneyinin sonucu olumsuz olursa, o zaman Forsythe de başka projeler bulurdu. Ama, eğer Tversky haklı çıkarsa... O zaman Forsythe, Ajan Vaner'e bir emir verecekti ve kadın bu hayatta en iyi yaptığı şeyi yapmak için devreye girecekti. Sonra da Forsythe, Tversky'nin yokluğunda, işe onun bıraktığı yerden devam edecekti.

Bilim dünyası da hiçbir şeyi fark etmeyecekti.

9

Caine uyandığında Jasper gitmişti. Kanepeye bir post-it yapıştırmıştı: *'Bir işim var. Gelirim.'* Caine kardeşinin ne gibi işleri olabileceğini bilmiyordu, ama bu konuda endişelenmedi. Kardeşinin akli dengesi tam anlamıyla yerinde değildi, ama Caine, onun kendine gayet iyi bakabildiğini anlamaya başlamıştı. Başı belada olan kendisiydi.

Dün akşam olanları anlamakta bile zorluk çekiyordu. Sanki gerçeküstü bir deneyim yaşamıştı. Kahve yapmaya karar verdi; kafeinli bir şeyler içince zihni açılıyordu. Suyun kaynarken çıkardığı sesi dinlerken telesekreterindeki kırmızı ışığın yanıp söndüğünü fark etti. Eninde sonunda telesekreterine bırakılan mesajları dinlemek zorunda kalacağını bildiği için, derin bir nefes alıp düğmeye bastı. Bir saniye içinde Vitaly Nikolaev'in sesini duydu.

"N'aber Caine? Ben Vitaly. Nasılsın diye bir arayayım dedim. Kulübe gelsene. Seni merak ediyorum."

"Eminim ediyorsundur," dedi Caine telesekretere doğru dönerek. Sonraki beş kişi mesaj bırakmadan kapamıştı. Cep telefonunda da sesli mesaj yoktu. Günlerden Salıydı; Nikolaev'e iki gündür 11.000 dolar borcu vardı. Nikolaev, haftalık yüzde beş faiz işlettiğine göre, Caine'nin şu anda ona 11.157 dolar borcu vardı. Ağzına edilmişti kısacası.

Hastaneden eve dönerken banka hesabındaki tüm parayı çekmişti. Elindeki 438.12 dolar bir haftalık faizi bile ödemeye yetmezdi. Nikolaev konusunda ne yapacağını kestirmesi gerekiyordu. Caine sorunu her aklı başında istatistikçi gibi ele aldı: Tüm olasılıkları gözden geçirip, her birinin sonuçlarını hesaplayıp, en iyi yolu belirlemeye çalıştı.

Ne yazık ki yalnızca iki seçeneği vardı: Ya parayı ödeyecekti ya da ortadan kaybolacaktı.

Ama nöbet geçirip dururken ortadan kaybolamazdı. Hem bir yerlere kaçıp hem de deneysel ilacı almaya devam edemezdi. Haftada iki defa kan vermeye gitmesi gerekiyordu; elinde de sadece yirmi hap yani on günlük ilaç vardı. Kozlov'dan kaçmanın bir yolunu bulabilse de nöbetlerinden kaçmanın bir yolunu bulamayacaktı. Hayır, Dr. Kummar'la tedaviye devam etmek zorundaydı. Sırf denemiş olmak için olsa bile.

Bu yüzden de parayı ödemek zorundaydı ya da Nikolaev'le bir şekilde uzlaşacaktı. Belki de çalışarak ödeyebilirdi borcunu. Caine bu fikir aklına geldiği anda bile bunun olmayacağını bilerek başını salladı. Ne olarak çalışacaktı? O hangi işi yapabilirdi ki bu haliyle? Yok, olacak şey değildi. İç geçirdi. Başka çaresi yoktu; parayı bulmak zorundaydı.

Peki, nasıl nakit para bulacaktı? İlk olasılık çok açıktı: Kaybettiği şekilde para kazanabilirdi yani kumar oynayarak. Düşünmeden cebindeki paraya dokundu. Elindeki 400 dolarla diğer kulüplerden birine gidip para kazanmaya çalışabilirdi. Bu olasılık dâhilindeydi.

Eğer şansı yaver giderse sabaha kalmaz birkaç binlik olurdu elinde. Ama kaybederse, eskisinden bile kötü durumda olurdu. Ayrıca, Nikolaev onun başka bir kulüpte oynadığını duyarsa, bundan hiç hoşnut olmayabilirdi.

Peki, ya Atlantic City'ye gitse? Bir otobüse atlayıp gidebilirdi ve belki de masalarda çaylak turistleri ağına düşürürdü. Eğer dikkatli bir şekilde oynarsa kesinlikle kazanırdı, ama sorun şu ki bu uzun süre alırdı. Kaybetmeye mahkûm olanlar az parayla oynarlar; üçe altı veya beşe on en fazla. Ayrıca, her masada bir kurt olurdu. Böyle oyunlarda, saatte 20-30 dolar kazanırdı. Bu aslında fena para değildi, ama yine de gecikmiş olurdu. Eğer günde on altı saat bile oynasa 320 ile 480 dolar arasında kazanırdı. Bu hesaba göre de, yüz on altı gün aralıksız kazanması gerekirdi.

Hayır, kumarhane işi yatmıştı. Başka bir poker kulübünde oynama seçeneğini de son dakikaya kadar düşünmeyecekti. Diğer seçenek bir işe girmekti. Ama sürekli bir işi bu kadar kısa sürede nerede bulacaktı ki? Ülkenin ekonomik durumu pek parlak değildi ve Caine'nin özgeçmişinde uzun süredir işsiz olduğu yazıyordu. Bir iş görüşmesine giderse başına gelecekleri düşündü.

"Bay Caine, 2002'den beri ne işle uğraşıyorsunuz?"

"Bir aralar beni kapattılar çünkü haftada bir-iki kez kendimden geçip olmadık şeyler görüyorum, sonra da bedenim kasılmaya başlıyor. Ama Eylül'den sonra hep Vitaly Nikolaev'in kulübündeydim. Pokerde üstüme yoktur. Bu arada, aklıma gelmişken, acaba bana 11.000 dolar avans verebilir misiniz? Rus mafyası beni tepelemeden önce onlara borcumu ödemem gerek de."

Belki de profesörlerinden birinden bir araştırma işi kapabilirdi. Bu aslında iyi bir fikirdi, ama işe yarayıp yaramayacağını bilmiyordu. Böyle işlerde rekabet yoğundu, ayrıca işi bitirmeden avans falan da vermezlerdi. Zaten, alacağı para da dişinin kovuğunu doldurmazdı. Esas para özel sektördeydi, zaten bu yüzden bütün kalburüstü profesörler aynı zamanda finans piyasasında danışmanlık yapıyorlardı.

Birden aklına bir fikir geldi. Eski tez danışmanından onu bir danışmanlık projesi kapsamında işe almasını rica edebilirdi. Eğer

Caine adamı it gibi çalışacağına inandırırsa, belki de Doc -eski hocasına hep Doc yani Doktor derdi- ona analizlerinin bir kısmını yaptırmayı kabul ederdi. Hatta şansı yaver giderse işe başlamadan bile para verebilirdi. Saatine baktı. Saat onu geçiyordu.

Doc, genelde 10.30'da Columbia Üniversitesi'nde istatistik dersi verirdi. Doktora seviyesinde bir ders verip de hazırlanmakla zaman harcamak istemediği için, bu derse girip geri kalan zamanında araştırma yapmayı tercih ediyordu. Profesörlerin çoğu gibi Doc da ders vermekten nefret ederdi. Ama sınıfına girip öğrencilerle nasıl uğraştığını görenler buna asla inanmazdı.

Okulun sekreterliğini arayıp Doc'un bugün yeni dönemin ilk dersini vereceğini öğrendi. Eğer acele ederse, Doc sınıfa girmeden onu yakalayabilirdi. Deri ceketini kaparken cebindeki beyaz haplar yere düştü. Caine bir sonraki dozu alma zamanı geldiğini hatırladı. Hapı avcuna aldığında, bir an için, dün gece duyduğu o garip seslerin gerçek olup olmadığını sorguladı. Acaba bunlar deney aşamasındaki ilacın bir yan etkisi miydi?

İlacı almaktan çekiniyordu, ama almamaktan da korkuyordu. Bu işi yapmamak için kendi kendini doldurmasına izin vermeden hapı ağzına attı, yuttu ve kapıdan çıktı. Merdivenlerden aşağıya koşarken bir şey unuttuğunu düşündü, ama unuttuğu şeyin ne olduğunu kesinlikle hatırlayamadı. Sanki cevap dilinin ucundaydı, ama bir türlü bulamıyordu. Umursamadı, hatırlardı nasıl olsa.

Her zaman hatırlanırdı sonunda böyle şeyler.

Yirmi yedi dakika sonra, Caine derin bir nefes alıp sınıfa girdi. Arkadaki bir sırayı gözüne kestirip oturdu. Kalbi çok hızlı atıyordu, ama bayılacakmış gibi de hissetmiyordu. Bu sadece bir odaydı. Dersi veren de kendisi değildi. Yerinde kaldığı sürece sorun çıkmayacaktı.

Sınıfın önünde duran Doc, eline bir tebeşir alıp kocaman harflerle tahtaya yazdı.

OLASILIK SIKICIDIR

Birkaç öğrenci gülüştü. "Buna karşı çıkan var mı?" Kimse karşı çıkmadı. "İyi, madem bu konuda anlaştık, bu sınıfta öğreneceğiniz her şeyin işinize yarayacağını söyleyeyim. Çünkü sınıfta Olasılık Teorisi'nden söz etmeyeceğiz. Hayattan söz edeceğiz. Ve hayat çok ilginçtir. En azından benimki öyle; sizinki nasıl bilemeyeceğim."

"Olasılık Teorisi hayatın sayılara dökülmüş halidir," diye devam etti. "Size bir örnek vereyim, bir gönüllüye ihtiyacım olacak. El kaldırabilirseniz..." Birkaç kişi el kaldırdı. Tam o anda sınıfın kapısı kapandı ve herkes geç gelenin kim olduğunu görmek için başını çevirdi. Spor giyimli velet çoktan sırasına oturmuş, başındaki beyzbol kepiyle yüzünü gizlemeye çalışıyordu. Doc hızlıca odanın arkasına doğru yürüdü ve öğrencinin koluna yapıştı.

"İşte bir gönüllü," dedi Doc çocuğun kolunu sanki bir yarışmayı kazanmış gibi kaldırarak. "Adın ne bakalım?"

"Mark Davis."

Doc döndü, masasından bir bilgisayar çıktısı kaptı ve bunu Mark'a verdi. "Bu ne?"

"Şey... Sınıf listesine benziyor."

"Aynen öyle. Şimdi söyle bakalım, kaç öğrencinin adı yazılı burada?"

Mark bir an için durdu, sonra başını kaldırdı. "Elli sekiz."

"İsimlerin yanında doğum günleri yazıyor mu?"

"Hayır."

"Şimdi eğlence zamanı," dedi sınıfa dönüp şaka yapıyormuş gibi bakan Doc. Sonra da Mark'a dönerek, "İddiaya girmeyi sever misin Mark?" diye sordu.

"Tabii."

"Çok iyi!" Doc ellerini birleştirdi. Elini cebine attı ve beş tane 1 dolarlık banknot çıkardı. Sihirbazmış da, sanki numara yapacakmış gibi bu parayı sınıftakilere gösterdi. "Seninle 5 dolarına iddiaya girelim. Bence bu sınıfta iki kişi aynı günde doğmuş. Sen ne dersin?"

Mark sınıfa baktı, sonra da gülümseyerek Doc'a baktı. "Olur, ben iddiaya varım."

"Çok güzel. Haydi bakalım o zaman."

Mark anlamaz gözlerle bakıp kaşlarını kaldırdı.

"Parayı görelim diyorum."

Mark omuz silkti ve cebine el atıp kırışmış bir beşlik banknot çıkardı.

Doc bunu elinden kapıp masaya koydu. Sonra dönüp sınıftakilere gülümsedi. Mark'ı işaret ederek, "Enayi," dedi. Diğer öğrenciler güldüler, Mark ise kıpkırmızı oldu. "Eğer Mark hayat konusunda biraz deneyimli olsa ya da olasılık teorisini bilse, şu anda kaybetmeye mahkûm olduğu bir iddiaya girdiğini bilirdi. Bana nedenini açıklayabilecek kimse var mı?"

Cevap veren olmadı.

"Peki, başka gönüllüler bulalım o zaman." Kimse kıpırdamadı. Sonra Doc, Caine'yi gördü. Caine gizlenmeye çalıştıysa da eski öğretmeni onu görmüştü. "Bugün çok özel bir misafirimiz var. En iyi doktora öğrencilerimden biridir kendisi: David Caine. David elini kaldır bakayım." Caine istemeye istemeye elini kaldırdı; birden dili damağına yapışmış, ağzı kurumuştu. Sınıftakiler dönüp ona baktılar. "Ben ona 'yağmur adam' derim çünkü sınıfta hesap makinesi kullanması gerekmeyen tek kişi oydu. Bana yardım etmeye hazır mısın David?"

"Herhalde bana söz hakkı bırakmayacaksınız bu konuda?" dedi Caine göğsünden her an fırlayacakmış gibi çarpan kalbini umursamamaya çalışarak.

"Aslına bakarsan haklısın," dedi Doc.

"O zaman benim için bir şereftir." Öğrenciler gülüştü. Caine kalbini zar zor zaptetti. Bisiklete binmek gibi bir şeydi bu. Bunu yapabilirdi.

"Aferin," dedi Doc ellerini yine kavuşturarak. "Seninle benim aynı günde doğmuş olma olasılığımız nedir?"

"Binde 3 civarında."

"Normal insanlara bu sonuca nasıl vardığını açıklar mısın?"

"1'i 365'e bölerek."

"Aferin. Hepimiz yılın 365 gününden birinde doğduğumuza göre seninle benim aynı günde doğma olasılığım 365'de 1." Dönüp tahtaya yazdı.

1/365 = 0.003 = 0.3%

"Herkes bunu anladı mı?" Öğrenciler kâğıt kalem çıkarırken, not tutma zamanı geldiğini anladıkları için, bir yandan da söyleniyorlardı. "Tamam, o zaman bizim aynı günde doğmadığımız konusunda iddiaya girmeni istesem bunu kabul ederdin herhalde, değil mi?"

"Evet."

"Bu akıllıca bir iddia olurdu, büyük bir olasılıkla da kazanırdın. Benim doğum günüm 9 Temmuz. Seninki ne?"

"18 Ekim."

"İşte. Demek ki aynı günde doğma olasılığımız 365'de 1; doğmama olasılığımız ise 365'de 364'tü. Şimdi de bu sınıftaki başka hiç kimseyle doğum gününün aynı olmama olasılığının ne olduğunu söyle bana."

Caine bir an için düşündü, sonra başını kaldırdı. "Yüzde 14.9."

"Doğru, peki bu sonuca nasıl vardığını açıkla."

"Eğer sınıfta herhangi biriyle aynı günde doğmuş olma olasılığımı hesaplamak istersek, ilk önce sınıftaki 59 kişiyle aynı günde doğmadığım olasılığını hesaplamam gerekir. Yani $(364/365)^{59}$. Bu da sınıftaki herhangi biriyle aynı günde doğmadığım hesabını 59 kere kendiyle çarpmak demek."

Caine konuşurken Doc yazıyordu.

Olasılık (herkesin farklı bir günde doğduğu) $= (364/365)^{59}$

$= \%85.1$

"Bu yüzden de," diye devam etti Caine, "Bu sınıftaki kimseyle aynı günde doğmadığımın olasılığı yüzde 85,1'se, o zaman aynı günde doğduğum olasılığı da yüzde 14,9'dur."

Olasılık (aynı gün) = 1 - olasılık (farklı gün)

= %100 - %85.1

= %14.9

"Mükemmel," dedi Doc. "Herkes anladı mı?" Doc'un yazdığı işlemleri defterlerine geçiren öğrenciler başlarını salladılar.

"Şimdi geriye dönelim bakalım. Seninle aynı günde doğmadığımızı biliyoruz. Peki, ikimizin de bu sınıfta başka hiç kimseyle aynı günde doğmamış olma olasılığı nedir?"

Caine boğazını temizledi. "İlk önce benim kimseyle aynı günde doğmadığım olasılığını hesaplarız ki bunun %85 olduğunu biliyoruz zaten. Sonra da aynı hesabı sizin için yaparız, ayrıca aynı günde doğmadığımızı da dikkate alırız."

"Dur, çok çabuk ilerledin," dedi Doc dalga geçer gibi. Elindeki tebeşiri Caine'ye fırlatınca, Caine düşünmeden uzanıp yakaladı. "Gel de burada göster ne demek istediğini."

Herkes dönüp Caine'ye baktı. Elleri terlemişti ve kalbi hızla çarpıyordu, ama kendini zorlayıp ayakta durdu. Sınıfın önüne doğru yürürken sanki attığı her adım yıllar alıyordu. Ama tahtaya yaklaştıkça kendine olan güveni de artıyordu sanki. Sonunda tahtaya vardı ve daha önce defalarca yaptığı gibi sınıfın önünde durdu. Gözlerini kırpıştırdığında dünyası allak bullak olmadı. Dr. Kummar'ın ilacı işe yaramıştı. Ait olduğu yerdeydi.

"Peki," dedi Caine sınıfa dönerek. "Ne diyordum? Evet, Doc'un ve benim doğum günlerimiz aynı gün değil. Bizimle aynı günde doğmuş başka birinin olma olasılığını hesaplamak için, ilk önce Doc'un sınıftaki başka biriyle aynı günde doğmuş olma olasılığının ne olduğunu hesaplamak gerekir."

"Biraz önce yaptığımız hesabı yapıyoruz, ama bu sefer 363'ü 364'e bölüyorum. Neden? Çünkü Doc'un benimle aynı günde doğmadığını biliyoruz zaten. O zaman bir günü eledim. Bunu da 58 kere kendisiyle çarpıyorum çünkü onu sınıftaki geri kalan 58 kişiyle ele alıyorum, 59'uncu benim."

"Bu yüzden de Doc'un sınıfta başka herhangi biriyle aynı günde doğmamış olma olasılığı %85.3."

Olasılık (Doc - farklı bir günde) = (363/364)58

= %85.3

Caine sınıfa doğru döndüğünde bir an için yine palmiye elleri görür gibi oldu ve midesi ağzına geldi. Sonra gözlerini sıkıca yumdu ve açtı. İyiydi. Palmiyeler yoktu. Derin bir nefes alıp devam etti.

"Şimdi, bizim ikimizin de kimseyle aynı günde doğmamış olma olasılığını hesaplamak için, iki olasılığı birbiriyle çarpacaksınız."

Olasılık (Caine ve Doc - herkesten farklı günler)

= Olasılık (Caine farklı)*Olasılık (Doc farklı - Caine hariç)

= (364/365)59 *(363/364)58

= (%85.1)*(%85.3)

= %72.5

“Hem Doc’la hem de benimle aynı günde doğan birinin olmama olasılığı %72.5. Yani böyle birinin olması olasılığı %27.5.”

Olasılık (C&D aynı gün) = 1 - Olasılık (farklı gün)

= %100 - %72.5

= %27.5

“Herkes buraya kadar anladı mı?” Doc birden araya girince Caine şaşırdı. Onun sınıfta olduğunu bile unutmuştu. “Harika,” dedi Doc herkes başını sallayınca. “Peki, son soru: Sınıftaki iki kişinin aynı günde doğmuş olma olasılığı nedir?”

“Peki,” dedi Caine tahtaya doğru dönerek, “Diyelim ki bizim farklı günlerde doğduğumuzu bilmiyoruz, aynı işlemi yapıyoruz: Yani bizim aynı günde doğmuş olma olasılığımızı hesaplarken yaptığımız işlemi. Sonra sınıftaki her öğrenci için bunu tekrarlıyoruz, her seferinde de gün sayısından bir gün eksiltiyoruz.”

Olasılık (hiç kimse başkasıyla aynı günde doğmadı)

= (364/365)*(363/365)*(362/365)*....*(306/365)

= 0.006

= %0.6

“Demek ki bu sınıftaki iki kişinin aynı günde doğmamış olma olasılığı %0.6, yani iki kişinin aynı günde doğmuş olma olasılığı %99.4.”

Doc yavaşça Caine’yi alkışladı. Dönüp masada duran paraları cebine koydu, sonra da Mark’ın sırtını sıvazladı. “Para için teşekkür ederim Bay Davis. Oturabilirsin.”

“Bir dakika ama” diye karşı çıktı Mark.

"Aklınıza takılan bir şey mi var?"

"Arkadaşınız yanıldığımı söyledi, ama olmayabilir de."

"İnançsız biri var aramızda demek. Yani bana Olasılık Teorisi'ne inanmadığınızı mı söylemeye çalışıyorsunuz?"

"Yüzde yüz inanmıyorum," dedi Mark pis pis sırıtarak.

"İmansız!" diye bağırdı Doc sanki kilisede vaaz veriyormuş gibi ellerini kaldırarak. "Kardeşlerim, aramızda bir imansız var! Bu zavallı kulun ruhunu huzura kavuşturalım, onu kurtaralım! Ocak'ta doğan herkes ayağa kalksın."

Dört öğrenci ayağa kalktı. "Arka sıradakinden başlayarak herkes doğum gününü söylesin."

Kimse aynı gün doğmamıştı. Mark'ın ağzı kulaklarındaydı. Doc sadece omuz silkti. "Yerinde olsam gülmezdim. Biraz sonra çok kötü duruma düşeceksin." Doc öğrencilere doğru döndü. "Peki. Ocak doğumlular otursun. Şubat doğumlular kalkıp doğum günlerini söylesinler."

Bu sefer beş öğrenci kalktı. Kimse aynı günde doğmamıştı. Mart, Nisan, Mayıs ve Haziran'da da aynı günde doğan yoktu. Mark kendinden emin bir şekilde sırıtıyordu artık. Sonra sıra Temmuz doğumlulara geldi.

Sıska bir mühendislik öğrencisi, "3 Temmuz," dedi.

Uzun boylu, atletik yapılı, kısa saçlı bir öğrenci, "Temmuz'un 12'si" dedi.

"Hey, ben de Temmuz'un 12'sinde doğdum," dedi pembe tişörtlü çekik gözlü bir kız.

Doc gülümsüyordu, kollarını iki yana açıp eğilerek selam verdi.

"İşte size kanıt."

Mark yüzünü ekşitip yerine oturdu.

"Peki, bu işlemleri niye yaptık? Amacımız neydi? İlk önce şunu söylemek gerekir: Grup ne kadar geniş olursa, olasılık da o kadar büyür. Yani yeterince gözlemlersek her şey olabilir - ve olur - her ne kadar olasılık dışı olursa olsun. Diyelim ki sınıfta 10 kişi olsak Mark'ın kaybetme olasılığı ve iki kişinin aynı günde doğmuş olma olasılığı... Yağmur Adam biraz yardım etsen?"

Caine bir an için gözlerini kapadı, sonra da açtı. "Yüzde 12 civarında."

Doc gülümsedi. "Evet. Ne diyordum? Şimdi bundan çıkaracağımız ikinci derse gelelim." Mark'a bakıyordu. "Olasılık Teorisi hiçbir zaman yanlış değildir, yanıltmaz. Buna inanın, çünkü tek gerçek budur."

Doc kısaca selam verdi, birkaç kişi onu alkışladı bile. Gülümsüyordu. "Şimdi okuduklarımıza bir bakalım."

Caine bunu duyunca yerine döndü. Yürürken kendini çok mutlu hissetti. Başarmıştı. Şu anda, Vitaly Nikolaev'e borcu ve epilepsisi başının üzerinde duran Demokles'in kılıcı gibi sallanıyorsa da, Caine'nin umrunda değildi bunlar. Birkaç dakikalığına bile olsa ders verebilmişti. On sekiz aydır ilk defa, belki de eski hayatına kavuşabileceğine inandı. Eğer bunu önceden bilebilseydi, Dr. Kummar'ın klinik deneylerine katılmak için bu kadar beklemezdi.

Kırk beş dakika sonra Doc dersini bitirdi. "Ders bitmiştir. Çarşamba'ya devam ederiz. Şansınız yaver giderse belki Bay Caine de gelir."

Öğrencilerin çoğu sınıftan hemen çıktı, ama birkaç yalaka öğrenci Doc'un çevresini sarıp ona sorular sormaya başladı. Bunlar da dağıldıktan sonra, Caine eski danışmanının yanına gitti.

"Seni görmek güzel Caine," dedi Doc onun sırtını sıvazlayarak. "Aslında bunu bir gösteriye çevirip para kazanmalıyız."

"Bence bizi görmek için para ödemez insanlar."

"Dalga mı geçiyorsun? Her biri dört ders için 14.000 dolar ödeyen 58 öğrenci biraz önce para vermedi mi sence? Bu da..."

Caine gözlerini kırpışırdı. "Öğrenci başına 134.62 dolar eder."

"Aynen öyle."

"İyi," dedi Caine. "O zaman bugünkü dersten payıma düşen de 3.904 dolar. Çek de kabul edilir."

Üzerinde, bir kurye şirketi olan FedEx'in lacivert-turuncu logosu olan beyaz minibüs, Sam'in lokantasının karşısında durdu. Bu, UGA'nın sahibi olduğu paravan şirketlerden birinin kırk minibüsünden biriydi. Ama dışı hariç bu araç pek de diğerlerine benzemiyordu. Çok güçlü bir motoru vardı ve askeri teçhizatlı gözetleme ekipmanı yüklüydü.

Çalıntı üniformalarının göğsünde yazan sahte isimleri dışında, minibüsteki üç görevlinin üzerinde kimlik yoktu. Steven Grimes grubun lideriydi. O ülkedeki en iyi gözcülerden biriydi. Gerçi yağlı siyah saçlarına ve hayalet kadar solgun yüzüne bakınca yanıltıcı bir imaj çiziyordu.

Gözetleme merkezinde olduğu zamanlarda geniş deri bir koltukta oturur ve on monitöre birden bakıp, önündeki beş klavyeyi kullanırdı. Ama sahaya çıkınca olanakları kısıtlanıyordu. Elinde sadece üç ekran ve iki klavye vardı. Yere çakılı minik bir metal taburede oturuyordu. Ama sahada olmayı daha çok sevdiğinden, bu onun hoşuna bile gidiyordu.

Her şeyden çok gözetlemeyi seviyordu. Görülmemesi gerekeni görmeye gelince, Grimes bu işin piriydi. Bu konuda eğitim almamış olmasına rağmen, elektronik konusunda bir dahiydi ve babası gibi usta bir hırsızdı. Bu iki becerisi sayesinde, kameralar yapıp, istediği yere yerleştirebiliyordu. Üniversitenin ikinci yılında kızların soyunma odasına bir kamera yerleştirdi. Okuldan atıldıktan sonra profesyonel olarak gözetlemek istedi; bunu iş olarak yapmak isteyince de UGA'ya başvurdu. İlk başvurusu anında reddedildi, ama o yılmadı. UGA'nın sistemine izinsiz girip, şifreleri kırıp, kriptografi bölümünün başındaki adama, ekranını açtığında karşısına çıkacak bir mesaj yolladığı zaman ajanstakilerin fikri değişti.

Grimes'i bir sonraki gün hemen işe aldılar. Sonraki sekiz yıl boyunca çok zevk aldı işinden. Kendi laboratuvarını verdiler ona, bir de casus aletleri alması için sonsuz bir bütçe sağladılar. İşinde sevmediği şeyler de vardı; örneğin, tüm bürokratik işlemlerden ve patronu olan Dr. James Forsythe'den nefret ediyordu. Forsythe ya da Grimes'in deyimiyle Dr. Jimmy, gerçekten çok rahatsız ediciydi. Hatta diğer askeri personelin toplamından bile daha beterdi.

Grimes ve Forsythe birbirlerini hiç sevmezler, sürekli atışırlardı yine de son zamanlara kadar karşılıklı çıkarlara dayalı bir ilişki yürütmüşlerdi. Ama Forsythe'nin verdiği talihsiz borsa tüyosu sayesinde Grimes elindeki avcundaki tüm parayı yitirmişti. Eğer Dr. Jimmy olmasaydı, Grimes'in şu anda bankada 200.000 doların üzerinde parası olacaktı. Ama iki ay önce Grimes varını yoğunu philoTech diye bir şirkete yatırmıştı çünkü Forsythe ona Senatör Daniels'in şirketin dev bir devlet ihalesini almasını sağlayacak büyük bir savunma yasa tasarısını desteklediği haberini uçurmuştu.

Birkaç hafta sonra yasa hakkındaki haber halka açıklanınca 52 haftadır 20 dolar olan şirket hisseleri 101,5'e fırladı. Grimes, parasını alıp çekileceğine, iki misli yatırım yaptı çünkü devlet ihalesi sayesinde parasının üç mislini alabileceğini biliyordu. Bir servet kazanmak üzereydi ama sonra Daniels uykusunda ölünce tüm hayalleri suya düştü. Daniels gidince savunma tasarısı yattı, philoTech de kontratı kapamadı. Sonra da muhasebe skandalıyla gazetelere manşet oldu.

Günün ilk saatlerinde hisseler yüzde 98'lik bir düşüş gösterdi ve Grimes beş kuruşsuz kaldı. Elinde 10.000 dolarlık hisse kalmıştı. Forsythe kendisiyle aynı durumda mıydı peki? Değildi tabii ki. İt herif, hisseler yükselir yükselmez satmıştı ve tomarla para kazanmıştı.

Grimes'in bu konuda yapabileceği hiçbir şey yoktu. İşin daha da kötüsü, parasını kurtarmanın tek yolu Forsythe'nin yanında kalmaktı. İşte o yüzden de bu herifin işini yapıyordu şimdi. O anda telefonu çalınca konsoldaki bir düğmeye bastı. Dinlediği müziğin yerine Dr. Jimmy'nin sinir bozucu sesini duydu.

"Ses kaydı yapabiliyor musunuz?" dedi Forsythe selama sabaha gerek duymadan.

"Acelen ne Dr. Jimmy?" dedi yanındakilerin gülüşmelerinden zevk alarak Grimes. "Augy iş başında. Birkaç dakikaya devreye girer."

"İyi," diye tersledi Forsythe. "İşi halledince ethernete de aktarın."

Dr. Jimmy telefonu kapayınca, Grimes de monitöre odaklandı. Restorandaki yaşlı bir herifi görüyordu. Tversky neden bu kadar önemliydi ki Dr. Jimmy bu herifin öğle yemeğini yiyişini seyretmek istesin?

10

Doc'un en sevdiği lokantanın kapısının üstündeki neon tabelada 'Dünyanın en iyi çorbaları ve burgerleri' yazıyordu. Caine bu ikisinin bir arada yenmesinin garip olduğunu düşünmüştü hep ve bunları bir arada yememişti hiç. Ama yine de yemekler iyiydi. Doc ona, okuduğu son makaleleri anlatırken, Caine cesaretini toplayıp kendisini işe almasını isteyecekti. Ama tedirgindi. Doc'ta sanki farklı, garip bir şeyler vardı. Garson kıza bağırmıştı içeceklerini yanlış getirdi diye. Doc böyle şeyler yapmazdı.

Caine, Doc'tan bir şey istememek için bahaneler bulmaya çalıştığını düşündü. Cesaretini toplayıp tam ağzını açacakken, lokantaya bir adam girdi ve Doc'a baktı. O da hemen yanına gelmesini işaret etti. Adam görünüş olarak Doc'un tam tersiydi. Üzerinde düzgün, yelekli gri bir takım elbise vardı ve koyu kırmızı bir papyon takmıştı. Caine bu adamı tanıyordu. Doc ara sıra onunla birlikte araştırma yapardı, ama ismini hatırlayamadı.

"David'i hatırladın, değil mi?" diye sordu adama Doc, ama David'e adamı tanıtmadı.

"Tabii, sizi görmek ne güzel," dedi adam. Hafifçe elini sıktığı Caine'ye sanki hayvanat bahçesinde gördüğü bir hayvanmış gibi bakıyordu.

"Nedir derdin?" diye sordu Doc meslektaşına. "Sinirli gibisin."

Papyonlu adam dolgun saçlarını eliyle düzeltirken homurdandı. "Günüm kötü geçti de. Biriyle Heisenberg konusunda tartıştık. Başım ağrıdı."

"Bana anlatma," dedi Doc bir anda düşüncelere dalarak. "Ben de Heisenberg'i pek tutmam. Ya sen Yağmur Adam?"

"Pardon?" dedi Caine, Doc'un kendisini de konuşmaya dâhil etmesine şaşırarak. "Ne bileyim, Heisenberg'i hiç anlayamadım."

"Öyle mi?" dedi gözleri bir anda parlayan Doc. "Neyini anlamadın?"

Caine o anda hata yaptığını anladı. Doc'un karmaşık fenomenleri açıklamaktan ne kadar zavk aldığını unutmuştu bir an için. Yıllar boyunca, Doc borsanın çöküşünden, kaos teorisine kadar her şeyi uzun uzun açıklarken, Caine onun ofisine tıkılıp dinlemek zorunda kalmıştı.

Caine, papyonluya baktı yardım dilenircesine. Ama adam menüye dalmıştı ve konuşulanları dinlemiyordu bile. "Herhalde anlamadığım şeyi şöyle özetleyebilirim: Sırf nerede olduğunu bilmedikleri için fizikçilerin bir partikülün belirgin bir konumu olmadığını düşünmelerini anlamıyorum. Aynı anda iki yerde olacak hali yok ya."

"Aslında olabilir," dedi Doc konuşmayı uzun bir nutuk çekebileceği bir konuya yönelttiğine memnun olup. "Fizikçiler çift yarık deneyi sayesinde bunu kanıtladılar."

"Peki, anlatın bakalım," dedi Caine. Doc'u susturamayacağını bildiği için bu işten kârlı çıkıp bir şeyler öğrenmeye karar verdi. "Nedir bu çift yarık deneyi?"

"Diyelim ki bir kâğıttaki kesikten bu tabağa ışık yansıttın. Ne görürsün?"

Caine omuz silkti. "Bir çizgi halindeki ışığı."

"Aynen öyle." Doc ketçapla tabağına ince bir çizgi çekti. "Kesikten geçen fotonlar tabağa yansıyıp, bir çizik olarak görünecek." Durup suyunu içti. "Şimdi, iki kesiği olan bir kâğıttan ışık yansıttığını varsayalım. O zaman ne görürsün?"

"İki çizgi."

"Hayır," dedi Doc. "Bir dizi bulanık çizgi ve şunun gibi gölgeler görürsün." Doc ketçapla yaptığı çizginin yanına birkaç çizgi daha çekti ve bir patates kızartmasıyla bunları hafifçe dağıttı. "Eğer ışığın bir dalga olduğunu düşünürsen bu şaşırtıcı değil. Kâğıdın diğer tarafında birbiriyle etkileşime geçen farklı dalgaların tabağa yönelmeden önceki hallerini düşün ve bu bulanık yansımaya odaklan."

"Eğer ışığın bir dizi partikül olduğunu düşünürsen bu fenomeni açıklayabilirsin. Her fotonun kendi frekansı olduğu için birbirleriyle etkileşime girip tabaktaki bulanık şekli oluşturuyorlar."

"Peki, bunu açıklayabiliyoruz," dedi Caine. "Sonra?"

Doc parmağını kaldırdı. "Anlatıyorum bekle. Son zamanlarda fizikçiler tek bir fotondan oluşan bir ışık kaynağı yarattılar ve deneyi yine yaptılar. Bil bakalım ne oldu? Diğer tarafta aynı görüntü vardı."

Caine kaşlarını kaldırdı. "Her bir kesikten tek bir foton geçiyorsa, o zaman nasıl oluyor bu? Neden bulanık oluyor?"

"Her bir foton kendiyle de etkileşim halinde çünkü. Aynı anda iki kesikten de geçiyor deney sırasında." Doc maç kazanmış gibi sırıtıyordu.

"Nasıl yani?"

"Çünkü, bir partikül olduğu düşünülen foton, aynı zamanda bir dalga. Bir tek kesik varken partikül gibi, ama iki kesik olunca bir dalga gibi işliyor. Bunun nedeni de fotonun aynı anda hem partikül, hem de dalga olması. Buna da partikül-dalga ikilisi deniliyor. Özünde tüm maddeler iki şeydir. Farklı ortamlarda farklı özellikleri vardır, hepsi aynı anda ölçülünceye kadar."

"Ama bu mantıksız," dedi Caine.

"Kuantum fiziğinin dünyasına hoş geldin," dedi Doc bir patates kızartmasını ısırarak.

Papyonlu adam birden canlandı. "Eğer cidden aklını karıştırmak istiyorsan," dedi Doc'a sanki Caine orada değilmiş gibi. "Ona Schrödinger'in kedisini anlat."

Caine elini kaldırdı. "Yok, gerek yok..."

"Haydi. İki dakikada anlatırım," dedi Doc. "Söz veriyorum, seni sıkmadan kısaca anlatacağım."

"Peki," dedi Caine sanki teslim olur gibi. "Son olsun ama." Caine yanındaki adamın blöf yapıp yapmadığını kestirmeye çalışmadan öylece oturup konuşmanın ne kadar eğlenceli olduğunu unutmuştu. O gün ikinci kez dertlerini unuttu ve o anın keyfini çıkarmaya çalıştı. Bu çok zevkliydi, konu kuantum fiziği olsa bile.

"Erwin Schrödinger kuantum fiziğinin babalarından biriydi. Ama, özellikle de gerçek dünyaya uygulandığında bunun ne kadar mantıksız olduğunun o da farkındaydı, Heisenberg Olasılık Teorisi'ni açıkladığı sıralarda Schrödinger de kedisi hakkında felsefi bir soru ortaya attı. Basit bir dille anlatmak istersek sorusu kısaca şuydu: Elinde bir radyoaktif atom olduğunu varsayalım. Bunun iki hali var 'hareketli', ki bu zamanlarda fazla enerji saçıyor; ya da hareketsiz ki bu zamanlarda uykuda. Kuantum fiziğine göre, biz bu atomu gözlemlediğimizde, ya bir durumda olacak, ya da diğerinde. Ama bunu gözlemlemediğimizde aynı anda iki durumda birden olacak. Aynen bir önceki örnekte aynı anda iki yerde olan foton gibi."

"Schrödinger'in felsefi sorunu şu: Bir kediyi, biraz siyanür gazı, radyoaktif bir atom ve enerji sezdiği anda çalışmaya programlanmış bir çekiçle aynı kutuya koyarsan ne olur? Eğer radyoaktif atom hareketlenirse, çekiç şişeyi kıracak, gaz dağılacak ve kedi ölecek. Atomda bir hareketlenme olmazsa, o zaman çekiç hareket etmeyecek ve kedi yaşayacak. Ama sen kutuyu açıp da atomu gözlemleyene kadar o ne hareketli, ne de hareketsiz, ikisinin olasılıklı bir birleşimidir. O zaman soru şu: Kutu kapalıyken kediye ne olur?"

Caine bir an için düşündü "Herhalde..." Birden sustu ve gülümsedi. "Şimdi anladım; atom teorik olarak aynı anda iki durumdaysa o zaman kedi de öyle. O da aynı anda hem ölü, hem de diri; ta ki kutuyu açıp atomu gözlemleyene kadar. O zaman da kedi kesinlikle bir durumda veya bir diğerinde olur; yani ya ölüdür ya diridir."

Doc gülümsedi. "Aferin sana. Bir de kuantum fiziğinden anlamam diyordun."

"Bunun amacı," diye araya girdi papyonlu adam Caine'ye dönerek, "Şunu anlatmak: Kuantum mekaniğini teknik olarak doğru, ama görülmeyen subatomik partiküle değil de, gerçek dünyaya uygulamaya kalkınca mantıksız geliyor insana."

"Yani, Heisenberg'e inanmadığını mı söylüyorsun?" diye sordu Doc papyonluya.

"Sen inanıyor musun?"

Doc omuz silkti. "Genellikle ben, gözümle gördüğüm şeylere inanırım. Geri kalan her şey teoridir." Sonra Caine'ye doğru döndü. "Konuyu dağıtmadan önce sen bir şey demek üzereydin."

Caine, Doc'un patateslerinden birini aldı. Üçüncü bir kişinin yanında yardım istemek zorunda kalmak hoşuna gitmiyordu.

"Biraz başım belada da..."

"Öyle mi?" dedi endişelenerek Doc. "Neden?"

"Biraz... Nakit sıkıntısı çekiyorum."

"Biliyorsun, bana kalsa seni anında üniversitede işe alırdım yine, ama son yaşananlardan sonra bölümdekiler kellemi uçurur. Bu dönem olmaz en azından. Ama gelecek sene bakarız."

"Biliyorum ama, nakit sıkıntımı biraz acilen gidermem gerekiyor." Caine utancından yerin dibine girmişti. Doc'un arkadaşı kalkıp başka bir masaya geçme nezaketini bile göstermemişti. Caine'ye sanki garip kokuyormuş gibi bakıyordu. Caine papyonlu biyoistatikçiyi görmezden gelmeye çalışarak hızla devam etti. "Eğer özel araştırma projeleriniz falan varsa, ayak işi falan yapabileceğim... Yaparım. Biraz çaresizim de."

Doc bir an için tavana bakıp düşüncelere daldı. Caine'ye baktığında yüzü pek umut verici değildi. Yavaşça başını salladı.

"Eğer sana yardım edebilecek en ufak bir iş olsa, bilirsin tereddüt etmem. Ama şu aralar elimde hiçbir şey yok."

Caine olduğu yerde yığılıp kalmak istemiyordu, ama kendine hâkim olabileceğine emin değildi.

"Özür dilerim," dedi Doc.

"Önemli değil," dedi Caine bir yandan bunun ne kadar da önemli olduğunu düşünerek. "Şansımı deneyeyim demiştim. Merak etmeyin, bir şeyler bulurum elbet."

Caine masaya baktı Doc'la göz göze gelmemek için. Son patates kızartmasını tabakta kaydırdı ve Doc'un döktüğü ketçaba batırdı. Patatesi ağzına götürürken ucundan bir damla ketçap damlayıp tabağa düştü. Düştüğü yerin çevresine minik kırmızı noktalar yayıldı.

Bunu gören Caine için zaman sanki bir anda yavaşladı...

...

Kırmızı çizgiler kalınlaşıyor, tabağın uçlarına kadar uzuyor.

O minik damla artık kızıl bir birikinti. Büyüyor. Hayat dolu. Sanki nabzı atıyor. O kadar büyüyor ki tabaktan dışarı akıyor, masaya dökülüyor, kırmızı damlacıklar saçılıyor havaya.

(yüzde 92.8432'lik bir olasılık)

Bunlar yavaş çekimde Doc'un ve meslektaşının yüzlerine doğru uçuyor. Yanaklarına ve alınlarına yapışıyor, gömleklerinde kocaman lekeler bırakıyor. Bu damlalar gömleklerini ve derilerini yakıp geçiyor. İki doktor da kan revan içinde. Koyu kırmızı kanları yüzlerinden aşağı *oluk oluk akıyor, göğüslerinden fışkırıyor.*

(yüzde 96.1158'lik bir olasılık)

Caine ayağa kalkıyor, nefes alamıyor. Doc sanki bir şey der gibi dudaklarını kıpırdatıyor, ama bir ses duyulmuyor. Boğazı kan yutmaktan tıkanmış, dudaklarının arasından köpürmüş kan damlaları akıyor. Caine, sanki odadaki tüm oksijen çekilmiş gibi hissediyor. Şaşırmış, ama başka hiçbir şey yok, yalnızca boşluk ve başındaki inanılmaz acı.

(yüzde 99.2743'lük bir olasılık)

İşte oluyor. Bir nöbet daha. Ama bu diğer nöbetler gibi değil. Daha önce de görsel yanılsamalar, halüsinasyonlar oldu, ama hiçbiri bunun gibi değildi ki. Hatta hiçbir *şekilde değildi. Keşke bağırabilse, olanları durdurabilse, ama yapamaz...*

Her şey donup kalıyor, duruyor.

Doc ve arkadaşı, tüm diğer müşteriler heykel gibi hareketsiz kalakalıyor, kan damlacıkları havada yağmur gibi asılı kalıyor. Sonra yavaşça her *şey hareket etmeye başlıyor. Ama bir şeyler garip. Caine bir anda her şeyi tersine doğru, geri çekimdeymiş gibi gördü*ğünü anlıyor.

(yüzde 98.3667'lik bir olasılık)

Kırmızı damlacıklar kaynaklarına geri dönüyor. Yaralar küçülüp iyileşiyor. Yaralar iyileşirken Caine'nin yüzünün önünden uçarak geçen minnacık cam parçaları lokantanın girişindeki dev camın artık boş olan çerçevesine doğru uçuşuyor.

(yüzde 94.7341'lik bir olasılık)

Hızla hareket ediyorlar. Bir kamyonetin çarpık çurpuk kalıntıları düzelerek, hızla, ters yönde lokantadan dışarı çıkıyor. Kamyonet yok, minik cam parçacıkları birleşiyor dev bir bulmaca gibi... Birleşince dev pencere yeniden oluşuveriyor.

...

Caine'nin bir an için nefesi kesildi.

Doc ve arkadaşı karşısında oturuyorlardı, aynen normalde oldukları gibiydiler. Tabağına baktı; kan gölü de yok olmuştu, yalnızca döktüğü bir damla ketçap vardı. Şaşkınlıktan ağzı açık kalan David'in parmaklarının arasından kayan patates kızartması yere düştü.

"David? David?" diyordu Doc. Genelde gülen yüzünden endişeli olduğu okunuyordu. "İyi misin?"

"Ne?" dedi Caine sanki bir uykudan uyanırmış gibi başını sallayarak. "Ne oldu?"

Kan... Çok fazla kan...

"Bir an için gidip gelir gibi oldun," dedi Doc, Caine'ye bakarak.

Caine hızlıca gözlerini kırpıştırarak Doc'a baktı, ama bir tek yüzünden aşağıya oluk oluk akan kanı görebiliyordu. Titreyen ellerinden birini Doc'a doğru uzattı. Doc hareket etmedi. Caine kendini hazırladı; ıslak, yapış yapış, o hiçbir şeye benzemeyen kanı hissedecekti. Ama titreyen parmakları Doc'un yüzüne değdiğinde bir tek hafif hafif uzamaya başlamış sakallarını hissetti. Kan yoktu.

"Yağmur Adam?" dedi Doc bu sefer daha yavaş bir sesle. Sanki yan odada uyuyan vahşi bir kaplan vardı da, gürültü edip onu uyandırmaktan çekiniyordu. Caine birden her şeyi anladı. Kamyonet dev camdan içeri girmiş ve hepsini öldürmüştü. Ölmüşler miydi? Hayır, yaşıyorlardı. Aklını toparlayamıyordu sanki karma karışıktı düşünceler. Hayır, ölmemişlerdi; öleceklerdi. Kamyonet camdan içeri girecekti. Bir tek sorun vardı: Kamyonet kazayla camdan içeri girdiğinde burada oturuyor olacaklar mıydı?

...

(yüzde 94.7341'lik bir olasılık)

...

"Buradan kalkmamız lazım," diye fısıldadı sesi zar zor çıkan Caine.

"Neden?" diye sordu Doc.

"Kamyonet... Kan..." dedi Caine ne kadar saçmaladığının farkına varmayarak. "Eğer buradan kalkmazsak öleceğiz."

"Olur David. Tamam," dedi Doc. Aklını kaçırmış biriyle konuşur gibi yavaş konuşuyordu. "Hesabı ödeyeyim, gideriz. Tamam mı?"

Caine başını salladı. "Hayır. Olmaz. Şimdi gidelim!" dedi sesi yükselerek. Biliyordu; doğru kelime buydu değil mi? Biliyordu olacakları. On saniye içinde ölme olasılıklarının yüzde 94.7341 olduğunu bir şekilde biliyordu.

"Bence derin bir nefes alıp rahatlasan iyi olacak," dedi papyonlu. "Etraftakileri rahatsız ediyorsun."

Caine gözlerini kapayıp düşünmeye çalıştı. Aklı karışmıştı, normalden farklıydı. Şizofren nöbeti mi geçiriyordu? Her şey sanki gerçekmiş gibiydi, ama zaten Jasper de aynen öyle olacağını söylememiş miydi? Yine de zihninin içinde bağıran bir ses ona beş saniyesi olduğunu söylüyordu. Bir anda karar verdi. Gözlerini açıp ayağa kalktı.

Dört saniyen kaldı.

Kollarını açıp iki profesörün kollarına yapıştı ve onları çektiği gibi kaldırdı.

Üç saniye.

Caine geriye doğru adım atarken birine çarptı...

...

O bir garson, adı Helen Bogarty. 13 Cadde'de beş katlı bir binada oturuyor. Çinli bir bebeği evlat edinmeye karar verecek.

...

Hem Doc'u, hem de arkadaşını çekiştirerek uzaklaştırdı.

İki.

"Hey!" diye bağırdı garson dört porselen kâse yere düştüğünde. Bu Caine'nin umrunda değildi. Kazadan sonra kadının da umrunda olmayacaktı büyük ihtimalle.

"Yere yatın!" diye bağırdı Caine hepsini yere doğru çekerek.

Bir.

Bir anda inanılmaz bir gürültüyle havada metal ve cam parçacıkları uçuşmaya başladı. Caine bunu görmedi, çünkü gözleri sımsıkı kapalıydı, ama öyle olduğunu biliyordu. Bu sahneyi bir milyon kere seyrettiği gibi, sinemalarda gördüğü sahnelerden de tahmin edebiliyordu. Binlerce -tam olarak 19.483- cam parçacığı havada uçuştu. Chevrolet Silverado Z71 marka arabanın ön kısmı camdan içeri girmiş, masa da altında kalmıştı. Köşeyi dönerken hızını alamamış, kaldırımdan yükselip, fırlayıp, camdan içeri dalmıştı.

Ama sonrasında her şey değişmişti. Değişikti. Çam parçacıkları farklı yönlerde yayıldı, çünkü artık insanlara saplanmamıştı, camın önünde insan yoktu artık... Artık yoktu demek yanlıştı. Şimdi yoktu. Şimdiki şimdi değildi o gördüğü. Başka bir şimdiydi. Olabilecek, ama olmayan bir şimdi, şu an.

İşte Caine o anda bayıldı. Bayıldığı o ilk saniyede bilincini kaybetmeseydi, her şeyi anlayacaktı. Ama baygındı, o yüzden de hiçbir şey hissetmedi. Bu da iyiydi... Şimdilik.

Duman.

Ayılırken Caine'nin ilk hissettiği şey bu oldu. Duman ciğerlerine işliyor, gözlerini yakıyordu. Etrafında ısının yükseldiğini hissediyordu. Sonra birinin, harabeye dönen lokantadan kendini çekiştirerek çıkardığını hissetti. Gözleri kapalı olmasına rağmen ışığı seziyordu. Hava serin ve temizdi. Caine'yi kurtaran kişi onu yere bıraktı.

Dikkatlice bir nefes aldı; nefes alabildiğini hissedince rahatladı. Öksürdü ve temiz havayla doldurmaya çalıştı ciğerlerini.

"David iyi misin?"

Caine üstünde dikilen adamın gölgesine baktı. Doc'tu bu. "Evet, galiba." Doc elini uzatıp oturmasına yardım etti. Caine etrafına bakındı. Papyonluyu görmüyordu hiçbir yerde. "Şey nerede...?"

"İyiyim ben," dedi yürüyüp yanına gelen Doc'un arkadaşı. "Senin sayende."

"Ne?" Caine'nin başı dönüyordu hâlâ.

"Eğer bizi yerimizden kaldırmasaydın, kamyonet bizi ezecekti." Profesör başını hafifçe yana eğip sesini alçalttı. "Nasıl bildin?"

Caine ona baktı; profesörün saçı başı dağılmıştı ve tüvit ceketi yer yer yanmış gibiydi. Ne diyeceğini bilemedi. Gözlerini kapayıp hatırlamaya çalıştı. Hatırladıkları karmaşık bir ağ gibi geldi gözünün önüne; kötü bir klip gibi art arda dizilmiş sahneler: Ketçap. Kan. Cam. Kamyonet. Ölüm.

"Ben... Bilmiyorum," dedi birden kusmak isteği gelen Caine. Zar zor ayağa kalktı. Polis arabalarının sirenlerini duyunca, polisler gelip de soru sormaya başladıklarında burada olmamanın daha iyi bir fikir olacağına karar verdi. "Gitmem gerek." Tam dönüp gidiyordu ki, birden biri koluna sertçe yapıştı.

"David, bence olanları konuşmalıyız," dedi profesör.

Caine adamın gözlerinin içine bakınca gördüğü hoşuna gitmedi. "Bir şey olduğu yok. Gözümün ucuyla kamyoneti gördüm. Hepsi bu. Şimdi bırakın gideyim." Papyonlu kolunu biraz gevşettiyse de gözlerindeki ifade değişmedi. Caine, Doc'a dönüp, "Sizi sonra ararım," dedi. Sonra papyonluya döndü. "Hoşça kalın Profesör."

"Resmiyete gerek yok, David. Adım Peter."

Caine cevap vermeye gerek duymadı. Yürüyerek oradan uzaklaştı.

Caine şehrin sokaklarında kaç saat dolaştığını bilmiyordu. Sokaklar, caddeler boyunca yürüyüp, trafik lambalarındaki ışıklara göre yön değiştirdi. Lokantada yaşadıkları sürekli aklından geçip duruyordu.

Bunun mantıklı bir açıklaması yoktu. Ama bu da tam olarak doğru değildi, değil mi? Aslında birçok mantıklı, akla yatkın açıklama vardı, ama o bunu itiraf etmek istemiyordu: Nöbetleri önlemek için aldığı ilaç onu uçurumun kenarından aşağıya itmişti, yani aklını kaçırmıştı, deliriyordu. Bu şizofren olduğunun bir belirtisiydi, çok gerçekçi halüsinasyonlar görüyordu.

Ama bu olay gerçekleşmişti. İsten kapkara olmuş kıyafetlerine bakınca bunun gerçekten olduğu belliydi, değil mi? Ama ya bu da bir yanılsamaysa? Ya şehrin sokaklarında amaçsızca dolaşırken üzerindeki kıyafetlerin is kaplı olduğunu düşünüyorsa ve aslında tertemiz kıyafetler varsa üstünde? Acaba bu daha mantıklı değil miydi? Bunu aklına getirmek bile istemiyordu. Neden olmasın ki aslında? Kelimeyi söyleyecekti; önsezi, öngörü.

Demek buydu başına gelen.

Hangisi daha akla yatkındı; deli olduğu mu, psişik olduğu mu? Kendini toparlamalıydı. Biriyle konuşması gerekiyordu. Yolun karşısına geçti ve cep telefonuna baktı. Üç cevapsız arama vardı. Aslında cevap verememiş değildi; cevap vermemişti, kaçınmıştı.

İnsan delirirken kimi arar? Bunun tek bir doğru cevabı vardı. Caine telefon defterine girdi, ismi buldu ve aradı. Tek bir çalıştan sonra açıldı telefon.

"Merhaba, ben Jasper. Sinyal sesinden sonra mesaj bırakın. Bip."

Caine bir mesaj bırakmayı düşündü, ama sonra vazgeçti. Ne diyecekti ki? *Jasper ben keçileri kaçırıyorum. Beni arasana.* Telefonunu kapadı ama cihaz anında titreşmeye başladı. Cevap vermeden önce kimin aradığına baktı; Nikolaev olmadığından emin olmak istiyordu. Numarayı tanımıyordu, ama Columbia'dan biri arıyordu belli ki. "Alo?" dedi çekinerek.

"David sana ulaşabildiğime sevindim. Benim, Peter."

Caine bir şey demedi.

"Dinle. Hemen konuya gireceğim. İlgini çekebilecek bir proje var elimde. 2.000 dolar kazanabilirsin."

Caine birden durdu. "2.000 mi dediniz?"

"Evet."

"İlgileniyorum öyleyse."

"Şu anda bir proje üzerinde çalışıyorum, senin de bu iş için iyi bir aday olduğunu..."

Caine tavana baktı ve 100'den geri saymaya başladı. İğnelerden nefret ediyordu ama buna değerdi çünkü birkaç dakika sonra 2.000 doları olacaktı. Laborant iğneyi çıkarıp, koluna gazlı bezle bastırdı.

"Bir dakika öyle tut," dedi elindeki üç tüp kana etiket yapıştırırken. Caine kendisine ne söylendiyse onu yaptı, bugünün bittiğine memnundu. Daha önce bir gün içinde bu kadar test olmamıştı hiç. Epileptik olduğu teşhisini koyduklarında bile bu kadar uğraşmamışlardı. Dört MRI, üç CAT taraması, idrar örneği, kan testi. Caine neyi incelediğini sorduğunda, Peter tam olarak cevap vermemişti; Caine de merak etmesine rağmen kurcalamamıştı bu konuyu. Onun için önemli olan tek şey nakit olarak parasını almaktı.

Bir önceki gün Peter'le telefonda görüştükten sonra Nikolaev'i arayıp bir anlaşmaya varmıştı. Vitaly ona baskı yapmamayı kabul etmişti, Caine de yedi hafta boyunca ona haftada 2.000 dolar ödeyecekti, yani toplamda 14.000 dolar. Caine ikinci taksiti nasıl denkleştireceğini bilemiyordu, ama Nikolaev bu endişesini bilmediği sürece sorun yoktu. Zamana ihtiyacı vardı bir tek. Eğer yeterince zamanı olursa bir çaresini bulurdu.

Caine son kan testinden bir saat sonra Chernobyl'e gitti. Nikolaev ve Kozlov onu bekliyordu. Kozlov, yüzüne dik dik baktı. Ona vurmak için bir bahane arar gibiydi. Caine onu görmezden gelip, Nikolaev'e odaklandı.

"Merhaba Vitaly."

"Caine, sağlığına kavuştuğunu görmek güzel," dedi Nikolaev gülümseyerek. "Ama hâlâ biraz solgun gibisin."

"Yorucu bir gündü de," dedi Caine beş saattir test yaptırmaktan bitkin düştüğünün farkına vararak.

Nikolaev başını salladı. Caine, adamın aslında sağlığını falan umursamadığını, parasını aldığı sürece ölse bile umrunda olmayacağını biliyordu. Nikolaev güçlü elini onun omzuna koydu. "Arka tarafa geçip konuşalım."

Caine, Nikolaev'in peşinden bodruma indi, dar merdivenlerden inerken başını eğdi. Kozlov da arkasındaydı. *Podvaal*'a girdiklerinde ışıksız loş ortama alışmak için birkaç kez gözlerini kırpıştırdı. Köşedeki masada bir oyun dönüyordu. Genelde müdavimler vardı. Onları başıyla selamlayınca oyuna girmemiş olan birkaç kişi karşılık verdi.

Nikolaev'in dar ofisine girdiler. İçerideki kanepe, ufak masa ve sandalye odayı doldurmuştu. Sigara yanıklarından delik deşik olan kanepeye oturdu. Nikolaev de masanın arkasına geçti. Kozlov ayakta kalıp sırtını duvara yaslamıştı sanki binayı ayakta tutuyordu.

Caine bir şey söylenmesine fırsat vermeden bir tomar para çıkardı ve yirmi tane yüz dolarlık saydı. Nikolaev paralardan birini eline alıp, ışığa tuttu. Sahte olmadığına emin olduğunda da tomarı toparladı ve ceketinin cebine koydu.

"Elektronik eşyalarını aldığımız için özür dilerim," dedi Nikolaev, "Ama iş iştir."

"Tabii ki," dedi Caine sanki birinin televizyonunu, videosunu ve müzik setini çalmak çok normalmiş gibi.

Nikolaev ellerini masaya koyup öne eğildi. "Bana olan borcunu ödemek için parayı nereden buluyorsun? Soruyorum, çünkü bu daha ilk taksit ve son taksit olmasını da istemem."

Caine ayağa kalkarken gülümsedi, bir şeyleri açık etmeye niyetli değildi. "Merak etme, gerisini de halledeceğim."

Nikolaev başını salladı. Caine adamın ona inanmadığının farkındaydı, ama bunun önemi yoktu. Ya bir hafta içinde 2.000 dolar daha bulacaktı ya da Kozlov kolunu kıracaktı. Bu kadar basitti her şey.

Nikolaev ayağa kalkarak Caine'nin elini sıktı. Biraz fazla sıkıyordu sanki. Gözlerinde soğuk ve acımasız bir ifade vardı.

"Öğle yemeğine kalmak ister misin? Bizim ikramımız olur."

"Sağ ol, yedim ben," dedi Caine. Hayatta son isteyeceği şey Nikolaev'in yanında gerektiğinden bir saniye fazla kalmaktı. "Gelecek sefere."

"Olur," dedi Nikolaev, "Gelecek sefere."

11

Caine'nin dosyasını beşinci defa okuyordu Dr. Tversky. Artık ezberlemişti neredeyse, ama bir kez daha okumak istedi. Caine'nin bünyesindeki dopamin seviyelerine ve nöbetleri engellemek için verilen deneysel ilaçların kimyasal analizine bakıyordu. Her şey ortadaydı. Caine'nin doktoru, bilmeden, ona bu bulguları tetikleyen bir madde veriyordu. Tversky'nin tek yapması gereken şey şimdiki formülünü biraz değiştirmekti. Sonra da...

Bir hayvan üzerinde test etmeden yeni ilacı Julia'ya vermek konusunda çekinceleri vardı, ama zaman daralıyordu. Bunu kendisi de itiraf etmişti. Her saniye, beyninin sallantıda olan kimyası değişiyordu, zaman geçtikçe bu fırsatı elinden kaçırmış olacaktı. Aslında bunu yapmak değil, yapmamak hata olurdu. Şimdi başlamak zorundaydı.

Bir şey atlamadığına emin olmak için dosyayı bir kez daha okudu. Tek bir şansı vardı, ilk denemede başarılı olması gerekiyordu. Eğer istediği sonuca ulaşırsa bir sonraki adımlarının ne olacağını bilecekti. Hatta bundan fazlasını da bilecekti.

Her şeyi bilecekti.

"Hazır mısın?" Powerball temsilcisi Bay Sheridan ucuz takım elbisesinin içinde o kadar heyecanlıydı ki yerinde duramıyordu. Adam pişkin pişkin sırıtınca Tommy'nin midesi bulandı.

Tedirginsin, hepsi bu. Tedirginsin çünkü ünlü olmak üzeresin.

Ama Tommy bunun doğru olmadığını biliyordu. Uyandığı anda, televizyona çıkacağını bilmeden önce bile, kusmak istemişti. Televizyona çıkıp da ünlü olacağı için midesinde asit birikmiyordu, bir önceki gece uykusunda rüya görmediği için tedirgindi.

Bir zamanlar bu rüyaların bir lanet olduğunu düşünürdü. O parlayan rakamları tek bir gece bile görmemek için sağ kolunu vermeye hazırdı o zamanlar. Ama şimdi de onlar olmadan, yalnız ve boş hissediyordu kendini. Bu duygudan kurtulmaya çalıştı.

Rüyaların kesilmesi mantıklı. Artık gerek yok rüya görmeme. Kazandım.

Bunun doğru olduğunu biliyordu, ama bu kendini daha iyi hissetmesini sağlamıyordu.

"Haydi, gidelim," dedi gülümseyen temsilci Tommy'nin omzunu tutarak. Tommy, adamın peşinden kapıdan çıktı ve Eyaletlerarası Piyango Birliği'nin bu gece için özel olarak hazırlattığı mini podyuma gitti. Kalabalık fotoğrafçılar güruhuna baktı. Ama odadakileri daha çok iyi göremeden patlayan flaşlardan gözleri kamaştı. Sanki hepsi aynı anda patlamıştı. Kameraların sesi de duyuluyordu.

Tommy elinden geldiğince hoş bir şekilde gülümsedi. Makyözün yirmi dakika uğraşıp sivilcelerinin üstüne fondöten sürmüş olmasından hoşnuttu. Işıkların etkisiyle adeta uyuştuğundan, Sheridan omzuna elini koyunca neredeyse yerinde sıçradı.

"...Ve kazanan Manhattan'da oturan yirmi sekiz yaşında bir kasiyer. O şimdi 247 milyon dolarlık bir adam!" Sheridan artık gülümsemiyor, iyiden iyiye sırıtıyordu. "Tabii devlet baba kendi payına düşeni alacak." Gazeteciler buna nezaketen güldü. "Şimdi lafı uzatmadan... İşte karşınızda, Bay Thomas DaSouza!"

Sheridan yana çekilirken Tommy'yi mikrofonların durduğu yere doğru çekti. Gazeteciler ismini bağırırken flaşlar patladı yine.

Sheridan, Tommy'nin önüne atıldı. "Lütfen, teker teker." Kalabalığa baktı, sonra birini işaret etti. "İlk önce Penny soru sorsun, sonra da Joel."

Kıpkırmızı bir pantolon takım giymiş, saçları sarı boyalı bir kadın yerinden kalktı. "Multimilyoner olmak nasıl bir şey?"

Tommy dönüp bakınca Sheridan başını salladı. Mikrofona konuşmasını işaret etti. Tommy hafifçe eğilerek tüm mikrofonların alacağı şekilde konuşmaya çalıştı. "Çok güzel!" Herkes buna güldü.

"Sayıları nasıl seçtin?" dedi saçları dökülmüş bir adam.

"Rüyamda gördüm." Bu sözler ağzından çıktığı anda bunun bir hata olduğunu anladı, ama iş işten geçmişti. Tüm gazeteciler aynı anda bağırmaya başladılar.

"Teker teker. Teker teker lütfen!" diye bağırdı Sheridan onları susturmak için. "Curtis, Bethanyi, Mike, sonra da Bruce."

İri yarı zenci bir adam Tommy'nin dikkatini çekmek için ayağa kalktı. "Ne kadar zamandır görüyorsun bu rüyaları?"

"Tüm hayatım boyunca gördüm herhalde."

"Nasıl bir rüya bu?" diye sordu yüzünü birkaç kere gerdirmiş olduğu anlaşılan bir kadın.

Tommy gözlerini kapayarak boşlukta hareket eden dev sayıları hatırladı. "Çok güzeldi."

On beş dakika boyunca Tommy'ye birçok soru sordular: "Tanrı'ya inanıyor musun?", "Cumhuriyetçi misin, Demokrat mısın?" gibi. Tommy cevabını bildiği soruları cevapladı, geri kalanlara da tedirgin bir şekilde 'bilemiyorum' dedi.

Sheridan on dakika sonra gazetecileri susturduğunda Tommy havalardaydı. Mutluydu. Tommy DaSouza uzun yıllardan sonra hayatında ilk defa çok mutluydu. Ama Piyango Birliği'nin onun için kiraladığı limuzinle evine giderken rüyalarını düşünmeden edemedi. Eğer rüyaları gerçekten bir daha göremeyecekse, hayatı nasıl olacaktı?

Nava, dosyalarda Tversky'nin resmini aradı, ama bulamadı. Grimes herhalde bilgileri güncelliyordu. Avının neye benzediğini öğrenmek için sonra tekrar bakması gerekecekti.

Kişisel bilgilere tekrar baktı. Adam iki kere evlenmiş ve boşanmıştı. Tek yatak odalı mütevazı bir evde yalnız yaşıyordu. İlk evliliği 'şiddetli geçimsizlikten' dolayı sonra ermişti, ama ikinci eşi Tversky'nin kendisine psikolojik tacizde bulunduğunu ve zina yaptığını iddia etmişti. Öğrencilerinden biriyle yatıp kalktığını da ileri sürmüştü.

Aslında ikinci Bayan Tversky'nin böyle bir kaçamağa şaşırmaması gerekirdi, çünkü kendisi de profesörün eski öğrencilerinden biriydi ve büyük bir olasılıkla ilk evliliği onun yüzünden bitmişti. Grimes'ten, Tversky'nin kız öğrencilerinin telefon kayıtlarını incelemesini istemeye karar verdi Nava. Acaba şimdi hangisiyle yatıyordu? Grimes hakkında duyduklarına bakılırsa, Tversky'nin cinsel hayatını kurcalamak adamın hoşuna gidecekti.

Gerçi bu bilgiye ihtiyacı da olmayabilirdi, ama Nava her zaman çok iyi hazırlanma taraftarıydı. Eğer Tversky'yi kaçırması gerekirse, özel hayatına ilişkin tüm ayrıntıları bilmek adamı hazırlıksız yakalamasına yardımcı olurdu.

Sonra da adamın özgeçmişine baktı. On dokuzunda üniversiteyi bitirmiş, Caltech'ten çok yüksek dereceyle mezun olmakla ve matematik bölümünü bitirmekle kalmamış, biyolojide de yüksek lisans yapmıştı. Doktora çalışmalarına Johns Hopkins Üniversitesi'nde devam etmiş, yirmi dördüne basmadan biyoistatistik konusunda doktorasını bitirmişti. Sonrasında da hep en iyi okullarda çalışmıştı; Stanford, Penn, Harvard ve sonra da Columbia. Bu süre zarfında da NIH, WHI, CDC ve hatta UGA'dan bile araştırma fonları kapmıştı.

Nava başını salladı. Tversky, hükümeti arkasına alıp dünyayı değiştirebileceğini sanan dâhilerden biriydi. Ona para vermişlerdi, ama sonuç olarak politik bir kaldıraçtan başka bir şey değildi. Bir zamanlar Nava da böyle saftı, ana vatanının bir piyonu olmuştu. Ama şansı yaver gitmiş ve on yıl önce her şey değişmişti.

Aslında komünist olarak yetiştirildiği düşünülürse, serbest ajanlık kariyeri geçmişiyle ters düşüyordu. Dmitry bilseydi bu hiç hoşuna gitmezdi, ama Nava'yı suçlar mıydı? Bundan pek emin değildi. Bir önemi de yoktu zaten. Dmitry Zaitsev çoktan göçüp gitmişti. Tıpkı Nava Vaner olmadan önce var olan ve ölen o küçük kız, Tanja Aleksandrova gibi o da ölmüştü.

Kimliğini değiştirmek, yeni bir kot pantolon giymek gibi olmuştu. İlk başta biraz rahatsız ediciydi: Yeni bir kot pantolonun bazı yerleri insanı sıkar, bazı yerleri de bol dururdu ya aynen öyle bir şeydi. Ama zaman içinde yeni kimliği üstüne öyle bir oturdu ki, ikinci derisi gibi oldu. Bir süre sonra Tanja'yı tamamen unuttu. Geçmişte kalmış bir hatıradan ibaretti o. Çocukluğundan beri görmediği bir dost gibiydi.

Nava artık kimse değildi. Ailesi, ülkesi, hiçbir bağlılığı yoktu; kimseye herhangi bir bedel ödemeyecekti. O kadar uzun süredir böyle yaşıyordu ki, gerçekten hissetmenin ne olduğunu bile unutmuştu. Aslında bunu değiştirmek istiyordu, ama kaçmadıkça bunun mümkün olmayacağını biliyordu. Bir kez daha yeni bir hayata başlayacak, ama bu sefer her şeyi doğru yapacaktı. Önündeki tek engel Dr. Tversky ve Alfa deneğiydi.

Bu deneğin kim olduğunu gelecek otuz altı saat içinde öğrenmesi gerekiyordu. Dosyadan gerekli bilgileri edinemezse, Tversky'nin peşine düşmek zorunda kalacaktı. Eğer bu da işe yaramazsa güç kullanacaktı. Bunu denerse, Alfa deneğini ele geçirinceye kadar doktoru tutması gerekecekti. Adamı ya alıkoyacak ya da öldürecekti ki, iki seçenek de hoş değildi. Bunu yapmanın daha kolay bir yolu olmalıydı. Doktorun notlarında onu Alfa deneğine götürecek bir ipucu olmalıydı. Mutlaka vardı.

Sonraki üç saat boyunca Nava bin küsur sayfalık notlarda bir ipucu aradı. Tam vazgeçmek üzereyken aradığı şeyi buldu.

Alfa deneğine 5 mg fenitoin verildi. (Deneğin vücut ağırlığının her on kilosu için 1 miligrama denk gelecek şekilde).

İşte bu! Yani vücut ağırlığının her on kilosu için bir miligram veriliyorsa, o zaman Alfa deneği yaklaşık elli kiloydu. Elbette! Alfa deneği bir kadındı. Tversky'nin geçmişte yaşadığı aşk maceralarını okuduktan sonra bunu nasıl da tahmin edememişti. Laboratuvardan biriydi denek. Nava ceketini kapıp dışarı fırladı. Elli kiloluk bir doktora öğrencisi arayacaktı.

Elliot Samuelson'un kocaman bir göbeği vardı ve yüzü de çiçek bozuğundan dolayı lekeliydi, kalın telli saçları da hoş olmadığı için, pek sosyal hayatı yoktu. Bu yüzden de zamanının çoğunu laboratuvarda geçiriyordu. Tam Nava'nın aradığı kişiydi. Onu Columbia Üniversitesi'nin bilim laboratuvarının önündeki sosisli sandviççinin başında buldu.

Normal koşullar altında Nava, Samuelson'la birkaç hafta boyunca yakınlaşır, yavaşça, farkına vardırmadan bilgi sızdırırdı. Ama bugün böyle işlere zamanı yoktu. Bu sefer kendini Tversky'nin eski eşlerinden biri adına çalışan bir özel dedektif olarak tanıttı. İlk başta Elliot, Nava'nın sorularına cevap vermekte tereddüt etti, ama eline bir yüzlük sıkıştırınca adamı susturmakta zorlandı. Adam ona laboratuvardaki tüm kadınları anlattıktan sonra araya girdi Nava.

"Ufak tefek kadınlar var mı? Diyelim elli, elli beş kiloluk."

"Hmmm," diye düşündü Elliot kolunu kaşırken. "Mary Wu var, o ufak tefektir. Ama son zamanlarda Cambridge'e gidiyor sık sık, oradaki kodamanlardan biriyle birlikte bir makale yazıyor."

Nava, Wu'nun adını Grimes'in kendine verdiği öğrenciler listesinden sildi. Tversky'nin dosyalarında Alfa deneğiyle son üç aydır haftada iki kere deney yaptığı yazıyordu. Elliot devam etti.

"Candace Rappaport ve Maria Parker de ufak tefekler; ama Candace nişanlı, Maria da bir lezbiyen."

Elliot bu iki kadını elemişti, ama Nava elemedi. Deneyimlerine göre nişanlı olmak insanın başkasıyla kırıştırmayacağı anlamına gelmezdi, ayrıca Elliot'un lezbiyen demesiyle kadın lezbiyen olmuyordu. Geri kalan isimleri de saydı. Elliot'a göre tanıma uyan kimse yoktu. Nava gitmek üzereyken Elliot onu durdurdu. "Bekle, biri var aslında."

"Öyle mi?"

"Evet. Aslında teknik olarak o bizim laboratuvarda çalışmıyor; NYU'da öğrenci, ama son iki yıldır bir değişim programıyla burada. Neyse, çok ufak tefek, 1.60-1.65 boylarında, ama bence o değil aradığın kişi."

"Neden?"

"Bilmem," dedi Elliot omuz silkerek. "Garip de ondan. Özellikle son zamanlarda çok garipleşti. Mesela son birkaç haftadır sürekli beyzbol şapkası takıyor. Şapka onu rahatsız ediyor herhalde, çünkü hep başını kaşıyor ve mikroskobu kullanırken de hep düzeltmek zorunda kalıyor, ama asla çıkarmıyor."

"Başka?" dedi aklına bir anda binbir türlü olasılık gelen Nava. Kız belki saçını çok kötü kestirmişti, ama Nava son zamanlarda peydahlanmış bu şapka tutkusunun altında başka bir şeyin yattığından şüpheleniyordu.

"Başka pek bir şey yok, bir de kafiyeli konuşuyor."

Nava dondu kaldı. Tversky, Alfa deneğinde şizofrenik belirtiler gözlemlediğini, konuşmasının garipleştiğini, özellikle de kafiyeli konuşmaya başladığını yazmıştı.

"Ne demek kafiyeli konuşuyor?" diye sordu.

"Son zamanlarda konuşurken 'Haydi gelin yemek yiyelim, *kim, tim, yim*' gibi şeyler söylüyor. Garipleşti iyice."

Nava'nın kalbi hızla çarpıyordu, ama bu bilgiyle ilgilenmemiş gibi yaptı. Kızı kaçıracağı gün Elliot'un, onun bu kıza odaklandığını hatırlamasını istemiyordu.

"Bir bakarım, ama herhalde o değildir," dedi Nava. "Adı neydi?"

Julia aynaya bakınca korktu. Hilkat garibesi bir yabancı banyosuna girmiş gibi şaşırdı.

Bu benim. Artık böyle görünüyorum. Hatırladın mı?

Titreyen dudağını ısırdı. Hiçbir zaman kendini beğenmemişti Julia, ama solgun renkli pek de düzgün olmayan saçları hep en beğendiği özelliği olmuştu. Şimdi saçı yoktu artık. Neredeyse kel kalan başına dokundu.

Petey'in başına çizdiği sekiz daireyi görebiliyordu. Bunlar uçların girmesi gereken yerlerdi. Her bir koyu mavi yuvarlağın ortasında ufak bir kırmızı iğne deliği vardı. Birine yavaşça dokundu ve canı acıdı. Bir gece öncesinden beri ağrıyordu. Burnunu çekip, gözyaşlarına hâkim olmaya çalıştı. Beynindeki ses; vicdanı olarak bildiği ses, onu azarladı.

Sana bunu nasıl yapabiliyor?

- İkimizin de istemediği hiçbir şeyi yapmıyor.

Öyle mi? Aynaya bir baksana! Kafanı *kazımayı istedin mi? Kafa derine yuvarlaklar çizilmesini istedin mi?*

- Kes artık. O beni seviyor, ben de onu seviyorum. Ayrıca, sona iyice yaklaştık...

Yaklaşan tek şey senin ölümün. İlaçlar seni öyle bir etkiledi ki, daha şimdiden günün yarısında uyuyorsun. Yemek yemiyorsun artık, bir deri bir kemik kaldın. Dur, çok geç olmadan dur. Yalvarıyorum sana.

- HAYIR. Artık benim de bir sevgilim var ve mutluyum. Neden beni rahat bırakmıyorsun?

Julia gözlerini kapayıp şüphelerini gidermeye çalışırken her zamanki sözleri tekrarladı kendine: Beni seviyor, beni seviyor, beni seviyor.

Biraz kendine gelince gözlerini açtı ve peruğunu taktı. Eski saçı gibi değildi tam olarak, ama yakındı. İki haftadır takıyordu bu peruğu, şimdiye kadar kimse fark etmemişti. Zaten Petey dışında hiç kimse ona bakmıyordu ki. Gerçekten bakan olmuyordu.

Julia dairesinden çıkıp sokağın karşı tarafına geçerken sigara içen uzun boylu, kumral bir kadın gördü. İğrenç bir alışkanlıktı bu. Bu kadar güzel bir kadın neden böyle bir şey yapardı ki? Neden bu şekilde kendilerini yok etmekten hoşlandıklarını anlayamıyordu. Saatine baktı, saat 2.19'du. Laboratuvara zamanında yetişmek istiyorsa koşması gerekecekti.

Petey bekletilmekten hiç hoşlanmazdı.

Nava son sigarasını içtikten sonra, izmariti çizmesinin topuğuyla söndürdü. Peşine düşmeden Julia Pearlman'ın biraz ilerlemesine izin verecekti. Kızın, takip edildiğini anlamasını umursamıyordu. Kız etrafında olup biteni görecek durumda değildi zaten aklı bir karış havadaydı. Ayrıca, Nava uzun süre peşinde dolaşacak değildi. Eline fırsat geçtiği an, kızı kaptığı gibi kaçıracaktı.

Yedi blok boyunca Julia'nın peşinden ayrılmadı. Kız, Tversky'nin laboratuvarının olduğu on katlı binaya girerken de karşı kaldırımda durdu. Güvenlik görevlisine kimliğini gösterdikten sonra Julia gözden kayboldu. Nava, peşinden binaya girmeden önce birkaç dakika bekledi. Görevliye doğru gitti ve en seksi edasını takındı.

"Pardon. Kız arkadaşımla yirmi dakika önce burada buluşacaktık, daha gelmedi. Bu binanın başka bir çıkışı var mı?"

"Yok hanımefendi," diye cevap verdi koruma görevlisi karnını içine çekmeye çalışarak. "Acil durum çıkışı dışında tek çıkış burası."

"Sağ olun," dedi Nava. "Herhalde onu kaçırdım."

Nava döner kapıdan çıktı, sokağın karşısına geçti, büfeden bir paket Parliament marka sigara aldı. Gözlerini binadan ayırmadan bir sigara çıkarttı paketten. Nikotin kana karışınca da başka şeyler düşünmeye başladı. Uzun süre bekleyeceğinin farkındaydı, ama bunu umursamadı. Ne de olsa Alfa deneğini bulmuştu.

Julia'nın beyzbol şapkasıyla gizlemeye çalıştığı kötü peruğu görür görmez anlamıştı aradığı kişiyi bulduğunu. Her şey bir anda yerine oturmuştu. Eğer Tversky sürekli Julia'nın beyin dalgalarını izliyorsa, her seansta aynı noktaya elektrot sokmak zorundaydı. Bunu yapmanın en kolay yolu da kızın saçını kazımaktı.

Julia laboratuvardan çıkınca Nava peşine düşecekti, sokağın karşısına park ettiği minibüse sokacaktı kızı ve onu Korelilere teslim edecekti. Bir de Tversky'nin araştırmalarının bilgilerini içeren diski verecekti. Sonra Sao Paola'ya giden ilk uçağa binip, kimliğini değiştirip, Buenos Aires'e geçecek ve kayıplara karışacaktı. Bu kadar basitti.

Tek yapması gereken şey Julia binadan çıkana kadar beklemekti. Bundan sonra her şey yoluna girecekti.

Caine kendini yürüyüşe çıktığına inandırmaya çalışsa da, bunun bir yalan olduğunu biliyordu. Günbatımında kendini Mott Sokağı'nda buluvermişti. Wong'ın Szechwan lokantasının karşısında durmuştu. Lokantanın neon tabelasındaki logoda, dev bir kırmızı kâsede, tepeleme Çin usulü makarna vardı. Cüzdanını yokladı, içinde sahip olduğu tüm para duruyordu. Bunu yapabilirdi. Yapabileceğini biliyordu. Eğer oyunu yavaştan alırsa, batacağını hissettiğinde nefeslenirse, kazanabilirdi.

Nikolaev'in yerine gidip 11.000 dolar kaybetmeden önce de kendine aynı şeyleri söylemişti. Ama bu farklıydı. O, hayatta bir kere olacak, olasılığı düşük bir şeydi. Öylesine kötü bir deneyimden sonra şansın kapısını çalması gerekirdi. Bu bir tahmindi aslında. Uzun uzun nefes alıp verdi.

Caine kumar oynamak istemiyordu, ama başka şansı da yoktu. Altı gün sonra Nikolaev'e 2.000 dolar daha vermek zorundaydı ve elindeki para Kozlov'un onu hastanelik etmesini engellemezdi. Gelecek altı gün boyunca günde 267 dolar kazanırsa bir sonraki taksiti çıkarabilir, hatta yiyecek almak için 4 dolar kadar parası da kalırdı. Daha önce şansının yaver gittiği olmuştu. Bir kumar bağımlısı olduğu zamanlarda, otuz altı saat süren bir açık poker maratonunda 3.000 doların üstünde para kazanmıştı.

Bir bağımlı olduğunda.

Komikti bu laf aslında. Sanki şimdi bir kumar bağımlısı değilmiş gibi. Tabii canım. Kumar alışkanlığından vazgeçmek için gittiği danışman dışında kimseyi kandırdığı da yoktu zaten. Herhalde o da yutmuyordu Caine'nin numaralarını, umrunda da değildi. Nikolaev sağ olsun, sonunda dersini almıştı. Bu eli oynadıktan sonra, bu hayattan kurtulacaktı. Aklını kullanıp oynarsa her şey iyi olacaktı.

Borcunu öder ödemez, bu işten elini eteğini çekecekti. Günde beş danışmanlık seansına giderdi, ne gerekirse yapardı. Biraz tedirgindi, ama yine de kendinden emin adımlar atarak sokağı geçti ve restorana girdi. Ön kasada çalışan kız, Caine yanından geçip de arka odaya doğru giderken, ona bakmadı bile.

Kulüp biraz garip bir yerdi, ama Caine, Billy Wong'un şehirdeki en düzgün yerlerden birini işlettiğini biliyordu. Herkes Billy'nin kardeşi Jian Wong'un *dai-lo-dai,* patronların patronu olduğunu bilirdi. Adam Hayalet Gölgeler'in şefi, New York'taki en kalabalık ve en acımasız Çin çetesinin başıydı. Uçan Ejderler'le birlikte Hayalet Gölgeler, Çin Mahallesi'ndeki her şeyi kontrolleri altında tutarlardı. Uyuşturucu, kadın ticareti, kumar ve tefecilik onlardan sorulurdu. Yani, Caine'nin bir şeyden korkmasına gerek yoktu.

"Uzun zaman oldu!" dedi Wong, Caine'yi demir kapının diğer tarafında görünce. Çinli olmasına rağmen şivesi çok düzgündü. Caine'nin omzuna kolunu atarak "Haydi gel!" dedi.

"Seni görmek güzel Billy," dedi Caine gerçekten de böyle hissettiğine şaşırarak.

"Nakdin var mı?" dedi Billy sanki saati soruyormuş gibi normal bir sesle.

"Billy beni bilirsin," dedi Caine.

"Bilirim, ayrıca Vitaly Nikolaev'i de bilirim. Ona 20.000 borcun olduğunu söylüyorlar."

"Faiz dâhil 12'ye indi ve elimde para var."

"Tabii ki var," dedi gözleri parıldayan Billy. "Ama baştan söyleyeyim, veresiye oynatmam. Kişisel bir şey değil bu."

Caine başını salladı ve durumunun vahametini anlayınca birden nefesi daraldı. Nikolaev ve Billy birbirlerini hiç sevmez, hatta nefret ederlerdi. Eğer Billy, Caine'nin Nikolaev'e borcu olduğunu biliyorsa, o zaman herkes biliyordu. Bu durumda sadece cebindeki parayla oynayarak kazanmak zorunda kalacaktı.

"Bugün şanslı hissediyorum kendimi Billy. Veresiyeye gerek olmayacak."

Billy başını eğip güldü. "Neden olsun ki!" Caine'nin sırtını sıvazladı. "Ne kadar paran var?"

Caine elini cebine atıp tüm parasını çıkarttı: 438 dolar. 20 dolarını ayırıp hepsini saydı. Eğer işler yolunda gitmezse Cedar's'a gidip iki tek içecekti bununla. Billy, Caine'ye fişlerini verdi ve onu bir masaya yöneltti, hatta otururken sandalyesini bile çekti.

Caine oturduğunda, oyuncular umutla yüzüne baktılar. Karşılarında genç, saf bir borsacı görmek istiyorlardı; parası çok, deneyimi az olan bir enayi. Caine'yi görünce yüzleri asıldı. Oradakilerin çoğu onu tanımıyordu, ama gözlerinin altındaki morluklardan ve her şeyini yitirmiş bir adam gibi bakan gözlerinden kim olduğu anlaşılıyordu. O çaylak değildi, kendilerinden biriydi. İyi de olabilirdi kötü de, ama acemi olmadığı kesindi.

Adamlar, Caine'ye bakıp, başlarıyla selam verdiler ve kartlarına döndüler. Caine ilk el pas geçip oynayanları seyretti. Oyuna girmeden önce oyuncular hakkında ufak tefek bir şeyler kapmayı düşünüyordu. Parayı köşedeki kuş suratlı bir adam kazandı. Kartlar dağıtıldığında eli yükseltmiş, sonra da yine yükselterek son kart açılmadan herkesi kaçırtmayı başarmıştı. Herkese elindeki iki kızı gösteriyordu fişleri kendine doğru çekerken pis pis sırıtarak.

Oyuncular Kuş Adam oyuna girdiğinde kaçtığından, Caine, onun ancak eli iyi olduğunda oyuna giren bir sağlamcı olduğunu anladı. Şimdi diğerlerini de çözecek, sonra da iyi eller denk getirecekti. Sakince oynayacak ve kazanacaktı. 267 dolar kazandığı anda da masadan kalkacaktı. Kendini kaptırmayacak, şansını zorlamayacak ve kalkıp gidecekti.

Çocuk oyuncağıydı bu onun için.

12

Tversky, Julia'nın EEG çıktılarına bakarken, elleri titriyordu. Araştırmasında sonuca o kadar yaklaşmıştı ki, birkaç saat içinde beyin dalgalarının maksimizasyonunu sağlamak için kullanacağı serumu geliştirebilmişti. Ameliyat masasında baygın yatan Julia'ya baktı. Ona son iğneyi yapalı on dakika kadar olmuştu. Şu anda beyin kimyasının Caine'ninkiyle aynı olması gerekiyordu. Artık elinden gelen tek şey beklemekti. Onu bu noktaya kadar getiren tüm teoriler ve varsayımlar geçti aklından. Einstein'ın Görecelik Teorisi, Heisenberg'in Belirsizlik İlkesi, Schrödinger'in kedisi, Deutsche'nin çalışmaları ve tabii ki Laplace'nin Şeytanı.

Laplace hariç, hiçbiri bunun mümkün olabileceğini düşünemezdi. Ama tabii ki hiçbiri onun gördüklerini görmemişti. Onlar o lokantadaki kazada yoktu. Ayrıca, Maxwell fizik yasalarının mutlak olmadığını kanıtlamamış mıydı? Tversky'nin teorisini duysa ne derdi acaba? Olasılık dışı, olasılıksız? Ama imkânsız değil.

Julia birden ona doğru döndü. Fısıldayarak konuşmaya başladığında gözleri hâlâ kapalıydı. "Bu iğrenç koku ne?"

Koku daha önce bildiği hiçbir şeye benzemiyordu. O kadar güçlüydü ki, Julia bunun bir koku olup olmadığından bile emin değildi.

Herhalde çok kötü bir son bekliyordu onu. Bu başlangıçtı, auraydı. Kalbi duracak gibi oldu. Odaklanması gerektiğini biliyordu, ama koku buna izin vermiyordu; onu mahkûm ediyordu. Burnunu, gözlerini, boğazını tırmalıyordu adeta. Birden öğlen yedikleri ağzına geldi. Parçacıklarla dolu sıvıyı öksürerek tükürürken, dilinde tattığı bu iğrenç tada bile şükretti; en azından bir an için bile olsa kokuyu unutabilmişti.

Ameliyat masasından yuvarlanıp yere düştü. Petey'in bağırarak bir şeyler dediğini duyuyordu, ama o çok uzaklardaydı. Ellerinin ve dizlerinin üzerinde durdu. Başı kusmuğunun içine girmek üzereydi. Gözleri kapalı olduğu halde önündeki kusmuğu görebiliyordu. Kapalı gözlerinin ardından, her bir bakterinin, her bir molekülün hareketini bile görebiliyordu.

Bilincini yitirdiğinin farkındaydı. Ölüyor muydu? Yoksa bayılıyor muydu? Hayır, Petey'i yarı yolda bırakmayacaktı. Bu kadar yolu gelmişken, bir cevap bulmadan gitmeyecekti. Odaklanmak zorundaydı. Bunu yapmaya çalıştı, ama zihni o kadar bulanmıştı ki yapamadı. Onu bu yere getiren soruyu anlamaya çalıştı. Sonra gördü... Biliyordu.

...

Bu karmaşıktan da öte... Çünkü *sonsuz. Bu sonsuzluk, her yöne aynı anda uzanan, dolambaçlı bir yol; bir yoldan daha çok bir boyut gibi. Ama bu boyut tek değil ki. Yüzeyini oluşturan sonsuz sayıda nodun her birinde bir başka boyut daha var; o da sonsuza dek uzanıyor, kendi çevresinde dönüyor, dolanıyor, sürekli, sonsuz...*

...

Julia bağırıyordu. Zihnini donduran sancı, bedeninin her bir zerresine işlemişti. Başını kaldırınca sırtı bir yay gibi eğildi, sonra da yere çakıldı. İşte o anda Ses'i duydu. Ses'i başka bir zamandan biliyordu. O, bildiği milyarlarca sesten biriydi... Ama bunu farklı bir şekilde biliyordu, tanıyordu.

Ses ona fısıldıyordu. Eğer sonsuzluğun küçücük bir parçasına bakarsa, onu bırakacağını vaat ediyordu. Minnacık bir parçasına, sonra her şey bitecekti. Bir minnacık parçacık.

...

Baktı. Nereye baksa, her şey her yerde olduğu için, o da orada. Onu her şeyden ayırmaktı güç olan. Sonra onu görüyor, iş*te orada... Ama tek olarak değil, bir milyon, bir milyar. Birçoğu aynı, birçoğu farklı... En* küçük ayrı*ntıdan en büyüğ*üne kadar.

Bilmek istediği an hakkında binlerce kitap yazabilir. Ama zaman yok. Zaman yok... Komik. Burada, gerçekte, zaman yok, ama geldiği An'da zamanının tükenmekte olduğunu biliyor. O An'da ancak Petey'e ne yapacağını söylemek *için zamanı var.*

...

Julia bir şeyler söylemek için başını kaldırdı. Sesi çok cılız çıkıyordu. Petey onu duyabilmek için başını iyice yaklaştırdı, hatta saçları kızın dudaklarını gıdıkladı. Julia konuştu.

...

Boyutların hareketini görebiliyor, HerAn değişiyor. Sonunda HerAn onun sözcüklerine uyum *sağlamak için şekil değiştirip, değişirken onu delirtiyor. Bunu kaldıramaz, HerAn gözünün önünde evrim geçiriyor, o da merkezinde. Çok fazla, hayır, hayır...*

...

Julia nefes verdiğini hissetti düşünerek... Hayır, düşünerek değil bilerek...

...

HerAn'ın ortasında kendini gördü. Kendini görebildi; zamanı tük*endi.*

...

Dayanması gerekiyordu. Yapacak çok şey vardı. Zamanı olması gerekiyordu. Sonra da...

...

Julia istediği için Kadın, ona bunu nasıl yapabileceğini gösterdi.

Julia kollarında hareketsiz kalınca Tversky titredi. Nabzını yokladı. Hayattaydı, ama çok zayıftı nabzı. İlk önce bir göz kapağını sonra da diğerini açınca gözlerinin beyazlarını gördü bir tek; göz bebeklerini göremiyordu. Onu uyandırmak için yüzüne hafifçe tokat attı, ama bunun bir işe yaramayacağını biliyordu.

İçgüdüleri ona, Julia'nın artık geri dönüşü olmayacak bir şekilde gittiğini söylüyordu. Onu ameliyat masasına geri koyup, düşerken başından çıkan elektrotları geri taktı. İlk başta elektrotların arızalı olduğunu düşündü ama sonra gerçeği anladı: Kızın beyin ölümü gerçekleşmişti. Hiçbir şekilde hareket yoktu. Julia Pearlman olan bilinçli birey yok olmuştu. Kalbi hâlâ atıyordu, ama beyni durmuştu.

Ne yapacağını kestirebilmek için çaresizce etrafına bakındı. Oturup, derin bir nefes alıp, düşünmek istiyordu, ama zamanı olmadığını biliyordu. Bunu nasıl açıklayacaktı? Kan ter içinde kaldı, nefes alamamaya başladı.

Duvardaki saate baktı; 11.37'ydi. Hademeler gece yarısına doğru gelirlerdi yani yirmi üç dakikası vardı. Düşünmesi gerekiyordu. Bir ambulans çağırabilirdi. Ne de olsa kız hâlâ hayattaydı. Belki onu kurtarabilirlerdi. Julia'ya bakınca bunun olmayacağını anladı. Ayrıca, kafasında kalemle çizilmiş izler vardı hâlâ. Eğer ölürse, otopsi yapar, her şeyi öğrenirlerdi.

Otopsiyi yapanlar kanındaki kimyasalları saptarlardı. Sonrasında da Tversky'nin bu işte parmağı olduğunu anlamak için dahi olmak gerekmiyordu. Ambulansı aradığı anda zaten şüpheli durumuna düşecekti. Laboratuvardan kaçıp gitmek geçiyordu içinden. Ama güvenlik görevlisini nasıl atlatacaktı? Tversky'nin gecenin bir vakti binadan çıktığını hatırlardı görevli.

Tanrım. Nasıl buraya gelmişti bu iş? Her zaman çok dikkatli hareket etmişti. Neden ikinci bir plan yapmamıştı ki? Julia'ya nefretle bakıyordu. Salak orospu bu laboratuvarda ölecekti ve her şeyin içine edecekti.

Yirmi bir dakika.

Terli elleriyle saçlarını tarayarak, odada volta atmaya başladı. Bunu beceremeyecekti. Boku yemişti. Tam gelmiş geçmiş en büyük bilimsel deneyi yapmışken, bilimde yeni bir çağ açmışken, hapse girecekti.

Yirmi dakika.

Zaman akıp gidiyordu. Bir kaçış yolu bulmalıydı. Pencere. Pencereye doğru koşup açmaya çalıştı. Zor olsa da açıldı sonunda. Beline kadar sarkıp altı kat aşağıdaki avluya baktı. Belki planı işe yarardı. Akıllıca davranıp paniklemezse, kesinlikle işe yarardı.

Lavaboya gidip, ellerini pembe bir temizlik maddesiyle sıvadı. Kadının başındaki izleri silmek zorundaydı. Başını yıkarken yapması gereken diğer şeyleri düşündü...

On sekiz dakika.

Hademeler gelmeden önce kızı temizleyecek, yerdeki kusmuğu sildikten sonra da bilgileri saklayacaktı. Video çekimini, EEG verilerini, notlarını, her şeyi kopyalayıp silecekti. Sonunda nefesine hâkim olmayı başardı. Bir adım geri atarak kadının kafasına baktı. Minik, kıpkırmızı iğne izleri konusunda bir şey yapamayacaktı. Kız kafa üstü çakılırsa fark etmezlerdi. Öyle olacağını umdu.

Kızı kucaklayıp taşıdı. Pencerenin dibine gelmişti sesi duyduğunda. Uzun, derin bir inlemeydi bu. Bilincinin açık olup olmadığını anlamak için kızın yüzüne baktı. Ama ağzı açık bir halde, öylece duruyordu kız.

Dokuz dakika.

Bir an için dondu kaldı, bunu yaparsa geri dönüşünün olmayacağını biliyordu. Sonra kız yine inledi. Bu, cılız ama iğrenç bir sesti. Tversky hiçbir sesin bu kadar üzücü, acıklı olabileceğini tahmin edemezdi. Ölen bir hayvanın çıkaracağı türden bir sesti bu.

Sekiz dakika.

Artık dayanamıyordu. Çıldıracaktı. Bu sesi bir daha duyarsa çıldıracaktı. Tüm gücünü kullanarak kızın bedenini pencereden dışarı fırlattı. Bir saniye sonra bir şeyin yere çarptığını duydu, sonra da sessizlik oldu. Tversky üzerinden bir yük kalkmış gibi derin bir nefes aldı.

Laboratuvarı temizlemek ve bilgileri bir CD'ye yüklemek birkaç dakikasını alacaktı. Hademeler gelmeden buradan gitmiş olacaktı, yarım saate kalmaz da evde olurdu. Videokaseti seyretmek için sabırsızlanıyordu. O kadar çok şey söylemişti ki kız, hepsini anlayamamıştı. Ama bir cümlesini çok iyi hatırlıyordu, sanki beyninde yankılanıyordu.

"Öldür onu," demişti fısıldayarak Julia. "David Caine'yi öldür."

II. BÖLÜM

Hata Payını En Aza İndirgemek

O kadar çok esrarengiz olgunun nedenini buluyoruz ki, bir şeyin bilinemeyeceğine inanmakta zorlanıyoruz.

Ama yine de bilinemeyen, bilinemeyecek diye bir şey var. O da karşımıza geçmiş sakin sakin işine bakıyor.

-Henry Louis Menchen, Yazar

Bazen kahvaltıdan önce altı imkânsız şeye inanmışımdır.

-Alice Harikalar Diyarında - Beyaz Kraliçe

13

Nava sesi duyunca hemen sokağın karşısına geçti. Karanlık olduğu için neyin düştüğünü göremedi, ama bir insanın düştüğünden şüphelenip irkilmişti. Avluya girdiğinde çürük et kokusunu duydu ve olduğu yerde çakılıp kaldı. Burnunu eliyle kapadı ve çöp tenekelerinin yanında duran, ağzı açılmış torbaların arasından geçti. Önünden fırlayarak geçen fareleri de görmezden geliyordu.

Sonra cesedi gördü. Kadın çırılçıplaktı ve saçı yoktu. Bir tek kasıklarında tüyler vardı. Eli, kolu, bacağı o kadar garip açılarda duruyordu ki, sanki oyuncak bir bebek gibiydi. Bir zamanlar canlı olduğuna dair tek kanıt karnındaki derin yaradan akan kandı.

Nava, kadının başını yavaşça çevirdi. Yüzü acıyla gerilmişti, ama kim olduğuna dair bir şüphe yoktu. Bu Julia Pearlman'dı, yani Alfa deneği. Nava'nın yüreği daraldı. Koreliler başarısızlığı kabul etmezdi. Alfa deneğini teslim etmezse ya onu öldürecek ya da onu Ruslara teslim edeceklerdi.

Birden kendini çok suçlu hissetti, ölen zavallı kızı bir an bile düşünmemişti. Ne zamandan beri insanlıktan çıkmıştı? Ne zamandan beri sadece kendini düşünüyordu? Ama bunları sorgularken bile, içgüdüleri hâlâ kendini kurtarmak için planlar yapmasına neden oluyordu. Zihni bir çıkış yolu arıyordu.

Cebinden bir mendil çıkardı ve bununla Julia Pearlman'ın yarasını sildi. Sonra da çöp torbasından bir parça koparıp mendili buna sardı. Aklına başka bir şey gelene kadar belki de bir kan örneği vermek Korelileri avuturdu.

Sonra büyük bir korkuyla irkildi.

Ölü kız konuşuyordu.

Julia söylemesi gerekeni söyledi.

Şimdi dinlenme zamanı gelmişti.

Şimdi. Bu kelimeyi düşündü, ne kadar da saçmaydı. Ne kadar da önemli gelmişti ona, ama zaman olmayınca... 3.652 saniye sonra *Şimdi* olmayacaktı. *Şimdi* olmayacaktı, *HerAn* olacaktı; o saf, muhteşem *HerAn.* Orada koku da olmayacaktı. En azından bunun için şükredebilirdi.

Julia son bir kez nefes aldı ve gözlerini açtı.

Caine dört saat içinde 360 dolar kazandı. Başta hedeflediği 267'den 100 dolar kadar fazlasını yani. Kalkıp gitmesi gerektiğini bilse de yapamıyordu. Kendine hep aynı şeyleri söyledi: Şansı açılmıştı. Kârdaydı zaten. Tüm kumarbazların söylediği en önemli cümleyi tekrarladı: Kötü eller gelmeye başladığında masadan kalkacağım.

Ama sonra aptalca oynayıp 80 dolar kaybetti. Rakibi, üç onlusunu ufak bir kentle alt etti. Sonra da kendini yapmayacağına inandırdığı şeyi yaptı: Oyunda kaldı. 80 doları kaybettiğine o kadar sinirlendi ki, kartlar çok kötü gelmesine rağmen sonraki beş eli oynamakta ısrar etti. Çok kötü oynadığının farkındaydı, ama duramıyordu. Saatler boyunca dikkatlice oynayarak biriktirdiği fişler yok oldu otuz dakika içinde.

Son parasını da kaybedince sessizce ayağa kalkıp gitti. Soğuk sokağa çıkıp ellerini sıcak tutmak için ceplerine sokunca, dalga geçermiş gibi, son kalan yirmiliği eline değdi. Bunu harcamaya mecali kalmamıştı, sarhoş olmak bile istemiyordu.

Bunun yerine eve giden yolu uzattı. İki saat boyunca yürürken soğuğun tadını çıkardı ve sürekli kendisini eleştirip, kızıp durdu. Nasıl bu kadar aptal olabilirdi ki? Nikolaev'e 12.000 borcu olması yetmiyormuş gibi, son 400 dolarını da kumarda kaybetmişti.

Peter'in başka deneylerine de katılarak, para kazanıp kazanamayacağını düşünüyordu şimdi.

Kardeşinin oturduğu apartmanın önünde duran Jasper, bir dakika içinde beşinci kez saatine baktı: 12:19:37. David poker oynamaya gideli yedi saat olmuştu. Ses yakında geleceklerini söylemişti. Jasper tabancasını da getirmek istemişti, ama Ses getirmemesini söylemişti; o yüzden silahını evde masanın üstünde bırakmıştı.

Saatine yine baktı: Tam 12:20:00. Zamanı geliyordu. Hava soğuk olmasına rağmen çok terliyordu. Yiyeceği dayaktan çekiniyordu. Daha önce de dayak yemişti; Mercy'deki görevliler dövmüştü onu ve sonunda da Thorazine enjekte etmişlerdi. Hiçbir sokak kavgasına karışmamıştı ve ayrıca bu akşam kimsenin ona ilaç vereceği de yoktu.

Ama Ses ona David'i korumak için bunu yapması gerektiğini söylemişti, o da buraya gelmişti.

Geliyorlar, şimdi rahatla. Hemen olup bitecek.

Tam o anda büyük bir araba döndü köşeyi, farları parlıyordu. Sürücü, motoru durdurmadan arabadan atladı. Bir saniye sonra da Jasper'in karşısında durmuş ona bakıyordu ters ters. Jasper, midesine yumruk yerken, dev Rus'un adının Kozlov olduğunu hatırladı. Ciğerlerindeki hava sanki bir anda boşaldı ve iki büklüm oldu. Kozlov saçına yapışıp başını kaldırdı ve çenesine bir yumruk attı. Jasper'in dünyası karardı.

Kendine geldiğinde bir yanağı kaldırımdaydı, bir yanağında da Kozlov'un çizmesinin tabanını hissediyordu. Rus onun yüzünü eziyordu.

"Vitaly sana bir mesaj iletmemi istedi Caine: Parayla kumar oynama, borcunu öde. Eğer paran varsa, Vitaly'ye borcunu öde. Çinlilere kaptırma. Anladın mı?"

Kozlov yüzüne tüm gücüyle basınca, Jasper bir cevap vermesi gerektiğini anladı.

"Tamam, tamam anladım."

"İyi."

Kozlov ayağını çekince kafatasının genişlediğini hissettiğine yemin edebilirdi. Adam, Jasper'in ceplerini karıştırarak bir cüzdan buldu. Cüzdanda 1 dolar bulunca iğrenirmiş gibi bir edayla yüzüne attı. Ses, Jasper'e, buraya gelmeden cüzdanını boşaltmasını söylemişti.

Kozlov, Jasper'in yüzüne doğru eğildi. "Beş gün sonra görüşeceğiz," dedi ve ağzına bir yumruk attı. Kafası kaldırıma çarpınca, bayıldı.

Tversky kapının sürgüsünü çekene kadar nefesini tuttu. Başarmıştı. Çantasını yere, kendini de bir sandalyeye attı. Gözlerini kapayarak son otuz dakikada olanları düşünmeye çalıştı. Aklı hızlı işliyordu. Bazen durup bir şeyler düşünüyor, sonra hızla hatırlamaya devam ediyordu.

Kendine gelmeye çalıştı. Her şey o kadar çabuk olup bitmişti ki. Bir içkiye ihtiyacı vardı. İçki dolabına gidip kendine dört parmak viski koydu, sonra da büyük bir yudum içti ve içki boğazını yakarken bunun tadını çıkarmaya çalıştı. İçkinin geri kalanını da içip bardağını yine doldurdu. Sandalyesine döndüğünde dünya daha hoş göründü gözüne.

"Daha iyi," dedi yüksek sesle. "Çok daha iyi."

İkinci içkisini de bitirince Tversky kaseti videoya taktı. Sandalyesine geri dönerken bir içki daha aldı. Şişeyi yarıladıktan sonra, eline aldığı siyah kumandadaki tuşlara titreyen parmaklarla bastı.

Ekranda kendini seyretti, bu parlak görüntü sanki onu büyülemişti. Zamanı ve tarihi söyleyip, Alfa deneğini tanıttı. Onu bir insan olarak değil de, deneyin bir parçası olarak göstermek daha kolayına geliyordu. O, öldürdüğü biri değildi. Denek masada bilinçsizce yatıyordu zaten. Sonra ona son doz ilacı da verdi.

Ekranın bir köşesinde EEG'si görülüyordu, dört çizgi yavaşça yükselip alçalıyordu. Başta Teta dalgaları yükseldi hızla, diğerleri çok az dalgalandı. Sonra EKG birden hareketlendi, tüm dalgalar tırmandı, tsunami gibi ekranı kapladılar. Kaseti yavaşlattı, gözlerini ekrandan ayırmadı. Nerede hata yaptığını ya da neyi doğru yaptığını anlamaya çalışıyordu. Ama görülecek bir şey yoktu. Olası olmayan sonuçlar gösteren bir EEG çıktısı ve deneğin göz kapaklarının altında sanki fırlayacakmışçasına hızla hareket eden gözlerini gördü bir tek. Sonra kız kusup masadan düştü. Kamerada görünmüyordu artık. Boş metal masa görünüyordu bir tek.

Bir düğmeye basarak videoyu normal hızında çalıştırdı. Son sözlerini bir daha duymak istiyordu. Sesi açtı. Kaydın hışırtısı ile birleşen kızın fısıltısı korkutucuydu. Üç dakika on iki saniye boyunca konuştu. Konuşması sanki bir dönme dolaptaymış gibi kimi yerde hızlanıyor, kimi yerde yavaşlıyordu.

Bazı söyledikleri anlaşılmasa da bazı kısımları çok açıktı ve her olası durum için ayrıntılı komutlar içeriyordu. Altı kere dinledikten sonra televizyonu kapattı. Oda birden sessizliğe gömüldü; Alfa deneğinin ilk sözleri çınlıyordu bu sessizliğin içinde:

Öldür onu. David Caine'*yi öldür.*

Yanlış duyduğunu düşünmek istemişti. Ama fısıltılarını altı kez dinledikten sonra bunu inkâr edemiyordu artık. Eğer bilgiyi edinmek istiyorsa, söylediğini yapmak zorundaydı.

Yalpalayarak masasına gidip, internete girdi. Sayfa önüne çıkınca Google'ın renkli logosunun altına soruyu yazdı. 0.62 saniye sonra 175.000 dosyadan ilk onu çıktı ekranına. Aynen Julia'nın söylediği gibi yedinci dosyayı açtı. Sitenin ana sayfasında şöyle yazıyordu:

> Bu sitede yer alan bazı bilgiler birçok federal, yerel ve devlet yasasına aykırı olan faaliyetlerle ve araçlarla ilgili olabilir. Bu siteyi tasarlayanlar hiçbir yasanın çiğnenmesini desteklememektedirler ve sorumlu tutulamazlar. Bu dosyalar sadece bilgi vermek için tasarlanmıştır.
>
> Eğer belgeyi okuduysanız ve şart ve koşulları kabul ediyorsanız ENTER'ı tıklayın.

Tversky hemen sayfayı açtı ve ekran değişince okumaya başladı.

Nava, oturunca biraz yaylanan, siyah, Aeron marka sandalyesine gömüldü. Masasının üstünde duran lambayı yaktı ve çalışma mekânı yumuşak bir beyaz ışıkla aydınlanırken, karanlık ofisin geri kalanı gölgelerle doldu.

Başparmağını kare cam panele bastırdı. Bir ışık gördü; pembe başparmağı parlıyordu. Düz ekranda iki kelime vardı:

PARMAK İZİ ONAYLANDI

Sisteme girebilmişti. Tversky'nin dizüstü bilgisayarından indirilen son verileri okuyarak zaman kaybetmedi. Bunun yerine sistemde biraz dolaşıp genelde 'rehber' olarak bilinen kısma geldi.

Bu programla tüm veri tabanlarına giriliyordu; CIA, FBI Vatandaşlık ve Göçmen Bürosu, Vergi Dairesi. Eğer Julia Pearlman'ın söylediği gibi bir adam varsa bu 'rehber'de çıkacaktı.

Nava, soyadının nasıl yazıldığını bilmiyordu, o yüzden birkaç giriş yaptı:

Soyadı : cane, cain, caine, kane, kain, kaine

Adı : david

Şehir : new york

Eyalet : ny

Enter tuşuna basıp programın veri tabanlarını taramasını bekledi. Zaten fazla beklemesi de gerekmedi.

ALTI UYGUN YANIT BULUNDU:

1. Caine, David L.- 14 Middaugh Sokağı, Brooklyn, NY.
2. Cain David. P.- 300 Batı 107. Sokak, Manhattan, NY
3. Caine David M.- 28 Batı 10. Sokak, Manhattan, NY.
4. Caine, David T. 945 Amsterdam Caddesi, Manhattan, NY.
5. Kane, David S.- 24 Forest Park Sokağı, Woodhaven, NY.
6. Kain, David- 1775 York Caddesi, Manhattan, NY.

Başka bir arama için tıklayınız.

Nava ikinci ve dördüncü kişilere odaklandı, ikisinin de adresi Columbia Üniversitesi'nin altı blok civarındaydı. Cain David P.'yi tıkladı. Biraz bekleyince ekran bilgiyle doldu. Dosyaya hemen bir göz attı. Özellikle aradığı şeyler vardı, ama bunlardan hiçbirini bulamadı. Adam sıradan bir New York'luydu; büyük bir dairesi ve bolca borcu vardı.

Üçüncü kişiyi atladı ve Caine, David T.'yi tıkladı. Onun Columbia'dan mezun olduğunu görünce gözleri büyüdü. Julia'nın sözünü ettiği kişi bu olmalıydı. Pasaport fotoğrafına baktı. David Caine de sanki ona bakıyordu. Gözlerinde katı bir ifade vardı ve sanki onu seyrediyormuş gibi gülümsüyordu.

Dosyanın geri kalanına da baktı. Okurken bilgileri ezberliyordu. İşi bitince fotoğrafa döndü yine. "Neden bu kadar önemlisin Bay Caine?" diye sordu kendi kendine. Julia ona daha fazla bilgi verebilseydi daha iyi olacaktı.

Birden, birinin usulca yaklaştığını duydu. Biri geliyordu. Grimes karanlığın içinden çıkageldiğinde, Nava ekranını daha yeni kapatabilmişti. Grimes, elindeki koca kırmızı elmayı ısırıp karşısına oturdu. Çiğnerken de, sararmış dişlerini göstererek sırıttı kadına.

"Bir ısırık?" dedi elmayı uzatarak.

"Hayır, sağ ol," diye cevap verdi iğrendiğini belli etmemeye çalışarak. "Tokum."

Yanaklarını şişiren adam sesli bir şekilde yuttu elmayı. "Sen bilirsin." Daha da büyük bir ısırık alıp yemeye devam etti. Sırtını koltuğa yaslayıp çıplak ayaklarını Nava'nın masasına koydu.

"Bir şey mi istiyorsun?" diye sordu Nava.

"Belki. Kim bilir?" diye cevap verdi çiğnerken Grimes.

Bu adam gerçekten iğrençti. "Peki, şöyle sorayım o zaman. Ne istiyorsun?"

"Hiç. Ben de gece mesaisindeydim, gelip bir merhaba diyeyim dedim."

"Merhaba," dedi Nava.

Grimes bir ısırık daha aldı ve tavana bakıp ağzı açıkken çiğnemeye başladı. Belli ki Nava'yı yalnız bırakmayacaktı.

"Peki, o zaman ben işime döneyim," dedi Nava.

"Tabii olur," dedi Grimes, ama yerinden kıpırdamadı. Nava ona ters ters baktı. "Peki canım, gidiyorum. Biraz sosyalleşelim demiştim." Ayağa kalktı, yürümeye başladı, ama yarı yolda durdu. "Bu arada," dedi dönerek, "David Caine'yi nereden bildin?"

Nava'nın ifadesi hiç değişmedi. "Ne demek istiyorsun?" diye sordu sakince.

"Biraz önce dosyasına bakıyordun, değil mi?"

"Öyle mi sandın... Niye?"

"Sanmadım. Biliyorum bebek," dedi Grimes bir ısırık daha alırken. "Üzerinde çalıştığım tüm dosyaları şifrelerim. Biri girince, ne zaman girdi, kim girdi bilirim."

"Sen neden David Caine'yle ilgileniyorsun?" diye sordu Nava.

"Dr. Jimmy yani Forsythe yarın sen onu yakalayıp getirmeden önce hakkında her şeyi öğrenmek istedi de."

Nava'nın aklı karışmıştı. Elini bacağına koyup ayak bileğindeki tabancayı yokladı. Bunu alıp, Grimes'in kafasını dağıtmamak için kendini zor tutuyordu. "Yarın birini yakalayacağımdan haberim yoktu. Özellikle de David Caine'yi."

"Henüz resmi olarak bir şey söylenmedi, ama ben Dr. Jimmy'nin aklı nasıl işler bilirim. Caine'nin hemen getirilmesini isteyecektir."

"Neden?"

Grimes ona karşısında bir salak varmış gibi baktı. "Çünkü o Beta deneği."

Elmasından son bir ısırık alıp kalanını çöpe attı. Çöpü tutturamadığı için elma çöpün kenarına çarpıp yere düştü. Grimes elmayı yerden almadı.

"Dün Tversky'nin bilgisayarına bir solucan yerleştirdim," dedi kendini beğenmiş bir edayla. "Yani bir dosyayı tamamen sildiğinde ve bunu başka bir yerde yedeklediğinde, elektronik postayla hemen bana ulaştırılıyor. Bu gece şansım yaver gitti. Tversky gece yarısı tüm dosyalarını sildi. Bilgilerin birçoğu zaten elimdeydi, ama yeni dosyalardan David Caine'nin tüm tıbbi kayıtları çıktı. Onun Beta deneği olduğunu anladık. Bu bilgileri daha kimseye göstermedim, o yüzden senin nereden bildiğini merak ettim."

"İz peşindeydim," dedi Nava sanki bu her şeyi açıklıyormuş gibi.

"Demek sen de Tversky'yle buluşmasını gördün, öyle mi?" dedi. Grimes etkilenmişti. "Bu casusluk işlerinden hoşlanırım. Dr. Jimmy Alfa deneğinin kim olduğunu bilmediği için feci kızgın zaten. Beta deneğini de elinden kaçırmaz, hemen yakalar."

Nava başını salladı.

"Neyse, ben bilgisayarımın başına döneyim. Beş dakika içinde bir turnuvaya katılacağım. Görüşürüz." Grimes bir cevap beklemeden koridor boyunca odasının ışığının geldiği yöne doğru yürüdü.

Nava saçlarını düzeltti. Eğer, Grimes'in Forsythe konusunda söyledikleri doğruysa, o zaman durum iyice sarpa sarmıştı. Keşke ne yapacağını kestirmek için vakti olsaydı, ama zaman akıp gidiyordu.

New York eyaleti bina kayıtlarından Caine'nin dairesinin planını indirdi. Ceketini kaptı, sırt çantasını yüklendi, mavi büyük çantayı da alıp kapıya doğru ilerledi.

Sokağa çıkınca bir taksi çağırdı. "945 Amsterdam," dedi şoföre. Taksi hızla yol alınca Nava arka koltuğa yapıştı. İlk önce tabancasına baktı, sonra da gözlerini kapadı. Caine'nin dairesinden yüz blok kadar ötedeydi. Yani karar vermek için on beş dakikası vardı.

Caine evine yaklaşırken girişteki merdivenlerde evsiz bir adam gördü. Adam için üzüldü, çünkü yakında kendisi de sokaklarda yaşamak zorunda kalabilirdi. Merdivenlere varınca eğilip, adamı yüzüstü çevirdi.

"Ahbap, iyi mi..." Adamın kan revan içindeki yüzünü görünce birden durdu. Bu kendi yüzüydü. Caine bir an için aklını kaçırdığını düşündü, ama sonra kendini toparladı. Kendine değil, Jasper'e bakıyordu.

"Tanrım, Jasper ne oldu sana?"

"Rus dostlarından biriyle rastlaştık da," dedi öksürerek Jasper. Bir yandan da burnundaki kanı siliyordu. "Vitaly'nin selamı var sana."

"Tanrım! Beni affet Jasper."

Caine, Jasper'in kolunu boynuna doladı ve onu kapıya kadar götürdü. Cebinden anahtarı çıkarıp kilidi açtı ve Jasper'i merdivenlerden çıkarttı. Evde bir sürprizle karşılaşmak istemiyordu.

Sokağın karşısındaki apartmanın damına çıkmış olan Nava, Caine yabancıya yardım ederken gece görüş dürbününü taktı. Bu adam tanıdıktı, ama kim olduğunu bir türlü hatırlayamıyordu. Yüzü kan içinde olan adam pek de tanınacak halde değildi zaten. Ufak bir dijital kamera çıkardı; bunu da gece görüş dürbünü yerine kullanılabilirdi. Yabancı adamın yüzünün birkaç fotoğrafını çekti. Bunu sonra inceleyecekti.

Sonra, daha önce kurduğu tripoda döndü. Beşinci kattaki daireye bakarken ışıkların yanmasını bekledi. Bir dakika boyunca karanlığı seyredip, yanlış daireyi gözetlediğinden şüphelenmeye başlamışken küçük bir ışık gördü.

Koridorun ışığıydı bu. Caine kapıyı açmıştı herhalde. Şimdi görüş alanına girecekti. Nava gerildi.

Caine ışığı yakıp da kapıyı açınca, iki kardeş düşe kalka eve girdiler. Birlikte yere kapaklanmamak için Caine kapının koluna yapıştı.

"Haydi Jasper, dayan. Geldik."

Jasper inledi, sağ gözünü açtı. Sol gözünü de açmaya çalıştı, ama şişen gözü kapanmıştı. Bir an için kendine geldi, birkaç adım attı, sonra da kanepeye yığıldı. Caine kapıya yaslanıp, zar zor nefes alan kardeşini izledi.

Nefesi normalleşince Jasper'in yanına gitti, gömleğini açtı ve yaralarına baktı. Kardeşinin göğsünde mor bir iz vardı ama kaburgaları kırık değildi. Yüzü dağılmıştı. Sol gözü mosmordu ve yanağı yırtılmıştı. Yüzü kan revan içindeydi. Burnu kanamıştı ve şişmişti, ama galiba kırık yoktu. Ayrıca, kafasının arkasında da koca bir şişlik vardı.

Caine mutfağa gitti. Bir tasa sıcak su doldurdu, rulo kâğıt havlu aldı ve dönüp kardeşini temizlemeye çalıştı. Kanı temizleyince Jasper'in halinin pek de fena olmadığı anlaşıldı. Hâlâ Mike Tyson'la bir raund boks yapmış gibiydi, ama her an ölecekmiş gibi bir hali yoktu artık.

Caine onu hastaneye götürmeyi düşündü, ama doktorlar Jasper için ne yapacaksa bunu o da yapabilirdi. Gerçi doktor belki birkaç ağrı kesici yazabilirdi. Ama kardeşinin deliksiz bir uyku çekmesi gerekiyordu; beş saat boyunca acil serviste dikilmek onu iyileştirmeyecekti.

Jasper "N'aber," deyince, Caine yerinde sıçradı.

"Nasılsın?"

"Pek parlak sayılmam, ama göründüğümden daha iyiyim herhalde," dedi Jasper, oturup kanepenin yanından bacaklarını aşağıya sarkıtarak.

"Dur biraz. Nereye gidiyorsun?" diye sordu Caine, Jasper'in omzuna yapışıp.

"Tuvalete. Gelmek ister misin?"

Jasper, onun elini iterek, ayağa kalkınca neredeyse yere kapaklanıyordu. Düşmemek için Caine'nin koluna yapıştı.

"Sana tuvalete kadar eşlik etmeme ne dersin?"

"İyi fikir."

Caine, kardeşi tuvalette işini görürken, kapının dibinde bekledi. Jasper kapıyı açtığında berbat görünse de, en azından sırıtıyordu. Daha doğrusu sırıtmaya çalışıyordu.

"Aynaya bakınca fikrimi değiştirdim. Aynen göründüğüm gibi hissediyorum kendimi." Başının arkasını yavaşça yokladı. "İlaç var mı evde?"

Caine başını salladı. "Advil'den başka bir şey yok. İstersen nöbetleri önlemek için verdikleri deneysel ilaçlardan vereyim."

"Advil alayım ben."

"Akıllıca bir seçim," dedi Caine kardeşinin yanından geçip tuvalete girerken. "Kaç tane istersin?" dedi ilacı göstererek.

"Kaç tane var?"

Caine şişeyi boşaltarak dört hap aldı ve Jasper'e uzattı. Jasper hiç zorlanmadan dördünü de yuttu. Caine kanepeye kadar ona yardım etti ve ikisi de oturdular. "Bu akşam ne dertler açtın başına?" diye sordu Jasper.

"Başa çıkamayacağım bir dert açmadım," dedi Caine bu sözleriyle kardeşini avutabileceğini umarak.

"Herhalde bu yüzden Ruslar, yüzümü kum torbası olarak kullandılar."

"Seni ben mi sandılar?"

"Ya. Öyle oldu."

Caine parmaklarına baktı. Bir sonraki soruyu nasıl soracağını bilemiyordu. "Peki... Beni neden eşek sudan gelene kadar dövmek istediklerini de söyledi mi Kozlov?"

"Çinlilerle ilgili bir şeyler zırvaladı."

"Boku yedim." Nikolaev'in nasıl hemen haberi olmuştu ki Billy Wong'un yerinde oynadığından? Diğer oyunculardan biri gammazlamıştı herhalde. "Nasıl özür dileyeceğimi bilemiyorum."

Jasper elini salladı. "Bunun olacağını bilemezdin ki."

"Evet, ama yine de... Belki de birkaç günlüğüne şehirden ayrılsan iyi olur. New York bu aralar benim için pek de güvenli bir yer değil... Ya da bana tıpatıp benzeyenler için."

"Ben de aynı şeyi düşünüyordum. Yarın Philadelphia'ya giderim," dedi Jasper yavaşça burnunu kaşıyarak. "Sen de benimle gelsene."

"Keşke gelebilsem, ama Dr. Kummar'ın testlerini tamamlamak için burada kalmam gerek. Bu nöbetleri durdurmak için verdiği ilaç işe yarıyor gibi."

Jasper başını salladı. "Şehirden çekip gitmen gerek."

"Yapamam." Caine ayağa kalkıp parmaklarıyla saçını düzeltti. "Eğer nöbetlerimi kontrol altında tutamazsam bir hayatım olamaz. Bu benim son şansım."

"O herif seni öldürürse de bir hayatın olmayacak."

"Yaa? Ben bunu nasıl akıl edemedim acaba?" diye diklendi Caine.

"Bana baksana sen, yardımcı olmaya çalışıyorum."

Bir an için iki kardeş de bir şey demedi. Sessizliği bozan Caine oldu.

"Özür dilerim Jasper, artık uçurumun kenarına geldim. Her şey yolunda gitseydi, para sorununu halledecek bir iş bulurdum. Sağlığım, derken şu garip..." Caine cümlesini bitirmedi. Lokantada olanlardan söz etmek istemiyordu. "Neyse, yani anlayacağın keçileri kaçırıyorum galiba."

Caine bir sandalyeye attı kendini. Her şey üstüne üstüne geliyormuş gibiydi. İkizinin dağılan yüzüne bakınca, hayat tüm gerçekliğiyle çok fazlaydı onun için.

"Hadi yatalım," dedi Jasper kanepeye uzanıp gözlerini kapatırken. "Kim bilir? Belki de uykunda rüya görürsün, vahiy gelir. Böyle garip şeyler oluyor insanlara."

"Tabii," dedi Caine lokantada olanları düşünerek. "Oluyor."

14

Nava, adamların derin bir uykuya daldıklarına emin olduktan sonra, kulaklıklarını çıkarttı ve ne yapacağını düşünürken dinleme mikrofonunu kapadı. Adamlar daireden çıkana kadar bekleyebilirdi, ama daha gün batımına birkaç saat vardı.

Biraz kestirip, gözetleme işine sabah devam etmeyi düşündü, ama onu rahatsız eden, adını koyamadığı bir şey vardı. Caine'nin arkadaşının kim olduğunu bilmenin önemli olduğuna dair bir his vardı içinde. Bu yüzden de, evine dönmek yerine, yine UGA laboratuvarına gitti.

Çalışma mekânına geldiğinde Caine'nin garip konuğunu daha yakından görmek için dijital fotoğrafları bilgisayara yükledi. Toplamda dokuz kare fotoğraf vardı. Nava fotoğrafları çekerken adam hareket ettiği için, birbirinden biraz farklı açılardan görünüyordu her biri. Her fotoğrafta adamın yüzünü büyüttü, ama görüntü yine de karanlık, bulanık ve bozuktu.

Birkaç düğmeye basınca, kimlik belirleme sistemi sihirli bir değnek gibi işlemeye başladı; dokuz farklı fotoğraftaki veriler birleşti ve adamın yüzünün üç boyutlu bir çıktısı oluştu. Yavaşça adamın burnu, gözleri ve kemik yapısı belirginleşti. Bir gözü şişmişti, yüzü ise kanla kaplıydı. Birkaç düğmeye basarak kanları silip, yüzünün geri kalanının cilt rengini kopyaladı. Birden resim tanıdık gelmeye başladı.

Şişmiş olan gözün yerine sağ gözünün ayna yansımasını yerleştirdi. Sonra da şişmiş olan burnu küçülttü. İşi bitince de yüzü kendine doğru çevirdi. İlk başta bir hata yaptığını düşündü. Hızlıca hata olup olmadığını kontrol etti ve haklı olduğunu gördü. Kapı eşiğinde yığılmış yatan adam David Caine'nin kopyasıydı.

Sonra her şeyi anladı. Caine'nin dosyasını açınca aradığı bilgiyi buldu. Caine'nin ikiziydi bu. Bu beklenmedik bilgiyi nasıl lehine kullanabileceğini düşünürken, aklı hızla işliyordu. Grimes'in, David Caine'nin bir ikizi olduğunu kestirecek kadar ayrıntılı bir şekilde dosyayı taramadığından emindi. Eğer bu konuda yanılıyorsa, Nava'nın ne yapmaya çalıştığı hemen anlaşılırdı. Ama eğer doğru tahmin ettiyse...

Bir seçim yapmak zorundaydı: Ya bekleyecek ve fırsatı elinden kaçıracaktı ya da harekete geçecek ve kendini ele verme riskini göze alacaktı. Böyle zamanlarda hep içgüdülerine güvenirdi. Her şeyi apaçık görüyordu, her seçimin olumsuz sonuçları olabilirdi. Asıl yapılması gereken riski değerlendirmek ve en aza indirgemekti. Hiçbir zaman risk faktörü yok edilemezdi; tamamen yok edilemezdi.

Nava harekete geçmeye karar verdi.

UGA'nın ana dosyalarını değiştirecek yetkiye sahip olmadığını biliyordu, ama bunu yapmanın başka bir yolu daha vardı. Birkaç ay önce Sosyal Güvenlik'teki sistem yetkililerinden birine para vererek kendisine bir kimlik ve şifre yaptırmıştı, yani sahte isimlerle girişler yapabiliyordu. Bu yasadışı şifreyi kullanmayalı altı hafta kadar olmuştu, ama herhalde hâlâ geçerliydi.

Sosyal Güvenlik veri tabanına girdi ve Enter tuşuna bastı. Ekran karardı. Nava sistemin tarandığını ve şifresinin devre dışı bırakıldığını düşündü bir an için. Birden sessiz alarmların çaldığını, güvenlik kapılarının kırıldığını ve silahlı askerlerin ona doğru yaklaştığını canlandırdı gözünde. Ama o anda önüne bir ana menü çıktı.

F10 tuşuna basarak Sosyal Güvenlik ana dosyasına bilgileri girmeye başladı. Bu sadece beş dakikasını aldı. İşi bittiğinde UGA'nın veri tabanına döndü, Caine'nin dosyasını açtı ve bilgisayara kayıtları güncelleme komutu verdi. Program, dosyaları oluşturmak için kullandığı kaynak veri tabanlarını gözden geçirirken ekranda 'işlem tamamlanıyor' yazıyordu. Otuz saniye içinde ekran normale döndü.

Tüm veriler tek bir değişiklik dışında aynıydı. İşi bitmişti. Eğer Grimes dün akşamki veri boşaltımı sırasında bilgileri yedeklediyse, Nava'nın yaptıklarının farkına varacaktı, ama bu da önemli değildi. Eğer iş bu noktaya gelirse, Nava zaten çoktan arayı açmış olacaktı. Binadan çıkıp, o gece ikinci kez Caine'nin dairesine gitmek için yola koyuldu.

Şunu iyi biliyordu: Bu oraya son gidişi olacaktı.

James Forsythe'nin öfkesi kelimelerle ifade edilemezdi.

Kendinden geçmişti. Grimes'i elleriyle boğmamasının tek nedeni ona ihtiyacı olmasıydı. Kendini zorlayıp, gözlerini kapayarak duygularına hâkim olmaya çalıştı. Nefes alıp vermeye çalıştı. Nefes al, ver, al, ver.

"İyi misin Dr. Jimmy?" diye sordu Grimes farkında olmadan kulağını karıştırarak.

"Dr. Forsythe. FORSYTHE," dedi dişlerini sıkan doktor gözlerini açarak.

"Tamam canım, biraz dalga geçiyoruz işte," dedi gülümseyen Grimes. "Özür dilerim, sizi dün gece uyandırmadım, ama bilmiyordum."

"İzlediğimiz bilim adamı ortadan kaybolunca, bunu bilmek istemeyeceğimi mi düşündün?"

"Teknik olarak ortadan kaybolmadı. Sadece, bir süredir bulamıyorlar."

"Üç saat önce aramaya başladılar. Ayrıca, senin vardiyanda oluyor tüm bunlar."

Grimes olduğu yerde kıpırdandı. "Ne dememi bekliyorsunuz anlayamıyorum. Olan oldu işte."

Forsythe, tam ağzını açıp bir cevap verecekti ki, salağın haklı olduğunu düşündü. Grimes'ten öcünü almak için bekleyecekti.

"Peki," diyerek iç geçirdi ve arkasına yaslandı. "Bana bildiğin her şeyi anlat. Baştan başla."

Grimes elindeki mini bilgisayarı açıp, okumaya başladı. "Polis raporuna bakılırsa gece saat 11 ile 12 arasında Julia Pearlman adında bir doktora öğrencisi ölmüş. Kız altıncı kattaki bir pencereden atmış kendini. Saat ikiye doğru, evsiz pisliğin teki onu çöplerin arasında çıplak yatar halde bulmuş. Adli tabip ölüm nedenini araştırıyor hâlâ, ilk bulgulara göre omuriliği kırılmış galiba. Bunun bir intihar olduğunu düşünüyorlar, ama cinayet olmadığından da emin değiller."

"Tversky'le bir bağlantısı olabilir mi?"

Grimes başını salladı. "Adamla konuşmak istiyorlar, çünkü kız onun laboratuvarının penceresinden atlamış. Diğer öğrenciler de arada Tversky'le kızın gece geç saatlere kadar, baş başa çalıştıklarını söylemişler."

Forsythe birden donup kaldı, bulmacayı çözmüş gibiydi. "O Alfa deneğiydi."

"Evet, öyle görünüyor. Veri tabanını temizlemeye çalışırken bilgisayarından bazı bilgileri indirebildim. Kız ölmeden önce

Tversky onun üstünde yeni bir kimyasal bileşimi deniyormuş. Bunu aynı tür yetenekler sergileyen ve dün laboratuvara getirilen bir heriften edinmiş. Ona Beta deneği diyor."

"Kahrolası herif," dedi Forsythe, "Adı sanı belli olmayan bir denek daha çıktı başımıza."

"Aslında kim olduğunu bulduk. Adı David Caine."

Forsythe birden ümitlendi. "Kim olduğunu nasıl buldunuz?"

Grimes gülümsedi. "Tversky'nin bu yeni test sonuçlarını incelediğini gördüğümde, evrakın üzerindeki kimlik numarasını muhasebeye bildirilenlerle karşılaştırdım. Aynı gün, aynı kimlik numarasıyla David Caine'ye bir çek yazmışlar."

"Başka kim biliyor bunları?"

Grimes'in yüzü ciddileşti. "Ajan Vaner. Gerçi tam olarak açıklamadı nasıl bilgi edindiğini ama... Ajan işi herhalde. Her ne boksa."

"Şimdi nerede Vaner?"

"Son gördüğümde Caine'nin dairesinin dışında adamı gözetliyordu."

Forsythe en azından bu iyi habere sevinebildi. "Oldu. Bırak o Caine'yi yakından izlesin, sen de bu arada Tversky'yi bul."

"Olur efendim. Baş üstüne Kaptan Jimmy," Grimes askermiş gibi topuklarını birbirine vurup, tek bir hamlede arkasını dönüp çıktı odadan.

Yalnız kaldığına memnun olan Forsythe, Tversky'nin son laboratuvar notlarına baktı. Tamamlanmamış olmalarına rağmen yine de inanılmazdı sonuçlar. Caine'nin yeteneklerini sınamamıştı daha, ama yine de kimyasal veriler bunu doğruluyordu. Teorisini de destekliyordu veriler. Ayrıca, Pearlman'ın EEG çıktıları daha önce gördüğü hiçbir çıktıya benzemiyordu. Serum enjekte edildikten bir dakika sonra, Alfa deneğinin beyin dalgaları aynı hızda ve hizada yükselmişti. Tversky deneyi yaparken kızı öldürmüştü, ama çalışmaları bilimde bir devrim niteliğindeydi.

Tversky yanında çalışsa Forsythe'nin işi kolaylaşırdı, ama bu gerekli değildi. Aslında David Caine'ye başka testler yapması gerekiyordu. Ama eğer Tversky'nin teorileri doğruysa, o zaman Caine'yi yakalamak tehlikeli bir işti. Forsythe telefon kayıtlarına baktı ve telefonu eline alıp bir numara tuşladı. Beş dakika kadar bekledikten sonra bir adam çıktı karşısına. "Günaydın General," dedi olduğu yerde doğularak oturan Forsythe. "Sizden bir iyilik isteyecektim."

Caine elindeki iki kahveyi ve çöreklerin içinde durduğu torbayı düşürmeden sokakta ilerlemeye çalışırken, birden sanki bir şeyler olacakmış gibi hissetti. Bu duyguya kulak asmayarak kulaklığından duyduğu müziğe odaklanmaya çalıştı. Stresli olduğu anlarda walkmanini kulağına takar ve kendi dünyasına dalmaya çalışırdı. Radyodaki farklı kanallara da bakardı, ama her seferinde klasik rock kanalına gelip takılırdı sonunda. Pink Floyd çalıyordu kanalını bulduğunda, sonra araya saçma sapan bir reklam girdi.

Sonra kokuyu duymaya başladı.

Hayır!

Olduğu yerde aniden durunca arkasından gelen ve cep telefonuyla konuşan uzun boylu adam Caine'ye çarptı. Caine öne doğru sendeledi ve elindeki kahveyi düşürdü. Devanası kılıklı zenci bir kadına çarpınca, onun mavi bir elbise giydiğinin ve elinde iki alışveriş torbası olduğunun farkına vardı. Kadın sola doğru kaçmaya çalıştı, ama dengesini kaybedince torbaları yere düştü. Elma ve portakallar kaldırımda yuvarlanmaya başladı.

Dökülen meyveler daha da fazla zarara yol açtı. Beyaz, dar, kısa bir ceket giymiş olan kel bir adam elindeki frapuçinoyu istemeden parlak, sarı bir bluz giyen yaşlıca kadının üstüne döktü. Mor etekli esmer bir kadın da düşüp iki tırnağını kırdı. İri yarı bir inşaat işçisi, şık giyimli bir iş adamının ayağına alet kutusunu düşürünce adamın Gucci marka ayakkabılarını berbat etmekle kalmayıp, bir de ayak başparmağını kırdı.

Caine bir anda bütün bu insanların gününü değiştirmişti. Kel adam gidip bir frapuçino daha alacaktı. Yaşlı kadın eve gidip üstünü değiştirmek zorunda kalacaktı. Esmer kadının yine manikür yaptırması gerekecekti. İnşaat işçisi, iş adamının kendisine açacağı tazminat davasından kurtulmak için bir avukat tutmak zorunda kalacaktı. İş adamı ise o günkü toplantıların hepsini kaçıracaktı, çünkü bir hastanenin acil servisinde birilerinin gelip parmağına bakmasını bekleyecekti.

Bu değişiklikler başka değişiklikleri de getirecekti. Caine bunları gözünde canlandırdı, sanki bir göle bir taş atmıştı ve genişleyen daireleri izliyordu. Tam olarak ne olduğunu bilmiyorsa da bir şeylerin yanlış olduğunun farkındaydı. Sonra birden farkına vardı. Aslında bunların hiçbirinin olmaması gerekiyordu.

Kel adamın aslında spor yapmaya gidip, ilk başta arkadaşı sonra da sevgilisi olacak biriyle tanışması gerekiyordu. İnşaat işçisinin ikinci bir oğlu olmalıydı, ama tazminat davası açılınca strese girecek ve evliliği de bitecekti. İş adamının iki ay içinde ölmesi gerekiyordu, ama hastaneye gittiğinde doktor kalp ritmindeki bir bozukluğu tespit edecekti. Kalbinden rahatsızlanmasını önlemek için onu hemen bir ameliyata alacaklardı ve ölümcül bir kalp krizi geçirmeyecekti. Yaşlı kadının metroya giderken düşüp kalçasını kırması gerekiyordu, ama şimdi hiçbir şey olmayacaktı. Esmer kadın da terfi etmesine yarayacak iş yemeğine katılamayacaktı.

Caine bir anda tüm bunları gördü, sonra da birden zihninden silindiler. Kalbi yerinden fırlayacakmış gibi oldu. Yüzünden oluk oluk ter akmaya başladı. Gözlerinin kapalı olduğunu fark edince açmaya zorladı. Yumruklarını da sıkmamaya çalıştı. Derin derin nefes al, derin derin, sonra da ne olduğunu anlamaya çalış. Bu önsezi miydi? Yoksa olacakları önceden mi görmüştü? Hayır, hayır. Bu sadece gündüz gözüyle görülmüş bir rüyaydı. Jasper'le küçükken oynadıkları oyunu hatırlatan bir rüya. Küçükken sokaktan geçen insanları seçip onlara gün içinde ne olacağını tahmin etmeye çalışırlardı.

Derin derin nefes al, derin derin. Evet, işte aradığı cevabı bulmuştu. Gün içinde rüya âlemine dalmıştı, hepsi bu. Zaten şimdi her şey bulanıklaşıyordu. İş adamı, işçiye bağırırken döndü... Sonra da dünyası karardı. Serin bir karanlık kapladı Caine'nin her yanını.

...

Zonkluyordu. Sanki kalbinin her atışında, beyni de ritme uygun bir şekilde büyüyüp küçülüyordu. Gözlerini açtı. Sırtüstü yerde yatıyordu ve çevresine doluşan insanların yüzlerine bakıyordu.

"Galiba kendine geliyor," dedi dolgun bir sarışın.

"İyi misin adamım?" diye sordu zenci bir adam.

Caine ayağa kalkmaya çalıştı, ama biri onu geri itti.

"Kalkmasına izin vermeyin. Sırtını incitmiş olabilir," dedi kalabalığın arkasından bir adam.

"Sen olduğun yerde yat ahbap." Yine zenci adam konuşuyordu, galiba onu yerde tutan da aynı adamdı. "Acil yardım ekibi yolda."

Caine gözlerini kapadı. Tüm bu konuşan insanların yüzlerini görmek midesini bulandırıyordu. Karanlık daha iyiydi, o da tanıdık karanlığa gömüldü.

Git Alice'ye sor. Neden 5 metre boyundaymış?

"Eee?" Forsythe'nin sesi cızırtılı geliyordu kulaklığından.

"İnceliyoruz. Ama durumuna bakılırsa kaldırımda yığılıp kalmış hepsi bu," dedi Grimes önündeki monitörlere bakmak için dönerek. Sağ alt köşedeki ekranlardan birinde olay tekrar tekrar oynuyordu ve Grimes bunu en az on kere seyretmişti, ama bir daha seyretmekten kendini alıkoyamıyordu.

"Bana tam olarak ne olduğunu anlat."

"Hedef bir anda durdu, sonra da bir adam ona çarpınca dengesini kaybedip dev bir karıya bindirdi; o da, torbasındaki meyveleri düşürdü. Karının meyveleri insanların ayaklarına takıldı. Hedef de çevresindekilere bakıp başını tuttu, sonra da düştü."

"İyi mi?"

"Gayet iyi, gerçi başı feci zonkluyordur herhalde. Biri ambulans çağırmış, ama herifin ambulansa binmeye niyeti yok. Radyolarını dinledim, pratisyen doktor adamın iyi olduğunu söyledi, başını çarpmış hepsi bu."

"Birkaç defa daha seyret görüntüleri ve başka bir şey gözüne çarparsa bana haber ver. Bu arada peşinden ayrılma sakın."

"Tamam efendim, baş üstüne efendim." Grimes askerlerle dalga geçmekten büyük zevk alırdı hele bir de bunu kullanıp Dr. Jimmy'yi sinir edebildiğinde keyfine diyecek yoktu. Grimes, Dr. Jimmy on saniye kadar hiçbir şey demeyince onu sinir ettiğini anladı. Grimes bu görüşmeyi kayıttan bulsa ve arka plandaki sesleri kısıp, Dr. Jimmy'nin sesini yükseltse onun içinden küfrettiğini duyabileceğine iddiaya girerdi. Buna bir bakacaktı zamanı olduğunda.

"Şimdi nerede peki?"

"Evine doğru yürüyor. Onu kamyonetle takip ediyoruz, Vaner ise yaya takipte. Birkaç uydudan izliyoruz. Dairesine de mikrofon yönlendirdik. Kafana takma Dr. Jimmy, bu iş çantada keklik."

"Vaner'e söyle, hedefi yakalamaya yardım etmeleri için bir saldırı ekibi yolluyorum."

Grimes ıslık çaldı. Ekip geliyordu demek. İşte şimdi seyret eğlenceyi.

Caine folyoya sarılmış bir çöreği kardeşine doğru fırlatıp, New York Post gazetesini de sehpanın üstüne bıraktı. "Çörek peynirli ve soğanlı. Hâlâ sıcaktır umarım."

"Kahve yok mu yani?" diye sordu Jasper.

Caine birden, *bir şeyler gördüm, bayıldım ve kahveni kaldırıma döktüm,* demeyi düşündü. Ama bunun yerine, "Özür dilerim, unutmuşum," dedi.

"Dert değil," dedi ağzı çörek dolu olan Jasper. Yerken bir şeyler düşünüyor gibiydi. Ağzındakini yutunca konuştu. "Eee, uykunda vahiy geldi mi bari?"

"Ne yazık ki hayır. Nikolaev'e para vereceğim gün daha da yaklaştı bir tek. Elimde olmayan 2.000 doları..."

"Keşke sana da piyangodan para çıksa," dedi Jasper gazeteyi kaparak.

Ön sayfada POWERBALL MİLYONERİ yazıyordu kocaman harflerle. Üstünde de elinde 247.3 milyon dolarlık bir çek tutan bir adamın resmi vardı. Caine neden bu gazeteyi aldığını bilemiyordu. Genelde Times'i okurdu, ama başlığı görünce alıvermişti işte.

"Hay anasını... Bu Tommy DaSouza," dedi Jasper resmi kaldırıp Caine'ye göstererek. "Hatırlasana, eski mahalleden."

"Tanıyamadım," dedi Caine resme bakarak. Onu son gördüğünden bu yana Tommy en az yirmi kilo almıştı. "Emin misin o olduğuna?"

Jasper makaleyi okuyunca başını salladı. "Thomas DaSouza, yaş yirmi sekiz, hâlâ Park Slope'de yaşıyormuş; eski evinden beş blok öteye gidebilmiş ancak."

"Ne diyeyim, aferin ona. Ama bunun bana bir yararı yok."

"Ne demek yararı yok? Bu herif küçükken sana tapardı. Hani sen onun kıçını kollamıştın bir keresinde de o günden sonra bir yıl kadar peşimizden ayrılmamıştı. Sülük gibi yapışırdı bize her dışarı çıktığımızda."

Caine omuz silkti. Tommy'yi bir kabadayının elinden kurtarmak için araya girdiği günü hatırladı. "Bu yıllar önceydi Jasper."

"Ama sen Tommy'nin hep iyi bir dostuydun. Hatta sen ona cebir dersi vermesen, liseyi bile bitiremeyecekti."

Lise yılları... Caine o zamanlar okulu bitirmek için sabırsızlanıyordu. Şimdiyse her şeyin daha basit olduğu o yıllara dönmek için varını yoğunu verirdi. O zamanlar Tommy'le az eğlenmemişlerdi. Ama mezuniyetten sonra fazla görüşmemişlerdi. Tommy bir işe girmişti, Caine ise üniversiteye gitmişti. Birkaç yıl sonra ise Caine, eski dostuyla artık fazla ortak yönleri kalmadığının farkına varmıştı.

"Beş yıl oldu onunla görüşmeyeli."

Jasper telsiz telefonu kaptığı gibi Caine'ye attı. "Bence şimdi aramanın tam zamanı. Ara şu eski dostunu."

"Ne yapmamı istiyorsun ki? Arayıp 'Tommy piyangoyu kazanmışsın, tebrikler. Bana 12.000 dolar borç versen olur mu?' diye mi sorayım. Yapmam öyle bir şey." Telefonu Jasper'e geri fırlattı.

"Peki," dedi Jasper. Telefonu açtı ve bir numara tuşladı. İki saniye sonra karşıdakine, "Thomas DaSouza, Brooklyn," dedi. Numarayı bir kâğıda yazıp, masanın üstünden kâğıdı ve telefonu kardeşine doğru kaydırdı. Caine, kardeşi ona ölü bir fare uzatmış gibi bakıyordu.

"Bana baksana sen," dedi Jasper, "Sen yapmazsan ben yapacağım. Ne kaybedersin ki yapsan? Herif bir ömür boyu harcayamayacağı kadar para kazandı dün, seni de 12.000 dolar uğruna öldürmek üzereler. Eğer sana para vermezse hiçbir şey değişmeyecek, ama eğer olur da kabul ederse, o zaman paçayı kurtarırsın. Denemekle kaybedecek hiçbir şeyin yok."

"Ya gururum?" diye sordu Caine.

"İlk önce Rus mafyasına olan borcunu öde, sonra gururunu düşünürsün," dedi Jasper. "Şimdi şu herifi ara, *kara, para, yara.*"

Jasper'in kafiyeli konuşması Caine'yi fena etmişti, ama kardeşinin bu konuda haklı olduğunu da biliyordu. İstemeyerek de olsa telefonu alıp numarayı çevirdi. İlk çalışta sabırsız biri açtı telefonu. "Ne var?"

"Tommy DaSouza'yı arıyordum," dedi Caine.

"Bana bak, her ne satıyorsan istemiyorum, tamam mı? Telefon kaydımdan adresimi de öğrenirsin, çok istiyorsan bana bir katalog yolla postayla. Eğer ilgilenirsem ararım. Hadi hoşça kal!"

"Bekle, satıcı değilim!" dedi çaresizce Caine bunun son şansı olabileceğini bir anda anlayarak. "Ben... David. David Caine."

Bir an sessizlik oldu ve Caine, Tommy'nin telefonu suratına kapadığını düşündü. Sonra, "Hadi ya. Dave? Gerçekten sen misin dostum? Nasılsın?" dediğini duydu Tommy'nin.

"Pek iyi değilim," dedi Caine telefonu bir kulağından diğerine geçirirken kardeşine bakıp kaşlarını kaldırdı. "Seni de bu yüzden aradım aslında..."

"Parayı getirdin mi?"

Tversky neredeyse sıçradı korkudan. Arkasını döndü ama çıkmaz sokaktaki tek insan zayıf bir çocuktu. Oğlan taş çatlasa on iki yaşındaydı, ama başına eğreti biçimde taktığı beyzbol şapkasıyla daha da küçük gösteriyordu.

"Para yanında mı moruk?"

"Boz sen misin?" dedi Tversky şaşkınlık içinde.

Çocuk güldü. "Dalga mı geçiyorsun? Boz daha önceden tanımadığı çatlağın tekiyle yüz yüze görüşecek değil herhalde. Ben Trike'yim."

"Ama bana Boz'la bulaşacağımı söylediler."

"Öyle mi? Kaderine küs bence. Randevunuzu iptal etti. Şimdi benimle görüşeceksin." Çocuk ellerini kocaman ceplerine soktu. "Parayı görelim, yoksa anca ense tıraşımı görürsün."

Tversky cebinden beyaz bir zarf çıkartırken ellerinin titremesini engellemeye çalışıyordu. Trike parayı kapmaya çalışınca, Tversky onun ulaşamayacağı bir yerde tuttu zarfı. "İlk önce bana vereceğini görelim."

Trike gülümseyince iki altın dişi göründü. "Tamamdır babalık," dedi ceplerinin birinden kahverengi bir kese kâğıdı çıkartarak. Tversky gözetleyen biri olup olmadığını görmek için etrafına bakındı, ama sokak boştu. Kese kâğıdını aldı Trike'den. Sandığından ağırdı paket.

"Şimdi ver şu lanet olası parayı."

Tversky zarfı uzattı. Çocuk parmağını yalayıp, parayı hızlıca saydı ve tomarı pantolonunun önüne tıktı.

"Hadi bana eyvallah," diyen çocuk birden ortadan kaydoldu. Tek başına kalan Tversky, kese kâğıdını çantasına sokuşturup, hızlıca Broadway'e doğru yol aldı.

Üç kuruşluk otel odasına gelene kadar kese kâğıdının içine bakmaya cesaret edemedi. Videoyu seyreder seyretmez hemen dairesinden ayrılmıştı. Julia ona buraya gelmesini söylemişti, o da aynen öyle yapmıştı.

Kepenkleri indirince kese kâğıdını yatağın ortasına koydu. Zar zor yutkunarak, elini kese kâğıdının içine uzatıp, plastik silindirlere yavaşça dokundu. Terli parmaklarının altındaki pürüzsüz yüzeyi hissetti. Derin derin nefes alarak, tüfeğin mermilerini kese kâğıdından teker teker çıkardı. Onları düzgün bir şekilde yan yana dizdi. Toplam on mermi vardı. Mermilere bakarken, tam olarak bu noktaya nasıl geldiğini hatırlamaya çalışıyordu.

Artık geri dönmek için çok geçti. Julia'ya olanlardan -Julia'ya yaptıklarından- sonra artık çok geçti. Bu işi sonuna kadar götürmek zorundaydı. Saatine baktı, altıya daha birkaç saat vardı. Eğer David gelmezse Julia'nın yanıldığını anlayacaktı. Ama kızın yanıldığını hiç sanmıyordu.

Şimdiye kadar her şey aynen dediği gibi olmuştu. Lokantada nerede oturacağından tut da, cüce kılıklı silah satıcısıyla iş görmesine kadar her şeyi bilmişti. Eğer şimdiye kadar olacak her şeyi bildiyse, bundan sonrasını bilmeyeceğine dair bir şüphesi olmamalıydı. Ayrıca, başka seçeneği de yoktu. Ama aslında bu doğru değildi, değil mi? Aslında Julia'nın dediklerini yapmak zorunda değildi. Fikrini değiştirebilir, başka bir yol seçebilirdi. Ama bir yandan başka bir seçeneği olmasını dilerken, diğer yandan da bundan başka bir yola baş koymayacağını biliyordu. İstediğini elde edebilmek için David Caine'yi öldürmeye çalışacak olması üzücüydü. Ama bunu yapacaktı. Başka bir şey yapamazdı. Boğazına kadar batmıştı bu işin içine.

15

Nava kimlik numarasını girdi ve 'Bul'u tıkladı. Ekrandaki yazıların yerini New York şehrinin bir haritası aldı. Haritanın üzerinde yanıp sönen iki kırmızı ışık vardı. Biri Nava'nın şu andaki yerini gösteriyordu, diğeri de Caine'nin nerede olduğunu. Küresel izleme sistemi hiçbir aksilik olmadan devreye girmişti.

O sabah Caine'nin deri ceketine bir alıcı iliştirmişti. Şimdi yapması gereken tek şey ikizini beklemekti. Jasper Caine'yi de bulduğunda, onu Grimes'i oyalamak için yem olarak kullanıp, David Caine'yi kendi ele geçirecekti. Sonra da kayıplara karışacaktı.

Saatine baktı, on bire geliyordu. Eğer Jasper kısa bir süre sonra daireden çıkmazsa Nava hapı yutmuştu. Sokağın karşısına bakarken önünde bir FedEx aracı durdu ve görüşünü engelledi. Sürücü uzanıp sağ kapıyı açtı.

Nava minibüse binip kapıyı çarparak kapadı. İçeri girince de sürücü mekânı ile arka mekân arasındaki paneli kenara çekip arkaya geçti. Grimes ve ortağı o girerken başlarını bile kaldırmadılar. İkisi de klavyelerinde hızla bir şeyler yazıyorlardı. Önlerindeki üç monitörü izliyorlardı sürekli.

Nava'nın oturabileceği bir yer yoktu, bu yüzden de Grimes işini bitirinceye kadar ayakta bekledi. Bir dakika sonra Grimes arkasına dönmeden elini Nava'ya doğru uzattı.

"Bana cep bilgisayarını ver. Bazı bilgileri güncellemem gerekiyor."

Düşünmeden Grimes'e metalik cihazı verdi. Verdiği anda da hatasını anladı, ama artık çok geçti. Konsolundaki bir yere aleti takan Grimes bir düğmeye bastı. Monitörde New York şehrinin planı çıktı.

"Demek alıcıyı yerleştirdin bile. Ekibe yerini bildireyim." Parmakları klavyede neredeyse ışık hızıyla hareket ediyordu. "Tamam. Şimdi herkes biliyor hedefin yerini. Elimizden kaçırsak bile, yine buluruz."

"Artık hedef mi?" diye sordu Nava.

"Ya," diyen Grimes döner sandalyesinde Nava'ya doğru döndü. "Dr. Jimmy bu sabah, bizzat yeşil ışık yaktı bu operasyon için. Sen taktik ekiptesin, saldırı ekibi yolda."

"Ne?"

"İnanmıyorsan bak," dedi ek klavyeye bağlı en sağdaki monitörü göstererek. İlk komandonun dosyası vardı ekranda. UGA'nın Nava'nın profiline uyan personeli yoktu. Bu ekip birkaç silah kullanabilen bilgisayar uzmanından oluşuyordu herhalde.

Ama Nava çok yanılmıştı.

AD : Spirn, Daniel, R.

Birim : Özel Birlikler

Rütbe : Teğmen

Silah deneyimi : Tabanca (9mm, .45kal, .38kal.), M16A2/

M4A1, Tüfek (12 gauge), M24, keskin nişancı tüfeği, M203 el bombası ateşleyicisi, M249 otomatik silah, el bombası, AT-4, M240B makineli tüfek, M2 HB makineli tüfek, MK-19 makineli, bomba (60mm, 81mm, 120mm), piroteknik, M18A1/A2 mayın, mayınlar (genel) TOW füzesi, Dragon, tüfekler (RCL-84mm, 90mm, 106mm), AT-4, hafif antitank silahları.

Silahsız çarpışma: Aikido, choi-kwangdo, hapkido, judo, jujitsu, muay thai, tae kwon do.

Nava üç askerin dosyalarına baktı. Bomba imha uzmanı olan Gonzalez dışında, hepsinin de becerileri üç aşağı beş yukarı aynıydı. Hepsi eğitimli ve sahada deneyimliydi. Hatta, birkaçı gizli göreve bile çıkmıştı. Nava derin bir nefes alıp verdi. İşte bu işleri karıştırıyordu. Grimes'e baktı.

"Sence de abartmışlar, değil mi? Bir sivili yakalamak için dört eğitimli asker yolluyorlar."

"Ne bileyim," dedi Grimes omuz silkerek. "Dr. Jimmy iyice gerildi. Bir hata olsun istemiyor."

"Bu ekibi nereden buldu ki?"

"Bilmem, herhalde birinden rica etti. Aynen seni buraya getirttiği gibi. Bu işte herkesten her şeyi rica ediyor." Grimes bacaklarının arasında sıkıştırarak tuttuğu kutudan yumuşak bir şekerleme aldı ve Nava'ya uzattı. Nava başını salladı. Grimes şekeri ağzına tıktı ve çiğnerken konuşmaya devam etti. "Birkaç dakikaya kalmaz gelirler. Tanışıp anlaştıktan sonra da, Dr. Jimmy herifi yakalamanızı istiyor."

Grimes'in cihazı ötmeye başladı. Dönüp bir düğmeye bastı. "Evet? Hemen yanımda. Veriyorum." Kablosuz kulaklıklarını çıkartıp Nava'ya uzattı. "Forsythe arıyor."

"Buyurun Doktor Forsythe."

"Ajan Vaner, Grimes'in size gerekli tüm bilgileri verdiğine emin olmak istedim."

"Verdi efendim. Anladığım kadarıyla ekiple birlikte Bay Caine'yi yakalayacağım ve onu UGA laboratuvarına getireceğim."

"Aynen öyle. Ekip şefi sizsiniz. Bu işi gizli kapaklı yapmalısınız. Ekipteki askerlerin böyle davranmaya alışkın olduklarını sanmıyorum, ama ne yazık ki bu kadar kısa sürede anca bu ekibi toparlayabildim. Siz onları kontrol altında tutarsınız."

"Elimden geleni yaparım efendim."

"İyi. Bay Caine'ye çok dikkat edin. Göründüğünden daha tehlikeli bir adam."

"Anlıyorum," dedi Nava bir yandan da Forsythe'nin ne demeye çalıştığını düşünüyordu.

"İyi şanslar Ajan Vaner."

"Sağ olun efendim." Telefonu kapayınca hat kesildi. Nava kulaklıkları çıkarttı ve tam Grimes'e geri vermek üzereydi ki onun kafasında da kulaklık olduğunun farkına vardı.

"Mutlaka bir yedek getiririm," dedi Grimes sırıtarak. "Dr. Jimmy korkağın teki, değil mi? *Bay Caine'ye çok dikkat edin,"* derken Forsythe'yi taklit ediyordu. Nava hangisine daha çok şaşırdığını bilemedi: Konuşmayı dinlediğine mi, yoksa bunu açıkça söyleyip de gurur duyduğuna mı?

"Bu iş çocuk oyuncağı değil mi?" diye sordu Grimes. "Kapısını indirip herifi enselersiniz."

Nava tek kelime etmeden indi minibüsten. Sorun şu ki, Grimes haklıydı. Onun önerdiği plan akla en yatkın olandı. Doğrudan saldırmak, basit bir planla Caine'yi alt etmek, akıllıca olurdu. O zaman olanları gören olur mu olmaz mı diye dert etmek zorunda da kalmazlardı. Ekiptekilerin de bir nebze deneyimi ve aklı varsa, onlar da bunu bileceklerdi. Eğer UGA, Caine'yi ele geçirirse, o zaman Nava'nın hiçbir şansı kalmayacaktı.

Bir yolunu bulmalıydı.

♣

Tommy'nin kim olduğunu anladıkları anda şube müdürü hemen telefonu bizzat kendi aldı ve Tommy'ye 'beyefendi' diye hitap etti. Tommy'ye hayatı boyunca başka kimse 'beyefendi' dememişti. Bay Tommy DaSouza. Bu hoşuna gitmişti.

Artık, bu kadar çok parası olduğuna göre, belki de Thomas dedirtmeliydi kendine. Yok be. Birden kendini 'merhaba ben Thomas' derken hayal edemedi. Tüm hayatı boyunca Tommy olmuştu, Tommy olarak da kalacaktı. Telefonu kaldırıp Dave'yi aradı iyi haberi vermek için.

"Sana ne kadar teşekkür etsem azdır," dedi minnet duyarak Dave.

"Sana bir gün borcumu ödeyeceğimi söylememiş miydim?" dedi Tommy kendi kendine gülümseyerek. "Eğer sen olmasaydın her gün eşek sudan gelene kadar paralarlardı beni ortaokulda. Ayrıca, Castaldi'nin dersinden de çakardım. Sana büyük bir minnet borcum vardı."

"Yok artık, abartma. Bu benim için inanılmaz bir şey. Ne diyeceğimi bile bilemiyorum."

"Bir şey demene gerek yok ki dostum."

"O zaman saat altıda görüşürüz."

"Aynen öyle. Dört gözle bekliyorum."

Tommy telefonu kapamadan, Dave ona iki kere daha teşekkür etti. Tommy kendini müthiş hissediyordu. Hatta müthişten de iyiydi, muhteşemdi. Daha önce hayatında kimseye yardım edememişti. Ama şimdi o, borçlarını unutmayıp ödeyen bir adamdı. Şu andan itibaren her şey değişecekti. Bir şeyler yapacaktı, büyük şeyler. O bu dünyada bazı şeyleri değiştirecekti. Varlığını hissettirecekti.

Çalan telefonu açmayınca telesekreter devreye girdi. Bir satıcı arıyordu. Bu kadın da Tommy'nin finansal danışmanı olmak istiyordu. Sanki alışveriş listesi çıkartıyormuş gibi Tommy'nin halletmesi gereken işleri sayıyordu; gayrimenkul, hisse senetleri portföyü oluşturma, hayat sigortası, vergi muafiyetleri, vasiyeti. Makinesindeki teyp bittiği için kadının konuşması yarıda kesildi.

Tommy duvardaki saate baktı. Bankaya gidip, sonra Manhattan'a doğru yola çıkmak için birkaç saati vardı. Dave, Brooklyn'e gelmeyi teklif etmişti, ama Tommy şehre inip kutlamak istemişti.

Mutfağa girip ceketini alırken hâlâ gülümsüyordu. Dave gerçekten de yıllardır onun iyi dostuydu. Bu olaydan sonra yine görüşmeye başlayacaklarını umuyordu. Dave gibi arkadaşlara ihtiyacı vardı. David Caine akıllıydı ve düzgün bir adamdı; ondan faydalanmaya çalışacak biri değildi.

Birden Tommy'nin aklına bir fikir geldi. Bir kâğıt parçası kaptı ve uzun bir not yazdı. Bunu futbol topu şeklindeki bir mıknatısla buzdolabının üstüne tutuşturdu. Bunun garip bir şey olduğunun farkındaydı, ama artık bir multimilyoner olduğuna göre böyle şeyleri düşünmek zorundaydı. Artık sorumluluklarını ciddiye almalıydı.

O nota bakmak kendini daha da iyi hissettirdi, aynen Dave'ye yardım edeceğini söylediğinde iyi hissettiği gibi. Evet, artık her şey değişecekti. Artık hayatının geri kalanını yaşamayı sabırsızlıkla bekliyordu. Ceketini giyip dışarı çıktı. Bankaya zamanında yetişmek istiyorsa acele etmesi gerekecekti. Ama içinden bir ses ona, saat kaçta varırsa varsın, şube müdürünün o işini bitirmeden bankayı kapatmayacağını söylüyordu.

Tommy artık önemli biriydi. Büyük bir adamdı ve büyük planları vardı.

Jasper'in yüzü hâlâ biraz şişti, ama geçen akşamkine göre çok daha iyiydi.

"Gitmemi istediğine eminsin, değil mi?" diye sordu Jasper. "Diyelim Tommy gerçekten de parayı getirdi, o zaman herifler yakandan düşecek, değil mi?"

"Herhalde."

"O zaman ben neden gidiyorum?"

"Bilmiyorum," diye yalan söyledi Caine. Gerçekten tam olarak bilmiyorsa da, içinde işler yoluna girmeden önce çok daha kötüleşecekmiş gibi bir his vardı. "Bence gitmen iyi bir fikir."

"Peki," dedi Jasper eski ceketini giyerken. Üzerinde koyu kahverengi lekeler vardı. Caine, tam bir şey söyleyecekti ki, bunların kan lekesi olduğunu anladı. Sandalyenin üstünden deri ceketini aldı ve kardeşine attı.

"Ceketin berbat olmuş, bunu al."

Jasper, kardeşinin pahalı ceketine inanmaz gözlerle baktı. "Emin misin?"

"Evet. Sende kalsın. Dün akşamki boks maçının ödülü olarak gör."

"Sağ ol ufaklık," dedi heyecanla ceketi giyen Jasper. "Hey, şuna bak, şıp diye oturdu üstüme."

"Bak sen şu işe."

Caine gülümsedi. Sanki çok ama çok uzun süredir ilk defa gülümsüyordu. Eski bir pardösü kaptı ve arkalarından kapıyı çekti. İkizler birer siyah gözlük taktılar ve merdivenlerden inmeye başladılar. Binadan çıkarken ikisi de beyaz FedEx arabasını ve yanındaki siyah minibüsü görmedi bile.

"Yerinizde kalın," diye emir verdi Nava iki kardeşin binadan çıktığını görünce.

"Ama efendim şu anda menzi..."

"Emri duydun teğmen."

"Anlaşıldı."

Nava sigarasını söndürüp, ikizlerin peşine takıldı. Yürürken ne yapacağını düşünmeye çalışıyordu. Caine'yi onu tanıyanların arasında yakalamak istemediğini söyleyerek Grimes'i oyalamıştı. Özellikle de, yanında misafiri varken bu iş olmaz demişti. Ama Jasper kardeşinin yanından ayrıldığı anda adamları Caine'yi yakalamak için atılacaklardı ve o zaman elinden hiçbir şey gelmezdi.

"Vay anasını, Caine ve dostu çok benziyorlar birbirlerine," diyen Grimes'in sesini duydu kulaklıktan. "İkiz gibiler..."

"Kes sesini," diye tersledi Nava. Grimes'in bazı şeyleri hatırlamasını kesinlikle istemiyordu.

"Her neyse," diye mırıldandı adam.

"Sen hedefe odaklan," dedi Nava. "Diğeri önemsiz."

"Hedef hangisi efendim?" diye sordu teğmen.

Nava birden bir fırsat yakaladığını anladı. İki kardeş birlikteyken adamlar hangisinin vericiyi taşıdığını bilemeyeceklerdi çünkü birbirlerine çok yakın duruyorlardı ve bir metre gibi bir ara olması gerekiyordu tam tespit için. Bir an için, Jasper'in David olduğunu söylemeyi düşündü. Hengâmede vericiyi Caine'nin üstünden alabilirdi. Jasper'i ele geçirdiklerini anlamazlardı bile. O zaman da Nava, David'i yakalar ve toz olurdu.

Ama birlikte yürüdüklerini bahane edip saldırtmamıştı adamlarını, şimdi de geri adım atamazdı. Eğer baştan ikisini de takip edebilseydi, o zaman Jasper'i pusuya düşürüp... Nava bir an duraksadı.

David Caine olduğunu sandığı adama yakından baktı. Güneş güzlüklerinin çevresinde, göz hizasında, bir morarma vardı. Emin olmak için diğer kardeşe baktı. Yüzünde iz yoktu. David nedense ceketini kardeşine vermişti yani vericiyi Jasper taşıyordu, David değil.

"Daha yakından bakacağım," dedi Nava hemen yeni bir plan yaparken aklından. Yürümeye devam ederek kardeşlerin sokağın karşısına geçmelerini bekledi. Bir sonraki köşede geçtiler. Yeşil ışık yanınca yürüyüp ona doğru gelmeye başladılar. Aralarından geçmesine izin vermeye çalıştılar, ama Nava kasıtlı olarak David'e çarptı.

"Pardon," dedi bir eliyle adamın dirseğini, diğeriyle de omzunu tutarak.

"Önemli değil," dedi David.

Nava başını eğerek yürümeye devam etti. "Hedef siyah ceketli."

"Anlaşıldı. Siyah deri ceketli."

"Ayrıldıkları anda, emri duyar duymaz harekete geçin," diye emir verdi Nava.

"Anlaşıldı."

Bir sonraki yol ağzında iki kardeş durdular. Biraz konuşup, sarıldılar birbirlerine, sonra da yollarını ayırdılar. David yolun karşısına geçti, kardeşi ise köşeyi döndü. Ayrılmışlardı.

"Yaklaşın. Michaelson önüne çık. Brady sağı kolla. Gonzalez biz çevresini sararken, sen de minibüsü getir yakına. Spirn sen benimlesin." Tüm ekip yerini aldı ve hızla yürüdüler. Sivil kıyafetler giymiş komandolar, Manhattan sokaklarındaki diğer insanların arasına karıştılar.

"Yerimi aldım," dedi Michaelson, Jasper'in iki metre önüne çıkarak.

"Yerimdeyim," dedi Brady, Jasper'in bir metre sağında durarak.

"Harekete geçmeyin," dedi Gonzalez. "Trafikte sıkıştım, bekleyin."

Ekip ilerlerken Gonzalez'in ikinci sıraya park etmiş bir taksiyi sollamasını beklediler. Ekibin önünden geçip hedefin on metre kadar önünde durdu. "Yerimdeyim."

"Hedef minibüse bir metre yaklaşınca, Spirn ve ben gireceğiz ilk. Michaelson ve Brady, siz geride kalın, kaçmaya çalışırsa devreye girin."

Nava, Jasper'e arkadan yaklaşırken cebinden ince bir metal silindir çıkarttı. Hızlı hareket etmesi gerekecekti. Adam, David'in ikizi olduğunu söylerse her şey oracıkta bitiverirdi. Jasper minibüse yaklaşırken Nava hızlandı. Neredeyse dokunacak kadar yaklaştı ona. Jasper'in omzunun üzerinden Michaelson'un üç metre ötede park edilmiş bir arabaya yaslandığını görebiliyordu.

Nava uzanıp Jasper'in kolunu tuttu. "Özür dilerim Bay Caine?"

Jasper şaşırarak döndü. "Evet?"

Nava hemen sahte bir kimlik gösterdi. "Lütfen benimle minibüse kadar gelir misiniz? Birkaç soru sormak istiyorum da."

Jasper ilk önce Nava'ya sonra da Spirn'e baktı. "Tabii," dedi ve kaldırıma çıkıp sırtını minibüse verdi.

"Teşekkür ederiz, birkaç dakikanızı alacağız sadece," dedi Nava. Tek kelime daha etmeden silindiri baldırına enjekte etti. Jasper'in gözleri büyüdü ve "Ahhh" diye inledi. Spirn kaçmaması için onun koluna sıkıca yapıştı, ama bu gereksizdi. Benzodiazepin bedenine temas ettikten iki saniye sonra kanına işlemişti bile. İlk saniyede şoktan koskocaman açılan gözleri, şimdi uykulu ve sakindi. Nava, Michaelson'a baktı, o da başını salladı. Kimse ne olduğunu görmemiş veya anlamamıştı.

"Bay Caine bizimle gelmeniz gerekecek," dedi Nava düşmemesi için onun koluna girerken. Konuşmak için ağzını açan Jasper sadece anlaşılmaz bir şeyler söyleyebildi. Nava ve Spirn ona minibüse kadar eşlik ettiler. Spirn kapıyı açıp Jasper'i içeri soktu, Nava da gelen geçen görmesin diye elinden geleni yapıyordu.

Nava da peşlerinden minibüse bindi, arkasından da Michaelson ve Brady geldiler. İkisi de hedef kaçmaya çalışmadığı için üzgün gibiydi. Brady kapıyı çekince Gonzalez gazladı. Nava mikrofona konuştu: "Hedefi yakaladık. Merkeze geliyoruz."

"Anlaşıldı. Dr. Jimmy'ye iyi haberi vereyim."

Nava öne doğru eğildi. "Gonzalez bir sonraki bloğun başında beni bırak."

"Siz gelmiyor musunuz?" diye sordu şaşıran Michaelson.

Nava başını iki yana sallayıp, esnedi. "Bütün gece ayaktaydım. Eve gideceğim. Spirn komuta sende. Laboratuvara gidince her şeyi Grimes'le koordine et."

Teğmen başını salladı. Minibüs durunca Nava kapıyı açıp atladı ve sırt çantasını da yerden alıp omzuna attı. Kapıyı kapayıp bir kere vurdu. Minibüs uzaklaşınca da cep bilgisayarını çıkardı.

Yeni kimlik numarasını girip uyduya bağlanana kadar bekledi. Üzerinde parlayan iki kırmızı nokta olan tanıdık harita çıktı karşısına. David Caine iki kilometre ötedeydi ve batıya doğru gidiyordu. Saat 5.37'ydi. 23 dakikası vardı.

Bir taksi çağırmayı düşündü, ama günün bu saatinde koşsa daha çabuk yetişirdi.

Tversky kamerayı paslı Chevrolet'e doğrulttu. Gece soğuktu, çevrede çok fazla insan da yoktu. Ama bir inşaat olduğundan birkaç tane kamyon vardı ve içinde bulunduğu binanın dışındaki kalasların üstünde de birkaç varil benzin duruyordu. Kaldırımı iyi görebilmek için lensini ayarladı. Mükemmel. Şimdi tek yapması gereken şey beklemekti. Kendisini, her ne olursa olsun, en iyisinin bu olacağına inandırmaya çalıştı, ama bunun doğru olmadığını biliyordu.

David Caine'nin gelmesini istiyordu. Aslında istemekten de öte David Caine'nin gelmesi gerekiyordu. Eğer gelirse, o zaman Tversky'nin başından beri haklı olduğu ortaya çıkacaktı; daha önemlisi Julia'nın başından beri söylediği her şeyin gerçekleşeceği anlamına gelecekti bu. Eğer Caine gelmezse, o zaman... Tversky iç geçirirken başını salladı. Öyle bir olasılığı düşünemiyordu. Şu anda düşünemezdi. Odaklanması gerekiyordu.

Deri çantanın kilitlerini açıp elektronik mekanizmayı kontrol etti. O öğleden sonra on defa kontrol etmiş olmasına rağmen yine de bir şeylerin yanlış gidebileceğinden korkuyordu. Bu düşünceleri aklından çıkarmaya çalıştı. Olayları düşündü. Lokantadaki o olayı. Buluşunu. Forsythe'nin reddedişini. Julia'nın gördüklerini.

Her bir olay zincirin bir halkasıydı, onu bu ana kadar getirmişti. Böyle olayların olmasının olasılığı neydi acaba? Binde bir? Milyonda bir? Milyarda bir? Böyle bir şey asla hesaplanamazdı. İşte hayatın en güzel tarafı da buydu; her şey olabilirdi, her ne kadar olasılıksız olursa olsun olabilirdi, olasılık dışı olan bir olay mutlaka olurdu.

Chevrolet'den birkaç metre uzakta park edilmiş petrol tankerinin yanında, elinde büyük metal bir çanta taşıyan bir adam belirdi videonun ekranında. Adamın yüzünü görmek için kendisine dönmesini beklerken Tversky'nin kalbi hızlandı. Titreyen ellerini pantolonuna sildi ve gözlerini ekrandaki adamdan bir an bile ayırmadı. Dikkatlice tuşlara dokundu.

Adam dönünce profilini gördü. Tversky iç geçirdi, hayal kırıklığına uğramıştı çünkü. Bu, Caine değildi. Bu şişman yüzlü adamın cildi çiçek bozuğu gibi sivilce kaplıydı. Sanki o da heyecanlıydı, birini bekliyordu. Tversky adamın kendi iyiliği için uzun süre burada kalmayacağını umdu. Eğer patlama sırasında burada olursa yazık olurdu.

"Galiba bir sorunumuz var efendim," dedi Teğmen Spirn, Grimes'in kulaklıklarına bağlı olan mikrofona doğru eğilip.

"Anlat bakalım neymiş."

"Yakaladığımız adam. Adı David Caine değil, Jasper Caine."

"Ne?"

"David diye sayıklamaya başladı. Ben de neden kendi hakkında üçüncü tekil şahıs kullanarak konuşuyor diye merak ettim, cüzdanına baktım. Ehliyetine bakılırsa adı Jasper. David'in kim olduğunu sorunca, kardeşi olduğunu söyledi."

Grimes minibüsün duvarını yumrukladı. "Sıçtığımın herifi!"

"Ne yapalım efendim?"

"Bekle bir saniye."

Grimes, Caine'nin dosyasına erişmek için Süpermen hızıyla hareket etti. Aile hanesini buldu. Jasper Caine diye birinin kaydı yoktu. David'in bir kardeşi olduğuna dair hiçbir kayıt yoktu. Bu garipti. Sanki bu dosyaya daha önce baktığında bir takım bilgiler vardı. Bu durum aklına takıldı. Dosyanın ne zaman elden geçirildiğini kontrol etti.

Bir tek veriler yenilenmişti. Ama ne yazık ki minibüsün içindeki bilgisayarı kullanarak hangi bilgilerin değiştiğini bulamazdı. Hemen uydu telefonunu eline alıp birimindeki teknoloji manyaklarından birini aradı.

"Ne?" dedi Augy.

"Grimes ben. Caine, David T. hakkındaki son yedeklenen dosyayı bul. Kimlik numarası Cat Delta Tiger 6542."

"Tamam be, bekle."

Augy birkaç dakika sonra hattaydı yine. "Yolladım. Şimdiye eline geçmiştir."

"Aldım." Grimes ek dosyayı açtı ve baktı. Gözleri büyüdü. Biri dosyayı değiştirmişti. David Caine'nin bir kardeşi vardı, Jasper adında bir ikizi vardı. "Tamam," dedi kalbini susturmaya çalışarak. "Tüm veri yenileme istemlerini gözden geçir. Hepsini derleyince bana yolla."

"Tamamdır."

Grimes telefonu kapadı. Birkaç saniye içinde mesaj aldığını gösteren bir uyarı çıktı bilgisayarında. Dosyayı açınca şaşırdı. Bilgisayar korsanı gerçek kimliğini sahte kimlik ve kullanıcı adı kullanarak gizlemişti, ama Grimes bilgisayar terminali kodlarını tanıdı. Bu Vaner'in bilgisayarıydı. Son on beş dakikayı gözden geçirdi hemen. Vaner hedefi seçmiş, belirlemiş, sonra onları uyutup herif ayılmadan toz olmuştu. Bunları neden yaptığını bilmiyordu, ama Forsythe böğürüp bileklerini kesecekti, ondan emindi.

Spirn'le konuşmak için bir düğmeye bastı. "Teğmen elinizdeki adamın hedefin kardeşi olduğunu doğruladım."

"Anlaşıldı. Ne yapayım?"

Grimes hızlıca durumu değerlendirdi. Forsythe nasıl olsa ortalığı yıkacaktı, ama bir de bu işle alakası olmayan bir sivili yakaladıklarını ve ellerinde tuttuklarını duyunca iyice çıldıracaktı.

"İlacın etkisi ne zaman geçer?" diye sordu Grimes.

"Yirmi dakika daha etkili olur herhalde, sonra da hemen toparlanır. Aklı biraz karışık olabilir ve başı da ağrır, ama bunun dışında bir şeyi kalmaz."

"Tamam o zaman, bırakın gitsin."

"Efendim?"

"Dediğimi duydun!" dedi sırtından terler damlayan Grimes. "Bir sonraki parkın önünde durun, herifi bir banka oturtun ve gazlayın."

"Anlaşıldı," dedi Spirn sakin bir sesle, ama Grimes askerin bu emirden pek de hoşlanmadığını hissediyordu. Umrunda değildi bu. Canı cehenneme.

Beş dakika sonra FedEx aracı ve siyah minibüs arka arkaya Jasper'i bıraktıkları yerden uzaklaşıyorlardı. Grimes bir düğmeye basınca patronunun sesini duydu.

"Houston," dedi Grimes, "Bir sorunumuz var."

Nava'nın cep telefonu titriyordu. Forsythe arıyordu. Yakayı ele vermişti anlaşılan. Telefonu kapayıp işe verdi kendini. Bir yandan da peşine düşmelerinin ve izini bulmalarının ne kadar süreceğini düşünüyordu.

Sonra birden zaten yerini tespit ettiklerini anladı.

Grimes telefona bir sinyal göndermişti herhalde ve Forsythe aramadan bunu devreye sokmuştu yani Nava'nın nerede olduğunu biliyorlardı. Hızlı hareket etmesi gerekiyordu. Caine'yi elinden kaçırırsa kötü olurdu, ama hele bir de tutuklanırsa o zaman hiçbir şey yapamazdı.

Telefonu yine açınca anında çalmaya başladı. Bunu duymazdan geldi. Sokağa çıktı ve kolunu kaldırdı. Önüne çıkacak ilk taksicinin elindeydi artık kaderi, Nava da bunu biliyordu.

"İzini buldun mu?" diye sordu Forsythe.

"Evet. Bir an için sinyali kaçırdık, ama şimdi güçlü bir sinyal alıyoruz. Güneye doğru hızla ilerliyor."

“Sinyali, uyduya da bağlayıp takip edebilir misin?”

“Yaptım bile,” dedi Grimes. “Batı Yakası Bulvarı’ndan taksiye bindi.”

“Ekibi yolla, yakalasınlar.”

“Yola çıktılar bile. Birkaç dakikaya kalmaz ele geçirirler.”

“Vaner’i yakaladıkları anda bana bildir.”

Forsythe telefonu kapadıktan sonra ofisinde hızla volta atmaya başladı. Acaba Vaner kendisinin bilmediği bir şey mi biliyordu? Eğer öyleyse, o zaman David Caine, Tversky’nin olduğunu düşündüğü kişiydi. Şimdi, onu da ellerinden kaçırmışlardı. Ama en azından Nava’yı bulmuşlardı. Nava’yla işi bittiğinde, kadın ihanet ettiğine pişman olacaktı. Bin pişman olacaktı.

16

Yandaki siyah minibüsteki adam kaputun üstüne bir siren takıp da yana çekmesini söylediğinde Abdul Aziz çok da şaşırmadı. Kadın ona yüzlüğü verdiğinde zaten başının dertte olduğunu anlamıştı.

Taksi şoförü bir anda taksisine ne aldığını düşünürken gözlerini yoldan ayırmadı. Kenara çeker çekmez silahlı üç adam minibüsten atlayıp taksinin çevresini sardılar. Aziz, trafiğin yavaşladığını ve insanların bir tutuklama olayı seyredeceklerini zannederek durduklarını gördü.

"İkiniz. Arabadan çıkın ve ellerinizi başınızın üstüne koyun. Hemen!"

Aziz'e iki defa söylemeleri gerekmiyordu. En iyi durumda bile kendi ırkından insanlara polisin nasıl davrandığını biliyordu. Hele şimdiki gibi bir durumda... Yavaş yavaş hareket ederek kapısının kilidini açtı, kolu çekti. Taksiden inerken ellerini kaldırdı.

"Dizlerinin üzerine çök!"

Aziz aynen kendisine söyleneni yaptı. Sağ dizi yere değdiği anda biri onu yüzüstü yere itti, diğeri de ellerini tutup kelepçeledi. Ensesine ayağıyla bastırıyordu adamlardan biri. Yanağı yola yapışmıştı.

"Ne yapıyorsunuz?"

"Kadın nerede?"

"Kahretsin!"

Birkaç saniye sonra bir adam saçından tutup Aziz'i kaldırdı. "Kadını nerede bıraktın?"

"Hiçbir yere bırakmadım," dedi Aziz. Midesine bir tekme yiyince nefesi kesildi.

"Dalga geçmiyoruz burada. Bir daha soruyorum. Kadın nerede?"

"Canımı yakmayın! Doğruyu söylüyorum!" dedi zar zor nefes alan Aziz. "Taksiye hiç binmedi ki. Bana sadece..."

"Efendim!" diye seslendi biri Aziz'in sözünü keserek. "Şuna bir baksanız."

Saçından tutan adam onu bırakınca Aziz'in çenesi yere vurdu. Ağzının içine kan doldu. Daha hareket edemeden adam yine geldi ve başını kaldırdı.

"Bunu mu verdi sana?"

Aziz, adamın elinde tuttuğu gümüş renkli telefona baktı.

"Evet. Arka koltuğa koydu ve bana şehir merkezine gelip bunu Broad Sokağı'ndaki bir iş yerine bırakmamı söyledi. Yanlış bir şey mi yaptım?"

Caine, bir an için kaçmak istedi. Bir taksiye atlayıp La Guardia'ya gitmek istedi, oradan da her nereye gidiyorsa ilk uçağa binerdi ve asla dönüp geriye bakmazdı. O kadar basit olurdu ki her şeyi geride bırakmak. Yeni bir yerde, yeniden başlamak her şeye. İnsanların ismini bilmediği, hayatını nasıl mahvettiğini bilmediği bir yerde.

Ama tüm kaçış fantezileri gibi bu da imkânsızdı. Dünyanın neresine kaçarsa kaçsın, hastalığından kaçamazdı ki. Nereye giderse gitsin zihnindeki saatli bomba da onunla olacaktı. Caine, eğer Dr. Kummar'ın ilacı bir işe yararsa uzun vadede, hayatını yeniden gözden geçirip gerçekten önemli değişiklikler yapacağına söz verdi kendi kendine. Ama bunu yapmadan önce birkaç şeyin icabına bakması gerekecekti. Bunlardan ilki Nikolaev'in parasını ödemekti, ikincisi de bir daha poker kulüplerine gitmemek.

İç geçirdi ve eskiden Tommy'yle birlikte takıldıkları plakçıya doğru yürüdü. Köşeyi dönünce Tommy'nin orada olduğunu gördü.

Tommy, her zamanki gibi zamanında gelmişti. Üzerinde de eski bir New York Giants ceketi vardı. Herhalde liseden kalma ceketiydi bu. Bir Chevrolet'e yaslanmıştı ve elinde de metal bir çanta vardı. Caine kurtulmuştu. Acaba kendini bu duruma düşürmeye değer miydi? Ama bu kararı çoktan vermişti.

Tommy dönüp Caine'ye gülümseyince, o da eski dostuna gülümsemeden edemedi. El salladı ve Tommy'nin yanına varmak için adımlarını hızlandırdı. Tommy'nin yanına geldiğinde elini uzatınca bir an için el ele durdular ve sonra ellerini çektiler. Caine'ye bir anda sanki bu sahneyi önceden görmüş gibi geldi ve içini bir korku kapladı. Ama bunu hemen aklından çıkarmaya çalıştı. Tommy parayla gelmişti.

Ne ters gidebilirdi ki?

David Caine'yi gördüğü anda Tversky'nin nefesi kesildi. Julia haklı çıkmıştı. Bunu bekliyordu zaten, ama o ana kadar buna hiç bu kadar inanmamıştı. Ama şimdi, yirmi metre aşağıda kanıt duruyordu işte.

Eğer Julia'nın diğer dedikleri de olursa, ihtiyacı olan her şey olacaktı. Titreyen parmaklarıyla altı haneli kodu girdi. Alet çalışıyordu. Bir uzaktan kumandalı boru bomba yapmanın ne kadar kolay olduğunu görünce hem şaşırmış, hem de dehşete düşmüştü. İnternetteki sitede adım adım anlatılmıştı her şey. İhtiyacı olan tüm malzemeyi de bir dükkândan alabilmişti. Bir de Trike'den aldığı mermilerden barutu çıkarmıştı.

Arabanın çevresine odaklanmış üç kamerayı da kontrol etti. Her biri dizüstü bilgisayarına bağlıydı. Film seyreder gibi seyrediyordu önünde olanları, hareketli sahnelerin gelmesini bekler gibiydi.

"Özür dilerim David. Keşke başka bir yolu olsaydı."

Birden özür dileyince kendi de şaşırdı buna. Saatine baktı. On saniye daha vardı. Nefes aldı ve en azından patlamanın hızlı olmasını diledi. David çabuk ve acısız ölecekti o zaman.

Sokağın karşısına sinmiş olan Nava, David'in spor ceketli adamdan çantayı aldığını görünce tabancasını hazır etti. Ne dediklerini duymak için kulak kabartmışken vericiden birden tiz bir ses yükseldi.

Bunu umursamamak istediyse de eğitimi ve deneyimi buna izin vermiyordu. Bu önemli bir şeydi. Bu kadar güçlü bir elektronik transmisyon birden öylesine oluşmazdı. Bu sesi düşünürken, yakındaki binalara bakmaya başlamıştı bile. İşte o anda adamı gördü.

Neredeyse tam üstündeki binada duran adamın elinde anteni olan küçük bir kutu vardı. Birden midesi düğümlendi Nava'nın. Adamın çalıştırdığı her neyse, bu, Caine'ye yakın bir yerde duruyordu. Sonra cihazı gördü. Chevrolet'in altında ufak, kara bir kutu vardı. Bu bir rastlantı olamazdı; Julia'nın mesajı, Caine'nin buluşması, elinde kumanda olan adam, paket.

Bu bir tek şey olabilirdi.

♠

"BOMBA!!!"

Caine sokağın karşı tarafında bağıran kadına baktı ve yine sanki daha önce bu manzarayı görmüş gibi hissetti kendini. Düşünmeden hareket ederek Tommy'den biraz uzaklaşıp, elindeki çantayı kendini korumak istercesine kaldırdı. Birden bir ısı dalgası hissetti, inanılmaz bir gümbürtü yüreğini ağzına getirdiğinde tüyleri diken diken oldu.

Kaldırımdan alevler fışkırırken kendini birden havada uçar buldu. Gerçekten havada uçuyordu; bir Süpermen çizgi filmindeymiş gibi iki kolunu iki yana açmış, döne döne havalanmıştı, sanki dev bir el ona tokat atmış gibiydi. Yere sertçe çakıldı, ellerinin içi parçalandı ve sol dizi kaldırıma çarpınca da durdu.

Yerde yatarken nefes almaya çalıştı. Her yeri acıyordu. Sırtını dönüp kalkmaya çalıştı. Ellerinin acısını umursamamaya çalışıyordu. Sokak bir anda cehenneme dönmüştü. Köşedeki metal hurdadan fışkıran yoğun, siyah dumanı görmek için gözlerini kıstı. Yarım blok ötedeydi. İleride üç farklı şekil gördü, sonra da bir anda tek bir kütle oluverdiler sanki. İlk patlamanın olduğu yere yakın yerlerde daha küçük ateşler de yanıyordu, alevler ileri geri yaylanıyordu.

"Tommy!" diye bağırdı Caine. Gözleri dumandan yanıyordu. Ayağa kalkmaya çalıştığında sol bacağına ağırlığını verdiği anda parçalanan diz kapağındaki kemik parçaları birbirine değdi ve yere yığıldı yine. Dünyası karardı.

Kendine geldiğinde yan yatmıştı, kanlı elleriyle parçalanmış dizini tutuyordu.

Sesini duymadan yarım saniye önce hissetti ikinci patlamayı. Sıcak hava yüzünü kapladı ve yer yerinden oynarken, sanki kaldırım da yerinden oynadı. Başını çevirip sokağa baktı.

Bir araba daha patlayınca gökten yağıyormuş gibi metal ve cam parçaları dağılmıştı her tarafa. Parçalar çevresinde yere düşerken yüzünü korudu. Başını kaldırınca bir plakanın başından biraz ileride kaldırıma saplandığını gördü. Buradan çıkmak zorundaydı. Şansı sürekli yaver gidemezdi. Bir sonraki patlamada bir şey ona saplanırsa ölecekti.

Ayağa kalkmaya çalışırken ağırlığını sağ bacağına vererek yakındaki bir sokak musluğuna tutunmaya çalıştı. Sol ayağı kaldırıma takılıp da dizi yerinden oynayana kadar gayet iyi kalkıyordu.

Sancı daha önce bildiği hiçbir acıya benzemiyordu, sanki bacağı çevrile çevrile sökülüyormuş gibiydi. Kan ter içinde kalmıştı. Dilini ısırdı, kanattı ve dizine baktı.

İlk başta aklı karıştı; ilk önce sağ ayağına baktı, sonra sol ayağına. Neredeyse bayılacaktı, bilincini yitirmek üzere olduğunu hissetti. Ama buna izin vermedi, dilini sertçe ısırdı ve tuzlu kanın tadını aldı.

Ayağı yüz seksen derece dönmüştü, arkaya bakıyordu. Bu haldeyken buradan uzaklaşamazdı. Bu ayağı düzeltmesi gerekiyordu. Bunu düşününce midesine bir sancı saplandı, midesi ağzına gelince de asit tadı aldı ve yaralı dili yandı. Kaldırıma tükürdü. Kusmuk ve kan tükürmüştü.

Caine hoplayarak binanın duvarına kadar gelirken, dönen bacağı kaldırıma her çarptığında acıdan inledi. Tam midesi bulanıp da başı dönerken binanın dibine çöktü. Ayağına baktığında bu sefer bu onu etkilemedi, çünkü şoka giriyordu.

İnanılmaz bir gümbürtüyle bir araba daha patladı. Caine başını korurken yine gökten metal parçaları yağdı. Gözlerini açtığında üzerine yaslanarak kalktığı musluğun çevresinde duran bir tampon gördü. Sırtını duvara yasladı ve acısını düşünmemeye çalıştı. İki eliyle uzanıp, bacağını normal haline getirmek için tuttu ve çevirdi.

İnanılmaz acı.

Saf, katıksız, acı. Teri gözlerine girdi, sanki bir akvaryumun arkasından bakıyordu sokağa. Önündeki araba yanmaya başladı. Caine yalnızca baktı, hipnotize olmuş gibiydi. Deri koltuklara doğru yayılan ateş, esneyen tembel bir kedi gibiydi. Sanki alevlerin de bir canı vardı; direksiyonu, arabanın önünü, tavanını kapladılar. Direksiyon erimeye başladı, gözlerinin önünde koltuklar da eridi, şekilsizleşti, sanki farklı bir şey oldu.

Birden...

...

Önündeki araba patlar. Yavaşça parçalara ayrılır. *Pencerelerden fırlayan cam parçacıkları bedenini kırk yedi yerinden keser... Yüzünü, kollarını, bacaklarını. Kapı patlayarak arabadan ayrılır... Minyatür metal füzeler gibi her tarafa* sıçrar dumanın *arasında. Bir parça havada döner, yere paralel bir halde uçar ve Caine'nin midesine saplanır.*

Sivri ucu derisini keser, tereyağı keser gibi karnını deşer. Yavaş çekimde bile bu o kadar hızlıdır ki sancı yoktur. Ta ki omuriliğine gelene kadar. Sırtı bir anda elektrik yemiş gibi acır.

Gözleri yerlerinden fırlayacakmışcasına büyür. Kemiklerin ezildiğini duyar metal omuriliğe saplanırken. Ve sonunda arkasındaki tuğla duvara kadar deler geçer. İç organları *da artık paramparçadır. Metal, yolunun üzerindeki her* şeyi *yok etmiştir.*

Caine ölür.

İlk patlamayla, Nava'nın daha önce hiç şahit olmadığı şiddette bir zincirleme tepki başladı; ateş bir fırtına hızıyla yayıldı ve sokağın karşısındaki tankere gelince iyice alevlendi. Nava, Caine'yi son gördüğü yere baktı, ama dumandan artık onu göremiyordu.

Ona ulaşmaya çalıştı, ama ne olduğunu kestiremediği üç araç vardı önünde. Biri güneşte bırakılmış bir parça çikolata gibi şekilsiz bir şeydi. İkincisi alevlerden bembeyaz parlasa da bunun bir araba olduğu belliydi. Sonuncusu bir ateş sütunuydu, kıvrılmış metallerden oluşmuş ne olduğu anlaşılmayan bir şey.

Tüm bunların arasından bir geçiş bulmak için uğraştıkça her yerde önüne bir ateş duvarı çıkıyordu. Kapana kısılmış bir dişi aslan gibi volta atıyor, Caine'ye ulaşmanın bir yolunu arıyordu, ama şu anda gökten bir köprü düşmedikçe bunu yapmanın bir yolu yoktu.

Caine gözlerini açtı ve dumanlı havayı soludu. Hemen öksürdü ardından. Ölmüştü ama şimdi hayattaydı. Neler olmuştu? Bedenine baktı; her şey yerli yerindeydi, ama dizi hâlâ paramparçaydı. Önündeki araba hâlâ tek parça halindeydi, ancak alevlerin arabaya doğru yaklaşığını, yolun öteki tarafından bu tarafa geldiğini görebiliyordu.

Herhalde bayılmıştı ya da yine bir şeyler görmüştü. Çok gerçekçiydi gördükleri. Midesini delen metali, omuriliğini paramparça ederken hissettiği acıyı hatırladı. Tanrım, delirmişti. Belki...

Önündeki araba alev aldı. Seyrederken dondu kaldı. Aynı şeyleri görmüştü. Gözlerini kapadı, bu duygudan kurtulmaya çalıştı. Görmüş olması veya olmaması bir şeyi değiştirmezdi, eğer o araba patlarsa ölecekti. Uzaklaşmaya çalıştıysa da dizinden dolayı hiçbir yere kıpırdayamıyordu. Eğer buradan çıkacaksa bir mucize olmalıydı ve hemen olmalıydı.

Caine hiçbir zaman öyle dindar bir adam olmamıştı yine de hiçbir şey için çok geç değildi. Dua etmek için gözlerini kapayınca hiç beklemediği bir şeyi keşfetti: Hâlâ görebiliyordu.

...

Ateş, sokak... Caine bunların ortasında, kırık ve kanlar içinde. Gümüşi bir şeyi atarken kendisini...

...

Sokak patlamayla sarsılırken kendine geldi. Birden ne yapması gerektiğini anladı. Düşünmeden metal çantanın sapına yapıştı. Tüm gücüyle kolunu çekti ve bu gümüşi şeyi fırlattı.

...

Bu dikdörtgen cisim.

Çanta, *tam önündeki arabanın yanına park edilmiş olan aracın tavanına düşer. Caine duvara yaslanır, araba patlayınca olacakları, kaderini kabullenir. Tavan yandıkça metal çanta bir füze gibi sokağın öteki tarafına uçar. Bir binanın yanına çarpıp başka bir arabanın altına girer ve alevleri canlandırır. Yine bir patlama olur ve petrol alev alır. Ateşin etkisiyle araç yerden yükselir ve binaya çarpar.*

Zincirleme bir tepki başlar.

Gümüş renkli bir cisim uçtu havada ve sonra araç patladı. Araç inanılmaz bir gürültüyle binaya çarptı ve tuğlalar kaldırıma döküldü. Eğer Nava işi bilmeseydi, birinin roket güdümlü bir bomba attığına yemin edebilirdi. Metal bir şeyin düştüğünü duyunca yüzünü buruşturdu. Yukarıya baktı, bir tek binanın yangın merdivenini görüyordu.

O kadar çok duman vardı ki, sanki merdiven sağa sola sallanıyordu. Bir ses daha duydu. Daha dikkatli bakınca nefesini tuttu. Merdiven sallanıyor gibi görünüyordu, çünkü sallanıyordu gerçekten.

Patlamada inşaat için kurulan bazı kalaslar yerinden çıkınca yangın merdivenini yerinde tutan parçalar da sökülmüştü. Bu ve ısı, merdiveni tutan çivileri gevşetmişti. Bir ses daha duydu. Merdiven sanki her an yıkılacakmış gibi duruyordu...

Son bir tiz gümbürtüyle yangın merdiveni koptu ve yere düştü.

Zaman bir döngüdür.

Aynı yangın merdiveni yere düşer. Ateşin ortasına düşer ve erimeye başlar.

(Döngü)

Caine çantayı atar. Araba patlar. Çanta binaya çarpar. Alevler aracın altındaki petrolü alevlendirir. Bir patlama daha olur. İnşaat kalasları yıkılır. Yangın merdiveni düşer ve düştüğü yerde ikiye ayrılır.

(Döngü)

Caine çantayı atar. Araba patlar. Çanta binaya çarpar. Alevler aracın altındaki petrolü alevlendirir. Bir patlama daha olur. İnşaat kalasları yıkılır. Yangın merdiveni koparak düşerken havada asılı kalır çünkü binaya hâlâ belli bir yerinden bağlıdır. Kırk beş derecelik bir açıyla durur.

(Döngü)

Görüntüler hızlanınca beyni artık döngülerde ne gördüğünü algılamamaktadır. Bir daha, bir daha, başından başlar Caine'nin çantayı atarak başlattığı olaylar zinciri. Ateş başlar, yangın merdiveni devrilir ve sonunda doğru yere düşer.

Kulaklarını sağır edecek bir çatırdamayla sokağa yığılan yangın merdiveninin altında ezilmekten kıl payı kurtuldu Nava. Bu metal yığını mucizevî bir şekilde tek parça halinde kaldı, bir tek kamyonetin üstüne düştüğü yerden eğilmişti. Nava, bir anda neler olduğuna inanamayarak, önündeki merdivene baktı. Sonra birden farkına vardı. İşte köprüsü önünde duruyordu.

İnce ceketini çıkarıp, bıçağıyla hemen üç parça kumaş kesti. Birini ağzına ve burnuna, diğerlerini ellerine bağladı. Altındaki ateşi umursamadan yangın merdivenine çıkarak kırık metalin üstünde ilerledi.

Isınmaya başlamıştı bile metal, ama ceketi ellerini koruyordu. Hemen ilerledi ve birden Ural Dağları'nın eteklerine tırmanarak edindiği deneyime şükretti. Yüzünden akan terden neredeyse önünü göremediği halde yürümeye devam etti kırık merdiven boyunca. Durdu ve sarılı elleriyle sıcak metali tuttu önüne bakarak. Yangın merdiveninin en uç noktasına birkaç metre kalmıştı. Ulaşmak istediği yer ise ateş duvarının diğer tarafındaydı.

Atlayacak güvenli bir yer aradı, ama göremedi. İki tarafta da ateş vardı, bir tek ileri gidebilirdi. Bir daha baktı, bir yol aradı. Emin değildi ama sanki bu ateş duvarının ardında köprünün diğer yarısını görüyordu. Köprü parlamaya başladı. Daha yanmamıştı. Tek bir çaresi vardı.

Derin bir nefes almak istediyse de bunu yapmadı, çünkü hava dumanlı ve isliydi. Çömeldi, tüm gücünü baldırlarına verdi ve kollarını açarak öne doğru atladı.

Atlıyor.

Bu çok güzel bir jimnastikçi.

Yangın merdivenine tırmanıyor, metrelerce yükselen alevlerin arasından atlıyor ve ısıdan bembeyaz kesmiş metali yakalamak için uzanıyor, ıskalıyıp yanan bir kamyonete doğru düşüyor avaz avaz bağı*rarak.*

*(D*öngü)

Çantayı *atıyor. Zincirleme tepki başlıyor. Yangın merdiveni düşüyor* ve bir köprü oluş*turuyor. Kadın yangın merdivenine çıkıyor, atlayamadan ayağı kayınca dengesini kaybedip metal köprüden petrolün yandığı* yere düşüyor.

(Döngü)

Çantayı *atıyor. Zincirleme tepki başlıyor. Yangın merdiveni düşüyor ve bir köprü oluşturuyor. Kadın yangın merdivenine çıkıyor, alevlerin içinden atlıyor ve tam o sırada kamyonlardan biri parçalanınca havada bir salto atarken, bedeni metal parçalarından paramparça oluyor.*

(Döngü)

Caine bu kadını yüzlerce kez *seyrediyor. Binlerce. Milyonlarca kez. Sonra...*

Nava birden itince metal yerinden oynadı, ama yine de sıçrayabildi. Havalanınca bedenini dümdüz tuttu, kaskatı kesilmiş gibi. Alevler kollarını, göbeğini, bacaklarını ısıttı... Sonra bir anda geçti. Ellerini açtı diğer taraftaki beyaz metal parçayı yakalamak için ve...

Bir ateş çubuğu kadar sıcak bir şeyi tutunca sıkıca yapıştı. Elini hafifçe gevşeterek bedeninin ağırlığını dengeleyip geriye doğru bükülerek elini bıraktı. İlk önce öne, sonra aşağıya düştü. Yalnızca üç metre düştü. Sivri bir metal parçanın üstüne düşmedikçe korkacak bir şeyi yoktu.

Ayaklarının altında yeri hissettiği anda yine çömeldi. Nava daha nefesini toparlayamadan, metal yığılmak üzereyken çıkan sesi duydu. Yanan metallerin arasından bir yol çizerek hemen koşmaya başladı. Açıklığa çıkınca omzunun üzerinden geriye doğru baktı ve yangın merdivenin alevler içinde yandığını gördü. Merdiven dağılmıştı.

Nava koşmaya devam etti.

Jimnastikçi ona doğru koşuyordu, ateşten kurtulmuştu. Caine bir an için öldüğünü ve kadının da bir melek olduğunu düşündü.

"Yürüyebilir misin?" diye sordu melek önünde durup.

Caine ona baktı. İnsan bir meleğe ne der ki? Ama zaten cevabını beklemedi. Eğilip adamı omzuna yükledi. Caine mahvolan dizinin sancısından böğürünce, melek bunu hiç umursamayarak koşmaya başladı.

Caine arkalarındaki arabanın patlayışını seyretti. Aynen gördüğü gibi gerçekleşti her şey. Bu sefer yavaş çekimde değil, gerçekte olduğu hızda olmuştu. Cam parçalandı, arabadan kopan metal parçalar fırlayıp duvara gömüldü. Ama bu sefer önünde Caine yoktu.

Eğer melek onu kurtarmasaydı ölecekti. Dizi büküldü yine ve bedeni elektrik verilmiş gibi bir sancıyla kasıldı. Artık bir meleğin kollarında olduğuna göre, bilincinin yerinde olması gerekmiyordu.

Caine kendini bıraktı.

17

Caine kendinden geçince daha da ağırlaştı, ama Nava yine de koşmaya devam etti. Şu anda adrenalin salgıladığı için koşabildiğini biliyordu, dursa bayılacaktı. Hem adam hem de kendisi için güvenli bir yer bulmalıydı.

Nava yavaşlamadan Caine'nin omzuna bir saat önce iliştirdiği vericiyi hemen söktü ve ateşe attı. Artık Grimes'in onları bulması imkânsızdı. Bir tek sorun vardı: Nereye gideceklerdi saklanmak için?

Kendi dairesine dönemezdi. Caine'ninki de olmazdı. Adamın yaraları oluk oluk kanarken Nava bir arabayı çalıştırmayı deneyemezdi. Adamın yaralarına bakabileceği bir yere gitmeliydi. Yeşil sokak levhasına bakınca aklına bir şey geldi.

Yi Tae-Woo ile buluştuğu daire yalnızca birkaç blok ötedeydi. Koreliler burayı sık sık kullanıyorlar mıydı, yoksa bir kere mi kullanmışlardı? Eğer oraya girdiğinde iki ajan varsa o zaman Nava'yı öldürürlerdi. Omzunda asılı duran Caine inledi. Başka bir çaresi yoktu. Bu riski göze alacaktı.

Yoluna devam etti. Üç blok kalmıştı. Sokakta birkaç kişi yürüyordu, ama yanlarından geçerken, insanların tam New Yorklulara özgü bir biçimde başkasının işine hiç mi hiç bulaşmadıklarını gördü. Kimse omzunda kanlar içinde bir adamı taşıyan göz alıcı, esmer kızı durdurmadı. Ya bunun çok basit bir açıklaması vardı ya da kesinlikle bulaşmak istemiyorlardı.

Binaya vardığında Nava ölmek üzereydi. Beş katı çıkarken Caine'yi taşımaktan omuzları ve beli uyuşmuştu. Son katı tüm iradesini kullanarak ve artık kendini de sürükleyerek çıktı.

Apartman aralığında Caine'yi yere bırakıp daireye sessizce yaklaştı. 9 milimetrelik Sig Sauer'ini iki eliyle tutup kapıyı tekmeleyerek açtı. Aynen birkaç gece önce yaptığı gibi odaya göz attığında karanlık odanın boş olduğunu gördü. Rahatlayarak derin bir nefes aldı ve Caine'yi çekiştirerek içeri soktu.

Kapıyı kapadığında ışığı bulmak için eliyle duvarı yokladı. Tavanda asılı duran tek bir ampul yanınca odayı aynen bıraktığı gibi buldu. Boş duvarlar, kirli zemin, ufak mutfak, sarı buzdolabı, hiçbir şey değişmemişti. Bir nefes aldı ve sırt çantasındakileri yere boşalttı.

İlk önce güvenliği sağlamalıydı. Kapının hem üstüne, hem de altına hamur gibi bir şey yerleştirdi. Buradan çıkarken bunu sökmek zor olacaktı, ama en azından içerideyken kimse kapıyı tekmeleyerek açamayacaktı. Sonra Caine'ye baktı. Berbat durumdaydı. Yüzü bembeyazdı, gömleği terli bedenine yapışmıştı. İki eli kıpkırmızıydı ve eti sıyrılmış gibiydi. Yakından bakınca öyle olmadığını, sadece derin olmayan kesikler olduğunu gördü ellerinde. Asıl sorun sol bacağıydı, kanlı bir et yığını gibiydi. Dikiş yeri boyunca kotunu kesmek için bıçağını kullandı.

Baldırında kan olmasına rağmen birkaç çizik ve yara dışında çok da zarar görmemişti sanki. Dizinden kan akıyordu asıl. Eliyle hafifçe yoklayarak şüphelerini doğruladı. Tüm diz kapağı paramparça olmuştu. Yırtılan derisinin altından beyaz kıkırdağı görebiliyordu.

Ellerindeki bezleri açtı ve ceketinin geri kalanını yere serdi. Steril bir ortam değildi. Ama yapabileceği bir şey yoktu. Çantasından birkaç şırınga ve neşter çıkardı. Caine'ye tam 100 miligram Demerol vermek üzereydi ki Forsythe'nin sözlerini hatırladı... *Bu görevde her şeyin olabileceğini ve olasılık dahilinde olduğunu düşün.*

Böyle bir şeyin olma olasılığı çok azdı ama... İçinden okkalı bir küfür etti. Bu riski göze alamayacaktı. Şırıngayı bir kenara bıraktı ve bir kapsülü kırıp Caine'nin burnunun altına tuttu. Caine bilinçsiz bir şekilde bu kapsülü uzaklaştırmaya çalıştı önce, sonra da gözleri açıldı. İlk defa göz göze geldiler.

Bu zayıf haliyle bile zümrüt yeşili gözleri vahşi ve asi bakıyordu. Sağına, soluna baktı ve sonra da Nava'ya döndü.

"Kimsin sen?" dedi öksürerek.

"Adım Nava. Sana yardım edeceğim, ama ilk önce bir soru sormalıyım... "

"Nasıl yardım edeceksin?" dedi Caine doğrulmaya çalışarak, ama Nava onu omuzlarından yere itti. Bacağı yere değince bir an için irkildi. "Dizim..."

Nava başını salladı. "Demerol'a alerjin var mı?"

"Alamam," dedi nefesi kesilerek.

"Ya..."

"Hayır," dedi derin derin nefes alarak. "Hiçbir şey alamam. Ben..." Gözleri devrilir gibi olunca dişlerini sıktı, "Deneysel ilaçlar alıyorum. Başka ilaç alamam çünkü... Çünkü etkileşim..."

"Sıçtık," dedi Nava sessizce. "Kanamayı durdurup, bacağını yerine oturtmam gerek. Canın yanacak."

Caine başını salladı. "Ne gerekiyorsa yap, ama ilaç verme."

"Tamam," dedi Nava. Başlamak üzereydi ki birden ne kadar yorgun olduğunu fark etti. Çantasından bir şırınga daha çıkarıp, kendi baldırına batırdı. Metaamfetaminler kanına karışınca kalbi sanki duracak gibi oldu. Birden, çok zinde hissetti kendini, yerdeki bezin üzerinden bir neşter aldı ve ilk kesiği attı.

"Nerede o?" dedi kızgınlıktan köpüren Forsythe.

"Her yere bakıyoruz, ama dedim ya, yer yarıldı içine girdi sanki," dedi Grimes belki ellinci defa.

"Bana olanları bir daha anlat."

"Ajan Vaner'in ekibi atlattığını anladığımda onun tüm vericilerini kontrol ettim çünkü gerçek hedefi de bu şekilde bulmayı planladığını tahmin ettim. Sonra da verileri indirdim."

Grimes, UGA'nın dünyanın yüz elli mil ötesindeki uydusundan 18:01:03'de çekilen görüntüleri indirdi bir daha.

"İşte bak David Caine şurada," dedi ekranda bir adamın başını göstererek. "Yanındaki adamın ona çantayı nasıl uzattığını görüyor musun?"

"Bu ikinci adamın kim olduğunu ya da neden buluştuklarını biliyor muyuz?" diye sordu Forsythe.

"Ne bileyim, pizzacı bile olabilir. Nasıl bilebilirim ki, tüm bunlar olalı daha bir saat oldu."

Grimes konuşurken Forsythe nefretle bakıyordu ona. "Neyse, çanta el değiştirdikten yirmi saniye sonra araba patladı. Ama kızılötesiyle baktığımızda..." Grimes ekranı dondurdu, birkaç kare geri gidip Caine'nin ayağının yanındaki bir kareye odaklandı, "Aslında patlayan araba değil, bu kutu."

"Bunu görünce görüş alanını genişlettim." Ekrandaki görüntü küçüldü. Grimes binadaki bir karaltıya odaklandı. "Gerçi yüzde yüz emin değilim ama, bu adamın elinde bir uzaktan kumanda var gibi."

"Ne yani...?"

"Yani biri David Caine'yi havaya uçurmaya çalıştı. Bence öyle."

"Kahretsin," dedi Forsythe birden kendini kaybederek. "Vaner miydi?"

"Hayır, ama belki o da oradaydı." Grimes yavaş çekimde ilerleyen görüntülere döndü. "İlk patlamada bir zincirleme tepkime oldu. İnşaat malzemesi falan vardı sokakta. İş makineleri için birkaç varil de benzin vardı herhalde. Ateşi körükledi bu."

Monitörde birbiri ardına patlayan kamyonları seyrettiler.

"İşte şimdi geliyor," dedi Grimes bir kadının kafasının tepesi görününce. "Ne yazık ki yüzünü hiç göremiyoruz. Vaner de olabilir, anan da olabilir. Bunu kestirmenin imkânı yok." Bir düğmeye basınca görüntüler gerçek hızında devam etti.

"Bak gördün mü? Köşeyi dönüyor. Cehennemden kaçan bir yarasa gibi."

"Belki de ateşten kaçıyordur?" diye araya girdi Forsythe.

Grimes başını salladı. "Var mısın iddiaya? Ateşe doğru koşuyor. Bu karı eğer bir psikopat değilse bence bizim herife doğru gidiyor." Grimes parmağıyla ekranda kadınla yarım blok ötede duvara yaslanan hedef arasında bir çizgi çizdi.

"Sonra ne oldu?"

Grimes omuz silkti. "Bilmiyorum. Son görüntüde kadının yanan kamyonlara doğru gittiğini görüyoruz. Ondan sonra dumandan bir şey seçilmiyor."

"Peki, kızılötesi kullansak?"

Grimes sandalyesinde dönüp Dr. Jimmy'ye öyle bir baktı ki sanki ona 'bana işimi öğretmeye kalkma' der gibiydi. "Ben bunu nasıl da akıl edemedim? Ay pardon, şimdi hatırladım, etmiştim. Ama ateşin ısısından dolayı kızılötesi işe yaramaz. Duman dağıldığındaysa, ikisi de ortada yoktu."

"Vaner'in kullandığı verici ne oldu?"

"Patlamadan birkaç dakika sonra sinyal kesildi."

Forsythe önce sustu, ardından da bunun Grimes'in suçu olduğuna karar verdi. "Kimse, ama hiç kimse hedef bulunana kadar evine gidemez. Anladın mı?"

"Neyse," dedi iç geçirerek Grimes.

Forsythe, hızla odadan çıkarken arkasından kapıyı çarptı.

Grimes onu gözleriyle takip etti. "Orospu çocuğu."

"Tommy," diye inledi Caine. "Öldü, değil mi?"

"Bilmiyorum," derken yalan söylüyordu Nava. Göz göze gelmemeye özen göstererek adamın diziyle ilgilendi. Aslında Caine bir şekilde rahatlıyordu, hissettiği sancı sayesinde Tommy'nin ölümünün acısını bastırabiliyordu. İnanılmaz bir suçluluk duygusu hissetti. Eğer onu aramasaydı, Tommy orada olmayacaktı. Hayatını yaşamaya devam edecekti, ama şimdi... O ölmüştü.

"Senin ters istikametine fırladı patlamada. Belki de kurtuldu. Sen kurtuldun." Kadın gözlerinin içine baktı. "Arkadaşın için üzgünüm. Ama bunu atlatmak istiyorsan, onu aklından çıkarman lazım. Şimdilik en azından."

Caine sinirlenerek ters ters baktı ona. Kimdi bu kadın da, cüret edip yas tutmaması gerektiğini söylüyordu? Birden duygularına yenik düştü. Suçluluk, karmaşa, minnet, acı, korku, kızgınlık. Her biri bir dalga gibi onu kaplayıp üstünden geçti. Derin bir nefes alıp burnunu sildi.

Bu garip kadın Caine'nin gururunu incitmemek için, o gözyaşlarına hâkim olmaya çalışırken, pencereden gecenin karanlığına bakarmış gibi yaptı. Caine kendine gelince de, dizinin başına dönüp işine devam etti. Artık her ne hikmetse o kadar acımıyordu canı.

"Ne yaptın?" diye sordu.

"Bölgesel olarak sinirini kıstırdım. Sancıyı azaltacak bu, en azından ben kıkırdağını düzletene kadar."

İlk defa kadına baktı. Daha önce bu kadar formda bir kadın görmemişti. Siyah dar tişörtü kollarındaki ve omuzlarındaki kaslarla gerilmişti. Karnı bir tahta kadar düz, bacakları uzun ve güçlüydü, üzerinde bir gram fazla yağ yoktu sanki.

Cildi pürüzsüzdü, koyu tenliydi. Hatları belirgindi ve esmerdi. Saçını at kuyruğu yapmıştı. Eğer gülümseseydi kahverengi saçlarının çevrelediği bu yüz çok güzel görünecekti, ama dudakları dümdüz bir çizgi, kahverengi gözleri ise soğuk ve ifadesizdi.

"Kimsin sen?" diye sordu Caine sonunda.

"Adım Nava Vaner."

"Hayır, onu sormadım, kimsin sen? Neden beni kurtardın? Ne istiyorsun?"

"Bunun cevabı çok karmaşık."

Nava iç geçirerek elinin tersiyle alnını sildi. "Bu sorunun cevabını ben bile tam olarak bilemiyorum ki anlatayım."

Caine bir an için sustu. Sonra tek bir kelime söyledi. "Denesene."

Nava, David'e bakınca birden ona her şeyi anlatmak istedi. O kadar uzun süredir yalnızdı ve bir yalanı yaşıyordu ki, gerçeği unutmuştu. Ona her şeyi anlatmak büyük bir riske girmek demekti, ama sanki bu daha güvenliymiş gibi hissetti. Bu kadar yıldır onu ayakta tutan zihninin içindeki o ses ona yalan söylemesini haykırıyordu. Ama içgüdüleri ona, gerçeği anlatırsa her şeyin yoluna gireceğini söylüyordu. Julia'nın söylediklerini düşündü. Şu ana kadar söylediği her şey olmuştu. Nava'ya, Caine'nin güvenebileceği tek insan olduğunu söylemişti. Bunları düşünürken bir yandan da yarayı temizliyordu.

Caine anlıyordu sanki onu. Kadını konuşturmaya ya da boş laflarla sessizliği bozmaya çalışmadı. Bekledi. Kadın derisinden metal parçaları ya da camları tek tek sökerken acıdan dişlerini sıktı. Sonunda başını kaldırıp Caine'ye baktı Nava. Hazırdı.

"Sana yalan söyledim," dedi kendinden emin bir sesle. "Gerçek adım Nava Vaner değil, ama on yıldır bu ismi kullanıyorum. Doğduğumda annemle babam..." Birden duraksadı ve onları düşününce hissettiği duyguların farkına varıp şaşırdı, "Annem bana Tanja Kristina adını verdi." Nava derin bir nefes alıp, hikâyesini anlatmaya hazırlandı. "O öldüğünde on iki yaşındaydım."

18

"Uçak düştü," dedi Nava. Sanki dünmüş gibi hatırlıyordu o günü. "Ailecek bir tatile gidecektik. İlk defa uçağa binecektik. Ama bir hafta önce kötü bir rüya gördüm... Gitmek istemedim. Babam benimle kaldı, annemle kız kardeşim bindiler uçağa." Nava duraksadı. "Bir daha da geri dönmediler."

"Üzgünüm," dedi Caine. Nava başını sallayıp sessizce, Caine'nin sözlerini kabul ettiğini belli etti. Bunca sene sonra bile bu konu açıldığında hâlâ bu kadar üzülebildiğine şaşırıyordu. Ama bir yabancıya bile olsa, içini dökebilmek rahatlatıcıydı. Dürüst davranıyordu; bunca yıldır ilk defa, yalan değil de gerçeği söyleyebilmişti.

"İlk ay sanki kötü bir rüyadan uyanıyormuşum gibime geliyordu. Sürekli, eve geldiğimde annemi mutfakta bulacağımı umuyordum, ama..." Durdu, sesi titremişti. "Ama her gün bir öncekinin aynıydı. O hâlâ yoktu... Ben de yalnızdım."

"Baban...?"

"Babam da öldü o gün sanki, belki bir şekilde gerçekten de öldü," dedi kızarak. "Kazadan sonra asla eskisi gibi olmadı. Bir hayaletle yaşamak gibiydi onunla yaşamak."

Nava, Tanja olduğu o bir yıl boyunca babasıyla evde tek başına olduğunu hatırladı. Babası, karısını ve kızını evde tutmadığı için kendini hiç affetmemişti. Ancak, kendisini suçlayacağına, Tanja'yı suçlamıştı. Bu yüzden de o teröristler uçağı bombayla havaya uçurduğu gün Tanja sadece annesini değil, babasını da kaybetmişti.

Her gece Tanrı'ya aynı soruyu sordu: Neden onları almıştı? Sonra da ağlamıştı. Gittikleri ve dönmeyecekleri için ağlardı, babası ona hiç sarılmadığı için, annesi öcülerden korumak için onu bir daha öpmeyeceği için ağlardı. Ama en çok, kendisi değil de onlar öldüğü için şükrettiğine ağlardı. İşte bundan dolayı da kendini asla affetmedi.

"Ah!" dedi Caine dişlerini sıkarak.

"Pardon," dedi Nava. Düşüncelere dalınca farkına varmadan adamın dizini oynatmıştı. Gözlerini sildi. "Emin misin anlatacaklarımı duymak istediğine?"

"Evet," dedi Caine, ne düşündüğünü belli etmeden bakıyordu kadına. "Bence bu önemli."

Nava öyle olduğunu anladı ve hikâyesini anlatmaya devam etti.

"Kızmıştım. On iki yaşındaydım ve suçlayacak birini arıyordum. Sonra bir gece babamın parti liderlerinden biriyle telefonda konuştuğunu duydum. İşte o gün Afgan teröristlerin uçağı havaya uçurduğunu öğrendim. Bir sonraki gün bir otobüse bindim ve Moskova'ya gittim. Lubyanka Meydanı'ndan KGB'ye gittim."

Tüm kızgınlığına rağmen Tanja olduğu o zamanları, teröristleri öldürmek isteyen, korkuları olan o küçük kız olduğu günleri hatırladığında gülümser gibi oldu. Eğer babasının konuşmasını duymasaydı neler olabileceğini merak etti. Herhalde ikinci babası olacak adamla asla tanışmazdı. Manevi babasının adı Dmitry Zaitsev'di ve birkaç yıl boyunca ona çok şey öğretti; adam öldürmek de dâhil.

Lubyanka'da reddedilmesinden sonra bir gün, Tanja eve doğru yürürken biri güçlü kollarıyla kızı göğsünden ve boynundan yakaladı. Kız çıldırdı, tekme attı, tırmaladı; köşeye sıkışmış vahşi bir hayvan gibiydi. Kollar daha da sıkıca tuttu kızı.

Dmitry'nin ilk andan itibaren onu sınadığını, korkunca, ölümle yüzleşince kaçmayacağına emin olmaya çalıştığını bilmiyordu. Kız saldırgana pek de pabuç bırakmadı. Her zamankinden hızlı vurdu, göremediği adamın göğsüne kafa atıp durdu... Ta ki dünyası kararana kadar.

Kendine geldiğinde, Kremlin'in gölgesinde kalan minik bir stüdyo dairede, tahta bir yatağın bacağına sol bileğinden kelepçelenmişti. Nerede olduğunu gördüğü anda yataktan atladığında neredeyse kolunu çıkaracaktı. Hemen kelepçeleri açmaya çalıştıysa da bu bir işe yaramadı. Adam birkaç dakika boyunca kızın debelenmesine ve kaçamayacağını anlamasına izin verdi konuşmadan.

"Sakinleş."

Tanja onunla yüzleşmek için adama doğru döndüğünde, yüzü nefret doluydu. Derin bir nefes alıp adamın yüzüne tükürdü. Ama ancak omzuna isabet ettirebildi.

Adam ilk önce omzuna, sonra da Tanja'ya baktı. "Aferin, iyi atıştı."

Tanja hiçbir şey demedi, ama biraz rahatlamıştı.

"Adım Dmitry. Seninki ne?"

Tanja kollarını minik göğsünde kavuşturdu.

"Peki, senin adına ben cevap vereyim. Adın Tanja Aleksandrova. Annen ve kız kardeşin üç ay önce Afgan teröristlerin havaya uçurduğu bir uçaktaydılar ve öldüler." Tanja'nın kanı çekildi. "Ben KGB'denim. O teröristlerle savaşırım. Bir dost bana senin de savaşmak istediğini söyledi. Doğru mu?"

Tanja adama bakarak o soğuk gözlerden bir şeyler anlamaya çalıştı. Sonra yavaşça başını salladı.

"İyi. Eğer bana yardım etmek istiyorsan sana ne dersem onu yapacağına söz vermelisin."

"Benden ne istediğine bağlı."

"Peki, haklısın," dedi Dmitry. "Eğer istediğim her şeyi yapacağını söyleseydin zaten ya salak olduğunu ya da yalancı olduğunu düşünürdüm. İkisi de değilmişsin, memnun oldum."

"Ben de beni bırakırsan memnun olacağım," dedi Nava kelepçeleri şangırdatarak.

"Eğer kelepçeleri açarsam en azından söyleyeceklerimi dinleyeceğine söz verir misin?"

Nava başını salladı.

Dmitry yatağa yaklaşınca kızın kendini tekmeleyemeyeceği bir yerde durmaya özen gösterdi. Kelepçeleri açıp kızı bıraktı. Tanja kolunu çekip kıpkırmızı olan şişmiş bileğini ovuşturdu.

"İşte sana ilk ders: Kelepçelerin sıkı olduğuna emin ol, yoksa yakaladığın kişi kaçabilir."

Tanja yine hiçbir şey demedi. Ama kaçmaya da çalışmadı, çünkü merak ediyordu.

"Şimdi ikinci ders." Dmitry öne doğru eğilip, bir eliyle kızın saçından bir toka alırken, diğeriyle kelepçeyi tekrar bileğine taktı.

"Ama," dedi Tanja, "Beni bırakacağına söz vermiştin."

"Sen de dinleyeceğine söz verdin," dedi Dmitry tokayı kızın gözlerinin önünde tutarak. "Şimdi. Ne diyordum? İkinci ders kilit açma." On dakika boyunca Dmitry bir kilit mekanizmasının mantığını anlattı ona ve basit bir tokanın bile nasıl anahtar olarak kullanılabileceğini gösterdi.

Söyleyecekleri ve gösterecekleri bittiğinde tokayı geri verdi. Kız birkaç sefer denemek zorunda kaldı, ama sonunda klik diye bir ses duyuldu ve kelepçeler açılıp yere düştü. Gülümseyerek başını kaldırdı. Aylardır ilk defa gülümsemişti.

"Aferin Tanja. Şimdi bana babanı anlat," diye emir verdi Dmitry.

"Adı Yegor..."

Dmitry avcunun içiyle kızın yanağına öyle bir tokat attı ki, kız yataktan düştü.

"Üçüncü ders: Kimseye hiçbir şey söyleme." Dmitry bir kaşını kaldırdı. "Daha doğrusu asla doğruyu söyleme."

Tanja ayağa kalkarken yanağını ovuşturdu. Şimdiden kıpkırmızı olup şişmişti.

"Bugünlük bu kadar ders yeter. Eğer daha fazlasını öğrenmek istiyorsan, yarın okul çıkışında avluda buluş benimle. Eğer istemiyorsan, olanları unut. Kararın her ne olursa olsun, burada bugün olanları asla kimseye anlatma. Özellikle de Yegor'a." Dmitry kızla dalga geçer gibi bakıyordu. "Yoksa iş bir tokatla bitmez."

"Şunu tut," dedi Nava, Caine'nin baldırına bir turnike bağlarken. Caine yüzünü buruşturduysa da isteneni yaptı. Canının ne kadar acıdığını tahmin edebiliyordu Nava ve bu kadar acıya bu kadar iyi katlanabilmesini takdir etmişti.

"Anlatsana," dedi alnı ter içinde kalmış olan Caine. "Sancı dışında bir şey düşünmek istiyorum..."

"Tamam," dedi Nava ve Dmitry ile ilk karşılaşmasından sonraki birkaç ayı hatırladı. "Her gün okul çıkışında o avluda buluşurduk. Kitai Gorod'un sokaklarında dolaşırdık ve Dmitry bana Rus tarihi anlatırdı. Bana Kuzey Savaşı'nda Deli Petro'nun Estonya'yı nasıl fethettiğini, Lenin'in sosyalist devrimini ya da çağdaş Marksist felsefeyi anlattığında hevesle dinlerdim. Şimdi geri dönüp baktığımda aslında parti propagandası yaptığını, beynimi yıkadığını anlıyorum. Ama o zamanlar, anlattığı her şeye inanıyordum. O benim hem babam, hem de öğretmenimdi; ben de en hevesli öğrencisiydim."

"Sonra da bana casusluğu öğretti. Kolaydan başladı işe; yürürken yanımızdan geçen insanlar hakkında sorular sorarak. Şişman kadının elbisesi ne renkti? Kaç çocuğu vardı? Bıyıklı sokak satıcısı ne satıyordu? Bu işe çok yatkındım ve çevremdeki dünyayı algılamayı hemen öğrendim. Dmitry etkilenmişti ve altı aya kalmaz KGB'nin ihanet ettiğinden şüphelendiği parti üyelerini gözetlemek için beni tavernalara yollamaya başladı. Bende yetenek olduğunu görünce başkalarından da eğitim almamı sağladı. İşte o zaman da çalmayı öğrendim."

Nava turnikeyi bir daha bağlayacakken Caine'nin acıdan inlediğini ama dişlerini sıkarak kendini tutmaya çalıştığını fark etti. "Susma," dedi bembeyaz olmuş ellerini yumruk yaparak Caine. "Duymak istiyorum."

Nava başını salladı ve hikâyesine devam ederken bir yandan da adamın diziyle ilgilendi.

"Bana bu işi öğreten adamın adı Fyodor'du," dedi kalın kaşlı, kara kuru, ufak tefek adamı hatırlayan Nava. Çok konuşmazdı ve ilk bakışta insanlar onu adam yerine bile koymazdı. Hatta odaya girdiği bile fark edilmeyecek türden biriydi. İşte bu niteliği yüzünden diğer insanlardan farklıydı, girdiği her ortama uyum sağlayabiliyordu. Fyodor'un yanında yürümek, bir duvarın yanında yürümekten farksızdı. Ama bir duvar insanın cüzdanını veya malını çalmaz yanından geçerken."

Öğleden sonraları Moskovalılar işten eve dönerken Fyodor ve Tanja aralarına karışırdı. Günün sonunda da karanlık bir çıkmaz sokağa girerlerdi ve Fyodor çantasını açıp mallarını gösterirdi: Cüzdanlar, yüzükler, saatler, paralar ve en sevdiği öğrencisiyle dolaşırken aşırdığı daha birçok şey. Zaman içinde Tanja'ya da öğretti bu işi.

"Ama neden sana hırsızlık yapmayı öğretti ki?"

"Fyodor derdi ki, bir ajanın en önemli becerisi, olmaması gereken yerlerden, almaması gereken şeyleri alabilmesidir. Aslında casus olmakla hırsız olmak arasında fazla bir fark yoktur. Amaç çalmak. Hırsız mücevher çalar, ajan ise sırları."

"Fyodor bana birinci sınıf bir hırsız olmayı öğretti. İlk önce insanların üstünden bir şeyler arakladık. Sonra da kilitleri açtık. Asma kilitler, şifreli kilitler, araba kilitleri ve geri kalan her şeyi açmayı öğrendim. Fyodor'un yirmi saniye içinde açamadığı hiçbir kilit olmamıştı. Başta ben o kadar yetenekli değildim, ama birkaç hafta sonra bir-iki dakika içinde açamayacağım kilit kalmadı."

"On dördüme bastığımda Dmitry KGB'de eğitilmem gerektiğine karar verdi. O zaman zaten babamla artık pek konuşmuyorduk, ben de ona 'gidiyorum' dedim. Bence o... O rahatladı. Evde olduğum sürece ona geçmişi hatırlatıyordum. Ben de gidince, sanki hiçbir zaman ailesi olmamış gibi davranabilirdi."

Nava durdu. Onun ne kadar üzgün olduğunu sezen Caine devam etmesi için teşvik etti. "Demek casus okuluna gittin?"

"Aynen öyle," dedi Nava gülerek. "Casus okuluna gittim. Adı da *Spetsinstitute*'ydi. On yetenekli öğrenciydik. Haftada yedi gün, günde sekiz saat ders aldım. İlk başta dilleri öğrendik. Herkese İngilizce öğretiyorlardı zaten, ama esmer olduğumdan beni Orta Doğu'da kullanabilmek için İbranice ve Farsça da öğrettiler. Sonra teknoloji, politika, tarih, komünizm, sosyoloji ve antropoloji öğrendim. Derslerden sonra saldırı ve savunma dersleri aldım. Bana Systema öğretildi; Rus dövüş sanatı."

Tanja her gece yemeğini yiyip, ağır aksak ilerleyerek odasına gidip, yara bere içindeki bedenini unutmaya çalışarak üç saat kadar çalışıp, sabah aynı şeyleri yapmak için kalkmadan önce yedi saat uyurdu sadece. İlk birkaç hafta boyunca, her sabah zihinsel ve fiziksel olarak bitkin kalksa da dinlenecek zaman yoktu. Her gün devam etmek zorundaydı. Dersler zordu, ama dövüş dersleriyle kıyaslandığında bunlar devede kulak kalıyordu.

Bembeyaz tenli, uzun siyah saçlı, dünya güzeli Raisa'yı hatırlayınca gülümsedi. Elli beş kiloluk Raisa kendisinin iki misli adamlarla başa çıkardı ve bunu büyük bir beceriyle yapardı.

Raisa Rus özel birliklerinin bir üyesiydi. Bu birimin adı *Spetznaz*'dı. Aylar boyunca yumruk atmayı, tekme atmayı, adam boğmayı ve yakalamayı öğrendi. Her bir beceriyi edindiğinde Raisa ona daha sert bir şekilde saldırırdı. Tanja tek bir saldırganla başa çıkmayı öğrendiğinde de, Raisa karşısına iki veya üç kişi çıkarmaya başladı.

Eğitim acımazsızca devam ettikçe, Tanja kendi tarzını geliştirmek zorunda kaldı. Kendini her yerden gelebilecek saldırılara karşı korumayı öğrendi. Göğüs göğüse dövüşmeyi çözdükten sonra da Raisa ona silahla dövüşmeyi öğretti.

Tanja işte burada en çok sevdiği silahı ilk defa eline aldı. Dağıstan yöresinden ufak, kavisli, uzunca bir hançerdi bu. Raisa bir insanın aşil tendonunu kesip yürümesini nasıl engelleyeceğini, omuriliğini kesmek için neresini hedefleyeceğini ya da skrotumuna hançeri sokup, çevirip, onu nasıl tamamen çaresiz bırakabileceğini öğretti.

"Systema'dan sonra da beni atış poligonuna yolladılar."

Silah hocası Mikhail tek bir el bile ateş ettirmeden önce, her tabanca veya tüfek parçasının ne işe yaradığını öğrenmesi ve her bir hareketi bilmesi konusunda ısrar etti. Ona şarjörle mermi yüklenen otomatik silahla tek tek mermi yüklenmesi gereken toplu silah arasındaki farkı öğretti. Bazı tabancaları kullanırken horozu kurmak gerekiyordu, o zaman tetik tek bir hamleyle çalışıyordu. Bazılarında ise horozu tetik çekiyor ve düşürüyordu ateşlerken. Bir tabancanın kalibresinin, mermilerinin büyüklüğü ile ilgisi olduğunu anladı. 38 kalibrelik bir tabancanın mermilerinin çapı 38 inçti mesela. Dahası, daha büyük kalibrelerin hedefi daha yavaş vurduğu halde daha fazla hasara neden olduğunu gördü.

9 milimetrelik bir yarı otomatiğin ne işe yaradığını öğrendi. Bunun namlu çıkış hızı yüksekti, göreceli olarak sessiz ateşlemesi vardı ve neredeyse istisnasız olarak hedefi tuttururdu, ayrıca geri tepmesi az ve mermi haznesi genişti. Hangi işlere yaramadığını da gördü. Çok kan revan içinde bırakmayan, fazla derin olmayan yaralar açıyordu ve takılabiliyordu.

Tanja tek bir mermiyle bir adam nasıl alaşağı edilir öğrenmişti. Hedef, kan kaybından ölebilirdi, kafası dağılabilirdi veya kalp ya da ciğer gibi hayati bir organı parçalanabilirdi. Bu da başka bir dersten edindiği bilgiydi. Mesela, 22 kalibrelikle birini öldürmek istiyorsa kafasını hedeflemeliydi, çünkü düşük kalibreli bir silahla kafa tası delinirdi ve çıkış yarası olmazdı yani beyne saplanan mermi içeride hasara neden olacak şekilde hareket ederdi. 45 kalibrelik kullanınca da bedeni hedeflemek gerekirdi, çünkü böyle bir tabancayla adamın organlarını delip geçebilirdin.

Domdom kurşunlarının neden içbükey olduğunu, bedene giren kurşunun organları nasıl parçaladığını gördü. Bir Glaser güvenli mermisinin, içi sıvı teflon dolu bir bakır kovanla ve kurşun saçmalarla dolu bir plastik kapakla kapandığını öğrendi. Çarpma anında kapak anında eriyor ve böylece merminin içindeki maddeler enerjiyle yükleniyordu. Bunun üzerine teflon ve saçmalar genişliyor ve dağılarak bir damara isabet etme olasılıkları artıyordu. Ayrıca bu, merminin sekmeyeceği ve bedeni delip geçmeyeceği anlamına geldiğinden, hedefin çevresindekiler için bir tehlike arz etmiyordu.

Sonunda da Michael ona farklı modelleri öğretti. Avusturya yapımı Glock, Alman yapımı Heckler&Koch, İsviçre yapımı SIG

Sauer, Amerikan tabancaları-Smith&Wesson, Colt ve Browning ve İtalyan Beretta'ları ve tabii ki Rus yapımı Gyurza ve Tokarev'ler.

Silahlar hakkında öğrenebileceği her şeyi öğrendiğinden emin olduktan sonra Mikhail ona eski moda Rus Nagant marka bir tabanca verdi. Tanja 7.62 milimetrelik mermileri yedi mermilik hazneye doldurduğunda dengeli bir şekilde durdu, nişan aldı, horozu kurdu ve tetiği çekti. Tabanca o kadar sert geri tepti ki Tanja'nın ayakları yerden kesildi, düştü ve kıç üstü yere yapıştı.

Mikhail'i bir tek o gün gülerken görmüştü. "İşte bu," dedi hocası, "Teoriyle pratik arasındaki farktır."

Tanja kızıp ayağa kalktı ve bir el daha ateş etti. O günden sonra da hiç düşmedi.

Diğer dersler gibi, silahları da çabuk öğrendi. Tabanca ve tüfekleri çözdükten sonra da diğer ateşli silahlara geçti. İlk önce makineliler: Uzi, Browning MHB ve M60. Bunları kullandıktan sonra kolları jöle gibi titrerdi. Sonra da Baikal MP -131 K ve Heckler&Koch CAWS gibi çiftelerle omuzları mosmor oldu. Sonunda Mikhail ona mesafe, hız gibi faktörleri nasıl hesaplayacağını öğretti ki Dragunov'undan çıkan her kurşun hedefini bulsun.

Nava duraksadı. Bacağının iki tarafına destek iliştirdiğinde Caine kendi terinin içinde yüzüyordu neredeyse.

"Herhalde oldu," dedi sardığı bacağa bakarak.

"Sağ ol," dedi Caine.

Nava başını salladı, birden neredeyse hiç tanımadığı bu adamla neden bu kadar rahat ettiğini düşünüp utandı.

"Sonra ne oldu? *Spetsinstitute*'de öğrenciler nasıl bir final sınavına giriyor?"

"Adam öldürüyorlar," dedi Nava ifadesizce. "Teröristti; Khalid Myasi adında Afgan bir gerilla."

“Yaptın mı?”

“Evet,” dedi Nava. “Göğsüne iki, beynine bir kurşun sıktım. Aynen bana öğrettikleri gibi.”

O anı dün gibi hatırlıyordu. Tabancanın namlusundan çıkan üç mermi, Myasi’nin ölüm feryadı ve boğazına dolan kandan nefesinin kesilişi. Adamın cansız bedenine bakarken göğsünün uyuştuğunu hatırlıyordu.

Hayal ettiği gibi değildi. Büyük bir şey başarmış gibi hissetmedi kendini, ayrıca öç alma isteği de dinmemişti. Ama KGB’nin umrunda değildi bu. Onu başarılı bir katile çevirmişlerdi ve bu yeni silahlarını kullanmaya niyetliydiler.

Bazen ona bir okul çocuğu olmasını, bazen genç bir hayat kadını kılığına girmesini emrediyorlardı. Aslında onu daha çok gözetleme işlerinde kullanıyorlardı, ama gerektiğinde on yedisindeki Tanja’dan adam öldürmesini de istiyorlardı. O da yapıyordu.

Tanja, İbraniceyi, Farsçayı ve İngilizceyi ana dili gibi bildiği için on sekizine bastığında onu Tel Aviv’e yollamaya karar verdiler. Orada bir sene kadar kalmıştı ki, Zaitsev ondan Moishe Drizen’i öldürmesini istedi. Tanja’nın öldürüp de bunun gerekli olup olmadığını sorguladığı ilk infazı bu yumuşak huylu Mossad ajanıydı.

Ötekileri niye öldürdüğü belliydi. Hepsi partinin muhalifiydi ve katildi. Ama Drizen farklıydı. Adamı takip edip gözetledikten sonra da, Tanja onun Rus düşmanı olmadığını, teröristleri de desteklemediğini anladı. Aslında teröristlere karşı çalışıyordu. Zaitsev’e, Drizen’in ölümü hak etmek için ne yaptığını sorduğunda, ‘Parti’yi asla sorgulama’ yanıtını aldı.

Tanja da, onu ne yapması için eğittilerse aynen onu yaptı: Bir çıkmaz sokakta Drizen’in boğazını kesti. Bunu o zaman bilmiyordu, ama bu geçmesi gereken son testti aslında. Bir sonraki gün Zaitsev ona ABD'de gizli göreve hazır olduğunu söyledi.

Tanja, Rusların yirmi yıl kadar önce Amerika'ya yolladıkları bir ailenin yanına gönderildi. Çocuklarını büyütebilmek için İsrail'den göç etmiş bir aile olarak tanıtmışlardı kendilerini Amerika'da. Geldikten kısa bir süre sonra da küçük bir kızları oldu, ona da Nava adını verdiler.

Nava, 7 Mayıs 1987'ye kadar çok normal bir hayat sürdü. O gün esrarengiz bir şekilde ortadan kaydoldu. Denis ve Tatiana Gromov ya da Amerika'da kullandıkları kimliklerindeki isimleriyle Reuben ve Leah Vaner yasa boğuldular. Haklarında bir soruşturma yapılabileceği korkusuyla polise gitmekten çekindikleri için, Denis Gromov KGB'deki bağlantısından yardım istedi. Zaitsev on yedi yaşındaki kızı bulabilmek için elinden geleni yapacağını söyledi. Ama bu arada onlar da kendisine bir iyilik yapabilirler miydi?

Kızlarının güvenliğinden endişe eden çift Zaitsev'in istediklerini yaptı. Ohio'daki küçük camialarından ayrılıp Boston'un banliyölerine taşındılar. Kurguladıkları hayatı geride bıraktılar. Bir ay sonra kızlarının Rusya'da güvende olduğunu öğrendiler; Tanja'yı evlat edinirlerse güvende olmaya da devam edecekti. Tanja bir sonraki gün Vaner'lere gitti. O günden itibaren de Tanja Kristina Aleksandrova yok oldu ve yeni Nava Vaner doğdu.

Vaner'ler üstlerine düşen her şeyi yaptılar, yeni evlatlarının onlarla yaşamasına izin verip ona Amerika'da nasıl yaşanacağını öğrettiler. Yaz sonunda yeni Nava okula başladı. Üniversite yaşına gelince de çok başarılı oldu ve altı üniversiteden birden kabul mektubu aldı. Zaitsev ona California Eyalet Üniversitesi'ne gitmesini söyledi, çünkü bu en Amerikanvari üniversiteydi. Dört yıl sonra da dereceyle mezun olurken Rus dilini bitirmekle kalmayıp, bir de Arapça kürsüsünde yüksek lisans yapmıştı.

CIA'ya başvurduğunda çok memnun oldular. Tüm geçmişini araştırdıktan sonra, liseden ve üniversiteden arkadaşlarıyla, ailesi ve komşularıyla görüştükten sonra, ona elit bir eğitim programında çalışmasını önerdiler.

Nava mükemmel bir adaydı.

Bundan sonraki iki yıl boyunca Nava acımasızca eğitime tabi tutuldu. Diğer adaylar çatışma, silah, yabancı kültürler gibi derslerde zorlanırken Nava'ya bunlar çok kolay geldi. Langley'deki eğitmeni hayatında hiç bu kadar yetenekli birini görmemişti ve sonuç olarak Nava'yı ikinci kez ülkesi için adam öldürmeye yolladılar.

Ama Nava artık ülkesinin neresi olduğunu bilmiyordu.

Gerçi ana vatanı Rusya'ydı, ama son altı yıldır Amerika'da yaşadığı için batı kültürünü *Spetzinstitute*'de hiçbir zaman öğrenemediği kadar iyi öğrenmişti. Nava sadakatinin hangi tarafa olduğu konusunda o kadar da emin değildi artık. Rusya için casusluk yapma isteğini kaybetmişti, ama öte yandan Amerika için de casusluk yapmak istemiyordu.

Ancak, daha CIA'nın Orta Doğu antiterörist operasyonları biriminde bir ay çalışmıştı ki, akla hayale gelmeyecek bir şey oldu: Sekiz üst düzey parti yetkilisi Rusya'nın kontrolünü ellerine geçirmeye çalıştı. Her gün *Herald Tribune*'den, Gorbachev'in yardımcısı Gennady Yanayev'in SSCB'yi nasıl kontrolü altına aldığını okudu. Yanında da KGB'nin direktörü Vladimir Kryuchkov, Sovyet Başbakanı Valentin Pavlov ve Savunma Bakanı Dmitry Yazov vardı.

Ama halk ayaklandı. Başlarındaki Boris Yeltsin'in önderliğinde Kremlin'i yine ele geçirdiler ve Kryuchkov dâhil tüm 'Sekizler Çetesi' tutuklandı. Nava, KGB'nin merkezinin önündeki, kurumun kurucusu olan Felix Dzerzhinsky'nin heykelinin devrildiğinin resmini gördüğünde dünyasının değiştiğini anladı. Ne yapması gerektiğini öğrenmek için Zaitsev'e bir mesaj yolladı.

Dört ay sonra Nava, CIA sayesinde, hocası ve babası olan Dmitry Zaitsev'in öldüğünü, daha doğrusu kendini öldürdüğünü haber aldı. Sevgili KGB'si olmadan yaşamak için bir nedeni kalmadığını düşünmüştü Zaitsev. Nava da, yıkılmasına rağmen, her zaman yaptığı gibi hayatına devam etti.

Ama bekledi. Sovyetlerin yeni casus birimi olan SVR'den kimse onunla bir sene boyunca bağlantı kurmayınca, Nava 'kayıplara karıştığını' anladı. Zaten KGB'deki pek az insan onun gerçek kimliğini biliyordu, onlar da ölmüştü. Ayrıca, ona dair hiçbir resmi kayıt da olmamıştı hiçbir zaman.

Hayatında ilk defa özgürdü, istediğini yapabilirdi. Ama yapmayı bildiği tek şey adam öldürmekti. O yüzden de CIA'da kaldı. Bundan sonraki beş yıl boyunca da o kadar çok terörist öldürdü ki hesabını tutamıyordu artık. Ama kaç kişi öldürürse öldürsün, annesi ve kardeşi öldükleri halde hayatta kalmış olmanın suçluluğundan kurtulamadı. Her cinayetinde aslında sayısız insanın hayatını da kurtardığını bilmesine rağmen, bu geride kalan boşluğu asla dolduramadı.

Yine de kişisel öcünü almaya devam etti. Kan davasını devam ettirdi. 1999'da, çok sıcak bir yaz gününde, CIA Nava'yı peşine taktığı teröristlerden birini öldürtmeye karar verdiğinde emirlere uymamayı tercih etti. Mossad'dan yardım alarak adamı kendi öldürdü. Bu iş bitip de İsrail hükümeti ona ödeme yaptığında, bedavaya seve seve yapacağı bir iş için para aldığına çok şaşırdı.

İşte bu aşamada kariyerinde yeni bir sayfa açıldı. Amerika'nın öldürmek istemediği teröristleri öldürmek için görevler almaya ve sırları satmaya başladı. İlk başta yalnızca Mossad adına çalıştı, ama bir süre sonra belli bir camiada adı duyuldu ve İngiliz MI6, Alman Bundesnachrichtendienst de kurtulmak istedikleri insanları öldürtmek için onu kiraladılar.

Nava yaptığı işte çok iyiydi ve bunun maddi karşılığını da fazlasıyla aldı. Ama beş yıl içinde tükenmişti artık, o yüzden son bir görevi kabul edip hem CIA'nın, hem de SVR'nin kendisini bulamayacağı bir yere kaçmak istiyordu. Kuzey Kore İstihbarat Örgütü'nün yok etmek istediği kökten dinci bir terör örgütünün hücresini bulması gerekiyordu bu görevinde.

Ne yazık ki, işler pek de planladığı gibi gitmedi.

19

Nava hikâyesini anlatmayı bitirdiğinde sakin bir tavırla bir sigara yakıp, dumanını üfledi. Caine ne diyeceğini bilemedi. Hikâyesi o kadar inanılmazdı ki neredeyse inanacaktı. Kimse gerçek olmadığı takdirde böyle bir şeyi anlatmazdı. Ama yangında yaşadıklarından mıdır -yoksa buna rağmen mi- kadına yakınlık hissediyordu.

Sonra birden gerçeği gördü. *Spetsinstitute*. Teröristler. Kaçak ajanlar. Daha önce gerçeği göremediğine inanamadı.

"Tanrım," dedi Caine sessizce. "İşte oldu."

"Pardon?"

Caine gözlerini sıkıca kapadı kadının yok olması için, ama açtığında hâlâ yanında oturuyordu.

"İyi misin?" diye sordu yanılsama.

"Sen gerçek değilsin."

"Ne?"

"Gerçek değilsin. Bunların hiçbiri gerçek değil, olamaz. Şizofren nöbeti geçiriyorum. Tek mantıklı açıklama bu."

"David seni temin ederim ki..."

"Hayır!" dedi Caine sesini yükselterek. "Bu gerçek değil. Sen bir yanılsamanın parçasısın."

"Neden söz ediyorsun sen?"

Caine ne yapacağını bilemeden ona baktı. Jasper ne demişti? Yüzünü buruşturdu ve hatırlamaya çalışırken gözlerini kırpıştırdı.

Yarattığın dünyanın içinde mantıklı kararlar vermeye çalış. Sonunda gerçeği bulursun.

Tamam. Aynen böyle yapacaktı. İşleri oluruna bırakacaktı. Eğer istediğinde gerçek dünyaya dönemiyorsa, o zaman bununla başa çıkmaya çalışacaktı. Jasper'in tavsiyesi iyiydi. Aptalca bir şey yapmaktan kaçınmanın en iyi yoluydu bu; yarattığı dünyada mantıklı davranacaktı. Eğer bu bir şekilde gerçekse de -gerçi olamazdı ve bunu çok iyi biliyordu- o zaman da en azından mantıklı kararlar vermiş olacaktı.

Bu mantıklı sonuca vardıktan sonra rahatlayarak yine Nava'ya baktı ve ne diyeceğini kestirmeye çalıştı. Hemen anladı ne demesi gerektiğini. Bu gerçek olsa ne derdi? Caine ağzını açtı ve bir anda bu durumun ne kadar garip olduğunun fakına vardı, ama aklına yapacak başka bir şey gelmiyordu.

"Özür dilerim, bir an için kendimi kaybettim."

"İyi misin?"diye sordu yanılsama; *Nava, onun adı Nava.*

"Evet, iyiyim," dedi Caine. Hâlâ kendini garip hissetse de yeni durumuna alışmaya başlamıştı bile. Gerçek dünyaya dönebilmenin yolunu bulmak için kendini toparladı. "Bu inanılmaz bir hikâye, ama bana hâlâ ismimi nasıl bildiğini anlatmadın. Beni neden kurtardığını da."

Nava'nın ifadesi değişti, üzüldü sanki. "Bir kadın vardı. O bana seni anlattı. Kim olduğunu, nerede olacağını, her şeyi söyledi. Ayrıca, tam olarak nerede öleceğini... Tabii eğer seni kurtarmazsam."

Cevabı aydınlatıcı değil aksine akıl karıştırıcıydı. "Peki, bu kadın nereden biliyormuş bunları? Ayrıca, sen neden beni kurtarmaya karar verdin?"

"Dürüst olmak gerekirse," dedi Nava, "Aslında ilk başında planım seni kurtarmak değil, kaçırmaktı."

"Beni Korelilere mi teslim edecektin?" diye sordu Caine.

"Evet."

"Neden fikrini değiştirdin?"

"Kız yüzünden. Biliyordu... Adımı biliyordu. Gerçek adımı. Ayrıca, profesörün teorileri doğru olmasa asla bilemeyeceği şeyleri biliyordu."

Caine bir anda dondu kaldı. "Ne profesörü? Ne teorisi?"

"Senin üzerinde iki gün önce testleri yapan profesör var ya, o."

Caine'nin bir anda kanı dondu. Nava başını salladı. "UGA onu bir süredir gözetim altında tutuyor. Adamın hedefine ulaşmaya yaklaştığına dair bazı bilgiler ele geçirdiler."

"Hedefi ne?" diye sordu Caine. Gerçi cevabı biliyordu zaten.

"O, geleceği tahmin etmenin bir yolunu bulduğunu iddia ediyor."

Caine bir anda fenalaştı. Bu yanılsama fazla gerçekçi olmaya başlamıştı. Yine Jasper'in sözleri geldi aklına.

Hiçbir şey oluyormuş gibine gelmiyor... Bu yüzden bu kadar korkutucu.

İkizi haklı çıkmıştı. Caine hayatında hiç bu kadar korkmamıştı. Jasper'e çok saygı duydu birden.

"İyi misin?" diye sordu Nava.

Caine bu soruyu umursamayıp, kendisi bir soru sordu. "Bu teorinin bir adı var mı?"

"Evet," dedi Nava. "Laplace'nin Şeytanı. Bu sana bir şey ifade ediyor mu?"

Caine başını salladı, ama aklı başka yerdeydi; tüm parçaları birleştirmeye çalışıyordu.

"UGA laboratuvarında tüm özetlere baktım," dedi Nava. "Çoğu fizik, biyoloji ve istatistikle ilgiliydi ama sonunda Laplace'nin Şeytanı ile ilgili uzunca bir bölüm vardı. Tüm ayrıntılarıyla okuyacak zamanım olmadı, ama sanki esrarengiz bir şeyden söz ediyordu."

"Esrarengiz falan değil," dedi Caine. "Olasılık teorisi."

Nava boş gözlerle baktı ona. "Anlayamadım."

Caine iç geçirdi nereden başlayacağını bilemediğinden. Kendi bilincinin bir uzantısı olan bu yanılsamaya açıklama yapması gerekir mi, gerekmez mi bilemedi. Belki de açıklaması gerekiyordu. Nava'nın başının üzerinden ileriye doğru baktı nasıl açıklayacağını düşünürken. Laplace'nin çalışmalarını yıllarca incelemiş olmasına rağmen nereden başlayacağını bir türlü kestiremediği için söze, aklına ilk gelen yerden başladı.

"1700'lerin başında, Londra'da, Abraham De Moivre adında Fransız bir istatistikçi vardı. İstatistik dediğimiz bilim dalı daha tam olarak doğmadığından De Moivre geçimini sağlamak için yerel kumarbazlar adına olasılıkları hesaplayarak para kazanıyordu. On yıl kadar bunu yaptıktan sonra da teorilerini bir kitapta topladı, adı Şansın Doktrinleri'ydi. Bu elli iki sayfalık çalışma çok kısa olmasına rağmen zamanının en önemli matematik metinlerinden biriydi, çünkü olasılık teorisinin temellerini atıyordu. Bunu da zarlar ve oyunlarla açıklıyordu. Aslında kitabın başlığının aksine De Moivre şans diye bir şeyin olmadığına inanıyordu."

"Ne demek bu?" diye sordu Nava.

"De Moivre şansın bir yanılsama olduğuna inanıyordu. Hiçbir şeyin şans eseri olmadığını ileri sürdü. Yani, sözde rastgele, gelişigüzel olan her şeyin aslında bir fiziksel nedeni olduğunu savundu."

Nava'nın aklı karışmış gibiydi. Caine de anlatırken en kolay yolu kullandı: Anlamayan varsa metal parayla örnekleyerek anlat denklemi.

"Peki," dedi ve yavaşça cebine doğru uzanıp metal bir çeyreklik çıkartırken inledi. "Eğer bu parayı havaya atarsam bunun yazı ya da tura gelmesi şansa bağlı değil mi?"

Nava başını salladı.

"İşte burada yanılıyorsun. Eğer bir parayı fırlattığımda bunu etkileyen tüm fiziksel faktörleri hesaplayabilseydik, örneğin elimin açısı, yerden yüksekliği, parayı fırlatmak için ne kadar güç kullandığım, rüzgâr veya hava akımı, paranın alaşımı falan gibi, o zaman yazı mı tura mı geleceğini yüzde yüz bilebilirdik. Çünkü bu para da diğer her şey gibi Newton'un mutlak olan fizik kurallarından etkileniyor."

Nava bu sözleri düşünürken bir sigara daha yakmak için durdu. "Belki anlattıkların beni aşıyordur, ama tüm bunları doğru hesaplamak olanaksız değil mi David?"

"İnsanlar için öyle," dedi Caine. "Ama sırf biz faktörleri hesaplayamıyoruz diye bu parayı attığımda ne geleceğinin şansa bağlı olduğunu söyleyemeyiz. Bunun anlamı şu: Biz insanlar evrenin belli gerçeklerini ölçebilecek becerilere sahip değiliz. Yani, olaylar her ne kadar rastgele görünse de tamamen fiziksel gerçeklerle koşullandırılmışlardır ve böyle belirlenirler. Böyle düşünenlerin akımına Determinizm denir. Deterministler hiçbir şeyin belirsiz olmadığına inanırlar; her şey önceki bir sebebin sonucu olarak ortaya çıkar, ama biz bu sebebin ne olduğunu bilemeyiz."

"Yani kalabalık bir sokakta yürürken bir dostuna çarpmak şans eseri olan bir şey değil, öyle mi?" diye sordu Nava.

"Hayır," dedi Caine. "Bunu bir düşünsene. Hiçbir yere boşuna gitmezsin, değil mi? Gittiğin yer ya fiziksel ya duygusal ya da psikolojik etkenlerin bir sonucudur. Aynı şey herkes için geçerlidir. Bu yüzden de bir arkadaşa şans eseri çarpmak, her ne kadar şans eseri olmuş gibi görünse de öyle değildir, değil mi?"

Yanıt gelmeyince devam etti. "Diyelim ki hem senin aklından geçenleri ve beynini, hem de arkadaşınınkileri okuyabilen bir bilgisayar olsun. Eğer o bilgisayar aynı zamanda tüm dünyadaki tüm çevresel koşulları da bilse, o zaman nerede ve nasıl karşılaşacağınızı da bilirdi. Yani şans eseri karşılaşma aslında şans eseri olan bir şey değil, bu tahmin edilebilir bir gerçek."

"Ama gerçek dünyada," dedi Nava yavaş yavaş konuşarak, "Şans eseri karşılaşma hesaplanamaz, bilinemez."

Caine başını salladı. "Aynen öyle. Böyle bir bilgisayar olmadığı için böyle bir olayı önceden göremeyiz ya da bilemeyiz ama bu olayı bilinemez kılmaz; bu bizim bilemediğimizi gösterir sadece. Aradaki farkı anlayabiliyor musun?"

Nava anlamaya başlamıştı. Yavaşça başını salladı.

"Bu teorik olarak hoş bir şey ama," dedi Nava, " Ama gerçek dünyada işe yaramıyor."

"De Moivre seninle aynı fikirde değildi. O, fiziksel verileri kullanarak sözde tahmin edilemez olan şeyleri tahmin ediyordu hep. Öleceği günü de öngördü."

"Bunu nasıl yaptı?"

"Hayatının son birkaç ayında De Moivre her gece on beş dakika fazladan uyuduğunu fark etti. Bir determinist olduğu için o veriyi doğal sonucuna kadar hesapladı. Eğer uykusu her gece on beş dakika uzarsa o zaman yirmi dört saat uyuyacağı gece ölecekti. Bu günü de 27 Kasım 1754 olarak belirledi. Ve o gün, aynen hesapladığı gibi öldü."

"Bu teorisini pek de kanıtlamıyor."

"Hayır, kanıtlamıyor. Ama yine de doğru ölçümleri yaparsak her şeyi tahmin edebileceğimizi söyleyen bir adamın kendi ölümünü tahmin etmek için bir ölçü bulmasının ilginç olduğunu da kabul etmek gerekir."

İkisi de bir süre konuşmadı, sonra Caine devam etti. "Neyse, De Moivre'nin eseri yine çok ünlü bir Fransız matematikçi olan Simon Pierre Laplace'nin çalışmalarının temelini oluşturdu."

Caine bu ismi söyleyince seminer verdiği Columbia Üniversitesi'ndeki o havasız, lambrili odayı hatırladı. Gerçi 18. Yüzyıl'da yaşamış olan bu istatistikçi hakkında konuşmayalı bir yıl olmuştu ama dersi dün gibi hatırlıyordu.

"Bu odadaki çoğu kişi gibi Laplace'nin de annesi ve babası onu anlamamıştı," dedi Caine tahtanın önünde bir ileri bir geri yürürken.

"Babası, bir asker ya da bir rahip olmasını istediyse de Laplace akademik hayatı seçti. Bu yüzden de on sekiz yaşındayken Fransa'nın akademik merkezine, Paris'e gitti. Orada askeri okula giden birkaç öğrenciye geometri dersi verdi. Öğrencilerinin arasında Napolyon Bonaparte adında bir adam da vardı ve galiba bu adam önemli işlere imza attı."

Caine masanın çevresine üşüşen on iki öğrencinin güldüğünü gördü.

"Sonra 1770'de, Laplace Paris'in prestijli *Academie des Sciences* kurumuna ilk çalışmasını sundu. O andan itibaren herkes onun bir matematik dahisi olduğunu anladı. Ve bu yüzden de hayatının geri kalanını iki alana adadı: Olasılık ve astronomi. Bundan yaklaşık otuz yıl sonra da 1799'da, bu iki alanı da bir araya getirerek o zamanlarda yayınlanmış en önemli astronomi kitabını yazdı: *Mechanique Celeste* veya *Celestial Mechanics*. Bu kitapta güneş sistemi araştırılıyordu ve gezegenlerin yörüngelerini hesaplamak için yeni yöntemler ortaya konuluyordu."

"Ancak, eserin günümüzde hâlâ önemli olmasının nedeni Laplace'nin müthiş bulguları değildir, bunun nedeni Laplace'nin olasılık teorisini astronomide kullanan ilk insan olmasıdır. O bize De Moivre'nin eserinde betimlediği çan şeklindeki eğriyle, kendi çalışmaları süresince yıldızların birçok konumunu izleyerek elde ettiği verilerin örtüştüğünü gösterdi. Kısacası, Laplace olasılık teorisini kullanarak gezegenlerin yerlerini tahmin edebildiği gibi, evreni de daha iyi anlayabiliyordu."

"Ne demek 'bir yıldızın birçok konumu'?" diye sordu siyah uzun saçlı, solgun yüzlü bir öğrenci.

"Bu iyi bir soru," dedi Caine tahtaya giderek. "O zamanlar, astronomideki en önemli sorunlardan biri herkesin ölçümlerini elle yapmasıymış. İnsanlar hata yaptığı için de veriler doğru değilmiş. Yirmi farklı astronom aynı yıldızın konumunu hesaplayıp yirmi farklı cevap bulabilirmiş. Ancak, Laplace bu yirmi farklı ölçümü alıp bir tablo yaptı. Sonuçları bu şekilde çizince de bunun bir çan eğrisi şeklinde olduğunu gördü."

Caine duvardaki bir tabloya işaret etti.

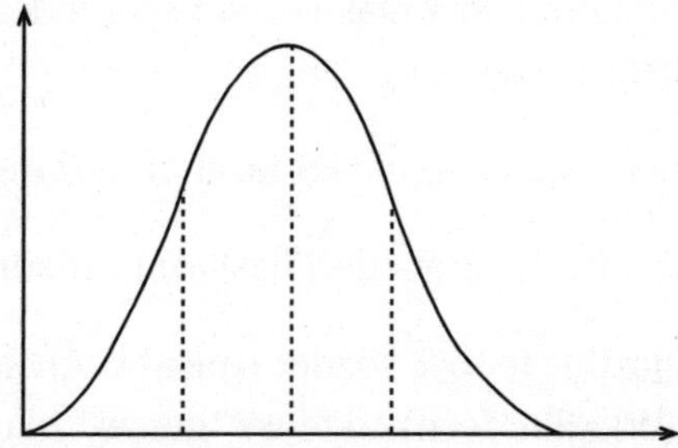

"Bunu keşfettiğinde 'eğer gözlemler normal dağılımdaysa, o zaman çan eğrisinin ucu örneğin olası gerçek değerini gösterir. O zaman da bu yıldızın olası gerçek konumudur' dedi. Şimdi artık bu bilindik bir şey, ancak o zamanlar yeni bir devir açmıştı bu bulgu. Bu birinin olasılık teorisini ilk defa başka bir alana uygulayışına örnekti. Laplace, her ne kadar bir yıldızın tam konumunu belirlemek imkânsızsa da konumunun büyük bir olasılıkla doğru belirlenebileceğini söyledi."

Caine herkesin söylediğini anladığından emin olmak için durdu.

"Ama Laplace bununla da kalmadı. 1805'de eserinin dördüncü cildini yayımladı, bunda da fiziğe yeni felsefi bir yaklaşım getirdi. O doğadaki tüm fenomenlerin, moleküller arası güçleri inceleyerek ortaya konabileceğini iddia etti. Bu yeni teorisini kullanarak hava basıncından tutun, astronomik refraksiyonlara kadar her şeyi incelemeye başladı ve yine çan eğrileri gibi olasılık teorileriyle farklı fenomenleri ölçmeye çalıştı. Laplace'nin en büyük buluşu 1812'deydi, bu yıl *Theroie Analytique de Probabilities,* Olasılığın Analitik Teorisi'ni yayımladı. Orada hata minimalizasyonu hakkında bilgi verdi..."

Steve adında şişmanca bir öğrenci parmağını kaldırdı. "Bunu anlayamadım."

Caine, dersi aynı zamanda tarih dersi olarak da geçtiği için, öğrencilerin istatistik bilmeleri gerekmediğini hatırladı birden. Sınıfta üç tane daha tarih bölümü öğrencisi olduğu için de hata minimalizasyonunun ne olduğunu anlatmak zorunda kaldı. Kafasını kaşırken nereden başlayacağını düşündü.

"İstatistik ve olasılık arasındaki farkı biliyor musunuz?"

Steve ve diğer tarih öğrencileri başlarını salladılar.

"Tamam. Olasılık teorisi sözde 'şansa' bağlı olguları inceler; yani zarlar, yazı tura gibi. İstatistikte ise 'gerçek' olaylar hesaplanır;

doğum oranları, ölüm oranları gibi. Diğer bir deyişle olasılık teorisi denklemler oluşturmak içindir, bunlar da istatistikleri elde etmekte kullanılır."

Steve anlamış gibi bakıyordu, ama diğer iki öğrenciden pek emin değildi. O yüzden de hemen eski yönteme döndü.

"Kısa bir örnek vereyim. Diyelim bir parayı dört defa havaya atsam kaç defa yazı gelir?"

"İki," dedi Steve.

"Neden?"

"Çünkü iki defa yazı gelir, iki defa da tura."

Caine başını salladı. "Aslında sen şu anda olasılık teorisini kullanarak kaç defa yazı geleceği gibi istatistiki bir tahminde bulundun. Bunun farkında olup olmadığını bilemiyorum, ama bir denklem oluşturdun bu sorunu çözmek için." Caine yazmaya başladı:

Y= Yazı geldi

P= Paranın kaç kere atıldığı

Olasılık (Y) parayı attığımızda kaç kere yazı geleceği.

Dört atışta kaç defa yazı gelir?

Y= olasılık (Y)*P

Y= 0.5*4

Y= 2

"Parayı dört defa havaya atarsak, bunun en olası sonucunun iki yazı ve iki tura olduğunu bilsek de, her seferinde iki kere yazı iki kere de tura geleceğini düşünüyor musunuz?"

"Hayır."

"Aynen öyle. Aslında çoğu kez iki defa yazı gelmeyecektir."

Steve'nin aklı karışmış gibiydi. "Ama biraz önce bunun en büyük olasılıklı sonuç olduğunu söylemediniz mi?"

"Evet, aynen öyle dedim."

"O zaman anlayamadım. En azından yarısı yazı gelmeyecek mi?" diye sordu.

"Hayır. Bir parayı dört defa havaya atarsak 16 farklı sonuç elde edebiliriz. Size göstereyim."

Y= Kaç defa yazı geldiği

T= Kaç defa tura geldiği

S= Parayı dört defa havaya atarsak olası sonuçlar.

Y= O ® TTTT (S=1)

Y= 1 ® YTTT, TYTT, TTYT, TTTY (S=4)

Y=2 ® YYTT, YTYT, YTTY, TYYT, TYTY, TTYY (S=6)

Y= 3 ® YYYT, YYTY, YTYY, TYYY (S=4)

Y= 4 ® YYYY (S=1)

Bu yüzden

S= 1+4+6+4+1

S= 16

"Anladınız mı? O zaman 16 olası sonucun sadece 6'sında iki yazı iki tura gelir. Bu yüzden de 16 sonuçtan onunda ya da %62.5'inde, iki yazı gelmez. O zaman bir daha sorayım: Diyelim bir parayı dört defa havaya attım, kaç defa yazı gelir?"

Steve, Caine'nin tahtaya yazdıklarına baktı ve yüzünü buruşturdu. "Bence hâlâ 2."

"Sana bunun %62.5'lik bir hata payı olduğunu kanıtladığım halde neden hâlâ 2 diyorsun?" diye sordu Caine.

"Çünkü diğer bütün seçeneklerde hata payı %62.5'den yüksek olacak."

"Aynen öyle," dedi Caine parmaklarını şıklatarak. "Eğer üç defa veya bir defa yazı gelecek desen, %75'lik bir yanılma payı olacaktı. Eğer bir defa ya da dört defa yazı gelir deseydin, o zaman da hata payı %93.75 olacaktı."

Caine gülümsedi. "İki diyerek yanlış olma olasılığını en aza indirgeyen cevabı seçtin. İşte olasılık teorisinin de temeli budur: Hatayı en aza indirgemek."

"Eğer iki defa yazı gelmese bile başta kurguladığın formül,

$$Y = 0.5*P$$

hâlâ geçerli. Çünkü fenomeni en iyi açıklayan seçenek o. Bunu kontrol etmenin bir başka yolu da verileri tabloya dökmektir. Yine bakın, doğal çan eğrisi ve eğrinin en yüksek noktası da bu fenomenin doğal tandansını gösterir.

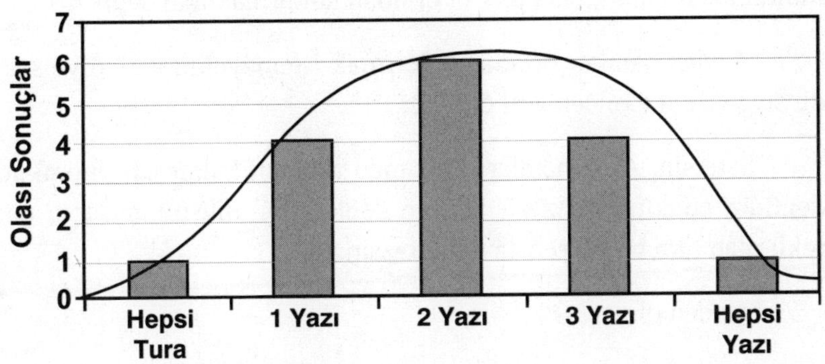

"Laplace'nin yaptığı da üç aşağı beş yukarı aynı şeydi; ama o yazı tura sayısını değil de astronomi ile ilgili binlerce ölçümü ele aldı ve gezegenlerin yörüngelerini belirlemek için denklemler oluşturdu."

"Şimdi anladım," dedi Steve. "Ama bunun neden önemli olduğunu hâlâ anlayamadım."

"Bunun önemli olmasının nedeni, olasılık teorisinin nasıl işlediğini göstermesi. Laplace gerçeği tahmin etmenin en iyi yolunun doğru cevabı hesaplamak değil de, en az yanlış olan cevabı hesaplamak olduğunu kanıtladı. Para örneğinde dört defada iki defa yazı denk getirme olasılığı %37,5, ama diğer olasılıklar daha da düşük. Bu yüzden, iki yazı geleceği tahmini en az yanlış olan, o yüzden de en doğru olan oluyor. Bu yüzden diğerleri gezegenlerin yörüngelerini hesaplayamazken, Laplace hesaplayabildi. Denklemler sayesinde tüm astronomların verilerindeki farkları kapadı ve en az yanlış olabilecek yörüngeleri saptadı."

"Böylece de en doğruyu buldu," dedi Steve.

"Aynen öyle," dedi Caine, Steve'nin anladığını görünce sevinerek. "Önemli olan şudur: Söyleyeceklerim diğer olasılık metodolojisi için de geçerlidir, hiçbir şeyden tamamen emin olamazsın; o zaman tahmin yürütmek için kullanılan denklemler hataları en aza indirgemek içindir, hata payını ortadan kaldırmak için değil."

"Neden hataları ortadan kaldırmak istemeyelim ki?" diye sordu siyah saçlı Colleen adlı öğrenci.

"İstersin. Ama hataları tamamen ortadan kaldırmak mümkün değildir, çünkü hatasız bir tahmin denklemini oluşturmak için gerekli olan tüm bilgileri asla edinmezsin."

"Neden olmasın?"

"Seçimlerden önce gazetelerde okuduğunuz kamuoyu yoklamalarını hatırlayın, hiçbir zaman kesin değildir bu sonuçlar. Çünkü her seçmene ulaşmak mümkün değildir. Ancak belirli bir sosyoekonomik kesimden gelen insanlardan örneklem gruplar oluşturarak bu tahminleri yürütenler, belli olasılıklar dâhilinde, hangi adayın kazanacağını ortaya koyacak denklemler oluşturabilmektedirler. Bu yüzden de bu yoklamalar hep yüzde bir-iki oranında şaşar. Çünkü bunlar olasılıklarla hesaplanmıştır, kesin verilerle değil."

"Olasılık teorisi, bilim adamlarının bir cevaptan yüzde yüz emin olmasalar da doğru olduğunu söyleyebilmelerini sağlar. Çünkü olasılık teorisine göre yanılma payı çok ama çok az olduğu zaman gerçeği buldunuz demektir."

Caine bir an için sustu ve her şeyi anlamaları için bekledi. Sonra sözlerine devam etti.

"Bu da bizi Laplace'nin en tartışmalı teorisine getirir. Buna sıklıkla 'Şeytan' adı da verilir. İlk eserinden iki yıl sonra *Essai Philosophique Sur les Probabilities* adlı bir eser yazdı Laplace: Olasılık Hakkında Felsefi Denemeler. Bu eserden bir alıntı yapmak istiyorum." Caine notlarına dönüp okumaya başladı:

> Bir an için doğanın tüm güçlerini ve bunu oluşturan tüm varlıkların konumlarını anlayabilen bir canlı olduğunu düşünürsek -ve bunun bu verileri inceleyebileceğini de düşünürsek- aynı anda evrendeki en büyük varlıkları ve en küçük atomları da hesaba katarak bir hesap yaparsa, hiçbir şey belirsiz değildir ve gelecek de, aynen geçmiş gibi, gözlerinin önündedir.

"Yani başka bir deyişle," diye devam etti Caine, "Laplace evrenin deterministik olduğunu varsaydığı için, biri eğer fizik kurallarını ve bir an için evrendeki her şeyin konumunu bilirse, o kişi olan her şeyi bilebilir ve gelecek tüm tarihi de bilebilir diyor."

"Ama her şeyi bilmek imkânsız," dedi Colleen.

"Hiçbir şey imkânsız değildir," dedi Caine, "Ama belirli şeyler olasılık dışıdır ya da olasılıksızdır." Herkesin bu dediklerini düşünmesine fırsat vermek için durup kolasından bir yudum içti. "Bilim adamları bu teoriye Laplace'nin Şeytanı diyor."

"Neden şeytan diyorlar?" diye sordu Steve. "Onu rahatsız eden bir şey mi bu?"

"Hayır, bu bir yanlış anlama," dedi Caine. "Bu onu rahatsız etmedi çünkü o haklı olduğuna emindi. O öldükten sonra bilim adamları 'Laplace'nin Şeytanı' deyişini her şeyi bilebilen, geçmişi ve gelecekte olabilecekleri bilebilecek bir varlığı tanımlamak için kullandılar."

"Bu Tanrı gibi bir şey," dedi Colleen.

"Evet," dedi Caine düşünceli bir şekilde. "Onun gibi bir şey."

Caine tüm bunları kısaca anlatırken Nava da bacağını kıpırdatmamasını sağlayacak önlemler alıyordu. Caine konuşmayı kesince bir süre ikisi de sessizliği bozmadı.

"UGA'daki bilim adamları," dedi Nava, "Senin Laplace'nin Şeytanı olduğunu düşünüyorlar."

Caine başını salladı. "Bu saçmalık. Laplace'nin Şeytanı gerçek bir şey değil ki. Bir varlık değil yani, bir teori sadece. Laplace'nin Şeytanı deyimi geleceği tahmin edebilecek, her şeyi bilen bir varlığı tanımlamak için kullanılan bir sözcük."

Durdu, başı dönüyordu sanki. "Ayrıca, bunun imkânsız olduğu 1990'larda kanıtlandı."

"Nasıl?" diye sordu Nava.

"Werner Heisenberg adında bir fizikçi subatomik partiküllerin gözlemleninceye kadar tek bir pozisyonları olmadığını kanıtladı."

Nava kaşlarını kaldırınca Caine devam etmek zorunda kaldı. "Sorma, kuantum fiziği işte, zaten mantıklı olması gerekmiyor."

"Tamam. Ama neden Laplace'nin Şeytanı imkânsız o zaman?"

"Çünkü eğer subatomik partiküllerin birkaç konumu varsa, o zaman, herhangi bir varlığın aynı anda tüm pozisyonlarını bilemeyeceği için, her şeyi bilen bu varlığın var olması mümkün değil. Ve geleceği tahmin edebilmek için bu verilere gerek olduğundan, gelecek tahmin edilemez. İşte Laplace'nin Şeytanı bu yüzden imkânsız bir teori."

Caine duraksayıp bakışlarını onun gözüne dikti. "Yani ben her şeyi bilmiyorum, geleceği de tahmin edemem."

"Ya lokantada olanlar?" diye karşı çıktı Nava.

Caine'nin bir anda başından aşağıya kaynar sular boşandı. "Bunu nereden biliyorsun?"

"UGA seni izliyordu." Nava öne doğru eğildi. "Olanları gördüm David. O kamyonet camdan içeri girmeden saniyeler önce insanları oradan uzaklaştırdığını gördüm. Eğer sen geleceği tahmin etmiyorsan, *ne* ediyor?"

"O lokantada neler olduğunu bilmiyorum. Önsezi, hatta öngörü de buna. Ama ben her şeyi bilen bir varlık falan değilim." Caine dağınık saçlarını düzeltti. "Eğer her şeyi bilseydim Rus mafyasına 12.000 dolar borcum olur muydu sence Nava? Bir sonraki kartı bile bilemiyorum, gelecekte neler olacağını nasıl bileyim?"

Caine sözcükler ağzından çıkarken bile bunun tamamen doğru olmadığını biliyordu. Patlamada öleceğini bilmemiş miydi? Atacağı çantayla Nava'nın kendisine ulaşmasını sağlayacak zincirleme etkiyi yaratacağını da bilmemiş miydi? Caine'nin imkânsıza inanmak dışında bir seçeneği kalmamış gibiydi.

Birden bunların hepsinin bir nöbet olduğuna inandı. Belki de bu zihinsel alıştırma işe yarıyordu... Belki de gerçeğe dönmenin yolunu bulmak üzereydi. Sanki daha odaklanmış gibiydi, daha uyanıktı. Devam etmeye karar verdi.

"Diyelim ki ben..." dedi ve duraksadı, "Diyelim ki senin söylediğin şeyim. Şimdi ne yapacağız?"

"Olsan da olmasan da gitmemiz lazım," dedi Nava yere yansıyan gün ışığına işaret ederek. "Saat neredeyse dokuz. Eğer uzun süre burada kalırsak bizi bulurlar."

"Kim bulur?" diye sordu Caine.

"FBI, UGS, Koreliler... Ne bileyim her hangi biri olabilir," dedi ciddiyetle Nava.

Caine başını salladı. Zaten ne fark ederdi ki? Hepsi bir rüyadan ibaretti. Nava'nın içgüdülerine inanıp gidebilirdi.

Nava yanına çömelip adamın kolunu omuzlarına doladı. "Ağırlığını bana verip kalkmaya çalış."

Nava'nın dediğini yaptı, sağ ayağını da kullanınca tek bir hamlede ayağa kalkabildi. Kadın göründüğünden de güçlüydü. Ama sol ayağına basmaya çalışınca, oda birden kararıp bulanıklaştı.

"Dur!" dedi Nava diğer koluna da yapışarak onu bedenine sıkıca yaslarken.

Dünya birden yine normale döndü. "Ne oldu?" diye sordu Caine.

"Neredeyse bayılıyordun," dedi Nava. "Seni bırakırsam ayakta durabilecek misin?"

Caine ağırlığının birazını sol ayağına verip başını salladı. Nava onu yavaşça bırakıp uzaklaştı. Caine bir an dengesini kaybettiyse de ayakta durabildi. Birden yine başı dönmeye başladığında gözlerini kapayıp bununla başa çıkmaya çalışırken buzdolabına tutundu.

"Yine bayılacak gibi misin?"

"Sanmam." Birkaç adım gitti hoplayarak. "Ama bir bastonum ya da kol değneğim olsaydı daha hızlı gidebilirdim. Bu halimle ilerleyebileceğimi pek sanmıyorum."

Nava başını salladı. "Anlaşıldı. Hemen dönerim." Kapıyı açıp daireden çıktı. Caine kırılan bir tahtanın sesini duydu.

"Al şunu dene," dedi Nava elinde baston benzeri bir tahta parçasıyla odaya dönerek. Caine tahtayı dikkatlice elinden alırken keskin taraflarını tutmaktan kaçındı.

"Tamam," dedi. "İşimi görür."

20

"Haaaa," dedi Caine merdivenlerden inerken tırabzandaki kırıkları işaret ederek. Nava'nın ayağına bağladığı sopaları ve bastonu nereden bulduğunu anlamıştı. Nava sadece başını salladı ve dar merdivenden inmesine yardım etti. Giriş katına geldiklerinde dışarıda onları bekleyen biri olabileceğini düşünerek ön kapıyı dikkatlice açtı. Bir an için nefesini tuttu. Eğer UGA bir şekilde burada olduklarını öğrendiyse, kaçınılmaz son yakın demekti. Acaba beynine kurşun sıkıldığında bunu hisseder miydi?

Hiçbir şey olmadı. Üstüne yağan yağmuru hissediyordu sadece. Yağmurun şiddetinden kıyafetleri vücuduna yapışıyordu. Donuyordu. Hemen gökyüzüne baktı; karanlık gökyüzünde yoğun siyah bulutlar vardı. Hâlâ hayattaydı... Bu da bir şeydi. Şimdi ilk engeli aştıklarına göre bir durum değerlendirmesi yapabilirdi.

UGA bu operasyonu gizli kapaklı yürütecekti çünkü en az bir kişi ölmüştü. Ancak, eğer Caine'nin 'her şeyi bilen bir varlık' falan olduğunu düşünüyorlarsa, o zaman onu ellerinden kaçırmamak için çatışmaya girmekten kaçınmazlardı. Saatine baktı, 09.03'tü. Caine on beş saattir radarlarında görünmüyordu. Forsythe daha destek kuvvet çağırmadıysa bile, çok geçmeden çağıracaktı.

İlk iş olarak New York'tan uzaklaşmaları gerekiyordu çünkü onları burada arıyorlardı. Ülkeden ayrılmayı düşündü bir an için; ama 11 Eylül sonrası havaalanlarında artırılan güvenlikten geçmeleri zordu. Demek ki üç seçenekleri vardı: Araba, otobüs ya da tren.

Kolayca bir araba çalabilirdi, ama o zaman da gişelerden geçerken yakayı ele verirdi, çünkü izliyor olacaklardı. Caine ile bir metroya bindikten sonra banliyölerden birinde inip bir araba çalabilirlerdi, ama metroda da kameralar vardı. Eğer yerin altında bir ekibe yakalanırlarsa kaçmaları mümkün olmazdı. Otobüse binmeyi pek istemiyordu çünkü trafiğe takılabilirlerdi ya da yolda durdurulabilirlerdi. Tren de durdurulabilirdi, ama en azından trende arama yapılırsa kaçacak bir yer olabilirdi.

Ne yapacağını bilemeyerek başını kaşıdı. Genelde çok çabuk karar verirdi, ama Caine'de onu tedirgin eden bir şeyler vardı. Sanki kadına kendini sorgulatıyordu. Bu kararsızlıktan kurtulmaya çalıştı.

Caine kararsızlığını sezdiği için kadına baktı. Bir an için göz göze gelince çok garip bir şey yaptı. Sanki gözüne çok parlak bir ışık tutulmuş gibi gözlerini sıkıca yumdu.

Nava koluna yapıştı. "Ne oldu David?"

Bir an için cevap vermedi, sanki bilincini yitirmişti. Sonra hemen kendine gelip, gözlerini açtı ve nefes aldı.

"David! Ne oldu?"

"Hiçbir şey olmadı, iyiyim" dedi ayakta sallanarak. "Bu şehirden gitmemiz gerek."

"Biliyorum," dedi Nava. "Ama neyle ve nasıl?"

"Trenle," dedi aniden Caine. "Trene binmemiz gerekiyor."

"Neden?"

"Bilmiyorum ama bunu yapmamız gerekiyor."

"Emin misin?"

"Evet," dedi Caine sinirlendiğini belli ederek, "Ama bana niye diye sorma."

"Tamam, ama ilk önce sana yeni giysiler bulmamız gerekiyor." Adamın yırtık kotunu ve çıplak bacağını işaret etti. Kan revan içindeki sargıların çevresi mosmordu.

"Bence de," dedi Caine. "Sen de üstünü değiştirsen fena olmaz." Nava kan lekeleriyle kaplı pantolonuna bakıp başını salladı.

Caine'nin ilerleyebildiği kadar hızlı bir şekilde ikinci el eşya satan bir mağazaya gittiler. On dakika sonra yeni kıyafetlerle oradan çıktılar. Nava dar, siyah bir tişörtün üstüne bir havacı ceketi giymiş, saçını da bir bandananın altına gizlemişti. Caine de bol bir kamuflaj pantolonu ve bir ceket almıştı. Ayrıca, üzerinde gümüşi bir yılan başı olan yeni bir baston da bulmuştu. Yağmur yağıyor olmasına rağmen bir çift güneş gözlüğü de taktılar. Beş dolarlık ucuz bir gözlüktü bu. Pek hoş görünmeseler de savaştan çıkmış gibi de değillerdi artık. Nava kolunu kaldırıp bir taksi durdurdu.

"Nereye?" dedi Hint asıllı şoför.

"Penn Garı," dedi Nava. "Gazlarsan iyi olur."

Forsythe ofisinde volta atıp duruyordu. On beş saattir Caine'nin izini bulamıyorlardı. On beş saat... Onu ellerinden kaçırdıklarına inanamıyordu. Bu Grimes'in suçuydu. Forsythe, sivilce suratlı serserinin ekibi yönetmesine asla izin vermemeliydi.

Yeni bir taktik amiri çağırmak için çok geçti artık ama zamanı gelince bunu da yapacaktı. Grimes'ten yeni bilgiler alana kadar beklemeye karar verdi. Gözetleme Merkezi'ne doğru yürüdü; bu, tavandan ışıklandırması olmayan geniş bir odaydı. Burayı sadece yüzlerce monitörden yayılan ışık aydınlatıyordu. Her bir birimde üç monitör bulunuyordu. Masalar, halkalar halinde birbirini çevreliyordu, ortasında da Grimes'in yeri vardı. Dev bir deri koltukta oturan adamın çevresine plazma ekranlar ve klavyeler yerleştirilmişti.

"Gelişme var mı?" derken azarlar gibi konuşuyordu Forsythe.

Grimes dönüp ters ters baktı ona. Eliyle yağlı saçlarını taradı. Gözlerinin altı mosmordu ve çenesinde iki kocaman sivilce vardı. "Herif yok ortada. Cep telefonunu arayan yok, o da kimseyi aramadı. Olaydan beri de evine gitmedi. E-postasına da baktım, ama orada da mesaj yok. Ses kaydını son on beş saattir eyaletten yapılan tüm görüşmelerle karşılaştırdım. Hiçbir görüşme yapmamış. Sonra şehirdeki arkadaşlarını araştırdım. Onları da aramamış."

Ellerini arkasında kavuşturan Forsythe yere baktı. "Patlama yerinde çekilen fotoğraflardaki kadının Vaner olup olmadığını saptayabildin mi?"

Grimes başını salladı. "Uydu fotoğraflarına yine baktım. Yüzünü hiç çekememişiz, ama kafasının üstü ve eli görünüyor."

"Eee?" dedi Forsythe sabırsızca, Grimes'in lafı uzatmasından nefret ediyordu. Grimes asla bir şeyleri açık açık söylemez, sanki bir topluluğa hitap ediyormuşcasına uzun uzun anlatırdı her şeyi.

Grimes monitörlerden birine işaret edip kadının kuş bakışı çekilmiş bir resmini gösterdi. "Uydudan indirdiğimiz resimdeki kadının saç ve cilt rengini dünden kalan güvenlik kayıtlarıyla karşılaştırdım. Veriler ajan Vaner'e yüzde yüz uyuyor." Birkaç düğmeye basınca kadının dosyası belirdi ekranda.

"Onun El-Kaide, Hamas, FKÖ üyelerinden en az iki düzine ajanı öldürdüğünü biliyor mu.."

Forsythe sözünü kesti. "Kadının özgeçmişini biliyorum. Kim olduğunu değil, neden bunu yaptığını bilmek istiyorum."

Grimes kahvesini yudumlarken omuz silkti. "O zaman kendisine sorman gerekecek. Belki de hâlâ CIA için çalışıyordur."

Buna bir cevap vermeye tenezzül bile etmeden sinirlenerek odadan çıkıp, ofisine girerken kapıyı çarptı Forsythe. Sakinleşmeye çalıştı. Gözlerini kapayıp ona kadar saydı. Sonra da yerine oturup telefonu eline aldı. CIA'nın operasyonlardan sorumlu başkan yardımcısı olan Doug Nielsen'e durumu anlattıktan sonra adamın iç geçirdiğini duydu Forsythe.

"Ne bileyim James," dedi güneyli şivesiyle konuşan Nielsen. "Vaner en iyi ajanlarımızdan biriydi. Böyle bir şeyin olmasına çok ama çok şaşırdım açıkçası."

"Yani bu olanlarla bir ilginiz yoktu, öyle mi?"

"Bana baksana James," dedi Nielsen sinirlenmeye başlayarak, "CIA'nın senin bilim projelerinle ilgilenmekten çok daha önemli işleri var, anladın mı?" Forsythe ters bir şey söylemek üzereydi ki adamın ses tonundan Nielsen'in gerçeği söylediğini anladı. Forsythe de iç geçirdi. "Peki. Onu nasıl bulurum?"

Nielsen güldü. "Bulamazsın."

"Ama bunu kabul edemem."

"Etsen iyi olur ahbap. Sende ne gezer onu yakalayacak ka..."

"Bende olmasa bile senin elinde var."

Nielsen bir an için sustu. Sonra birden, garip bir ses tonuyla konuştu. "Ne yapmamı bekliyorsun? General Fielding gibi ben de mi bir ekip yollayıvereyim?"

"Nasıl..?"

"Bilmek benim işim James. Aynen şunu bildiğim gibi, Senatör Mac Dougal'a bakılırsa üç haftaya kalmaz yerinden ediliyorsun."

Forsythe yumruklarını sıktı. Eğer Mac Dougal bunu açıkça söylüyorsa artık kimse ona arka çıkmazdı. Çaresizdi. Ama Nielsen öyle değildi.

"James," dedi Nielsen, "Belki sana yardım edebilirim. Ama sen de emekli olduğumda bunu unutmayacaksın, tamam mı? Eğer unutursan o zaman seni ele veririm."

"Neyi ele verirsin?"

"Birçok yasayı çiğnedin. Ayrıca, zulada biriktirdiğin paralar da işin cabası."

Forsythe'nin dili damağına yapıştı. Nielsen'in bilmediği bir şey yoktu anlaşılan. Adam ne derse onu yapmak zorundaydı.

"Elinden geleni yaparsan minnettar olurum," dedi sonunda.

"İyi."

Forsythe, Nielsen'in telefonun diğer ucunda tatmin olmuş bir şekilde gülümsediğini hayal edebiliyordu.

"Sana bir tavsiye. Yerinde olsam Sam Kendall'ı arardım. Görevden alınacağını duymadı galiba. Sen söylemezsen ben de söylemem. Kendall'ın elinde sana ödünç verebileceği birkaç kişi vardır. Ayrıca, onun polisle arası nasıldır bilirsin."

"Mükemmel bir fikir, Doug. Sağ ol."

Forsythe, FBI'nın direktör yardımcısının ona adam verebileceğinden pek emin değildi, ayrıca polisle arasının hiç de iyi olmadığını da biliyordu, ama bu hiçbir şey yapmamaktan daha iyiydi.

"Başka?"

"Vaner'i ve kayıp herifi bulmak konusunda ciddiysen sana birini önerebilirim. Eskiden FBI için çalışırdı, şimdiyse kendi adına çalışıyor. Ayrıca, bizim için de birkaç mükemmel iş yaptı. Eminim sana yardımı olur. Tabii kesenin ağzını açarsan."

"Tabii," dedi Forsythe bir yandan da plan yaparken. "Adı ne?"

Nielsen duraksadı. "Martin Crowe."

"Bildiğimiz meşhur Martin Crowe mi?"

"Karıyla herifi bulmak istiyor musun, istemiyor musun?"

"Tabii ki istiyorum, ama..."

"O zaman Crowe'yi ara derim hemen. Zaman kaybediyorsun James."

Kırk dakika sonra Forsythe aracıya verdiği 1.000 doları gözden çıkarıp Martin Crowe'ye ulaştı. Bu, tanıdığı en korkutucu adamdı.

Crowe, Dr. Forsythe'yi dikkatle dinlerken kılını bile kıpırdatmadı. İnsanların uzun uzun anlatmasının daha doğru olduğunu düşünürdü. Araya giren olursa ne söylediklerini unutuverirlerdi ve o zaman da önemli ayrıntıları atlarlardı. Bir sorusu olduğunda bunu bir kenara yazıp dinlemeye devam etti. On dakika sonra Forsythe, kaçak CIA ajanı ve kaçırdığı adam hakkındaki inanılmaz hikayeyi anlatmıştı.

"Unuttuğunuz bir şey oldu mu?"

Forsythe başını salladı. "Hayır. Hepsi bu."

Crowe ayağa kalkıp elini uzattı. "Sizinle tanışmak güzeldi."

"Dur," dedi Forsythe sandalyesinden fırlayarak. "İşi kabul edecek misiniz?"

"Dr. Forsythe, başarılı olmamın en önemli nedeni, hiçbir zaman sürprizlerle karşılaşmamak için çok iyi hazırlanmamdır. Hayatta olmamın tek nedeni de bu zaten. Nelerle karşılaşacağımı bilmeden, asla bir operasyonu kabul etmem. Şimdi de bilmiyorum."

"Nasıl bilmezsiniz? Size her şeyi anlattım ya."

"Hayır, anlatmadınız," dedi basitçe Crowe.

Forsythe sinirlenmiş gibiydi. "Bay Crowe emin olun ki..."

Crowe yumruğunu masaya hiddetle indirince Forsythe birden susuverdi. "Beni hafife almaya çalışmayın doktor. Bana yalan söylendiği anda bunu anlarım. Şimdi, eğer yardım istiyorsanız bana David Caine'nin neden sizin için önemli olduğunu anlatın."

Forsythe ne yapacağını kestirmeye çalışırken geviş getirir gibiydi. Konuşmaya başladığında Crowe tekrar oturdu. Forsythe'nin söyleyecekleri bitince, başını sallayıp bir durum değerlendirmesi yaptı. Forsythe anlattığı her şeye inanıyordu, ama Crowe pek de inanmamıştı. Forsythe'nin tarif ettiği bu Şeytan gerçek olamazdı. Eğer öyleyse bu adamın özgür iradesi yok demekti ve Crowe bunu asla kabul edemezdi.

Caine'nin bazı paranormal becerileri veya önsezi yetenekleri olabileceğini kabul edecek kadar açık görüşlüydü. Ama bunun dışındaki her şey imkânsızdı. Eğer Caine, Forsythe'nin iddia ettiklerinin yarısını bile yapabiliyorsa, bu çok zor bir görev olacaktı.

Ayrıca, CIA ajanını da hesaba katınca, Crowe bu işten hiç hoşlanmadı. Eğer kendisine bir şey olursa, Betsy'ye bakacak kimse olmayacaktı. Ama diğer yandan da kısa sürede çok fazla para bulmazsa, Betsy zaten onunla veya onsuz yaşayamayacaktı.

Risklere rağmen, karşılığında para alacaksa, bir seçim şansı olmadığını biliyordu. "Ücretim günlük 15.000 dolar, ayrıca, hedefi ele geçirdiğimde 125.000 dolar daha alırım. Eğer yirmi dört saatten daha az bir sürede bunu başarırsam da 250.000 dolar alırım. Koşullar pazarlığa tabi değil."

Forsythe bir an yutkunamadıysa da sonra tiz bir sesle cevap verdi. "Parayı ödeyebilirim."

"İyi." Crowe ayağa kalktı ve güçlü ellerinden birini uzattı. Forsythe hemen elini tutup sıkarken Crowe bir an onun gözlerinin içine baktı. Gördüklerinden memnun değildi, ama bunun bir önemi yoktu. Sadece iyiler için çarpıştığı günler geride kalmıştı. Şimdi artık her şeyi Betsy için yapıyordu. Ona ihtiyacı olduğu sürece ahlaki ilke falan dinleyecek hali yoktu.

Crowe durum değerlendirmesi yaparken damarlarındaki adrenalini hissetti. Ajanlığının ilk günlerini hatırladı, o zamanlar doğruyla yanlış arasında kesin bir çizgi vardı.

Sandy'le tanışmadan önceydi bu.

Betsy doğmadan önce.

O hastalanmadan önce.

Martin Crowe, kendini bildi bileli insanoğluna hizmet etmek istemişti. Annesi hep bir rahip olacağına inanmıştı. Ama Martin, din adamı olamayacak kadar sinirli olduğunu biliyordu. O yüzden de ilahiyat okumaktansa, Georgetown Üniversitesi'nde Hukuk bölümünü bitirdi. Hukuk sistemi sürekli çatışmaya açık olduğundan, kavgacı kişiliğini tatmin edebileceğini umuyordu. Ancak, mezun olduğunda Savcılık'ta bir iş aramaktansa FBI'ya yazıldı. Quantico'da eğitim görmeye başladığı günden itibaren de bu kararını bir an bile sorgulamadı. Crowe her şeyi çok kolay öğrendi ve hatta üniversite yıllarında eksikliğini çektiği atletik alanda rekabet etme isteğini bile tatmin etti.

Adil davranıp adalete inanarak, amirlerine birçok kereler istisnai olduğunu kanıtladı. O, haftada yedi gün, günde on beş saat, aylar boyunca çalışıp yorulmayan, başka hiçbir şeyle ilgilenmeyen bir ajandı.

En istenmeyen ayak işlerini de yapardı, en yorucu gözetleme işlerini de alırdı. Onu Milwaukee'ye ya da Miami'ye tayin etmelerini umursamazdı. FBI ona ne iş verse, bunu tam istenildiği gibi başarıyla tamamlardı. İş birini tutuklamaya gelince de kapıdan elinde silahla ilk giren hep Martin Crowe olurdu.

İlk birkaç yıl boyunca işinden daha önemli bir şey olmadığını düşündü, ama sonra kendisi gibi ajan olan Sandy Bates'le tanışınca her şey değişti. Üç ay dillere destan bir aşk yaşadıktan sonra, ona evlenme teklif etti. Evlendikten bir buçuk yıl sonra da Sandy dünyalar güzeli bir kız bebek doğurdu. Betsy vaftiz edildiğinde, Martin Crowe yetişkin olduğu günden bu yana ilk defa ağladı. Hayatında hiç o kadar mutlu olmamıştı.

Bir aile sahibi olmak, işini daha da anlamlı kılmıştı. Gerçi artık haftalarca evden uzak olmayı sevmiyordu, ama yine de ülkeyi karısı ve kızı için daha güvenli bir yer yapmaya çalıştığını biliyordu. Sonra bir gün hayatı duruverdi. Hâlâ karısının onunla konuşurken nasıl zorlandığını, kızlarına mylemonoktik lösemi teşhisi konulduğunu söylediği günü hatırlıyordu. Birden Crowe'nin dünyası çok korkunç oluverdi; kötülük, ceza yasalarıyla ilgili değildi artık, kanserli hücreler ve kan sayımlarıyla ilgiliydi.

Sonunda baş edemediği bir düşman çıkmıştı karşısına ve bu düşman küçük kızını yiyip bitirirken elinden bir şey gelmiyordu, yalnızca seyirci kalabiliyordu. Sandy kızlarına bakmak için FBI'daki işini bıraktı. Crowe de maddi sıkıntıları olmasın diye sürekli çalışmaya başladı. Ama ne kadar çalışırsa çalışsın, kazandığı yetmiyordu. Ayrıca, sağlık sigortasının Betsy'nin doktorlarının talep ettikleri birçok deneysel prosedürü de karşılamadığını gördü.

Altı ay içinde ellerinde avuçlarında ne varsa harcadılar, ama Betsy yine de ölüyordu. Crowe artık dibe vurmuştu ve yavaşça çıldırıyordu. Aslında işine biraz ara vermeliydi, ama paraya ihtiyacı vardı, bu yüzden ek işler için de gönüllü oldu.

İşte o zaman ona Duane davasını verdiler.

'Koca Baba' Duane, yedi çocuğu kaçırıp öldürmüştü. Her birini bir hafta kadar elinde tutup yas tutan ailelerine postayla parça

parça yollamıştı. Medya ona 'postacı katil' adını takmıştı. Crowe kendi kendine yemin etti bu herifin defterini düreceğine dair.

Crowe katıldığında ekip, dört gün önce Falmouth Massachusetts'de bir parktan kaçırılan, altı yaşındaki Bethany O'Neil'i arıyordu. Zaman geçiyordu ve herkes de bunu biliyordu. Sonra ilk defa şansları yaver gitti. Duane'nin internet üzerinden görüştüğü sapık pedofillerden biri yakayı ele verdi. Ama operasyondan sorumlu federal ajanlar yirmi dört saat sonra bile herifi konuşturamamışlardı.

İşte o zaman Martin Crowe'yi çağırdılar.

Tüm kameraları kapatıp Chesterfield'le Crowe'yi ses geçirmeyen bir odada yalnız bıraktılar. Adamla baş başa kalan ve başka bir küçük kızın hayatının tehlikede olduğunu bilen Crowe sonunda patladı.

Bir saat sonra elinde Koca Baba'nın nerede olduğunu yazan kanlı bir kağıt parçasıyla çıktı odadan. Diğer ajanlar içeride ne yaptığını sormadılar, çünkü bilmek istemiyorlardı. Tek istedikleri, çocuğu parçalayıp ailesine göndermeden önce, Duane'yi yakalamaktı. İki saat sonra da sapığın ahşap kulübesinin kapısını kırıp, Koca Baba Duane'yi vurup öldürdüler. Silahı olduğu iddia edilse de asla bulunamadı.

Tutuklamayı yapan iki ajana övgüler yağdırılırken, medya Crowe'yi, Chesterfield'in haklarını ihlal ettiği için çiğ çiğ yedi. Chesterfield sıradan bir sapık olsaydı bu olayı herhalde örtbas ederlerdi. Ama Crowe'nin şanssızlığı, Stephan Chesterfield'in bir savcının kardeşi olmasıydı. O yüzden de adam dayak yiyince birinin bunun bedelini ödemesi gerekiyordu. Chesterfield'in kan revan içindeki yüzünün fotoğrafları basına sızdırılınca Martin Crowe'nin yaptıkları hakkında manşetler atıldı ve yasa koruyucuların hatalarının bir sembolü haline geliverdi. New York Post ona bir lakap bile taktı: 'Kara Karga'. Bu isim de tuttu. Hemen FBI'dan atıldı ve hakkında dava açıldı.

Sekiz ay sonra Crowe'nin avukatı operasyondaki diğer tüm ajanları suçladıysa da bunu makul bir şüphe olduğunu göstermek için yapmıştı. Crowe verilebilecek en ağır cezayı alacaktı yani bir devlet hapishanesinde on yıl. Ama O'Neil ailesi onu yalnız bırakmayıp her duruşmaya katıldı. Hemen Crowe'nin arkasında oturdular ve jüri ne zaman sadist olmakla suçlanan o adama baksa, aynı zamanda onun kurtardığı o güzelim çocuğu da gördü.

Jürinin bir karara varması üç saat aldı. Suçlu değildi.

Bu işten kurtulmasına rağmen, davanın stresiyle hayatı da paramparça oldu. Tüm bu tantana bittiğinde Crowe, kendini birden işsiz, sigortasız, parasız ve boşanmak üzere buldu. Bunlar zaten yeterince kötüydü, ama Betsy'ye olanların yanında solda sıfır kalırdı. Kızı zorlu bir savaş veriyordu. Eğer pahalı bir ilik nakli yapılmazsa kaybedeceği bir savaştı bu. Doktorlar henüz uyan bir ilik bulamamışlardı, ama bulduklarında paranın hazır olacağına yemin etmişti Crowe.

Bu yüzden de kiralık asker oldu. Çoğu işvereninin yasa dışı işlere karıştığının farkındaydı, ama bu umrunda değildi. Betsy hasta olduğu sürece tüm dini, etik ve felsefi inançlarının hiçbir önemi yoktu. Son birkaç aydır yasa dışı birkaç işe karıştıysa da hiç adam öldürmemişti. Bunu asla yapmayacağını söylemişti kendi kendine. Ne kadar para verirlerse versinler yapmayacaktı.

Ama kalbinin derinliklerinde bu kuralını da çiğneyeceğini biliyordu, yeter ki bunu yaparak tek evladının hayatını kurtarabilsin... Bu an meselesiydi.

Crowe'nin ifadeden yoksun bakan donuk gözlerinde Forsythe'yi korkutan bir şey vardı. Adamı düşünürken rahatsız etmekten çekindiği için bilgisayar ekranına baktı. Crowe ellerini birleştirip çenesinin altında kavuşturdu. Çok uzun süre düşündü, sonra da başını kaldırıp emir vermeye başladı.

"Şehirden kaçmaya çalışacaklar. Havaalanındaki güvenlik taramasına girmeyi göze alamazlar, bu yüzden ya trene binecekler ya da arabayla gidecekler. Eğer şehirden dün gece ayrıldılarsa, o zaman geçmiş olsun, ama ayrılmadılarsa şansımız dönebilir. Penn Garı'nda ajanlarınız var mı?"

Forsythe bir an için ümitlendi çünkü bu soruya olumlu cevap verebilecekti. Nielsen haklıydı; Kendall, Forsythe'nin işinden olacağından haberdar değildi, o yüzden de insan avına katılması için bir ekip yollamıştı.

"Penn Garı'ndaki her bir platformda FBI ajanları var. Ayrıca, ana otobüs garında da tüm geçişler izleniyor," dedi Forsythe.

Crowe başını salladı. "Otobüslerle zaman kaybetmeyin. Hiçbir eğitimli ajan yakayı otobüste ele vermek istemez. Burada iletişimden kim sorumlu?"

"Grimes."

"Çağırın onu."

Forsythe, Grimes'i ofisine çağırdı. Adam içeri girdiği anda Crowe ipleri eline aldı.

"Otobüs garındaki adamlarını çek ve tren garına yolla."

"Başka?" diye sordu Grimes.

"Ayrıca hedefin şehirde tanıdığı herkesin bir listesini getir. Onları ele geçirinceye kadar tüm iletişimlerini takip et."

"Sizce o kadar aptalca hareket edebilir mi?"

"Eğer Vaner çete başı olsaydı hayır, ama bundan emin olamayız. Siviller kaçtıklarında güvenebilecekleri bir yere giderler. Güvenebilecekleri birine. Onu yakalamanın tek yolu arkadaşlarını izlemek olacak. Ya da ailesini."

"Şimdi," dedi Crowe, Forsythe'ye dönerek, "Bana ikizini anlatın."

21

Caine, Nava'ya Penn Garı'ndan nereye gideceklerini sormak üzereyken bunların bir rüya olduğunu hatırladı. Bir an için unutmuş, bu rüyayı gerçekmiş gibi yaşamaya başlamıştı. Rüyadayken nereye gittiğinin bir önemi var mıydı? Olmadığını düşünse de kafasının içindeki bir ses aksini iddia ediyordu. Ama nereye gidecekti ki? Bu soruyu sorar sormaz cevabını hemen buldu. Ne yapması gerektiği çok açıktı. Yine kardeşinin sözlerini hatırladı.

Kendine somut bir şeyler bul. Güvenli olabileceğin bir yer ya da yanlarında güvende olabileceğin insanlar...

Philadelphia'ya, Jasper'in yanına gitmeliydi. Ona yardımcı olabilecek tek kişiye yani. Belki, o bir çıkış yolu bulurdu bu hayal dünyasından. Bunun yapılacak en akıllıca şey olduğuna karar veren Caine muşamba kaplı koltuğa gömülüp şehri camdan seyretmeye daldı. Radyodaki DJ saatin 09.47 olduğunu söyledi, sonra da 'İnsanlar Gariptir' diye bir şarkı çaldı.

Şarkı bitince Nava, Caine'ye emirler vermeye başladı. "Tren garına girdiğimizde başını sakın kaldırma. Tavanda kameralar var.

Hareket etmeden durduğunda da şunu okuyormuş gibi yap." Taksinin koltuğundan kaptığı ıslak bir gazete uzattı. "Anladın mı?"

Caine başını salladı.

"İlk sen gir gara. Ben hemen arkanda olacağım. Eğer olay çıkarsa kaç. Beni bekleme. Ben kendi başımın çaresine bakabilirim. Önemli olan senin ortadan kaybolman."

Nava, Caine'nin cebine bir cep telefonu sıkıştırdı. "Eğer ayrılmak zorunda kalırsak hızlı aramadaki son numaraya bir ekle ve ara. Benim dışımda herhangi biri cevap verirse, bil ki öldüm. Telefonu at ve kaç. Anladın mı?"

"Kesinlikle."

34. Sokakla 8. Cadde'nin kesiştiği yerde taksiden inip yürüyen merdivenlerle gara indiler. Yer altına indiklerinde Caine Amtrak trenlerine doğru ilerledi. Bu yolu yüz defa gidip gelmişti ve yere bakarken bile önünden geçtiği dükkânların isimlerini sayabilirdi. Nava'nın yakında olduğunu da hissedebiliyordu. Garın ortasındaki dev panonun önünde durduğunda, başını kaldırıp bakmak istedi.

Nava onun ensesinde, "Bir sonraki tren sekiz dakika sonra. Washington'a gidiyor. Ona bineceğiz," diye soludu.

Mükemmel. Philadelphia yol üstündeydi. Trene bindiklerinde Caine, Nava'yı Philadelphia'ya gitmeye ikna edebilecekti. Eğer edemezse de onu ekerdi. İnsan bir yanılsamayı ekebilir miydi acaba? Birkaç dakika sonra 183 numaralı trenin 10.07'de Washington'a doğru hareket etmek için 12. peronda hazır olduğu anons edildi.

Nava, Caine'nin dirseğine yapıştı, kalabalığın gittiği yöne doğru ilerlerlerken onu çekiştirdi. Bir şelalenin akıntısına kapılmış gibi alttaki perona gidiyorlardı.

Ajan Sean Murphy'ye hep en boktan görevler düşerdi. Bazen sanki alnında 'en önemsiz işlere yollayın' yazıyor sanısına kapılırdı. 12. peronda öylece dikilip şimdiye kadar çoktan Meksika'ya varmış olan birilerinin çıkagelmesini beklemek zorunda kaldığına inanamıyordu. Elindeki bilgisayar çıktılarına baktı. David Caine'nin ve Nava Vaner'in yirmişer resmi vardı. İkisi de olası birçok kılıkta görüntülenmişti.

Caine'nin bir resimde sakalı vardı ama bıyığı yoktu mesela. Bıyıklı ama sakalsız bir Caine vardı. Gözlüklü bir Vaner. Gözlüklü Caine. Kısa saçlı Vaner. Uzun saçlı Vaner. Saçsız Caine. Aptalcaydı bu fotoğraflar, çünkü en önemli olan özellikler boy ve kiloydu. Boylarını değiştiremezlerdi, kilo da zor kamufle edilen bir şeydi. Çoğu şüpheli hep yüzünü gizlemeye çalışsa da, bu da zaman kaybıydı çünkü gözleri onları hep ele verirdi.

Kaçan insanlar Murphy'ye çocukken aldığı tavşanı hatırlatırdı. Bugs'ın kafesini her temizlemek istediğinde, hayvancağız bir köşeye sıkışıp kalırdı ve gözlerini Murphy'nin midesini ağzına getirecek şekilde korkuyla döndürürdü. O salak tavşandan nefret ederdi. Annesi sorumluluk öğrensin diye almıştı o tavşanı, ama Murphy sorumluluk yerine tavşanlardan nefret ettiğini öğrenmişti.

Murphy önünden geçen insan seline bakarken yüzlerine odaklandı. Sabah yediden beri binlerce yolcu görmüştü. Saat daha erkendi, insanların yüzde ellisi sanki hâlâ ayakta uyuyordu. Geri kalan yüzde kırkı da sinirliydi; New Yorklular kendilerini dünyanın efendisi, geri kalan insanları da salak sanırlar. Sanki sadece yüzde onu mutluydu ve yolculuklarını iple çekiyorlardı. Dünyanın başka bir yerinde bu oran, yolcuların yüzde onu değil de yüzde altmışı olurdu. Ama burası New York'tu; özgürlükler ülkesi ve kızgın olanların yuvası.

Önünden başkaları geçti. Sıkılmış, kızgın, gözleri uykulu, kızgın, kızgın, sıkılmış, sinirli, gözleri uykulu, yorgun, kan çanağı gibi gözler... İnsanlar akıyordu sürekli önünden. Arada bir elindeki resimlere, sonra yine yüzlere bakıyordu.

"Gelişme var mı Murphy?" diye bir ses duyduğunda, birden irkilerek kendine gelip yorgunluğunu unuttu.

Başını eğip yakasına iliştirilmiş mikrofona konuşurken bunu gizlemeye bile çalışmadı. İlk günlerde, her görevde doğruluk, adalet ve Amerikan hayat tarzı için bir savaş verdiğini sanarak, her şeyi kitabına göre yapmıştı. Ama on yedi yıl boyunca trenlerde, otobüs garlarında, havaalanlarında, tuvaletlerde (bu gerçekten de iğrençti), barlarda ve otellerde gözetleme yaptıktan sonra bunu artık umursamıyordu. Eğitimde öğretilen birçok şeyi umursamıyordu artık.

"Yok. Ya sende?"

"Yok."

Murphy ağzını açıp esnedi. Gözler, gözler, gözler. Bu, zaman kaybından başka bir şey değildi. David Caine buraya gelmeyecekti. Saatine baktı. Bir saat sonra biraz ara verebilecekti. Cebindeki sigara paketini yokladı, insanların gözlerine bakarken, yakacağı ilk sigarayı düşünüyordu.

Nava hemen adamı saptadı. Tüm kuralları çiğniyordu ve kalabalığa karışmaya çalışmıyordu. İri yarı, iki metreye yakın uzun boylu bir adamdı. Yüz kilodan ağır gibi görünen adamın ağarmaya başlayan saçları kısacık kesilmişti. Omuz askısındaki tabancayı gizlemek için de mavi bir ceket giymişti. Elinde Caine'nin eşkâli bile vardı.

Ajan daha onları görmemişti, çünkü perona çıkan yolculara bakıyordu. Bu da hataydı. Ajanla aralarında on iki kişi kalmıştı. Nava, Caine'nin trene binme fikrini kabul ettiği için kendine küfretti. Bir turistin arabasını çalıp, herifi bagaja kapatıp, arabayı Conneticut'a sürüp, orada bir plan yapmalıydı.

On kişi kaldı.

İleri doğru eğilip, Caine'nin kulağına fısıldadı, "Kenara çekil ve beni takip et." Caine dönemeden onu yana itip sokuldu.

Dört kişi kalmıştı.

Ajan, onların yer değiştirdiğini görmemişti. Zavallı salak. Nava, adamın beceriksizliğine şükredeceği yerde, buna kızmıştı. Amerikalılar çok ajan yetiştirir, ama bunu gereğince yapamazlardı.

İki kişi.

Nava, kendinden emin bakışlarla gülümseyerek, yoluna devam etti. Eğer Caine'yi arıyorlarsa bu plan işe yarayacaktı, ama eğer onu arıyorlarsa ve ajan olması gerektiği kadar hızlıysa hapı yutmuşlardı.

Bir kişi vardı önlerinde.

Nava sırtını dikleştirerek, ajana seksi bir bakış attı. Eğer KGB ajanı olsaydı arkasındaki gözlüklü adama bakardı, ama adam KGB'den değildi. Bir an için ajan olduğunu bile unuttu, sadece tahrik olmuş bir erkekti. Gözlerini kadının vücuduna dikti, göğüslerinde durdu, ama yüzüne bakınca bir an için duraksadı.

Nava'nın adam tepki göstermeden harekete geçmesi gerekiyordu. Tökezlemiş gibi yapıp hareketlenmek üzere olan adamın üstüne atladı ve elini hızla göğsüne götürerek yakasındaki mikrofonu söktü.

"Sen..." diyen adam kasıklarında bir şey hissedince birden sustu.

"Hareket etme," diye fısıldadı gülümseyerek Nava. "Kasığına dayanmış bir bıçak var. Hadım edilmek istemiyorsan bana sarılıyormuş gibi yap ve iki adım geriye gidip duvara yaslan. Çok yavaş hareket et."

Ajan kendisine söyleneni yaptı. İnsanlar bu iki muhabbet kuşunun yanından geçerken adamın kasığındaki bıçağı fark etmediler.

"Kaç kişisiniz?"

"Vaner..."

Nava bıçağı biraz oynatarak adamın kasığını çizdi. "Kaç kişisiniz?"

"Tamam," dedi adam geri çekilmeye çalışarak. Sırtı duvara yaslandığı için sıkışmıştı. "Garda on iki ajan daha var."

"Peronda?" Nava, sanki adamı öpecekmiş gibi başını kaldırdı. Adamın nefesi sigara kokuyordu.

"Bir kişi daha var."

"Tarif et."

Adam bir an için tereddüt edince, ona neler kaybedebileceğini hatırlatmak zorunda kaldı Nava.

"Tamam dedik ya!" diye gürledi. "Anlatıyoruz işte. Dikkat et elindekine. Bir doksan boylarında, zayıf. Sarı saçlı, benim gibi."

"Kimin için çalışıyorsun?"

"CIA," diye yalan söyledi.

"Tamam." Nava, Caine'yle konuşabilmek için, başını yana çevirip adamın göğsüne dayadı. "Alttaki fermuarlı kısımdan mavi kalemi çıkarıp bana ver." Caine sırt çantasını karıştırırken Nava da başını kaldırıp ajana baktı. "Hey, bana baksana."

Ajan istemeyerek ona baktığında, korktuğu gözlerinden anlaşılıyordu.

"Merak etme seni öldürmeyeceğim."

Caine kısa plastik tüpü Nava'nın sol eline verdi. Nava bunu ajanın baldırına saplayınca mavi silindir kırıştı ve iğneyi çıkaran mekanizma çalıştı. İğne derisini delerken adam bir an için gerildiyse de, beş saniye içinde benzodiazepin kanına karışınca gevşedi. Yüzünde bir gülümseme vardı. Boş tüpü yere atan Nava adam düşmesin diye sol elini onun göğsüne koydu.

"Adın ne?"

"Sean Murphy," derken sanki rüya alemindeydi adam.

"Nasıl hissediyorsun kendini, Sean?"

"Uykulu." Sanki söylediğini vurgular gibi başını duvara yaslayıp gözlerini kapadı.

"Sean!" Nava, bıçağı yerine koyup Murphy'yi sarstı.

Gözlerini açıp neler olduğunu anlayamadan şaşkın şaşkın baktı adam. "Uyumak istiyorum."

"Biliyorum, ama bana bir iyilik yapman gerekecek."

"Tamam," dedi başını eğerek. Dünyanın en kocaman bebeğiymiş gibi davranıyordu.

"Eğer seni uyandıran olursa onlara tren gittikten sonra yorgun düşüp uyuduğunu söyle. Beni görmedin, tamam mı? Uyuyakaldın."

"Tamam... Seni görmedim." Uyanık kalmaya çalışıyormuş gibi gözlerini kırpıştırdı. "Uyusam şimdi?"

"Bir sorum daha var. Kimin için çalışıyorsun?"

Gözleri yavaşça kapanırken bir şeyler mırıldandı. Nava sinirlenerek adamın omuzlarını daha sıkı kavradı. On saniye içinde zaten uyuyakalacaktı. "Kimin adamısın?"

Nava başını Murphy'nin ağzına yaklaştırdı, ama adamın sesi bir fısıltıdan ibaretti. "F...B...IIIII". Başı göğsüne düştü ve dudaklarından tükürükler döküldü. Nava, ağzını kapadığı adamı ayakta tutmak için onu duvara yasladı.

"Washington'a giden 183 sayılı trene binecek yolcuların dikkatine. Tren 12. perona girmiştir."

Nava sırt çantasını omzundan indirdi ve bir plastik tüp daha çıkardı. Bu az önce kullandığıyla aynıydı, ama sarıydı. Perona giren trenin çanını duyabiliyordu. Bakan olup olmadığını anlamak için başını kaldırıp çevreye göz attı, herkes peronda yer kapmak için koşuşturuyordu. Caine dehşetle bakıyordu kadına.

"O ... Yani sen onu..."

"Ölmedi. Eğer onu öldürseydim gittiğimizi bilirlerdi." Murphy'nin kulağından minik kulaklığı alıp kendi kulağına taktı. Sonra da yaka mikrofonunu yerine taktı.

Tam o anda bir ses duyuldu. "Murphy cevap ver."

"Evet," dedi Nava mikrofona doğru eğilip sesini değiştirerek.

"Bir şey gördün mü?"

"Yok."

"Ben de görmedim. Bence haklısın, zaman kaybediyoruz burada."

"Ya." Nava kısa cevaplar verirse yakayı ele vermeyeceğinin farkındaydı.

"Tamam, beş dakikaya yine ararım."

"Tamam." Nava beş saniye daha bekledi, sonra da kulaklığı yine ajana taktı. Ses düğmesini de iyice açtı.

"Washington'a giden 183 sayılı seferle seyahat edecek yolcuların trene binmeleri rica olunur. Tren iki dakika içinde 12. perondan kalkacaktır."

Nava, Murphy'nin baldırına bir iğne daha sapladı. Amfetaminlerle karışık flumazelin, ilk ilacın etkisini tersine çevirecekti. Sonra dönüp Caine'nin koluna yapıştı ve insanların arasına çekti onu. Bir dakika sonra gardan çıkan trene binmişlerdi.

Tren hızlanınca Nava derin bir nefes verdi, şehir dışına çıkıyorlardı. Gerçekten kurtulup kurtulmadıklarını merak etti, ama merakının uzun sürmeyeceğini biliyordu. Nasılsa yakında öğrenirlerdi.

"Biletler!" dedi şişman kadın koridorda yürürken. "Lütfen biletlerinizi çıkarın. Biletler!"

Nava, Caine'nin eline birkaç yirmilik sıkıştırdı. "Washington'a tek gidişlik bilet al."

Bilet satan kadın yanına geldiğinde Nava'nın dediğini yaptı. Nava, Baltimore'a gidiş-dönüş bilet alınca da tepki vermedi. "Eğer soran olursa birlikte seyahat ettiğimizi düşünmesini istemedim. Belki biraz zaman kazandırır bu bize."

"O zaman ikimiz de Baltimore'ye mi gidiyoruz?" diye sordu Caine.

Nava başını salladı. "Hayır. Bir sonraki durakta iniyoruz."

"Neden Newark'ta iniyoruz?"

"UGA izimizi sürmeden önce bu trenden inmemiz gerek de ondan."

"Benim söz hakkım var mı?"

"Hayır. Bu yapabileceğimiz en akıllıca şey."

Caine derin bir nefes aldı. Bu yanılsamayı kontrol altına almalıydı. Jasper'e ulaşırsa güvende olacaktı. "Ben Philadelphia'ya gitmek istiyorum."

"Neden?"

"Kardeşim orada oturuyor." Caine ağzını açar açmaz bunu bir gerekçe olarak öne sürerek hata ettiğinin farkına vardı.

"Oraya gitmememiz için en büyük neden de bu. Bizi arayacakları ilk yer orası."

"Kim arayacak bizi?"

"FBI ve UGA'nın seni yakalamak için devreye soktuğu daha başka kim varsa onlar," dedi fısıldayarak Nava. "Sen farkında değil misin olanların?"

"Ama Jasper'e ulaşmam gerek."

"Şimdi ona gidemezsin. Bunu nasıl olur da anlamazsın?"

"Hiçbir şey mantıklı değil!" diye patladı Caine. Birkaç yolcu dönüp ona baktı.

"Bağırma," dedi Nava dişlerini sıkarak. Çevrelerindeki herkes onları dinlemek için kulak kabarttı. Geriye yaslanıp Caine'nin kulağına fısıldadı. "Burası çok kalabalık, şimdi olmaz."

"Peki," diye fısıldadı Caine. "Ama ben Philadelphia'ya gidiyorum."

"Gitmiyorsun. Bana ihtiyacın var David. Jasper'e gidersen hapı yutarsın. Lütfen bana güven."

Caine buna karşı çıkmak için ağzını açtıysa da onunla konuşmanın bir faydası olmayacağını biliyordu. Gözlerini kapayıp ne yapması gerektiğini kestirmeye çalıştı. Philadelphia'ya gitmenin doğru olduğunu biliyordu, ama Nava'nın da onunla gelmesi gerekiyordu. Eğer tüm bunlar gerçekse ve o gerçekten Laplace'nin Şeytanı'ysa, o zaman Philadelphia'ya gidip gidemeyeceğini de bilmesi gerekiyordu. Ya da her şeyi nasıl istediği gibi yönlendireceğini bulması gerekiyordu. Ama aklına gelen tek şey tuvalete saklanmaktı.

Kendine güldü. Bu, her şeyi bilen bir varlığın yapacağı türden bir plan değildi. Düşünüp ne yapacağını kestirmeye çalıştı. Ama bir tek kendini tuvalette bir numara çevirirken görüyordu.

Birden, gözlerini açarak derin bir nefes aldı. Nava ona doğru döndüğünde endişeliydi.

"David iyi misin?"

Sesi sanki çok ama çok uzaklardan geliyordu. Saat 10:13:43'tü. Bu işi yapabilirdi. Otuz sekiz saniye içinde iş adamına ulaşmalıydı. Hemen ayağa kalktı.

"Nereye..?"

"Tuvalete," dedi, Nava daha soruyu tamamlayamadan.

Nava ona şüpheli gözlerle baktı, sonra da kalkıp dirseğine yapıştı. "Sana yardım edeyim."

"Tamam," dedi Caine bir yandan saniyelerin hesabını tutarak. Hâlâ vakti vardı. Zor yürüyormuş gibi dikkatle adım atınca, aynen tahmin ettiği gibi, Nava bunu garipsemedi. Rüyadaymış gibi ilerledi Caine. Sanki milyonlarca defa içinden geçtiği bir labirentten geçiyormuş gibi hissetti kendini.

Vagonun sonundaki kapı açıldı ve otuz küsur iş adamı tam o anda içeri girdi. Bir adamın iki elinde de birer yemek tepsisi vardı. Caine tepsilerde ne olduğunu göremiyordu ama biliyordu: İçi kola dolu bir plastik bardak, bir paket doritos cips ve ton balıklı bir sandviç. Adam geliyordu. Caine durdu ve dengesini kaybeder gibi yaptı. Nava düşeceğini sanarak koluna yapıştığında aslında dengede duruyordu. Caine teşekkür edip bir adım daha attı.

Şimdi adamla neredeyse göğüs göğüseydiler. Caine adamın geçmesi için yan dönerken tren sola kıvrıldı. İleri devrilip adama çarpınca da kola döküldü.

"Dikkat etsene!" diyerek bağırarak Caine'yi üstünden itti.

"Pardon, suç bende," dedi Caine tuvalete doğru giderken. Nava da yanındaydı. Tuvaletin kapısını kapadığında iş adamından yürüttüğü cep telefonunu eline aldı. Gözlerini kapayıp dört gün önce duyduğu numarayı hatırlamaya çalıştı.

Hatırlayınca da çevirdi.

Jennifer Donnelly, elini Ford marka arabasının direksiyonundan ayırmadan, çantasındaki telefonunu bulmaya çalıştı. Cep telefonu da en olmadık zamanlarda çalardı zaten. Önüne çıkan Mini Cooper'i görünce şaşırıp frene asıldı. Bir saniye sonra da gümüşi bir Lincoln ona arkadan çarptı. Jennifer'in aracı köşeye sürüklenip kaldırıma çarpınca durdu.

Jennifer'in sırtı koltuğuna çarptığında hava yastığı o kadar çabuk şişmeye başladı ki, sanki yumruk yemiş gibi oldu. Bir an için öylece kalakaldıysa da, bacaklarının arasından akan sıcak sıvı onu kendine getirdi.

"Hayır. Tanrım olamaz!" diyerek, olanları durdurabilecekmiş gibi bacaklarını sıkıca kapadı. Ama artık çok geçti.

Sifon sesi duyuldu ve Caine tuvaletten çıktı. "Yerimize oturalım," dedi Nava'ya.

Nava, onun bir şeyler çevirdiğini anladı, ama neler döndüğünü bilemediği için onu takip ederek yerine oturdu. Beş dakikaya kalmaz Newark'ta olurlardı. Trenden inmeye sabırsızlanıyordu. UGA'nın yerlerini saptadığından şüpheleniyordu. Eğer ajan başına gelenleri hatırlarsa, o zaman şu anda bir tuzağa düşmek üzerelerdi.

Nava vagona bakarak kaçışı planlamaya çalıştı. Eğer onları yakalama görevi kendine verilse ne yapardı? Trenden inmelerini bekleyip de peronda mı enselerdi? Tren durduğunda binip arama mı yapardı? Hayır, treni gara girmeden önce durdurur ve arama yapardı. O zaman durum kontrolü altında olurdu. Kaçmaya çalışsalar bile kaçacak yer olmazdı.

O böyle yapardı. Ama bu operasyonu Nava değil Amerikalılar yönetiyordu. Amerikalılar da rehine alınabilecek bir durum olmamasına, başkalarının zarar görmemesine çok dikkat ederlerdi. Operasyonu başarıyla tamamlamaktan çok, bir sonraki gün manşetlerde ne yazacağıyla ilgilenirlerdi. Yani... Ne olacaktı? O zaman, bir çatışma olabileceği için, treni durdurup binmezlerdi. Onların gardan ayrılmasına izin verip kontrolleri altında tutabilecekleri bir durumda üstlerine atılırlardı.

Bir plan yapmaya başladı.

Bill Donnelly iş tulumunun cebindeki cep telefonu çaldığında trenin önündeki rayları seyrediyordu. Herkesin kıyafetiyle dalga geçtiğini biliyordu, çünkü baştan aşağı kot kumaşa bürünmüştü; kepi, tulumu, gömleği, hepsi kottu. Ama bir tren kondüktörü kot tulum giyerdi ona göre. Telefonu cebinden çıkarırken gözünü raylardan ayırmadı.

"Evet!" dedi. Arayanın derin derin nefes aldığını duyunca telefonu açarken neşeli olan sesi birden değişti. "Hayatım sen misin?"

"Evet, benim," dedi zar zor konuşan karısı. "Bir kaza oldu."

"İyi misin? Bebek nasıl?"

"Suyum patladı," dedi kadın ve derin bir nefes alarak sustu. "Hastaneye gidiyorum."

"Ama doğuma daha altı hafta var."

"Bill lütfen, sana ihtiyacım var. Eve vardın mı?"

"Newark'ın dışındayız şu anda, ama merak etme hızlanırım."

Kadın sancıyla bağırdı. "Bill lütfen. Korkuyorum. Bunu yine tek başıma yapamam, n'olur." Ağlamaya başladı.

"Tamam tamam," dedi sakin olmaya çalışarak. "Her şey yoluna girecek bebeğim. Daha sen gözünü açıp kapayıncaya kadar orada olacağım."

Kadın burnunu çekip gözyaşlarını sildi. "Söz mü?"

"Söz veriyorum. Bebek doğarken elini tutuyor olacağım."

"Tamam. Şimdi hastaneye gidiyorum. Ambulans geldi. Seni seviyorum."

"Ben de seni."

İki yıl önce hastanede ne halde olduklarını hatırladı adam. Geç saatlere kadar çalıştığı için hastaneye zamanında yetişememişti. Zaten ilk saatlerde pek bir şey olmazdı. Kız kardeşinin üç çocuğu olmuştu ve her birinin doğumunda en az yirmi dört saat doğum sancısı çekmişti. Doksan dakikadan bir şey çıkacağını düşünmemişti. Ama yanılmıştı. Karısı hemen doğurmuştu ve bebek -küçük Matthew William- ölü doğmuştu. Bill, Jennifer kendine gelirken orada olamadığı için hep kendini suçlamıştı. Elinde bir kutu puroyla hastaneye geldiğinde de yüzüne tükürmüştü karısı. Normal hayatlarına devam edilebilmek için bir yıl psikologa gitmişlerdi. Üç ay sonra da karısı yine hamile kalmıştı.

Bill bazen karısının ikinci kez hamile kalmasının bir hata olabileceğini düşünürdü. İkinci hamilelikte yaşadıkları stresten dolayı evlilikleri neredeyse yıkılıyordu genç çiftin. Ama bir şekilde bugüne kadar gelmişlerdi. Doğumda karısının yanında olabilmek için ücretsiz izin almayı bile başarmıştı. Ama evdeki hesap çarşıya uymamıştı. Olanlara inanamıyordu. Bu olmamalıydı. Bir kez daha aynı olayları yaşayamazlardı.

Saatine, sonra da güzergahına baktı. Trenton'da bakıma gireceklerdi, bu yirmi dakika kadar alırdı. Ayrıca, yemek vagonuna da mal yüklenecekti, bu da on dakika daha alırdı. Ne yapacaktı? Elinden hiçbir şey gelmezdi. Sonra gözünün önüne odada yalnız başına kalan karısı Jenny geldi. Matthew'i kaybettikleri hastanedeydi.

Bill iç geçirdi. Ne yapması gerektiğini biliyordu. Bunun uğruna işini kaybetmeye razıydı. Dönüp kapısını kilitledikten sonra, vitesi değiştirerek treni hızlandırdı. Mikrofonu kaptı, derin bir nefes alıp düğmeye bastı.

22

"Yolcuların dikkatine. Newark, Metropark, Princeton ve Trenton duraklarında durmayacağımızı duyurmak istiyoruz."

Birkaç yolcu ne olduğunu anlamayarak homurdandı.

"Amtrak şirketi adına özür dileriz. Bir sonraki durak Philadelphia 30. Sokak garı."

Nava'nın çevresindekiler bunu duydukları anda itiraz etmeye başladılar. Ama onları dinlemiyordu. Yarın zehir zemberek bir mektup yazmaktan başka bir şey yapamayacaklarını biliyordu. Bunu bile yapacakları şüpheliydi. O Caine'ye odaklandı. Adam camdan dışarı bakıyordu.

"Ne yaptın?" diye sordu.

Caine dönüp kadının gözlerinin içine baktı. "Anlamadım?"

"Boş versene sen," dedi Nava sinirlenerek. "Bunu sen yaptın, değil mi?"

"Paranoyaksın," dedi Caine.

"Yalan söylüyorsun," dedi Nava.

Caine cevap vermeyerek cama döndü yine. Nava nasıl yaptığını bilmiyordu, ama Caine yapmıştı bunu. Tversky'nin Laplace'nin Şeytanı ile ilgili teorilerini ilk okuduğunda inanmamıştı. Gerçekten inanmadığı için, Julia'yı Korelilere teslim etmekten çekinmemişti.

Nava, Kuzey Korelileri ve başına ödül koyduklarını düşününce titremeye başladı. Kendi çaresizliğini düşünmemeye çalışarak yanındaki adama baktı. Nava bazı para-normal becerileri olabileceğini düşünmüştü, ama yine de... Geleceği tahmin etmekle, kontrol etmek arasında çok büyük bir fark vardı.

Tren Philadelphia'ya varıncaya kadar durmayacaktı. Bu nasıl olmuştu? Kondüktör nasıl olmuş da dört durak birden atlamıştı? Olanları inkâr etmek istercesine başını salladı, çünkü bu mantıklı değildi. Tversky, Caine'nin bilinçli olarak becerilerini kontrol edemediğini yazmıştı, ama olanlara bakılırsa Nava bundan pek de emin değildi. İçgüdülerine güvenirdi ve içgüdüleri sanki bağıra bağıra ona tamamen farklı bir hikâye anlatıyordu.

Yine Caine'ye baktığında Nava artık düşünceli değildi, dehşete düşmüştü.

Grimes, Fritz ve Murphy'yi konuşturdu Crowe duyabilsin diye. Fritz konuştu daha çok, ama Murphy de birkaç kere araya girdi. Murphy bir duvar dibinde uyuyakaldığı için kendi kıçını kurtarmaya çalışıyordu. Adamların anlatacakları bitince de Grimes, Crowe'ye döndü.

"Sizce?"

"Bence birden uykuya dalması garip. Özellikle de kırk üç yaşına kadar hiçbir hastalığı ya da rahatsızlığı olmayan bir ajanın uyuyakalması çok garip," dedi sakince Crowe.

"Ne oldu o zaman? Caine ve Vaner o trendeler mi sizce?" Grimes buna bayılıyordu. Gözetleme işi iyiydi, ama ülke çapında, yüzlerce kamerayla adam kovalamak inanılmaz bir şeydi. Grimes, Crowe'nin bu işi çok iyi bildiğinden emindi.

"Trenden ne haber? Bir gariplik var mı?"

"Bakayım," diyen Grimes bir dakika içinde Amtrak'ın sitesinin giriş kodunu kırdı. Plazma ekranlarından birinde doğu yakası ve sahil boyunca devam eden tren rayları göründü. "Bu ilginç işte." Grimes mikrofonunun sesini açtı. "Galiba kondüktör çıldırıp treni kaçırmış. Bir an önce Philadelphia'ya varması gerekiyormuş. Bu herifi anında işten atacaklar."

Crowe birden bu konuyla ilgilenerek öne doğru eğildi. "Amtrak'ın veri tabanından daha önce kaç defa bir kondüktör tren kaçırmış, baksana."

"Tabii." Grimes'in bu bilgilere ulaşması birkaç saniyesini aldı. "Tamam, buldum. Bu bilgiyi kaydettikleri on beş yıl içinde on sekiz kere olmuş bu."

"Olasılığı hesapla."

Grimes bunun garip bir talep olduğunu düşündüyse de, istenileni yaptı, çünkü Crowe ne yaptığını biliyordu. "Diyelim ki son on beş yıldır aynı hatları çalıştırıyorlar. Günde 100 sefer yaptıklarına göre, o zaman yılda 36.500 sefer eder. On beşle çarpınca da..." Grimes verileri yazdı. "547.000 sefer eder. On sekiz kere tren kaçırıldığına göre de bunun olma olasılığı yüzde 0.003, yani 30.000'de 1."

Crowe elini yumruk yaptı. "Caine'nin işi bu. O trende."

"Birlikleri çağırayım mı?"

"Dur," dedi Crowe elini kaldırıp. "Tren kaç dakika sonra Philadelphia'da olacak?"

"Dur bakayım." Grimes menülere ve varış saatlerine baktı.

"Kırk yedi dakikaları falan var." Gülümsedi. "Aslında biraz hızlı gidiyorlar."

"Helikopter var mı?"

"Evet," dedi Grimes. "Hazır bekliyor çatıda. Pilotu arayayım mı?"

Crowe cevap bile vermeden asansöre doğru koşmaya başlayınca, Grimes pilotu araması gerektiğini düşündü.

Dört dakika sonra şehrin yüzlerce metre üzerinden uçuyordu. Saatte 130 mil hızla gittiklerine göre tren varmadan biraz önce varacaklardı Philadelphia'ya. Hatta, rüzgarın şiddeti artarsa daha erken bile varabilirlerdi. Crowe bir düğmeye bastı.

"Grimes, Philadelphia'daki tüm ajanları o trene yolla. Hepsinin elinde Caine'nin ve Vaner'in resimleri olsun..."

Crowe tüm detaylarıyla planını anlatırken, Grimes dikkatle onu dinledi. David Caine avlanmanın ne demek olduğunu görecekti.

Caine tam olarak ne zaman uyandığını kestiremedi. Trenden gelen seslerle sanki bir döngüdeydi ve sanki bunları daha önce de yaşamıştı. Pamukların arasındaymış gibi hissederken bilincini kazanmaya çalışarak, gözlerini açmadan esnedi.

Sonra birden her şeyi gördü. Tommy'ye olanlar hakkında suçluluk hissediyordu... Tommy ölmemeliydi. Bu Caine'nin suçuydu. Eğer *podvaal*'dan uzak dursaydı bunların hiçbiri...

Hayır, bu olanların hiçbiri gerçek değildi. Patlama, kadın, o aptalca telefon görüşmesi, hiçbiri gerçek değildi. İlerlemek zorundaydı. Eğer bu rüya âlemindeki haliyle Jasper'e ulaşabilirse, o zaman her şey yoluna girecekti. Nava'ya baktı. Başka bir hayatı yaşıyor olsaydı, böyle muhteşem bir kadınla kaçmak en büyük hayali bile olabilirdi. Ama bu hayatta -bu rüyada- günlük sorunlardan kaçmıyorlardı, katillerden kaçıyorlardı.

"Yolcuların dikkatine. Beş dakika içinde Philadelphia garına varacağız. Bu değişlikten dolayı yine özür dileriz. Anlayışınız için teşekkür ederiz."

Caine bir an için sanki bunları daha önce yaşamış gibi hissetti kendini. Restoran vagonuna gitmesi gerektiğini anladı. Fazla zamanı yoktu.

Nava, Caine'nin aklını kaçırdığını düşünmeye başladı. Bir anda derin bir uykudan uyanıp, onu sürükleyerek yemekli vagona götürüyordu ve acele etmeleri gerektiğini söylüyordu. Oraya vardıklarında da on paket cips aldı. Nava daha bir şey diyemeden vagonunun sonuna doğru ilerlerken bunları dişleriyle açmaya başladı.

Vagonları ayıran sürgülü kapıyı çekip açan Caine, bu vagonla diğerini ayıran metal platformda durduğunda yerdeki küçük deliklerden rayları görebiliyordu. Caine orada durup cipsleri boşluklardan boşaltmaya başladı, son torbayı da boşalttıktan sonra onu da diğerleri gibi yere attı.

"Çıldırdın mı?" diye sordu Nava.

"Evet, Nava," dedi Caine. "Galiba delirdim."

"Niye böyle bir şey yaptın ki?"

"Emin değilim," dedi Caine kekeleyerek, sanki çok uzaklara bakıyor gibiydi.

Nava bir anda buz kesti. "Trende olduğumuzu biliyorlar mı?"

"Evet, biliyorlar herhalde."

Bu normal bir operasyon olsaydı yedek planlarını düşünürdü, ama bugün riskli birçok işe kalkışmıştı. Caine'yi kullanabilirdi. Bir şekilde treni Philadelphia'ya getirmeyi başarmıştı, değil mi? Ama adamı, bu... Bu yeteneklerini... Onları kullanmak konusunda zorlarsa, bunun kötü sonuçları olabileceğini düşündü. Bir tuzağa düşebileceklerini düşününce, bu riski göze almaya karar verdi. Dönüp Caine'nin zümrüt yeşili gözlerinin içine baktı.

"Caine, trenden kazasız belasız kaçtığımızı görmeye çalışmanı istiyorum."

"Nava, sanırım böyle olmuyor."

"Ama emin değilsin, değil mi? Haydi dene. En iyi sporcular koşmadan önce bunu gözlerinde canlandırırlar. Askerler çarpışmaya girmeden bunu gözlerinde canlandırırlar. Lütfen David, dene. Bir yerde bana güvenmeye başlaman gerek."

Caine sanki Nava'ya karşı çıkmak istiyormuş gibi baktı, ama sonra başını salladı. "Haklısın." Anons duyulmadan gözlerini kapadı.

"*Yolcuların dikkatine. Philadelphia Garı'na giriyoruz. Burada inecek yolculara Amtrak*'ı *seçtikleri için teşekkür ederiz. Bu güzel şehirde hoş vakit geçirmenizi dileriz.*"

Dev metal canavar uzaklaşırken, siyah gri bir güvercin karanlık gökyüzünden yere yaklaştı. Yerde duran cipsleri gagalamaya başladı. Sürünün geri kalanı gelmeden karnını doyurması gerekiyordu. Birden bir ses duydu ve tüylü beş hayvanın ona doğru geldiğini gördü. Hiç tereddüt etmeden havalandı.

Başının üstündeki dev metal kuşu gördüğünde artık iş işten geçmişti.

Zaman daralıyordu. Crowe, FBI ekibinin kulaklıktan gelen konuşmalarını dinledi. Forsythe'nin bu kadar çabuk nasıl yardım bulduğunu bilemiyordu. Ayrıca, FBI'yı UGA adına nasıl çalıştırıyordu ki? UGA'nın adamı olduğu için kendisi timin başındaydı. Kumanda ondaydı yani. Bürodakiler Crowe'nin bu işin başında olduğunu öğrendikleri anda birileri işinden olacaktı herhalde, ama bunu düşünecek vakti yoktu. Tren doksan saniye sonra gara girecekti. O da, zamanında orada olup ekibi yönetecekti.

Helikopter inerken yağmur yağmaya başlayınca midesi ağzına geldi. Emniyet kemerine yapışıp koltuğuna yaslandı. Birden helikopter sanki olduğu yerde durdu, sonra da sola doğru çekerek yine yükselmeye başladı.

"Ne oldu?" diye sordu Crowe helikopterin pervanelerinden gelen sesi bastırmak için bağırarak. Pilot cevap vermedi, çünkü helikopteri kontrol etmeye, rotasını düzeltmeye çalışıyordu.

"Galiba pervanelere bir kuş çarptı!" Birkaç düğmeye basınca helikopter yine alçalmaya başladıysa da bu sefer daha yavaş gidiyordu. "Kontrol etmekte zorluk çekiyorum efendim! Park yerine inmek zorundayım!" Helikopter yine titrer gibi oldu ve pilot müdahale edene kadar sanki bir hava boşluğuna düştü.

"Güvenli bir şekilde yere indir," dedi Crowe helikopter ileri geri sendelerken. Mikrofona doğru bağırdı. "Bu daha önce oldu mu hiç?"

"Hiç olmadı efendim!" dedi pilot helikopter yere yaklaşırken.

Crowe tesadüflere inanmazdı. Nasıl olduğunu bilmiyordu ama, bunu David Caine yapmıştı. Crowe, hayatında ilk defa, avcı değil de av olabileceğini düşündü.

Jasper'e ulaşmak istiyorsa Caine'nin, Nava'ya ihtiyacı vardı; bu yüzden de ona güvenmek zorundaydı. Gözlerini kapayıp nasıl kaçabileceklerini görmeye çalıştı. Nava ile peşlerindekileri geride bırakmalı, yok olmalılardı. Bunu görmeye çalıştı. Bir sahneyi görüp duruyordu sürekli.

Televizyonda beyzbol maçı seyrediyormuş gibi hissetti kendini. Elinde birasıyla televizyona bakardı ve içten içe oyuncunun o atışı yapabilmesini dilerdi; dilemekten de öte isterdi. Oyuncunun ısınmasını seyrederken onun için tezahürat ederdi; sanki yeterince isterse, yeterince kendini sıkarsa, bir şeyi değiştirebilecekmiş gibi hissederdi.

Tren tünele girince Caine birden çevresinde olup bitene dikkat kesildi; frenlerin sesi, raylardaki tekerlerin sesi, gara girerken trenin yanıp sönen ışıkları. Bunların olduğunu hissetti. O anı yaşıyordu, hayatında şimdiye kadar yaşamadığı kadar derin bir şekilde yaşıyordu o anı.

Ama sanki bir yandan da kendini dışarıdan seyrediyormuş gibiydi. Bir arabadaydı. Evet, büyük, siyah bir arabada uzaklaşıyordu. Nava direksiyondaydı. Aralarında tanıdık biri de vardı. *OAn*'ı geçmiş olarak görüyordu. Caine gelecekteki kendisinin aklını okumaya çalıştı, hafızasına ulaşıp nasıl yaptığını sormak istediyse de bir cevap alamadı.

Bunları düşünmemeye çalışıp Şimdi'ye döndü. Çabaladı, diledi, istediklerini gerçekleştirmek için uğraştı. Bunun mümkün olduğunu biliyordu, şimdi bunu olası yapmalıydı. Ama ne yapması gerektiğini bilemiyordu. Düşünmek zorundaydı, odaklanacaktı, dileyecekti.

"David! David!" Nava parmaklarını onun gözlerinin önünde şaklattı. Caine hızlıca gözlerini kırpıştırarak şimdiki zamana döndü. Zihnindeki, yeni bir geleceğe uzanan görüntü yok oldu. Bir an için her şey apaçık oradaydı, sonra da çok uzaktı. Sanki bir rüyadan uyanmış gibiydi. Birkaç saniye içinde, gördüklerini hatırlamıyordu artık.

"İyi misin?" diye sordu parmaklarıyla Caine'nin koluna yapışan Nava. Galiba bunu birkaç kere sormuştu ona.

"Evet... Ne oldu? Bayıldım mı?"

Caine başka sorular da sormak istiyordu, ama o sırada kapılar açıldı.

Nava ona doğru eğilip fısıldayarak konuştu. "Bizi, kontrol altında tutabilecekleri bir yerde ele geçirmek isteyeceklerdir. O zaman başkalarına bir zarar gelme olasılığı azalır çünkü. Eğer bir şeyden şüphelendiğimizi anlamazlarsa peronda güvende oluruz, tamam mı? Trenden indiğimizde etrafına bakınırken tedirgin olduğunu belli etme. Ben ne yaparsam, onu yap. Hazır mısın?"

"Bundan daha hazır olamam zaten." Caine bu sözleri daha önce de söylemişti ama şimdi anlıyordu ne anlama geldiğini bu deyişin: *Buna hazırlıklı değildi, ama başka şansı da yoktu.*

Nava onun elini tuttu ve trenden inerken sıktı.

Caine birden Philadelphia'ya gelmenin pek de iyi bir fikir olmadığını düşünmeye başladı.

Helikopter tren garından bir mil kadar ötede bir bankanın park yerine indi. Biraz sert bir iniş yaptılarsa da bu Crowe'nin umrunda değildi. İndiği anda helikopterden çıkıp yağan yağmurun altına attı kendini. Yağmur, adam döver gibi yağıyordu. Anında sırılsıklam olmuştu. En yakındaki araç olan siyah Honda Civic'e doğru koşup, tabancasının kabzasıyla arka camlardan birini kırdı. Vurduğu yerde ağ gibi parçalanan cam, elini uzatınca dağıldı.

Direksiyonun arkasına geçtiğinde saçlarını geriye taradı elleriyle, gözlerini sildi ve direksiyonun altına uzandı. İkinci denemesinde motoru çalıştırıp hızla park yerinden çıkarken, heyecanla elini kolunu sallayan bir gence çarpıyordu az kalsın. Herhalde bu, aracın sahibiydi.

"Durum nedir?" dedi ters bir sesle kulaklığına bağlı olan mikrofona doğru.

"Hedefi saptadık," dedi ekip lideri.

"Yalnız mı?"

"Hayır, yanında Vaner var."

Kahretsin. Birlikte olduklarını düşünse de bunu kesinkes bilmek ayrı bir dertti. Gelirken helikopterden, Philadelphia'daki ekibe Vaner hakkında bilgi vermişti. Kadın çok tehlikeliydi. Onu da canlı ele geçirmek isteseler de Caine daha önemliydi. Crowe bir sonraki emrini verdiğinde bunun önemli olmadığına inandırmaya çalıştı kendini. Kadın ne de olsa bir haindi, ama kendi yalanına kendisi de inanmadı.

"Gerekirse," dedi Crowe, "Vaner'i durdurmak için vurun."

"Anlaşıldı. Vaner'i indirmeye yeşil ışık yakıldı."

Crowe, verdiği emri düşünmemeye çalışarak, operasyona odaklandı. "Birinci tim yerinde mi?"

"Olumlu."

"İkinci tim?"

"İki yerinde efendim."

Crowe neler olacağını düşünürken bir kırmızı ışıktan geçti. "Tim bir. Başla!"

"Tim bir başlıyor," diye tekrarladı tim lideri. Şansları yaver giderse, daha Crowe istasyona varmadan her şey halledilmiş olacaktı. Ama karşılarına aldıkları adam Caine olunca, şanslarının yaver gitmeyeceğini biliyordu.

Bir keskin nişancının onları vurma olasılığı azdı, ama bunun dışında yerin altında olmanın başka bir artısı yoktu. Peronun iki ucunda bulunan merdivenlerin sonundaki kapılar dışında bir çıkış yoktu. Bir de tünelin çıkışına kadar giden tren rayları vardı. Yerin yüz metre kadar altındaydılar. Nava, tünelin dibindeki gün ışığını görebiliyordu. Oradan çıkmayı düşündü, ama bu durumda kendilerini açıkta bırakmış olacaklardı. Diğer seçenek ise yürüyen merdivenlerden çıkmaktı ki bu da en az ilki kadar tehlikeliydi. Eğer yukarıda ajanlar onları bekliyorsa, o zaman kurbanlık koyun gibi düşeceklerdi ellerine.

Nava kalabalık perona baktı. Kimse özellikle onlarla ilgilenmiyormuş gibi görünmüyordu, ama ajanlar iyiyse zaten böyle olması gerekiyordu. Belli kişileri hemen eledi; anneler, çocuklar, yaşlılar. Burada olanların yüzde kırkını eleyebiliyordu sadece ve bu yeterli değildi.

Yine rayları takip edip buradan çıkmayı düşündü. Caine'nin koluna yapışıp raylara atlayarak kaçmak istiyordu, ama bundan nefret etse de yürüyen merdivenlerde kalabalığa karışmanın daha akıllıca olduğunu biliyordu. O zaman onları hedef alanları görmek daha kolay olacaktı.

Omzunun üzerinden baktı ve ikiz kızlarına göz kulak olmaya çalışırken bir yandan da bebek arabasıyla uğraşan bir kadın gördü. Mükemmel bir kalkandı bu aile. Nava onlar yanlarına gelinceye kadar yavaşladı. Caine'nin kolunu sıkınca o da yavaşladı. Yine de başka bir şeyler yakalamak için gözleriyle kalabalığı taradı. Birkaç genç onu süzüyordu, ama daha çok beğeniyor gibi bakıyorlardı, profesyonellere pek benzemiyorlardı. Biraz ilerideki yapılı bir kadın ajana benziyordu ama eli kolu alışveriş torbası doluydu.

Nava tam peşindekilerden kurtulduklarını düşünmeye başlamıştı ki adamı gördü. Eski bir kot ve kazak giymişti. Elbiseler üstüne uymuyordu. Saçı düzgün kesimliydi ve bıyığa da düzgündü. Daha yeni olan ayakkabılarını görünce Nava hata yapmadığını hemen anladı.

Adam sadece göz ucuyla bakıyordu onlara, ama Nava artık kendilerini izlediğini anlayabiliyordu. Caine'ye doğru eğilip bıyıklıya baktı. Adam şimdi de Nava'nın omzunun üzerinden bir yerlere bakıyor gibi yapıyordu. Adamın takım elbiseli genç bir kadına baktığını gördü. Kadın iyiydi. Çok kontrollüydü, birkaç saniye başını kaldırdıktan sonra gazetesini okumaya döndü. Ama Nava kadının koltuğunun altındaki kabartıyı görmüştü o daha gazeteyi kaldırmadan.

"Saat yedi yönünde bıyıklı herif. Saat iki yönünde sarışın, gazete okuyan kadın."

Caine başını sallayıp önüne bakmaya devam etti. Nava derin bir nefes aldı. Bir tek Caine'yi istediklerini biliyordu, yani Nava'yı her an harcayabilirlerdi. Duraksadı, sonra birden sakinleşti. Paniklemesi için bir neden yoktu; her zamanki gibi ya yaşayacaktı ya ölecekti.

Yavaşladı ve üç çocuklu anneye iyice yanaşarak çocukları Caine ve bıyıklı arasında tutmaya özen gösterdi. Sol tarafı kapanınca sağa yöneldi. İlerlerken kalabalıktan ayrılmadıkları için kadın ajanın kucağına düşeceklerdi. Caine birkaç saniye sonra ajanın önünden geçecekti.

Nava döndüğünde bıyıklının hareket ettiğini gördü, onlara doğru geliyordu. Yürüyen merdivenler üç metre ilerdeydi. Kadın sağa doğru dönüp çarpışmaya hazırlanır gibi ayaklarını yere sıkıca bastı. Eğer ajanlar onları peronda yakalamaya kalkacaklarsa bu son şansları olacaktı.

Ve galiba bunu göze alacaklardı.

Caine takım elbiseli kadını garipsemedi, ama Nava eğer kadının ajan olduğunu söylüyorsa öyle olduğuna emindi. Nava'nın yanından ayrılmadı yürüyen merdivenlere giderken. Çok az kalmıştı. Yavaşlamak istediyse de kalabalık buna izin vermiyordu. Bir metre kalmıştı, sonra birden kadın ajanın yanında buldu kendini. Parfüm kokuyordu. O kadar yakınındaydı ki koyu gözlüklerinin arkasından kadına bakmadan edemedi.

Kadın flört eder gibi baktı ona. Tehlikeli gibi değildi. Başka bir zaman olsa bu tertemiz, düzgün giyimli, Jasper'in deyimiyle, 'profesyonel iş kadını ve yatak fantezisi karışımı' pilice asılabilirdi. Caine gülümserken bir an için aranan bir adam olduğunu unuttu. Sonra da kadının elinde parlayan bir şey gördü. Bu büyük bir gümüş kalem gibiydi.

Caine büyülenmiş gibi seyretti kadını. Sonra kadının elindekinin Nava'nın New York'ta kullandığı türden bir şırınga olduğunu anladı. Ajan bunu birden Caine'ye doğru uzattı.

...

İ*ğne derisine giriyor ve...*

*(*Döngü)

Kadın şırıngayı sokmak için uzanıyor, kadının kolunu tutmaya çalışıyor, ama başaramıyor. Birden canı acıyor ve...

*(*Döngü)

yaralı bacağını iğneye doğru uzatıyor ve...

...

Şırınga dizinin üzerindeki tahta parçasına saplandı. İğne kırılınca kadın Caine'nin koluna yapıştı ve onu çekip dengesini bozdu. Bir an için ayakta kalmaya çalıştıysa da işe yaramadı; bu yüzden düşerken kadını da indirmeye çalıştı. İleri doğru atılıp omzunu kadının çenesine çarptırdı.

Kadın geri devrilirken Caine'yi de kendisiyle birlikte yere çekti. Düşerken döndüğü için yerde yüz yüze yatıyorlardı. Caine onu itmek üzereyken kadının tabancasının namlusunu karnında hissetti.

"Seni öldürmek istemiyorum, ama kımıldarsan ateş ederim," dedi kadın. "Eğer böyle bir şey olursa da o zaman zaten ölmek istersin, inan bana."

Caine inanıyordu. Bir kadın bağırdı ve kalabalık, amaçsızca yürüyen bir sürüyken, birden korkak hayvanlar gibi kaçışmaya başladı. Biri Caine'nin yaralı bacağına bastı. İnanılmaz bir acıyla titredi.

Bir el ateş edildiğini duydu.

23

Nava, kadın ajanın Caine'nin üstüne atılışını gördüğünde onu öldürmeyeceğini biliyordu. Bu yüzden kendisini öldürmek isteyen bıyıklıya odaklandı. Adam ileri atıldı, diğer yolcuları kenara iterken bir eliyle de tabancasına uzandı. Nava adamın gözlerindeki bakışı tanıdı, o da binlerce kez aynı duyguyu hissetmişti. Bir şekilde engellemezse adam asla durmayacaktı. Nava, adamın elindeki tabancaya işaret edip bağırdı.

"TABANCASI VAR!!!"

Bunu ikinci kez söylemesi gerekmedi. Her şehirli günün birinde bu cümleyi duyacağı korkusuyla yaşardı Amerika'da. Kalabalık anında korkuyla bağırarak, bilinçsizce hareket etmeye başladı. Herkes öne geçmeye çalışıyor ve yürüyen merdivenlerin bitişindeki kapılara ulaşmak için atılıyordu.

Şansı yaver gitti Nava'nın, çünkü atletik yapılı gençler kahramanlık taslayıp bıyıklının üstüne atılmaya karar verdiler. Bir- iki saniye ajanın kollarını tutabildiler, ama eğitimli bir ajanla başa çıkamazlardı. Bıyıklı, birinin karnına dirsek attı ve diğerinin suratına da bir yumruk savurdu. Eğer gençlerin düşebilecekleri bir yer olsaydı yere kapaklanacaklardı, ama baygın bedenleri kalabalıkta sürüklendi.

Nava hiç duraksamadan ajana doğru gitti. Adam geldiğini görünce onunla karşılaşmaya hazırlandı. Tabancasını uzatınca, çevresindekiler kapılara doğru iyice hızlandılar. Bazıları da raylara atlayıp gün ışığına çıkmaya çalıştı.

"Yere yat," diye emir verdi. "Federal ajanım ben!"

Nava duraksamadı. Adam bunu tahmin etmişti ama yine de uyarıda bulunmuştu. Bıyıklı tetiği çekti. Nava bunu gördü ama dişlerini sıkıp yoluna devam etti. Tabanca ateş almadı. Adam tabancasının takıldığını anladığında artık çok geçti, çünkü Nava adamın üstündeydi.

Hızla ve alçaktan saldırdı adama. Onun silahı tutan elini kavrayıp tavana doğrulttu. Adam da bunu yapacağını bilerek sol eliyle Nava'nın çenesine bir yumruk indirdi. Nava aslında mantığa aykırı bir şey yaptığını anlamıştı ama artık mantığına değil de içgüdülerine güveniyordu. Bunları da KGB'nin en iyi adamlarından aldığı eğitim sayesinde pekiştirmişti. Adam ensesine doğru hamle yaparken yumruğa doğru dönüp başını eğdi. Adamın yumruğu başının üstüne denk geldi ki, bu da insan bedenindeki en sert kemikti. Birden kafasına bir kalas yemiş gibi oldu, ama çıkan sesten adamın elinin de çok acıdığı anlaşılıyordu.

Nava bir yılan gibi atıldı inleyen adamın yaralı eline doğru. Eli çevirip sıktı; adamın bileğini kırıp parmaklarını ezdi. Adam karşılık veremeden diğer elinden aldığı tabancayla da burnuna vurdu. Ajan, düşüp çimento zemine kapaklandığında çoktan bayılmıştı.

Nava duraksamadan başka saldırgan olup olmadığını anlamak için çevresine baktı, ama başka birini göremedi. Elinde tabanca olduğu için çevresindekiler dağılıyor, hareket ettikçe herkes ondan kaçıyordu. Yerde yatan Caine'yi ve onun karnına silah dayayan kadın ajanı gördü.

Nava durumu değerlendirdi. Tetiği çekmekte bir an bile tereddüt etmedi.

Caine ateş edildiğini duyduğu anda dünya durdu.

...

Caine'nin üstü başı anında kan oluyor. Ajanın yüzü eriyor gibi. Sanki eskiden yüzünün olduğu yerde bir boşluk var artık, altında da kanlı gri bir omlet. Bedenindeki her kas gevşiyor, tabancası aralarına düşüyor ve...

(Döngü)

Kadın hayatta, kurşun boynunu delip geçiyor, şah damarından fıskiyeden fışkırırcasına kan fışkırıyor ve...

(Döngü)

Kadın üst üste defalarca ölüyor. Zapruder'in, Kennedy suikastı hakkında çevirdiği film gibi sürekli ölüp duruyor. Dehşet içinde bakarken de zaman iyice yavaşlıyor. Caine kadının boynuna girişini görüyor kurşunun. Genelde sağ gözünden, ama bazen de çenesinden giriyor. Caine'nin üstüne kadının dişleri yağıyor.

Birkaç defa da kurşun kendi kafatasına girerken acıyı hissediyor, ama bu deneyimler çok hızlı geçip gidiyor; kurşun beynine isabet ettiğinde de başa dönüyor. Sonunda Caine ne yapması gerektiğini anladığında görüntü değişiyor. Tüm gücüyle kadının kolunu yukarı doğru itiyor ve...

...

Kadının bileğini delip geçerken merminin açısı 12.3 derece değişip duvara saplandı. Caine daha bir şey yapamadan, bir gölge uzanıp başını yere vurunca, kadın bayıldı.

"Gidelim," dedi Nava, Caine'yi çekerek ayağa kaldırıp, "Fazla zamanımız yok."

Peron neredeyse boşaldığından açıktaydılar. İnsanların bir kısmı raylara atlayıp gün ışığına doğru koşmaya başlamışlardı. Nava ajanın tabancasını atıp Caine'nin koluna uzandı.

"Sıkı tutun!"

Caine daha ne olduğunu anlayamadan Nava onu kaldırıp omzuna almıştı ve raylara atlamıştı. Rayların üzerine sert bir şekilde düşmelerine rağmen Nava dengesini kaybetmedi. Caine'yi tek bir hamlede ayaklarının üzerinde durdurdu.

Saniyeler içinde çılgın kalabalıkla birlikte tünelin sonundaki ışığa doğru gidiyorlardı.

"Ateş açıldı. Tekrar ediyorum. Ateş açıldı!" diye bağırıldığını duyuyordu Crowe kulaklığından.

"Ne oldu? Ölen var mı?" Daha yarım mil vardı gara ve operasyon başarısızlığa sürükleniyordu. "Birinci tim! Cevap ver lanet olası!"

"Efendim. Perondaki iki ajana da ulaşamıyoruz."

"İnin perona."

"İmkânsız efendim. İnsanlar var yürüyen merdivenlerde. Bazıları da yaralı. Onlar çıkmadan inemiyoruz. Galiba hedef hâlâ peronda."

Eğer iki ajandan da haber alınamıyorsa ya ölmüşlerdi ya da bilinçsizlerdi. Crowe'nin emrindeki bir ekipte kimse ölmemişti bugüne kadar. Böyle bir şeyin olma ihtimalini düşününce midesi bulandı. Durup düşünmek istiyordu, ama tereddüt ederse başka insanların da hayatlarını kaybedebileceğini biliyordu. Komuta ondaydı. Emir vermek zorundaydı.

Vaner'in o peronda kalmasına ve diğer ajanların onun pozisyonunu belirleyip çevresini sarmasına izin veremezdi. Garı düşündü. Asansörü devre dışı bırakıp merdivenleri kapatmışlardı. Geriye bir tek yürüyen merdivenler kalıyordu. Vaner'in, kalabalığa karışma şansı olsa bile, bunu göze alacağını hiç sanmıyordu. O zaman tek kaçış...

"Tünel! Rayları takip edip kaçacaklar!" diye bağırdı bir kırmızı ışığı daha ihlal ederken. Bir BMW'yi yanından geçerken sıyırdı. "İki çıkışı da kapatın!"

"Hem tüneli, hem de çıkışları tutamayız!"

"Şu anda bir boku tuttuğunuz yok zaten! Yürüyen merdivenlerde iki kişi bırakın. Kalan herkes raylara insin. Hemen!"

"Anlaşıldı!"

"Ayrıca..." dedi Crowe ne söyleyeceğini düşünerek. "Vaner'i indirin. İşi hiçbir şekilde şansa bırakmayın. Gördüğünüz yerde öldürün onu."

Kalabalıkla birlikte hareket etmeye çalışırken önlerindeki birkaç fare de kaçışıyordu. Caine bu yaratıkları düşünmedi bile, sadece düşmemeye çalışıyordu.

Tünelin çıkışına yaklaştıklarında durdular. Daha günün ortası olmasına rağmen gökyüzü pek de iç açıcı değildi ve hava neredeyse tamamen kararmıştı. Nava çevreye baktı, ama yağmur tüm şiddetiyle devam ettiğinden göz gözü görmüyordu neredeyse. Dışarı çıktıklarında daha da yavaşlamak zorunda kaldılar. İki tarafta da yükselti olduğundan, çamurlu zeminle rayların ortasında dikkatle ilerlemek zorundaydılar. Birkaç kişi kayıp düştü. Bazıları düştükleri yerde kaldı; kollarıyla başlarını koruyor, ağlayarak yardım istiyorlardı. Diğerleri de kalkıp çamurun içinde zombiler gibi ilerlemeye çalıştılar.

Önlerine bir polis barikatı çıkınca, kalabalık birden durdu. Caine ve Nava ise geride kaldılar. Nava ıslak saçlarını açıp yüzüne indirdi. Yaşanan kaosta kimse onlara bakmamıştı bile, ama yine de perondakilerin onu teşhis etmesini istemiyordu.

"Lütfen sessiz olun, oturun ve dinleyin," dedi elindeki megafona bağırarak konuşan bir polis memuru. "Her şey yolunda. Sadece kimliklerinize bakmamız gerekiyor."

Görevliler onları üç ayrı sıraya soktu. Kimlikleri kontrol edildikten sonra yolcuları çamurlu hendekten çıkaracaklardı. Birkaç kavgacı tip şakır şakır yağmurun altında alıkonmaya itiraz ettiyse de, insanların çoğu neye uğradıklarını şaşırdıkları için yalnızca ne deniyorsa onu yapıyorlardı.

Caine, Nava'ya baktı. Kadının eli cebindeydi. Islanmış ceketi eline yapıştığından cebindeki tabancayı tuttuğunu gördü. Bunun gerçek olmadığını biliyordu; bu bir rüyaydı, ama ya yanılıyorsa? Onu durdurması gerekiyordu.

Aklını toplamaya çalışarak, gözlerini kapadı. Ve birden ne yapması gerektiğini anladı.

"Başka birini daha vurmadan," dedi Caine. "Bir planım var."

"Otuz saniyen var," dedi Nava, "Dinliyorum."

"İlk önce," dedi Caine, "Bir tabancaya ihtiyacım var."

Kalabalığın arka tarafındaydılar, ama çevrelerinde en az elli kişi vardı. Otuz kişi de tünelin girişinde durmuş, yağmurdan korunmaya çalışıyordu. Nava ve Caine yüzlerine baka baka yolcuların arasından geçtiler. Caine doğru şeyi yaptığına inanmak istiyordu. Ne yaparsa yapsın, Nava'nın bunca insanın arasında ateş etmesine izin vermekten iyi olacaktı sonuçları.

O anda adamı gördü. Mükemmeldi. Nava'ya bir işaret yaptı, o da başını sallayıp hedefe doğru gitti. Siyah saçlı adama yaklaşırken gülümsedi. Adam da ona gülümserken Nava'nın göğüslerine yapışan siyah dar tişörtüne bakıyordu.

Caine böğrüne namluyu dayayınca adam birden ciddileşti. Dehşet içinde Nava'ya döndü yardım istemek için, ama o da tabancasını çekip adamın karnına bastırmıştı.

"Bizimle gel," dedi Nava. "Yavaşça." Nava adamın yanında yürüdü, bir eliyle adamın kolunu tutuyordu, diğerinde de ceketinin altına sakladığı tabancası vardı. Caine peşlerinden gitti. Karanlık tünele geldiklerinde birbirlerine yaklaştılar ve "Bana cüzdanını ver," dedi adama.

"Beni soyuyor musunuz?" dedi adam şaşkınlıkla. "İnanmıyorum buna! İlk önce biri çıldırıp ateş ediyor, sonra da kapkaççıların eline düşüyorum."

Nava adamın kasığına dayadı tabancayı. "Cüzdan dedik," dedi emir verir gibi.

"Tamam tamam." Adam ceketinin cebine uzandı ve siyah bir Gucci cüzdan çıkarıp Caine'ye verdi.

Caine kimliği bulup baktı. "Richard Burrows. Rick mi derler sana, Rich mi?"

"Rick," dedi kızgın bir ifadeyle adam.

"Pekâlâ Rick. Bu ailenin resmi mi?" diye sordu Caine kucağında bir bebek tutan sarışın kadının resmini göstererek. Rick, ona öldürecekmiş gibi bakarak başını salladı.

Nava cep telefonunu açıp bir numara çevirdi ve konuşmaya başladı. "Benim..." Duraksayıp Rick'in ehliyetine baktı. "Pine Sokağı 400 numaraya gidin. Eve girin. Bir bebekle sarışın bir kadın olacak orada. Onları alın. Eğer bir saat içinde benden haber almazsanız, öldürün onları."

Nava telefonu kapatırken Caine adamın tepkisini izliyordu. Yüzünde garip bir ifade vardı: Çaresizlik ve delirmiş gibi bir çılgınlık. Ama Caine bir yandan da adamın yenilgiyi kabul ettiğini gördü.

"Ne istiyorsunuz benden?" diye sordu yalvarır gibi Rick. Nava cevap veremeden, Caine durumu kontrolüne aldı, çünkü bu işi adamı korkudan öldürmeden de yapabileceklerini biliyordu.

"Sana anlatayım ne istediğimizi," dedi Caine. "Ailene zarar vermek istemiyoruz. Buna inanıyor musun?"

Rick yavaşça başını sallarken dudakları titriyordu. Pek inanmış gibi görünmüyordu, ama sorun değildi. Caine birden kendinden nefret etti, öte yandan Rick, ailesinin rehin alındığını ve tehlikede olduklarını düşündüğü sürece, istedikleri her şeyi yapacaktı.

"Sana söylediklerimi yaparsan ailen güvende olacaktır," dedi ve Rick'in gözlerine baktı. Bir çizgiyi aşmak üzere olduğunun o da farkındaydı. "Ama eğer dediklerimi yapmazsan, o zaman onların ölümlerinden sen sorumlu olursun, ben değil. Anladın mı?"

Rick başını tekrar salladı. Caine söylediği her şeyi geri almak istedi birden; adama evinde kimsenin olmadığını, oğlunun ve karısının güvende olduğunu söylemek istedi, ama artık çok geçti. Bu yaşananların hiçbirinin gerçek olmadığını söyleyerek kendini avutmak zorundaydı, ama bu gerçek gibi görünen yanılsaması devam ettikçe, beyni de artık olanlara ayak uyduruyordu sanki.

Bunları düşünmemeye çalıştı ve Rick'e dönüp planını anlattı. Adam önce karşı çıktı, ama söylenenleri yaparsa her şeyin yoluna gireceğini tekrarladı Caine.

"Şimdi bana elini ver," dedi Caine. Rick titreyen avcunu uzatınca, ona bir tabanca verdi. Adam sanki elinde patlamaya hazır bir bomba varmış gibi bakıyordu tabancaya.

"Bunu cebine koy."

Rick denedi, ama elleri o kadar titriyordu ki ancak üç denemeden sonra cebini tutturdu.

Caine insanların oluşturduğu en kısa sırayı işaret etti. Rick sıraya, sonra da Nava'ya baktı ve kadın tabancayı indirince ölümüne gider gibi yürümeye başladı.

Adam konuştuklarını duyamayacak kadar uzaklaştığında Nava, Caine'ye hayranlıkla baktı. "Hiç fena değildin."

"Yaa, ne demezsin, zavallı adamın kalbine iniyordu nerdeyse."

"Başka seçeneğin yoktu."

Caine ona baktı. "Her zaman seçeneklerin ve seçim hakkın vardır." Ama bu sözleri söylerken bile kendi ikiyüzlülüğünün farkına vardı, insanlığını yitirmiş gibiydi.

Rick'in beş metre arkasında beklediler sırada. On dakika geçti. Nava'nın gördüğü kadarıyla bu, Rick'in hayatının en uzun on dakikasıydı. Eğitimli bir insanın gözüyle adamın dehşete düştüğü belliydi, çünkü sürekli yerinde kıpırdanıyordu, sanki içi içine sığmıyordu.

Adamın alenen korkması Nava'yı endişelendirmedi. Nava'yı asıl korkutan, otuz saniyede bir dönüp onlara yalvarırcasına bakmasıydı. Bu gerçekten bir sorundu, çünkü ajanların bir nebze aklı varsa bu durumu fark edip adamın nereye baktığını göreceklerdi ve işte o zaman işleri bitecekti.

Bu koşullar altında Caine'nin planı en akla yatkınıydı. İçinden bir ses bu plana güvenmesini, Caine ne planlarsa planlasın bunun gerçekleşeceğini söylüyordu..

Ve artık buna inanmaya başlamıştı.

"Sıradaki," derken ajan Sands dikkatliydi. Hem Hauser'in, hem de Kelleher'in hastanelik oldukları haberini almışlardı. Onları kim alt ettiyse bu işte ustaydı. Yine de Caine denen herifin sıradakilerin arasında olmasını diledi. O zaman onu kendisi tutuklayacaktı. Öyle olursa Caine'nin başı, merkeze götürülmeden önce birkaç defa kazayla Sand'in yumruğuna falan çarpardı belki. Sands bunu düşünüp gülümsedi. Caine'yi yakaladığında, onu teslim etmeden önce adama acı neymiş biraz gösterecekti.

"Sıradaki!" diye bağırdı yine. Yağmurdan dolayı sesinin duyulmadığının farkındaydı, ama sonraki adam önündeki kadını geçtiğini fark etmemiş olamazdı. Adam omzunun üzerinden geriye doğru bakıyordu.

Sands adam kendisine yaklaştıkça irkildi. Herkes yağan yağmurdan kaçmak için koşarak gelmişti, ama bu adam yavaş ilerliyordu ve yürürken mayına basmaktan çekiniyormuş gibi yere bakıyordu. Çevredeki altı polis farkına varmamıştı bu durumun. Ama devriye polislerinden ne beklenebilirdi ki zaten?

Adam yaklaştığında Sands onun çok korktuğunu anladı. Yüzü bembeyazdı. Kıpırdanıp duruyor; ellerini ceplerine, yanına, kalçasına koyarak sanki tedirgin değilmiş gibi görünmeye çalışıyordu. Sands'in çok iyi bildiği bir şey vardı: Saklayacak şeyi olmayan bir insan rahatmış gibi görünmeye çalışmazdı, özellikle de yağmurun altında yürürken.

Gerçi adamın eşkâli tam olarak Caine'ninkine uymuyordu; burnu daha kalındı ve gözleri de kahverengiydi, ama Sands yine de şüphelendi. Zaten başka her şeyi tıpatıp eşkâle uyuyordu. Boyu, kilosu... Sands kendini kavgaya hazırladı.

"Nereden geliyorsunuz?" diye sordu Sands gözlerini adamın yüzünden ayırmadan.

"Ben... Şey... New York... New York'tan bindim," diye kekeleyen adam ayaklarına bakıyordu.

"Kimliğinizi görebilir miyim?"

Adam tedirgin bir şekilde ceketinin cebine el atınca, Sands bir anda gerildi. *Eğer silah çekerse onu vururum. Kafasını dağıtırım. Crowe'nin de canı cehenneme.* Ama adam ince, siyah bir cüzdan çıkardı elleri titreyerek.

Sands, cüzdanı açıp kimliğindeki ismi okumaya çalışırken, adamdan gözlerini ayırmadı.

Adı David... Lanet olası pislik!

Cüzdanı attı, tabancasını çekti ve namluyu David Caine'nin başına dayadı.

"Dizlerinin üzerine çök, ellerini başının arkasına koy. HEMEN. AŞAĞILIK HERİF! HEMEN DEDİM!"

Caine donup kalmıştı. Sonra Martin Crowe bir anda yanında beliriverip dizine bir şeyle vurunca geri düştü. Sands, karnına olanca gücüyle öyle bir tekme savurdu ki ayağı karnını deşecekti neredeyse.

Caine kan kustu.

"Bu Kelleher içindi aşağılık pislik."

Sands, eğilip yerde yatan adamın saçına yapıştı ve çamurlu yüzünü kendine doğru çevirip Caine'nin fotoğrafıyla karşılaştırdı. Çok benzemiyordu, ama deneyimle sabitti; insanlar zaten fotoğraflarına pek benzemezlerdi. Evet, bu Caine'ydi. Üstünü arayıp Hauser ve Kelleher'i vurmak için kullandığı tabancayı buldu.

Sands, Caine'ye olanca gücüyle bir yumruk attı. Anında düzleşen burnundan kan fışkırdı adamın. Bir yumruk daha atmak üzereyken güçlü bir el kolunu tuttu. Döndüğünde Crowe ona bakıyordu. İlk vurduğunda bir şey dememişti, ama bu kadarı yeterdi. Sands başını sallayıp elini indirdi. Uzanıp Caine'nin saçına yapıştı ve gözlerini açmasını sağladı.

"Arkadaşımı vurdun, pislik!"

Titreyen adamın suratına tükürdü. "Gebereceksin!"

Adam gözlerini kapayıp bir bebek gibi ağlamaya başladı. İnsanlar yakayı ele verince hiç de cesur davranmıyorlardı.

Sands adamın kafasını çamura itip ayağa kalktı.

"Al senin olsun, Crowe."

24

İki ajan Rick Burrows'u sürükleyerek götürünce, Nava bir an için rahatladı, ama sonra yine kalbi sıkıştı. David Caine'yi bulduklarında federal ajanların işin ucunu bırakacaklarını düşünmüştü, ama bu sefer de kadınlara oldukları yerde kalmalarını söylüyorlardı. Nava içinden okkalı bir küfür etti. Sonunda şansları tükenmişti. "Sen git," dedi Caine'ye.

"Seni yakalarlar."

"Göreceğiz bakalım. Eğer beni teşhis ederlerse, o zaman kendimi seni düşünmeden kurtarmam daha kolay olur."

Caine itiraz edecekken sözünü kesti.

"David, bunu tartışacak zaman yok. Hâlâ beni arıyorlar, yani biraz sonra senin adamı sorgulayacaklar. Bunu yaptıklarında yanlış adamı yakaladıklarını anlamaları an meselesi."

Caine'nin gözlerinin içine bakarak bir an duraksadı ve onun mantıklı düşünmeye başladığından emin olunca devam etti. "Şimdi beni dinle. Şehrin en kötü semtine git. Bir motele yerleş. Nakit öde.

Jasper'i arama. Yarın öğlen Philadelphia Sanat Müzesi'nin lobisinde buluşalım. Eğer on ikiyi beş geçe gelmemişsem bil ki artık tek başınasın."

Caine birkaç saniye sustu, gözlerini kırpıştırdı, sonra da başını salladı.

"Yakında görüşürüz," dedi ve tek kelime daha etmeden çamurlu yokuştan yukarı çıkmak için arkasını döndü.

Caine arkasına bakmadı. Oradan mümkün olduğunca çabuk uzaklaşmalıydı. Ama dizinin kırık olması işini zorlaştırıyordu. Birden, birinin dirseğini tuttuğunu hissedip dönünce yanında üniformalı bir polis olduğunu gördü.

"Beyefendi, yardıma ihtiyacınız var mı?" diye sordu iri yarı polis.

Caine'nin, yok diyecek hali yoktu. Bu yüzden de, "Evet, lütfen," dedi.

"Merak etmeyin," dedi polis yokuşu çıkmasına yardım etmek için dirseğini daha da sıkıca tutarak. Yavaş, ama emin adımlarla ilerlediler ve kısa sürede sokaktan on adım ötedeydiler.

Caine topuklarını çamura bastırarak neler olacağını görmek için ilerledi.

Crowe tüm kelepçeleri kontrol edinceye kadar kendini rahat hissetmedi. Ancak o zaman dişlerini sıktığını farkedip çenesini oynattı. Minivanın zeminine oturtulmuş sandalyede titreyen Caine'ye baktı. Vaner'i hâlâ yakalayamamışlardı ve bu yüzden de, Caine'yi hemen New York'a götürmeleri gerektiğinin farkında olmasına rağmen bekledi. Forsythe, Vaner'e ne olduğunu umursamıyordu, ama

Crowe arkasına bakmadan gidecek bir adam değildi. Vaner tehlikeliydi ve yakalanması gerekiyordu.

Ayrıca, ona garip gelen bir şey vardı. Karşısındaki adam, üç ajanı alt edecek birine benzemiyordu.

"Vaner nerede?" diye sordu Crowe üçüncü kez.

Caine cevap vermedi, hıçkıra hıçkıra ağlamaya devam etti. Elleri o kadar titriyordu ki, yüzüğü sandalyenin koluna çarpıp duruyordu. Crowe başını yana eğip adamın sol elinin yüzük parmağına baktı. Ve kalbi duracak gibi oldu. David Caine evli değildi. Belki de kılık değiştirmek için takmıştı yüzüğü adam... Titreyen eli tuttuğunda adam kendisine bir şey yapacağını sanarak dehşetle irkildi. Crowe yüzüğü çekiştirerek çıkardı ve adamın parmağına baktı. Yüzüğün izi vardı. O şey adama aitti, yani evliydi. Midesi düğümlendi.

"Sen David Caine değilsin."

Adam hıçkırarak ağladı. Birden her şeyi anladı Crowe. Yakalanması fazla kolay olmuştu. Karşısındaki ödleğin tekiydi. Smith Wesson tabancasını çekip adamın şakağına dayarken, diğer eliyle de çenesini tuttu. Hasta yatağındaki Betsy'yi düşündü bir an için. Onu yüz üstü bırakmayacaktı. Bırakamazdı.

"Bana bak! YÜZÜME BAK!"

Adam gözlerini açınca yaşlar yanaklarından süzüldü.

"Neler olup bittiğini anlatmak için beş saniyen var. Eğer anlatmazsan çekerim tetiği ve beynin arabanın dört bir yanına dağılır. Eğer blöf yaptığımı sanıyorsan gözlerimin içine bak, öyle olmadığını anlayacaksın. Şimdi. Beş... Dört... Üç..."

Göz göze geldiler. Crowe soğuk ve kararlı bakıyordu, adam ise dehşete kapılmıştı.

"Tabancala tedit etile," diye ağladı *Tabancayla tehdit ettiler.* "Kalımla bebeiöldürürüdeydile" *Karınla bebeğini öldürürüz dediler.*

"Kahrolası!" Crowe tabancayı adamın şakağından çekmedi. "Ne zaman ve nerede?"

"İmşi. Sila." *Şimdi, sırada.*

Crowe dışarı fırlayıp, mikrofona bağırmaya başladı. "Tüm ekiplerin dikkatine! Yakaladığımız hedef aldatmacaymış. Tekrar ediyorum. Hedef bir aldatmaca. Çevreyi sarın. Hemen!"

İki metre, bir metre...

Caine'nin kalbi normal atmaya başladı. O kadar yaklaşmıştı ki birkaç adım sonra polisi atlatabilirdi. Polislere dikkat bile etmeden yağmurda geçip giden arabaları görebiliyordu.

Tam bir adım daha atacakken polis telsizinden bir bağrış duyuldu.

Nava sıranın gerisinde kaldı ne yapacağını düşünmeye çalışırken. Önünde hâlâ dört kadın vardı. Birini rehin almayı düşündü, ama böyle yaparsa federaller onu vurmak zorunda kalırdı. Diğer yandan, kimseyi önüne siper etmezse de, intihar etmek gibi bir şey olurdu bu.

Arama ekibi üç FBI ajanına ve altı polise indirgenmişti. Daha fazla adamla da çarpışmıştı zamanında; herhalde. Belki de kim olduğunu anlamazlardı ve sahte kimliğini yutarlardı, ama buna pek inanmıyordu.

Birden üç ajan da aynı anda dondu. İlki silahına el attığı anda David'in dublörünün yakayı ele verdiğini anladı. Dünya bir anda kararır gibi olunca, Glock'unu çıkarıp ateş etmeye başladı.

Caine polisin kolunu çekip onu yere düşürdü. Adam kendine gelemeden bastonu kafasına indirdi.

Nava, polislerden daha iyi nişancı oldukları için öncelikle FBI ajanlarını hedef seçti. Şaşmaz bir isabetle üç el ateş etti. Silah sesleri kulağına bile gelmeden üç mermi de hedeflerine doğru yol alıyordu.

Mermiler ajanların omuzlarına saplanınca ortalık cehenneme döndü. Sırada duran kadınlar avaz avaz bağırarak kaçışırken polisler de gizlenecek bir yer aradılar.

Daha kimse ne olduğunu anlayamadan Nava çamurlu yokuştan Caine'ye doğru koştu. Caine de, o anda polisin kafasına bastonunu indiriyordu. İkisi de dengesini kaybedince birbirlerine sarılarak düştüler.

Nava polisin üstünden atlarken, adamın sağ kulağının arkasındaki kesikten kan aktığını gördü. Bayılmıştı. Uzanıp Caine'yi ayağa kaldırdı ve onu sürükleyerek son birkaç adımı da ilerletip yola çıktı.

Bir araba bulmaları gerekiyordu.

Her yerde polis arabaları vardı, ama içleri boştu. Önlerinde yürüyen yolcular olanlardan habersizdi. Caine omzunun üzerinden geriye doğru bakınca bakmamış olmayı diledi: Eli silahlı altı polis yokuşu çıkıyordu.

Ortadan kaybolmak için on beş saniyeleri vardı, yoksa yine ateş edilecekti. Nava muhteşemdi; muhteşemden de öteydi ama altı silahlı polisi alt edecek hali yoktu. Ayrıca, Caine böyle bir şeye kalkışmasını da istemiyordu, çünkü onları alt edip kendini de öldürtebilirdi. Tek bir kaçış yolu vardı.

"Bana tabancanı ver," dedi Caine. Nava tereddüt etmedi. Talebi kadına garip gelmemişti, ama kendisi için öyle değildi.

Caine tereddüt etmeden sendeleyerek, yağmurlu sokağın ortasına çıktı ve tabancasını havada salladı. Kırmızı bir Vosvos aniden fren yaptı, yoldan kayarak çıkıp korumalığa çarptı. Yanından hızla bir Ford Mustang geçti, o da su sıçrattı. Caine bir an için gözlerindeki suyu silene kadar göremedi, sonra da siyah bir Mercedes'in üstüne doğru geldiğini gördü.

Tabancayı ön cama doğrulttuğunda blöf yapıyordu aslında, ama bu işe yaradı. Sürücü Caine'nin dizine yarım metre kala durabildi. Karartılmış camlardan arabanın içi görünmediği için sürücüyü göremedi.

Nava arabaya doğru koşup kapıyı açtı. Sürücünün yakasına yapışıp dışarı çekti ve silahı şakağına dayadı. Adam fazla rahat görünüyordu. Nava'ya bakmadı bile, doğrudan Caine'ye bakıyordu.

"Yağmur Adam?"

"Doc!" Caine gördüğüne inanamıyordu.

Nava, Caine'ye baktı.

"Tanışıyor musunuz?"

Caine sadece başını salladı.

"Peki, bin arabaya," diye emir veren Nava, Doc'u ön koltuğa oturturken Caine de arkaya geçti. Daha kapıyı bile kapayamamıştı Nava sonuna kadar gaza bastığında.

Caine bir korna sesi duydu ve dönüp bakınca küçük bir aracın kayarak bir minivana çarptığını gördü.

Hızlanmaya devam ettiler. Nava önlerine çıkan tüm arabaları hiç zorlanmadan geçiveriyordu sanki. Birkaç dakika sonra bir süreliğine güvendelermiş gibi biraz yavaşladı. Caine ona ve yanında oturan Doc'a bakınca bu manzarayı daha önceden gördüğü hissine kapıldı.

"Neden Philadelphia'dasınız?" diye sordu hocasına.

"Penn Üniversitesi'nde bir seminer veriyordum," dedi Doc biraz şaşkın bir halde. "Asıl senin ne işin var burada...? O elindeki ne?" diyerek Caine'nin elindeki tabancayı işaret etti. Caine tabancaya bakıp iç geçirdi. Tam olanları açıklamak üzereyken Doc'un cep telefonu çaldı.

"Cevap verme," diye emir verdi Nava.

"Hayır," dedi Caine, sanki başka bir dünyadaymış gibi çıkıyordu sesi. "Bence cevap vermeli."

Doc bir düğmeye bastı ve telefonu kulağına tuttu. "Alo?" Caine arayanın sesini tanır gibi oldu. Doc artık şaşkın bir ifadeyle değil, inanmaz gözlerle bakıyordu ona. "Burada... Tabii, bir saniye." Telefonu Caine'ye uzattı. "Seni arıyorlar."

Caine telefonu alırken Nava ona sorgulayan gözlerle baktı.

"N'aber?" dedi Caine sakince. Bu olaya bir tek o şaşırmamıştı. "Evet, gayet iyiyiz. Tamam... Knicks'in final maçını kazandığı yıl son maçı izlediğimiz yerde buluşalım. Mümkün olduğunca çabuk geleceğiz." Telefonu kapayıp Doc'a geri verdi.

Nava "Kimdi o?" diye sorarken dikiz aynasından Caine'ye bakıyordu.

"Jasper'di. Manhattan'a dönmemiz gerek."

"Ne?"

"Güven bana," dedi Caine. "Galiba sonunda ne halt edeceğimi anladım."

Arkasına yaslanıp gözlerini kapadı. Olacaklarla başa çıkabilmek için dinlenmesi gerekiyordu.

Acil tıbbi müdahale ekibi Williams'ın iyi olacağını söyledikten sonra Crowe, onun yakasına yapıştı ve ambulansa çarptırarak ayağa kaldırdı.

"Anlat!"

Memur Williams hâlâ kendinde değil gibiydi. Kuruyan kan yüzünde garip bir geometrik desen gibi duruyordu. "Ben... Caine'nin yokuşu çıkmasına yardım ediyordum ve..."

"Ne yapıyordun?" dedi Crowe kulaklarına inanmayarak.

"Ben... Ben yalnızca... Yani ona yardım ettim, ama göremedim ki... Bilemedim yani... Onun Caine olduğunu yardım ederken bilemedim demek istedim..." Crowe öyle bir bakıyordu ki Williams konuşmaya devam edemedi. Boğazını temizleyip sözüne devam etmeye çalıştı. Adam ne yaptığını açıklamaya çalışırken Crowe onu öldürmemek için kendini zor tutuyordu. Bu kadar yaklaşıp da son dakikada Caine'yi ellerinden kaçırdıklarına inanamıyordu.

Crowe büyük çaplı kelle avlarından işte bu yüzden nefret ederdi. Çok sayıda ajan ve polis olunca hep hata yapılırdı, kötü herifler de kaçıp giderdi. Kendi başına iş yapmayı severdi o. Tek bir avcı hedefin peşine düşünce hata olmazdı. Sokağın ortasında duran hasarlı minivana baktığında ellerini kaldırıp bağırmak istedi.

Kazayı yapanlar, bir adamla bir kadının zavallının tekini rehin aldıklarını söylüyorlardı. Ama sorun, kimsenin kaçırılan arabanın neye benzediğini hatırlamamasıydı. Hyundai'nin sahibi arabanın büyük ve koyu mavi olduğunu söylüyordu; Voyager'in sahibine kalırsa da ufak ve yeşil bir arabaydı. İfadeleri beş para etmezdi yani. İki sürücü de koyu renk bir araç olduğu konusunda hemfikirdi bir tek. Crowe de onlar böyle diyorsa -deneyimle sabit- aracın parlak sarı olduğuna iddiaya girebilirdi. Yani ellerinde hiç ipucu yoktu.

Açık gri gökyüzüne baktı. Yağmur durmuştu sonunda, ama hava hâlâ nemliydi. Ne yazık ki fırtına tamamen dinmediği için uyduları devreye sokamıyorlardı. Grimes'i arayınca bunu doğruladı Crowe; hava bu kadar bulutluyken uydular bir işe yaramazdı.

Sigarasından bir nefes çekti ve yanan ucuna baktı. Dumanı bir süre ağzında tuttu, sonra üfleyince duman yavaşça dağıldı. Dumanı izlerken düşüncelere daldı.

Caine'nin yerinde olsaydı ne yapardı? Bir sivil gibi düşünmeye çalıştı. İlk önce hayatta kalmak isteyecekti. Vaner'in özgeçmişini ve son yaptıklarını da hesaba katarak, Caine kadının bunu becereceğine güvenebilirdi. İkincisi, normal hayatına dönmek isteyecekti. Polise gitmekten korkacaktı, ama yine de hayatı boyunca kaçmak da istemeyecekti. O yüzden de... Ne? Güvendiği birine sığınacaktı, bir arkadaşına ya da kardeşine.

Peki ikizi nerelerdeydi? Crowe, Vaner kendilerini yemleyip kaçınca Grimes'in, Jasper'i bırakmış olduğuna inanamıyordu. Operasyonun başında Crowe olsaydı ikizi kullanırdı. Ama artık çok geçti, çünkü Jasper Caine de kardeşi gibi kayıptı. Crowe olur da biri gelir diye birkaç ajanı Jasper'in dairesinin çevresine dikmişti, ama bu konuda ümitli değildi.

Sigarasını ezerek söndürürken gökyüzüne baktı. İki kardeş sonsuza dek sırra kadem basamazlardı. Eninde sonunda ortaya çıkacaklardı. Çıktıklarında da Crowe'yi bulacaklardı karşılarında.

Bir dahaki sefere hata olmayacaktı.

İki saatlik yolculuk boyunca Caine eski hocasına Jasper'i, Nava'yı, Forsythe'yi, Peter'i ve Laplace'nin Şeytanı'nı anlattı. O konuşurken Nava da durum değerlendirmesi yapıyordu. Tversky'nin dosyalarını ilk okuduğunda bilim kurgu olduğunu sanmıştı anlattıklarının. Ama o çıkmaz sokakta Julia'nın söylediklerini duyduğunda fikri değişmeye başlamıştı.

Ama yine de Caine'nin, Tversky'nin yapabileceğini iddia ettiği her şeyi yapabildiğini düşünmemişti. Şimdiyse, tren garındaki şansları, Doc'la böylesine buluşuvermeleri... Caine'nin bu işte bir şekilde parmağı olmalıydı, ama belki kendi de ne yaptığını bilmiyordu. Caine'nin yeteneklerinin sınırlarını bilmiyordu, bunu öğrenmek de istemiyordu; yeteneklerini kullanmayı öğrendiğinde neler olabileceğinden korkuyordu.

Birden aklına çocukken sirke gidip filleri ilk gördüğü gün geldi. Üç tane fil vardı ve bu altı tonluk canlıların kaçmaması için ayaklarına ince birer halat bağlamışlardı sadece. Nava'nın aklı karışmıştı. Babasına neden hayvanların ipleri koparmadıklarını sorduğunu hatırlıyordu.

"Bu koşullanmaları ile ilgili bir şey," diye açıkladı babası. "Filler daha bebekken kalın demir zincirlerle bağlanırlar. O ilk aylar boyunca da ne kadar çabalarlarsa çabalasınlar, bu zincirleri kıramadıklarını görürler."

"Ama ipler zincirlerden daha ince," dedi Nava. "Filler ipleri koparabilir."

"Evet. Ama eğiticiler filler zincirleri kıramayacaklarını öğrenene kadar ip kullanmazlar. Bak Nava, aslında o filleri orada tutan ipler değil, akıllarındaki koşullanma. İşte bu yüzden bilgi önemlidir. Eğer bir şey yapabileceğini düşünürsen, aslında bu mümkün olmasa bile yapabildiğini görürsün. Eğer yapamayacağını düşünürsen, o zaman da çoğunlukla yapamazsın, çünkü yapmayı denemezsin bile."

İşte bu Caine'nin durumunu çok iyi açıklıyordu. O eskiden bir zincirle bağlanmıştı, ama şimdi bir ipti onu tutan. Şimdiden ipi esnetebileceğini öğrenmişti, ama ya koparabileceğini -hatta kopardığını keşfettiğinde- o zaman ne olacaktı? Nava ürperdi.

Caine normal kuralların kendisi için geçerli olmadığını öğrendiğinde ne yapacaktı?

♣

Who grubunun şarkısı 'Gerçek Ben' çalıyordu bangır bangır tavernada.

Jasper kolasını yudumladı ve tedirgin bir şekilde kapıya baktı. Kapı her açıldığında içeriyi aydınlatan güneş ışığından dolayı gözlerini kısıyordu, girdikleri ilk anda insanları göremiyor, ancak kapılar kapandıktan sonra yüzlerini seçebiliyordu ve o zaman ajan olup olmadıklarını kestirebiliyordu.

Ajanlar her yerdeydi, bunu biliyordu. Onların kendisini gözlediğini hissedebiliyordu, zihnine girmeye çalışıyorlardı, ama buna izin vermeyecekti. Eğer sürekli bir adım önde olurlarsa onları yenebilirlerdi. Şimdiye kadar Jasper, David'i korumak için elinden geleni yapmıştı, ama yakında Jasper'i kurtaran David olacaktı. Bu da iyiydi. Kardeşler böyle günler içindi; birbirlerini korumak için yaratılmışlardı.

Jasper kolasını bitirip buzları çiğnemeye başladı. Balık etli garson kız bardağının boş olduğunu görünce kırıtarak yanına geldi.

"Bir kola daha alır mısın hayatım?"

"Olur, *kur, tur, sur,*" dedi kafiyeli konuşurken sesini alçaltmaya çalışarak. Garson kız ona garip garip bakıp bara gitti. Derin bir nefes aldı. Zamanı gelmişti. Bunun tadını alabiliyordu, hatta koklayabiliyordu. Ama bu diğer koku gibi değildi. Bu iyi bir kokuydu; temiz ve saf bir koku. Bu galibiyetin kokusuydu. Kazanmanın.

Başından beri hep haklıydı ve onu alıp bir yere kapatmışlardı. Çok uzaklara kapatmışlardı, çünkü zihnindeki gerçekten korkuyorlardı. Ama artık... Artık gerçek açığa çıkmıştı. Özgürdü. Sonunda Ses'in bunca yıldır ona söylediklerini anlıyordu. Aslında başından beri her şey çok açıktı, neden bunu daha önce anlayamadığını kestiremedi. Ama artık biliyordu, yakında David de bilecekti.

Bir hafta önce David buna karşı çıkar, Jasper'e korku dolu gözlerle bakardı. David ona öyle baktığında Jasper kardeşinin için için, *lütfen bu bana olmasın... Bana olmasına izin vermeyin,* diye yakardığını duyar gibi olurdu. Jasper o bakıştan nefret ederdi, ama zaman içinde kardeşinin neler hissettiğini anladı. Kardeşini suçlamıyordu, eğer aynı şey kendisine olsaydı o da aynı tepkiyi verirdi.

Garson kolasını getirdiğinde bu sefer gülümsemiyordu. Jasper üç dikişte içti kolasını. Boğazı yanar gibi olduysa da bunu umursamadı. Gerçeği gördüğünden beri hiçbir şey ona kötü gelmiyordu. Tahta masaya kazınmış grafiti, elinin altındaki bardağın soğuk yüzeyi, hatta bira kokan barın havası bile mükemmeldi, her şey gerçekti, Ş*imdi*'ydi.

Kapı açılınca gözlerini kıstı. Üç kişi girdi içeriye. İlki bir kadındı. Ses ona bu kadını anlatmıştı. O güçlü bir müttefikti; şu anda hâlâ tehlikeli, emin olmayan biriydi. Arkasından kabarık gri saçlı bir adam girdi. David'in eski hocası Doc'tu bu. Jasper onunla bir kez karşılaşmıştı. Akıllıydı profesör. O anlardı.

Son giren kişiyi tanıdı. O kendi olmayan kendisiydi: İkizi David'di. Kapı kapanınca kardeşiyle göz göze geldi. Bakışları hatırladığında da deliceydi. Jasper'in gözlerine ilişinceye kadar çevreye paranoyak bir şekilde bakınmıştı. David'in gözleri gibi birçok göz görmüştü Jasper bugüne kadar, ama bu gözler son üç yıldır girip çıktığı akıl hastanelerinin beyaz-gri duvarları arkasında kalmıştı. Jasper başını sallarken dört gün önce yeniden uyanışından beri ilk defa rahat etti.

Kardeşi sonunda hazırdı.

III. BÖLÜM

Laplace'nin Şeytanı

Kuantum mekaniği konusunda çok çalışmak gerekir. Ama içimden bir ses bana bunun her şeyin çözümü olmadığını söylüyor. Bu teoriyle birçok şey açıklanıyor; ama hâlâ Onun sırrını çözebilmiş değiliz. Ben yine de, Onun zar atıp kumar oynadığını, hiç mi hiç sanmıyorum.

-Albert Einstein
Fizikçi, Yirminci Yüzyıl

Belli ki Tanrı yalnızca zar atmakla kalmıyor, ayrıca gözleri kapalı oynuyor ve ara sıra da zarları görülemeyecek yerlere atıyor.

-Stephen Hawking
Fizikçi, Yirmibirinci Yüzyıl

25

Caine, Jasper'i görünce çok rahatladı.

Sonunda bu karabasandan kurtulabilecekti. Artık her şeyin yoluna gireceğini düşünüyordu. Jasper ne yapılması gerektiğini biliyordu, onu bu karanlıktan çıkarıp aklını başına getirebilecekti. Jasper de aynı şeyleri yaşamıştı; o yolunu biliyordu.

Jasper ayağa kalkınca Caine, ikizini sıkıca kucakladı. "Seni görmek ne kadar güzel tahmin edemezsin," dedi Caine onu kolları arasında tutarak.

"Aslında edebilirim," dedi Jasper kulağına. "Hoş geldin, *kin, tin, cin.*" Hafifçe kardeşinin omzuna vurdu ve ayrılıp oturdular.

Caine kardeşinin tam karşısına yerleşti. Nava onun yanına oturdu, Doc da Jasper'in yanına geçti. Caine konuşmaya başlayamadan yanlarına garson geldi. Susadıklarından değil de, ondan kurtulmak istediklerinden hemen içecek bir şeyler ısmarladılar.

Garson uzaklaşır uzaklaşmaz Jasper, Nava'ya döndü. "Merak etme, burada ajan yok, güvendeyiz." İleri eğilip fısıldadı. "Yakında gelecekler, ama David'e bilmesi gerekenleri anlatacak kadar zamanım var, *zar, gar, far*."

Nava, Caine'ye sorgulayarak baktı.

"Merak etme," dedi Caine birden kendini sorgulayarak. Bu olayın başından beri bir tek Jasper'in kendine yardım edebileceğine inanmışken, şimdi kardeşinin gözlerindeki o çılgın bakışı görünce artık o kadar emin değildi. Ama yine de denemek zorundaydı. "Jasper ben..."

"David özür dilerim ama sana duymak istediğin şeyi söyleyecek değilim. Bunların hepsi," dedi kollarını açıp her şeyi göstererek, "Gerçek. Son yirmi dört saattir başına gelenler de öyle. Biliyorum çılgınca geliyor, ama diğer tarafa geçince anlayacaksın."

"Nasıl olabilir?" Caine'nin dili damağı kurudu. "Yani Laplace'nin Şeytanı da mı gerçek?"

"Hem evet, hem hayır," dedi Jasper.

Caine hayal kırıklığına uğramıştı. Jasper bir konuda haklıydı: Caine'nin duymak istediklerini söylemiyordu. Gözlerini kapayıp şakaklarını ovuşturmaya başladı. Bu işe yaramıyordu. Buradan çıkması gerekiyordu, uyanması gerekiyordu. Bir ses duyunca gözlerini açtı. Jasper masayı yumruklamıştı. Barda oturan birkaç kişi ne olduğunu görmek için onlara bakıyordu. Nava çok kızmış, Doc ise şaşırmıştı.

"David dinlemen gerekiyor. Zihnini açık tut, bana on dakika ver. Eğer on dakika sonra hâlâ deli olduğumu düşünüyorsan- ya da deli olduğunu- o zaman istediğini yapabilirsin. Ama bana zaman ver de açıklayayım."

Caine karşı koymak istedi, ama kardeşinin yakarır gibi bakan gözlerinin içine bakınca ona bir fırsat tanımaya karar verdi. "Tamam," dedi ve Dr. Kummar'ın deneysel ilaçlarını almaya başladığından beri başına gelen her şeyin gerçek olabileceği ihtimalini düşünmeye çalıştı. Tam o sırada garson içeceklerle geldi; ikizler birer kola istemişler, Nava bir Red Bull almıştı, Doc ise kahve içiyordu. Caine ilaçlarını alacak başka bir fırsatı olup olmayacağını bilmediği için hapını içti hemen.

"Peki," dedi Jasper garson uzaklaşınca. "Bana Laplace'nin Şeytanı gerçek mi diye sordun, ben de hem evet, hem de hayır dedim. Bir an için cevabın evet olduğunu varsayalım ve sen Laplace'nin Şeytanı'nın hayata gelmiş hali ol."

"Eğer öyle olsaydı," dedi Caine, "O zaman her şeyi bilirdim, ama bilmiyorum."

"Ama, her şeyi bilseydin, o zaman geleceği görebilirdin, değil mi?"

"Evet ama, Heisenberg kanıtladı ya..."

"Heisenberg'in canı cehenneme," dedi Jasper elini sallayarak. "Biraz sonra dönerim o konuya. İlk önce bu soruya cevap ver: Eğer sen Laplace'nin Şeytanı olsaydın ve her şeyi bilseydin, o zaman geleceği görebilirdin, değil mi?"

"Evet," dedi Caine sıkılarak, "Ama her şeyi bilsem bile bunu algılamam gerekirdi beynimle ve bu da imkânsız."

"Doğru," dedi Jasper gülümseyerek.

"Ama bu imkânsızsa ben nasıl Laplace'nin Şeytanı olabilirim ki?"

"Çünkü bu bilgileri algılaman gerekmiyor, sadece bilgiye ulaşman gerekiyor. Şöyle düşün: Eğer yalnızca Japonca konuşan biriyle konuşmak istesen ne yapardın, *kın, tın, vın*?"

"Ne bileyim. Japonca-İngilizce bir sözlük kullanırdım herhalde. Ya da bir çevirmen tutardım."

"Aynen öyle" dedi Jasper. "Eğer düşüncelerini Japoncaya çevirebilecek bir şey bulabilirsen o zaman Japonca konuşman gerekmezdi. Böyle bir araç bulabilirsen tabii ki. Yani bilginin algılanması işini, bir kişiye ya da sözlük gibi bir şeye yüklerdin."

"Tamam," dedi Caine biraz tereddüt ederek. "Ama ne anlatmaya çalıştığını anlamıyorum. Bir dili konuşmakla tüm evrendeki bilgileri algılamayı nasıl birbirine benzetiyorsun anlamıyorum."

"Neden, *sen, ben, ten*?" diye sordu Jasper.

"Çünkü bu bilgilere ulaşabilsen bile, bu evrende, ister insan olsun ister makine, bu kadar bilgiyi işleyecek bir zeka gücü yok."

"İşte burada yanılıyorsun," dedi Jasper. "Var."

"Neymiş bu?"

"Toplu bilinçaltı."

Caine ne dediğini anlamaya çalışırken kardeşine baktı. Üniversitede, 1990'larda Alman bir psikolog olan Carl Jung'un toplu bilinçaltı ile ilgili bir teorisi olduğunu okuduğunu hatırlıyordu, ama ayrıntıları aklında kalmamıştı. Jasper kardeşinin yüzündeki ifadeyi görünce açıklamayı sürdürdü.

"Daha yavaş anlatayım. Bilinç dediğimiz şey bir aracıdır. Çoğu insan günde en az sekiz saat uyur, yani hayatımızın üçte birini bilinçsiz bir durumda geçiririz. Jung bilincin en azından bir kısmının bilinçaltı tarafından yönlendirildiğine ve etkilendiğine inanıyordu."

"Jung bilinçaltını üçe ayırdı. İlk olarak istediğin zaman hatırlayabileceğin kişisel hatıralar vardır. Örneğin, ilkokul dörtteki öğretmeninin adı gibi. Bunu hemen hatırlamayabilirsin, ama kendini zorlarsan bir şekilde bilinçaltından çekip çıkarıp bulursun."

"Uzun süreli bellek."

"Aynen öyle, *me, te, re,*" dedi Jasper başını sallayarak. "İkincisi, istendiğinde hatırlanamayan kişisel hatıralardır. Bunlar bir zamanlar bildiğin ve artık hatırlayamadığın ya da bastırdığın bir çocukluk travmasıdır. Bu hatıralar da bir zamanlar belli bir şekilde bilincindeydi ama bir nedenden dolayı artık o kadar derine gömülmüşler ki bunları hatırlayamazsın."

"Üçüncüsü ise toplu bilinçaltı. Buradaki bilgiler asla bilinçli olamaz çünkü hiçbir zaman bilincinde var olmamışlardır. Aslında özünde, toplu bilinçaltında kaynağı belli olmayan bilgiler vardır, *zır, kır, tır*."

"Ne gibi?" diye sordu Nava.

"Yeni doğan bir bebek annesinin göğsünü nasıl emeceğini bilir ya da aç olduğunda ağlamayı. Yavru bir hayvan doğduktan birkaç saniye sonra ilk adımını atabilir. Balığın yumurtaları kırıldığında yavruları yüzmeyi bilir. Bunun gibi birçok şey sayılabilir. Doğadaki tüm canlıların karmaşık fiziksel becerileri, kendileri ve dünya hakkında bildikleri vardır, ama bunun kaynağının ne olduğu belli değildir."

Caine kaşlarını çattı. "Ama bu bilgiler DNA'mızda kayıtlı değil midir zaten?"

"Biyologlara göre öyle, ama fizikçilere göre değil. Şimdiye kadar hiçbir biyolog bu bilgilerin nereden geldiği sorusuna bir yanıt bulamadı."

"Ne dediğini anlayabildiğimden pek emin değilim."

"Şu şekilde düşün: Evrendeki tüm canlılar tek hücreli bir canlıdan evrimle oluştuğuna göre, bu bilgilerin kodlanmadan önce öğrenilmesi gerekiyordu; ağlamayı öğrenmesi gereken bir ilk bebek vardı ya da yürümeyi öğrenmesi gereken ilk yavru. Ama biyologlara göre öğrenilen becerilerimiz bizden sonra doğanlara doğrudan aktarılamıyor."

"Peki," dedi Caine, "Diyelim ki biyologlar bunu açıklayamıyor, peki fizikçiler nasıl açıklıyor?"

"Birçok fizikçi -ve psikolog- canlıların içsel bilgilerinin bilinçli zihinde oluştuğuna inanıyor, ama bir tek kendi zihinlerinde değil."

Jasper devam etmeden bir yudum kola içti. "Çağdaş fiziğe göre madde zamanda ve uzayda belirli noktalar olarak değil, dalgalar olarak var olur, biliyorsun değil mi?

Caine'nin başı dönüyordu, "Tam olarak bilmiyorum."

Jasper iç geçirdi. "Eğer istatistik yerine fizik okusaydın her şeyi daha kolay anlayacaktın."

"Sekiz yıl önce ne okuyacağımı seçerken böyle bir konuşmayı yapacağımı öngöremezdim herhalde."

"Aslında öngörebilirdin, ama bunu sonra anlatırım," dedi Jasper. "Ne diyordum ben?"

"Hiçbir şey zamanda ve uzayda belli bir noktada var olmaz demiştin."

"Tamam, *zam, bam, lam,*" dedi Jasper. "1900'lerin başına kadar herkes Isaac Newton'un 1687'de yazdığı Principia'ya göre ortaya koyduğu klasik fizik kurallarına inanıyordu. Fiziğin en önemli öğretileri Newton'un hareket kurallarıydı. Ona göre cisimlerin hareketi onlara nasıl bir güç uygulandığına bağlıydı."

"Bu kurallar ve yasalar dâhilinde gezegenlerin yörüngelerinden tut da arabaların nasıl çalıştığına kadar her şey açıklanıyordu. Özünde Newton, Tanrı'nın evreni değişmez bir takım kurallar çerçevesinde, belirli bir planla ortaya koyduğuna inanıyordu. Bu inanış topluma yayıldı ve kapitalizm de yayıldı. Böylece dünya arz-talep kurallarına boyun eğdi adeta."

Jasper heyecanlandığı için nutuk çekermiş gibi bir sesle, hızla konuşuyordu. "Sonra 1905'te Einstein, İzafiye Teorisi'ni ortaya attı. Her şey göreceliydi. Einstein, Newton'un mutlak olarak var olduğunu saydığı konum, hız, ivme gibi şeylerin başka şeylere göre göreceli olarak var olduğunu kanıtladı. Dahası zamanın göreceli olduğunu kanıtladı."

"Şimdi anlayabileceğimiz şekilde anlat Jasper," dedi Caine saatine bakarak. "Beş dakikan kaldı."

"Tamam, *zam, bam, lam,*" dedi Jasper. "Hızlı anlatayım."

"Einstein iki şey söyledi: Birincisi, ışık hızı nerede olduğuna göre veya ne yaptığına göre değişmiyordu," dedi Jasper bir parmağını kaldırarak. "İkincisi, 'fizik kuralları birbirine göreceli olarak sürekli aynı hızda hareket eden iki gözlemci için de aynıdır' dedi. Yani ikimiz de bir trendeysek ve tren hızlanıyorsa, dışarıyı aynı şekilde görürüz. Ama sen trendeysen, ben de rayların yanında duruyorsam, o zaman faklı görürüz. Bu çok basite indirgemiş bir örnek, ama ne demek istediğimi anladın değil mi?"

Caine, Philadelphia'ya gelirken gördüğü manzaraları aklından geçiriyordu başını sallarken.

"Şimdi. Saniyede 186.000 mil olan ışık hızına yakın bir hızdaki bir rokette gidersem garip bir şey olur. Sana kıyasla benim için zaman yavaşlar. Roketten indiğimde senden genç olurum."

"Einstein bunu kanıtladığında zamanın bile göreceli olduğunu kanıtladı. Sonra da enerji ve kütlenin içsel olarak bağlantılı olduğunu gösterdi: Bir kütle ne kadar ivme kazanırsa durağan bir kütleye kıyasla daha ağır olacaktır, *sır, tır, kır.*"

"Bir örnek ver," dedi Caine kardeşini yavaşlatıp düşünebilmek için.

"Peki. Kalkan bir uçakta bedenin koltuğa yapışır değil mi? Sanki birden..."

"Ağırlaşmışsın gibi," dedi Caine ne demek istediğini anlayınca.

"Aynen öyle. Ama uçak yükselip de hızı azalınca yine normale dönersin. E= mc^2 formülü de buradan geliyor. E enerji, m kütle, c ise ışık hızı. C hep aynı olduğuna göre, enerji arttıkça kütle de artar demek. Bu yüzden de bir uçaktaysan, kalktığında, hızlandığında, çevrendeki her şeye oranla daha fazla kinetik enerjin oluyor; bu nedenle de göreceli olarak sanki ağırlığın da artmış gibi oluyor."

"Anladım," dedi Caine. "Peki, bunun dalgalarla ne ilgisi var?"

"Daha önce de söylediğim gibi Newton maddenin zamanda ve uzayda belli bir yeri olduğunu düşünmüştü, ama Einstein her şeyin göreceli olduğunu gösterdi; fizikçiler de hiçbir maddenin tam bir konumu ya da tam bir yaşı olmadığını anladılar. Bu da özel görecelik dediğimiz maddenin enerji emilimini ve dağıtımını inceleyen dalın geliştirilmesini sağladı."

"Bu da tüm maddelerin temel taşları olan temel partiküllerin bulunmasını sağladı, bunlara da 'kuark' denir. Fizikçiler on iki farklı kuark bulabildiler: Üst, alt, çekici, tuhaf, tavan, taban ve de antipartiküllerini... "

"Dur," dedi Caine elini kaldırarak. "Bunlar maddenin temel taşlarının adları mı?" Caine, Jasper konuşurken sözünü kesmeyen Doc'a baktı. Kardeşinin tamamen keçileri kaçırıp kaçırmadığından emin olmak istiyordu.

Doc başını salladı. "Doğru söylüyor Yağmur Adam."

"Tamam," dedi Caine şakaklarını sıvazlayarak. "Devam et."

"Peki. On iki farklı kuark olmasına rağmen, bizim gerçekliğimizdeki maddelerde bir tek üst ve alt kuarklar var ve kuark benzeri leptonlar." Jasper nefes aldı. "Önemli olan kuarkların ve leptonların madde olmadığını anlamaktır."

"Nedirler?" diye sordu Caine.

"Enerji. Anladın mı? Kuantum fizikçilerine göre madde aslında yoktur. Klasik fizikçilerin madde sandıkları şey aslında bir takım elementlerin bileşimidir, onları da atomlar oluşturur, onları da kuarklar ve leptonlar oluşturur yani enerji. Yani aslında madde enerjidir." Jasper söylediklerini anlamaları için sustu ve sonra devam etti. "Şimdi bil bakalım başka ne enerjidir?"

Caine cevabı bulunca, Jasper'in ne demeye çalıştığını da anladı. "Düşünceler," dedi Caine.

"Aynen öyle. Tüm bilinçli ve bilinçsiz düşünceler beyinden elektrik sinyalleri yollayan nöronlar tarafından oluşturulur. Anladın mı? Madde enerjiyse ve düşünce de enerjiyse, o zaman tüm madde ve düşünceler birbirine bağlıdır, ilişkilidir. İşte toplu bilinçaltı da bundan gelir; bu yaşayan, yaşamış ve yaşayacak her canlı tarafından paylaşılan, birbirine bağlı, bilinçsiz zihindir, *bir, kir, pir*."

"Peki," dedi Caine kardeşinin dediklerini anlamaya çalışarak. "Diyelim ki toplu bilinçaltının fiziksel bir boyutu olduğunu kabul ettim, ama bunun zamanı aşabilmesini anlayamadım."

"Çünkü zaman görecelidir," dedi Jasper. "Düşünsene. Işık hızından hızlı olan tek şey..."

"Düşünce hızıdır," dedi Caine sanki bir bulmacanın son parçasını oturtmuş gibi.

"Evet, özellikle de bilinçsiz düşünce. Partüküller ışık hızına yaklaştıkça zaman yavaşladığı için duranlara göre bilinçsiz zihnin sonsuz olduğunu düşünebiliriz. Yani, bir anlamda, zaman diye bir şey yok."

Caine başını salladı. Garip veya deli bir şekilde kardeşinin söyledikleri mantıklıydı. Doc'a baktı aklını yitirmediğinden emin olmak için, o da başını sallıyordu.

"Bunları nasıl akıl ettin?" diye sordu Doc.

"Felsefe," dedi gülerek Jasper.

"Açıklasana," dedi Doc.

"Tüm Doğu dinlerine göre evren enerjidir, buna kuantum fiziği de kanaat getirdi. Ayrıca, herkesin zihninin evrenle bir olduğunu düşünürler, bu da Jung'un toplu bilinçaltını anımsattı bana."

"Budistlere göre her şey geçicidir. Buddha, dünyadaki bütün acıların kaynağının insanların maddelere ve fikirlere bağlılığından kaynaklandığını ve akan, değişen ve hareket eden evreni kabul etmedikleri için böyle olduğunu düşünmüştü. Budizme göre, uzam ve zaman, bilinç yansımalarından ibarettir. Budistler objeleri maddeler olarak değil de, evrensel bir hareketin içinde var olan dinamik süreçler olarak görürler ve bu da sürekli değişmektedir. Yani, maddeyi enerji olarak görüyorlar, aynen kuantum fiziğinde olduğu gibi."

"Taoistler de evrenin dinamik döngüsüne inanırlar. *Tao* 'yol' demektir. Evreni bir enerji sistemi olarak görürler -buna *chi* derlerki bu da sürekli değişir ve akar. Buna göre de kişi tüm evrende tek bir elementtir ya da bu enerjinin bir parçası. Doktrinleri *I Ching*'dir yani Değişim Kitabı. Buna göre denge ancak *yin* ve *yang* arasında bir uyum olduğunda sağlanabilir. Bunlar da evrendeki bağıntılı doğal güçlerdir. Bu da kuantum fiziğinde geçer, çünkü her şey partiküllerden oluşur ve bunları bir arada tutan da subatomik enerjidir."

Caine'nin aklı iyice karıştı. "Ama tüm bu felsefeler binlerce yıllık. Bunları kuantum fiziğinden önce nasıl bilebildiler?"

"Toplu bilinçaltı sayesinde," dedi Jasper. "Unutma, zaman yok, yani düşünce hem ileri hem de geri akabilir. Büyük düşünürler, felsefeciler, bilim adamları hepsinin 'zamanının ötesinde' oldukları söylenir, çünkü dev adımlar attılar. Bazıları buna deha diyor, ama deha müthiş bir öngörü değildir de nedir? Anlayamıyor musun? Sözde dahiler yalnızca toplu bilincimizi bizden daha iyi görebilenlerdir, *bir, kir, pir.*"

Doc derin bir nefes alıp Caine'ye baktı. "Lokantada kalkmamız gerekeceğini işte böyle bildin. Gelecekteki kendinin bilinçaltına erişmiş olmalısın."

Caine başını salladı. Bu da fazlaydı artık. "Diyelim ki herkesin bilinçaltının bir şekilde bağlantılı olduğunu kabul ettim, peki ben bunu nasıl görebiliyorum ki?" Caine bu soruyu dile getirdiği anda cevabı kendi buldu. "Tabii ki... Nöbetler sırasında değil mi?"

"Bence bunlar nedenler değil, semptomlar," diye açıkladı Jasper. "Herkes toplu bilinçaltını kullanabildiğine göre demek ki beynimizde oraya erişmenin bir yolu var. Beyninde bence bir şey var," dedi Caine'nin başına işaret ederek. "Temporal lobunda... Ve bunun sayesinde başkalarının yapamadığı bir şekilde toplu bilinçaltına girebiliyorsun. Şimdiye kadar bunu her yaptığında beynin kaldıramıyordu. O zaman da nöbet geçirip bayılıyordun. O zaman da gerçekten bilinçaltına indin, *cin, kin, tin.*"

"Bence Dr. Kummar'ın deneysel ilaçları sayesinde beynin bir şekilde düzeldi ve bilinçaltına girebilirken, bir yandan da bilinçli kalabiliyorsun artık. O zaman da geleceği görebiliyorsun."

"Ama fizikle nasıl açıklanır bu anlayamadım." Caine duraksayıp aklını toparlamaya çalıştı ve sonra devam etti. "Laplace geleceği görebilmek için her şeyi bilmek gerektiğini söyledi; Heisenberg ise doğada hiçbir şeyin gerçek konumu olmadığını ileri sürdü, yani her şeyi bilmek imkânsız. Bu yüzden de geleceği görebilmek imkânsız ve Laplace'nin Şeytanı gibi bir şey var olamaz, değil mi?"

"Bunu daha çözemedim, *mim, sim, tim,*" diye itiraf etti Jasper, sonra hemen ardından da ekledi. "Ama bu, teorimin yanlış olduğu anlamına da gelmiyor."

Caine, Jasper'in söylediklerini sindirmeye çalışırken kimse tek kelime etmedi.

"Bir yolla öğrenebiliriz bunu," dedi Doc.

"Nasıl?" diye sordu Caine.

"Geleceğe bakarak," diye cevap verdi Doc.

"Bence bu iyi bir fikir değil," dedi Nava, Caine'yi şaşırtarak. Şimdiye kadar tek kelime etmediği için Caine onun orada olduğunu neredeyse unutmuştu.

"Neden?" diye sordu Doc.

"Ya tehlikeliyse?" dedi Nava bir sigara yakarak.

"Kimin için tehlikeli?"

"Hepimiz için," dedi Nava sigarasının dumanını üflerken. "Özellikle David için."

"Neden?" diye sordu Doc bir kez daha.

"Ya geri dönemezse? Ya toplu bilinçaltına girer ve bir daha çıkamazsa? Siz dediniz ya orası zamanın var olmadığı bir... Bir, her neyse işte. Birkaç saniyeliğine toplu bilinçaltına daldı diyelim, geri döndüğünde bedeni yaşlanıp ölmüş olabilir."

Caine'nin birden midesi kalktı. Bu olasılığı hiç düşünmemişti. Bir yandan bunu yapmak istiyordu, ama diğer yandan çok korkuyordu. Olasılıkları düşünürken iki şeyin farkına vardı: Birincisi, Jasper'in anlatacakları bitmişti. İkincisi, artık bunun bir hayal veya yanılsama olduğunu düşünmüyordu.

Mümkün değildi, çünkü o bunları hayal edecek kadar fizik bilmiyordu.

26

"Ne bok yediğini sanıyorsun sen?"

Forsythe telefonu kulağından uzaklaştırdı. FBI'nın operasyonlardan sorumlu direktör yardımcısına cevap vermeden derin bir nefes aldı. Adam tren garında olanlardan dolayı köpürmüştü.

"Sam, takdir edersin ki böyle olacağını bilemezdim..."

"Bahane gevelemeyi kes!" dedi Sam Kendall bağırarak. "Bana birkaç ajanı bir sivilin peşine takacağını söyledin, ama kaçak bir CIA ajanından hiç söz etmedin!"

"Ben..." Forsythe duraksadı. Vaner'in işin içinde olduğunu nasıl bu kadar çabuk öğrendiğini kestiremiyordu.

"Boş versene James. Beni oyuna getirdin. Aferin sana. Kim aklına soktu bu işi? Nielsen mi?" Forsythe, bir şey söylemeye çalışmadan, adamın bağırmasına izin verdi. "Onun da senin de canınız cehenneme. Bir de sanki yetmezmiş gibi Crowe'yi de işin içine sokmuşsun. Nasıl oldu da sağ çıktı herkes? Mucize olmuş."

Kendall durup bir nefes aldı bağırmaya devam etmeden. "Ayrıca, gelecek ay Mac Dougal'ın seni işten atacağını da duydum. Bana kalırsa gelecek ayı beklemeye gerek yok, şu anda kovuldun."

Forsythe telefonu sıkıca kavradı. "Senin böyle bir yetkin..."

"Sen kim olduğumu sanıyorsun lanet olasıca?" Kendall avaz avaz bağırıyordu. "Ben FBI'nın direktörüyüm ve ister inan ister inanma, benim de arkam sağlam. Bu sabahki olaylar hakkında Senatör Mac Dougal'la konuştum ve ikimiz de hemen istifa etmenin doğru olacağına karar verdik. Otuz dakikan var, sonra da askerler gelip seni dışarı atacaklar. Seninle iş yapmak bir zevkti pislik." Kendall telefonu öyle bir kapadı ki, Forsythe'nin kulak zarı patlıyordu az kalsın.

Forsythe neye uğradığına şaşırmıştı. Daha hazır değildi. Tversky'nin çalışmaları gelecek vaat ediyordu, ama ya sonunda bir işe yaramazsa? UGA'nın veri tabanını kullanıp tek başına iş çevirecek bir ayı daha olduğunu düşünmüştü. Şimdiyse elinde hiçbir şey kalmamıştı. Tversky ve şeytanı dışında hiçbir şey. Onu bile elinden kaçırmıştı.

Forsythe bir an için durdu, sonra da Grimes'i çağırdı bürosuna. "Steven bunu nasıl söyleyeceğimi bilemiyorum ama..." duraksadı ve Grimes'e yalan söylemeden önce adamın en kötüsünü düşünmesine izin verdi. "Kovulduk. Bugün bu işte son günümüz."

"Ne? Yani, senin işinin bittiğini biliyordum, ama beni neden kovuyorlar ki?"

"Politik bir karar," dedi Forsythe. "Ama belki bu ikimiz için de iyi olur."

"Bu ne demek şimdi?" diye sordu yüzünü buruşturan Grimes.

Forsythe bunu ona anlatmanın en iyi yolunu düşündü. Grimes'in, son altı aydır onu yanına almadan ayrılmayı düşündüğünü bilmesini istemiyordu. Araştırma laboratuvarını kurmuştu zaten ve 10 milyon dolar da parası vardı. Tek eksiği bilim adamı kadrosuydu. Özel sektörden adam bulmak istemişti. UGA'nın adamlarını işe almayı düşünmemişti, ama artık buna zamanı yoktu.

Ayrıca, UGA'nın sırtından araştırma yapmayı da kesecek değildi. Grimes gerçekte kovulmadığına göre, biri Forsythe'nin ne işler çevirdiğini anlayana kadar onun güvenlik kodları hâlâ işlevseldi. Zaten kısa bir sürede de ihtiyacı olan tüm bilgileri almış olacaktı. Forsythe, bundan hiç ama hiç hoşlanmasa da, Grimes şu anda elinin altında olmalıydı.

"Aslında sana sürpriz yapacaktım ama..."

Forsythe, on beş dakika içinde Grimes'e planını anlattı ve Grimes'in kovulduğunu bir tek kendisinin bildiğini özellikle vurguladı. Grimes de bunu açık etmemeliydi.

Her şeyi anlatınca Grimes sivilce dolu çenesini ovuşturdu. "Pay isterim."

"Ne?"

"Duydun beni. Sana katılmamı istiyorsan, ben de pay isterim."

"Ne kadar?" diye sordu masanın altında yumruklarını sıkan Forsythe.

"Yüzde 10."

Forsythe ıslık çaldı. Pazarlık edecek zamanı yoktu ve Grimes'in bu konuda keçi kadar inatçı olabileceğini biliyordu. Forsythe anında karar verdi.

"Her şey benim olsa sana istediğin yüzde 10'u verirdim, Steven. Ama yatırımcılar zaten yüzde 80'ini ellerinde tutuyorlar."

Forsythe, bu yalanı çok rahat söylemişti. Yatırımcılar akbaba gibiydi, ama 12 milyon dolarlık yatırım yapıp yalnızca yüzde 35'ini istemişlerdi. Bunun 2 milyon dolarını da zaten laboratuvarı kurmak için harcamıştı. "Bana kalan kısmın yüzde 10'unu veririm sana."

"Ama bu yüzde 2 eder," dedi burnunu çekerek Grimes.

"Bu iyi bir teklif bence," derken Forsythe'nin yüzü çok ciddiydi.

"Yüzde 3 yap şunu da anlaşalım," dedi Grimes.

"Peki."

Grimes terli elini uzattı. Forsythe adamın elini sıktıktan sonra elini hemen sildi.

"Mükemmel," dedi ve hemen Grimes'e hâlâ patronu olduğunu vurgulamaya çalıştı. "Şimdi Crowe'yi bağla bana."

"Tabii ki... Ortak." Grimes sapsarı dişlerini göstererek gülümsedi bürodan çıkarken.

On sekiz saniye sonra Forsythe'nin telefonundaki kırmızı ışık yanıp sönmeye başlayınca derin bir nefes alıp telefonu kaldırdı.

"Bay Crowe. Ben James Forsythe. Planlarda bir değişiklik oldu..."

Crowe telefonu kapayınca, bir süre gökyüzüne bakıp bir şey düşünmemeye çalıştı. Güneş sonunda yüzünü göstermişti ve bir gökkuşağı vardı. Betsy, gökkuşağını severdi. Ne zaman bir gökkuşağı görseler arabaya biner ve başladığı yeri bulmak için sürerlerdi.

Gözleri doldu. Betsy babasıyla o kadar gurur duyardı ki. Acaba babasını şimdi görse ne derdi? Forsythe'nin ona bir şeyler yutturmaya çalışırmış gibi yağlayıp ballamasından anladığı kadarıyla, yapması gereken şey pek de iyi bir şey değildi, sonucu da iyi olmayacaktı. Ama alacağı para iyiydi, bu fırsatı kaçıramazdı.

Forsythe, hâlâ Caine'yi yakalamasını istiyorsa, bunu yapmanın bir yolunu bulacaktı. Cep telefonunun rehberini karıştırıp aradığını buldu. Jim Dalton'un numarası mavi ekranda parlıyordu.

Dalton ve çetesi bir uyuşturucu kaçakçısına güvenlik sağlamak konusunda Crowe'yi oyuna getirdiklerinden beri, Crowe onlarla bir daha çalışmayacağına kendi kendine yemin etmişti. Ama bir yemini daha bozsa ne olurdu ki? Zaten diğer satılık insanlar da daha haysiyetli değildi. Şiddet eğilimini kontrol altında tutalabildiği takdirde, Dalton tanıdıkları içinde bu işi en iyi yapabilecek adamdı.

İç geçirip numarayı çevirdi. Dalton ilk çalışta açtı telefonu.

"Marty, ne var ne yok dostum?" dedi Dalton.

"Bir iş var. Sırtımı kollaman gerek."

"Ne zaman?"

"Şimdi."

"Keşke elimden bir şey gelse, züppenin teki için birkaç iş yapmam gerek. Gelecek hafta olsa?"

"Bekleyemez," dedi Crowe başını ovuşturarak. "İşler ne kadar getiriyor bugünlerde?"

Dalton cevap vermeden bir an duraksadı. "Beş günlük iş için 30."

"Tüm ekip için mi?"

"Yok, sadece ben. Rainer, Leary, McCoy ve Esposito da on beşer alıyor."

Dalton yalan söylüyordu, ama bu Crowe'nin umrunda değildi, çünkü Forsythe'nin parasını harcıyordu.

"Müşteri size haftalık toplam 150.000 verir," dedi Crowe. "Nasıl isterseniz öyle paylaşın aranızda."

Dalton ıslık çaldı. "Nasıl bir işe karıştın böyle Marty?"

"Her zamankinden daha beter bir iş değil. Var mısın, yok musun?"

"İş ne?"

"Biraz gözetleme, adam kaçırma, belki de devriye nöbeti falan."

"Hedef kim?" diye sordu Dalton şüpheci bir şekilde.

"Öyle peşinden ağlayanları olacak biri değil. Sivil bir herif."

"Bu kadar para niye? Bu işi tek başına da halledebilirsin gibime geliyor."

"Bir de koruması var."

"Eee?"

"Ve o da eski bir CIA ajanı," dedi Crowe bu kadar soru sorulmasına kızarak, "Kadın bir gizli operasyon uzmanı. Çok iyi."

"Kadın mı?" diyerek güldü Dalton. "Madem hanım arkadaşınla başın dertte, ekip ve ben imdadına yetişiriz. Ama parayı hemen isterim."

"Olmaz. Yarısı peşin, yarısı hedefi ele geçirince."

Dalton bir an için susunca Crowe hiç endişelenmedi.

"İş nerede yapılacak?"

"Tam bilmiyorum, ama yakınlarda bir yerde herhalde."

"Buluşalım mı?"

"Hayır," dedi Crowe bir yandan da düşünerek. "Ekibi topla, silahlandır, sonra da ayık kalıp haber bekleyin."

"Anlaşıldı," dedi Dalton.

"Neresi olduğu bildirilince ararım seni."

"Merak etme, tamamdır. Seninle iş yapmak her zaman zevktir Marty."

Crowe telefonu kapadıktan bir dakika sonra telefonu çaldı. Dalton mesajla hesap numarasını göndermişti. Crowe bu mesajı Grimes'e gönderip, parayı nasıl havale edeceğini anlattı. Sonra da dairesine döndü biraz uyumak için. Aslında saat daha erkendi, ama vakit varken biraz kestirmek istiyordu. Bu gecenin uzun olacağını hissediyordu.

Dalarken operasyona takıldı aklı. Crowe, her neredeyse Grimes'in onu bulacağına emindi. Bu sadece biraz zaman alacaktı. Onu bulduklarında da, kendisi devreye girip Caine'yi enseleyecekti. O arada Vaner'i öldürmek zorunda kalacaktı herhalde.

Şimdilik tek yapabileceği şey beklemekti.

Caine önündeki kolaya baktı. "Keşke daha ağır bir içki ısmarlasaydım."

"Deneyecek misin?" diye sordu Doc.

"Bilmiyorum," dedi Caine. "İstesem bile bunu nasıl yapacağımı bildiğime emin değilim."

"Ben hâlâ çok tehlikeli olabileceğini düşünüyorum," dedi Nava. "Özellikle de kaçarken çok tehlikeli bu."

"Trende bunu sorun etmedin ama," diye karşı çıktı Caine.

"Ama o farklıydı," dedi Nava. "Ayrıca ne gibi riskleri olduğunu bilmiyordum o zaman."

"Ya şu anda izimizi bulmak üzerelerse?" diye sordu Caine. "Belki de asıl riskli olan bunu denememek."

Nava kaşlarını çatıp sigarasını söndürdü.

"Haklı aslında," dedi Doc.

"David dene. Ses..." Jasper birden sustu. "Bence zamanı geldi."

Caine kardeşine baktı. Jasper hâlâ ona her şeyi anlatmamıştı -mesela kendisine Doc'un cep telefonundan ulaşacağını nasıl bildiğini- ama Caine bunun bir nedeni olduğunu biliyordu. Jasper fizik dersi verdikten sonra herkes sanki David'in olağanüstü yetenekler sergileyen tek kardeş olmadığını anlamıştı.

Aslında bu mantıklıydı. Onlar tek yumurta ikizydi. Yani David bir şey yapabiliyorsa, büyük bir olasılıkla Jasper de yapabilirdi. Caine bu yüzden kardeşine daha mı az, yoksa daha mı çok güvenmesi gerektiğini bilemedi. Jasper'in gözlerine bakınca kararının ne olması gerektiğini anladı.

"Deneyeceğim," dedi Caine. Kendinden eminmiş gibi konuşsa da, aslında korkuyordu. Tüm diğer dertleri, akademik kariyeri, nöbetleri, Nikolaev, şu anda yapmak üzere olduğu şeye kıyasla çok önemsizdi. Ya Nava haklıysa? Ya sonsuza dek kalırsa zamanın olmadığı bir boşlukta? Çıldırır mıydı? Ya da zaten delirmişti... Hayır, delirmemişti. Hiçbir zaman aklını kaçırmamıştı, sadece gerçeği kabul edemeyecek kadar korkmuştu.

Derin bir nefes aldı. Korkusunu düşünmeyip bir an önce yapmalıydı bunu. Tamam. Aynen korkusunu düşünmemek için kendi içine kapandığı zaman yaptığı gibi; arkadaşlarından, öğrencilerinden, hayatından kopmuştu. Hayır, o farklıydı. O zamanlar bir seçim şansı olmamıştı. Olmamış mıydı? Şimdi geri dönüp baktığında korkakça davrandığını anladı. Artık bir korkak gibi davranmayacaktı.

Gözlerini kapadı ve...

27

...

Hiçbir şey olmadı.

Caine hâlâ fonda Mick Jagger'in şarkı söylediğini duyabiliyordu. Oturduğu tahta bankı ve dizinin zonkladığını hissediyordu. Bardaki terle karışık acı bira kokusunu da alabiliyordu. Tek fark, gözlerini kapamadan görebiliyordu, ama şimdi karanlıktaydı.

Derin ve yavaş nefesler almaya çalıştı. Lokantada neyi düşünmüştü? Hatırlayamadı. Patates yemek üzereydi, sonra Doc'la Peter'in kan revan içinde yattıklarını görmüştü.

Altı kez klik sesini duydu.

İlk başta Caine bu seslerin başka bir yerden geldiğini düşünmüştü, sanki içinden gelmişti, ama garson kadın konuşmaya başlayınca bu sesin kadının ayak sesleri olduğunu anladı.

"Birer tane daha alacak mısınız?"

"Biraz sonra gelsen?" dedi Doc. "Bir şeyin tam ortasındayız da."

"Tabii."

Birden karanlık dağılmaya başladı, sanki biri yavaşça ışıkları yakıyordu. Caine gözlerini hâlâ kapalı tutsa da görebiliyordu. Gözlerinin önünde bir tek görüntüler değil, bilgi de vardı.

...

Garson kızıl saçlı, derin dekoltesi olan siyah bir bluz giymiş, aşırı makyaj yapmış bir kadın. Adı Allison Gully. Herkes ona Ally diyor. Nick Broughton'un kendisine vurduğu yerde kalan izi kapamak için koyu bir göz makyajı yapmış. Aslında onu terk etmek istiyor, ama korkuyor.

Caine'nin masasındakiler içecek bir şey istemedikleri için bara dönüyor ve Tim Shamus ile flört ediyor. O buralarda yeni, kadın da hoş olduğunu düşünüyor. Tim o gece eve gidince kadın*la olma hayalleri kuruyor. Evde volta atıyor. Sonunda sabah dörtte yatıyor. Kalktığında güneş çoktan ağırmış.*

Tim geç kalıyor. Arabasına koşuyor. Siyah bir 89 Ford Mustang kullanıyor. İşe giderken kırmızı ışıkta geçerek Marlin Kramer'in geçmesini engelliyor. Marlin çok kötü bir gün geçiriyor. Tim'e korna çalıyor ve kızarak yanlış yola dönüyor. Trafiğe *takılıp Houston'a gitmek üzere bineceği uçağı kaçırıyor. Matt Flannery bekleme listesinde ve Marlin'in yerini ona veriyorlar, o da Lenore Morrison'un yanına oturuyor. Uçuş boyunca konuşuyorlar. Uçak inince adam kadının numarasını istiyor. On beş yaşında Derek Cohen'le sinemada öpüştüklerinden bu yana ilk defa yüzü kızarıyor kadının.*

Matt ve Lenore üçüncü kez görüştüklerinde sevişiyorlar. İlk birkaç seferinde prezervatif kullanıyorlar ama sonra kullanmıyorlar. Ne yazık ki güvenli değil kullanmamaları, çünkü Lenore HIV pozitif. Matt'te *AIDS çıkıyor. Tek başına bir hastane köşesinde ölüyor. Aslında Beth Peterson'la evlenip iki çocuğu ve üç torunu olabilirken.*

...

ya da

...

*Caine bir içki ısmarlıyor. Ally bir sipariş aldığı için on saniye geç gidiyor bara. Giderken Aidan Hammerstein ve Jane Berlent ona işaret edip iki içki ısmarlıyorlar. Ally, Tim'e acele edip iki içki hazır-*lamasını söylüyor. Flört edecek zamanları *yok. Ally hem Caine'nin içkisini, hem de Aidan ve Jane'nin içtikleri Alabama Slammerları getiriyor. Jane feci sarhoş oluyor. Eve gitmektense Aidan'la dolaşmaya karar veriyorlar. Zaten bugün kadının doğum günü. Yirmi beşine basmış.*

O içmeye devam ediyor... Tim Shamus saat 2'de yatıyor ve zamanında kalkıyor, Marlin Kramer uçağa yetişiyor... Jane eve giderken bir Koreli'nin dükkânında durup bir paket Marlboro Lights alıyor. Bu yirmi bir yaşından beri içtiği ilk sigara. O zaman aşırı yemek yiyip üstüne sigara içtiğinde kusmuş ve bir daha içmeyeceğine yemin etmiş. İçmiyor da zaten. Doksan *yedi yaşına kadar yaşıyor. Seth Grenberg altı torununun arasında en sevdiği, o da Jane'nin cenazesinde ağlıyor... Ama şimdi yirmi beşinde sigara içiyor. Tadı gecenin serin havasında çok hoş geliyor. 'Neden bıraktım acaba?' diye geçiriyor içinden. Bir daha asla bırakmıyor. Aidan dumana katlanamıyor. Bu da kavgaya neden oluyor. O da sekreteri Tammy Monroe ile bir ilişki yaşıyor. Jane'den ayrılıyor. O psikoloğa gidiyor. Adam, Zoloft yazıyor. Bu biraz işe yarıyor ama kadını iyileştirmiyor. Otuzuncu yaş* gününde yirmi hap yutup üstüne *tekila içerek kutlama yapmaya karar veriyor. Cesedi, komşusu bir koku olduğundan şikâyetçi olduğunda, iki hafta sonra bulunuyor*

...

"Dur!" Caine neredeyse nefes alamıyordu. Hemen gözlerini açıp garsona baktı. *Ally, adı Ally onun;* hortlak görmüş gibi bakıyordu.

"Bir şey mi istedin?" diye sordu Ally.

Caine kadının omzunun üzerinden sarışın bir adamın (Aidan) garsonu çağırmaya çalıştığını gördü. Dondu kaldı, ne yapacağını bilemedi. Bir şeyi değiştirdiğini biliyordu. Ally geri dönerse Tim, Marlin, Matt, Lenore, Aidan, Jane ve Tammy'ye ne olduğunu/olacağını bilecekti. Ve bu sekiz kişinin hayatlarının kesiştiği diğerlerine. Ayrıca, olası/olası olmayan çocuklarına da. Arkadaşlarına da neler olduğunu. Ve...

"Tatlım iyi misin?" diye sordu garson.

"Ben... Ben... Ah..." Konuşamıyordu.

Birden çevresini sardı koku; insan dışkısı, çürümüş et ve kusmuk, kurtçuklar ve bozulmuş meyveler. Gözleri kayarken öne doğru düştüğünü hissetti. Masaya başını çarpacağı için kalktığında başının ağrıyacağını anladı. Ama bu umrunda değildi, bilinçsizlik son sürat ona doğru uzanan kurtarıcı bir el gibiydi.

Arkadaşlarının endişeli seslerini duydu. Jasper, Nava, Doc. Sesleri zihninde yankılandı. Sonra benliğindeki her bir nöron buna karşı haykırdıysa da, yine görmeye başladı. Gözleri hâlâ kapalıydı, ama görüntüler korkunç bir film gibi gitmedi gözlerinin önünden.

...

Yaşıyorlar. Acı çekiyorlar. Ölüyorlar.

Bir daha ve bir daha. Caine görmekten kaçınamıyor.

Her şey, her şekilde olmaya devam ediyor. An'da neredeyse dokuz saniye boyunca çığlık attığını biliyor. Bu da An'da sonsuzluk gibi geliyor ona.

Ama yeni bir şey de öğreniyor.

Sonsuzluk ne kadarmış onu da öğreniyor.

♣

Caine uyandığında başının çatlayacakmış gibi acıdığına şaşırmadı.

"David iyi misin?" diye soruyordu Nava.

"Evet," dedi yavaşça başını sıvazlayarak.

"Ne oldu?" diye sordu Doc.

Caine cevap vermek için ağzını açtı, ama doğru kelimeleri bulamıyordu. Zaten tam olarak da anlayamıyordu gördüklerini. İlk başta görüntüler belirgindi, ama aynı zaman-uzamda üst üste binince bulanıklaşıp birleşmişlerdi. Sanki bir çizgi filmde bir nanosaniye boyunca yeni bir kareyi görüyordu, sonra bu kare diğer gördüğü tüm karelerin üstüne oturtuluyordu. Sonunda birbirini örten gölgelerden ve şekilsiz bir karanlıktan başka bir şey görememişti.

Bardan ayrıldığı zaman gördüklerini tam olarak hatırlayamayacağının farkındaydı; bunların hepsini zihninde depolamasına imkân yoktu. Zaten şimdiden bu bilgilerin beyninden sızdığını, boşluğa doğru aktığını hissedebiliyordu. Unutması iyiydi aslında, mutluydu. Eğer bilmiyorsa, bir seçim yapması da gerekmeyecekti çünkü.

Böyle yaşayabileceğini hiç sanmıyordu, bu kadar büyük sorumlulukla, bu kadar çok seçim yaparak yaşanmazdı. Issız bir adada bile yaşasa, seçimleri tüm evreni etkiliyordu. En basit bir seçimle bile, biri ölecek, biri hayatta kalacaktı. Bunu yapamazdı. Buna katlanamazdı.

"Yapamam. Yapamam. Hayır," diye mırıldandı Caine durmadan.

"Neyi yapamazsın?" diye sordu Jasper.

"Seçim yapamam. Bu doğru değil. Ben kimim ki...?"

Jasper, Caine'nin yanağına okkalı bir tokat attı. "Sen David Caine'sin."

"Ya hata yaparsam?" diye sordu Caine. Sadece kardeşini görebiliyordu. Sanki Nava ve Doc yoktu orada.

Jasper gülümsedi. "O zaman hata yapmış olursun ufaklık. Bir şey yapmamayı seçsen, bu bile bir seçimdir. Bir karar vermekten kaçamazsın."

"Ama o kadar şey var ki... Hata yapabileceğim onca konu, yanlış yapabileceğim..."

"Bu kaçınılmaz," dedi Jasper. "Ama denemek zorundasın."

Caine başını salladı. Geleceğe dair gördüklerinden pek fazlasını hatırlayamıyordu, ama unutmaya başladığında bile ne yapması gerektiğini biliyordu. Bunun doğru olup olmadığını bilmiyordu -hatta yanlış olabileceğini bile düşündü- ama doğru olma olasılığı da yüksekti. Elinden gelen tek şey en az yanlış olanı seçmekti. Olacaklar onun elinde değildi.

Caine, derin bir nefes alıp Nava'ya döndü. "Buradan gitmemiz gerek," dedi. "Gidebileceğimiz güvenli bir yer var mı?"

"Evet," dedi Nava hemen. "Bir yer biliyorum."

"Neresi?"

"Gidince görürsün."

"Hayır," dedi Caine. "Bilmem gerek."

"Bence..."

Caine masanın üzerinden uzanıp onun eline yapıştı. "Nava bana güvenmen gerekiyor. Bilmem gerekiyor, bu önemli. Bizi nereye götürüyorsun? Tam olarak neresi?"

Nava adamın gözlerinin içine baktı. Her ne görmek istiyorsa gördü herhalde çünkü itiraz etmeden sorusuna cevap verdi.

Caine bir an için gözlerini kapadı ve yine açtı.

"Tamam," dedi. "Tuvalete gitmem gerek. Sonra da gideriz."

Caine ayağa kalkıp barın diğer ucundaki uzun koridora doğru gitti sendeleyerek. Kimsenin onu göremeyeceğinden emin olduğu anda da erkekler tuvaletinin karşısındaki jetonlu telefonu eline aldı. Tam o sırada birinin gölgesini gördü. Bu Doc'tu. Caine parmağını dudaklarına götürüp sus işareti yaptı. Onun Nava'ya bu görüşmeden söz etmesini istemiyordu. Doc başını sallayarak tuvalete girdi.

Caine üç gün önceki numarayı hatırladı. Karşı taraf açmadan önce telefon uzun bir süre çaldı.

"Merhaba Peter. Ben David Caine." Bir an için gözlerini kapadı doğru sözleri bulmaya çalışırken. "Lütfen dikkatle dinle söyleyeceklerimi. Fazla zamanım yok."

"Merhaba James," Forsythe cep telefonundan arayan Tversky'nin sesini hemen tanıdı. "Beni aradığını duydum."

"Nereden çıkardın bunu?" diye sordu Forsythe.

"Zaman kaybediyoruz bence. Neyin peşinde olduğunu biliyorum ve sana teslim edebilirim; fiyatta anlaşırsak."

"Senden isteyebileceğim hiçbir şey yok."

"Öyle mi? Ya David Caine?"

"Dinliyorum," dedi Forsythe fazla hevesli görünmemeye çalışarak.

"Saat altıda nerede olacağını biliyorum."

Forsythe saatine bakınca kırk dakikası olduğunu gördü. Boğazını temizledi.

"Ne kadar istiyorsun?"

♠

Brooklyn'in, Caine'nin bilmediği bir yerinde metrodan indiler. Önünden geçtikleri dükkânların çoğunun tabelaları İbraniceydi. Erkekler siyah ceket, siyah şapka giymişlerdi ve siyah sakalları vardı. Doc gülümsedi. Caine adamın tüm bu olanları çok rahat karşıladığını düşündü. Doc'un bu huyunu severdi: Hiçbir şey onu şaşırtmazdı.

"Aslında şaşıracak bir şey yok," demişti bir keresinde Doc ona. "Dünyada herkese aynı anda garip bir şey olsa işte o zaman bu şaşırtıcı olurdu. Ben tek bir bakış açısına sahip olduğuma göre, bana olan olasılık dışı bir şey varsa, o zaman başkasına bunun olmadığını var sayıyorum mantık olarak. Bu yüzden de, bunun herhangi birine olma olasılığı 6 milyarda birse, o birine olma olasılığı da yüzde yüz. Yüzde yüz olabilecek bir şey olduğunda niye şaşırayım ki?"

Nava, onları birçok karanlık ve dar sokaktan geçirdi. Caine ana caddedeki trafiğin sesini bile duyamıyordu artık. Üçüncü kapıya gelince merdivenlerden inip kapıyı dört defa tıklattı. Kapıdaki gözetleme penceresi açıldı ve bir çift kahverengi şüpheci göz gördü. Ama delikten bakan her kimse Nava'yı görür görmez hemen kapıyı açtı.

"Nava'cığım!" diye haykırdı ayı gibi bir adam. Onu kucaklayıp öyle sıkıca sarıldı ki, Caine, adamın kızın kemiklerini ezeceğini düşündü. Hızlıca İbranice konuşunca adam ciddileşti. Sonunda Nava diğerlerine döndü.

"Bu Eitan," dedi iri yarı adamı göstererek. "Eitan bunlar da David, Jasper ve Doc."

"Memnun oldum," dedi Eitan bozuk bir İngilizceyle. Caine'nin elini sıkarken kıracaktı neredeyse. "Nava'nın dostları benim de dostlarımdır." Kapının önünden çekilip içeri buyur etti onları. "Lütfen girin, evim sizin de evinizdir."

Daire, dışarıdaki pisliğe kıyasla, çok tertipli ve temizdi. Taş zeminin üzerinde turuncu bir halı vardı. Soluk sarı bir kanepenin ortası hafif çökmüştü. Belli ki Eitan hep buraya oturuyordu. Kanepe koca adamın ailesinin resimleriyle dolu olan bir duvara yaslanmıştı. Kanepenin yanında da elle işlenmiş yastıklarla üzeri süslenmiş bir sallanan sandalye vardı.

"Oturun. Size yiyecek getireyim."

Eitan gidince Caine uzun ahşap sehpanın etrafından dolanıp kanepeye oturdu. Altındaki yaylar gıcırdadıysa da, Caine bu kanepenin kendisinden daha ağır insanları da çektiğine emindi.

Eitan, içinde biraz pide, humus ve dört buzlu çay olan bir tepsiyle döndü. Caine yemek yerken, Eitan ve Nava sigara içtiler. Eski müteffikler İbranice konuşurken, Caine her şey yolundaymış gibi davranmaya çalıştı, ama arkadaşlarıyla birlikte çok az zamanı kaldığını biliyordu.

"Burada."

"Mükemmel. Yalnız mı?"

"Hayır. Evde Vaner'in bağlantısı hariç üç kişi daha var."

"Bağlantıyı öldür. Kadını bana getir."

"Tamam." Choi Siek-Jin cep telefonunu kapadı. Ara sokak karanlıktı, bu yüzden de güneş gözlüklerini çıkardı. Arka kapıdaki kilidi bir çocuk bile açabilirdi. Bir dakikaya kalmaz evdeydi. Küçük dairenin diğer ucundan sesleri geliyordu, ama adam onlara doğru değil mutfağa gitti.

Şişman adam buraya gelecekti eninde sonunda. Geldiğinde de Siek-Jin hazırlıklı olacaktı.

"Doydun mu?" dedi Eitan neredeyse bitmiş olan humusu göstererek.

"Sağ olun, doydum, *kum, mum, zum,*" dedi Jasper.

Eitan, Jasper'in bu garip alışkanlığını hiç fark etmemiş gibi yaparak gülümsedi. "Biraz su ister misiniz? Ya da biraz şarap?"

"Ben buzlu çay alırım," dedi Doc.

"Tabii ki," dedi Doc'un boş bardağını alarak. "Hemen dönerim."

Eitan odadan çıkarken Caine bir korku hissetti. İri adamın koridor boyunca mutfağa doğru ilerlediğini gördüğünde içinden onu durdurma isteği geçti. Ama daha derinden gelen bir ses bunu engelledi. Daha önce bilseydi belki de olacakları engelleyebilirdi.

Ama artık çok geçti. Evrenin çarklarının dönüşünü seyredecekti.

Siek-Jin parmağını dudaklarına götürdü. Kafasına büyük bir tabanca dayanmış olan Eitan korkudan olduğu yerde dondu kaldı. Siek-Jin, Eitan'a elindeki boş bardağı bırakmasını işaret etti. Eitan'ın elleri titriyordu, ama bardağı tezgâhın üstüne koyabildi sonunda.

Adam tabancasını Eitan'ın başından ayırmadan, ilk önce adamı, sonra da yeri işaret etti. Eitan yavaşça kendinden isteneni yaptı. Yüzünden yaşlar akarken dizlerinin üstüne çöktü. Siek-Jin bıçağını çıkardı. Tek bir hareketle onun gırtlağını kesti. Adam boğazını tutarken garip bir ses çıktı, sonra Siek-Jin onu sırtından bıçakladı.

Bir elinde tuttuğu bıçağı ve diğer elindeki tabancayı da bırakmayarak, Eitan'ın düşen bedenini tutup yavaşça yere indirdi. Bıçağını Eitan'ın gömleğine sildikten sonra tekrar yerine koydu. Vaner'i alt etmek bu kadar kolay olmayacaktı, bu yüzden de bir eli boşta olmalıydı.

Caine gözlerini kapayıp geleceği hatırlamaya çalıştı. Bu sefer, çok fazla ileriye gitmeden gözlerini açıp Şimdi'ye döndü.

"Kanepeyi kapının önüne çekmemiz gerek," dedi zorlanarak kalkıp. "Kitaplığı da."

Nava ve Jasper hiçbir şey demeden kanepeyi tutup taşıdılar. Doc da kitaplığı halletti. İşleri bitince geride durup yaptıklarına baktılar. Günün son ışıkları süzülüyordu yer altındaki dairenin tavana yakın penceresinden. Işık Nava'nın yüzüne vurunca, Caine bir anda bunu daha önce de gördüğünü düşündü.

Hemen eğilip duvardaki bir lambayı prizden çekti. Küçük ama ağırdı. Elinde sopa gibi tuttu. Bu işini görürdü. Caine kapıya doğru dönerken içgüdülerine güvenmek istiyordu. Eğer güvenemezse o zaman Nava'nın ölme olasılığı yüzde 97.5329'du.

"Kafasına isabet ettirebilirim."

"Dur," diye emir verdi Crowe. "Sadece menzilde tutun."

"Ama..."

"Ekip başı benim, Jim. Benim dediğim olacak. Anlaşıldı mı?"

"Tamamdır," diye hırladı Dalton. Crowe de kim oluyordu ki herkesin duyabileceği bir frekanstan onu böyle azarlıyordu. Rainer ve Esposito bu iş bitince bunu kesinlikle yüzüne vuracaklardı.

"Yerini aldın mı, Leary?"

"Arka çıkıştayım," diyen Leary'nin sesi duyuldu telsizden.

"Jim, hâlâ kafasına isabet ettirebiliyor musun?"

"Evet," dedi Dalton bir yandan dürbünden Nava'nın yüzüne bakarak. Crowe'nin ne dediği umrunda değildi, bu vatan haini orospuyu indirecekti. Aslında yazıktı. Gerçekten hoş kadındı. Ekiple birlikte bu kadınla eğlenebilirlerdi. O içli gözlerin arasına bir kurşun sıkmak yazık olacaktı, ama zamanı geldiğinde tetiği çekmekte tereddüt etmeyecekti.

"Bir terslik var," dedi Nava. "Eitan geri gelmedi."

Nava daha Glock'unu eline alamadan Koreli ajan belirdi kapıda. Tabancasını kadının kafasına doğrultmuştu. "Yapma!" dedi gözlerini kadından ayırmayarak. "Chang-Sun seni canlı istiyor."

Nava'nın kalbi ağzına geldi. Korelinin pantolonundaki kanı görünce Eitan'ı öldürdüğünü anladı. Düşman sadece bir metre ötesindeydi, ama aralarında kilometreler olsa da bir şey fark etmezdi. Ona ulaşana kadar kafasına bir kurşun yerdi.

Her şey bitmişti.

"Vaner'i beş saniyede indiriyorum," dedi Dalton mikrofona. Derin bir nefes aldı, tuttu ve saymaya başladı. Parmaklarını kasıp Vaner'in yüzüne nişan aldı.

"Dört..."

Dürbünün dikey çizgisi iki gözünün arasındaydı, yatay çizgi ise burnunun ortasındaydı. Yüzü dört eşit parçaya bölünmüştü.

"Üç..."

Tetik parmağını yokladı.

"İki..."

Güçlü tüfeğin tepeceğini düşünerek kendini kolladı.

"Bir..."

Adamın ellerinin arasından fırlayacakmış gibi hareket eden silahtan 7.62 milimetrelik kurşun çıktı ve saniyede 300 metre hızla Nava Vaner'in beynine doğru yol aldı.

Tam o anda Caine lambayı Koreli katile doğru fırlattı. Ama lamba ona çarpmadan Siek-Jin kenara çekildi. Aynen Caine'nin öngördüğü gibi bir adım sağa doğru çekilmişti.

Vaner'in önünde birden bir karartı belirdi ve sonra da kıpkırmızı oldu. Biri araya girmişti. Eğer araya giren David Caine ise boku yemişti. Dalton vurduğu şey yere düşerken bunu düşünmemeye çalıştı. Vaner'i hâlâ görebiliyordu. Ama kadının gözlerindeki bakışa bakılırsa hemen tüyecekti.

Dalton hemen şarjörünü boşaltmaya başladı ve hedefi vurduğunu umdu.

Birden bir hava akımı oldu ve bir kırılma sesi duyuldu. Cam kırılmıştı ve Koreli katil odaya dağılan cam parçalarıyla birlikte yüz üstü ahşap kahve masasına düştü. Kafatasındaki beyzbol topu büyüklüğündeki delikten gri beyni görünüyordu. Nava düşünmeden odanın öteki tarafına atıldı ve yere doğru düşerken kendisiyle birlikte Caine'yi de çekti.

"YATIN!" diye bağırdı durduğu yerin üstünde iki mermi duvara saplanırken. Kapının bir kısmı odanın içine doğru dağılırken bir çatırtı duyuldu. Kanepe ve kütüphane olmasaydı odaya girmişlerdi. Çok geç olmadan önce sadece birkaç saniyeleri vardı.

Altında yatan, gözleri kapalıyken ağır ağır nefes alan Caine'ye baktı.

Caine 15.3 saniyesi olduğunu biliyordu. En azından bildiğini sanıyordu. Bir an için gözünün önüne milyonlarca olasılık geldi. Her birine bakabilir ve her seçimin sonucunu görebilirdi. Sonsuzdu ama bu. Çoğunda Caine ölüyordu, pek azında Nava hayatta kalıyordu, ancak birkaç keresinde işler Caine'nin istediği gibi yürüyordu.

Her bir yolun birçok yolu ve aklına bile getiremeyeceği birçok sonucu vardı. Daha fazla zamanı olsa daha mantıklı bir karar verebilirdi, ama zamanı yoktu. Sadece 13.7 saniyesi vardı. En doğru gibi görünen yolu seçti, daha doğrusu, en az yanlış olanı. Bunu seçerken de bir yandan bildiklerine, bir yandan da içgüdülerine güvendi.

"Özür dilerim Nava," dedi Caine gözleri hâlâ kapalıyken.

Nava cevap veremeden, onu sırtüstü çevirip başını yere vurdu. Kadının kafası taş zemine vurunca bu ona bir mermi sesini hatırlattı.

Sonra kadının dünyası karardı.

Pek de bir işe yaramasa da bariyeri yerinde tutmaya çalışan Doc'la Jasper'e baktı Caine. İkisine de söylemek istediği o kadar çok şey vardı ki, ama sadece 9.2 saniyesi kalmıştı.

Siek-Jin'in parçalanmış kafasına doğru emekledi aksak ayağını çekiştirerek. Caine ne yapacağını düşününce midesi bulandı, ama zaman geçiyordu. Siek-Jin'in kafasının içine elini soktu ve beynini çıkarttı. Eline kan da almak için avcunu kıvırdı. Ne kadar sıcak olduğuna şaşırdı. Elindeki şey suları damlayan sıcak lazanya gibiydi. Miğdesi bulandı ama devam etti işe.

Dizini bükmemeye çalışarak emekledi. Bir şekilde elindekini düşürmeden ve düşmeden Nava'ya yanaştı. Ona ulaşınca da elindekini kadının yüzüne ve saçlarına sürdü. Eğer yakından bakarlarsa kanın ve beyinin kadına ait olmadığı belli olurdu, ama bunun olma olasılığı yüzde 2.473'tü.

Caine, Nava'nın sırt çantasını kapıp mutfağa gitti. Askerler odaya dalmadan önce 1.3 saniyesi vardı.

Adları Martin Crowe, Juan Esposito, Ron McCoy ve Charlie Rainer. Hepsi tepeden tırnağa siyahlara bürünmüş, göğüslerinde de zırh var. Kask taktıkları için yüzleri görünmüyor.

"Yere yatın!" diye bağırıyor Rainer, herkes yerde olmasına rağmen.

...

Caine, Eitan'ın bedeninin üzerinden geçti. Adam bir kan gölünün ortasında yatıyordu mutfakta. Arka kapıya giderken de uzun siyah bir paltoyu aldı askıdan. Gözlerini kapadı. O şekilde görmek daha kolaydı.

...

Esposito, Doc'u duvara vuruyor.

Crowe başına tabancayı dayayıp Jasper'in sırtına basıyor. Jasper'in yanağındaki iyileşmekte olan yarayı görünce de bunun *istediği kardeş olmadığını anlıyor. Odaya bakınca durumu kavrıyor.*

"Leary! Hedef sana doğru geliyor."

"Görüyorum."

...

"Dur!"

Caine yürümek için kendini zorladı. Korkusuna yenik düşmek istemiyordu. Adam (Mark Leary) geri çekildi, aynen Caine'nin tahmin ettiği gibi tabancasını ona doğrultmuştu.

"Dur, yoksa ateş ederim," diye bağırdı adam.

"Etmezsin," dedi gözlerini kapalı tutan Caine ve Nava'nın 9 milimetrelik tabancasını ona doğrulttu.

Ve

...

Tetiği çekiyor. Mermi Leary'nin baldırına isabet ediyor ama onu durduramıyor. Tabancasını ters çevirip kabzasıyla Caine'nin başına vuruyor...

*(*Döngü)

Tetiği çekiyor. Mermi isabet etmiyor, yoldan sekiyor. Leary ileri atılıp Caine'yi de yere indiriyor...

*(*Döngü)

Tetiği çekiyor. Mermi Leary'nin ayağına saplanıyor. Tökezliyor ve hareket ederken Caine'ye çarpıp onu da düşürüyor...

*(*Döngü)

Tetiği çekiyor.

...

Mermi Leary'nin bacağına isabet etti. Femuru parçalandı ve mermi bacağının içinde kaldı. Geriye doğru düşerken acıyla bağırdı. Caine duraksamadan ilerledi, düşen komandoya çarpmamak için sadece biraz sola doğru kaydı. Sokaktan çıktı ve şapkayı taktı.

Crowe, Leary'nin yerde olduğunu gördüğü anda koşmaya başladı, ama çok geçti artık. Köşeyi döndüğünde Caine ortalarda yoktu. Sokak Musevi erkeklerle doluydu, aynı siyah ceketi ve şapkayı giyen bir sürü erkek vardı.

"Kahretsin!" diye bağırdı. Kalabalığa bakarken olanlara inanamıyordu. David Caine gitmişti.

Dönüp eve doğru gitti. Vaner'in kafasındaki beyin parçalarına bakılırsa kadın ölmüştü, aynen yanındaki Asyalı herif gibi. Durup nabzını yoklayacak hali yoktu. Dalton'un ikisini de öldürdüğüne inanamadı. Crowe onu sonra halledecekti. En azından ikizi hayattaydı. Doktorla ikiz kardeşi duvara yaslamışlardı.

"Rainer şu ikisini araca bindir," diye emir verdi Crowe. "McCoy sen de arka kapıya git ve Leary'ye yardım et. Sonra..." Siren seslerini duyunca sustu. Sanki bir polis filosu geliyordu. Zaman yoktu. Crowe yerel polise burada neden üç ceset olduğunu açıklamaya niyetli değildi, diğerlerini kapıp gidecekti.

"Yirmi saniyen var Esposito, çıkarken burayı yak."

Adamlar ne yapacaklarını biliyorlardı. Esposito elektronik ateşleyicileri duvara yerleştirdi ve patlayıcıları bağladı. Crowe geride bir kanıt kalabileceğinden hiç endişelenmiyordu, çünkü tanıdığı hiçbir bomba uzmanı az patlayıcı kullanmazdı ve Juan Esposito da tipik bir bomba uzmanıydı.

İki rehineyle uzaklaşırlarken bir patlama sesi duydu; bu gök gürültüsü gibiydi. Polisler geldiklerinde yanmış üç ceset bulacaklardı. Cevapsız kalacak bir sürü de soruları olacaktı.

28

Forsythe, iki silahlı askerin refakatinde binadan çıkartıldığına inanamıyordu, çok kızgındı bu duruma düşürüldüğüne. Yeni ofisinde volta atarken bunu düşünmemeye çalıştı. Manhattan kaldırımlarının iki kat altındaydı yeni işyeri. İyi ki bu laboratuvarı aylar öncesinden hazır etmeyi ve yatırımcı bulmayı akıl etmişti. Bilimsel ekipman çalışır durumdaydı, ama bilgisayarlarda ve elektrik sisteminde hâlâ arızalar oluyordu.

Cam duvarın diğer tarafından Grimes'in ve ekibinin koşuşturduğunu görüyordu. Bu bilgisayar manyakları koca odada yeni alıcıları yükleyip güvenlik sistemini devreye sokmaya çalışıyorlardı. Eğer her şey yolunda giderse bir saat içinde problem çözülürdü.

Birden telefonu çalmaya başladı. Bu telefonu bekliyordu ama yine de yerinden sıçradı telefon çalınca. Hemen atılıp ahizeyi kaldırdı. "Buldunuz mu?"

"Hayır. Geleceğimizi biliyorlardı. Kapıya barikat kurmuşlardı ve hedef nasıl kaçacağını planlamıştı bile."

Forsythe saçlarını düzeltti eliyle. Crowe en azından lafı dolandırmıyordu.

"İkizi?" diye sordu Forsythe.

"Onu yakaladık. Elli miligram amobarbital verdik. Üç saat kendine gelemez."

Forsythe rahatladı. "Ayılmaması çok önemli. Eğer ayılacak gibi olursa en az yirmi beş miligram daha verin."

"Anlaşıldı."

Bir an tedirgin bir sessizlik oldu, sonra Crowe yine konuştu. "David Caine'nin koruması öldü. Kardeşi de elimizde. Caine tek başına artık. Yakında karşımıza çıkar ve bu sefer kaçamayacak."

"Umarım bu söylediklerini yukarıdaki de duyuyordur," diyerek telefonu kapadı Forsythe. Beta deneğini yakalayamadıklarını düşününce hayal kırıklığına uğradı. Ama Crowe haklıydı, bu an meselesiydi. Bu arada ikizin üzerinde bazı testler yapardı. Eğer Beta deneğinin gerçekten bazı yetenekleri varsa, o zaman ikizinin de bazı yetenekleri olmalıydı.

Forsythe laboratuvara gelmelerini ve testlere başlamayı sabırsızlıkla bekliyordu. Aradaki adımları atlayıp da ikizin temporal lobunun bir bölümünü almak istese de, bunu yapmadan önce aylarca kimyasal analizler yapmak zorunda olduğunu biliyordu. O zamana kadar ikizi katatonik bir durumda tutmak gerekiyordu.

Jasper'den öğrenebilecekleri her şeyi öğrendikten sonra da, kafatasını açıp beynini alırlardı.

Dizindeki acıya rağmen Caine yürümeye devam etti. Patlamayı duyunca bir Starbucks kafeye girdi. İlk önce tuvalete gidip elindeki kanı temizledi. Gömleği lekelenmiş ve kuruyan kandan sertleşmişti, ama ceketin önünü iliklemek dışında bu konuda hiçbir şey yapamazdı.

İkinci espressosunu da içip kafein ve şeker tükettikten sonra, Nava'nın sırt çantasını açtı. İçinde ne olduğunu bilmesine rağmen bunları kendi gözleriyle görünce rahatladı. İki tabanca -bir SIG Sauer ve bir Glock- yirmi şarjör de mermi vardı. Ayrıca bir sinyal bozucu, bir GPS tarayıcısı, bir cep bilgisayarı, her birinde farklı bir isim ve uyruk yazan üç ayrı kimlik seti buldu. Birkaç tane de kredi kartı vardı ama Caine'yi asıl ilgilendiren üç tomar yirmilikti. Her bir tomarda toplam 50 yirmilik vardı. Yani toplamda 150 yirmilik.

3.000 dolarla planını gerçekleştiremezdi, ama bu bir başlangıçtı. Bir an için gözlerini kapadı ve sonra dışarı çıktı. Kırk saniyede bir taksi buldu.

"Nereye?" diye sordu sesi bitkin çıkan şoför.

"Doğuya doğru," dedi Caine. "Yedinci Cadde'yle D Bulvarı'nın kesiştiği yere."

Nava bedeninin yandığını görebiliyordu. Teni yanıp kül olurken kıpkırmızıydı, kanlı şeritler halinde sökülüyordu derisi. Ateş canlı gibiydi, sanki alevli diliyle onu yalıyordu.

Duman yüzünün çevresinde dönüyordu, ciğerlerine işliyordu. Dudakları, damağı, boğazı yanıyordu. Gözlerini açmak istediyse de açmadı, çünkü açarsa göremeyeceğini biliyordu. Bunun yerine nefes almaya çalıştı.

Son hatırladığı şey Caine'nin üstüne çıktığı ve kendisini bayılttığıydı. Şimdiyse kollarını kıpırdatamıyordu. Ellerini oynattı ve parmaklarıyla uzandı. Eski bir kumaşa dokundu, kanepenin döşemesi olmalıydı elinin altındaki. Kanepe üstüne düşmüştü herhalde ve onu korumuştu. Yastığın içine soktu yüzünü. Eski yastığı bir hava filtresi gibi kullandı. Hemen buradan çıkması gerekiyordu. Fazla zamanı yoktu.

Tek bir kere itecek gücü kalmıştı. Ya şimdi kullanacaktı ya da ölecekti. Sağ kolunu kanepeye dayadığında, bir an için kanepe kalktı ve sanki ya üzerine düşecek ya da ters tarafa düşecek gibi dengesiz durdu. Nava sağ eliyle uzanıp onu itti. Ateş kanepeyle Nava arasındaki boşluğu doldurdu bir anda. Hava sıcaktı. Son bir kere daha itince, kanepe soluna doğru düştü. Kurtulmuştu.

Nava zar zor ayağa kalktı ve dairenin önüne koştu, dış duvarlar neredeyse tamamen gitmişti. Bir tek iskeleti duruyordu. Dışarı fırlayıp temiz havayı soludu. Yanan binadan uzaklaşmaya çalışırken düştüğünde bunu umursamadı. Hava serin ve temizdi.

Zaitsev ona hep, öldüğünde dinlenecek zamanı olacağını söylerdi, ama bir an için bunu unuttu. Bu seferlik dinlenecekti. Bayılmadan önce son gördüğü şey kafasında dikilmiş duran garip adamdı.

Papyon takıyordu.

Forsythe ikizin MR'ını Beta deneğininkiyle karşılaştırdı. Tam olarak örtüşmüyordu, ama ikizin de sağ temporal lobunda benzer bir anomali vardı. Bu, Forsythe'nin beklediğinden de iyiydi. Eğer ikize epilepsi nöbetini engelleyecek deneysel ilaçları verirse, Beta deneğinin beyin kimyasının bir benzerini oluşturabilirdi. O zaman elinde bir test deneği, bir de kontrol mekanizması olacaktı. Keşke üçüz olsalardı.

Birden floresan ışıklar söndü.

Forsythe'nin kalbi hızlanınca, derin derin nefes almaya başladı. Ortam çok sessizdi. Havalandırmanın sesini fark etmemişti çalışırken, ama kapanınca gürültülü olduğunu anladı. Şimdi bir tek karanlık odada derin derin nefes alan Forsythe vardı. Kollarını açıp titreyen parmaklarla masasına dokundu. Bir şeyi yere düşürünce de bir gürültü duydu.

Yoklaya yoklaya buldu telefonu sonunda. Çalışıyordu. Grimes'in dört haneli iç hat numarasını çevirdi, ancak sekiz defa çaldıktan sonra cevap verdi Grimes.

"Ne?"

"Neler oluyor?" Forsythe, sesinin garip ve korkmuş gibi çıktığını biliyordu, ama bu umrunda değildi. "Işıklara ne oldu? Işıkları açın hemen."

"Kendine gel doktor," dedi Grimes. "Karanlıktan mı korkuyorsun?"

Forsythe cevap vermek istedi, ama veremedi çünkü nefes bile alamıyordu. Sadece dolabı düşünebiliyordu; annesinin onu küçükken kilitlediği dolabı. Bazen birkaç dakikalığına kilitlerdi, ama çok yaramazlık ettiğinde onu saatlerce dolapta bırakırdı. O naftalin kokusunu ve babasının takım elbiselerinin başına sürtünüşünü dün gibi hatırlıyordu. Bir de sıcağı. On dakika içinde dolap fırın gibi ısınırdı. Elbiseleri terden sırtına yapışırdı. Ama en kötüsü karanlıktı, o aralıksız korkunç karanlık. Bir süre sonra gözlerinin açık mı kapalı mı doluğunu bile bilemezdi. Bir şeyler görmeye başlardı. O zaman bağırırdı. Aslında bağırmanın bir işe yaramadığını bilirdi, çünkü bağırırken annesi onu asla dışarı çıkarmazdı, ama yine de artık dayanamaz ve bağırırdı...

Forsythe birden bir ses duydu ve floresan ışıklar yandı. Kalp atışları yavaşlayınca da uzun uzun, kesik kesik nefes aldı.

"Oldu mu?" dedi Grimes. "Geçti işte."

"Kahrolası ışıklar niye söndü ki?" diye sordu Forsythe. Kendine gelmeye başlıyordu, ama daha tam olarak toparlanamamıştı.

"Ağzını bozma doktor," dedi Grimes gülerek. "Beni örnek al kendine, bak ne kadar sakinim. Merak edecek bir şey yok. Heriflerin bilgisayarları elektrik sistemine nasıl bağladıklarını kontrol ediyordum ve birkaç kabloyu kurcaladım."

"Bir daha olmasın," dedi Forsythe.

"Tamamdır. Emriniz olur..."

Grimes lafını bitiremeden, Forsythe telefonu kapadı. Saatine baktı, on birdi. Beta deneği beş saattir yoktu ortalarda. Bir ipucu da bulamamışlardı. Artık Grimes'in, UGA'nın bilgisayarına yerleştirdiği programdan gelecek bilgileri beklemek zorundaydı.

Saniyede altı bin telefon görüşmesini Beta deneğinin ses kaydı ile karşılaştırıyordu program. Caine her neredeyse eninde sonunda telefonu kullanacaktı, o anda da Crowe ve ekibi onu enseleyeceklerdi. David Caine akıllıydı ve şimdiye kadar şansı da yaver gitmişti, ama bir yerde şansı tükenecekti.

Olasılık da böyle bir şeydi zaten.

Caine *podvaal*'a girince koca bir el yapıştı omzuna. Bunun Kozlov olduğunu anlamak için başını kaldırması gerekmiyordu.

"Nerelerdeydin Caine? Vitaly endişelenmeye başlamıştı."

"Bir yolculuğa çıktım Sergey," dedi Caine dev Rus'a doğru dönerek. "Şimdi de bir sonraki taksiti ödemeye geldim."

Kozlov bugün adam dövmeyeceğini anlayınca üzüldü sanki. Rusça bir şeyler mırıldanıp onu Nikolaev'in ofisine götürdü.

"Caine," dedi Nikolaev şaşırıp ayağa kalkarak. "Sergey şehirden ayrıldığını düşünmeye başlamıştı, ama ben senin böyle bir şey yapmayacağını biliyordum."

"Tabii ki yapmam Vitaly," dedi Caine sırt çantasına uzanıp. İki deste yirmilik çıkarıp masaya koydu. "Paran."

Nikolaev zarf açacağını kullanarak her bir tomarın üstündeki kâğıdı açtı. Parayı sallayıp, her bir tomardan bir banknot çekip aldı. İkisine de kalemle bir işaret koyduktan sonra ışığa tuttu. Sahte olmadıklarına emin olunca da, parayı üst çekmeceye koydu.

"Bu taksit işi sandığımdan da iyi gidiyor," dedi Nikolaev. "Gelecek hafta bu sıralar görüşürüz."

"Aslında," dedi Caine. "Bu gece hesabı kapatayım diyorum."

Nikolaev kaşlarını kaldırdı. "Öyle mi? Paranın geri kalanı çantada mı?"

"Hayır," dedi Caine. Bir yirmilik deste daha çıkardı. "Binlik var."

Nikolaev yüzünü buruşturdu. "O zaman bana daha 10.000 borcun var."

"Biliyorum. Gerisini kazanmaya karar verdim."

Kozlov iç geçirdi, Nikolaev ise gülümsedi. Rusça bir şeyler söyleyince de Kozlov güldü.

"Caine," dedi Nikolaev gülümseyerek, "Belki de kumarda kaybedeceğine elindeki binliği bana versen daha iyi olur. Son zamanlarda şansın pek yaver gitmiyor."

"Beni düşünmen çok hoş, ama yine de oynamak istiyorum. Tabii senin için bir sakıncası yoksa."

Nikolaev kollarını açtı. "Tabii ki yok," dedi Caine'nin son parasını da alarak. "Parayı bozdurur, fişleri getiririm."

Kozlov, Caine'yi odanın ucundaki her zaman oturduğu masaya götürdü. Walter ortadaki parayı alırken gülüyordu. Rahibe, Caine'yi görünce başını eğdi. Stone sadece gözlerini kırpıştırdı. Caine'nin tanımadığı iki adam ona bakıp içkilerini yudumlamaya devam ettiler. Başını son kaldıran Walter oldu. "Hey," dedi neşelenerek. "Bu gece şanslı gecem. Hoş geldin Caine. Bana kaptıracak başka paran var mı?"

"Bu gece yok Walter," dedi Caine otururken. Kendine güvenmesi gerektiğini biliyor ama yine de tamamen rahatlayamıyordu. Fişlerini masaya koydu. Midesi asit üretirken sakinleşmeye çalıştı. Bunu yapabilirdi, eğer odaklanırsa bunu yapabilirdi. *Ya önceki gibi HerAn'a takılıp kalırsam, kaybolursam? Ya bir nöbet geçirirsem? Ya...*

Caine konuşarak tedirginliğini yenmeye çalıştı. "İki yüzlük bozalım," dedi fişlerini kâğıtları dağıtan adama doğru uzatarak.

"İki yüzü bozuyorum," dedi adam. Caine'nin uzattığı siyah fişleri alıp kırmızı ve yeşil fişler verdi.

Caine gözlerini kapayıp görmesi gerekeni gördükten sonra açtı. Hazırdı. İki kırmızı fişi oturduğu yerde öne doğru itti.

"Hadi, oynayalım."

"Valeden aşağıya kent," dedi Caine uzanıp ortadaki parayı alırken.

"Yok artık!" dedi Walter kartlarını masaya atarak. "Üçtür paramı alıyorsun."

Caine cevap vermedi. Kendini tamamen *HerAn*'a odaklanmaya vermişti. Gözlerini kapayıp fişleri saydı. Son yedi saatte 6.530 dolar kazanmıştı. Makine gibiydi. Bu aslında iyi bir kazançtı, ama Jasper'i kurtarmak için gerekeni almasına yetmeyecekti. Ortadaki parayı artırmanın zamanı gelmişti.

Bunu düşününce tanıdık bir duygu daha hissetti. Bunu daha önce de yapmıştı; tam kazanırken, hiçbir şeyin ters gitmeyeceğini düşünmüştü. Bir ele bütün parasını yatırıp masadan sıfırla kalkmıştı.

Ama bu sefer böyle olmayacaktı, çünkü *bu sefer* farklıydı. Aynı sözleri kendine söylediği diğer zamanları hatırlayınca neredeyse güldü. Ama bu sefer gerçekten de farklıydı durum, çünkü bu sefer bunu yapabileceğini biliyordu. Tek yapması gereken odaklanmaktı -bir de kusmamaya çalışması gerekiyordu- o zaman her şey yolunda gidecekti.

"Hadi, oyunu biraz hareketlendirelim," dedi Caine önündeki yığını ileri doğu iterek. "Elimde 7.500 ve biraz bozukluk var. Teke tek oynamaya ne dersin? Beş kart. Sen karıştırırsın, ben keserim, kazanan tüm parayı alır. Ne dersin Walter?"

Walter kaşlarını kaldırdı. Caine onun bu teklifi düşündüğünü görebiliyordu. Walter'in son birkaç haftadır birkaç bin dolar kazandığını ve parası olduğunu biliyordu. Ama olmasa bile Walter bir kumarbazdı, böyle bir iddiayı kabul etmeme olasılığı pek yoktu. Caine yine de onu biraz teşvik etmeye karar verdi.

"İstemiyorsan söyle gitsin babalık."

Walter yüzünü buruşturdu. Caine, onun yaşıyla dalga geçmenin çocukça olduğunun farkındaydı, ama bunun işe yarayacağını biliyordu. Walter önündeki fişleri sayıp Nikolaev'i çağırdı. Hızlıca bir şeyler konuştular, sonra Nikolaev başını salladı. Walter'e üç mor fiş verildi.

Fişlerini ortaya süren Walter, "Hadi bakalım," dedi ve elini uzattı. Kartları dağıtan adam yeni bir deste uzatınca karıştırmaya başladı. Gözlerini kapayan Caine değişen kâğıtları takip etti.

...

*Karo dörtlüsü kupa valesinin üstüne geliyordu. Karıştı. Dörtlü iki kızın arasına girmişti. Karıştı. Sinek asının altındaydı. Karıştı. Maça dörtl*üsünün üstündeydi. Dağıt.

...

"Uyan da kartları kes," dedi Walter kâğıtları Caine'nin önüne koyarak. Caine gözlerini açmadan elini uzatıp kâğıtların üstüne koydu. Hâlâ *HerAn*'daydı.

...

Keseceği yeri belirlemeye çalışırken parmaklarıyla kâğıtların uçlarını *hissediyor. Eğer buradan keserse iki beşli gelecek, ama Walter'e* üç sekizli gelecek. Buradan keserse elinde iki papaz ola*cak, ama Walter'de de* döper olacak. Buradan...

...

"Hadi lan, kessene," dedi Walter masayı yumruklayarak.

Kartlar bir anda elinde kalan Caine, *HerAn*'dan aniden çıktı. Bir an için kartları havada tuttu ve kalbi sıkıştı.

"Hadi, bıraksana kartları masaya."

Caine kartları masaya koyarken gözlerini kapamaktan korktu. Görmek istemiyordu. Walter kartları dağıtırken Caine'nin tedirginliğini hissedip gülümsedi.

"N'oldu? Betin benzin attı, korktun mu ufaklık?"

"Kes sesini Walter," dedi Rahibe.

Caine kadının orada olmasına memnundu, ama yine de duygularını gizlemeye çalıştı. Alnı ter içinde kalmıştı, ama sakin görünmeye çalıştı. Ne yapıyordu böyle? Jasper'i bir masaya bağlamışlardı ve o da burada onu kurtaracak parayı kumarda mı kazanmaya çalışıyordu? Caine bunu *HerAn*'da gördüğünde, saçmalık olduğunu düşünmüştü, ama bu şüphelerini bir kenara bırakıp inanmayı seçmişti. Şimdiyse baştan beri kaçmaya çalıştığı şeyin içindeydi, yani geleceğini kartlardaki şansına bağlamıştı.

Ne biçim bir Şeytan'dı?

"Eee?" dedi Walter önünde duran beş kartı işaret ederek. Caine kâğıtları eline aldı ve teker teker açtı. Gördüğü her kartta kendini daha da kötü hisseti.

Maça beşlisi

Sinek yedilisi

Maça valesi

Kupa ikilisi

Karo dokuzlusu

Ayvayı yemişti.

Gözlerini kapadı ve yeniden kesip her şeyi halletmeye çalıştı. Ama gözlerini kapadığında...

...

Caine'nin elinde beşli, yedili, vale, ikili, dokuzlu var. Walter'de iki erkek var.

Caine'nin elinde beşli, yedili, vale, ikili, dokuzlu var. Walter'de iki erkek var.

Caine'nin elinde beşli, yedili, vale, ikili, dokuzlu var. Walter'de iki erkek var.

...

Bu bir işe yaramıyordu. Kartlar kesilmiş ve dağıtılmıştı, olan olmuştu. Geri dönüp geçmişi değiştiremezdi. *HerAn*'daki bilgileri kullanarak istediği geleceğe ulaşmak için kararlar vermeye çalışabilirdi ancak.

"Kaç kart istiyorsun?" diye sordu Walter. Genelde böyle bir durumda ne alacağı belliydi. İkiliyi, beşliyi ve yediliyi verip elinde valeyi ve dokuzluyu tutardı. Destedeki 47 karttan altısı (üç vale ve üç dokuzlu) işine yarayacaktı ancak. Yani bir per yapma olasılığı yüzde 13'tü.

Ama üç vale ya da üç dokuzlu gelme olasılığı sadece yüzde 0.5'ti, zaten Walter'in iki papazını yenmek için de bu gerekiyordu. Bir de Walter'e de bir şey gelmemesi gerekiyordu elbette. Caine gözlerini kapayıp destedeki üç kartı görmeye çalıştı.

...

Kupa altılısı

Kupa sekizlisi

Sinek as

İşine yaramaz

...

Bir yandan içinden avaz avaz bağırıyordu, diğer yandan midesinde asit birikiyordu. Her şey bitmişti. Kaybetmişti. Sekiz saatlik usta oyunundan sonra bir şekilde batırmıştı işi. Gözlerini kapayıp bir yolunu bulmaya çalıştı, ama hiçbir şey... Ancak...

...

Kazanmanın yolu

...

Caine tereddüt etmeden masanın altına uzanıp Rahibe'nin poposuna bir çimdik attı.

"Ay!" diyen Rahibe birden kollarını açınca dirseği Stone'nin eline çarptı, o da birasını devirdi. Bira masaya, oradan da Walter'in üstüne döküldü. Soğuk sıvı kucağına dökülünce Walter ayağa fırladı, dizini masaya çarptı ve kâğıtları yere düşürdü.

"Ağzına sıçayım!" diye bağırdı Walter. "Ne bok yedin Rahibe?"

Rahibe tam cevap vermek üzereydi ki Caine'ye bakıp sustu. "Fare vardı," dedi. "Ayağımın yanından geçti." Nikolaev'i azarlar gibi parmağını salladı. "Hiç yakışmadı bu sana Vitaly."

Vitaly omuz silkti. "Ben ne yapabilirim ki? Mahalle fare kaynıyor."

Walter yere eğilip kâğıtları toplamaya başladı.

Caine elindeki kâğıtları masaya koydu. "El bozulur."

"Ne demek el bozulur?" diye sordu Walter.

"Kâğıtları düşürdün," dedi Caine. "Yerden alırken bazılarını gördün. El bozulur."

"Hiç bile bozulmaz. Benim kararımı etkileyecek bir şey değil ki bu. Elimde iki papaz var baksana?" Walter elini gösterdi. "Üç kart alacaktım. Hâlâ da üç kart alacağım. İstersen yine kes, ama el bozulmaz."

Caine başını kaldırıp Nikolaev'e baktı. "Vitaly, bence senin karar vermen gerekir."

"El bozulur," dedi Rus.

"Ne? Ben..."

Nikolaev elini kaldırdı. "Benim çöplüğümde benim kurallarım geçer. Beğenmediysen git başka yerde oyna."

Caine kâğıtlarını masanın ortasına doğru iterken gülmemeye çalışıyordu. Walter'e açılmamış bir deste daha verildi. Hâlâ homurdanan Walter kâğıtları karıştırmayı bitirince sertçe masaya koydu. Caine bu sefer hazırdı ve ne aradığını biliyordu.

...

Parmaklarıyla kâğıtlara dokunuyor.

Tam ortasından.

Üç kart daha.

Dokunuyor.

Emin kendinden.

...

Caine desteyi ikiye kesti. Walter dağıtmaya başladı. Caine kâğıtlarına baktığında endişelenmedi. Ne olduğunu biliyordu elinde, kazanacağını da. Valeyi ve damı yere verip elindeki iki siyah dörtlüyle kupa sekizlisini tuttu.

Walter tek kart aldı, kartı görünce heyecanını gizlemeye çalıştı, ama bu önemli değildi. Caine ne olduğunu biliyordu. O şekilde olmasını planlamıştı.

"Açmaya hazır mısın, Walter?"

"Bahsi ikiye katlamaya ne dersin?" dedi gözleri parlayan Walter.

Caine dönüp Nikolaev'e baktı, ama mafya babası başını salladı sadece. "Çok isterdim Walter ama burada veresiye oynatmıyorlar bana."

"Ödlek," dedi Walter sessizce.

"Dur bakalım," dedi Rahibe. "Ben Caine'ye veririm parayı." Nikolaev'e bakınca adam omuz silkip başını salladı. Rahibe Caine'ye döndü. "Benim paramla kazandığının yarısını da alırım ama."

Caine gerçek bir kumarbaz olan kadına bakıp gülümsedi. "Tamam."

Nikolaev'in masaya fişleri getirmesini beklediler. Zamanı gelmişti.

Walter memnuniyetle elini gösterdi. "Kent, valeden aşağıya," dedi mutlu bir ifadeyle.

"Ful," dedi Caine eldeki üç dörtlü ve iki sekizliyi göstererek. Dönüp Rahibe'yi yanağından öptü. "Sağ ol Rahibe."

Okul çağındaki genç bir kız gibi kızardı Rahibe. "Benim için bir zevkti," dedi masanın altından Caine'nin bacağını sıkarken.

Caine'nin 19.000 dolar civarında parası vardı.

Yeterdi.

Nava kendine geldiğinde yüzündeki oksijen maskesini çekip çıkardı hemen ve oturduğu yerde doğrulup nerede olduğunu kestirmeye çalıştı. Odada çok az eşya vardı. Beyaz duvarlara, gri taş zemine, ucuz mobilyalara bakınca buranın hastane olmadığını anladı. Daha çok bir laboratuvara benziyordu. Üzeri formüllerle dolu bir kara tahtanın altında dört bilgisayar ekranı vardı. Üstünde yattığı sedye gibi masanın yanında üç metal tepsi olan bir masa ve bunun üzerinde de şırıngalar, neşterler, sargılar ve ilaçlar bulunuyordu.

Odaya bakarken kapı kolunun çevrildiğini gördü. Tabancasına uzandı düşünmeden, ama tabancası olmadığını hatırladı. Baldırına bağladığı yedek bıçak bile yoktu. Bir şey bulmak zorundaydı. Masadaki neşteri aldı ve onu üzerini örten ince pamuklu çarşafın altına koyarak yanına sakladı. Tenine değen metal bıçak soğuktu.

Kendini toparlayıp odaya giren ince adama baktı. Adam kadının ayıldığını görünce tedirgin bir şekilde papyonunu düzeltti.

"Merhaba, Bayan Vaner," dedi gülümseyerek. "Nasılsınız?"

29

“Kimsin sen?” diye sordu Nava papyonlu adama bakarak. “Adımı nereden biliyorsun?”

“Adım Peter. David’i tanıyorum. Sizi buraya getirmemi o istedi.”

“Burası neresi?”

“Araştırma laboratuvarım.”

Nava gözlerini ovuşturmak istedi. Bunların hiçbiri mantıklı değildi. “Ne zaman aradı?”

“Saat beş on beş civarıydı aradığında.”

Nava düşündü ve Caine’nin o sıralar masadan kalktığını hatırladı. Tabii ya, işte o arada telefon etmişti. Ama yine de adamın doğru söylediğinden emin olamazdı.

“Tam olarak ne dedi? Kelimesi kelimesine.”

Adam bir an için tavana baktı, sonra da boğazını temizledi. “Dedi ki... Dedi ki ortağım doktora öğrencilerinden birini öldürmüş.”

"Julia Pearlman."

Adam birkaç defa gözlerini kırpıştırdı. "Evet. İlk başta dediklerine inanmadım, ama Julia ölü bulununca ve ortağım da aynı zamanda ortadan kaybolunca bunu düşünmek zorunda kaldım. Neyse, David ortağım için kendisine uyguladığım türden bazı testler yaptığımı bildiğini söyledi... Ve eğer dediklerini yapmazsam beni suça iştirakten ele verecekmiş."

Nava'nın aklı almıyordu olanları. Bir gariplik vardı. Elindeki neşteri sıkıca tuttu. "David'e testleri sen mi yaptın?"

Adam başını salladı.

"Sen Paul Tversky'misin?"

"Hayır," dedi adam başını sallayarak. "Paul benim ortağım... Benim adım Peter Hanneman."

Nava'nın aklı karışmıştı. "Ortağının bir resmi var mı yanında?"

"Aslına bakarsan var," dedi Dr. Hanneman duvarda asılı duran çerçeveli resmi göstererek. Beyaz önlüklü, kalın kaşlı bir adamla kol kola duruyorlardı. Nava öteki adamı tanıyordu, ama Tversky olarak değil, takma adıyla, yani Doc olarak.

Birden her şeyi anladı. Tversky aslında Doc'tu. Tüm bu süre boyunca adam burnunun dibindeyken bunu anlayamamıştı. Testleri tartıştıklarını düşününce durumu birden kavradı. Testleri Tversky'nin yaptığını düşünmüştü Nava. David'e, testleri yapan doktorun onu ele geçirmek istediğini söyleyince, o da bunun Peter Hanneman olduğunu sanmıştı, Paul Tversky değil.

"Ama Julia da Petey diyordu adama," dedi Nava daha çok kendi kendine konuşarak.

"Evet, Dr. Tversky'nin öğrencilerinden bazıları ona Petey diyor. Takma isim gibi bir şey. İsminin baş harfleri P.T. Birleştirince Petey olarak okunuyor."

Nava her şeyi anlayınca başını salladı. Sanki bir yapbozun son parçası da yerine oturmuştu. "Devam et."

"Paul, David'e yardım etmek istediğini, ama para vererek onu utandırmak istemediğini söyledi bana. O yüzden de benim önermemi istedi David'e. Ben öylesine birkaç test yapıyoruz diye düşündüm. Paul'un bu verileri ne için kullandığından veya kullanacağından haberim yoktu."

"Dur," dedi Nava hâlâ bazı şeyleri anlamaya çalışarak. "David başka ne dedi aradığında?"

"Bana Brooklyn'de bir adres verip saat kaçta orada olmam gerektiğini söyledi. Geldiğimde seni kötü durumda bulacağımı ve acil yardıma ihtiyacın olacağını söyledi. Ben de hazırlıklı geldim. Oraya vardığımda yanan binadan çıkıyordun. Boğulmak üzereydin. Gerçi ben doktor değilim, ama insan anatomisinden anlarım ve ilk yardım bilirim. Ben de seni ayılttım, laboratuvara getirince de yaralarını sardım." Hanneman, Nava'nın sargılı ellerini işaret etti.

"Ortağın nerede şimdi, biliyor musun?"

Peter Hanneman başını salladı.

"Kahretsin," Nava bacaklarını kıpırdattı yere basmak için.

"Dur, gidemezsin."

"Bekle de gör bakalım, gidebilir miyim, gidemez miyim," dedi Nava.

"Hayır, dur," dedi Hanneman önünde durarak. Sanki son hız ilerleyen bir treni durdurmaya çalışıyormuş gibi ellerini kaldırmıştı. "David burada kalıp dinlenmeni istiyordu. İhtiyacı olduğunda seninle temasa geçecek."

"Yani beni arayacak mı?"

"Emin değilim. Sanki başkasına aratacakmış gibime geldi." Hanneman kollarını indirdi. "Lütfen inan bana, doğruyu söylüyorum."

Nava, adamın yüzündeki korku dolu ifadeyi görünce ona inandı. Geri oturup kollarını göğsünde birleştirdi. Burada öylece durup bekleyemezdi, bir şeyler yapmalıydı. Sonra da sırt çantasını kaybettiğini farketti. Tam yine kalkacaktı ki Hanneman onu durdurdu.

"Bir de David, 'silah' konusunu merak etmesin, dedi. Her şey halledilecekmiş."

Nava ürperdi. Caine sanki aklını okuyordu.

O gerçekten de Laplace'nin Şeytanı'ydı.

"Nasıl?" dedi Paul Tversky, Jasper'in nefes alışını izlerken tedirgin bir şekilde.

"Dinleniyor." Forsythe deneğin EEG verilerine baktı ve Tversky'e döndü. "Daha önemlisi sen nasılsın?"

"Burada olunca rahatladım," dedi Tversky. "Adamların etkileyiciydi."

"Yeterince etkileyici değillerdi ne yazık ki."

Tversky başını salladı. "David'den haber var mı?" diye sordu çekinerek.

"Hayır," dedi Forsythe biraz kızarak. "Ama onu bulmamız an meselesi. Nerede olabileceğini bilmiyorsun, değil mi?"

"Hiçbir fikrim yok," dedi Tversky. "Ama David'i tanıyorsam yakında ortaya çıkar. Kardeşi elimizde olduğu sürece kayıplara karışmayacaktır."

"Bunu bilmek iyi," dedi Forsythe, Jasper'in beyin dalgalarını izleyen makineye bakıp sonra yine Tversky'ye döndü. "Bir sakıncası yoksa temporal lobun bu işin anahtarı olduğunu nasıl çözdüğünü anlatsana."

"Şimdi," dedi Tversky teorik bir tartışmaya gireceği için heyecanlanarak, "Bir makalede mesial sağ temporal lob olan hippokampüsün ve limbik lob yapılarının beden üstü deneyimlerle bağlantılı olduğu yazıyordu. İsviçreli bir doktor temporal lob patolojisi olan hastaları incelemiş. Onlardan aldığı verileri temporal loblarına doğrudan elektrik simulasyonu verilen normal hastalarla ve LSD ve ketamin gibi kimyasallarla nevrotransmiterleri hareketlendirilmiş hastalarınkiyle karşılaştırmış."

"Bu hastaların çoğu görsel veya işitsel halüsinasyonlar yaşadıklarını söylemişler, bazıları da geçmişi gördüklerini veya ölüme yaklaşanlara benzer deneyimler yaşadıklarını söylemişler. Başkaları sanki o anı daha önce yaşamış gibi hissetmişler kendilerini. Tüm bu semptomların nöbet öncesi epileptik aurayla bağdaştığını farkettim. Bu da bana otuzlarda Hans Berger'in yaptığı deneyi hatırlattı. Ondan sonrası da çorap söküğü gibi geldi zaten."

Forsythe başını salladı. "Peki, psikolojik boyutta ne oluyor sence?"

Tversky çenesini ovuşturdu. "Hâlâ emin değilim. Ama bir tahmin yürütmem gerekirse, bence temporal lob beynin nonlokal gerçeklere erişmesine izin veriyor."

"Nonlokal gerçekler mi?" diye sordu Forsythe. Bu terimi daha önce de duymuştu, ama anlamını pek de bilmiyordu.

Tversky açıkladı. "Bildiğin gibi maddeyi oluşturan 12 kuark ve 12 leptondan bizim evrenimizde sadece birkaçı var. Geri kalanları ya yok, ya da bir nanosaniye içinde yok oluyorlar. Ama birçok fizikçi bunları başka evrenlerde -paralel evrenlerde, ya da nonlokal gerçeklerde- bizimkiyle aynı anda varolan bir evrende, bizimkilerle birlikte var olduğunu düşürüyorlar. Ancak bu paralel evrenlerde bizimkinde olan kuark ve leptonlar değil de başka leptonlar var."

"Çok ilginç," dedi Forsythe. Gerçi Tversky'nin ne dediğini tam olarak anlayabilmiş değildi. Kuantum mekaniğini fazla soyut bulduğu için pek ilgilenmemişti. Fizikçilerin bildiğimiz evrende var olmayan subatomik yapıtaşları bulduğunu biliyordu, ama bunu önemsememişti. Sonuç olarak, gerçeklikte var olamayacak hipotetik yapıları incelemenin ne gibi bir faydası olabilirdi ki?

"Özünde," diye devam etti Tversky, "Sağ temporal lob bilinçli zihnimiz ve nonlokal gerçekler arasında etkileşimi sağlıyor. David Caine'nin yaşadığı halüsinasyonlar ve öngörüler bence onun sağ temporal lobunun zamanın var olamadığı, uzamsız bir nonlokal gerçekten bilgi edinmesini sağladı."

"Bu da imkânsız, çünkü kuantum mekaniğine göre zaman ve uzam sürekli değil; bu nedenle de zamanın dışında varlar," dedi Forsythe, Einstein'in İzafiyet Teorisi'ni bildiği kadarıyla anlatmaya çalışarak.

Tversky başını salladı.

"Peki ya auralar ve nöbetler?" diye sordu Forsythe.

"Auralar, beyin nonlokal gerçeklerle temas edince oluşan bilinçli süreçler. Ama bu beyindeki nevral aktiviteyi artırdığı için bir nöbeti tetikliyor."

"Yani parmağını elektrik prizine sokmak gibi mi?"

Tversky, bu saçma örneğe kızdı, ama "Evet öyle bir şey," demekle yetindi.

Forsythe, onu konuşturmak için başka bir soru daha sordu. "Bu teorilerini destekleyen başka çalışmalar da gördün mü?"

"Birkaç tane var, ama sayıları çok az. Birkaç yıl önce tartışmalı bir çalışma vardı. Bazı Çinli Qi Gong uygulayıcıları, zihinlerini kullanarak bazı kimyasalların nükleer manyetik rezonansının spektrumunu etkileyebildiler."

Forsythe başını salladı. Qi Gong'u duymuştu ama bunu yapanların bir tarikat olduğunu düşünmüştü hep. Ancak, meditasyon tekniklerinin dünyada yaygın olduğunun farkındaydı.

"Başka bir çalışmada, bir Alman bilim adamı, yoga ustalarının derin meditasyonla beyin dalgalarını belirgin bir şekilde değiştirebildiklerini kanıtladı. Ayrıca, profesyonel psişiklerin de temporal loblarının EEG'si çekildiğinde atipik veriler elde edildiği biliniyor."

"Şu ikizi anlat," dedi Forsythe. "Onda da Beta deneğinde olan yetenekler var mı?"

Tversky monitörden Jasper'i seyretti bir an için cevap vermeden. "Hem evet hem hayır. Birkaç sefer olamayacak şeyleri bildi. Örneğin, David'i yoldan aldığımda benim cebimi nasıl bulup aradı ve nereden bildi..."

"Bundan konu açılmışken," dedi Forsythe, Tversky'ye doğru dönerek. "Nasıl oldu da, Beta deneğinin tam kaçmak için bir araca ihtiyacı olacağı sırada, sen de Philadelphia'da tren raylarının yanında yoldan gidiyordun?"

Tversky ona ters ters baktı. "Yanlış soruyu soruyorsun James. Ben şans eseri oradaydım. Sorman gereken soru şu: David benim orada olacağımı nasıl bildi? Bu buluşmayı ayarlayan oydu, gerçi neden böyle bir şey yaptı bilemiyorum."

Forsythe başını salladı. Tversky'nin dediklerine tam olarak inanmamıştı. Bunun bir rastlantı olabileceğini aklı pek almasa da, başka bir açıklama da bulamıyordu. "Dönelim ikize..."

"Evet," dedi Tversky, "Onda da bir takım yetenekler var, ama kardeşininki kadar güçlü değil. Uyandığında onunla konuşmama izin vermeni öneririm. Galiba onu nasıl kullanabileceğimizi biliyorum. Ayrıca, David'i getirmeden önce bir teorimi doğrulamak istiyorum."

"Ne teorisi bu?"

"David'in yeteneğini kullanmasını nasıl engelleyeceğimi biliyorum galiba. Artık, duvarları yıktığına göre, nonlokal gerçekleri görebildiğine göre, zihni herhalde bu bilgilere daha kolaylıkla ulaşıyordur."

"Bu neden sorun olsun ki?" diye sordu Forsythe. "Bizim istediğimiz de bu değil mi?"

"Evet, ama bu yeteneğini kaçmak için kullanmasını istemiyoruz."

Forsythe başını salladı. "Tabii ki istemiyoruz."

"Ama eğer haklıysam," diye devam etti Tversky, "Galiba David Caine'yi bir şekilde 'kapatmanın' yolunu buldum."

"Jasper... Jasper, beni duyuyor musun? Uyan."

Pamuk... Beyninin içi sanki pamuk doluydu. Jasper gözlerini açmaya çalıştı ama göz kapakları çok ağırdı. Biri omzunu sarsıyordu. Yine gözlerini açmaya çalıştı, sanki biraz hafiflemişti göz kapakları. Oda yavaşça dönerek yerine oturdu sanki. Bembeyazdı, kör ediciydi. Soğuktu. Öksürdü. Ağzı kupkuruydu, dili de kalın bir zımpara kâğıdı gibiydi. Kolunda bir sargı, onun altında da bir iğne vardı.

"Jasper? Benim Doc."

Jasper sesin geldiği yere doğru dönünce, üzerine doğru eğilen Doc'u gördü. Gülümsüyordu. Jasper de gülümseyecek gibi oldu ama sonra durdu. Bir gariplik vardı, tam olarak yanlış olan neydi? Dilinin ucundaydı ama bilemiyordu. Keşke kardeşi...

"David...?" Öksürdü, sesi zar zor çıkıyordu.

"Şunu iç," dedi Doc onun dudaklarının arasına ince bir kamış koyarak. Üç yudum içip yutkununca buz gibi suyun boğazından aşağı aktığını hissetti.

"Daha iyi misin?" diye sordu Doc.

Jasper başını salladı ve sonunda konuşabildi. "David nerede? Kaçabildi mi?"

Doc başını salladı, üzgün görünüyordu. "Hepimizi yakaladılar Jasper."

Jasper gözlerini kapadı. Anlayamıyordu olanları. Ses ona David'in kaçacağını söylemişti. Her şeyi doğru yapmıştı... Ama yine de yanlış şeyler olmuştu. Onun David'i koruması gerekiyordu, onun yeteneğini koruması gerekiyordu. Ama bunun yerine onu bir tuzağa düşürmelerine yardım etmişti. Şimdi karşı tarafın elindeydi. İçinde bir yerde bunun olacağını biliyordu zaten. Her zaman bilmişti. Ama...

"Seni neden bağlamadılar?" dedi Jasper şaşkınlığını dile getirerek. "Özgürsün, *d*ün, *g*ün, yün?"

"Kardeşini ameliyat etmek istediler," dedi Doc. "Onun beynini açmak..."

"Hayır!" diye bağırdı Jasper. "Yapamazlar... Onlarla ben konuşayım... Onu korumam gerek..." Jasper kalkmaya çalıştı, ama yatağa bağlıydı.

"Tamam, tamam. Merak etme. Şimdilik David'in dinlenmesine izin verdiler, onları ikna ettim."

"Ettin mi?

"Evet."

"Bu iyi," dedi geriye yaslanarak Jasper.

"Ama onlara senin yardım edeceğine söz vermek zorunda kaldım."

"Ne konuda yardım edeceğim?"

"Gördüklerini görmek istiyorlar Jasper. Anlamak istiyorlar."

"Ama... Nasıl olacak bu, *hu, su, şu*?" diye sordu Jasper. Aklı karışmıştı. Yorgundu. Çok yorgundu.

"Şununla," dedi Doc metal bir parayı göstererek. "Eğer bunu havaya atarsam, yazı mı tura mı geleceğini söyleyebilir misin?"

Jasper başını salladı. "Ben geleceği ancak Ses bana gösterince görebilirim. David görebilir. O görebiliyordu..."

Doc kaşlarını çattı. "O zaman arabadayken cep telefonumu araman gerektiğini nasıl bildin?"

"Bazen..." Jasper hatırlamaya çalışırken kaşlarını çattı "Bazen Ş*imdi*'yi görebiliyorum."

Doc başını salladı. "Öyleyse parayı havaya atarsam ne geldiğini bakmadan söyleyebilirsin."

"Galiba... Ama çok yorgunum Doc."

"Biliyorum Jasper. Ama bunu yapmak zorundasın... David için."

"Tamam," dedi Jasper aslında düzgün konuşmadığının farkında olmayarak. "Tamam, *dam, ham, zam*."

Doc omzunun üzerinden duvardaki geniş aynaya baktı ve kaşlarını kaldırarak Jasper'e döndü. "Hazır mısın?"

"Tamam."

Jasper gözlerini kapadı. Doc'un parayı havaya attığını, tuttuğunu ve eliyle kapadığını gördü.

"Ne geldi?"

"Tura,"

"Doğru, turaymış. İyi iş çıkardın Jasper. Bir daha deneyelim."

Doc parayı attı.

"Tura, *bura, dura, şura.*"

"İyi... İki kere doğru bilme olasılığın yüzde 25. Tekrar."

Doc parayı attı.

"Yazı."

"İyi... Üçüncü kez doğru bilme olasılığı yüzde 12.5!"

Parayı yine attı.

"Tura."

"Mükemmel... Dördüncü kez doğru bilme olasılığı yüzde 6.25."

Parayı tekrar havalandırdı.

"Yazı, *kazı, sazı, tazı.*"

"Muhteşem... Bunu da bilme olasılığın yüzde 3.125'ti. Şimdi Jasper... Bir kere daha yapmanı istiyorum ama bu sefer gözlerin açık olsun."

Jasper'in aklı karıştı. "Ama o zaman *Şimdi*'yi göremeyeceğim."

"Dene, Jasper. Hadi. David için."

Jasper gözlerini açtı. Beyaz oda onu kör edecekti.

Doc parayı attı.

Jasper ne olduğunu görmeye çalıştı, ama bu imkânsızdı. "Yazı mı?" diye tahmin etti.

"Neyse," dedi Doc elini çekip tura geldiğini göstererek. "Bence bu kadar yeter. Şimdi uyuyabilirsin."

"Tamam, *dam, ham, zam,*" dedi Jasper. Uyumayı çok istese de, Doc'a bir soru daha sorması gerekiyordu. "Ne zaman? David'i ne zaman görebilirim?"

"Yakında" dedi Doc. "Çok yakında buraya gelecek."

Caine öğleden sonra üçe kadar uyudu. Karanlık motel odasında uyandıktan sonra bir duş alıp dairesine geri döndü. Dizi ağrısa da soğuk kış gününde yürüyebilmek hoşuna gitmişti, çünkü bu son yürüyüşü olabilirdi. Eve gelince kapıyı kapadı. Kilitlemedi, çünkü bunu yapmasının bir anlamı yoktu.

Geldiklerinde sürgü bir işe yaramayacaktı. Duvardaki saat 4:28:14'ü gösteriyordu. Saat 4:43:27'de burada olacaklardı. Belki birkaç saniye gecikirlerdi. Eğer isterse emin olabilirdi, ama buna gerek yoktu. Yapacak iki şey daha vardı, sonra evreni kendi gidişatına bırakacaktı.

Olasılıklar fena değildi, yüzde 43.9 yaşama şansı vardı gelecek yirmi dört saat içinde. Gerçi kendi istediği gibi yaşama olasılığı sadece yüzde 13.1'di. Ya da Doc'un denek maymunu olacaktı. Onun kendisine ihanet ettiğini düşünmemeye çalıştı. Eğer bu işten sağ çıkarsa bunu düşünecek bolca zamanı olacaktı, hatta belki de sonsuza kadar.

Eğer kurtulamazsa da... Zaten bir önemi yoktu.

"Şu işe bak!" Grimes dönüp bir düğmeye bastı ve Crowe'ye ulaştı. "Onu buldum."

"Nerede?"

"Söylesem inanmazsın," dedi Grimes monitöre bakarak. "Evinde!"

"Ekibin geri kalanını toparla. Hazırlansınlar ve üç dakika sonra benimle helikopter pistinde buluşsunlar."

"Anlaşıldı."

Grimes, Dalton'u haberdar ettikten sonra Dr. Jimmy'yi de aradı. "Hedefi buldum."

"Crowe'yi ara."

"Yaptım bile," dedi Grimes. "Ekibiyle bir dakika sonra havalanıyor."

"Ona hedefin yerini bildirdin mi?" diye sordu Forsythe.

"Hayır," dedi Grimes gözlerini devirerek. "Tahmin et hedefin yerini, daha eğlenceli olur, dedim."

"Beni Crowe'ye bağla."

Grimes iki düğmeye basıp Forsythe'yi bağladı. "Bir şey değil," dedi Grimes kendi kendine. Neydi bu muamele şimdi? İyi iş ya da aferin gibi bir laf edilmiyordu. Bağla! Grimes telefon operatörü müydü? Jimmy, Grimes'in ne kadar yetenekli olduğunu bir türlü anlayamıyordu. Sanki önemsiz biriymiş gibi davranıyordu ona. Sanki UGA'nın ana bilgisayarına girmek, bir de oradan hedefin evine bağladıkları kameraların verilerini indirmek kolay işmiş gibi davranıyordu.

Canın cehenneme Jimmy.

Canın cehenneme.

Yapacak başka bir işi olmadığından, arkasına yaslanıp kendi özel kamerasından olacakları seyretmeye koyuldu. Helikopterin konumuna bakılırsa Crowe ve ekibi on dakika içinde hedefin oturduğu apartmanın çatısına ineceklerdi. Caine oradan şimdi çıkmazsa ellerinden kaçmasına imkân yoktu. Çıksa bile böyle bulutsuz bir günde KH-12 uydusuyla onun yerini anında saptarlardı. Grimes, ne olur ne olmaz, uyduyu da devreye sokmuştu.

Ne yazık ki Caine kaçacakmış gibi görünmüyordu. Yazık. Kaçmalarını seyretmeyi seviyordu. Neyse bari Crowe'nin kapıyı kırıp içeri girişini seyredecekti. David Caine'nin yerinde olmak istemezdi o anda. Hem de hiç.

Caine zar zor yürüyerek mutfağa girdi ve üstüne yazacak bir şeyler aradı. Ancak bir zarf bulabildi işini görecek. Büyük harflerle yazdığı notun altına imzasını da attı. Mesaj birkaç kelimelikti zaten, ama bu her şeyi değiştirebilecek bir mesajdı. Bunun doğru kişi tarafından okunma olasılığı yüzde 87.3246'ydı, ama kesin değildi.

Caine'nin de artık bildiği gibi, hiçbir şey kesin değildi.

Hâlâ dokuz dakika on yedi saniyesi vardı. Aradığını bulana kadar dairenin içinde dolaştı. Sandalyesini çekip saksıya doğru konuştu. Konuştu ve söyleyecekleri bitince bir daha konuştu. Aynı şeyi üçüncü defa anlattıktan sonra sustu. Bu monoloğun duyulmama olasılığı hâlâ yüzde 8.7355'ti, ama bir daha tekrarlaması riskliydi.

Zarfı, mesajı yazdığı yüzü kucağına gelecek şekilde, dizlerinin üstüne koyup, gözlerini kapadı. Yapabileceği her şeyi yapmıştı. Bunun işe yarayıp yaramayacağını bilemezdi artık, kendi elinde değildi bu. Kontrolü elinden bırakmak garibine gitti. Hayatının ilk otuz yılı boyunca kadere inanarak yaşasa da, şimdi bunu düşünmek bile onu dehşete düşürüyordu.

İçinden bir ses kaçmasını söylüyordu ona. Dört dakikası vardı, evinden çıkıp kayıplara karışabilirdi. Bunu yapabileceğini biliyordu. Eğer şimdi kalkıp giderse ülkeden ve Forsythe'den kaçma olasılığı yüzde 93.4721'di. Ama bunun için Jasper'i geride bırakması gerekecekti ve bunu yapamazdı. Sandalyede oturup beklerken elleri titriyor, dizi zonkluyor, kalbi deliler gibi çarpıyordu, beyni durmuş gibiydi.

Planının işe yarayıp yaramadığını görmek için bekliyordu.

İşe yaramazsa ölecekti.

Telefon çaldığı anda uyandı Nava. Dr. Hanneman aceleyle odanın diğer tarafına koşup telefonu açtı.

"Alo? Evet, bir dakika lütfen." Telefonu uzatınca Nava ahizeyi elinden kaptı.

"Nava Vaner misin?" diye sordu Rus şivesiyle konuşan biri.

"Kimsin?" diye sordu tüyleri diken diken olan Nava. Birden Chang-Sun'un onu Ruslara teslim edeceğini hatırladı. Ama Nava'yı Ruslara satsalar bile burada olduğunu bilemezlerdi ki Koreliler.

"Adım Vitaly Nikolaev. Bay Caine'nin bir dostuyum. Seni aramamı söyledi."

"O nerede?"

"Bilemiyorum, ama seninle buluşmamız gerekiyormuş."

"Senin dediğin kişi olduğunu nereden bileceğim?"

Telefonun diğer ucundaki adam güldü. "Bay Caine bana şüpheci biri olduğunu söylemişti... Tanja."

Nava'nın kalbi duracak gibi oldu. Caine adını biliyordu, ama Koreliler de biliyordu.

"Ayrıca dedi ki," diye devam etti Nikolaev, "İnsan bir yerde güvenmeye başlamalı."

Nava rahat bir nefes aldı. Trende Caine'ye böyle demişti. Adam doğruyu söylüyordu.

"Ne zaman ve nerede buluşalım?" diye sordu Nava.

"Sergey geliyor seni almaya."

“Şoförün mü?”

“Evet,” dedi Nikolaev, “Şoför. Otuz dakika sonra hazır ol.” Adam telefonu birden kapayınca, Nava da kapadı.

“Her şey yolunda mı?” diye sordu Hanneman tedirgin bir şekilde.

“Bilmiyorum,” dedi Nava. “Göreceğiz.”

“Vardılar mı?”

“Hayır,” dedi Grimes hızlıca videoyu ileri sararak.

“Ne oldu?” diye sordu Forsythe.

“Neye ne oldu?”

“Video sanki kare atladı. Caine bitkinin önünde oturuyordu, şimdi odanın ortasında duruyor.”

“Hava koşulları,” diye yalan söyledi Grimes. “Bazen fırtına bulutlarındaki elektrik yüzünden sinyal bozuluveriyor. Endişelenecek bir şey yok.”

Forsythe başını salladı. “Crowe nerede?”

Grimes başka bir ekranda yanıp sönen yeşil bir ışığı işaret etti. “Central Park’ın üzerinde. Birkaç dakikaya kalmaz varırlar.”

“İyi,” dedi Forsythe. Kollarını göğsünde kavuşturarak, Caine’nin evindeki kameradan gelen görüntüye baktı. “Ne yapıyor?”

Grimes odanın ortasındaki sandalyede yüzü kapıya dönük halde oturan David Caine’ye baktı. Gözleri kapalıydı, ama uyumadığı belli oluyordu.

“Sanki...” Grimes cümleyi bitiremedi. Bu mantıklı değildi, ama birkaç dakika önce duyduklarından sonra hiçbir şey mantıklı olamazdı zaten. “Sanki bekliyor.”

30

Helikopter ağaçların üstünden uçuyor ve batıya dönüyor. Beş adam sessiz. Zaten dönen pervanelerin sesinden başka bir şey duyulmuyor. Her biri çatışma çıkabileceğini düşünüyor. Juan Esposito ve Charlies Rainer kavga *için sabırsız. Ron Mc Coy korkuyor, bu işten sağ salim kurtulmak istiyor. Jim Dalton kan akmasını istiyor.*

Martin Crowe ise kızı için dua ediyor.

O, diğer adamlardan farklı. Diğerlerinden daha iyi bir adam, ama aynı zamanda daha da tehlikeli. Dördünün toplamından bile daha tehlikeli. O operasyonu bitirmek için yapmayacağı bir şey yok, ama diğerleri gibi onun amacı David Caine'yle ilgili değil. Caine bu yolda bir araç sadece. Onun tek gerçek amacı kızını kurtarmak.

Martin Crowe onu kurtarma olasılığının çok düşük olduğunu *biliyor, ama asla vazgeçmiyor. Caine ona saygı duyuyor. İmkânsız olasılıklara karşı çıkan ve yoluna ne olursa olsun devam eden biri olduğu için takdir ediyor, ama aynı zamanda böyle birinden korkuyor. Aslında, özünde David ve Crowe o kadar farklı değiller. İkisi de bir başkası* için hayatını *feda etmeye hazır, ama ne yazık ki görevleri ve amaçları nedeniyle karşı takımlardalar. Caine başka bir dünyada dost olduklarını biliyor.*

...

Caine artık helikopterin yanaştığını duyabiliyordu. Ses uzaktan geliyordu ama emindi, sanki dev kanatlar çırpılıyordu. Ses yükseldi ve çok yakınlara geldi. Mutfaktaki tabaklar birbirine vurdu, raftaki minik porselen heykelcikler düşüp parçalandı. Tam yüz yirmi dört parçaya ayrıldılar.

Zaman yaklaştı.

♠

"Hadi! Hadi! Hadi!"

Siyahlara bürünmüş adamlar iplerden kayıp dama indiler. Crowe dönüp Dalton ve McCoy'a baktı, ikisi de hâlâ helikopterdeydi. Dalton'un geride kalmaktan hiç hoşlanmadığını biliyordu, ama bu umrunda değildi. Hedef kaçarsa geride kalanlar onu takip etmeliydi. Gerçi bu sefer hedef kaçacak gibi değildi, Grimes'in dediklerine bakılırsa onları bekliyordu.

Bu Crowe'yi daha da endişelendirmiş, bu yüzden Dalton'u helikopterde bırakmıştı. Eğer hedef son bir kez çatışmaya girmeye niyetli değilse, Crowe bir de Dalton'u sakinleştirmekle uğraşmak istemiyordu. Dalton'un tehlikeli olduğunu biliyordu, ama adam Vaner'in beynine kurşunu bilerek sıktıktan sonra, Crowe onun bir psikopat olduğuna kanaat getirmişti artık. Bunun bir daha olmasını istemiyordu.

Crowe halatı belinden çözdüğünde pilota sinyal verdi. Helikopter havalanıp yükselirken, halatlar da boşlukta sarkıyordu. Crowe, Esposito'nun merdivenlere giden kapıyı kırarak açtığını görünce, koşarak yanına gitti ve adamlara başıyla sinyal verip mikrofona konuştu. "Grimes, hedef hâlâ orada mı?"

"Evet. Son beş dakikadır parmağını bile kıpırdatmadı."

"Tamam. Eğer yerinden kalkarsa ya da silah alırsa bana haber ver. Yoksa hattı açık bırak."

"Anlaşıldı."

Crowe adamlarına döndü. "Rainer, sen yangın merdiveninden in. Binanın kuzey cephesinde, iki kat aşağıda. Cama gelince dur ve ancak ben sinyal verdiğimde gir içeri."

"Anlaşıldı." Rainer çatı boyunca koştu ve gözden kayboldu.

Crowe bu kez Esposito'ya baktı. "Sen benimlesin. Başka çaren olmadığı sürece kesinlikle ateş açma."

"Anlaşıldı."

Crowe, kapıdan girip merdivenlerden aşağıya koşmaya başladı.

Caine gözlerini açtı.

Dama indiklerini duymuştu sanki, ama bunun imkânsız olduğunu, bu sesi beyninde duyduğunu biliyordu. Ama merdivenlerden koşmaya başladıklarında gerçekten duydu seslerini. Beş saniye sonra kapısını kırdılar. Odaya ilk giren Crowe'ydi. Arkasında başka bir adam daha vardı. Caine arkasındaki camın kırıldığını duydu ve üçüncü bir kişi odaya girdi.

Caine şaşırarak saate baktı. Beklediğinden bir saniye önce gelmişlerdi. Belki de rüzgâr vardı...

Arkasından iki el omuzlarına yapışınca şaşırmadı. Martin Crowe'nin gözlerinin içine baktı. Adamın, ona her ne söyledilerse, kendisinin bir cani olmadığını bilmesini istiyordu. Son gördüğü şey Crowe tetiği çekerken adamın tabancasının namlusu oldu.

Caine bayılmadan önce elinden gelen son şeyi yaptı. Kendine şans diledi.

"Hedef elimizde," dedi Crowe rahatlayıp mikrofona doğru konuşarak. "İki dakikada çatıda oluruz. Gelip alın."

"Tamam," dedi pilot.

"Kolay oldu," dedi Esposito arkasından Crowe'nin omzunu sıvazlayarak. "Ben daha içeri giremeden vurdun onu."

"Evet," dedi Crowe sessizce. Bir gariplik vardı. Tren garında ve Brooklyn'deki dairede olanlardan sonra bu çok mantıksızdı. Hedef iki seferinde de çok yetenekli olduğunu göstermişti. Ama bu sefer direnmeden öylece oturmuş ve izlediklerini bildikleri bir yerde onları beklemişti.

"Sen mi götüreceksin?" diye sordu Esposito.

Crowe başını salladı. Hedefi kucaklayıp omzuna aldı. Bunu yaptığında Caine'nin kucağındaki beyaz zarf yere düştü. Crowe tam dönüp gitmek üzereydi ki zarftaki bir kelime takıldı gözüne.

Eğilip zarfı alırken kalbi hızla çarpıyordu. Notu okuyunca başından aşağıya kaynar sular boşandı.

"Ne o?" diye sordu Rainer geriye doğru bakıp.

"Bir şey değil," dedi Crowe kâğıdı buruşturup yere atarak. "Gidelim." Onları bekleyen helikoptere doğru merdivenleri çıktıklarında Crowe bir şeyi merak ediyordu. Şimdi ne olacaktı?

Yol boyunca konuşmadılar. Vardıklarında dev Rus arabayı durdurdu ve tek kelime etmeden araçtan indi. Nava adamın peşinden karanlık, dumanlı tavernaya girdi. Buradakilerden birkaçı Amerikalıydı, ama çoğu Rus'tu. Nava, ana dilini konuşmuyor olsalardı da, onların Rus olduklarını anlardı.

"Bu taraftan," dedi Kozlov barın sonundaki ahşap bir kapıyı işaret ederek. Arkalarından kapıyı kapadıklarında müziğin sesini hâlâ duyabiliyordu Nava, ama burası yine de daha sessizdi. Merdivenlerden inip özel bir bölüme girdiler. Kozlov onu masaların arasından geçirip küçük bir ofise soktu.

Solgun yüzlü, ince bir adam karşıladı Nava'yı. Kadına yiyecek gibi bakmaktan da hiç çekinmedi. "Merhaba Bayan Vaner, ben Vitaly Nikolaev," dedi gülümseyerek. "Bay Caine bana ne kadar hoş olduğunuzu söylememişti."

"Bu yüzden mi buluştuk?" diye sordu Nava.

"Tamam, işimizi görelim o zaman."

Nikolaev, Nava'ya bir zarf verdi. Üzerinde 'Güven bana' yazıyordu. Zarfı yırtarak açıp mektubu eline aldı. Mektubu iki defa okudu. Ne beklediğini bilmiyordu, ama bunu beklemediği kesindi. Caine'nin planı mantıklıydı, ama Nava'nın pek de hoşuna gitmemişti. O anda aynen Caine'nin dediği gibi telefon çaldı.

"Beni arıyorlar," dedi Nava, Nikolaev'in telefonuna uzanarak. Adam kaşlarını kaldırdıysa da kadını durdurmaya çalışmadı.

"Nava'yla görüşecektim."

"Benim," dedi Nava.

"Yani bilemiyorum, bu pek mantıklı değil ama..."

"David Caine beni aramanı söyledi."

"Aynen öyle," diyen adam rahatlamış gibiydi. "Nereden bildin?"

"James, şuna bir baksan iyi olacak."

"Ne oldu?"

"Sorun Jasper Caine," dedi Tversky. "Birkaç dakika önce avaz avaz bağırmaya başladı."

"Paranoyak şizofrenisi olan biri için normal olduğunu sanıyordum böyle bir şeyin," dedi Forsythe başını bile kaldırmadan.

"Öyle ama, EEG'si normal değil."

Forsythe hemen döndü. Birkaç tuşa basınca Jasper'in EEG'si çıktı ekranında. Değerler çok yüksekti. Forsythe, gözlüklerini çıkarıp Tversky'ye baktı. "Ne diyor?"

"Aynı şeyi bağırıp duruyor: 'Bizim için geliyor' diye bağırıyor."

"İşin başında bunu söylemediniz."

"Size çok para ödüyorum Bay Crowe. Ben..."

"David Caine'yi yakalamak için tuttunuz beni. Bunu yaptım, ayrıca kardeşini de yakaladım. Benim işim bitti."

"Ben bitti deyince biter işiniz," dedi soğuk bir sesle Forsythe.

Crowe ellerini yumruk yaptı. Adamın suratının ortasına bir yumruk indirmek istese de, bunu yapmamak için Betsy'yi düşündü.

"Dr. Forsythe," dedi Crowe sakin kalmaya çalışarak. "Sizinle tartışmak istemiyorum. Tek istediğim paramı alıp çekip gitmek."

"Şuna ne dersiniz, eğer güvenliği sağlarsanız iki misli ücret öderim" dedi Forsythe. "Bir hafta kadar bu işi yaparsınız, sonra ben başka bir çare bulacağım zaten."

Crowe çenesini tuttu, çünkü fazladan 125.000 dolara hayır diyemezdi. "Tamam, ama sorgulamayı ben yapmam."

Forsythe kaşlarını kaldırdı. "Peki, ya adamlarınızdan biri yapsa? Bay Grimes bana dosyalarını yolladı." Forsythe, bilgisayarında birkaç düğmeye basınca ekranda bilgiler çıktı. "Bay Dalton'un bu konuda deneyimi varmış mesela."

"Eğer Bay Caine'nin hayatta kalmasını istiyorsanız, Dalton'u kullanmanızı tavsiye etmem."

"Ama bunu ona teklif etmemde bir sakınca yok herhalde, değil mi?" Crowe buna karışamazdı, Forsythe de bunu biliyordu.

"Hayır, yok."

"İyi. O zaman Dalton'u bana gönderin. Bu arada Grimes ile güvenliği halledin." Forsythe elini kaldırıp odadan çıkmasını işaret etti.

Crowe koridorda yürürken Forsythe'nin neye bulaştığı hakkında bir fikri olup olmadığını çok merak etti.

Bir saat içinde Kozlov, Nava'nın istediği silahlarla çıkageldi. Minibüsün arkasına binerken Nava planı bir kere daha gözden geçirdi. Caine'nin sayesinde bilgileri eksiksizdi. Planlar, personel bilgileri, giriş kodları, güvenlik profilleri... Hepsi elindeydi.

Tek bir sorun vardı: Bu en az dört ajanın birlikte girişmesi gereken bir işti, ama Nava tek başınaydı ve yaralıydı. Gerçi Nikolaev'in 'özel doktoru' Dr. Lukin kadınla çok ilgilenmişti. Şu anda dünyayı avuçlayıp kaldırabileceğini, maratonu koşabileceğini, Olimpik dekatlonda rekor kırabileceğini düşünüyordu, ama her yükselişin bir düşüşü vardı.

Nava'ya bir doping testi yapsalar şu anda bünyesinde bir mangaya yetecek kadar ilaç olduğunu saptayabilirlerdi.

Su Caine'yi delirtiyordu. Alnının üstüne bir damla daha düştü. Eğer belli aralıklarla düşseydi bu kadar rahatsız olmazdı herhalde, ama rastgele damlaması insanı deli ediyordu.

Kulaklıklar da öyle. Sol kulağındakinde sürekli kanal değişiyordu. Beş saniyede bir şarkı çalıyor, sonra parazit geliyor, sonra bir şarkı daha, sonra yine parazit... Diğer kulaklıktan ise basit bir melodi duyuluyordu, bu zaten işkence gibiydi, ama ilaveten bir de ses yükselip alçalıyordu. Kulak zarı bir anda patlayacak gibi oluyor, sonra da ses azalıyordu.

Ve her nedense oda etrafında dönüyordu. Caine ilk başta ortama odaklanamadığını sandı, sonra gözlerini açtığında sandalyesinin yavaşça döndüğünü gördü. Bir süre sonra, gözlerini kapattığında mide bulantısının ve baş dönmesinin azaldığını anlayıp öyle kaldı.

Her birkaç saniyede bir, bedeninde elektrik hissediyordu. Genelde parmağında ya da bir göğüs ucunda, ama bazen daha aşağılarda bir yerde oluyordu. Genelde bu elektrik şokları onu uyarıyordu, ama birkaç defa canı da yanmıştı. Kalbi hızla atıyordu ve kasları gerilmişti, bir sonraki elektrik şokunu beklemekten alıkoyamıyordu kendini.

HerAn'a gitmeye çalıştı görebilmek için, ama bunu yapamadı. Çok fazla şey oluyordu aynı anda. Çaresizdi. Sanki dev bir hortumla aklını boşaltıyorlardı. Birden sandalyesi durduysa da midesi dönmeye devam etti. Biri sol gözünü açıp bir ışıkla gözüne baktı, sonra da sağ gözüne. Caine elini kaldırmak istedi ama bağlıydı. Bir iğne yapıldığını hissetti. Sonra da bir yırtılma sesi duydu. Koluna yapışkanlı bir hastane bandıyla katater bağlamışlardı.

Saniyeler akıp gidiyordu. Biri yine göz kapağını kaldırdı ama bu sefer kapanmasına izin verilmedi. Gözleri kuruyunca kırpmaya çalıştı, ama göz kapakları acıdı. Yapamıyordu.

Gözlerine şeffaf bir sıvı doldu. Damlalar birkaç saniyede bir akıyordu. Caine artık gözlerinin kurumaması için kırpmak zorunda değildi, ama yirmi sekiz yıldır kırptığı için bunu yapmaktan pek de kaçınamıyordu. Acaba göz kırpmamayı öğrenmesi ne kadar zamanını alacaktı?

Yorgundu, bitkindi, yarı deliydi ve çok korkmuştu, ama kararlıydı. Sonra kasıklarında bir elektrik şoku hissedince bu ona her şeyi unutturdu. Gözündeki damlalardan dolayı odaklanmakta zorluk çekiyordu. Göremiyordu. Önünde bir adam duruyordu, uzun boylu, korkutucu biriydi bu. Bu sefer de sol ayak parmağında bir şok hissetti. Acısı geçince yine odaklanmaya çalıştı.

Adam tanıdıktı. Caine nereden tanıdık geldiğini anlamaya çalıştı, ama su dikkatini dağıtıyordu. Bir de müzik vardı. Caine müziğe tapardı ama böyle devam ederse hayatında bir daha hiç walkman dinlemeyecekti. Sanki biri bunu duymuş gibi bir anda müzik kesildi. Bir an çok hoş bir sessizlik oldu, sonra soğuk ve sert bir ses duydu.

"Beni duyabiliyor musun?"

"Evet," dedi Caine zorlanarak.

"Bugün günlerden ne?"

"Bugün..." Caine hatırlamaya çalıştı. Midesi bulandı. "Galiba bugün... AAAH!" İnsanın sol ayağının küçük parmağına verilen bir şok nasıl bu kadar can yakabilirdi ki? "Şubat'tayız... Şubat..."

"Neyse, bildin diyelim," dedi adam dalga geçerek. "Tamam, biraz sonra işkenceyi keseceğim. Ama beni dikkatle dinle, oldu mu?"

"Tamam," dedi Caine. Her ne isterse yapardı. Adamın bu işkenceyi bir dakikalığına bile durdurması için ne derse yapardı. Hatta bir saniyeliğine bile dursa yeterdi.

"Sana yükleniyoruz, çünkü kaçmanı istemiyoruz. Ama bu seninle iletişim kurmamızı da zorlaştırıyor ve biz seninle konuşmak istiyoruz. Şunu iyi bil: Eğer kaçmaya çalışırsan bunun bedelini kardeşine ödetiriz. Bunun olmasını istemezsin, değil mi?"

Caine kusmak üzereydi. Gözlerini kapatıp kaçmak istiyor, ama yapamıyordu. Bir aletle tutturulduklarından göz kapakları kımıldamıyordu ve her denediğinde canı çok yanıyordu.

"Caine," dedi adam onun yüzüne hafifçe vurarak. "Biliyorum bu zor, ama ayık kal. Bizimle işbirliği yaparsan, Jasper'e bir şey olmayacak. Tamam mı?"

Caine konuşma sırasının kendisinde olduğunu anladı. "Tamam," dediğinde sesinin çatladığının farkındaydı.

"İyi." Adam dönüp, Caine'nin görebileceği yerden uzaklaştı. Sandalye durdu ve şoklar kesildi. Caine rahatlamak istediyse de, kasları söz dinlemiyordu. Her bir tendonu piyano teli gibi gerilmişti. Kalbi hızla çarpıyor ve acı çekeceğini düşünerek kaslarına kan pompalanıyordu.

Caine derin bir nefes aldı, bir saniye tuttu, sonra nefesini verdi. Biraz sonra her şey normalleşmeye başladı. Kalbi yavaşladı, çenesi gevşedi. İyiydi. Başını çevirmek istedi, ama kalın metallerle sabitlenmişti. Adam, başını oynattığını görünce onun önüne geldi.

Caine onu *HerAn*'dan tanıdı. Adı Jim Dalton'du.

"Bu hafta çok hareketli geçti, değil mi Bay Caine?"

Caine cevap vermedi.

"Neden burada olduğunu biliyor musun?"

"Hayır."

Caine'nin bedenini birden daha önce hiç hissetmediği kadar yoğun bir acı kapladı. Her tarafındaydı bu acı. Sanki canlıydı; dans ediyor, bağırıyordu. Caine de avazı çıktığı kadar bağırdı.

Sonra geldiği gibi geçti acı. Caine ağzını kapadı, dilini ısırdı ve kanattı. O kadar yorgundu ki, tek yapmak istediği gözlerini kapamaktı. Caine birkaç dakika sonra nefesini toparlayıp, dişlerini sıkmaktan vazgeçti.

"Bedeninde elektrotlar olduğunun farkındasındır herhalde. Bazıları elektrik vermek için, diğerleri ise kalp atışlarını ve biyoelektrik sinyallerini takip etmek için. Yani yalan söylediğinde anlıyoruz. Eğer bir daha yalan söylersen bunu bileceğiz. Ve bir sonraki şok bu kadar hafif olmayacak."

Caine yanıt vermedi. İstese de bu duruma uygun bir söz bulamazdı zaten.

"Çoğu insan, eğer karşı karşıya kalırsa, işkenceye direnebileceğini düşünür. Kendi kendine, 'ben güçlüyüm, erkeğim, bunu kaldırırım' der. Ama yanılır. Deneyimle sabittir ve inan benim bu konuda çok deneyimim var." Dalton'un sesi korkutucu ve tehditkârdı.

"İnsanlar en fazla bir ya da iki dakika dayanırlar, o andan itibaren de genelde acıyı durdurmak için annelerini bile öldürmeye razı olurlar. Ama o zamana kadar kalıcı hasar görmüş olur bedenleri veya sorgulamaya devam etmek için çok fazla ağrı kesici vermek gerekir. Bu da süreci uzatır sadece. O yüzden ikimize de bir iyilik yap ve kahramanlık taslama. Sana soru sorduğumda hemen ve dürüstçe cevap ver. Eğer vermezsen bunu anlarım. Eğer bir şey saklıyorsan buna pişman olursun. Anladın mı?"

"Gayet iyi anladım," dedi Caine. Bağırdığı için sesi bir garip çıkıyordu, boğazı yırtılmış gibiydi. Birkaç dakika sonra acaba nasıl çıkacaktı sesi.

"Mükemmel. Şimdi baştan alalım. Neden buradasın?"

"Çünkü benim Laplace'nin Şeytanı olduğumu düşünüyorsunuz."

Adam başını salladı. "Sen Laplace'nin Şeytanı olduğunu düşünüyor musun?"

"Ben..." Caine tereddüt etti, "Yüzde yüz emin değilim," derken bir şoka daha hazırladı kendini, ama bir şey olmadı.

"Tahmin et."

"Evet," dedi hemen Caine.

"İyi. O zaman boşuna yapmıyoruz bunu."

"Benden ne istiyorsunuz?"

Dalton bu soruya cevap vermedi. "Doktor gelip seninle konuşacak birazdan," dedi ve yürüyüp gitti. Bir daha sesini duyduğunda Caine'nin göremeyeceği bir yerde duruyordu. Adamın yüzünü göremeden sesini duymak garipti. "Aklıma gelmişken," dedi, "Yeteneklerini kullanmaya kalkma. Gözlerin açıkken bir şey yapamıyorsun."

Caine birden onun haklı olduğunu anladı. Gözleri açıkken bir bebek kadar çaresizdi.

Birkaç saniye sonra kapının kapandığını duydu. Dalton'un orada olup olmadığını anlamaya çalıştı, ama hiçbir ses duymuyordu. Tek başınaydı.

Derin bir nefes verip hemen düşünmeye başladı. Plan yapmak gerekiyordu ama elinden bir şey gelmiyordu. Artık plan yapma zamanı değildi zaten. Onu yakalamalarına izin vermişti, çünkü ancak bu şekilde yine kontrolü kendi ellerine alabileceğini biliyordu, ama bu kadar zor ve korkunç olacağını kestirememişti.

Evinde, *HerAn*'a girdiğinde tüm olası gelecekleri görmüştü, ama şimdi bunu göremediğinden hangi yolu seçtiğini, hangi olası geleceği yaşadığını bilemiyordu. Ama yine de bir şeyler hissediyordu. İçgüdüden daha güçlü, ama bilgiden daha zayıf bir şeyler... Hissediyordu bunu. Nava her şeyin anahtarıydı. O işin içinde olunca bin bir olasılık vardı.

Caine onsuz, baştan kaybetmişti.

Biri odaya girerken kapının açılıp kapandığını duydu. Ayak seslerinden bunun Dalton olmadığını anladı, çünkü bu daha hafif adımlarla yürüyen biriydi. Adam ilerledi, durdu, geri gitti, yine durdu. Ona yaklaşmanın en güvenli yolunu arar gibiydi sanki.

Arkasındaki adamın yavaşça nefes aldığını duydu ve bir ses daha. Bir şırınga mıydı bu? Ya da bir neşter? Kalbi hızla çarpmaya başladı. Sonunda adam yine yaklaştı. Bu Doc'tu.

"Merhaba David," dedi Doc.

Caine bir şey demedi.

"Böyle olduğu için özür dilerim. Ama başka seçeneğim yoktu."

"İnsanın her zaman seçenekleri vardır," dedi Caine.

"Hayır," dedi Doc başını sallayarak. "Senin gibi bir deneğim daha vardı. Bana olacakları, neler yapmam gerektiğini anlattı. Yeteneklerini ortaya çıkarmak için ne yapılması gerektiğini söyledi ve haklı çıktı."

"O yüzden mi patlayıcıyı yerleştirdin? Sana öyle dedi diye mi?"

"Evet."

"Bu işe yaramayınca, neden elinde fırsat olduğunda beni öldürmedin ki? Philadelphia'da beni ezip geçebilirdin."

"Anlamıyor musun?" dedi Doc yalvarır gibi bir sesle. "Asla ölmeni istemedim. Sadece neler yapabileceğinin farkına varmanı istedim. Ancak bir ölüm kalım durumu olursa o son adımı atardın. Ben de bunu sağladım."

"Ama neden? Neden yapıyorsun bunu?" diye sordu Caine.

"Bilim için," dedi Doc. "Yeteneğin sayesinde ne kadar bilgi edinebilirim; edinebiliriz farkında değil misin?" Doc bir adım daha yaklaştı. "David elimizde inanılmaz bir fırsat var, tarih yazabiliriz, sen ve ben. Birlikte." Gözleri parlıyordu. Doc ona baksa da Caine hocasının bir tek kendini gördüğünün farkındaydı. "Yalnızca tarihi yazmak değil, hatta değiştirmek elimizde. İnsanoğlunun geleceğini değiştirmek elimizde."

"Sana yardım etmeyeceğim," dedi Caine.

"İkimiz için de daha kolay olur eğer..."

"Hayır."

"Birkaç test yapalım. Birkaç test neyi değiştirecek ki?" dedi Doc neredeyse yalvararak.

"Sorun da bu zaten. Bilmiyorum, testlerinle kime ne yapacağını bilmiyorum." Caine derin bir nefes aldı ve cesurmuş gibi konuştuğuna inanmak istedi. "Yapmayacağım."

Doc başını salladı. "İşte bu yüzden sana bunu başka bir zamanda ve yerde öneremedim. Ama, istesen de istemesen de yapacaksın David."

Cebinden bir uzaktan kumanda çıkartıp tavana yakın bir yere monte edilmiş televizyona doğrulttu. Ekran açıldı. Caine yukarı baktı. Monitörde, koluna bir tüp bağlanmış, sandalyeye bağlı yorgun bir adam gördü. Jasper'di bu. Caine onu görmeyeli on yıl yaşlanmıştı sanki.

Doc dönüp Caine'ye baktı. "Kardeşinin canını acıtmak istemiyorum, ama bunu yaparım. Her şey senin elinde."

"Ya seninle işbirliği yaparsam ne olacak?"

"O zaman buradan çıkmak için ilk adımı atmış olursun." Doc'un gözleri onu ele veriyordu: Yalan söylüyordu. Caine'nin zaman kazanması gerekiyordu.

"Biraz zamana ihtiyacım var düşünmek için."

"Hayır," dedi hemen Doc. "Şimdi karar ver. Cevabın ne?"

Caine buradan canlı çıkamama, hatta hiç çıkamama olasılığının yüksek olduğunu biliyordu. Doc'un yapmak istediği testin zararsız olduğuna emindi, ama şimdi evet derse bir daha asla hayır diyememekten korkuyordu.

"Yorgunum," dedi Caine. "Kendime gelmem için biraz zaman tanı."

Doc başını salladı. Duvara monte edilmiş telefona gidip bir numara çevirdi. "Bay Dalton?"

Caine, Dalton'un ismini duyunca gerildi.

Doc ona bakarak, "Lütfen Jasper Caine ile ilgilenin. İkinci seviye, altmış saniye." Telefonu kapattığında üzgün görünüyordu. "Olacaklar için şimdiden özür dilerim."

Caine ekrana baktı. İlk birkaç saniye hiçbir şey olmadı, Jasper uyuyor gibiydi. Elleri, ayakları deri kayışlarla bağlı biri ne kadar rahat olabilirse o kadar rahat bir şekilde uyuyor gibiydi. Dalton odaya girdi, Jasper'in ağzına bir şey soktu ve geri çekildi. Caine bir anda titredi. Jasper de aynı anda nöbet geçirmeye başladı. Elektrik tüm bedenini kapladıkça yumruklarını sıkıp açtı. Sesini duyamıyor olması sanki daha da korkunçtu.

"Dur!" diye bağırdı Caine. "Kes!"

Doc, saatine, sonra da Caine'ye baktı. "Elli saniyesi daha var David. Sonra bitecek."

Caine gözlerini kapayıp bu görüntülerden kaçamıyordu. Jasper'in seğiren bacaklarını görmemek için başını çevirmeye çalıştı ama bu da mümkün değildi.

Sonunda bitti. Jasper titremiyordu artık. Sadece ağlıyordu, gözlerinden oluk oluk yaşlar akıyordu. Caine son bir şey daha gördü: Kardeşi altına işemişti.

Doc yine gelip onun önünde durdu. Caine adamın yüzüne tükürmemek için kendini zor tutuyordu. Buraya gelmekle doğru kararı verip vermediğini bir kere daha sorguladıysa da, bunu düşünmek için artık çok geçti. Bu sefer el bozulmayacaktı.

"Tamam," dedi Caine teslim olmuş gibi bir sesle. "Testleri yapacağım. Ama sen bu odadayken olmaz," Birden, ne yapması gerektiğini hatırladı. "Forsythe ile çalışırım sadece."

Doc kaşlarını çattı. Konuşmak üzereyken odanın içinde hoparlörden gelen bir ses duyuldu birden. "Paul... Konuşmamız gerek."

31

Beta deneğinin Tversky'le değil de kendisiyle çalışmak istemesine memnun olmuştu Forsythe. Eğer denekle bir bağ kurabilirse, o zaman planladığından erken atabilirdi Tversky'yi başından. Gülümseyerek cebinden küçük, parlak bir şey çıkardı. Deneğe yaklaşınca EKG'deki veriler hızlandı.

"Sakinleşin Bay Caine. Bu test canınızı acıtmayacak, söz veriyorum," dedi Forsythe. "Göz kapaklarınızı açık tutan aleti çekeceğim ki odaklanabilin, ama eğer bir şey yapmaya kalkarsanız bunu anlarım."

Forsythe, duvardaki monitörlere bakıp EEG verilerini kontrol etti. Beta deneğinin temporal lobundaki elektrik aktivitesini gösteriyordu çizgiler. Eğer bu seviye önceden belirlenenin üstüne çıkarsa, konsantrasyonunu bozmak için, ona elektrik şoku verilecekti.

Ayrıca, Forsythe daha rahat çalışabilmek için uyuşturucu da vermişti Caine'ye. Kalp atışları yavaşlayınca, göz kapaklarını açık tutan aleti çekti. Deneğin göz kapakları hemen kapanınca kalbi ağzına geldi, ama EEG'ye bakınca onun sadece dinlendiğini gördü: Delta dalgaları baskındı, diğerleriyse okunmuyordu bile.

Birkaç saniye sonra denek yemyeşil gözlerini açıp Forsythe'ye baktı ve "Şimdi ne olacak?" diye sordu.

"Bu paraya bakmanızı istiyorum." Forsythe cebinden çıkardığı madeni parayı gösterdi. "Şimdi bunu havaya atacağım. Yere düştüğünde yazı gelmesini istiyorum."

Denek şaşırmış gibi bakıyordu. "Peki, ben ne yapacağım?"

Şimdi de Forsythe şaşırmıştı. "Üst üste sekiz kere yazı gelmesini sağlayacaksın."

"Nasıl?"

"Aklını kullanarak."

Caine karşısındaki adama baktı ne diyeceğini bilemeden. Eğer yalan söylerse bunu anlarlardı, ama gerçeği söylemek de istemiyordu. Nava acele edip gelse iyi olacaktı.

Tabii eğer gelecekse. Buraya hiç gelmeme olasılığı yüzde *12.7. Sonsuza dek burada kalabilirsin.*

Caine bunu düşünmemeye çalıştı. Monitöre baktı. Jasper öylece yatıyordu. Yanağında tükürükler vardı. Sonra tekrar Forsythe'ye baktı. Adamın boynundaki damarın hızla atmaya başladığını görünce sabırsızlandığını anladı.

Başka seçeneği yoktu.

"Bu şekilde olmaz," dedi sonunda.

"Ne demek olmaz?"

"Eğer istersen bu paranın yazı mı tura mı geleceğini büyük bir olasılıkla hesaplayabilirim, ama aklımla yazı ya da tura getirtemem. Sonucu etkileyeceksem benim de işin içinde olmam gerekiyor." Caine sağ elini açtı. "Parayı bana ver. Ben atayım."

Forsythe, Caine'nin eline şüpheli gözlerle baktı.

"Deney ancak bu şekilde bir işe yarar," dedi Caine.

Bir saniye sonra Forsythe istemeyerek parayı Caine'ye verdi. Caine gözlerini kapadı. İlk başta birkaç renkli nokta gördü sadece göz kapaklarının arkasında. Sonra bir görüntü onu ileri doğru çağırdı.

...

Her zaman oradadır. Varlığından dev bir ağaç büyür. Devdir, yekpare gövdesi sonsuzluğa uzanır. İlerisinde sonsuz sayıda dal, An'dan uzanır.

Görüntü sürekli hareket ediyor. Bazı dallar daha kalın ve güçlüdür, bazıları *da kuruyup ölür. Yeni dallar çıkar hep; bazıları hiç yokmuş gibi yok olur. İkincil dallardan da kendi dalları fışkırır ve bunlar daha ileri gider. O kadar çok döner, dolaşır ve birbirine girer ki dallar, birkaç nesil sonra iç içedirler. Ve şekilsiz bir karanlık gibidirler.*

Beyninin bir kısmı bağırmak istiyor, aklını kaçırmak ve önündeki sonsuzluktan uzaklaşmak istiyor. Ama diğer kısım için burası evi. Bu kısmını dinliyor.

...

"Yazı mı dedin?" diye sordu Caine gözlerini kapayarak.

"Evet," dedi Forsythe.

Caine bunu nasıl yapacağını gördü.

...

Odada havalandırmadan hafif bir esinti olur. Bunun oksijen ve nitrojen moleküllerini oynattığını görür. *Bu bir çeyreklik. Yani yazı tarafı tura tarafından 0.00128 gram daha ağır. Ayrıca, yazı tarafındaki çevre daha büyük ve daha az aerodinamik tura tarafına* *kıyasla. Ama bu faktörler, parmaklarının gücüne ve bağlı bileğini* bükü*şüne kıyasla pek de önemli değil; bu ikisi, yazı mı tura mı ge*leceğini belirlemekte yüzde 98.756 oranında etkili. Atma şekli de yüzde 58.24510 oranında etkiliyor yazı veya tura gelmesini.*

Sonucun nedenlerini anlamak için paranın alaşımını düşünür*: Özü yüzde yüz bakır. Kaplaması ise yüzde 75'e 25 oranında bakır nikel karışımı. Zemini hesaba katar: Yedi metrekarelik taş zemin. Bunlar yazı mı tura mı geleceğini yüzde 37.84322 oranında etkiler. Yüzde 0.55164 oranında manyetik kutupların yakınlığına bağlı. Yüzde 1.12588 oranında dünyanın dönüşüne* bağlı. *Yüzde 2.23415 oranında da yerin temizliğine bağlı. Ayrıca, ses de yüzde 0.00001 oranında etkili.*

Eğer 100.000 kere havaya atsa anca bir kere yanlış gelebilir. Tüm bu bilgileri dikkate alıyor, en doğru yolu seçiyor ve...

...

Caine parmaklarını hareket ettirerek parayı fırlattı. Gözlerini açtı, havalanmasını seyredip ışığın iki yüzüne yansımasına baktı. Aydınlık, karanlık, yazı, tura. Paranın yere düştüğünü, sonra da yuvarlandığını duydu. Göremediği bir yere düştü para.

Forsythe oraya doğru koşuşturdu. Parayı eline aldığında gülümsüyordu.

"Yüzde 50 olasılıktı bu," dedi Caine, daha çok kendi kendine konuşarak. "Bu hiçbir şeyi kanıtlamaz."

"Doğru," dedi Forsythe heyecanlanarak. "Ama, bu para kırk dokuz kere daha yazı gelirse, bu bir şeyi kanıtlar. Lütfen devam et."

Forsythe parayı Caine'nin bağlı eline koydu yine. Caine yine gözlerini kapayınca bu sefer doğru dalı bulmak daha kolay oldu. Çok kolay buldu. Parayı attı. Para yine havada uçup yerde sekti.

Yine yazı geldi.

"Bir daha."

Aldı, Attı. Para düştü, zıpladı.

Bir kere daha. Yine yazı. Sonra bir daha, bir daha. Yazı. Yazı. Yazı. Caine parayı attıktan sonra bazen kendinden geçiyordu, ama Forsythe onu hemen uyandırıveriyordu. *HerAn*'da Nava'yı aramaya kalktığında da Forsythe ona elektrik veriyordu. Zaten iki kere denedikten sonra vazgeçti aramaktan. Belli ki, bir şey yapmaya çalışınca anlayacağını söylerken blöf yapmamıştı Forsythe.

Caine'ye saatler boyunca sürmüş gibi gelen deney, sonunda bitti. Başı dönüyordu ve kan ter içinde kalmıştı, ama ellinci defa yazı attıktan sonra bilim adamının yüzünü görmek için baktı. Forsythe, artık gülümsemiyordu, yüzünde başka bir ifade vardı. Yüzünü göremesin diye başını çevirdiyse de, Caine yakalamıştı. O duyguyu iyi bilirdi zaten: Forsythe dehşete düşmüştü.

"Bu inanılmazdı," dedi Forsythe nefes alamıyormuş gibi konuşarak.

Tversky başını salladı. "Bir parayı elli defa yazı düşürme olasılığı nedir biliyor musun? Dur!" Bilgisayarda bir işlem yaptı, "1.125.889.906.842.620'de 1. Bir de bunu ilacın etkisi altındayken yaptığını düşün. Eğer bilinci tamamen açık olsa neler yapabilir, tahmin edebiliyor musun?"

Forsythe başını hızla salladı. İki saatlik test boyunca denek ara ara bayılmıştı ilacın etkisiyle. Tabii ki böyle bir deneyle bir akademik bildiri falan yazamazdı. Bunun için para atan bir makine ve bir kontrol grubu gerekirdi, ama deneğin Laplace'nin Şeytanı olduğuna inanmıştı artık.

Zaten iki adam da bu bilgileri yayınlamak niyetinde değildi. Beta deneği ellerinin altında olduğu sürece hayat boyu bir daha asla hiçbir konuda endişe etmeleri gerekmiyordu. Tversky'nin Jasper üzerinde yaptığı deneyler sayesinde de bu Şeytan'ı nasıl kontrol edeceklerini biliyorlardı.

Tversky bunun beyindeki retikuler-aktivasyon sistemiyle bir ilgisi olduğunu düşünüyor, Forsythe ise, Caine'nin gözlerini kapayınca görmesinin daha basit bir açıklaması olduğuna inanıyordu. Önemli olan zaten neden değil sonuçtu: Beta deneği gözleri açık tutulduğu sürece hiçbir şey yapamazdı.

"Deneyler sırasında gözlerinin ne kadar süre kapalı durduğunun hesabını tuttun mu?" diye sordu Forsythe.

Tversky başını salladı. "Aynen tahmin ettiğim gibi, olasılık dışı bir olguyu hesaplamakla, olgunun olasılığı arasında lineer bağlantı var. Bir paranın yazı veya tura gelmesi gibi yüksek olasılıklı olguları etkilemek için harcanan süre çok kısayken, zar atmak gibi bir şeyi hesaplamak daha uzun sürdü."

"James," dedi Tversky, Forsythe'nin düşüncelerini bölerek, "David, doğru kaynaklarla istediği her şeyi yapabilir." Odada volta atmaya başladı. "Doğru yönlendirilirse evrenin sonsuz bilgilerini laboratuvar ortamında büyük bulgular elde etmek için kullanabilir. Mikrobiyologlara, astrofizikçilere, matematikçilere, onkologlara, herkese yardımı olabilir. David evrenin en büyük sırlarını çözmeye yardım edebilir!"

Ama Forsythe'nin aklı bilimsel bulgularda değildi, onun daha büyük hedefleri vardı. Beta deneğini elinde tutan kişi, şimdiye kadar görülmemiş bir gücü elinde tutuyor olacaktı.

"Yeteneklerini kullanabileceğimiz başka yerler de var," diye sesli düşündü Forsythe, Tversky'nin ne diyeceğini görmek için.

"Ne gibi?"

"Finans. Politika. Ordu."

"Çıldırdın mı sen?" diye sordu Tversky. "Onu bilim adına kullanmalıyız. Bunun dışında çok tehlikeli olabilir. Ayrıca, nasıl kullanacağımıza karar vermeden cevaplamamız gereken o kadar çok soru var ki. Olasılıklar gerçekten de sonsuz." Yine volta atmaya başladı. "Onu bir şekilde gizlemeliyiz. Bir sır olarak kalmalı. Belki de belli bilim adamlarını laboratuvarda çalıştırırsak ve biz..."

"Dur bir dakika," dedi Forsythe. Ne yapmak istediğini düşünüp karar verene kadar Tversky'nin fikir üretmesini istemiyordu.

Ona hâlâ ihtiyacı vardı, ama şansı yaver giderse kısa bir süre sonra olmayacaktı. Belki de onu Julia'yı öldürdüğü için polise ihbar ederdi. Bu sayede hem Tversky kötü bir nam salardı, hem de ondan kurtulmuş olurdu. Forsythe gülümsedi. Evet, aynen öyle yapacaktı. Deneği tam olarak anladığında, Tversky'den sonsuza dek kurtulacaktı.

"Daha hâlâ deneği nasıl tam olarak kontrolümüz altında tutabileceğimizi bulmamız gerek," dedi Forsythe konuya dönerek. "Sonsuza dek kardeşine zarar vereceğimizi söyleyip duramayız. Ayrıca, daha düşük olasılıklı şeyleri tahmin etmesini istersek, o zaman bir kaçış yolu üretebilir."

"Evet," dedi Tversky, "Bu bir sorun. Sürekli yüksek dozda Torazin de verip duramayız. Belki de zaman içinde davranışını değiştirmek için terapi yapıp ilaç vermeyi keser ve onu kontrol etmeye devam edebiliriz."

"Bence bunu başaramayız," dedi Forsythe başını sallayarak. "Yapsak bile asla emin olamayız. Kontrolü bir an için bile elimizden bırakırsak, her şeyi yitirebiliriz."

Dönüp çift yönlü aynaya baktılar. Onlar sorunu düşünürken diğer tarafta da denek gözlerini kapayamadığı için duvara bakıyordu.

"Özgür bırakamayız onu, çok tehlikeli," dedi Forsythe. "Bence ne yapmamız gerektiği çok açık. Onu sürekli nevroleptik bir halde tutacağız."

"Ama o zaman özgür iradesi olmaz," dedi Tversky öfkeyle.

"Zaten amaç da bu değil mi?"

"Evet ama, bunu bir kere yaptık mı geri dönüşü olmaz."

"Ölümün de geri dönüşü yok," dedi Forsythe soğuk bir sesle. "Ama Alfa deneğini hallederken bu senin için bir sorun olmadı."

Tversky kıpkırmızı oldu. "O bir kazaydı... Ben... Beni tehdit mi ediyorsun?"

"Neden?" diye sordu Forsythe. "Etmem mi gerekiyor?"

Tversky uzunca bir süre suskun kaldı. Sonunda, "David'de denemeden ilk önce bunu kardeşi üzerinde denemeliyiz. Yan etkileri olmayacağından emin olmalıyız."

Forsythe başını salladı. "Benim gibi düşündüğüne sevindim."

İkisi de bir an konuşmadı, bariz bir gerginlik vardı aralarında. Sonunda Tversky "Ben gidip dinleneceğim," dedi garip bir ses tonuyla. "Bugün uzun bir gündü, yarın da yapmak istediğim birçok test var."

Forsythe, ona kuşkuyla baktı. Tversky neler çeviriyor olabilirdi? Bir an için onu zorla burada tutmayı düşündüyse de vazgeçti. Beta deneği ile çalışabilme umudu şimdilik onu kontrol altında tutmaya yeterdi. "Sana iyi geceler," dedi. "Ben kalıp ikizi hazırlayacağım." Bir an için Tversky'nin buna karşı çıkacağını düşündü, ama sanki fikrini değiştirmişti. "İyi geceler James. Ben yolumu bulup çıkarım."

Kapı kapandıktan sonra Forsythe, Jasper'i pasif bir nevroleptik durumda tutmak için gerekli olan ilaç dozajını hesapladı. Tversky zor adamdı ama haklıydı, bir aksilik çıkıp çıkmayacağını görmek için bunu ilk önce ikizin üzerinde denemek gerekirdi.

Konsolundaki birkaç düğmeye basıp bu ilaçları Jasper'e enjekte etmek isteyip istemediğini ısrarla soran makineye sürekli 'evet' cevabını verdi. Ekranda Jasper'in gözlerinin buğulandığını görüyordu, kolundaki kataterden bedenine ilaç yüklenirken sanki odaklanamıyordu. Jasper Caine, üç saate kalmaz tamamen yok olacaktı. Onun yerine özgür iradesi olmayan, istediklerini yaptırabilecekleri, onları dinleyen bir kobay olacaktı.

İkiziyle işi bitince, Forsythe, Beta deneğine şu anda vermekte oldukları ilaçlara biraz uyuşturucu ekledi. Adamın şiddet eğilimlerini kontrol altında tutmak gerekiyordu. İç geçirdi. Aslında deneyleri ilaçları kullanmadan yapmak daha verimli sonuçlar verirdi, ama ikizlerin ilaçlara rağmen istenilenleri yapabileceklerine güveniyordu. Eğer yapamazlarsa beyin kimyasını gerektiği şekilde oluşturacak bir bileşim yaratabilirdi. Tversky de Alfa deneğinde bunu yapmıştı zaten.

Bunu yapabildiklerinde de ikizlere ihtiyaçları olmayacaktı artık.

Nava'yı binanın biraz ilerisinde bıraktılar. Bina sağındaki ve solundaki yedişer katlı binalara çok benziyordu, ama Nava bunun yanıltıcı olduğunu biliyordu. Beyzbol şapkasını gözlerini gölgeleyecek şekilde indirdi, sigarasından son bir nefes çekti ve sonra da yere atıp ezdi.

Yolun kenarına park edilmiş siyah büyük arabanın yanına geldiğinde, eğilip sağ ön lastiğin altına baktı. Aynen söz verildiği gibi ihtiyacı olan şeyler oraya bırakılmıştı. Kimliği cebine sokuşturdu, bilekliği taktı ve girişe doğru gitti.

Derin bir nefes alıp dönen koca kapılardan içeri girdi. Lobi baştan aşağı mermer görünümlü taşlarla döşenmişti. Güvenliğe doğru giderken attığı her adım duvarlardan yankılanıyordu.

Gece bekçisi, kadının geldiğini görünce yavaşça elindeki dergiyi indirdi. Sahte kimliğine baktıktan sonra da beş saniye kadar sırt çantasını ararmış gibi yaptı. Aynen Nava'nın beklediği gibi, bir tek, açtığı fermuarlı bölmeye baktı. İçinde uyuşturuculu tabanca, iki tane 9 milimetrelik Glock yarı otomatik, üç yüz kadar mermi, bir kutu Freon ve binayı yerle bir edebilecek kadar patlayıcı olan asıl kısma bakmadı bile. Terörist olmadığına kanaat getirip imza atmasını söyledikten sonra, kaldığı yerden dergisini okumaya döndü.

Nava gülümseyerek teşekkür ettikten sonra asansöre doğru gitti. Düğmeye basar basmaz da kapılar açıldı. Tam girmek üzereydi ki asansörde birinin daha olduğunu farketti. Adam o kadar dalmıştı ki çıkarken başını bile kaldırmadı. Gerçi adam onun beyzbol şapkasıyla gölgelenmiş yüzünü göremezdi, ama Nava onu tanıdı.

Bu Doc'tu.

Bir an için boğazını bıçağıyla kesip onu lobide kan kaybından ölmesi için bırakmayı düşündü. Julia'ya ve David'e yaptıklarından dolayı onu öldürmek istiyordu. Ama şu anda bunu yaparsa görevlinin alarmı çalacağını ve böylece David'i kurtarma şansı olmayacağını da biliyordu.

Bu yüzden de, hiçbir şey yapmadan, öfkeden kudurmuş bir halde adamın gidişini seyretti. Dişlerini sıkarak altıncı kata çıkarken onu düşünmemeye çalıştı. Daha sonra hesap sormak için zamanı olurdu. Asansörün kapıları açılınca görevine yoğunlaştı.

Camlı kapılarla girilen, lobi benzeri bir yere gelmişti. Sırt çantasını açtı ve bir deste kâğıt büyüklüğünde elektromanyetik bir alet çıkardı. Bunu duvardaki manyetik kutuya tuttu ve kilitlerin açıldığını duymadan önce de tüm olası frekansları denemesini bekledi. Tüm bunlar beş saniyeden kısa sürdü.

Kapılardan geçip pahalı görünümlü bir lobiye girdi bu sefer. Uzakdoğu işi bir halının iki tarafında, iki deri koltuk vardı. Diğer duvar yerden tavana kadar camdı ve uykuya dalmak üzere olan şehrin parlak ışıklarını görebiliyordu. Camdan dışarı bakarken hayatının farklı olmasını diledi. Birkaç saniye hayaller dünyasına dalıp sonra hemen kendine geldi. Kendi yolunu kendi seçmişti, başkası değil. Şimdi yapması gereken bir iş vardı.

Nava gözlerini camdan ayırdı ve araçta ezberlediği güzergâhta, koridor boyunca emin adımlarla yürüdü. Bir elektromanyetik kilidi daha açınca ikinci bir asansörün önüne geldi. Derin bir nefes alıp yakayı ele vermemek için kendine hâkim olmaya çalıştı. Asansörü çağırdığı andan itibaren geri dönüş yoktu. O düğmeye bastığı andan itibaren sürekli gözetleniyor olacaktı.

Eğer elindeki bilgiler doğruysa, o zaman sorun yoktu. Ama yanlışsa... O zaman işi bitmişti. Asansör açıldığında karşısında bir manga güvenlikçi bulabilir ya da sinir gazı yiyebilirdi. Ya da laboratuvara kadar kılına zarar gelmeden gidip orada kurt köpekleri tarafından paramparça edilebilirdi. Bunu bilemezdi.

Sırt çantasındaki silahları ve mermileri boşaltıp hepsini çok küçük bir çantaya tıktı. Sonra da kahverengi kâğıda sarılı bir şey çıkardı. Uyuşturuculu tabancayı ve 9 milimetreliklerinden birini alıp ikisini de kontrol etti, silahları her zamanki gibi tamamdı.

Son olarak bilekliğini kontrol etti. Bu onun gizli silahıydı ve buna ihtiyacı olmayacağını umuyordu. Hayatı riskte olduğunda başkalarına güvenmekten hiç hoşlanmazdı. Bunu bir tek ölümü kesinleştiğinde kullanacaktı. O zaman da işe yaramazsa, bu bir tek kendi suçu olurdu. Bunu düşününce kendini daha iyi hissetti.

Duvardaki düğmeye basıp asansörü bekledi.

Caine, insanların neden ilaç veya uyuşturucu bağımlısı olduklarını anladı. Biraz sonra da kendinden öylesine geçti ki bunu umursamadı. Damarlarına akan o serin sıvının yerini başka bir şey almıştı. İnanılmaz bir şeydi. Daha önce kanının akışını hissedebileceğini bilmiyordu, ama daha önce hiç damardan uyuşturucu almamıştı ki.

Buz gibi sıvı kolundaki damarlardan geçip beynine doğru yol alırken beyni boşluğa doğru sürüklendi. Kolu, omzu, boynu ve sonra... Vayyyy. Artık hiçbir şeyin önemi yoktu. Her şey muhteşemdi.

Dizi zonklamıyordu, sırtı ağrımıyordu, boynunun tutulduğunu unutmuştu. Beyni hamur gibiydi, ama çok iyiydi. Çok, çok iyi.

Caine gülümsemeye başladı. Kıkırdadı. Göz kapakları gerildi, ama bunu da umursamadı. Göz kapaklarını açık tutan alet canını acıtmıyordu, sadece biraz gıdıklanıyordu artık. Her şey onu gıdıklıyordu aslında. Ani bir mutluluk kapladı içini ve iç geçirdi. Hiçbir şeyin önemi yoktu, bunu şimdi anlıyordu. Neden umursamıştı ki her şeyi?

Birden, çok uykusu geldi. Gözlerini kapayıp uykuya dalmak istedi, ama bunu yapamadı. Yapamazdı, çünkü... Neden olduğunu hatırlayamadı. Zaten ne önemi vardı ki? Gözleri açıkken bile uyuyabilirdi. Gözleri açık uyumak hoş olurdu.

Hem de çok hoş...

32

Nava altıncı kata doğru hızla çıkan asansörün içinde beklerken tabancasını sıkıca tuttu. Kapılar açılınca görünmemek için kenara çekildi. Asansör durunca metalik bir klik sesiyle kapılar açıldı ve...

Hiç kimse yoktu.

Asansörden çıkmadan önce, gafil avlanmamak için yukarı baktı ama tavanda üç floresan disk ve bir gözetleme kamerası vardı sadece. Başını eğip omuzlarını dikleştirdi asansörden çıkarken. Kamerayı izleyen biri varsa beyzbol şapkasını ve üzerinde logo bulunmayan gri tulumunu görüp onu erkek sanabilirdi.

Servis asansörüne girince üstünde B2 yazan düğmeye bastı. Kapılar kapanınca asansör hızla en alt bodrum katına indi. Asansör yavaşlarken midesi düğümlendi. Tulumunun cebindeki tabancaya sıkıca yapıştı ve kumaşın altındaki soğuk metali hissetti.

Asansör kapıları açılınca hemen çevresine göz attı. Karşısındaki hol ancak birkaç metrekareydi. Beyaz bir zemin, beyaz duvarlar... Üstünde parmak izi tarayıcıları olan kalın güvenlik kapıları... Geniş, gümüş renkli, L şeklindeki güvenlik masasında minik siyah beyaz monitörler...

Masada oturan iki güvenlik görevlisi vardı. Bunlar lobidekiler gibi hafife alınacak adamlar değildi. Genç, yapılı, profesyonel duruşluydu ikisi de. Biri Latin kökenli, diğeri sarışındı. Nava sıkılmış gibi bir ifade takınarak, onlara doğru emin adımlarla yürüdü. Bir eliyle paketi masaya koyarken diğer eliyle de cebindeki silahı kavradı.

"Dr. Forsythe için bir paket getirdim," dedi kendini tanıtır gibi. Sarışın güvenlikçi diğerine baktı ne yapacağını bilemeyerek. Esmer olandan soruluyordu buralar anlaşılan. Bu önemli bir bilgiydi. Tabancasını çekip adamı boynundan vurdu.

Adamın şaşıracak vakti olmadı. Boynuna saplanan bayıltıcı iğnenin battığı yerden kanlar akarken sandalyesine kapaklandı. Diğer görevli hiçbir şey yapamadan tabancayı ona doğrultup, sağ gözüne dayadı. Adam acı içinde kalakalmıştı.

"Ellerini başının arkasına koy," dedi Nava.

Adam söyleneni yaptı.

"Adın ne?"

"Jeffreys"

El tarayıcısına işaret etti başıyla Nava. "Bunlardan bir tane mi var?"

"Evet," dedi adam zor yutkunarak.

"Başka ne gibi güvenlik önlemleri var?"

Adam saniyenin onda biri kadar tereddüt edince, Nava tabancayı gözüne iyice soktu.

"Her yerde parmak izi tarayıcıları var."

"Sessiz alarma bastın mı?"

"Hayır."

"Diğer nöbetçilerle kaç dakikada bir konuşuyorsunuz?"

"On beş dakikada bir."

"En son ne zaman konuştunuz?"

"10.45'te. Bir sonraki arama 11'de olacak."

Nava'nın saati 10.47'yi gösteriyordu. On üç dakikası vardı. Yirmi dakikası olmasını tercih ederdi, ama bu da yeterdi.

"Binada kaç güvenlikçi var?"

"Galiba..." Adam sanki sayıyormuş gibi oynatıyordu gözlerini. "Altı," dedi sonunda. "Hayır dur... Yedi. Yedi olduğuna eminim."

"Sen ve ortağın dâhil mi?"

"Evet."

"Onun parmak izi binadaki tüm tarayıcıları çalıştırır mı?" diye sordu Nava yerde baygın yatan adama işaret ederek. Kadının neden sorduğunu anlayan Jeffreys yutkundu, sonra da yavaşça başını salladı.

"Evet."

Nava tek kelime daha etmeden bayıltıcı silahın tetiğini çekip kolundan vurunca, o da ortağının yanına yığıldı. Masanın diğer tarafına uzanıp esmer nöbetçinin sağ elini kendine doğru çekti. Ayak bileğine iliştirdiği bıçağı kullanarak adamın parmağının tendonlarını kesti ve bıçağı eklemine soktu. Parmağın üst kısmını keserken kan fışkırdı.

Nava ellerini adamın üniformasına sildikten sonra gömleğinin kolundan bir parça kesip yarasını sardı. Kaynağının parmak izi tarayıcılarından söz etmediğine inanmıyordu. İşte bu yüzden hep araştırmayı kendi yapmak isterdi. Acaba daha neleri söylememişti ona? Neyse, yakında öğrenecekti nasılsa.

Aradığını bulana kadar masanın arkasındaki ekranları taradı bakışlarıyla. David. Gözlerini tavana dikmiş olan adam baygın gibiydi, göğsü her nefes alışında inip kalkıyordu. Ekranın sağ alt köşesinde C-10 yazıyordu.

Tam gitmek üzereydi ki başka bir ekran takıldı gözüne. Jasper. O da David gibi gözleri açık bir halde bir sandalyeye bağlıydı. Ama David'in aksine o uyanıktı sanki. Kaşları çatılmıştı ve elleri titriyordu. Nava'nın kalbi sıkıştı. Monitöre bakılırsa o D-8'deydi. D kanadında, yani David'den çok uzaktaydı. İki rehineyi birbirlerinden bu kadar uzakta tutmaları ilginçti. İkisini birden kurtaramazdı.

Saatine baktı. 10.48. On iki dakikası kalmıştı. Acele etmesi gerekiyordu.

Nava uzun koridorun sonuna baktı. Orası da giriş gibi bembeyazdı ve floresan ışıkların altında parıldıyordu. Koridor yirmi metre kadar bir uzunluktaydı ve kolları iki yana ayrılıyordu.

Ayrım noktasına geldiğinde Nava, kalın sesli iki adamın konuştuğunu duydu. Durup ne yapabileceğini düşündü. Ateş açmak istemiyordu, çünkü ıskalarsa biri alarmı çalıştırabilirdi. Ama ikisini de ateş etmeden saf dışı bırakabilirse, koridor boyunca boş duran depolardan birine saklayabilirdi adamları. Öte yandan biri fırsat bulup da tetiği çekerse, burada olduğu anlaşılacaktı. Hemen karar vermek zorundaydı.

Silah kullanmamaya karar verdi. Tabancaları ceplerine sokup göğüs göğüse çarpışmaya hazırlandı. Aslında çıplak elleriyle daha iyiydi ama işler zorlaşırsa bıçağını kullanacaktı.

Öncelikle, bu iki adamı birbirinden uzaklaştırmak gerekiyordu. Önce birini indirip sonra diğeri ne olduğunu anlamadan onu ele almak daha kolay olacaktı. Geriye doğru birkaç adım atıp bir kapı girişine doğru saklandı. Sonra da hapşırdı, daha doğrusu hapşırırmış gibi bir ses çıkardı. Bu aslında en eski numaralardan biriydi ama Nava'nın deneyimleri ona en iyi numaraların en eski numaralar olduğunu göstermişti.

Adamlar konuşmayı kesti. Dinlediklerini hissedebiliyordu, en ufak sesi duymak için kulak kabartıyorlardı. Nefesini tuttu.

"Bir ses duydun mu?"

"Biri hapşırdı sanki."

"Evet. Sen burada kal. Ben gidip bakacağım."

Koridor ayak sesleriyle yankılandı. Adamın burnunun dibine kadar gelmesini bekledi Nava. Sonra saniyenin dörtte biri kadar bir süre göz göze geldiler ve Nava saldırdı. Adam iki metrenin üstünde, yüz kilodan ağır, sarı saçlı, kalın kaşlı biriydi. Elinde de hemen savurduğu ağır bir cop vardı. Nava ona doğru uzanıp kolunu yakaladı. Yüklenmeye devam ederek adamın bileğini büktü ve omzunun üzerinden savurmak için eğildi.

Ama adam çok hızlıydı ve diğer kolunu kaldırıp eliyle bileğinin birleştiği yeri kullanarak Nava'nın göğsüne sert bir darbe indirdi. Nava bir an için nefes alamayınca adamın elini bıraktı. Diğer nöbetçi bir şeyler döndüğünü anlamadan önce birkaç saniyesi vardı. Artık nazik davranacak zamanı kalmamıştı.

Adamı omuzlarından tutup dizini tüm gücüyle kasıklarına geçirdi. Hayalarının ezildiğini hissetti. Bayıltıcı darbeyi ensesine indirdiğinde yüzü çoktan bembeyaz kesilmiş olan adam, yığılıp kaldı.

Yere düşen copunun sesini duyan arkadaşı "McCoy iyi misin?" diye seslendi.

Biraz uyanık davransa işi araştırmaya koyulmadan önce alarmı çalıştırırdı. Ama gündelik işlerde çalışan çoğu güvenlikçi gibi o da fazla yetenekli değildi. Nava'nın hâlâ bir şansı vardı. McCoy'un copunu kaptığı gibi köşeyi döndü.

Bu güvenlikçi daha kısa boyluydu, ama halterci gibi bir yapısı vardı. Nava copu onun dizlerine fırlattı. Adam birden eğilip sopayı alınca, kendini savunmasız bırakmış oldu. Bu bir daha asla yapmayacağı bir hataydı.

Nava yarım daire şeklinde dönerek botunun tabanıyla adamın

kafasına tüm gücüyle tekme attı. Adam düşmedi, ama birkaç saniye kendine gelemedi. Nava da bunu istiyordu zaten. Dirseğiyle ensesine vururken, kaldırdığı diziyle de adamın çenesini dağıttı.

Adam bayılarak yere yığıldı.

Bir dakika içinde, iki güvenlikçiyi de yüklenip bir depoya tıktıktan sonra, beyzbol şapkasını çıkardı ve beyaz bir laborant önlüğü giydi. Koridor boyunca C10'a doğru ilerledi.

Bir sonraki güvenlik kapısından geçince, çok uzun gibi görünen ve nerdeyse iki kişinin yan yana geçemeyeceği kadar dar görünen bir koridora geldi. Her üç metrede bir, birer kapı vardı. Otuz metre kadar ilerideki bir kapının iki yanında nöbetçiler duruyordu. Orası C10 olmalıydı.

Koridor boyunca yürürken kısıtlı seçenekleri gözden geçirdi. Adamların dikkatini herhangi bir şekilde dağıtamazdı, saklanacak bir yer de yoktu. İkisini de indirecek kadar yaklaşabilirdi belki, ama bundan emin değildi. Çıplak elle saldırabilirdi. Öyle yaparsa bu dar koridorda biraz avantajlı durumda olurdu, çünkü o iki iri adamdan daha rahat hareket edebilirdi burada. Ama eğer onu bir şekilde alt ederlerse kaçacak yeri olmazdı; bir saniyede işini bitirirlerdi.

Hayır, çıplak elleriyle girişmeyecekti. Diğerlerini halletmişti, ama şansı sonsuza dek yaver gidemezdi. En büyük avantajı onları hazırlıksız yakalamaktı ve bunu kullanacaktı.

C6'nın kapısına geldiğinde elindeki kâğıtları yere düşürdü. Güvenlik görevlilerinden biri başını kaldırıp baktıysa da onu Forsythe'nin asistanlarından biri sanıp ilgilenmedi. Kâğıtları toplarken onlara sırtını dönüp susturuculu 9 milimetreliğini koltuğunun altından alıp beyaz önlüğünün cebine koydu.

Aslında uyuşturucu tabancayı kullanmayı tercih ederdi ama hata yapmak istemiyordu. Gerçek bir mermi tam istediği yere isabet etmese bile hedefi yavaşlatırdı. Nöbetçiler birbirlerine yakın durduklarından yalnızca birini vurabilirdi. Daha yakına gitmesi gerekiyordu.

Nöbetçilere doğru yürümeye devam etti. Kâğıtları düşürdüğü için utanır gibi başını öne eğince saçları yüzünü gölgeledi.

C8.

Altı metre sonra yanlarında olacaktı. Elini cebine götürdü belli etmeden.

C9.

Üç metre kalmıştı.

Parmaklarıyla tabancanın soğuk kabzasına dokundu. Kapıya gelince durup çekingen bir tavırla nöbetçilere baktı. Uzun boylu olanı kaslı ve ince yapılıydı. Belli ki kendine iyi bakıyordu. Diğeri ise daha iri yarıydı.

Adam kulaklığına dokunup “Evet,” dedi. “Ben Dalton.”

Nava irkildi. Diğer nöbetçileri buldularsa hemen harekete geçmesi gerekiyordu, ama adam her kiminle konuşuyorsa karşısındakinin durumu anlamasına da izin veremezdi. Beklemeye karar verdi. Dalton denen herifi uyarırlarsa adam daha bir şey yapamadan, bunu gözlerinden anlayacağını biliyordu.

“Tamam anlaşıldı,” dedi Dalton.

Bakışları tehditkârdı, ama tavrında bir değişiklik yoktu.

“Bir şey mi vardı?” diye sordu uzun boylu nöbetçi. Sesi kalındı ve meydan okuyor gibiydi.

“Ben... Şey hastaya bakmam gerekiyor da,” diye kekeledi Nava tedirgin bir genç kız gibi.

Nöbetçi ona sanki dünyanın en salak insanıymış gibi bakıyordu. “Burası yasak bölge. Siz...”

Mermi göğsünü delip geçince konuşamadı.

Tabancasını Dalton'a çevirdi, ama adam bileğine yapıştı ve Nava tetiği çekince mermi tavana isabet etti. Üstlerine plastik ve cam yağdı; ampuller patlamıştı.

Adam onun bileğini büktü, tabanca yere düşünce de boynundan yakalayıp duvara çarptı.

Nava'nın başı taş duvara çarpınca tok bir ses çıktı. Adam boğazını sıktığından, nefes almak için ağzını alabildiğine açmıştı. Sağ elini kıpırdatamıyordu ve adam o kadar yakınındaydı ki tekme de atamazdı. Boşta kalan eliyle böbreğine vurduysa da, darbe hiçbir etki yapmadı. Boğazını sıkmaya devam eden adamın sıcak nefesini ensesinde hissedebiliyordu Nava.

Dalton gözlerinin içine bakınca onu tanıdı. "Seni öldürmüştüm Vaner."

Gözlerinin önünde noktalar uçuşan Nava, on saniye sonra bayılacağını biliyordu. Ağzını açıp kapadı, nefes almaya çalıştı, ama işe yaramadı. Adam çok güçlüydü. Son bir gayretle dizini göğsüne çekti. Sağ ayağı uzanabilmişti.

Çizmesine zorlukla uzanıp bıçağını çekti. Tam o sırada başı duvara çarpınca neredeyse düşürecekti elindekini. Son bir çabayla bıçağın sapını sıkı sıkıya kavradı ve kolunu savurup adamın sırtına sapladı. Bıçak saplandığında Dalton daha da sıktı boğazını. Ama Nava bıçağı daha da derine itti ve omzuna iyice soktu. Tendonu yırtılan Dalton çığlık atarak onu bıraktı.

Nava nefes nefese dizlerinin ve ellerinin üstüne kapaklandı. Neredeyse bayılacaktı ama buna izin vermedi, kanlı ellerini yere dayadı ve acıya odaklandı. İşi bitirmeden derin bir nefes aldı. Dalton'u susturmak zorundaydı. Adam üstünde debeleniyor, bıçağı çıkarmaya çalışıyordu. Bir eli hareketsiz duruyor, diğeri ise sırtına uzanmaya çalışıyordu çaresizce.

Elini uzattı, adamın sağ ayağına yapışıp çekti onu. Adam sırtüstü yere yapışınca boynu büküldü. Gözlerinden acı ve öfke okunuyordu.

Nava derin bir nefes daha alıp onun üstüne atıldı ve beline oturdu. Bıçağı doksan derece çevirerek saplandığı yerden çekip çıkardı. Yıkılan bir barajdan akan su gibi kan fışkırıyordu yaradan.

İki eliyle tuttuğu bıçağı başının üstüne kaldırarak Dalton'un göğsüne sapladı; bıçak adamın kalbine girmeden önce iki kaburgasını parçalamıştı. Başı öne eğilen adam son nefesini verirken gözleri açık bir halde yere serildi. Altındaki beden hareketsizdi artık, Nava cansız bir adamın üstündeydi.

Hâlâ nefes almakta zorlanan Nava boynunu ovuştururken etrafına bakındı. Daha önceki iki nöbetçiyi hallettiği kadar temiz bir iş çıkaramamıştı. İnce olan nöbetçi bacaklarını açmış yerde yatıyordu, göğsünden kanlar akıyordu. Vurulduktan sonra bir an daha yaşamış olmalıydı çünkü iki eli de kan içindeydi. Yerde de kanlı parmak izleri vardı.

Dalton'un yarasından da oluk oluk kan akmıştı etrafa. Kan olmayan yerlerde de plastik ve cam parçaları vardı. Ortalık iyice dağılmıştı. Koridora giren birinin durumu fark etmemesine imkân yoktu.

Saat 10.55'ti. Ortalık cehenneme dönmeden önce yalnızca beş dakikası vardı. Kurşunlardan biri lambayı patlattığı için en azından ortamda fazla ışık yoktu.

Nava önce koridorun aydınlık kısmına baktı, sonra da Caine'nin kapısındaki karanlığa.

Aklına bir fikir geldi.

Crowe, içinden okkalı bir küfür etti. Kapının dışında silah seslerini duyduğu anda bunun Vaner olduğunu anladı. Monitöre baktığında Esposito ölmüştü, kan gölünün ortasında yerde yatıyordu. Son olarak kameradan Dalton'un, Vaner'in bileğine yapıştığını görebildi, sonra kamera devre dışı kaldı. Herhalde kurşun tavandaki kameraya isabet etmişti.

Crowe, omuz askısındaki 45 mm'lik SIG Sauer'i eline alarak kapıya koştu. Dalton'un bağırdığını duydu. Tam kapıyı açmak üzereyken bir çarpma sesi duydu ve ses birden kesildi. Vaner onu silah kullanmadan öldürmüştü büyük ihtimalle. Crowe, kapıyı açmadı, çünkü Vaner hâlâ hayattaysa bu odadan bir nöbetçinin çıkmasını bekliyor olacaktı. Eğer öyleyse de daha tetiği çekemeden vurmuş olacaktı onu.

Jeffreys, Esposito, Gonzalez, McCoy ve Rainer; acaba herhangi biri hayatta kalabilmiş miydi? Hiçbiri özünde iyi birer insan değildi, ama ölmeyi de hak etmiyorlardı. Altı özel uzmanın yeterli olacağını düşünmüştü. Belli ki kaçak CIA ajanını hafife almıştı. Kadın ölümden dönmüş, altı adamı da öldürülmüştü. Planı suya düşmüştü, kadın bir tek nöbet yerlerindeki kameralarda yanlış oda numaralarının yazmasını yutmuştu. Tüm bu süre boyunca, David Caine'ye doğru gitmek yerine, ondan uzaklaşmış ve onun ofisine doğru gelmişti.

Duvardaki dikdörtgen kilidin ışığı birden yeşil oldu. Biri elektronik kilidi açmıştı. Crowe geri çekilirken tabancasını kapıya doğru doğrulttu. Parmağı tetikte bekliyordu, kadın içeri girdiği anda kurşunu yiyecekti.

Kapı açıldı ve ayakta zar zor duran Nava yığılır gibi girdi odaya. Kadın daha bir şey yapamadan Crowe tetiği çekti. Yarım saniye içinde yerde kan, beyin parçacıkları ve hatta kafatası parçaları vardı.

Nava kapıyı açtığı anda bunların hepsinin bir kandırmaca olduğunu anladı. Beyni bu bilgileri özümserken tren garındaki esmer adamı tam karşısında buldu. 45'liğini ona doğrultmuştu. Nava bir an için ölürken canının acıyıp acımayacağını düşündü. Daha önce de vurulmuştu; iki defa omzundan, bir defa da bacağından, ama bunlar ciddi yaralar değildi. Kanlı ve acılı yaralardı, ama ölümcül değil. Bugün öyle olmayacaktı.

Adamın bu mesafeden ıskalamasına imkân yoktu.

Patlama sesini duymadan önce mermiyi hissetti. Dalton'un gözünün altından girmişti. Karanlık koridoru boşaltmak için adamı omzuna atıp odaya getirdiğinde cansız başı omuzundaydı.

Dalton'un beyni bir karpuz gibi dağılınca kadının üstü başı sıcak, yapış yapış kanla kaplandı. Eğer ölü adamı yüklenmeseydi kurşun şimdi onun kalbine isabet etmiş olacaktı. Ama mermi nöbetçinin beynini dağıtmış ve onu sıyırıp geçmişti sadece. Nava, Caine'nin öngörü becerisinin kendine de bulaştığını düşünmeye başladı.

Ama buna güvenemezdi. Başsız cesedi yere bırakıp kendini kanlı koridora doğru attı. Sağ tarafına düşüp kanlı zeminde kaydı ve 9 milimetreliğine ulaşmaya çalıştı. Ama tabancası yoktu, çünkü cebine geri koymayı unutmuştu. Ayağından birkaç santim ötede açık kapının dibinde duruyordu tabanca. Yüz metre ileride de olsa bir şey değişmezdi. Esmer adam bir saniye sonra üstüne atılacaktı. Tabancasına zamanında ulaşmasına imkân yoktu. Bilekliğindeki panele bastı. İşte o acil an gelmişti.

Nava daha önce asla hayatını başkalarının eline bırakmamıştı. Bunun işe yaramasını beklemiyordu.

Sırtüstü yatarken kemerindeki bıçağı çekti ve kolunu hazırlayıp bir mucize olmasını bekledi.

Grimes yiyeceği şekerlemeleri dikkatle seçiyordu. Yeşil çizgili beyazları seviyordu en çok. Birden monitörde yanıp sönen kırmızı bir nokta belirdi. Kulaklıklarında da yüksek sesle Star Trek'in müziği çalmaya başladı. Oturduğu yerde doğrulup ağzına bir şeker attı. İşte oyun başlıyordu.

Kırmızı noktaya iki kere bastı ve neler olacağını seyretmeye koyuldu, daha doğrusu dinlemeye hazırlandı. Bir an için bir suç işleyip işlemediğini düşündüyse de sonra bunu umursamadı, artık ABD hükümeti için çalışmıyordu ne de olsa. Bunun yerine gizli banka hesabına yatan paraya baktı.

Dr. Jimmy her şey bitince çıldıracaktı, bu da Grimes'i ayrıca mutlu edecekti. Bunu düşünmek parayı düşünmekten bile zevkliydi. Neredeyse daha zevkliydi, ama para kadar tatmin edici değildi.

Crowe, cesedin yanından geçerken olanları anladı. Vurduğu Dalton'un kafasıydı, Vaner'inki değil. Ama kadının şansı ancak buraya kadar yaver gitmişti, çünkü tabancası karşıdaki kapının dibinde duruyordu. Koridorda yatan Esposito'nun tabancası ise hâlâ belindeydi.

Dalton'un üzerinden atlayıp sakince koridora, Vaner'i öldürmeye gitti. Tam koridora çıkacakken ayağını gördü kadının. Kadın zaten geldiğini biliyordu, ateş etmeyip onu kaçırmak niyetinde değildi. Bu bir James Bond filmi değildi, gözlerinin içine bakıp ukalalık edecek hali yoktu. Bu gerçek hayattı ve burada riske girilmezdi.

Yürürken tetiği çekti.

Elektrik şoku yemiş gibi acıdı canı Nava'nın. Mermi ayakkabısının tabanından girince sanki bütün sinirleri aynı anda gerildi. Bacağını geri çekerken dilini ısırdı bağırmamak için. Eğer bu, hayattaki son anı olacaksa, bağırarak gitmek niyetinde değildi. Sırt üstü yatıyor olması zaten yeterince kötüydü, hep ayaktayken öleceğini düşünmüştü.

Kapı eşiğinde durduğunda esmer adamın gölgesi koridoru kapladı. Bıçağı tutan elini titretmemeye çalıştı, acıdan dişlerini sıktı adamın kapıdan çıkmasını beklerken. Adam onu öldürecekti, ama o da ona asla unutmayacağı bir sürpriz yapacaktı.

Ve o anda olan oldu.

Işıklar bir anda sönünce dünya karardı.

Nava bilekliğine basarak bunun sinyalini verdiği halde, o da şaşırmıştı olanlara. Toparlanıp ışık hızıyla hareket etti. Ayağının acısını umursamayarak doğruldu ve ileri eğildi. Eğer adam botunu hâlâ görebiliyor olsaydı her şey değişirdi.

Kolunu geri çekip bıçağı fırlattı. Bir yere saplandığını, ardından da birinin inlediğini ve metal bir şeyin taş zemine düştüğünü duydu. Crowe silahını düşürmüştü, yani hâlâ bir şansı vardı. İleri doğru eğilip eliyle kanlı zemini yokladı; karanlıkta bir yerde duran 9 milimetreliği arıyordu çılgınca.

Ve buldu. Kabza elindeydi.

Tam tabancayı kaldırmak üzereyken ağır bir ayak bileğine bastı. Adam bilek kemiklerini un ufak ederken Nava acıyla bağırdı. Ateş etmeye çalıştı, ama acı onu paralize etmişti. Crowe, silahı almak için eğildi.

Boş eliyle silaha sarılan Nava tetiği buldu. Karanlıkta adamın nerede olduğunu unutmuştu ama bunun bir önemi yoktu. Eğer hemen ateş etmezse birkaç saniye içinde ölecekti. Tetiği çekti. Hedefi vurduğunu umdu, çünkü artık gücü kalmamıştı.

Crowe kurşunun başparmağıyla işaret parmağının arasından girişini hissetti. Canı yandı ama bu umrunda değildi. Tabancayı tuttuğu için istediğini yapabilmişti, kadın hedefi can alıcı bir yerinden vuramamıştı. Vaner'in tabancasını metal kapıya doğrulttuğunda böyle düşünmüştü Crowe.

Ama merminin sekeceğini düşünememişti. Vaner'in bıçağı göğsüne saplanmamış olsa bu sorun olmayacaktı ama... Ama bıçak göğsündeydi. Kapıdan seken kurşun da adamın göğsüne doğru geldi ve bıçağın kabzasına çarptı. Merminin gücüyle bıçak dönüp kalbindeki sol ventrikülü parçaladı. Crowe'nin kardiak kasından akan kan kalp boşluğunu doldurdu. Kalbi hâlâ pompalıyor ama bedenine kan gitmiyordu. Yere bir kaya gibi yığılıp Vaner'in üstüne düştüğünde burun burunaydılar neredeyse.

"Caine nerede?" dedi zar zor nefes alan kadın.

Crowe'nin birkaç saniyesi kalmıştı. Bir daha Betsy'i göremeyeceğine inanamıyordu... Sonra notu hatırladı. Gözlerini kapayıp notu hatırladı çok geç olmadan. Başaramayacağını düşündüyse de hatırladı.

Martin Crowe'ye özel:

Nava nerede olduğumu sorduğunda ona söyle.

Betsy'yi ancak bu şekilde kurtarabilirim.

-David Caine.

Birden, bu notun neden yazıldığını anlayıp kendini son bir kez toparladı.

"D10," dedi. "Söyle ona... Söyle... Ben... Üzerime düşeni yaptım."

Beyni dağılırken inanılmaz renkler gördü, küçük kızıyla gökkuşağının peşine düştükleri bir öğleden sonrayı hatırladı. Eğer ölüm buysa, o kadar da kötü değildi. Ve birden beyni durdu: Martin Crowe son nefesini vermişti.

33

Karanlık iyiydi. Aydınlıktan iyiydi. İlaçların etkisi geçiyordu. Caine artık kaçabilirdi. Bedenini değil ama zihnini kurtarabilirdi. Kendini *HerAn*'a bıraktı, burada zaman zaten soyut bir kavramdı. Ş*imdi*'ye, geçmişe ve geleceklere bakınca bu sefer farklı bir şey sezdi.

Bu sefer tek başına değildi.

...

Bir kadın var. Hem genç, hem de çok ama çok yaşlı. Göremediği halde onun güzel olduğunu biliyor. Onun gibi, Kadın'ın da bilgisi sonsuz. Ama Caine'nin aksine kadın O'nun içinde, O'nun ruhuna akıyor.

Birden her şeyi anlıyor.

Kadın: Anlıyor musun?

Caine: Evet. Gelecek, onu görene kadar şekilsizdir. Bir parayı havaya attığında iki olası gelecek vardır, birinde para yazı gelir, diğerinde tura, ama sen görene kadar ikisi de değildir.

Kadın: Evet. İşte bu yüzden partiküller aynı anda her yerdedir, çünkü aynı anda tüm geleceklerdedirler.

Caine: Ama bu Laplace'nin Şeytanı ile ters düşüyor. Laplace, Şimdi'de her şeyi bilirsen, geçmişte ve gelecekteki her şeyi bilebileceğini söylüyor. Laplace'nin teorisi doğruysa o zaman gelecek önceden belirlenmiş -tekil- ama gelecek tekil değil, sonsuz.

Kadın: Laplace'nin teorisi tamamlanmamış. An'ın geçmişi için doğru, ama geleceğini kapsamıyor.

Caine: Laplace'nin Şeytanı geçmişteki her şeyi biliyor, çünkü geçmiş hep tekil, çünkü tüm ayrımlar ileri doğrudur. Ama Laplace'nin Şeytanı tam olarak geleceği bilemez, çünkü birden fazla var. Laplace'nin Şeytanı tüm olası gelecekleri bilir.

Kadın: Evet. An'ın geleceği olasılıklıdır. Şimdi'lerin hepsini çok belirgin bir şekilde gördüğün için tüm olası gelecekleri görebilirsin, ama bunlar sonsuz. Gerçek, düşüncenin bir yansımasıdır, her öne atılan dalda kendi gerçeğini seçersin, çünkü hangi An'ı düşünmek istediğini seçersin.

Caine: Anlıyorum. Bu Yüzden HerAn'ı gözlerim açıkken göremiyorum, çünkü evreni görürken Şimdi'ye kilitleniyorum ve olası gelecekleri göremiyorum.

Kadın: Evet.

Caine: Ama... Neden ben? Neden ben Şeytanım? Neden başkası değil?

Kadın: Bu da olasılık ile ilgili, aynen çan eğrisi gibi. Herkeste şeytana özgü güçler var aslında. Bazılarının güçleri zayıf, bazılarınınki güçlü. Çok az kişide hiç yok, bu yüzden de birkaçında hepsi olmalı. İşte bunlar da şeytanlar.

Caine: Eğer herkeste bir nebze yetenek bile olsa, bir şeyler varsa, ben neden HerAn'da başkalarını bilmiyorum.

Kadın: HerAn onların bilinçaltında var. Görebiliyorlar, ama anlayamıyorlar. Bazen bir yankı olarak var sadece.

Caine: Bir olayı önceden yaşamışsın veya görmüşsün gibi hissetmek gibi mi?

Kadın: Evet. Bu, An'ın geçmişinde görüldüğü şekliyle olası geleceklerden biri. İnsanlar gördükleri geleceklere giden yolu her zaman izlemezler. Ama izlerlerse ve bu gerçekleşirse, bu bilinçte birden ortaya çıkar; işte deja vu denilen şey de budur.

Caine: Herkesin faklı yetenekleri var demek.

Kadın: Evet, bazılarınınki zayıf, bazılarınınki güçlü. Zayıf olanlar ileriyi göremez. Olası gelecekleri göremedikleri için hareketlerinin sonuçlarını tahmin edemezler. Hayat boyu kör ve aptalmış gibi yaşarlar. Kararları gelişigüzeldir, kararlarının sonuçları da öyle.

Güçlü yeteneği olanlar çoğu şeyi görebilirler, ama gördükleri bilinçaltındadır. İyi fikirlerine 'öngörü', 'içgüdü' ya da 'bir duyguya kapılmak' derler. Aslında bu fikirler HerAn'da gördükleri olası geleceklerden kaynaklanır. HerAn'da herkes için mükemmel ve mutlu gelecekler de vardır.

Güçlü yetenekleri olanlar, gelecekteki kendilerinin kararlarına uyarlar ve aynı şeyleri yaparlar. Bu nedenle de kararları doğrudur, bilinçaltlarında bu kararların doğru olduğunu, onlara mutluluk getireceğini bilirler bir şekilde.

Caine: Benim gibi başkaları var mı? Başka Şeytanlar var mı?

Kadın: Evet. An'da daha çok Şeytan vardır. Socrates, Büyük İskender, Julius Sezar, Moliere, Napolyon Bonaparte, Herman van Helmholtz, Vincent Van Gogh, Alfred Nobel. Hepsi birer Şeytan.

Caine: Hepsinin de benim gibi epilepsisi vardı. Zaten nöbetler de HerAn'ın bize yüklendiği anlar.

Kadın: Evet. HerAn'ı gören Şeytanlar, An'da acı çekerler.

Caine: An'da ne yapmam gerekiyor?

Kadın: Ne istersen onu. Kendi geleceğini seçme ve böylelikle çevrendekilerin de geleceğini değiştirme olasılığın var.

Caine: Ama hangi kararların doğru olduğunu nereden bileceğim? Her şey bir diğerine bağlı. Benim için doğru olan bir şeyi seçip başkasına zarar verebilirim.

Kadın: Kararlar doğru veya yanlış değildir. Kararlarlar karardır. Sen, sana göre en iyisini seç.

Caine: Ama nasıl seçeyim?

Kadın: O sana bağlı.

♠

"Grimes! Neler oluyor?"

"Özür dilerim Dr. Jimmy. Elektriklerde bir sorun var."

"Bana bunları anlatma," diye bağırdı Forsythe telefonda. Çıldırmak üzereydi. "Sorunu hallet. Bunu yapabilecek misin?"

"Bana baksana," dedi Grimes, "Elimden geleni yapıyorum. Bu konuşma bitmiştir." Telefonu kapadı.

Forsythe yumruklarını sıktı. Salak herif. İşler hallolur hallolmaz hemen başkasını işe alacaktı, Grimes'in beceriksizliklerinden bıkmıştı.

İki yönlü aynaya döndüğünde hiçbir şey göremedi. Bir tek kendi nefes alışını duyabiliyordu. Bu penceresiz mekânda tek bir ışık huzmesi bile yoktu. Kalbi hızla çarpıyor, bu kara peçeyi yok edebilecekmiş gibi gözlerini sürekli kırpıştırıyordu, ama bu bir işe yaramıyordu. Gözlerini açması veya kapaması hiçbir şey fark ettirmiyordu.

Birden kalbi sıkıştı. *Tanrım... Beta deneği.* Karanlık olduğunda gözlerinin açık olması hiçbir şey fark ettirmezdi ki. İlaç dozları bilgisayarla ayarlanıp verildiğine göre, elektrik olmayınca uyuşturucu da verilmiyor demekti. Yani denek on dakikaya kalmaz uyanırdı. Forsythe birden eskisinden bile daha fazla korktu. Telefonu kaldırıp Grimes'in numarasını çevirdi.

"Hemen ışıkları aç!" diye emretti.

"Olur," dedi Grimes dalga geçer gibi. "Ben de aslında aynen öyle yapmayı planlıyordum. Aynı şeyi düşünmüşüz, sen benden uzun yaşayacaksın Jimmy."

"Grimes, ciddiyim. Anlamıyorsun, ışıkları hemen yakman çok önemli."

"Elimden geldiğince hızlı çalışıyorum. Ama seninle telefonda konuşmak beni ya-vaş-la-tı-yor." Son kelimeyi hece hece söylemişti, sanki vurgulamak ister gibi. "Bana söyleyeceğin başka bir şey yoksa, bırak da işimi yapayım."

"Yap!" dedi Forsythe.

Telefonu çarparak kapatırken kalbi hızla çarpıyordu. Bir şeyler yapmalıydı. Ama ne? Terli ellerini önlüğünün ceplerine sokup odada volta atarken nefes almaya çalıştı. Üç adım atınca dizini dosya dolabına çarptı. "S...ktir!" diye bağırdı acıyan dizine yapışarak.

Karanlıkta uzanarak sandalyesini buldu ve dizini ovuşturarak oturdu. Ellerini cebine soktu ve ince bir şey hissetti. Unutmuştu bunu. Cebinden çıkarıp yanındaki düğmeye bastı. İncecik el fenerinin ışığı ortalığı aydınlatınca bir an için gözleri kamaştı.

Forsythe rahatlayarak iç geçirdi. Işığı iki yönlü aynaya yansıttı ama bir tek kendini ve duvardaki gölgesini gördü. Deneğe bu şekilde ulaşamazdı ama eğer odasına girer ve ışığı gözlerine tutarsa, ışıklar gelinceye kadar bir şey yapamazdı Caine.

Forsythe, feneri kullanarak kapıya kadar gitti ve açmaya çalıştı. Kilitliydi. Ama bu mantıklı değildi, çünkü kapı asla içeriden kilitlenemezdi. Elektrikli kilitler hep dışarıdan işliyordu.

Tanrım! Kilitler de elektriğe bağlı.

Kolu bir kez daha çevirdi, ama bunun bir işe yaramayacağını biliyordu. Kendi gölgesine bakarak aynanın diğer tarafında neler olduğunu merak etti.

Panikleyerek kapıyı yumruklamaya ve bağırmaya başladı.

Nava neden bayılmadığını anlayamıyordu. Acaba ayağındaki sancıdan mıydı, yoksa zonklayan bileğinden miydi, yoksa boynundan oluk oluk akan kandan mıydı? Yüzünü eliyle sildi. Elinde yapış yapış kan vardı başından çektiğinde, ama bu Nava'nın kanı değildi.

Adamı omzundan itip nabzını yokladı; atmıyordu. Rahatlayarak iç geçirdi. Saatine baktı: 11.01. Yedi askeri de alt ettiğine göre artık alarm çalsa da endişelenecek bir şey yoktu, ama daha tamamlaması gereken bir iş vardı.

Grimes ona, elektriği kestiği anda binadakilerin yer altındaki laboratuvara bir ekip yollamalarının on dakika süreceğini söylemişti. Normalde altı tane güvenlik görevlisini gözü kapalı hallederdi, ama şu haliyle bunu yapabilecek durumda değildi.

Bilekliğine bakılırsa Caine'yi kurtarmak için sekiz dakika on beş saniyesi vardı.

Nava esmer adamın Sig Sauer'ini eline aldı. Sol ayağına basamıyordu ve zemin kanla kaplı olduğu için kaygandı. Ayakta durmayı başarınca, duvara yaslandı nefes nefese kalarak. Bir an için bayılacağını düşündü. Kırık bileğini yerine oturturken sancıdan sanki kemikleri bile bağırdı.

Gözleri açıldı. Sırt çantasını dişlerinin arasında tutmaya çalışırken, diğer eliyle fermuarlı bölmenin içini aradı. Gece görüşü gözlüklerini takıp olanca hızıyla koridorda ilerledi.

İş işten geçmeden önce David'e ulaşması gerekiyordu.

Grimes kulaklığını çıkarırken kıkırdıyordu. Dr. Jimmy nöbet geçiriyordu. İnanılmazdı. Çıldıran adamı kayda almayı çok isterdi. Sonra da bağırışlarını bilgisayarına fon müziği olarak yüklerdi. İşte bu muhteşem olurdu. Gelecek sefere bunu kesinlikle yapacaktı. Tabii Dr. Jimmy bu arada kalp krizi geçirip de ölmezse.

Her şey o kadar kolay olmuştu ki... David Caine'nin ne kadar akıllı ve cesur olduğuna inanamıyordu. Caine nasıl anlamıştı saksının içine bir alıcı yerleştirdiklerini, bir de önüne oturup planını anlatmıştı... İşte bu cesaret isteyen bir şeydi.

Eğer Grimes bu kaydı görmeseydi, Caine hapı yutmuş olacaktı. Dahası mesajı Grimes yerine Forsythe görseydi, o zaman Caine'nin manitası bir tuzağa düşecekti. Ama David Caine'nin şansı yaver gitmiş ve her şey planladığı gibi olmuştu.

Caine'nin evindeki kayıtları ilk gördüğü anı düşündü Grimes. Tam Crowe'nin ekibi gelmeden önceydi bu. Caine'nin dudaklarını oynattığını görünce sesi açmış ve hayatının sürpriziyle karşılaşmıştı.

"Bu Steven Grimes'e bir mesajdır. Beni dinlediğini biliyorum. Martin Crowe beni yakalamaya geliyor. Beni yakalayınca kaçmak için senin yardımına ihtiyacım var. Yardım edersen 1 milyon dolar kazanacaksın. Şunları yapmanı istiyorum..."

Caine ayrıntılı bir şekilde anlatmıştı kaçış planını. Grimes'e ışıkları kapattırması dâhiyaneydi. Bir barı arayıp Nava'yla görüşmesini söylemişti Grimes'e, ona planı anlatacaktı. Nava, parayı Cayman Adaları'ndaki gizli hesabına yatırdıktan sonra da Grimes ona şemaları ve alarm kodlarını yollamıştı. Sonra da sahte kimliği yapmış ve bilekliği tasarlamıştı. Bunları da dışarıda Forsythe'nin arabasının altına bırakmıştı. Hayatında o kadar çok parayı hiç bu kadar kolay kazanmamıştı.

Caine'nin kaçmasını istiyordu, umuyordu daha doğrusu. Eğer operasyon başarılı olursa, Nava ona yarım milyon dolar daha vaat etmişti. Dr. Jimmy'yle çalışmak sandığından daha da kârlı bir işti.

Grimes'in kulaklığı titreşti. "Ben Grimes."

"İçeride kilitli kaldım!" Forsythe gerçekten keçileri kaçırmak üzereydi.

"Ne?" diye sordu Grimes gerçekten anlamayarak.

"İçeride kilitli kaldım. Tüm kapılar elektronik, salak herif."

"Haa, anladım," dedi Grimes gülmemeye çalışarak. "Unutmuşum. Olduğun yerde kal. Birkaç dakikaya kalmaz elektriği devreye sokuyorum."

"Ne demek olduğun yerde kal? Hemen birini gönder, beni buradan çıkarsın."

"Dr. Jimmy, şu anda elimde acil bir iş var dedim ya sana. Odadan çıksan nereye gideceksin ki zaten? Binada elektrik yok."

"Deneğe ulaşmam gerek!" Forsythe artık keçileri kaçırmış, kıvama gelmişti. "Beni anlıyor musun salak herif? Deneğe ulaşmam gerekiyor, yoksa hepimiz boku yeriz. O yüzden hemen. Anladın mı, hemen birini yolla!"

"Tamam, tamam," dedi Grimes. "Birini yollarım. Şu işi..."

"Hemen dedim" dedi Forsythe garip bir sakinlikle. Bu hali daha tedirgin ediciydi sanki. "Şimdi. Hemen birini yolla."

"Tamamdır. Başka?"

Forsythe bir şeyler homurdanıp telefonu yine yüzüne kapadı. Grimes bir an için irkildi. Forsythe'nin sesinde hissettiği dehşet onu da etkilemişti. Forsythe'ye cehennem azabı çektirmeyi seviyordu ama belki de birini göndermeliydi, çünkü işini kaybederse böyle ek işler de yapamazdı.

Ne? Çıldırmış olmalısın.

Sırf Dr. Jimmy karanlıktan korkuyor diye yarım milyon doları riske atacak değildi. İletişim sisteminin numarasını çevirdi, sistemin kodunu girdi ve uygun seçeneği tuşladıktan sonra da telefonu kapadı. Eğer Forsythe onu işten kovacaksa, kovabilirdi.

Uzun bir tatile çıkacak kadar parası vardı nasılsa.

Çevresini saran karanlığın içinde Forsythe'nin kalbi çok hızlı çarpıyordu. Küçük fenerin ışığı korkusunu yenmesine yardımcı olmuyordu. Neden birinin gelip kapıyı açması bu kadar uzun sürüyordu ki? Grimes'i arayalı beş dakika olmuştu. Karanlıkta parlayan saatine baktı. Daha doksan saniye olmuştu aslında. Yine de bir buçuk dakikada, nöbetçilerden birinin gelip onu çıkarmış olması gerekiyordu.

Önündeki siyah aynaya baktığında, saatinden yansıyan ışıktan sadece kendisini gördü. Çok geç olmadan yandaki odaya ulaşmalıydı. Denek her an kendine gelebilirdi. Hâlâ biraz Thorazine'nin etkisi altında olacaktı, aslında uyanıp da kaçmaya çalışma olasılığı çok düşüktü...

Olasılığı düşük müydü? Kendi kendini azarladı. Artık düşük olasılıklı diye bir şey yoktu.

Ahizeyi kaldırıp yine Grimes'i aramak istediğinde, hatlar kesilmişti. Düğmeye basıp dua ederek bekledi.

Hat hâlâ kesikti.

Ahizeyi telefona vurdu, vurdu, vurdu ve artık delirmeye bir adım daha yaklaşmıştı.

♠

Nava derin derin nefes alarak kapıya yaslandı. Koridor boyunca iki defa durup dinlenmek zorunda kalmıştı. Sol ayağı ağırlaşmıştı. Attığı her adımda mide bulandırıcı bir şekilde kan fışkırdığını duyabiliyordu. En azından çizmesinin demir ucu yüzünden mermi hâlâ ayağındaydı ve çıkış yarası yoktu, yani kanı oluk oluk boşalmıyordu.

Kan kaybından bayılmadan önce ne kadar ayakta kalabileceğini düşündü. En fazla on beş dakika. Neyse, yakında öğrenecekti bunu zaten. Son bir nefes aldı, olabildiğince dik durarak zorladıysa da kapı açılmadı. Cebinden adamın parmağını çıkarıp tarayıcıya bastırınca da hiçbir şey olmadı.

Kahretsin.

Elektronik kilitler de işlemiyordu. İki adım geri çekildi. Sırt çantasından çıkardığı tabancayla kapı koluna üç el ateş etti. Açılan kapıdan geçip koridor boyunca ağır aksak yürümeye devam etti. Geldiği yöne doğru gidiyordu. Aydınlıkken rahatsız edici olan bu koridor, ışıklar sönünce korkunç ve klostrofobikti. Burada, yerin on metre altında ölmek istemiyordu.

Odaklanmalıydı. Caine'ye odaklanmalıydı. Hedefine, amacına.

Sonunda duvarda üstünde D Blok yazan levhayı gördü; yaklaşıyordu. Güvenlik sistemine ilk baktığında David'i kardeşinden bu kadar uzağa koymaları garibine gitmişti. Aslında, Jasper D8'deydi, David de hemen yanı başındaydı.

En yakınındaki kapıya yaslanıp nefes aldı. D6'daydı. Neredeyse gelmişti. Derin bir nefes verip yoluna devam etti. Hava ağırlaşmasına rağmen birden soğuktan ürperdi; kan kaybından üşümeye başlamıştı.

Bir adım daha atmaya zorladı kendini... Sonra bir adım daha. D8. Bir adım daha. Yaklaşıyordu. Koridorun sonundaki odaya sürükledi kendini ve son damla adrenalin sayesinde birden enerji hissetti. D10'un dibindeydi, silahını kaldırdı.

Caine bu odada olmalıydı. Mutlaka burada olmalıydı. Çünkü eğer değilse, ikisi de buradan sağ çıkamayacaktı. Kapıya nişan alıp ateş etti.

Caine gözlerini açmaya çalıştı ama zaten açıklardı. Beyninde inanılmaz bir ışık gördü. Kollarını kıpırdatamadı. Gözlerini bile kırpamıyordu. Paralize olmuştu. Hayır... Paralize olsa yine de gözlerini kırpabilirdi.

Bir inleme duydu, sonra da sesin kendisinden gelmediğini anladı.

"David konuşabiliyor musun?" diye sordu bir kadın.

Onu tanıyordu... O...

"Ben Nava, Caine. Seni buradan çıkartacağım."

Nava... Onu kurtarmıştı... Arkadaşına götürmüştü... Sonra bir şey olmuştu... Önemli bir şey. O kadar aklı karışmıştı ki, sanki beyninde pamuk vardı. Işık vardı... Biri parmaklarıyla yüzüne dokundu, göz kapaklarına. Bir metalik klik sesi duyulunca artık göz kapaklarını oynatabildiğini farketti. Gözleri kuruyup katılaşmış gibi acıyordu. Acıya rağmen gözlerini kapayabilmek çok güzeldi.

"Ah!" dedi birden sol kolunda bir sancı hissedince.

"Pardon, kolundaki iğneyi çıkarıyorum," dedi özür dileyerek Nava. "Neredeyse çıktı."

Biraz daha acıdı canı. İğne çıkınca koluna kan geldi. Kolunu kanamayı durdurmak istercesine bükmeye çalıştığında, soğuk metal bileklerini kesti. Diğer kolunu da denedi, aynı şekilde o da bağlıydı. Ayakları ve bacakları da metal şeritlerle bağlanmıştı. Hatırlamaya başladı... Yakalanmıştı... Bu odada uyanmıştı, sandalyeye bağlıydı.

Çevresine bakındı. Nava onunla ilgileniyordu, başının üstünde bir çift gözlük vardı. Masanın üstüne koyduğu bir ışıktan oda aydınlanmıştı. Gölgeler vardı her yerde. Nava göremeyeceği bir yere doğru eğildi. Sonra bir şeyin yırtıldığını duydu. Nava bileğiyle metal kelepçelerin arasına kumaş sokuşturuyordu.

"Kelepçelere Freon sıkacağım, David. Bir an buz gibi olacak."

Caine bir tıslama sesi duydu ve birden metalin altındaki bileği buz keser gibi oldu.

"Hareket etme."

Caine daha Nava'nın ne dediğini anlayamadan cam kırılıyormuş gibi bir ses duydu. Kolunu oynatabiliyordu.

"İyi misin?"

"Evet, galiba," dedi Caine uyuşmuş olan kolunu yavaşça bükerek. Kendini hâlâ yorgun ve hantal hissediyordu. Nava diğer kolunu ve bacaklarını açmaya koyuldu. Tam son metal parçasını spreylemişti ki, Caine bir ses duydu. Sanki duvarlara bir şeyler fırlatılıyordu.

İkisi de sesin geldiği yere doğru döndüler. İlk başta aynada bir karartı gördüler, ama yakından bakınca aynanın diğer tarafında toplu iğne ucu büyüklüğünde bir ışık vardı. Yine aynı ses duyuldu...

Birden Nava ve Caine'nin yansımaları patladı ve ayna binlerce parçaya ayrıldı. Caine uçuşan cam parçalarından korunmak için kolunu kaldırdı. Çevrelerine cam parçaları yağıyordu. Binlerce küçük ayna onlara doğru uçuşuyordu. Birkaçı Caine'ye saplandı. Minik çiziklerden kan akarken Caine kendine gelmeye başladı.

Ama onu tamamen ayıltan, çıldırmış bir adamın bağırtısıydı.

34

Metal sandalye aynayı delip geçerken Nava korumak için Caine'nin üstüne atıldı. Kısa boylu bir adam diğer taraftan odanın içine doğru tırmandı. Bağırıyordu.

"DENEĞİ ALAMAZSIN!"

Nava saldırgana doğru döndü. Adamın yüzü o kadar kızarmıştı ki, neredeyse morarmıştı. Alnındaki bir yara kanıyor, akan kan gözüne girdikçe yarayı siliyordu.

Nava tabancayı onun alnına doğrultarak tetiği çektiğinde bir patlama olmadı, bir tek klik sesi duyuldu. Şarjörü boştu. Nava bir şey yapamadan, adam aralarındaki mesafe boyunca atılıp onu devirdi. Başı yere çarpan Nava'nın boğazını sıkmaya başladı.

Dalton gibi eğitimli bir katil değildi bu ama Nava da artık kendini koruyabilecek durumda değildi. Sol kolunu kullanamıyordu ve kan kaybından halsiz düşmüştü. Üstündeki adamsa aklını kaçırdığı için enerji doluydu. Nava bu şekilde adamı alt edemeyeceğini biliyordu.

Yine de bir şeyler yapmamazlık edemeyeceğinden, uzanıp sağlam eliyle adamın hayalarına yapıştı. Adam ellerini anında boynundan çekip bacaklarının arasına götürerek bağırdı. Nava onu bırakmadı. Parmaklarından kurtulamayacağını anlayan adam yumruğunu Nava'nın suratına indirdi.

Darbenin gelişini göremeyen Nava'nın başı yere çarptı. Elini gevşetince adam üstünden yuvarlandı. Bir yandan bacaklarının arasını tutuyor, bir yandan da inliyordu. Nava ağzındaki kanı tükürüp ayağa kalktı. Caine'yi buradan çıkarmak zorundaydı.

İnleyen adamı umursamayarak Caine'ye döndü. Tabancasının kabzasıyla son kelepçeyi de parçalayıp onu koltuktan indirdi. Caine'nin bacakları halsiz kaldığı için Nava'ya yaslanınca neredeyse ikisi de düşüyorlardı.

"Dikkat et David. Ben de pek iyi durumda değilim."

"Özür dilerim," dedi Caine. "Ben şimdi iyiyim galiba."

"Yürüyebiliyor musun?" diye sordu Nava.

Caine, Nava'nın koluna tutunarak birkaç adım attı. "Evet," dedi kendinden pek de emin olamayarak. "Dengemi bulmakta zorluk çekiyorum, ama yürüyebiliyorum."

Nava başını sallayıp silahına yeni bir şarjör taktı. "Gidelim."

"HAYIR!!!!" diye bağırdı Forsythe.

Yaralı ayağını bir şeyle vurup ezince Nava dizlerinin üstüne kapaklandı. Doktor, ayağına bir cam parçası saplamıştı. Bu kez Nava bağırıp ayağını çekti. Öne doğru kapaklanınca silahı elinden düşürdü. Forsythe öne doğru emeklerken nefes alamıyordu. Sağlam ayağıyla adamın başına vurdu, ama bu onu bayıltmaya yetmedi, emeklemeye devam ediyordu.

Nava kırık camların arasında tabancasını aradı ve sonunda bulup kabzasına yapıştı. Namluyu Forsythe'ye doğru çevirip ateş etti. Tam o anda Caine, Nava'nın eline yapışıp kaldırınca mermi hedefi kaçırdı ve Forsythe'nin arkasındaki duvara saplandı. Forsythe sustu. Oda sessizleşti, sadece silah sesi yankılanıyordu kulaklarında.

Nava şaşkın bir halde Caine'ye baktı.

"Öldürmek yok artık," dedi Caine sadece.

Nava bir an için tereddüt etti ama sonra tabancayı çevirip, kabzayı Forsythe'nin kafasına indirdi. Adam bayılarak yere yığıldı.

"Öldürmedim," dedi nefes nefese.

Caine gözlerini kırpıştırdı. "Jasper'i kurtarmamız gerek."

"Beni takip et."

Nava odadan zar zor yürüyerek çıkarken, Caine feneri yanına aldı. Nava iki kere düşer gibi oldu. Ayağındaki acı artık dayanılmaz bir hal alıyordu. Üçüncü kez tökezlediğinde Caine onu ayakta tutmak için koluna yapıştı.

"Galiba yürümek için yardıma ihtiyacı olan bir tek ben değilim," dedi.

Nava başını sallayarak ileri doğru yürüdü ve "Burada dur," dedi. D8'in önüne gelmişlerdi. Kapıya birkaç mermi sıktı. Caine elinde fenerle odaya girdi.

"Tanrım, Jasper..." diye fısıldadı.

Jasper bir masanın üstündeydi, kolları ve bacakları kalın deri şeritlerle bağlanmıştı. "David..." dedi boğazı kurumuş gibi konuşan Jasper, "Sen misin?"

"Benim Jasper," diye cevap verdi Caine ağlamaklı bir sesle. "Nava da burada."

Caine, Jasper'in bağlarını çözerken Nava soluklanmak için kapıya yaslandı. "Sonuna geldik," dedi kendi kendine. "Neredeyse bitmek üzere..."

Kayarak yere düşmeden önce bayılmıştı bile.

"Nava. Nava. Uyan," Caine, hafif bir tokat attı onun yüzüne. "Hadi, neredeyse sonuna geldik."

Nava gözlerini açtı.

"Ayılıyor," dedi omzunun üzerinden tedirgin bir şekilde bakan Jasper'e. "Yardım et de ayağa kaldırayım." Jasper kadının bir eline yapıştı, Caine de diğerine.

Onu kaldırmaya çalıştıklarında Nava inledi. "Bileğim..." dedi nefesi kesilerek. "Kırık,"

"Tanrım!" dedi Caine ateş tutmuş gibi elini çekerken. "Nava özür dilerim."

"Önemli değil. Sağ elimden çekip kaldırın."

Jasper sağ elinden çekerken, Caine de sol tarafından destek verdi. Nava kalkmıştı ama durduğu yerde sallanıyordu.

"Haydi, gidelim," dedi. "Fazla zamanımız yok."

İki tarafına Jasper ve Caine'yi alarak karanlık koridor boyunca ilerlediler. Yine kurşunlayarak açtığı bir güvenlik kapısından geçtiler.

"Yerde yatanlara dikkat edin," dedi asansörlere geldiklerinde. Yerde bir adam yatıyordu.

"O...?"

"Ölmediler," dedi Nava. Asansörün düğmesine basmak için uzanınca Caine rahatlayarak iç geçirdi.

Ama hiçbir şey olmadı. Asansör gelmiyordu. Ayrıca panelde kabinin hangi katta olduğunu gösteren numaralar da yanmıyordu. Elektrik...

“Elektrik olmayınca asansör nasıl çalışacak?” diye sordu Caine.

Nava alnına vurdu sinirlenerek. “Kahretsin,” dedi. “İki dakikamız var.”

“Sonra ne olacak?” diye sordu Jasper.

“Binanın güvenlik görevlileri doluşuyor bu kata ve hapı yutuyoruz. Hadi.”

Geldikleri koridora döndüler. Yirmi adım sayıp durdular. Nava sırt çantasından gri, hamur gibi bir madde çıkardı ve duvarın dibine yerleştirdi. Sonra üstünde numaratör olan bir kutucuğu yanına koydu.

“Ben işaret verdiğimde, koridor boyunca asansöre doğru koşacağız. Beni sırtlayıp götürmeniz gerekecek. Anladınız mı?”.

“Anladık,” dedi aynı anda ikizler.

Nava numaratöre 0.45 yazıp yeşil düğmeye basmak üzereyken, “Dur!” dedi Caine.

“Caine! Zaman yok...”

“Eğer bombayı burada patlatırsan bu bir zincirleme etki yaratacak ve masum insanlar ölecek. Bombayı biraz yana kaydırmamız gerek. Siz kaçın, ben ayarlarım. Jasper, Nava’yı al!”

Nava daha bir şey yapamadan, Jasper kadının beline yapışıp onu çekti. Caine bombayı söktü ve ilerleyerek başka bir yere yerleştirdi. Zamanını tekrar ayarladı. Yirmi saniyesi vardı. Başaramama olasılığı yüzde 37.458’di.

Ama o kaderini belirlemişti. Arkasına bakmadı.

Nava patlamayı duymadan önce hissedince Caine'ye doğru uçtu. İkisi de yere kapaklandı. Sıcak hava akımının arkasından dev bir patlama duyuldu. Saniyeler sonra son moloz parçasının da yere düştüğünü duyunca Caine'nin üstünden indi.

"Gidelim!"

Caine ve Jasper, onu ayağa kaldırıp yıkılan duvara doğru koştular. Zemin çökmüştü ve duvarda koca bir delik vardı. Nava deliğe bakıp binanın planını hatırlamaya çalıştı.

"Kokuyu siz de alıyor musunuz?" dedi Jasper.

Nava o anda lağım kokusunu aldı ve başını salladı.

"Son patlayıcıyı da şuraya yerleştir, Jasper," dedi Nava. Tavanın yıkılan duvarın üzerindeki bölümünü işaret ediyordu. Jasper, dönüp bakınca, Caine başını salladı.

Jasper işini bitirince, ikizler Nava'yı deliğe indirdiler. İçeri girdiklerinde Jasper onu kucakladı ve omzuna alıp koşmaya başladı. On saniye sonra bir patlama sesi daha duydular. Tavanın bir kısmı çökünce geldikleri yol tıkandı.

Kimse peşlerinden gelemezdi artık.

Jasper lağım kapağını kaldırırken inledi ve tırmanıp kaldırıma çıktı. Sonra dönüp Nava'nın sağlam koluna yapışarak onu da yukarı çekti. Caine de arkasındaydı. Birkaç saniye sonra büyük, beyaz bir araç yanlarında durdu. Direksiyondaki Sergey Kozlov'du. Yan kapı açılınca sakallı bir adam çıktı araçtan.

Caine gözlerini kırpıştırarak "Dr. Lukin, o ağır yaralı," dedi.

"İsmimi nasıl bil..?" Adam Nava'yı görünce birden sustu.

"Aman Tanrım," dedi kadının kolunu alıp omzuna dolayarak. "Onu araca bindirin. Acele etmeliyiz."

Brooklyn Köprüsü'nü geçerken Lukin, bir iğneyle Nava'yı uyuşturdu. Caine ve Jasper de kanamasını durdurmaya çalışıyorlardı. Caine camdan bakınca Manhattan'ın dev binalarını geride bıraktıklarını, Brooklyn'e doğru gittiklerini gördü. Flatbush Bulvarı'nda ilerliyor ve gitgide, daha köhne semtlere doğru yol alıyorlardı.

Caine, gözlerinin önünde kayıp gitmekte olan Nava'ya bakarken fenalaştı. O sırada araç birden acı bir fren yaparak durdu.

Dr. Lukin kapıyı açtı, sedyenin ucundan tutup dışarı atladı. Jasper de aynısını yaptı.

Kendini toplayan Caine peşlerinden koşarak asansöre girdi.

Lukin bir düğmeye bastı ve tam kapılar kapanırken Kozlov da asansöre girip aralarına sıkıştı. Asansör inerken kimse konuşmadı. Bir tek asansörün çarklarının sesi duyuluyordu. Jasper, Nava'nın ayak bileğini sıkıyor, turnike görevi görüyordu. Sonunda asansör durdu ve kapılar açıldı.

Beşi bir arada, nemli bir koridor boyunca koştular ve Lukin anahtarıyla kapıyı açtı. Dairesi hem evi, hem de ameliyathanesiydi. Bir tarafta televizyonunun önünde lekeli bir kanepe, diğer tarafta da bir ameliyat masası vardı. Masanın yanında da ekipman ve onları bekleyen orta yaşlı bir kadın duruyordu.

Lukin ve Kozlov hiç beklemeden Nava'nın baygın bedenini ameliyat masasına yatırdılar. Caine ve Jasper de masadan hemen uzaklaşarak Lukin'e engel olmamaya çalıştılar. Lukin, Rusça konuşarak durumunu anlatıyordu Nava'ya. Ona bir takım aletler takmaya başladı.

Nava'nın kan basıncı düşüktü ve giderek daha da düşüyordu. Kalp ritmi yavaşlıyordu. Lukin ve hemşire olduğu anlaşılan kadın

Nava'nın yaralarına bakarken Rusça konuştular. Lukin duraksadı. Hemşire ona baktı, sonra da Nava'ya döndü. Artık hızlı hızlı konuşmuyorlardı. Sanki her saniye önemliymiş gibi hareket etmiyorlardı artık.

"Ne oldu?" diye sordu Caine.

Lukin onu umursamadı, hemşire ise bir bakış atıp işine döndü.

"Ne!" dedi, artık neredeyse bağıran Caine.

Elleri kan içinde kalmış olan Lukin sessizce bir şeyler fısıldadı ve Caine'ye yaklaştı.

"Çok fazla kan kaybetti. Kurtarabileceğimizi sanmıyorum."

"Kan verin."

Doktor bir an için yere, sonra yine Caine'ye baktı. "Kan grubu 0 RH negatif."

"Yani?"

"Çok nadir bulunan bir kan grubu ve ne yazık ki elimizde yok. Özür dilerim."

Caine geriye çekilip yumruklarını sıktı. Bir yolu olmalıydı. Olmalıydı. Dur... Ne düşünüyordu ki? Bir yolunu bulabilirdi. Gözlerini kapadı ne yapması gerektiğini görmek için. Ama bir şey olmadı. Sadece gözlerinin önünde renkli noktalar uçuşuyordu.

"İyi misi..?"

"Sus da odaklanayım!" diye bağırdı Caine.

Kendini bırakıp hatırlamaya çalıştı. Ağacı gördüğü ve *HerAn*'a girdiği yeri... Ve sanki hep oradaymış gibi sonsuza dek uzanan olasılıklarıyla yine geldi gözünün önüne. Dallara baktı, her bir yolu izledi, sonunda da buldu. O kadar barizdi ki. Karmaşık bir cevap aramıştı, ama basitti.

Caine gözlerini açıp döndü ve kollarını göğsünde birleştirmiş halde onları seyreden Kozlov'a baktı. Lukin'e dönerek "Onun kan grubu 0 RH negatif," dedi Kozlov'u işaret ederek. "Ondan alın."

"Ama... Tehlikeli olabilir. O kadar çok kan kaybetti ki..." Doktor kendinden emin değil gibiydi.

Kozlov, Caine'ye baktı ve "Kan verirsem çıkarım ne olacak?" diye sordu sakin bir sesle.

Caine gözlerini kırpıştırdı. Bir dakika içinde kan verilmezse Nava'nın ölme olasılığı yüzde 89.532'ydi. O yarmayla tartışacak zamanı yoktu. Nava'nın masada duran tabancayı kapıp ateş etti. Mermi Kozlov'un kulağını sıyırıp akasındaki duvara saplanınca, silahı Kozlov'a doğrulttu.

"Yaşamana izin veririm," dedi.

Kozlov tartışmadı, Lukin'e doğru gidip gömleğinin kolunu sıyırdı. Hemşire onu hazırladı, kolunu silince oda alkol koktu. Kadın iğneyi sokarken Kozlov yüzünü biraz buruşturdu. Caine gözlerini kapadı ve rahatlayarak iç geçirdi. Nava'nın kurtulma olasılığı şimdi yüzde 98.241'di. Biri omzunu tuttu. Gözlerini açınca Jasper'in gülümsediğini gördü.

"Seninle gurur duyuyorum ufaklık. Yapabileceğini biliyordum."

Caine de gülümsedi ve ikizinin elini sıkıp yine gözlerini kapadı. Birden, çok ama çok yorgun hissetti kendini. Gelecek konusunda endişeli değildi artık, endişelenmesine gerek yoktu... Her şey kontrol altındaydı.

35

Sonraki birkaç gün sakin geçti. Dr. Lukin onlara çeşitli ağrı kesiciler verip yaralarını tedavi etti. Jasper, Nava ve Caine aynı küçük evde kalmalarına rağmen fazla konuşmadılar. Konuşmalarına gerek yoktu. O kadar yakınlaşmışlardı ki, artık yıllardır birbirini tanıyan insanlar gibi konuşmadan da birbirlerini anlayabiliyorlardı.

Caine *HerAn*'a dalmamaya çalıştı. Bir keresinde girip küçük Bill Donnelly'ye baktı. Üç buçuk kiloluk bebeğin saçları babası gibi sapsarıydı. O bir kere haricinde Caine *Şimdi*'de kaldı. Hatta geçmişi bile düşünmemeye çalıştı. Gerçi Doc'un ihanetinin nedenini anlamak için yanıp tutuşuyordu. Ama bunu öğrense bile bir şey değiştiremeyeceğini biliyordu; o yüzden de *HerAn*'a dalmadı.

Dalmadığı için de engelleyebileceği çok kötü şeyler oldu belki, ama muhteşem şeyler de oldu. Kendini suçlu hissetmedi, çünkü biri olmadan diğerinin olamayacağını biliyordu. O yüzden de evreni kendi haline bıraktı. İnsanların onun müdahalesi olmadan geleceklerini belirlemelerine izin verdi.

Şimdilik bir tek Nava'yı, Jasper'i ve Martin Crowe'ye verdiği sözü umursuyordu. Bunu nasıl yerine getireceğini bilmiyordu hâlâ, ama cevabı yakında bulacağını biliyordu. Bu arada kardeşine odaklandı. *HerAn*'da kardeşinin neden böyle olduğunu öğrenmişti ve neden ilaç vermelerine rağmen zihnini uyuşturmadan onun şeytanlarını kovamadıklarını görmüştü.

Evet, Jasper bir şizofrendi. Ama esas rahatsızlığı bu değildi, bu onun rahatsızlığının bir belirtisiydi sadece. Jasper'in sorunu algılamasıydı. Doktorlar, kardeşinin gerçek olanla olmayanı ayırt edemediğini söylediklerinde, sadece kısmen haklılardı. Aslında Jasper gerçeği çevresindeki sözde aklı başında insanlardan çok daha iyi görüyordu. Ama onun sorunu, tek bir gerçek değil de, aynı anda birkaç gerçeği görmesiydi.

Bir parayı havaya attıklarında ve yazı geldiğinde, Jasper bunun tura gelmesi halindeki olası gelecekleri de görüyordu. Böylece Jasper, her an hem kendi gerçeğini, hem de sonsuz olası gerçeği görüyordu. Bunlar birbirini yansıtan aynalar gibiydi zihninde. Caine kardeşinin biyokimyasallarla değil de bilgiyle, meditasyonla ve gariptir ki satrançla iyileştirilebileceğini biliyordu.

Caine, kahve masasının altındaki tozlu tahtayı gördüğü anda bunu anladı. Parçaları dizince oynamaya başladılar. Jasper'e Ş*imdi*'ye odaklanmayı öğretmek için mükemmel bir oyundu. Hedef tahmin etmek, yenmek ve karşı tarafın hareketlerini kontrol etmekti. Bunu yapabilmek için de Ş*imdi*'yi bilmek gerekiyordu.

İkizler tüm gün boyunca oynadılar. Sürekli oynadılar. Caine küçükken babasıyla da satranç oynadığını hatırladı ama kaybettiği babasının ardından üzülmektense, onu hatırlayıp mutlu oldu. Babasını hatırladığı sürece, o hep onunla olacaktı.

Ama daha önemlisi, oyun sayesinde kardeşi kendini kontrol etmeyi öğrendi. Yavaşça enerjisini o ana odaklamayı öğreniyordu Jasper, gözlerinin önündeki gerçeğe odaklanıyordu. Altmış dört kare ve otuz iki taşla sınırlıyordu kendini. Zihnindeki aynalarda oluşan görüntüleri bastırmayı öğreniyordu.

Jasper, gün geçtikçe gelişme kaydediyordu. David Caine kardeşinin genelde insanların kullandığı anlamıyla 'normal' olamayacağını biliyordu, ama zaman içinde Jasper'in şimdiye kadar yaşamadığı bir huzura kavuşacağını da biliyordu. Caine kardeşinin akıl sağlığının gelecekte daha iyi olacağını görmüştü *HerAn*'da. Ama zaten Jasper'in gözlerine bakınca iyi olacağı anlaşılıyordu.

Beşinci gün Nava artık tedirgin olmaya başladı. O sabah güneş doğduğunda kendine gelerek uyandı. Jasper ve David uyuyorlardı. İkisi de geldiklerinden beri evden çıkmamışlardı. İkisi de bu konuda hiçbir şey dememişti, ama Nava onların bu zayıf halinde kendisine göz kulak olduklarının farkındaydı. Aynen Nava'nın onlara göz kulak olduğu gibi.

David'e sormak istediği birçok soru vardı, ama ağzını her açmaya çalıştığında David başını sallıyordu.

"Cevapları bulmak için çok zamanın var Nava. Şimdilik dinlen. Birkaç gün boyunca bize bir şey olmayacak. Söz veriyorum."

Eğer başkası söylese inanmazdı Nava buna, ama David'e güvenmeyi öğrenmişti, bu yüzden de onun dediğini yaptı. David'e bakarken adam gözlerini açıp ona gülümsedi.

"N'aber?" dedi Caine gözlerini ovuşturarak. "Ne zaman uyandın?"

"Birkaç dakika oldu," dedi Nava.

David ayağa kalkıp kanepede yatan Nava'nın yanına geldi. Yanındaki kahve masasına oturup saçlarını okşadı.

"Şimdi anlatacak mısın artık?" diye sordu Nava.

"Olur," dedi Caine sanki sormasını bekliyormuş gibi.

"Julia'yı bulduğumda..." Nava bir anda çöplükteki çıplak, kemikleri kırılmış kızı hatırladı. Sanki bu yıllar önceydi. Onu düşünmemeye çalışarak konuşmaya devam etti.

"Seni kurtardıktan sonra bana neden benim yaşadığımı ve annemin öldüğünü söyleyebileceğini söyledi. Ama artık biliyorum galiba. Rüyalarım... Küçükken gördüğüm karabasan... Uçmaktan korkmama neden olan rüya... Hayatımı kurtardı... Bunları sen yaptın, değil mi?"

Caine gülümseyerek başını salladı. "Hayır."

"O zaman nasıl gördüm?"

Caine kadını işaret etti. "Sen toplu bilinçaltından onları gördün. Olası geleceklerinden birini gördün ve bundan kaçındın."

"Nasıl?" diye sordu Nava.

"Jasper'in fizik dersini bir daha dinlemek istiyor musun cidden?"

"Hayır," dedi bir an için gülen ama hemen ciddileşen Nava. "Ama neden? Neden ben gördüm de annem göremedi?"

"Bazen çocuklar yetişkinlerin göremedikleri şeyleri görürler. Gençken zihnimiz daha açıktır. Ama daha önemlisi çocuklar rüyalarında gördüklerine inanırlar. İşte bu yüzden çocuklar kendilerini itfaiyeci, astronot, kahraman olarak görebilirler. Büyüdükçe bu 'mantıksız görüntüleri göz ardı etmeyi' öğretirler bize. Belki annen de öleceğini görmüştür. Belki de görmemiştir. Bu sorunun cevabını bilmiyorum Nava. Sana bir tek şunu söyleyebilirim, küçükken o uçağa binmeyi reddettiğinde olası geleceğini gördün ve bir seçim yaptın."

Uzanıp onun elini tuttu. "Doğru bir seçimdi. Hayatında sandığından daha fazla iyilik yaptın. Biliyorum, kurtarmak istediğin tek insanı kurtaramamak çok acı verici, ama asla geri dönüp bunu değiştiremezsin. Annenin ve kardeşinin yasını tut Nava. Ama kendi hayatınınkini değil."

Nava'nın elini okşadı. "Doğru yolu seçmek gibi inanılmaz bir yeteneğin var. Bu, sandığından da büyük bir yetenek. Kendine güven Nava, böylece kaderini kontrol edebilirsin."

"Ama senin gibi seçim yapamam ben," dedi Nava. "Emin olamam."

Caine başını salladı. "Ben de olamam. Evet, bir yeteneğim var, ama bu hata yapmayacağım anlamına gelmiyor ki. Yeteneğim sayesinde geleceği görebiliyorum, bir saniye ya da bir milenyum ilerisini. En büyük olasılıkla başarıya götüren yolu seçebiliyorum, ama asla yüzde yüz emin olamıyorum. Ben bile olacak her şeyi bilmiyorum. Benim de geleceğim herkesin seçimlerine bağlı, çünkü onların seçimleri hepimizin paylaştığı bu ortak gerçeği ortaya koyuyor."

Nava anlamakta güçlük çekiyordu. Ama yine de bir şekilde anlamıştı. Sonunda konuştu. "Şimdi ne olacak? Geleceği biliyorsun, istediğini yapabilirsin."

Caine başını salladı. "Ben geleceği bilmiyorum Nava. Tüm olası gelecekleri biliyorum; bunlar da sonsuz. Yani aslında hiçbir şey bilmemekle aynı şey bu."

"Ama planladığın her şey... Aynen tahmin ettiğin gibi gitti."

"Ben her durumda en olası sonucu tahmin ettim. Her şeyin doğru gideceğini bilemezdim. Eğer sen beni kurtarmayı seçmeseydin ve bunda başarılı olmasaydın, ben hâlâ o laboratuvarda olurdum."

Nava titredi. "Ama hâlâ soruya cevap vermedin. Şimdi ne yapacaksın? Ya Tversky ve Forsythe? Onlar nerede? Senin peşine düşecekler mi?"

Caine omuz silkti. "Bilmiyorum. Ama eminim öğrenirim."

Nava'nın kalbi ağzına geldi birden. "Kuzey Koreliler... Beni bulacaklar. Ben..."

"Merak etme," dedi Caine onun sözünü keserek. "Onlara birkaç hayat kurtaracak bir bilgi verdim, karşılığında da senin başına koydukları ödülü kaldırdılar."

Nava rahatlayarak iç geçirdi. Gelecekte ne olacağını bilmek istiyordu ama daha ağzını açamadan Caine gidip duş alacağını söyledi. Caine, bir şey dememişti ama Nava artık sorulara cevap vermek istemediğini biliyordu. En azından bugün vermeyecekti. Caine banyoya girince, Nava masaya uzanıp Parliament paketini aldı. Annesinden söz edince canı sigara içmek istemişti.

Sigarayı dudaklarının arasında tutup kibriti çaktı. Nikotini sanki şimdiden hissedebiliyordu. Tam sigarasını yakmak üzereyken garip bir şey yaptı: Gözlerini kapadı. Bir an için bir şey görür gibi oldu kapalı gözlerinin ardında. Hem tanıdık hem de yabancı bir şey. Gözlerini açıp elindeki kibrite bakınca sanki bu anı daha önce yaşadığını hissetti.

Düşünmeden, kibriti üfleyerek söndürdü. Sigarayı geri koyup paketi attı. Çöp tenekesinin kapağını kapatırken o anda sigarayı bıraktığının farkına vardı.

Nava kararını vermişti.

O gece Caine, geri dönme zamanının geldiğini biliyordu. Elinden geldiğince kaçınmıştı bundan. *HerAn*'da zaman yoktu ama *An*'da zaman -her ne kadar yapay olsa da- akıp gidiyordu ve daha yapacağı şeyler vardı. Birkaç saniye sonra gözlerini açtığında hüzünlü bir şekilde gülümsüyordu.

"Ne gördün?" diye sordu Jasper.

"Baktığımı nereden bildin?"

"Benim de bildiklerim var," dedi Jasper. "Soruma cevap versene."

"Sonunu gördüm. Yalnız değildim."

"Ne demek bu? Seninle biri mi vardı orada?"

"Emin değilim," dedi Caine çenesini kaşıyarak.

"Kim olduğunu göremedin mi?"

"Herhalde görebilirdim," dedi Caine. "Ama nasılsa yakında öğreneceğim. Beklemeye karar verdim."

"Neden?" diye sordu Jasper.

Caine sırıttı. "Şeytanlar bile sürprizleri sever."

Caine o gece hiç rüya görmediyse de kalktığında arama zamanının geldiğini biliyordu. Numarayı çevirdi ve iki dakika hiçbir şey söylemeden karşısındakini dinledi. Sonra da telefonu kapadı. İkinci görüşmesi ilkinden kısa sürmüştü. İşi bittiğinde ceketini giyip kapıya doğru yürüdü.

"Nereye gidiyorsun?" diye sordu Jasper.

"Avukatımla görüşmeye," dedi Caine çıkarken.

Lukin'in, Coney Island'daki dairesinden trene binip bir saatten uzun bir sürede Manhattan'a gitti. Bir haftadır dışarı çıkmadığından sokakta olmak garip geliyordu. Metrodan inerken *Şimdi*'de kalmaya çalıştı. Eğer *HerAn*'a dalıp her bir adımda çevresindeki insanları nasıl etkilediğini görürse, çıldırabileceğini biliyordu.

Chrysler Binası'nın otuzuncu katına vardığında siyah kravatlı, zayıf bir adam yanına geldi.

"Bay Caine?"

"Evet."

"Merhaba. Ben Marcus Gavin," dedi avukat elini uzatarak. "Geldiğinize memnun oldum. Beni takip ederseniz size çok heyecan verici bazı haberler vereceğim."

Gavin, ofisinin kapısını kapadıktan sonra bir dosya açtı ve ince bir kâğıt çıkardı. Kâğıdı sanki dağılacakmış gibi çok dikkatli tutuyordu. Bir an için bunu Caine'ye verecek oldu, ama sonra fikrini değiştirdi ve önüne koydu.

"Size biraz su veya kahve getireyim mi?" dedi zaman kazanmaya çalışarak.

"Hayır, teşekkür ederim. Gayet iyiyim."

"Peki," dedi Gavin boğazını temizleyerek. "Eminim neden burada olduğunuzu merak ediyorsunuzdur."

"Tabii," diye yalan söyledi Caine. Aslında biliyordu, ama bilmiyor gibi yapmanın daha iyi olacağını düşünmüştü.

"Şey... Aslında bu biraz garip bir durum," dedi Gavin tedirgin bir şekilde kalemiyle masaya vurarak. "Bay Caine, Thomas DaSouza'nın yakın dostu olduğunuzu tahmin ediyorum."

"Evet," dedi Caine. "Gerçi son birkaç yıldır görüşemedik."

"Öyle mi? O zaman bu daha da garip bir durum." Gavin kahvesinden bir yudum içti. Yeniden konuşmaya başladığında sesi daha iyi çıkıyordu. "Bilmem duydunuz mu ama bir hafta kadar önce bir kaza oldu ve Bay DaSouza çok ağır yaralandı. Şu anda Albert Einstein Tıp Merkezi'nde. Doktorlar ellerinden gelen her şeyi yaptılar ama sonuç yine de pek iyi değil. Ne yazık ki Bay DaSouza'nın beyni durdu ve iyileşme şansı yok. Çok üzgünüm."

Caine bir an için gözlerini kapadı. Tommy'nin halini bilse de bunu duymak kolay değildi.

"Muhtemelen sizi buraya çağırıp neden bunları anlattığımı merak ediyorsunuz," dedi Gavin. Birden tedirginliği gitmişti, heyecanlanmıştı. Kötü haberi vermişti, şimdi sıra iyi haberdeydi. "Şu elimde tuttuğum..." Gavin kâğıdı kutsal bir şeymiş gibi masadan aldı, "Bay DaSouza'nın son vasiyeti. Buzdolabının kapağında duruyordu."

Caine, uzatılan kâğıdı geri vermeden şöyle bir baktı.

"Sizi varisi ilan etmiş ve tüm yetkilerini size devretmiş. Bay DaSouza piyangodan 240 milyon dolar kazanmıştı. Tabii ki bu para siz..." Gavin sesini alçalttı, "...onun fişini çekmeye karar verinceye kadar..." Caine durumu algılayabilsin diye bir an duraksadı. "Bay DaSouza'nın akrabası olmadığı için bu kararı sizin vermeniz gerekiyor."

"Ya öyle bir karar vermezsem?" diye sordu Caine.

"Ne demek karar vermemek? Neyin kararını vermemek?"

"Yani diyelim ki, Tommy'nin hayat destek ünitesini kapattırmamaya karar verdim. O zaman ne olur?"

"O zaman... O zaman bankadaki parasının faiziyle neredeyse sonsuza dek aletlere bağlı kalabilir. Siz de yılda 100.000 dolarlık bir maaş alırsınız onun işlerini yürütmek için."

"Hangi işleri?" diye sordu Caine.

"Vasiyetinde eğer ona bir şey olursa parasının hayır işlerinde kullanılmasını istediğini ve insanların hayatının iyileştirilmesini istediğini yazmış. Bunlar kendi sözleri. Sizin de bu paranın nasıl dağıtılacağına karar vermeniz gerekiyor. Ancak, Bay DaSouza'nın bir daha hayata dönmek gibi bir şansı olmadığına göre, o zaman gelince de, yani... Ölünce de, parayı faizden çekip istediğinizi yapabilirsiniz Bay Caine." Gavin gülümsedi. "Bir milyonersiniz, Bay Caine."

Caine başını salladı. "Değilim." Duraksadı. "Asla da olmayacağım."

"Ama..." Gavin'in aklı karışmış gibiydi. "Ama Bay DaSouza aslında bu haliyle zaten yaşamıyor..."

"Evet."

"Ve doktorlar bir daha iyileşmesinin imkânsız olduğunu söylüyor."

"Hiçbir şey imkânsız değildir, Bay Gavin. Bazı şeylerin olma olasılığı daha düşüktür sadece." Caine ayağa kalktı. "Hastaneye gitmeden önce bir şeyler imzalamam gerekiyor herhalde, değil mi?"

"Tabii ki," dedi Gavin birkaç kâğıt uzatarak.

Caine'nin işi bittiğinde Gavin'in elini sıktı ve kapıya doğru yöneldi.

"Afedersiniz," dedi Gavin, "Bir soru sorabilir miyim?"

"Tabii ki," dedi Caine dönerek.

"Eğer siz..." Yine fısıldamaya başlamıştı. "Bay DaSouza'nın hayat destek ünitesini kapattırmayacaksanız..." Duraksadı. "O zaman niye hastaneye gidiyorsunuz?"

"Birkaç test yaptırmaya."

Caine kapıdan çıkarken, Gavin'in çok şaşırdığının farkındaydı, ama ona bir şey anlatmak niyetinde değildi.

Caine, Tommy'nin kan örneğini alınca özel bir laboratuvarda testleri yaptırdı. Teknisyen yirmi dört saat sonra iyi haberi vermek için onu aradı. Kadın sonuçlara şaşırmıştı, ama Caine bunu bekliyordu. Kadın bunu nereden bildiğini sorduğunda Caine, iyi günler dileyip telefonu kapadı.

Telefon görüşmesinden sonra dosyayı yanına aldı ve sonra gidip gökkuşağı renklerinde bir ayı satın aldı. Ve hastaneye geri gitti. On beşinci kata çıktığında orada ne işi olduğunu biliyordu bu sefer.

"Caine!" dedi Elizabeth odasına girdiğinde. "Geri geldin!"

"Tabii ki geldim," dedi. "Bir arkadaşımı da getirdim." Oyuncak ayıyı çıkardı arkasından. Küçük kız gülümsedi.

"Afedersiniz," dedi odada duran bir kadın tedirgin halde, "Siz kimsiniz?"

Caine dönüp kadına baktı. Gözleri kıpkırmızıydı, son bir haftadır sürekli ağlıyor gibi görünüyordu. Caine onu daha önce hiç görmemişti, ama tanıyordu. Rüyasında görmüş gibiydi.

"Merhaba," dedi elini uzatarak. "Ben David Caine. Eşinizin arkadaşıydım."

"Ya," dedi gözleri dolan kadın. "Adım Sandy." Yavaşça elini

sıktı Caine'nin. "Gelmeniz iyi oldu. Pek gelenimiz gidenimiz olmuyor."

"Biliyorum," dedi Caine. "Acaba bir dakikalığına dışarıda konuşabilir miyiz?"

"Tabii ki," dedi Sandy. "Tatlım hemen dönerim, tamam mı?"

"Tamam anne," dedi Elizabeth.

Koridora çıktıklarında Caine konuşmaya başladı. "Biliyorum bu size garip gelecek, ama iyi haberlerim var."

"Ne oldu?"

"Kızınıza ilik nakli yapılması için uygun bir aday buldum. İlikler yüzde 99 oranında uyuyor ve Elizabeth hazır olduğunda nakli yapabilirsiniz."

Kadının yüzünden bir anda birçok ifade geçti; şok, mutluluk ve sonra üzüntü. Konuşmasına fırsat vermeden devam etti Caine.

"Parayı dert etmeyin. Ben kendini kızınız gibi insanlara yardım etmeye adamış çok zengin birini temsil ediyorum. Tüm tıbbi giderleri karşılanacak."

"Bu bir şaka mı?" dedi bir anda öfkelenen Sandy. "Eğer öyleyse, bence hiç komik değil Bay Caine."

Caine, Tommy'nin dosyasını çıkarıp kadına gösterdi.

"Bu gerçek mi?" dedi Sandy dosyaya bakıp. "Ciddi misiniz?"

"Hayatımda hiç bu kadar ciddi olmadım."

"Tanrım. Şükürler olsun, Tanrım!" Sandy, Caine'nin boynuna atılıp hıçkırarak ağlamaya başladı. "Ne diyeceğimi bilemiyorum... Tanrım... Size nasıl teşekkür edeceğimi bilemiyorum."

"Teşekkür etmenize gerek yok," dedi Caine. "Bir borcumu ödedim ben sadece."

Sandy'nin aklı karışmış gibiydi, ama başını salladı. Caine cebinden Gavin'in kartını çıkarttı.

"Bu bey benim avukatım. Elizabeth'in doktorlarıyla konuşunca onu arayın. Gerekli her şeyi halledecek."

"Sağ olun Bay Caine," dedi onun elini sıkarak.

"Eğer bana Bay Caine demeye devam edersen ben de sana Bayan Crowe demek zorunda kalacağım. David desen?"

"Olur. Sağ ol... David." Sandy burnunu sildi. "Gidip Betsy'ye iyi haberi vereceğim." Tam kızının yattığı odaya dönmek üzereyken durup David'e döndü. "Marty'yi nereden tanıdığını söylemedin?"

"Yaa," dedi Caine başını kaşıyarak. "Onu işten tanıyordum diyelim."

Caine hastaneden çıktığında, haftalardır kendini hiç bu kadar iyi hissetmediğini fark etti. Elizabeth'in ameliyatının iyi gitmeme olasılığı olduğunu da biliyordu. Ama yüzde 93.729'luk bir olasılıkla, her şey iyi gidecekti.

Birkaç blok yürüyüp rahatlamaya karar verdi ve birden koku beynine sızdı. Bedeni kaldırıma yığılmadan önce zihni *HerAn*'a dalmıştı bile.

Kadın... Onunlaydı, ama farklıydı. Daha küçüktü, sanki daha tanıdık. Hem mutlu hem de mutsuz. Caine onun için üzülüyor.

Kadın: Sağ ol Caine.

Caine: Ne için?

Caine soruyu sorarken bile cevabı anlıyor.

Her şeyi anlıyor.

O An'ın geçmişi, Tanja'nın geleceği görmesini sağlayan o.

O Tommy'nin rüyasına girip sayıları gösteriyor.

Jasper'in kardeşine yardım etmesini söyleyen Ses.

Caine'ye HerAn'ı gösteren, nöbetlerini başlatan o.

Tüm hareketleriyle bir olay seli başlatan, Tommy'nin vasiyeti ve imkânsız kaza. Nava'nın kurtarışı, Caine'nin uyanışı. Hepsi lösemiden ölmek üzere olan küçük bir kızı kurtarmak için. Adı Elizabeth; 'Betsy' Crowe olan küçücük bir kızı.

Caine onun neden tanıdık olduğunu anlıyor. Ablasına benziyor. Sandy'ye ve yeğeni Betsy'ye.

Caine: Sendin hepsini yapan.

Kadın: Hayır, biz insanların görmesine yardım ederiz. Bunun dışında bir gücümüz yok. Sizler yapıyorsunuz. Sen, Nava, Tommy, Jasper, Julia, Forsythe, Tversky ve daha milyonlarca insan, her biri kendi yolunda kendi seçimlerini yapıyor.

Caine: Hepsi Betsy için mi?

Kadın: Betsy sadece sonucun bir parçası. Anlayamıyorsun. Ama An'da anlayacaksın sonradan.

Caine: An'da sen Julia'sın.

Kadın: Hayır, An'da biz tekil değiliz. Çoğuluz. Biz toplu bilinçaltının iradesiyiz. Ama sen bizi Julia olarak görüyorsun çünkü o aracımız, Ses'imiz. Son anlarında o zihninde ortak bir istek görüyor ve bu yüzden senin yardımını alıyoruz. Hedefimize ulaşmak için, ama onun Ses'ini arayan sensin çünkü yalnızca bizimle konuşmak isteyenlerle konuşabiliriz.

Caine: Ama Julia öldü.

Kadın: HerAn, An'ın dışındadır. Julia burada yaşıyor. Küçük bir kız. Büyüyor. Petey'e âşık oluyor. O, Betsy'nin Julia Teyze'si. O çöplükte ölüyor.

Caine: Koku bu işte. Julia'nın bilinci bu kokuyu beynime taşıyor.

Kadın: Koku alma duyusu en güçlüsüdür. O aracımız olduğu için ölüme terk edildiği yerde hatırladığı koku da bize eşlik ediyor.

Caine: Neden An'da Tversky'ye beni öldürmesini söylediniz?

Kadın: Tommy'nin kazasını gerçekleştirmek için.

Caine: Tommy'nin ölmesini seçtiniz, Betsy'yi yaşatmak için.

Kadın: Hayır. Sizin An'ınızda Tommy kendini öldürecekti. Onun rüyalarını gerçekleştirmesini sağlayarak hayatını uzattık. Hiçbir şey bitmedi.

Caine: Sonsuz musun?

Kadın: Bu bilinmiyor.

Caine: Neden?

Kadın: Bazı geleceklerde sonsuzuz. Bazılarında da yokuz. Kaderimiz seninle ve tüm insanlarla bir, siz bizsiniz, biz de siz.

Caine: Ben neden buradayım?

Kadın: Yerini, görevini bilmen gerekir. HerAn'ı kullanıp hepimize yardım etmelisin.

Caine: Nasıl yardım edeceğim? Tommy'nin parasıyla mı?

Kadın: Para birkaç kişiye yardım edecek, ama sonunda pek az şeyi değiştirecek.

Caine: O zaman nasıl? Nasıl yardım edeceğim?

Kadın: Anlatamayız. Daha sonra An'da anlayacaksın.

Caine: Neden burada değil?

Kadın: Daha zamana ihtiyacın var...

...

"Hey, ayılıyor galiba," dedi biri. "İyi misin ahbap?"

Caine başının arkasını ovuşturdu. Zonklamaya başlamıştı bile. Havayı kokladığında koku gitmişti.

"Evet," dedi. "Galiba iyiyim... Şimdi."

SON

Tversky ekranda 'si' sözcüğünü tıkladığında ekran birden ikonlarla doldu. Bir yeri daha tıkladı ve sabırsızlıkla açılmasını bekledi. Ana sayfa daha açılmadan aradığı şeyi yazdı. Bir dakikada istediği hikâyeyi buldu.

ESKİ UGA BAŞKANI İHANETTEN YARGILANIYOR

Patrick O'Beirne

Washington D.C.- Dr. James Forsythe bugün ABD'ye karşı ihanet ve komplo kurmakla ilgili 131 ayrı suçtan tutuklandı. UGA'nın Bilim ve Teknoloji Araştırma Birimi'nin direktörü olan Forsythe, kalabalık bir mahkeme salonunda yargıç karşısına çıktı.

İlgili makamlar, Dr. Forsythe'nin yaptıklarından Şubat'ın 7'sinde, New York'ta bir ofis binasında bir bomba patlaması sonrasında haberdar oldular (bakınız ilgili makale). Dr. Forsythe ve ekibi itfaiyeciler tarafından enkazın altından çıkarıldı. Ayrıca üç ceset ve yüzlerce bilgisayar dosyası çıkarıldı. Dr. Forsythe'nin bu dosyaları, Philadelphia'daki Amtrak olaylarında 'yasadışı bir FBI' operasyonunu düzenlediği için, UGA'da işine son verildiğinde çaldığı iddia ediliyor.

Savcılık 'ellerinde çok fazla delil' olduğunu söylediği halde, Dr. Forsythe bütün suçlamaları reddetti. Dr. Forsythe'nin kesinlikle suçlu bulunacağından emin olan federal yetkililer ise şu açıklamada bulundular:

"Gerçekten de elimizde dağlar kadar delil ve bir de tanık var... Dr. Forsythe'nin hüküm giyeceğine şüphe yok."

Savcılığın tanığı Bay Steven Grimes UGA'nın çalışanlarından biri. Bugün bir açıklama yapan Bay Grimes, "Aslında burnumun dibinde neler döndüğünü görmediğime şaşırıyorum. Jimmy'nin hükümetten sırlar çalacağını asla düşünemezdim... Savcılığa yardım etmek için elimden geleni yapacağım. Ben bir Amerikalıyım. İhaneti asla hoş göremem" dedi.

Tversky makalenin devamına baktı, ama ismi geçmiyordu. Rahatlayarak bir nefes aldı. Polis hâlâ Julia'nın ölümüyle ilgili olarak onunla görüşmek istese de, olay resmi kayıtlara bir intihar olarak geçmişti. Tversky gülümsedi. Şansının yaver gitmesine inanamadı. Eğer o gece laboratuvardan ayrılmasaydı, yakalanacaktı. Hatta patlamada ölebilirdi bile.

Tüm bu olanlara bakılırsa daha iyi bir durumda olamazdı. Forsythe, ihanetten suçlanırken kendisinin korkacağı bir şey yoktu. Forsythe, Julia'yı onun öldürdüğünü söylese bile -gerçi söylemesi için bir neden yoktu ama- kim inanırdı ki ona? Her şey mükemmel bir şekilde bitmişti.

Aslında verilerini kaybetmesi yazık olmuştu, ama David Caine'nin yeteneklerini ortaya çıkaran kimyasal bileşimi yine yapabileceğine inanıyordu. Sadece zamana ihtiyacı vardı. Meksika'da bolca zamanı olacaktı. Her gün zar atıp nereye gideceğini belirleyecekti. Eğer ülke içinde rastgele seyahat ederse David'in onu bulamayacağını biliyordu, daha doğrusu umuyordu.

Bilgisayarı kapatıp kasanın arkasında duran adama yirmi peso verdi. Dışarı çıktı. Bir anda ter içinde kaldı. Meksika'nın güneşi insanı eritiyordu. Elini gözlerine siper etti. Çok sıcaktı. Birden bir çöp kokusu sardı her yeri. Sanki tüm diğer duyularını bastırıyordu bu koku.

Hızla arabasına doğru yürüdü kokudan uzaklaşmak için. Tam o sırada sokağın karşısındaki dondurmacıyı gördü. Zamanlaması bu kadar iyi olamazdı. Ağır kokuyu ikinci kez duyduğunda birden çikolatalı dondurma çekti canı. Dondurmacıya doğru gitmek için etrafına bakmadan sokağa atıldı.

Otobüsü gördüğünde artık çok geçti. Tversky havaya uçtu. Yere düşünce de otobüsün ön lastiklerinin altında ezildi. Kaburgaları anında yüzlerce parçaya ayrıldı ve ciğerleriyle kalbini deldi.

İnsanların acil yardım çağırmak için, İspanyolca bağırdıklarını duyduğunda artık çok geç olduğunu biliyordu. Karanlık bastırmaya başladığında en azından kokuyu almadığına şükrediyordu. Neden karşıya geçmek istediğini o anda düşündü. Birkaç saniye daha yaşasaydı kokunun ne anlama geldiğini, önemini anlayabilirdi; ama zamanı dolmuştu.

Bilinci kaybolurken son bir şey düşündü: '*Dondurma sevmem ki ben!*'

Bir ay önce bir çöplükte Julia, Nava'nın elini son bir kez tuttu ve öldü. Gülümsüyordu... Dondurmayı düşünüyordu.